— Tudo vai ser ótir
tente me persuadir de q
a minha vida. Não estou
precisa fazer alguma coi:
se for preciso.

— Claire, sente-se, querida — disse Flora, abraçando-a com carinho. Claire se agarrou à sogra como uma criança prestes a ser abandonada. De repente, aquela conversa tinha feito nascer nela um medo muito grande de falhar. — É claro que você não está sozinha. Aposto que, depois que esta criança nascer, você vai estar ainda mais integrada à nossa família. Além do mais, você e Billy já estão juntos há tanto tempo, podiam já começar os preparativos para o casamento.

Brandon viu a cara de William se torcer em uma careta.

— Ah... é... Teremos tempo para pensar nisso, mãe. Deixe Claire descansar.

— *D'accord.* — Flora concordou com um sorriso de mãe acolhedora. — Acho melhor irmos dormir. Por que não fica aqui hoje, querida?

Flora levou Claire para o quarto de William, assim que teve seu consentimento. Lucas também achou que já tinha ficado tempo demais naquela sala e foi para o seu quarto.

— Nossa, que noite! — Brandon comentou, alisando sem pensar os cabelos vermelhos de Zooey, que agora caía no sono em seu ombro.

— É... — William concordou. — Você não me pareceu muito espantado com a notícia.

Brandon sorriu, fitando o irmão.

— Eu a vi há algumas semanas. Imaginei que ela deveria estar grávida. — William levantou as sobrancelhas, lembrando-se que o comentário de Brandon fora o que despertara nele a dúvida. — Então ela te pregou a peça mais antiga do mundo?

William fez outra careta para a risada do irmão.

— Disse que estava usando o DIU, Bran. — Brandon riu mais. — Que pesadelo!

— Não é tão ruim assim, vai..: — William observou o irmão tampar as orelhas de Zooey, apesar de que a garotinha estava dormindo. — Pelo menos não foi aos quinze anos, na sua primeira vez.

William balançou a cabeça para cima e para baixo, concordando com Brandon.

— O pior de tudo é que... Olho para o pai, para você... E não tenho ideia do que fazer, do que isso significa...

— Bem, não sei mesmo o que eu estou fazendo, então não posso te ajudar — admitiu Brandon, olhando para as bochechas gordinhas e sardentas de Zooey. — Mas você não é um moleque, Billy. Você vai saber o que fazer.

William olhou para as escadas da casa, como se quisesse ver o que Claire estava fazendo dentro de seu quarto.

— É um garoto, sabia? — Brandon sorriu. — E ele vai tirar ela de mim, ele ainda nem nasceu, e já está ganhando.

— Porque você está fazendo ela pensar que tem que escolher — disse Brandon, fazendo o irmão o olhar, apreensivo, como se tivesse sido pego cometendo um crime. — E se ela precisar escolher, sim, ele vai ganhar.

— *Okay*, chega de falar de mim. Agora é sua vez — replicou William, fazendo Brandon desviar os olhos dele. — Por que bateu no Luke?

— Eu fui um idiota — disse com raiva de si mesmo, deixando um suspiro forte sair. — É que ele diz umas coisas que são tão... verdadeiras.

— É, a verdade nem sempre é fácil de aceitar.

Brandon se perdeu nos roncos da irmã mais velha, que dormia no sofá. A saia de pano leve e cores vibrantes mal tampava suas pernas, revelando sua prótese. Pensando na vida dele e de seus irmãos, percebeu que estavam todos tão fraturados quanto aquela imagem no sofá, mas ela era a única que de fato mostrava no corpo seu estado de espírito.

— ... Billy?

— O que é?

— O que está acontecendo com a gente?

William levantou as sobrancelhas, considerando a pergunta.

— Sempre foi assim, Bran. Você só fingia que não via.

Capítulo 10

Madame Bovary

ALGUMA COISA PARECIA MUITO errada para Eva quando acordou e não tinha ninguém em sua cama. A cama em si parecia três vezes maior, ou seu corpo parecia menor, mais frágil. O cheiro de Brandon estava por todos os cantos do quarto, impregnado no lençol, debaixo de sua pele, assim como as formas dele pareciam grudadas em sua mente, a pele dele entre os dedos, e o peso do corpo dele ainda sobre o seu. Tomou um banho, e enquanto deslizava o sabonete pelo corpo, podia ver e sentir os vestígios que Brandon deixou ali. Um roxo em seu ventre e seio; uma marca suave de dente em sua perna, ou talvez só a memória da mordiscada; um leve ardor misturado com calor entre suas pernas.

Não estranhou quando viu diversas ligações perdidas de Jim em seu celular, ou quando, no meio da manhã, ele voltou a ligar. Mandou também uma longa mensagem, que dizia o quanto estava arrependido de tudo, que eles precisavam conversar, e que aquele não podia ser o fim da história deles. Eva fez uma careta e terminou de se vestir.

Saiu do quarto para tomar café e quase voltou para debaixo das cobertas quando viu Angelina debruçada sobre a bancada, mexendo no *laptop*. A última coisa que queria fazer na *vida* era conversar com qualquer pessoa sobre os acontecimentos do evento da noite anterior — e tinha até calafrios de pensar em falar sobre o que aconteceu depois da festa.

— Bom dia, pessoa solteira.

— Bom dia. — Eva pegou um pouco do café que Angelina tinha feito. — Todo mundo já sabe, é?

— Depois que você dançou com Brandon, brigou com Jim, e a mãe dele foi socorrer você, ninguém teve mais dúvidas — afirmou Angelina, ainda focada no *laptop*.

Eva sentiu os pés gelarem quando Angelina mencionou Brandon e por alguns segundos prendeu a respiração, imaginando que a amiga logo diria saber o que tinha acontecido na noite passada. Mas Angelina continuou concentrada no computador, digitando com rapidez frases sortidas, como se falasse com alguém.

O telefone de Eva tocou; ela olhou o visor de esguelha e — percebendo que era Jim — largou o aparelho na bancada. Angelina, sempre atenta a tudo a sua volta, não perdeu a interação.

— Jim?

— Óbvio — confirmou Eva antes de beber um pouco de café. — Alguma coisa interessante aconteceu depois que fui embora?

— Você foi embora o quê... umas onze e meia da noite? — Eva assentiu com a cabeça. — Nada demais. Só Alli e o Band se pegando.

Eva abriu a boca, cheia de surpresa.

— Na frente de todo mundo?

— Não do tipo *Alli* na frente de todo mundo, mas foi difícil não reparar. E eu também acabei convencendo Dana a aceitar dançar com alguém, ao invés de só ficar falando mal de você.

Eva riu, revirando os olhos. Bateu os dedos na xícara, ainda esperando o momento em que Angelina jogaria a bomba, dizendo saber que ela tinha dormido com Brandon. Mas Angelina tinha voltado sua atenção para o *laptop*. Eva se surpreendeu — talvez a amiga não soubesse de nada, afinal de contas.

Seu celular voltou a tocar.

— Ele vai continuar insistindo, então por que você não atende e diz o quão inapropriado é ele ficar te ligando, mesmo depois de vocês terem terminado?

Eva concordou com Angelina e atendeu ao telefone.

— Oi, Jim... Eu estou bem, cheguei em casa bem... Não te liguei porque nós terminamos. É assim que funciona, a gente termina um namoro e para de se falar... Jim, para com isso... Eu tenho certeza de que você não vai morrer e vai ficar bem... — *Dramático*, Eva articulou, fazendo Angelina rir. — Não, é claro que você não pode vir aqui! Jim, eu vou desligar. *Não* me ligue mais, por favor.

— Meu deus, que paixonite! — Angelina riu, antes de digitar algo rápido no *laptop*. Logo começou a rir do seu jeito escandaloso, abrindo a boca e levantando o queixo.

— Com quem você está falando?

— Com a sua irmã.

— O quê?

Eva virou o *laptop* de Angelina para ver o que acontecia ali, e se deparou com o *chat* do *Facebook* cheio de mensagens — a última delas, que fez Angelina gargalhar, era uma resposta a mensagem *O ex-namorado da sua irmã está apaixonado e não para de ligar para ela.* E dizia *A xoxota da Eva é doce, só pode ser!*

— Por que você está falando com a Ana, posso saber?

— Ela que começou a conversar comigo.

— O que é isso...? — Eva apontou para as mensagens anteriores. — *Ela estava dançando com o Brandon?* Não era para você ter falado isso para a Ana.

Angelina fez um gesto de desdém para Eva, enquanto fazia uma *video call* para Ana. Quando sua gêmea apareceu na tela do computador de Angelina, Eva notou que ela tinha mudado os cabelos de novo — o que ela fazia quase mensalmente — e agora estava com um *black power* em tom rosé.

— *Dindinha* — disse o bebê no colo de Ana ao reconhecer Eva.

— *Oi, Bê.* — Eva mandou beijo para o sobrinho.

— Nossa, só ligando para a sua colega de apartamento para conseguir falar com você, hein! — Ana logo disse, deixando Eva um pouco ressabiada por ela estar falando inglês de propósito para Angelina ouvir a conversa. — Então, terminou com o *arebaba*? Não acredito! Não vai mais ter casamento indiano?

— Não enche!

— E o outro lá? O *Backstreet Boy*...?

— Não tem nada! — Eva disse rápido, querendo acabar aquela ligação quanto antes.

— Sei... Olha, você e esse cara estão flertando há tempo demais, você não acha, não? *Para Bernardo* — pediu Ana, dividindo atenção entre o computador e o filho, que se remexia e choramingava em seu colo. — Esse tipo de homem a gente conhece, transa rápido, que é para não ficar se iludindo. *Já falei para você parar, Bernardo!* Ele está com sono, vou ter de colocar ele para dormir senão ele não vai me deixar em paz. Liga pra mamãe porque ela está louca atrás de notícia sua.

Ana se despediu e Angelina abaixou a tela do computador, fitando Eva como quem vê além do que o outro quer mostrar.

— Não leva nada do que a minha irmã diz em consideração, está bem? Aquela ali é uma deslumbrada — esclareceu Eva, fazendo Angelina rir. — Eu falo com a minha mãe regularmente.

— Sei... — Angelina fingiu acreditar. — Você vai no mutirão hoje? Tenho certeza de que um *certo alguém* alto e forte já sabe que você está solteira.

Eva sorriu amarelo, tentou desviar os pensamentos de Brandon — que logo a levavam para sua cama — e pensar no que realmente tinha de fazer naquele domingo.

— Na verdade, eu estou muito atrasada nas leituras e trabalhos da faculdade. Inclusive tem aquela resenha para a aula da Alli amanhã, e faz tempo desde que li *Madame Bovary*, e ainda tenho que ler o conto do *Woody Allen*.

Eva ficou feliz quando Angelina aceitou sua resposta. Embora não tivesse mentido sobre estar atrasada com seus trabalhos de faculdade, o real motivo para não ir ao mutirão de limpeza era por não conseguir nem pensar em dar de cara com Brandon. A imagem dele se levantando da cama e vestindo suas calças, cheio de ódio, voltou à mente dela, assim como a pergunta ríspida, meio-gritada — *É isso mesmo que você quer? Você quer que eu vá embora?* — ressoou nos seus ouvidos. Não, não podia mesmo ir ao *Sheldonian Theatre*, não podia se encontrar de novo com aquele homem tão cedo — e se desse sorte, nunca mais.

Mas ela precisaria de muita sorte mesmo para manter tanta distância assim dele.

Eva estava no meio da leitura de "The Kugelmass Episode" de *Woody Allen*, com sérios problemas para se concentrar. Como que aquele homem tinha parado no meio do romance *Madame Bovary* mesmo? Já era a quinta vez que relia a parte do conto que em que Kugelmass entrava em um armário e aparecia no cenário de *Madame Bovary*. E quando parecia que conseguiria dar continuidade ao conto, o telefone tocava de novo. E seu coração pueril pulava, cheio de expectativa — como quem não recebeu o recado da noite anterior e ansiava por mais.

Como das outras vinte vezes que ouvira o *plin* que tanto mexia com seus hormônios, Eva visualizou mais uma mensagem de Jim. Vez ou outra, ele também ligava, e ela deixava tocar até cair. E logo voltava a ler as mesmas linhas já decoradas do conto. Outro *plin*, e ela sentia todo o seu corpo tremelicar de novo. E era outra mensagem de Jim, pedindo que ela conversasse com ele.

Eva tentou colocar o telefone no silencioso e trabalhar, tentou plantar árvores no aplicativo do celular para se concentrar e tentou desligar todas as notificações. Nada adiantou. Quando não ouvia o *plin*, a mente não parava de pensar no que se passava ao redor da tela do telefone, e logo desbloqueava o aparelho para checar o que tinha acontecido ali nos últimos minutos.

E o pior de tudo, era ter a certeza de que a ligação de Brandon não aconteceria — não depois do que *ela* fez. E quando pensava na feição de decepção e raiva com a qual Brandon deixou sua cama e seu apartamento na noite anterior, duvidava de que ele fosse olhar na cara dela de novo.

Desistindo de se concentrar no conto, Eva abraçou suas pernas dobradas sobre a cadeira. Por que foi tão dura com ele? Aquilo era o que sentia de verdade, ou somente dissera para puni-lo outra vez? Ele tinha razão, ela estava com medo e com raiva dele.

Talvez fosse um pouco como o professor Kulgemass, o protagonista daquele conto chato. Uma pessoa que se recusa a entender o verdadeiro problema que jaz dentro de si, e procura pessoas que lhe dão alguma satisfação instantânea — ou pelo menos mascaram todos os reais problemas e emoções.

Mais um *plin*, mais uma mensagem de Jim. Daquela vez, ele disse estar indo até o apartamento dela. Eva não respondeu, mas continuou lá, com dificuldade de se mexer.

Quando ele chegou, Eva pensou duas vezes antes de abrir a porta. *Por favor, eu só quero conversar com você*, disse mais de uma vez. Decidiu abrir, por fim, e o que viu ali foi um retrato borrado do rapaz simpático e bonito do elevador de um ano antes. Costumava olhar para Jim e se encantar por aquele charme de ator *Bollywoodiano*. Agora, cada dia que se passava, ele parecia mais repugnante.

Jim estava escorado na porta e se recompôs assim que viu Eva. Ficou parado, esperando que ela comandasse, e entrou devagar no apartamento quando o corpo dela se moveu dando espaço para ele. Foram para o quarto de Eva em um silêncio pesado.

Eva se sentou na cama com as pernas entrelaçadas e abraçou o travesseiro. Jim ficou de pé, sem ousar se sentar antes dela convidar.

— Eu sei que você está se perguntando por que estou aqui.

— Estou mesmo, a gente terminou.

Jim fechou os olhos, como se as palavras o machucassem.

— Eu faço qualquer coisa para mudar isso.

— Não tem nada que você possa fazer.

— Por que você está fazendo isso comigo, Eva?

— Eu não quero te machucar. Mas também não quero mais ficar com você.

Jim passou as mãos pelos cabelos e se sentou na cadeira de trabalho de Eva, bem em frente a ela.

— Eu mal dormi esta noite. Fiquei pensando em tudo que aconteceu... Quando foi que ficou assim?

Aquela pergunta fez Eva sentir que estava falando com uma pessoa diferente — não seu ex-namorado machista e ultraciumento.

— Eu não sei.

— Você se lembra de Londres? Quando estava muito quente e úmido, a gente ia para a sua varanda e fumava narguilé...? — Eva segurou o riso. — E conversava durante horas sobre tudo, sobre religião e política. Sobre a nossa profissão, sobre como é ser estrangeiro nesse país... Era muito bom.

— Sim, era ótimo — disse com sinceridade.

— A gente fez amor naquela sua varanda algumas vezes.

— Alguém deve ter visto a gente, com certeza.

Eles riram juntos, e Jim pegou suas mãos.

— Esses momentos, aquilo éramos nós dois. — Eva abaixou os olhos, mordendo os lábios. — É por isso que eu estou aqui, porque eu sei que a gente pode ser esse casal.

— Jim, esse casal ficou em Londres. Aqui, está tudo diferente. Não aguento mais viver dentro dessas paredes que você criou ao redor de mim. Não vejo ou converso mais com os meus amigos. Não consigo mais estudar sem você me mandar dezenas de mensagens...

Jim continuou fitando Eva, sem largar suas mãos.

— Eu estou te ouvindo. Você quer mais espaço, posso te dar isso. — Eva respirou fundo, sem desviar os olhos dos dele. O brilho acinzentado estava mais em evidência com as lágrimas que cintilavam em torno de suas pálpebras. — Me dá uma segunda chance, é tudo o que peço. Tenho a constante sensação de que estou perdendo você. Eu não era assim em Londres, você sabe disso.

Eva de fato não se lembrava mesmo de Jim ser daquela maneira em Londres. Durante os meses que passaram juntos, ele era queridinho, fazia tudo que ela queria. Tiveram ótimos momentos no verão, foram aos parques, ao zoológico, às peças no *Globe Shakespeare Theatre*, sem contar nas muitas noites na varanda, nus, fumando narguilé, que eram sem dúvida os momentos que ela queria levar dele. E até a maldita ligação de Brandon — que tinha estragado tudo — parecia que ela conseguiria fazer o que desejava, se apaixonar por Jim.

Foi na noite que eles voltaram da peça de *Hamlet*. Tinham ido direto para o *studio* onde Eva morava, comentando sobre a peça e rindo de alguns erros cometidos pelos atores. Jogaram-se na cama, entre beijos, e Eva se lembrou de que tinha que ouvir suas mensagens, pois não conseguira conversar muito com sua mãe naqueles dias. Colocou-se a ouvir as mensagens no viva-voz do telefone e Jim estava ao lado dela quando a voz grave de Brandon soou e encheu todo o pequeno cômodo.

Naquele momento, Eva disse para Jim que não significava nada, e não significava mesmo. Mas Jim insistiu em sempre perguntar sobre a mensagem, e Eva não conseguiu esquecer aquela voz dizendo estar pensando nela — o que acabou trazendo de volta diversos pensamentos e sentimentos enterrados e foi aí que tudo começou a esfriar. O sexo entre ela e Jim foi ficando escasso, até se extinguir completamente quando eles chegaram a Vienna, como se a cada dia que se passasse ela se sentisse mais próxima daquela voz e mais distante do namorado.

Eva se tornou ríspida, não queria mais que ele a tocasse ou fizesse as coisas para ela. Ao mesmo tempo, ele se tornou controlador e Eva não sabia o que tinha acontecido primeiro. Não sabia se o seu comportamento era uma resposta ao controle excessivo dele, ou se o comportamento dele era uma resposta à frieza dela.

— Se nós continuarmos a fazer isso, Jim, vai ter que ser tudo diferente. Você vai respeitar o meu tempo sozinha, o meu tempo com os meus amigos. Você não vai me obrigar a passar todos os segundos da minha vida com você.

O sorriso que Jim abriu foi de orelha a orelha.

— Eu prometo, meu amor. — Ele beijou a mão dela e a puxou para um beijo.

— Tem mais uma coisa — disse Eva, afastando-se de Jim. — Tem mais uma coisa que você precisa saber. Você precisa me ouvir bem e decidir se você consegue ir em frente comigo depois do que eu vou te falar.

— Eva, eu te amo. É claro que eu quero voltar com você.

— Então, me escuta — disse tocando a perna dele. — Ontem, depois da festa do *Vienna Channel*, depois que a gente terminou, eu dormi com o Brandon.

Eles estavam a centímetros de distância e Eva tinha uma visão privilegiada da feição de Jim. Ele não parecia surpreso, mas seus olhos estavam alucinados e ela sabia que ele se segurava para não gritar e sair quebrando as coisas. Em seus próprios olhos, sentiu as lágrimas de remorso vindo e não parou a vontade de chorar, deixando aquela ressaca moral finalmente bater.

— Mas não foi a primeira vez que eu te enganei. No dia do tornado, eu e ele nos beijamos. — Dessa vez, Jim riu e balançou a cabeça, como quem confirma algo que já sabia há tempos. — Eu sinto muito, Jim. — Eva limpou as lágrimas. — Eu queria dizer que não significou nada, que eu não sinto nada por ele, mas eu estaria mentindo, e eu não vou mais fazer isso com você.

Jim se afastou e num impulso cravou o pulso na mesa de trabalho de Eva, causando um estrondo que fez a moça pular de susto. Depois disso, abriu e fechou a mão repetidas vezes por alguns minutos.

— Ontem? Vocês dormiram juntos ontem? — Ele perguntou, ainda fazendo o mesmo movimento com a mão, fitando Eva de esguelha.

— Sim.

— E agora?

— Acabou. Agora acabou de verdade.

— Promete? — Ele se aproximou de Eva, que assentiu. — Então a gente passa uma borracha nisso e começa de novo.

Eva sorriu e Jim puxou seu rosto para perto do dele, juntando seus lábios num beijo feroz, como se ainda fossem aquele casal nu na varanda em um dia de verão.

Angelina chegou em casa depois de um dia longo de trabalho no *Sheldonian Theatre*. Ela tinha se voluntariado no mutirão todos os dias daquela semana, e agora era quem distribuía as tarefas e os equipamentos de segurança. O mutirão tinha feito grandes avanços na limpeza do teatro, e agora que muitos dos escombros haviam sido retirados, a destruição do lugar estava ainda mais evidente. Não havia mais cadeiras, vidros nas janelas, o palco estava em ruínas e parte do teto continuava descoberto.

Cumprimentou Eva, que lia no sofá, e começou a preparar uma tigela de cereal.

— Dia longo hoje?

— Muito! Mas estamos fazendo progresso. Muita gente está se voluntariando. Sua chefe estava lá, a Monica. Alli e Band, é claro, porque agora não se desgrudam mais! Só Lucas que disse que ia, mas não apareceu... E, Dana, óbvio, falando mal de você o tempo inteiro. — Eva riu, sem tirar sua atenção do livro. — Te deu até um apelido, *Madame Bovary.*

— Como é?

Rindo, enquanto colocava leite em sua tigela, Angelina contou como Dana *cismara* que Eva estava traindo Jim. Que para trair não precisava nem *de um ato em si*, somente *o pensar, o desejar, já é trair.*

— Imagina isso! Agora não se pode nem imaginar mais! Traição mental! Fiquei pensando na minha mãe e em todas as vezes que ela já deve ter traído o meu pai ao ler aqueles romances da Harlequin... — Eva gargalhou. — Talvez personagem fictício não conte, esqueci de perguntar para Dana.

— Acho que se gozou, deve contar... — ironizou Eva.

— Gente, meu pai deve ser muito corno, então. — Angelina levou a colher de cereal à boca. — E você? Como foi o seu dia?

— Eu voltei com Jim.

Um segundo depois, e o cereal voou da boca de Angelina, enquanto a garota gritava um *O quê?* Eva revirou os olhos para aquela cena exagerada que era bem a cara de sua colega de apartamento.

— Isso mesmo, voltei com ele.

— Espera, eu tive um infarto e estou ouvindo coisas. Você disse que voltou com o Jim? É isso mesmo?

— Não é para tanto, Angel. A gente conversou, ele concordou com os meus termos, e resolvemos tentar de novo, só isso.

— Engraçado, com o Brandon você não quis tentar de novo.

Eva se revoltou com aquele comentário certeiro e impertinente, e se levantou do sofá, cheia de chilique.

— Acontece que, ao contrário do Brandon, o Jim não é um mentiroso safado. Ele foi sincero e por isso eu resolvi que tentaria mais uma vez, especialmente porque... — Eva pareceu se engasgar, pesando as palavras.

— Especialmente porque... — Angelina pediu que ela continuasse.

— Vamos dizer que eu não fui uma *boa* namorada nesse último mês, desde que nós voltamos para Vienna. As coisas entre nós em Londres eram ótimas, mas eu também era mais... presente.

— Você está falando de sexo, não está? —Eva fez uma feição de *o-que-você-acha*? e Angelina riu. — E acha que se voltar a dormir com Jim, ele vai mudar?

— Não é só isso, mas...

— Eva... — Angelina interrompeu. — Você está em um relacionamento abusivo.

Eva ficou alguns segundos olhando para Angelina antes de começar a rir.

— Até parece! Ele nunca encostou em mim dessa maneira, Angel.

— Amiga, me escuta. Nem todo relacionamento abusivo é físico, está bem? Ele está te manipulando para que você não termine com ele.

— Ele não é tão esperto assim.

— Pensa comigo, primeiro, ele te puxou para um relacionamento rápido demais.

— Se você está falando do jantar na casa dele, nós já estávamos juntos há dois meses em Londres.

— Não é disso que eu estou falando. Lembra quando vocês ficaram a primeira vez, e ele colocou uma foto sua na área de trabalho do computador dele? Vocês tinham se beijado uma vez e ele já estava dizendo que te amava.

Eva ficou pensativa, sem querer dar o braço a torcer e admitir que Angelina estava certa.

— Ele é absurdamente ciumento, tem ciúmes até da sua sombra. Você diz que em Londres não era assim... bem, vocês estavam *sozinhos* em Londres. Ele não tinha que dividir você com ninguém. — Eva ouviu Angelina sem dizer nada, para não admitir que ela estava certa. — Esta semana foi a primeira vez que nós realmente conversamos, isso desde que você voltou para Vienna. Ele te isolou. Nem com a sua família você fala direito agora.

Eva ficou um pouco incomodada com o assunto e queria que Angelina parasse de falar. A verdade é que ela não sabia de toda a história e Eva não queria contar — somente queria passar uma borracha em tudo e seguir em frente.

— Entendo o seu ponto, mas você está exagerando, como sempre.

— Só acho que ele é controlador. Notei que até o seu apetite mudou e você perdeu peso. — Eva pigarreou alto, quando o assunto proibido da perda de peso voltou. — Eva, me desculpe, mas você tem se pesado? Você perdeu pelo menos dez quilos, e mal vejo você comer. — Eva continuou de pé, olhando para o próprio tênis. — E como se isso não bastasse, ele está sempre dizendo como você deve se comportar, o tom que você precisa usar para falar com ele, o que você tem que fazer, e você fica mentindo, se escondendo dele para não precisar dar informações.

Eva continuou em um silêncio contemplativo. Angelina não era a primeira pessoa que já tinha levantado aquele assunto com ela. Na verdade, era por isso que ela estava evitando conversar com a mãe e com a irmã — elas não calavam a boca sobre seu peso e sobre como ela estava *sumida*. Até Alli tinha mandado um e-mail na posição de professora para dizer que estava preocupada com suas notas, depois de Eva não entregar alguns trabalhos na data prevista. Suspirou, rindo, tentando disfarçar o incômodo que aquela conversa lhe causou. Ela era uma mulher madura, feminista. *É claro* que *não* estava em um relacionamento abusivo.

— Olha, Angel, admiro a sua mente, mas agora preciso estudar.

Angelina ainda ficou alguns segundos fitando a porta fechada do quarto de Eva, depois que ela se enfiou lá dentro. Abriu o computador e escreveu um *post* rápido em seu *blog* — "Como identificar um agressor". Eva, que tinha notificações no telefone todas as vezes que Angelina postava algo novo, leu o novo *post* assim que terminou seu trabalho. Já tinha comentários de mulheres agradecendo o *post* de Angelina, e contando suas histórias de terror sobre como elas sobreviveram aos seus agressores.

Eva se colocou a ler o artigo e não acreditou — Jim de fato possuía muitas daquelas características. Ele a puxou para um envolvimento rápido; era controlador; tinha expectativas irreais, assim como esperar que ela fosse dedicar todo o tempo para ele, exclusivamente; ele a isolava; culpava a outros pelos seus erros; fazia com que ela se sentisse responsável pelos sentimentos dele; e era hipersensível, falando que morreria se ela terminasse o namoro.

A lista continuava, cruel com os animais e crianças (talvez nem tanto); usava de força durante o sexo (não mais do que o normal); tinha abusos verbais, papéis de gênero muito rígidos no relacionamento; tinha um humor mutável (ah, isso ele tinha); um passado de violência e chegava a ameaçar violência.

Aquilo começou a ressoar na cabeça de Eva. Será que ela estava mesmo em um relacionamento abusivo?

Capítulo 11

Você mudou

OS OLHOS DE EVA SE arregalaram quando ela colocou os pés na classe de Alli e viu o rosto destrinchado de Lucas, seu nariz mais torto do que nunca, seu olho roxo, e uma cara de poucos amigos. Tentou se aproximar, mas o garoto virou o rosto e foi se sentar junto de Dana que, naturalmente, no minuto que descobriu que Jim e Eva tinham voltado, declarou guerra a Eva mais uma vez.

Enquanto Alli deslumbrava seus alunos com todo seu conhecimento sobre *Flaubert* e explicava como, na verdade, sua vida libertina tinha sido muito similar à vida de sua mais famosa personagem, Emma Bovary, Eva tentava se comunicar com Lucas pelo olhar e com gestos discretos — em vão, pois continuou sendo ignorada. Lucas ainda escapuliu da aula mais cedo, e Eva ficou cheia de ódio dele. Mas sabia que no jornal ele não conseguiria escapar.

Saiu da aula de Alli direto para o *The VUR*, como fazia todas as terças-feiras, decidida a pegar Lucas de conversa e saber direitinho o que tinha acontecido com o rosto dele. No estômago, aquela ânsia de vômito já conhecida, companheira desde os meses de verão, que parecia antecipar as notícias ruins. O nome Brandon tilintava em seu ouvido como um apito irritante — não queria acreditar que ele tinha feito aquilo com Lucas.

Eva chegou ao jornal faltando poucos minutos para o início da reunião, mas Lucas não estava lá. Na verdade, nem mesmo Monica ou Clarice Geller estavam na sala de conferências. Aproximou-se de Vivian e Juliet que conversavam há uma certa distância, perto da mesa de café.

— Oi, sabem se Lucas está por aqui?

— Ele, Monica e Geller estão em uma reunião há mais de trinta minutos — explicou Juliet.

— É sério? Por quê?

— Ah, você ainda pergunta? — Vivian Taylor se intrometeu. — Com certeza o *pai* dele, que pagou para que Geller o aceitasse no jornal, deve ter exigido mais prestígio para seu *filhinho*. — Ela riu, sarcástica.

— Soube que eles conversaram por horas na festa do *Vienna Channel*. Tome cuidado, Eva. Se você quer ser editora no semestre que vem, o seu deve estar na reta.

Juliet e Vivian se viraram para Eva, esperando que ela demonstrasse algum sentimento desfavorável a Lucas, à família dele, ou a qualquer coisa que estivesse acontecendo dentro do gabinete de Geller. Mas Eva se recusou a fazer parte daquele joguinho.

— Ótimo, obrigada pelas informações não-solicitadas! Eu adoraria ficar aqui fofocando com vocês, mas eu tenho mais o que fazer. — Vivian e Juliet trocaram olhares cúmplices.

Eva estava prestes a dar as costas para Vivian e Juliet quando foi interrompida por Alexander Marshall. Ele chegou — espalhafatoso, como sempre — tocando na cintura de Eva, o que a fez gritar um *tira as mãos de mim, Marshall.*

— Você vai querer ver isso, *Miss Brazil.* — Ele colocou o jornal *The Times* em cima da mesa, aberta em uma página que logo chamou a atenção de Eva, pois tinha uma foto da Senhora Smith junto de seus grandes quadros. — Ela está sendo processada por se negar pintar uma cantora indiana. O *The Times*, então, fez uma pesquisa, e constataram que ela não tem nenhuma pintura de mulheres de cor. As modelos dela são todas brancas. — Eva pegou a revista, escaneando o artigo com rapidez, enquanto Alexander Marshall continuava, em um tom de deboche. — Não é à toa que eles foram embora cedo da festa do *Vienna Channel*. Estavam todos comentando sobre o processo.

A artista nunca pintou mulheres de cor, Eva bufou com a chamada da reportagem. *A exposição de inverno da baronesa Flora Giraud Smith está com perigo de ser cancelada,* ainda dizia o artigo. Vivian e Juliet se mostraram surpresas, mas não Eva. Nunca pensara que, em pleno século 21, conheceria alguém que a olharia com tanto desprezo quanto Flora Smith. E talvez aquele abraço que Flora lhe dera na festa do *Vienna Channel* fosse uma mera fachada — algo para os fotógrafos registrarem.

Pelo menos agora *ele* não podia dizer que os receios dela eram infundados. Eva parou sua mente perversa quando viu onde seus pensamentos a levavam — de novo.

Monica, Geller e Lucas saíram da sala da professora Geller, e Eva logo pensou que aquilo deveria ter algo a ver com o artigo sobre Flora Smith. A professora Geller, então, aproximou-se de Eva e pegou a revista da mão dela, dizendo que aquele era o último exemplar daquele lixo a circular pelo *The VUR*. Iniciou a reunião sem um mero boa-noite, dizendo que todos estavam proibidos de falar com a imprensa sobre o caso — *especialmente você, Oliveira.*

E para o dedo da professora quase no meio de sua cara, Eva se levantou de seu assento num impulso e falou até cuspindo:

— Eu acabei de saber sobre o caso, nunca disse nada, e posso te garantir que essa mulher é a última pessoa no mundo com quem eu quero ter qualquer tipo de relacionamento, seja ele bom ou ruim.

Quando Eva notou que estava de pé, voltou a se sentar devagar. Seus olhos se encontraram com Lucas, e ela percebeu tarde demais que estava falando da mãe dele.

— Certo, espero que cumpra mesmo — disse a Doutora Geller, desconfiada. — A última coisa que precisamos é mais um jornal difamando essa artista excelente. E a sua matéria sobre *Ruskin*... — Eva enrugou as sobrancelhas, sem desviar os olhos da professora. — Eu quero ler antes da Flockhart.

Eva sentiu a vontade de vomitar voltar e contraiu seu diafragma. Tinha certeza de que a professora Geller arrumaria um jeito de censurá-la outra vez.

Quando a reunião acabou, Lucas não conseguiu mais fugir. Eva o segurou pelo braço, impedindo-o de se afastar. Os dois olhos espremidos de Lucas mostravam como queria arrancar todos os membros do corpo de Eva com a força da mente. Com aquele olhar impiedoso talhando-lhe, ela não precisava nem perguntar se ele sabia o que tinha acontecido. E o pior era pensar que ela — de alguma maneira — fora um dos motivos da briga.

— Brandon fez isso com você? — Lucas levantou os ombros, como se fosse óbvio. — Quando?

— Depois que ele saiu do meio das suas pernas, presumo. — Eva abriu a boca e cerrou os punhos, controlando-se para não dar um par ao olho roxo de Lucas. — Desculpe... — disse ele ao perceber a indignação dela. — Eu não devia ter dito isso. Mas está difícil de engolir essa, Eva.

A dor de estômago se intensificou e Eva sentiu-se em perigo. Olhou para os lados, constatando que a conversa era privada o suficiente. A sensação é de que logo aquela fofoca estaria no ar, chegaria aos ouvidos de Angelina, e Eva não poderia mais guardar tudo que aconteceu apenas para si.

— Luke, eu sei o que você está pensando...

— Ah, você não faz ideia do que eu estou pensando — interrompeu, em tom de ironia. — Eu considerava você uma amiga. Uma pessoa para quem confidenciei o que tinha acontecido comigo, quem eu achei ser uma pessoa de confiança...

— É claro que você pode confiar em mim.

— Você dormiu com ele! — Lucas exclamou alto.

— Luke... — Eva olhou para os lados, nervosa, sentindo o vômito na garganta.

— Com o cara que arruinou a minha vida!

— Por favor...

— O quê? Agora você não quer que ninguém saiba...?

— Luke, não contei isso a ninguém, mas vou falar para você. Eu não quero um relacionamento com o seu irmão, e disse isso para ele. — Lucas cruzou os braços, com um sorriso sarcástico no rosto. — Estou dizendo a verdade.

— Eu não duvido que tenha dito isso, mesmo porque ele estava com muito ódio, mas é mentira, você quer *sim*. Está escrito na sua cara que você quer. E isso é que me deixa com mais raiva de você, Eva... Você sabe... — Lucas apontou seu indicador em direção a ela e Eva tentou conter o ímpeto de quebrar o dedo dele. — Você sabe quem ele é, você sabe o que ele fez... E mesmo assim você quer ficar com ele.

Eva sabia que seria inútil continuar conversando com Lucas. Ele conseguia ser mais cabeça dura do que ela. Num suspiro, deu um passo para longe.

— Independente do que você pense, já te disse o que tinha para dizer. É isso, eu e Brandon... não vai acontecer. — Lucas soltou outra risada irônica. — Agora se você quer continuar me tratando assim, é um direito seu. Lamento fazer parte da sua "listinha-de-pessoas-para-odiar-até-morrer" — disse fazendo aspas com os dedos —, mas parece que você só sabe fazer isso, Lucas... Odiar as pessoas... E quanto a isso, não posso fazer nada.

A risada sarcástica de Lucas deu lugar a uma feição de eu-te-mataria-agora-se-tivesse-uma-arma, e foi com essa cara que Eva o deixou sozinho na sala de conferências. A amargura veio — como sempre — quando ele pensava nisso, no quanto vinha odiando tudo. É tão mais descomplicado odiar; o amor dá muito trabalho. O ódio é simples, não dá alívio algum, sequer é honrado ou belo, mas é muito mais fácil que amar e perdoar. E o ódio, de fato, tinha se tornado banal e ordinário em sua vida.

— Ora, ora, se não é o filho da pintora racista!

Lucas ainda estava pensativo e introspectivo na sala de conferência, quando um rapaz que tinha acabado de entrar na sala se dirigiu a ele. Reconheceu-o de imediato como o repórter de rua do *Vienna Channel*. Ele sorria, revelando suas profundas covinhas e seus amigos gargalhavam — entre eles Angelina.

— Hitler ligou, ele quer o telefone da sua mãe. — Outro rapaz disse, causando mais risadas, fazendo Lucas catar suas coisas.

— Ai, eu fico tão, *tão* triste quando um racista é pego! Parte meu coração... — mais risadas.

— O que está acontecendo aqui? — Todos fitaram Monica, que apareceu na sala de conferências de repente. — Tenho certeza de que o professor Lockhart não vai gostar de saber dessa brincadeira de mau gosto, desse *bullying* contra os estagiários do *The VUR*.

Bernard West e seus colegas se calaram, sem graça, e Monica pegou Lucas pelo braço, forçando-o para fora da sala de conferência, onde agora a reunião dos alunos do *Vienna Channel* começaria.

— Obrigado por isso — disse Lucas, assim que ficaram sozinhos.

— Lucas, como falamos na reunião, a situação da sua mãe é complicada. Mas, ainda assim, ninguém tem o direito de insultar ninguém.

Lucas sorriu, achando Monica um pouco fria. Talvez ela pensasse que eles não deviam conversar no trabalho — pelo menos não da maneira amigável como conversaram na festa. Aquilo jogava um balde de água fria em Lucas — gostaria de chamá-la para sair.

— Sim, é complicado. Eu entendo a frustração, mas sabe... A minha mãe é de outra época. É difícil fazer ela entender...

— Você não precisa explicar nada para mim — disse Monica, tocando de leve o braço de Lucas.

O contato de Monica aqueceu sua pele. Havia tanto tempo desde que ele — de verdade — quisera passar mais tempo com uma pessoa. Não queria deixar o momento de certeza passar.

— Monica, tem uma coisa que quero te perguntar, mas odiaria que as coisas ficassem estranhas entre nós no jornal se você disser *não*. Inclusive, não se sinta no dever de dizer *sim*, vou entender se não quiser. — Monica enrugou as sobrancelhas, ainda tocando o braço de Lucas. Ele a pegou pela mão e acariciou os dedos dela. — Gostaria de sair com você um dia desses. Podíamos tomar um café... — Lucas queria continuar o seu pedido, mas alguma coisa na feição de Monica fez com que parasse. — Está tudo bem?

A expressão de Monica não era de rejeição, tampouco de aceitação. Ela tinha as sobrancelhas franzidas em uma clara demonstração de dúvida.

— Desculpe, Lucas, mas achei que já tinha me convidado para sair.

— O quê?

Monica riu, vendo que ele não fazia ideia do que ela estava falando.

— No dia da festa, você comentou que ia limpar o teatro com seus amigos...— Lucas arqueou as sobrancelhas, surpreso. — Achei que você estava me convidando.

— Ah, meu Deus!

— Bem que achei estranho que você não apareceu por lá.

155

— Monica...— Lucas não fazia ideia de onde enfiava a cara. Se ela estava achando que aquilo era um encontro, então ele dera um bolo nela. — Foi um dia depois da briga com o Brandon... eu... eu...

— Tudo bem... — Monica riu daquele mal-entendido.

— Eu preciso consertar isso e te levar para jantar.

Monica sorriu um dos seus sorrisos que iam de orelha a orelha.

— Eu vou adorar.

Depois daquela reunião do jornal, Eva voltou a ter problemas para dormir. Sonhou com a professora Geller censurando-a todas as noites daquela semana, profetizou que o estresse do último ano invadiria mais uma vez sua carreira no jornal, e afirmou que a professora Geller já digitava sua carta de demissão — agora que só precisava de mais uma suspensão para alegar justa causa. Não, não era possível! Depois de tudo, não era possível que seria demitida por causa daquele *maldito* congresso.

Naquele nível de desespero, Eva fez o que nunca pensou que faria — ligou para o namorado pedindo ajuda. Jim, é claro, prontificou-se a ajudar e estava no apartamento dela depois de dois minutos, causando diversos suspiros de preguiça em Angelina.

Eles fizeram isso muitas vezes em Londres, durante o estágio de verão. Jim tinha, de fato, revisado diversos artigos para Eva, e garantiu que ela fizesse um estágio muito bem-sucedido. Ele sempre circulava palavras que algumas pessoas poderiam achar *prepotentes* ou que podiam ser *mal interpretadas*. Além disso, era um excelente escritor de artigos, tinha trabalhado no *The VUR* durante a graduação e sabia lidar com Clarice Geller.

— O que aconteceu na palestra?

— Nada tão importante assim. Um dos alunos insinuou que um professor tinha agido de má-fé durante a seleção de doutorandos. — Jim fez um aceno positivo com a cabeça, fingindo que não sabia de quem Eva falava. — Mas depois desmentiu tudo.

— E você acha que é esse detalhe que a professora Geller quer checar?

— Com certeza.

— Você não quer omitir?

— Omitir não é uma opção.

— Mas você disse que ele desmentiu, *babe*.

— Eu não vou omitir — repetiu Eva, fazendo Jim levantar os ombros, como quem desiste. — Não quero fazer alarde sobre isso, mas também não vou fingir que não aconteceu.

— Então é uma questão de vocabulário. Algo que expresse o que aconteceu de uma maneira que não cause um incômodo. — Eva balançou a cabeça de forma afirmativa, enquanto Jim falava. — Quer dizer, todo congresso tem sempre um aluno que se acha e começa a discutir com um professor que se acha mais ainda.

— Como uma rivalidade acadêmica?

— Isso! — Jim sorriu. — Exatamente.

— *Rivalidade acadêmica*, eu gosto disso — disse Eva, puxando a cadeira para frente do computador, sentando-se logo em seguida.

— Então, quem foi o aluno, posso saber? — Jim perguntou, segurando o encosto da cadeira e beijando o pescoço de Eva.

— Não faz isso.

— É uma pergunta simples. — E virou a cadeira de Eva para que o fitasse, ao invés do computador. — Foi *ele*?

— Por que você faz isso? Você *sempre* arruma um jeito de voltar nesse assunto.

— Talvez porque ele fodeu a minha namorada.

Cada dia que se passava, Eva se arrependia mais e mais por voltar com Jim. Ele não perdia uma oportunidade para tocar no assunto — e isso dificultava ainda mais esquecer toda aquela história.

— Não te contei isso para você jogar na minha cara toda hora. Te contei para que a gente recomeçasse nosso relacionamento sem mentiras. Mas isso só mostra que recomeçar foi um erro.

Como *todas* as outras vezes em que o assunto *término* surgia, o que aconteceu diariamente naquela semana, Jim levantou as mãos e disse que eles precisavam se acalmar.

— Desculpe, eu estou tentando lidar com isso.

Eva não insistiu daquela vez, pois já sabia o que aconteceria, como em um filme. Nas outras vezes que quis terminar aquela semana, Jim fez tanto drama, *mas tanto drama* — falando que morreria e coisas do tipo — que ela acabou voltando a atrás. E, era evidente que se arrependia disso depois.

Sem paciência, pediu para que Jim fosse embora, o que ele fez para evitar mais uma discussão. Muitas vezes agora, inclusive, ele fazia isso — acabava deixando-a sozinha mais do que o normal para evitar confrontos. E talvez esse era o único motivo pelo qual eles ainda estavam juntos — porque Jim, de fato, vinha dando mais espaço a ela.

Mas Eva teria que resolver aquela situação o quanto antes. Não existia mais nada ali para ser salvo.

Foi com ódio no coração, vômito na boca e insônia que Eva levou o artigo para a Doutora Geller e recebeu um *"Okay"* de volta. Okay! Ela tinha dito *okay*! Um alívio invadiu a alma de Eva que — mesmo depois de todo aquele tempo — ainda ansiava pelas palavras de aprovação da professora Geller.

O artigo saiu uma semana depois na primeira página do *The VUR* — o mesmo dia da estreia de Angelina no *Vienna Channel*. Desde o início do semestre o canal anunciava o programa de entrevistas de Angelina com pompa, referindo-se a ela como *uma voz progressista na Universidade de Vienna* — o que deixou Eva cheia de orgulho, mas também com um pouquinho de inveja. Talvez se tivesse ouvido o conselho do Band desde o começo de sua graduação, seria *ela* a estudante progressista do *Vienna Channel*.

O programa de Angelina era quinzenal — na mesma data da publicação do *The VUR* — e, até então, Eva não tinha pensado no que isso significava. Tudo mudou no minuto que o programa começou e Angelina anunciou o entrevistado — Marcelo Faria. Ele chegou carregando um exemplar do *The VUR*.

A ânsia de vômito de Eva piorou assim que o assunto da entrevista começou — eles falavam sobre a palestra de *Ruskin* e ainda liam trechos do que *ela* escrevera no *The VUR*.

— *Rivalidades acadêmicas...* — leu Angelina.

— *Foi isso o que ela disse* — confirmou Marcelo.

— *Mas o que aconteceu naquela palestra foi de longe uma rivalidade acadêmica. Eu diria, inclusive, que foi uma denúncia de irregularidades na seleção de doutorado em Ruskin.*

— *Eu concordo plenamente. Quando se tem artistas fenomenais não aceitos, e outros artistas cujas obras são tão inferiores ficarem em quarto lugar... Isso é de se estranhar. É preciso investigar.*

— *Mas fala um pouco para nós sobre as etapas de avaliação do doutorado e como podemos averiguar se houve fraude, Marcelo.*

Os ouvidos de Eva pareciam cheios de água e ela teve uma sensação de desiquilíbrio, mesmo sentada. O que estava acontecendo, por que Angelina não tinha dito nada sobre quem ela entrevistaria ou sobre o que eles falariam? Ficou na mesma posição e perdeu a noção do tempo. O programa de Angelina saiu do ar e o *Vienna Channel* começou a mostrar um jogo de tênis entre alunos profissionais. Ficou assim até que a porta da sala bateu e Angelina entrou em casa.

— Eva... — disse colocando a bolsa no cabideiro. Viu que a TV estava ligada no *Vienna Channel* e sorriu amarelo. — Você viu? — Eva se virou para Angelina com os olhos atônitos. — Eu também escrevi uma matéria para o *blog*, acabei de postar.

Ainda muda, Eva foi até a bolsa no cabideiro e tirou seu *iPad* de lá. Ao observar a feição catatônica de Eva lendo a matéria, Angelina se aproximou, sentando-se na mesinha de centro.

— Queria ter te contado, mas o professor Lockhart pediu sigilo absoluto, e agora ele financia o *blog*, então...

Outra feição de surpresa, enquanto Eva ainda lia a matéria do *blog*. Lá, a amiga expunha com clareza o que tinha acontecido em *Ruskin*, e ainda mencionava que o *The VUR* não tinha publicado a versão completa dos fatos, acusando-os de censura.

— Imaginei que você não poderia falar tudo o que queria sobre a palestra no *The VUR*, então eu...

— ENTÃO VOCÊ O QUÊ? DECIDIU ME FODER? — Eva interrompeu.

Angelina enrugou os olhos para o grito de Eva.

— Eva... não... Pensei que ficaria feliz...

— Feliz? — Eva engoliu em seco. — O que você pensa que está fazendo, me expondo dessa maneira? — Angelina mostrou as palmas das mãos para Eva, sem saber o que dizer. — *"Constatando que os jornalistas do The VUR sofrem censura?"* — leu no artigo. — Você é louca? Como pôde escrever algo assim?

— Você sempre diz que...

— *"Brandon Smith insinuou que a estagiária, agora assistente editorial, Eva Oliveira, tem uma gravação..."* — Eva leu e abriu a boca horrorizada, fitando a colega de apartamento. — Angel, isso não é certo! Como você pôde fazer isso comigo?

Angelina colocou as mãos na cintura, por fim, enxergando além do que a carcaça mostra.

— Espera um pouco, você está me dizendo que *não* escreveu sobre o que aconteceu na palestra? Aquele "rivalidades acadêmicas"... aquilo é você? — Eva enrugou as sobrancelhas assistindo à Angelina soltar uma gargalhada fúnebre. Sentiu seu café da manhã voltar ao estômago. — Eu podia jurar que Geller tinha feito você escrever aquilo. — Eva continuou fitando Angelina, cheia de raiva e sentindo o estômago revirar. — Você mudou, Eva.

— Eu não mudei...

— Você mudou, *sim*. E mudou muito. Em qualquer outro momento, antes do último verão, você teria escrito sobre o que aconteceu na palestra. Você não tentaria amenizar o problema, tapar o sol com a peneira, você diria a verdade.

— Eu disse a verdade.

— Não! Você manipulou a informação, assim como a professora Geller faz. E por quê? Por que agora você tem uma posição de prestígio no jornal? Tudo isso... essa mudança... É por que você queria ser aceita?

As palavras pararam todas na garganta de Eva, assim como o seu café da manhã. Ela sentiu o gosto amargo no esôfago, estirou o corpo na pia da cozinha num ímpeto e vomitou. Quando lavou a boca e olhou para Angelina de novo, a colega de apartamento estava com uma feição de decepção.

— Não sei o que você estava pensando, mas você não é a Eva. A minha amiga Eva não suportaria viver nesse corpo. Ela é tão politizada que chega a ser chata, se irrita com tudo porque não consegue nem dormir se vê uma injustiça.

— Para com isso, Angel. Não escrevi porque... porque não tinha nada para escrever, não tinha nada para dizer. Você só viu uma oportunidade para levantar suspeitas sensacionalistas — disse Eva, tentando conter as lágrimas.

— Você está tentando se explicar? — Angelina abriu a boca, incrédula. — Quem é você?

— Eu sou a mesma pessoa de sempre.

— Ah, não é mesmo! — Angelina bradou. — Na verdade, não sei mais quem você é. A Eva que conheço nunca, *nunca*, se venderia para ser aceita. Minha amiga *Eva* nunca escreveria aquilo, ela não é uma covarde como você.

Angelina assistiu aos ombros de Eva caírem. Ela parecia buscar as palavras certas para entender toda a confusão que sentia, como se nem ela mesmo se reconhecesse. E a última coisa que Angelina viu foram dois olhos escuros brilhantes de lágrimas fitarem os seus, antes de Eva pegar sua bolsa e sair do apartamento, batendo a porta.

Depois da briga, Angelina tomou um banho, almoçou e foi para a aula, certa de que encontraria Eva, já que elas teriam uma prova. E tamanha foi sua surpresa ao constatar que ela não apareceu na aula. Não era um teste de muita importância, mas aquilo não fazia o estilo de Eva. Pensando bem, naquele semestre, Angelina já não podia mais dizer o que afinal fazia o estilo da amiga — que agora perdia testes, deixava de entregar trabalhos e escrevia artigos manipulados.

Repensou a discussão e se chateou por ter sido tão cruel, embora não conseguisse pensar como aquela conversa se desenrolaria de maneira diferente. Há tempos notava que Eva não era mais a mesma, e já queria dizer isso a ela há algum tempo.

Continuou ligando para Eva, mas o celular dela parecia estar desligado. No jantar e, enquanto comia, preocupada, foi interrompida por uma Dana, histérica, deixando os livros sobre a mesa do refeitório universitário.

— Por que ela voltou com ele, se vai dar chá de sumiço?

Angelina fitou Dana com ainda mais preocupação. Tentava se convencer de que talvez Eva e Jim estivessem juntos.

— Então ele não sabe onde ela está?

— Não, ele não para de me ligar, desesperado. O que ela está fazendo?

Angelina mordeu os lábios e levou a bandeja de comida para o balcão.

— Olha o Lucas ali, vamos ver se ele tem notícias dela.

Dana e Angelina se aproximaram de Lucas e perguntaram de Eva, apenas para receber uma resposta ríspida.

— Eu não sei daquela ali e nem quero saber.

— Vocês brigaram por um acaso?

— Por que não tenta com o traste do meu irmão?

— Por que ela estaria com ele? — Angelina perguntou, as mãos na cintura, achando aquela conversa estranha e desnecessária, ainda mais na frente de Dana.

— Nada, esquece! — Lucas disse, antes de se afastar, todo puto.

Dana e Angelina se olharam, preocupadas.

— Vou ligar para o Jim e saber se ele já conseguiu falar com ela.

Jim entrou em estado de pânico quando soube que Angelina não tinha notícias de Eva. Arrastou Dana e Leena pela cidade, enquanto Leena falava em sua cabeça que ele tinha que terminar com Eva. Dana também colocou lenha na fogueira, dizendo que Eva não gostava dele, que gostava de Brandon Smith. Jim ficou tão estressado que quase bateu o carro. E nem sinal de Eva pela cidade.

Quando voltaram para a mansão, Leena insistiu que Jim fosse se deitar. De manhã cedo, se ninguém achasse Eva, eles ligariam para a polícia.

— Vamos ligar agora.

— Ninguém que sumiu por menos de 24 horas é considerado desaparecido, Jim. Nós temos que esperar. Angelina disse que viu Eva de manhã. Se não tivermos notícias dela, eu mesma vou ligar para a delegada Marshall assim que acordar.

Sem muitas opções, Jim foi para o quarto. Dana também estava indo quando Leena a segurou pelo braço.

— Preciso da sua ajuda para que Jim termine com Eva. Ele está pressionando a pobre garota para manter o relacionamento. Eu a vi terminar com ele na festa, mas no dia seguinte ele deve ter insistido tanto que ela voltou atrás. Nem quero imaginar o que ele fez.

Dana se surpreendeu com o pedido da madrasta. Ela parecia estar com *peninha* de Eva.

— *Pobre garota?* Leena, é muito provável que ela esteja traindo o Jim.

— Isso não vem ao caso, Dana. Temos um problema mais sério do que uma traição. Jim está fora de si, e eu temo que ele vá fazer alguma besteira.

— O que ele poderia fazer?

Leena pareceu desconfortável, olhou para as escadas, certificando-se que Jim havia entrado no quarto.

— Você se lembra da Monica, certo? — sussurrou Leena. — Lembra que, um pouco antes de terminar com o Jim, ela quebrou o braço?

Dana tentou se lembrar de quando a ex-namorada do meio irmão se acidentou, há cerca de um ano e meio — um pouco antes do término deles. Lembrava-se vagamente de Monica com o braço quebrado, mas não conseguiu conectar os pontos.

— Sim, e daí?

— Digamos que há uma possibilidade de que ela não tenha quebrado o braço, e sim que o braço dela tenha sido quebrado... pelo Jim.

Dana tentou manter a compostura. Lembrava da conversa que Leena e Jim tiveram na cozinha — a qual fizera questão de ouvir. Então era isso que Leena prometera que contaria à Eva, caso Jim não terminasse o relacionamento.

— Jim quebrou o braço da Monica? — perguntou para ter certeza se era aquilo mesmo e pela feição de infelicidade de sua madrasta, tinha uma grande possibilidade de ser verdade.

— Ela o acusou, ele negou, depois ela voltou atrás... — Leena suspirou e Dana percebeu que aquele assunto era muito delicado. Leena não parecia nada contente em mexer naquela ferida. — O término deles foi... complicado. E depois dela, Jim não se envolveu com outra pessoa, até a Eva aparecer. E, de alguma maneira, ele parece ainda mais obcecado.

— Então você está com medo de que Jim faça algo contra a Eva?

Leena não respondeu e nem precisava, já que o olhar pesado que depositou em Dana fez um frio subir pelas costas da moça.

— Você tem certeza de que não sabe onde ela está?

— Eu não faço ideia.

— E o pai dela, que mora em Londres? Alguma chance de ela estar lá?

Dana sabia que Eva não se dava bem com o pai. Porém, de repente, parecia muito possível que ela estivesse lá.

— Não sei, pode ser.

— Ótimo. Você vai até lá amanhã, então. Não conte nada ao Jim. Vá sozinha e tente convencer a Eva a terminar com ele.

162

Se você, leitor, ficou surpreso por Eva estar na casa do pai, em Londres, imagine a feição do Senhor Oliveira quando viu Eva se materializar em sua porta, com cara de choro.

— Eva... filha... o quê...?

Ele mal pôde terminar a frase, antes de Eva se jogar em seu colo, em uma espécie de abraço. Ele a abraçou de volta, enquanto ela inundava sua blusa branca com as muitas lágrimas que saltavam de seus olhos, em meio a soluços penosos.

— Está tudo bem... papai está aqui — disse João, levando Eva para dentro da casa.

Belina, a esposa de João, levou as crianças para o jardim, enquanto o marido sentava a filha adulta em seu sofá. Eva chorou com o rosto enterrado no peito do pai e demorou para que pudesse se acalmar um pouco e conseguir dizer alguma coisa.

— Desculpe pela invasão.

— Você não está invadindo, Eva. Você é sempre bem-vinda.

— Obrigada — disse ensaiando um sorriso.

— O que aconteceu, filha?

— Eu... Eu...

Vendo que Eva começaria a chorar de novo, Belina sugeriu que ela fosse tomar um banho para que pudessem jantar.

— Ótima ideia, amor. Vem, filha... vou te levar até o quarto.

João Paulo providenciou toalha, chinelo, roupas de cama e tudo o mais para Eva ficar à vontade na suíte de hóspedes. Disse que ela podia ficar lá o tempo que quisesse.

— Posso dormir aqui esta noite?

— É claro, filha — disse antes de beijar o rosto dela e deixar que tomasse um banho.

Eva sentou-se na banheira e deixou a água cair em seu corpo e seu cabelo por quase uma hora, como se para limpar toda a angústia. Depois se enfiou debaixo do edredom e por ali ficou observando a penumbra, sem conseguir dormir. Quando eram quase sete da noite, o pai bateu à porta de novo.

— Filha, sua mãe quer falar com você ao telefone.

Eva saiu de baixo das cobertas e atendeu a mãe.

"Querida, seus amigos estão preocupados com você. Alli mandou mensagem para a Ana, perguntando se nós sabíamos onde você estava."

— Desculpe não te avisar, mãe. Eu vou ligar para elas amanhã. Só não diga que estou aqui, por favor.

"Não vou dizer nada, querida. Você está bem?"

— Eu vou ficar legal, não se preocupa.

Quando Eva desligou o telefone, João perguntou mais uma vez o que estava acontecendo.

— É o jornal de novo? Não é melhor se demitir, se esse jornal está causando mais estresse do que tudo? — Eva suspirou, abraçando os próprios joelhos. — Será que você ficar sozinha em Vienna é a melhor coisa? Às vezes, acho que talvez você pudesse pedir transferência para *King's College* e morar aqui, comigo. Londres é uma cidade mais acolhedora, mais tolerante do que Vienna. — Eva escondeu os lábios entre os dentes. — Por que você não vem jantar?

— Não estou com fome.

— Você está um pouco magra, está comendo direito?

Eva sorriu, enquanto o pai passava a mão pelos seus cabelos. Já havia tanto tempo desde que ela se sentira tão perto dele. E ele parecia se aproveitar de sua fragilidade para começar a reconstruir aquele laço há muito despedaçado.

— Estou bem, pai.

Ele sorriu. Há anos Eva não o chamava assim.

— Vou deixar você descansar, então.

Foi a primeira noite em semanas que dormiu bem. Acordou renovada. Tomou café com o pai e a madrasta e até brincou e tocou piano com os meios-irmãos. Não conseguiu esconder o sorriso quando o pai mostrou admiração pelo fato dela não ter parado de tocar. Por fim, passou um tempo estudando no quarto de hóspedes, e saiu de lá apenas quando Belina veio lhe informar que tinha uma visita.

Sim, era Dana, como você deve estar imaginando.

A casa estava vazia, a não ser por Belina. Ela foi para a cozinha para dar privacidade a Eva e Dana, que conversaram no quintal. Sentaram-se no banquinho, em meio às belas rosas que Belina cultivava.

— Como você me achou?

— Depois de esgotar os lugares em Vienna que você podia estar, comecei a pensar em lugares menos óbvios.

Dana fitou Eva, e ela estava visivelmente infeliz. E como havia perdido muito peso, Dana estimava pelo menos uns quinze quilos, a aparência de tristeza parecia mais evidente. Apenas um vestígio da verdadeira Eva parecia estar ali, bem no fundo dos olhos escuros dela.

— O que está havendo com você, Eva? Você mudou.

Eva desviou os olhos de Dana para as rosas de sua madrasta. Talvez eles tivessem razão, talvez tivesse mesmo mudado. Embarcou para Londres no início do verão decida a deixar o ano de conflitos constantes para trás e tentar se pacificar e não sofrer tanto. Ela só não contava que aquele aparente apaziguamento faria um monstro se formar dentro de si, sugando sua vontade de viver, apertando-a e afinando-a, até que pudesse guardar seu corpo dentro de uma caixa. E apesar de que há muito não tinha mais conflitos com a professora Geller ou com a universidade, olhava-se no espelho e não se reconhecia. Quem era aquela garota de olhos cabisbaixos, saboneteiras fundas, que mentia, dizia uma série de crueldades e não conseguia mais exercer sua profissão com ética? Ela não reconhecia aquela garota.

— Você veio aqui por algum motivo, Dana?

— Eu vim buscar você.

— Não vou voltar.

— Você não pode se esconder aqui para sempre.

— Você não entende.

— Acha o que...? — Eva alinhou os olhos com os de Dana. — Que em um ano de amizade eu não ia notar que as pessoas te tratam diferente? Não entendo, não sei o que é ser você, não estou na sua pele, mas você é melhor que isso, Eva.

— Não quero mais lidar com isso. Não quero mais a ansiedade de pensar se eu vou durar no meu cargo novo, se a professora Geller não vai voltar a me censurar e sabotar... — Eva soltou uma risada triste. — Meu pai disse que eu devia me transferir para a *King's College* e talvez devesse mesmo.

— Você não pode estar falando sério.

— Estou falando muito sério — afirmou Eva, convicta.

— Tem certeza de que é só aquela cidade medíocre? Tem certeza de que não está fugindo de outra coisa?

Eva franziu os olhos para Dana e deixou o ar sair numa meia risada de deboche.

— Só pode estar brincando para pensar que isso tem alguma coisa a ver com Brandon.

— Certo, não tem nada a ver com ele — satirizou Dana.

— Não, não tem — disse Eva, irritada, cerrando os punhos.

— Já entendi. — Dana levantou as mãos para a fúria de Eva. — Mas preciso ser honesta com você. É sobre a noite que eu fui jantar na casa do Lucas, no dia que ele contou para a família que você estava namorando.

— Está tudo bem, você não precisa me dizer nada — interrompeu Eva.

— Está vendo...? — Dana riu, assistindo à face desconsolada de Eva. — Você não quer ouvir porque já sabe o que vou dizer. Quando o Lucas contou sobre você e o Jim, eu pude ouvir a respiração do Brandon parar. Ele ficou vermelho escarlate. Juro, eu podia ouvir as batidas do coração dele. Ele afrouxou o colarinho e parecia em transe, ficou furioso. — Eva desviou os olhos de Dana antes que ela visse as lágrimas. — Você entendeu o que eu disse, Eva? Ele *está* apaixonado por você. — Dana observou Eva limpar as lágrimas. — Eu até entendo por que você não quer, a mãe dele te odeia. Ficou te chamando de *índia*... — Dana viu os ombros de Eva se moverem em uma risada mórbida. — Você e o Jim juntos não tem falação, é verdade. Mas não está certo.

Dana esperou, tentando ler o que estava passando pela face molhada e infeliz de Eva, antes que perdesse a paciência com ela.

— Eu acho que você está fazendo uma grande besteira — continuou Dana. — Ele gosta de você, você gosta dele... E ao invés de aproveitar isso, você, hipócrita, fica aí, mentindo para ele e para você mesma. Você terminou com Brandon porque ele mentiu, e agora *você* está fazendo a mesma coisa. — Dana soltou um suspiro forte. — Você sabe o quão difícil é achar alguém que retribui o seu sentimento?

A resposta da Eva foi um soluço. Ela voltou a chorar, dessa vez com muita intensidade, escondendo o rosto nos joelhos, encolhida no banquinho do jardim. Tentou se acalmar pegando fôlego, ainda tendo Dana a fitá-la sem piedade alguma.

— Eu arruinei tudo com Brandon, Dana.

— Eu duvido. Vocês até dançaram na noite da festa.

— Depois da festa... — Quando Eva se ouviu, percebeu que já tinha falado. Por alguns instantes, fitou Dana, que logo fez uma cara de *entendi-tudo*. — Eu arruinei tudo depois da festa.

— Então vocês dormiram juntos? — Eva não respondeu, e nem precisava. Dana engoliu em seco e balançou a cabeça de um lado para o outro. — Quanta bobagem, Eva! Como você pôde fazer tanta estupidez?

— É fácil para você falar.

— O que quer dizer com isso?

Eva manteve seus olhos marejados de encontro aos de Dana.

— É fácil não fazer estupidez quando não se faz nada, quando não se arrisca.

Aquela frase atingiu Dana como um tijolo em sua cabeça, causando uma tontura instantânea.

— Prefiro não fazer nada a machucar as pessoas, como você.

— De qualquer maneira você está machucando alguém, mesmo se for você mesma, apenas por não tentar e viver uma vida pela metade.

Dana decidiu que ela já tinha ouvido desaforo demais e pegou seu celular.

— Pouco me importa o que vai acontecer agora, mas você vai tirar o meu irmão dessa bagunça que você fez. Vou ligar e dizer onde estamos e você vai terminar com ele, dessa vez sem volta. Eu tenho a sua palavra?

Eva assentiu com a cabeça.

O resto do tempo, enquanto elas esperavam por Jim, passaram em silêncio. Eva não sabia mais o que esperar da amizade com Dana dali para frente. Mesmo que ela terminasse com Jim — o que Eva tinha toda a intenção de fazer — não sentia que a amizade com Dana fosse retomada. Muita coisa havia acontecido e ela parecia mais distante do que nunca.

Quando Jim chegou, Belina o levou até Eva e Dana. Dessa vez, não conseguiu não escutar, pois logo o rapaz começou a gritar.

— Você não vai terminar comigo!

— Jim!

Dana ficou horrorizada com a gritaria dele. Os vizinhos já estavam olhando para o quintal, e vez ou outra, Belina aparecia lá, perguntando para Eva, em português, se estava tudo bem.

— *Está tudo bem, Belina, eles já estão de saída.*

— *Por favor, fale se precisar de alguma coisa.*

E Jim continuava gritando, chorando e batendo a cabeça nas paredes exteriores da casa. Eva, como já tentara terminar com Jim outras vezes, não estava impressionada. Dana, por sua vez, achou aquilo o cúmulo do absurdo.

— Eu vou morrer... eu vou morrer se você terminar comigo.

— Jim, para com isso. Vamos embora!

— Não, eu não vou embora. Ela não pode fazer isso comigo. Eu vou morrer!

Dana puxou Jim, e Eva ficou onde estava. Jim foi implorando para que ela reconsiderasse, que ele não tinha feito nada de errado, e que ela prometeu dar a ele uma segunda chance. Leena estava no carro, esperando por ele. Quando Dana o levou até lá, garantiu a Leena que estava tudo acabado entre Eva e Jim, e Leena tratou logo de levar o filho de volta para Vienna. Dana mal acreditava que o homem em completo desespero que viu entrar no carro era o Jim que ela conhecia.

Quando teve certeza de que Jim e Leena foram embora, Eva se aproximou de Dana, talvez na esperança de que elas fossem conversar melhor agora que estava tudo, oficialmente, terminado entre ela e Jim. Mas os olhos frios de Dana lhe disseram que não tinha mais nada para elas conversarem.

— Eu nunca vou te perdoar pelo que fez com ele.

Capítulo 12

Consenso

ANGELINA DEMONSTROU UM ALÍVIO enorme quando viu Eva entrar pela porta. Tentou puxar assunto, mas Eva não deu ouvidos e foi direto para o quarto. Angelina ainda tentou se explicar, disse que o *Vienna Channel* estava tentando colocá-la em um lugar de oposição ao *The VUR*, mas que aquilo não era o que ela queria. Eva não ouviu nada, não respondeu e fechou a porta do quarto interrompendo qualquer coisa que a colega de apartamento estivesse falando.

Não fez por mal — não estava prestando atenção em nada. Foi assim também durante todo o trajeto de Vienna a Londres, junto do pai. A voz dele parecia perdida, longínqua, e quando ele insistia muito ela dizia *Oi? Desculpe, o que disse?* João repetia, e Eva era monossilábica, dando uma resposta qualquer que deixava claro que não tinha ouvido nada.

— Está distraída... O que deu em você?

Mas não era distração. As vozes dentro de sua cabeça estavam tão altas que mal conseguia ouvir o que acontecia do lado de fora. Dentro do quarto, sentou-se na cama e permaneceu alguns segundos mirando o visor aceso do *iPhone* mostrando a lista de contatos na letra B. Todos seus contatos estavam salvos pelo segundo nome, menos *ele*. Era como se ele fosse algo abstrato, distante da realidade de Vienna — absolutamente *único*.

Não era — Eva não tinha essas ilusões. Era alguém ordinário, que tentava viver da melhor forma possível assim como todo mundo, e talvez até um pouco mais cruel do que ela gostaria de admitir. *Único* era apenas como ela se sentia perto dele — isso era *sim* incomparável com qualquer outra pessoa que já tinha feito parte de sua vida.

Era só apertar e — como mágica — ouvir a voz grave enchendo seus ouvidos mais uma vez. Tudo bem que o telefone estaria entre os ouvidos dela e os lábios dele, mas não se importava. Só a memória daquela voz já fazia os pelos de seu corpo se eriçarem. Duas semanas... Seria isso tempo suficiente para se aceitar um pedido de desculpas?

Sua voz interior era feroz, mas Eva ignorou o que seus instintos pediam. Não ligou para Brandon. Por mais que estivesse sedenta para ouvir a voz dele, dizer *vem pra cá* e se jogar em seus braços, precisava entender o que estava acontecendo com ela primeiro, e, assim, talvez, resolver aquele mal-entendido entre os dois.

Então Eva seguiu com a semana, ignorando as mensagens de Jim — que ligava de hora em hora, alegando que eles precisavam conversar — e reprimindo seus desejos de gritar e socar a cara de alguém.

Angelina notou, é claro, que Eva não estava bem. Mas desde a briga, não conseguia tirar uma palavra sequer dela. Naquela sexta-feira, antes de Eva sair para a reunião do jornal, ofereceu café, biscoito, cereal, e qualquer outra coisa que lhe vinha à mente, mas nada adiantava. Com frieza, Eva negou com a cabeça e saiu de casa sem dizer para onde iria ou a que horas voltaria. Não sentia raiva de Angelina, mas sabia que no minuto que falasse uma palavra para ela, teria de falar tudo.

É claro que, assim que soube do término por Dana, Angelina vinha fazendo das tripas coração para Eva se abrir e dizer tudo o que tinha acontecido. Ouviu Dana contar como havia achado Eva na casa do pai em Londres e relatar a conversa. Dana tinha dado tão poucos detalhes que Angelina não teve outra opção a não ser desconfiar que as duas estavam escondendo informações.

Sem conseguir nada com Dana, Angelina tentou se reaproximar de Eva, para pelo menos poder perguntar o que ela planejava agora que estava solteira. Mas Eva estava impenetrável. Angelina fez o jantar duas noites seguidas, comprou velas aromáticas para o apartamento e até lavou o banheiro. Mas nada — simplesmente nada — chamava a atenção de Eva.

Decidida a saciar sua curiosidade, Angelina abandonou a ética e vasculhou o quarto de Eva depois que ela saiu. Quando já estava prestes a desistir, viu que Eva não tirava o lixo há tempos, ou sequer lavava roupa — ambos os cestos estavam lotados. Sem pensar muito, revirou o lixo também. E quando caiu na real do quão patético era aquilo, achou algumas embalagens de camisinha rasgadas.

De início, não parecia nada demais. Eva e Jim tinham ficado duas semanas juntos, antes do segundo término — embora Angelina não tivesse notado nenhuma ação vinda do quarto, a não ser as comuns e esperadas brigas. Num ímpeto, começou a revirar também o cesto de roupa suja. E bem no fundo dele, achou uma gravata azul-petróleo. Passou a mão pelo tecido de qualidade com os olhos esbugalhados e a boca aberta.

— Não é possível, eu saberia...

Angelina forçou a mente para lembrar se havia visto Brandon na festa do *Vienna Channel* depois que Eva fora embora. Olhou para a gravata mais uma vez e riu. Soltou uma gargalhada que arrancou lágrimas de seus olhos.

— *Bitch!* — Ela gritou, por fim.

Quando Phillip Potter chegou para assistir à sua última aula daquela manhã, viu Brandon sentado em uma das últimas cadeiras, como quem não quer participar da aula, mas estivesse sem opções. Ainda faltavam quinze minutos para o seminário de Arte Impressionista começar, por isso ele sentou-se perto do amigo.

— E aí...? — Eles se cumprimentaram com um aceno de mão. — Eu e Marcelo marcamos a inauguração do apartamento para amanhã. Você está convidado.

— Obrigado, mas sério que seu futuro marido me convidou?

— Vocês dois precisam parar com essa picuinha, isso vem desde a graduação. — Brandon levantou os ombros, como se não soubesse do que Phillip estava falando. Nunca tinha tido nada contra Marcelo. A repugnância era da parte dele. — E sim, ele está sabendo que eu te convidaria. Vai convidar metade da população brasileira dessa cidade, eu tenho direito a alguns amigos também, não é? Afinal, casamento é isso, puro consenso.

Brandon coçou a barba, sem tirar os olhos de Phillip.

— Então... brasileiros...? Dá para ser mais específico?

— Ah, sim, sua musa confirmou. Ela vai estar lá. — Brandon riu quando Phillip se referiu a Eva como *musa*. — Aliás, essa sua fascinação já não foi longe demais, não? Fala sério, até quando isso vai durar? Até você dormir com ela? Então faz isso de uma vez.

Brandon soltou uma risada e passou a mão pelo cabelo. Aquele gesto causou uma feição de desconfiança em Phillip, que enrugou a testa.

— Espera um pouco... — Brandon não conseguiu disfarçar o sorriso maroto. — AH MEU DEUS, VOCÊ DORMIU COM ELA!

— *Hey!* — Brandon reclamou do grito do amigo. — Fala um pouco mais alto, Phill... Não acho que *ela* te escutou do outro lado do campus.

— Como isso aconteceu?

— Geralmente segue um mesmo parâmetro, primeiro a gente tira a roupa...

— Há-há. — Phillip fingiu achar graça. — Só quis dizer que ela não queria nada com você. E agora?

— E agora, nada.

Phillip manteve sua feição de estranhamento.

— Por quê? — Brandon levantou os ombros, como se fosse irrelevante. — Ela tem um pênis?

Brandon se engasgou em um riso relutante, levando o corpo para frente, antes de voltar a fitar Phillip.

— Não.

— Peitos estranhos... mau hálito...?

— Não, cara... ela é...— Brandon respirou fundo, sentindo uma súbita tristeza. — Ela é... simplesmente...

Parou a frase pela metade porque não conseguiu pensar em uma palavra para descrever o que havia sentido naquela noite. Todo seu vocabulário de poeta secreto se perdia e a única palavra que vinha à mente era *perfeita*. Mas Brandon odiava essa palavra e se fosse usá-la, teria de ressignificá-la. Não poderia ser aquele *perfeita* no sentido estético irreal dos filmes, pois Eva era como qualquer pessoa nesse aspecto, com marcas em seu corpo, além de estrias e celulites em lugares estratégicos.

Mas alguma coisa na proporção dela se adaptava a ele, e aquele encaixe harmonioso deixava todo o conjunto de Eva impecável, sua formosura ainda mais acentuada, uma perfeição em suas imperfeições. Tocar a pele dela era como sentir os dedos por aquelas sedas francesas caras, e ainda conseguia sentir a doçura dos líquidos de Eva em sua boca. Desbravou aquele corpo como quem adentra uma vegetação densa, e quanto mais mergulhava naquele mistério, mais ele se perdia e se deslumbrava. Mais de uma vez teve que apertá-la e mordê-la, tamanho seu apetite por Eva.

Era uma pena que ela era uma filha-da-puta.

— Olha, não quero mais falar disso — continuou Brandon. — Mas se ela vai estar lá, eu passo.

Phillip levantou as sobrancelhas, admirado. Brandon e seu ar de não-quero-ver-essa-mulher-nem-pintada-de-ouro não deixava dúvidas sobre seu aborrecimento.

— Cara, essa garota te tira da zona de conforto mesmo, hein...? O que aconteceu? Parece que o sexo não foi ruim, então... Foi alguma coisa que ela disse?

— O que ela diz, o que ela não diz... — Brandon continuou, enigmático. — Sabe esse consenso que você e Marcelo chegaram? Acho que não existe um para mim e Eva.

— Certo, não vou te esperar amanhã, então...

— Melhor não esperar mesmo. — Brandon disse, com convicção.

O professor Crick entrou na sala, a conversa parou, mas a mente de Brandon continuou trabalhando. Talvez fosse melhor assim... Talvez estivesse mesmo — como seu irmão insinuara — *arrumando um problema ainda maior*. Talvez fosse melhor que ele não fosse mais abaixo naquele precipício, tentasse se proteger da avalanche que o alcançava e guardasse aquela noite na memória como algo especial.

Na sexta-feira à noite, após uma longa reunião no jornal, Eva chegou em casa arrastada, como se seu corpo pesasse quinze vezes mais e fosse difícil movê-lo de um ponto ao outro. Assim que abriu a porta, quis dar meia volta e sair correndo dali. No sofá, reconheceu Angelina, Alli e María Ana. Cumprimentou todas com um sorriso bem sem graça, ao fechar a porta, e já estava indo para o quarto quando ouviu a voz de Angelina.

— Então, ele te ligou?

Eva se virou para Angelina e viu que ela usava uma gravata. Naquele momento, na verdade, passava as mãos na gravata e fitava Eva como um sorriso vencedor de quem tinha descoberto tudo.

— O que é isso? — Eva soltou uma risada em meio a um pigarro. — Uma intervenção?

Alli sorriu, tirou algumas coisas da mesinha de centro e bateu duas vezes na superfície de madeira escura.

— Sente-se aqui, querida. — Para o tom professoral de Alli, Eva se aproximou devagar e sentou-se. Angelina ainda brincava com a gravata em suas mãos e María Ana ofereceu uma taça de vinho para ela. — A pizza já está chegando e nós temos mais garrafas de vinho, Eva. E agora você pode começar a contar o que aconteceu...

Eva olhou para os três pares de olhos que a analisavam e um frio percorreu sua espinha. Falar sobre tudo o que aconteceu parecia um assalto à mão armada e ela sentia-se em perigo.

— Está tudo bem, Eva — disse María Ana, segurando uma de suas mãos. — Esse é um ambiente de segurança. Nós queremos o seu bem, queremos que você seja feliz. — María Ana e Eva não era tão próximas, mas as palavras fizeram Eva sorrir. — Você dormiu com o Brandon?

Eva sentiu um peso sobre o seu corpo quando assentiu com a cabeça. Sua confirmação abriu espaço para outras perguntas, que vieram rápidas como bala de canhão e fizeram sua cabeça doer. *Como aconteceu? Foi depois da festa? Ele te seguiu? Ele te forçou?*

— É claro que ele não forçou nada, gente. Eu... eu quis. — Eva riu, fitando os pés. — Eu dei vários sinais, ele foi a primeira pessoa para quem eu disse que tinha terminado com o Jim. Até pedi que ele me trouxesse em casa. Ele sabia o que eu queria.

Alli balançou a cabeça em sinal de entendimento e então fitou María Ana e Angelina, que também trocaram olhares entre si.

— Estou tão confusa — disse Alli, causando risadas altas. A campainha tocou e ela deu um pulo. — Graças a Deus! Pelo menos agora temos comida. — Ela fez a transação da pizza e voltou com três caixas para dentro do apartamento.

— Que isso, que exagero, gente! — Eva reclamou.

— Exagero? Eu acho que isso não vai ser o suficiente — disse Alli, enquanto as quatro se sentavam no tapete, ao redor da mesa de centro, onde agora as pizzas repousavam. — Eva, rebobina. Começa do zero.

Foi como um vômito de palavras, e, à medida que essas saíam desenfreadas de sua boca, Eva foi sentindo-se mais leve, mais segura, e até parecia entender melhor o que tinha acontecido. Começou contando como as coisas aconteceram entre ela e Jim, e como tudo tinha sido ótimo, até a ligação de Brandon, no dia 23 de julho. Contou como Brandon ficou sabendo por Lucas do namoro e foi tirar satisfação com ela, pois achava que ela devia ter pelo menos conversado com ele — e inclusive Eva notou de imediato que Alli, Angelina e María Ana também achavam que ela deveria ter conversado.

Foi no meio daquele monólogo que notou o que mais vinha tirando sua energia naquele semestre — o silêncio. Antes, quando falava o que dava na telha, e era tão odiada por isso, pelo menos não existia aquele sentimento de frigidez, de vômito entalado.

Durante a noite que passaram juntos, Brandon tentou conversar com ela, mas Eva se recusou. Não queria falar nada, o que quer que fosse, para ninguém, não com tanto risco de ser mal interpretada e julgada como no ano anterior, por mais que isso a consumisse.

— Então resumindo...— Angelina disse, tentando encontrar algum sentido naquela história toda. — Você resolveu não se envolver com o Brandon e arrumou um namorado, um *ótimo* namorado, diga-se de passagem... — disse revirando os olhos, causando risadas. — Então Brandon veio tirar satisfações, e você disse que não precisava dar satisfações para ele. Até então, te entendo.

Eva confirmou com um aceno da cabeça.

— E aí você vai e dá um beijo nele? — Angelina colocou as mãos na cintura. — Dá para entender o motivo do garoto estar confuso.

— Você tem razão, eu não devia ter beijado ele. Aquele dia do tornado foi... estranho. Ele se humilhou e deu uma desculpa horrível para me livrar de uma possível investigação. Isso mexeu comigo de uma forma que eu não esperava.

— Foi bem desconfortável assistir a ele desmentindo a existência da gravação... que *realmente* existe, suponho...— disse Angelina, fazendo Eva abaixar a cabeça.

— Calma, uma coisa de cada vez, Angel — pediu Alli, causando uma careta em Angelina, que não queria informações pela metade. — Agora, Eva, vou te fazer uma pergunta, mas tem que me prometer que não vai ficar louca — continuou Alli. — Você está apaixonada pelo Brandon?

A reação de Eva foi um riso nervoso. Ela bebeu o resto do vinho e balançou a cabeça em sentido negativo, como se não acreditasse no que estava ouvindo.

— Estava demorando para vocês me perguntarem isso! — Alli, Angelina e María Ana se olharam, segurando o riso. Eva pareceu notar a interação e ficou irritada. — O quê? Vocês acham que estou me enganando? *Não* estou apaixonada por ele... Eu... eu sinto *muita* atração por ele, não nego e nunca neguei. Satisfeitas, suas putas? — Eva revirou os olhos, encheu a taça de vinho novamente, bebendo o líquido mais rápido do que o normal.

— Certo, deixa eu refazer a pergunta de um jeito mais didático — disse Alli, tentando não rir. — Pensa nisso como um diagnóstico, está bem? Mas você precisa ser sincera com a sua médica do coração.

Eva riu da ironia de Alli, afastando a taça da boca.

— Já disse que não estou apaixonada e não quero brincar disso.

— Se não está apaixonada, você não tem nada a esconder.

— Vou marcar os pontos! — Angelina pegou uma folha da impressora e uma caneta. Desenhou então um coração feliz e um triste separados por uma linha reta. — Ok, o *coração feliz* está apaixonado e o *coração triste* não está.

— Não seria o contrário? — Eva perguntou.

— Olha o que a influência da literatura romântica fez com a gente... — María Ana disse, arrancando risadas. — O *coração triste* está apaixonado, então vamos lá.

— Pergunta um, você chegou à festa do *Vienna Channel*, quem foi a primeira pessoa que você notou?

— Essa pergunta não vale, porque ele estava bem atrás de mim.

— Coração triste — disse Angelina causando um pigarro em Eva.

— Reparou no que ele estava usando logo de cara?

— Isso é tão injusto! É difícil não reparar, ele tem quase dois metros de altura — reclamou Eva.

— Você o cumprimentou?

Eva começou a ficar irritada e a mover suas pernas em movimentos involuntários e rápidos. É claro que *ele* não foi a primeira pessoa que ela viu naquela festa, mas era como se não se lembrasse de mais ninguém. E por que se lembrava somente do que *ele* estava usando aquela noite? Da cor da gravata e de como o tecido parecia gelado de encontro aos seus dedos...?

— Nao, não nos cumprimentamos — disse relutante, ouvindo uma voz incessante em sua cabeça gritar que ela não o cumprimentara porque era muito perigoso conversar com ele. Havia algo muito mundano na maneira como eles conversavam, e às vezes parecia que ela estava falando consigo mesma.

— Mas vocês se olharam?

Eva assentiu, irritada e infeliz, como se pega cometendo um crime.

— Angelina, como está esse coração?

— Notando a presença do outro, evitando falar muito para não falar o que não deve, trocando olhares cheios de significado... Eu diria muito, muito, muito triste.

— *Okay*, última pergunta, a mais certeira. Em uma escala de *um* a *dez*, *um* sendo "Eu consigo fazer meus deveres sem olhar o celular cem vezes procurando por mensagens dele" e *dez* sendo "Eu tenho um problema e preciso de ajuda", com qual frequência você pensa nele?

Eva colocou a taça de vinho na mesa e se levantou.

— Gente, o que eu posso dizer? Que sou um clichê ambulante? Que me apaixonei por um cara passivo-agressivo que já mandou me prender? Que penso nele o tempo inteiro, inclusive, devo ter algum problema *sim*, porque isso não é normal... você levantar e dormir com aquela pessoa na cabeça... — Eva notou que estava gritando quando Angelina, Alli e María Ana trocaram olhares, segurando as risadas. Voltou a se sentar, decidida que aquilo já havia ido longe demais, e tapou o rosto com as mãos. — Ai, está tudo errado! Essa história está do avesso! Não era para ser assim...

— Quem disse que existe uma maneira certa das coisas acontecerem, Eva? Simplesmente acontece — disse Alli.

Por alguns segundos, o silêncio contemplador prevaleceu na sala do apartamento.

— Então... — Angelina chamou a atenção de Eva, tocando na perna dela. — Vocês dormiram juntos, mas ele foi embora antes de eu chegar, não foi? — Eva confirmou com a cabeça. — O que aconteceu? Por que vocês não estão juntos? Ele só foi embora e não te ligou mais? — Quando Angelina viu a careta de arrependimento de Eva, respirou fundo e pareceu entender tudo. — O que *você* fez?

Eva acordou e se deparou com o rosto de Brandon a centímetros do seu. O braço pesado estava sobre seu peito, e o corpo nu dele entranhado ao seu causava certa imobilidade. A quentura da pele dele era singular, e Eva sentia que precisava respirar. Desvencilhou-se com cuidado, temendo acordá-lo de seu sono silencioso. Sentou-se na cama, inalou a brisa fresca que entrava pela janela e isso pareceu diminuir um pouco a sensação de sufocamento.

Seu movimento foi percebido quase que de imediato, e Eva sentiu as pontas quentes dos dedos de Brandon tocando sua coluna. Logo depois, vieram os lábios molhados que dançaram por suas costas, junto da barba que pinicava sua pele e fazia seus pelos se eriçarem. Ele beijou o caminho das suas costelas até o pescoço, mergulhando o rosto e as mãos em seus cabelos, causando espasmos e um gemido reprimido.

— Eu amo o seu cabelo. E essa pele cheirosa? Eu quero te morder todinha. — Eva riu quando ele mordeu seu ombro de leve. — Você sabe o que eu pensei quando eu te vi pela primeira vez?

— Que a Inglaterra devia ser mais rígida na imigração?

— Exatamente. — Eles riram juntos. — E então eu pensei, "Esse é o cabelo mais lindo do mundo" — disse Brandon, tocando o cabelo de Eva. — E claro, o bumbum mais lindo do mundo também. — Ele estapeou o bumbum de Eva, com carinho. — Não necessariamente nessa ordem.

— Tenho certeza que não.

— Você sabia que seu bumbum tem formato de coração?

175

Eva riu e ele a beijou. Ela terminou o beijo rápido e escondeu o rosto entre os braços entrelaçados acima dos joelhos.

— Está tudo bem?

— Sim. Só estou pensando...

— Em nós...?

— Sim, em nós.

Brandon espremeu os olhos.

— Por que estou sentindo que isso é ruim?

— Não é ruim, é só... complicado.

— Acho que não tem nada de complicado — *disse ao tocar o cabelo de Eva mais uma vez.* — É só você aceitar ser minha namorada e pronto.

Eva tirou a cabeça de entre os braços, fitando Brandon estarrecida, sem compreender bem o que tinha acabado de ouvir.

— O quê?

— Eu sei que é tudo recente entre você e ele, mas eu não quero esperar mais.

— Namorar? Você quer namorar? — *Brandon riu e levantou os ombros, como se fosse óbvio.* — A gente não pode só se ver de vez em quando?

A feição de Brandon foi de surpresa.

— Como assim?

— Você sabe... uma coisa menos formal.

Brandon coçou a barba.

— Então você **não** quer ficar comigo?

Eva não soube o que dizer e o tom reprovador e magoado dele a fez repensar se era o melhor momento para aquela conversa.

— Não foi isso o que eu disse.

— Você disse que não quer ter um relacionamento comigo.

O tom de Brandon ficou mais sério e Eva sentiu uma discussão chegando — uma daquelas que eles tinham quando se conheceram. Tentou descontrair e o beijou.

— Não é tão ruim assim, é? A gente pode se ver nos fins de semana, não todos, mas... — *Brandon afastou o corpo de Eva, sentando-se ao lado dela na cama, a mão tampando a boca.* — Eu só não acho que a gente devia partir para algo sério tão rápido.

— Rápido? — *Brandon se voltou para Eva num ímpeto.* — Há quanto tempo a gente se conhece?

— Você entendeu o que eu quis dizer...

— Não, não entendi — *interrompeu-a, com mais veemência.* — O que parece é que você continua me punindo.

— Por que eu faria isso?

— Talvez para me dar uma lição de moral porque isso foi exatamente o que eu fiz com a Tabitha.

— É claro que não! — *Eva soltou uma risada.* — Eu não acredito que você está trazendo a Tabitha para dentro do meu quarto!

— Desculpe, mas parece óbvio. Por que mais você **não** iria querer ter um relacionamento comigo?

— E quanto ao fato de você ter mandado me prender, mentido para mim, e tudo mais que você fez...? — Eva enumerou, já alterando a voz, e Brandon revirou os olhos, com uma risada irônica. — Eu e você... Não tem nada a ver.

— Não tem nada a ver para um relacionamento, mas tudo bem a gente foder de vez em quando? — Brandon perguntou, com os olhos alucinados.

— Que jeito mais horrível de colocar isso, Brandon! — Eles respiraram fundo, sem desviar os olhos um do outro. — Você mesmo já me disse que nós somos diferentes um do outro. Você tinha razão. Nós somos mesmo diferentes.

— Não importa.

— É claro que importa!

— Eva... — Brandon subiu a ponta de seus dedos pelo braço de Eva até seu pescoço. — Eu quero você. Não ocasionalmente, eu te quero de verdade. Só me diz qual é o problema.

— Eu já disse...

— Não faz sentido! — Brandon interrompeu.

Eva engoliu em seco.

— Em qual cenário você vê isso dando certo, Brandon? Em qual cenário nós temos uma chance? Se nós decidirmos ficar juntos hoje, o que você vai dizer para a sua mãe? Vai falar para ela que você está namorando a índia...? E até quando? Até o primeiro comentário inapropriado, talvez...? Isso é um erro.

Brandon assentiu com a cabeça e riu.

— Então esse é o problema...? A minha mãe?

— Eu odeio aquela mulher. — Brandon riu. — Estou falando sério, eu quero a sua mãe morta.

Brandon beijou os lábios de Eva, ainda rindo.

— Eu entendi, você está chateada. Você tem toda razão de não gostar da minha mãe. Agora, deixa eu te dar outro cenário... Eu estou apaixonado por você.

Eva desviou os olhos dele, segurando a cabeça com a mão.

— Não!

— Sim!

— Vai embora.

— My darling... — Ele tentou pegar no cabelo dela de novo, mas Eva se afastou.

— É sério, você precisa sair daqui agora — esbravejou Eva, de repente, fazendo Brandon se assustar. — Vai embora, por favor.

— Eu não vou embora, a gente vai conversar e chegar num consenso.

— Não vai ter consenso, você tem que ir embora agora!

— Eu não acredito que você está agindo assim porque eu disse...

— Brandon... — Eva tentou engolir o vômito de palavras, sem sucesso. — Você **não** está apaixonado por mim.

— Eu estou, sim.

— *Não, não está. Não mais do que você já esteve apaixonado pela Tabitha, pela Layla, pela Michelle, ou qualquer outra mulher da sua lista. Você não sabe o que é amar alguém. Você quer me consumir... como se você estivesse na sua loja preferida e fosse comprar algo que quisesse. Isso não dura, não sobrevive às dificuldades. Você fala de amor quando tudo que você sente é desejo. Por isso que essas palavras não significam nada para você. Você é um mentiroso compulsivo, um trapaceiro, enganador... E eu não confio em você.*

Quando acabou de narrar a conversa daquela noite, Angelina tinha a mão à boca, Alli tinha as mãos nos olhos, e María Ana tinha as mãos nos ouvidos. Eva fez uma careta; a imagem estava idêntica aos famosos macacos japoneses que guardavam a entrada do Santuário *Toshogu*. Não sabia se era deliberado, ou se elas estavam fazendo de propósito.

— Meu Deus, ele disse que estava apaixonado por você — disse Alli.

— E você disse que ele era um mentiroso traiçoeiro e enganador — completou María Ana.

— A mais pura verdade. — Eva fitou Angelina, que ainda tinha as mãos tampando a boca. — Não vai dizer nada?

Angelina pousou as mãos sobre as pernas, pensativa.

— O que tem para dizer? Parece óbvio que você se arrependeu do que disse, e que agora pensa que ele estava falando a verdade. Você sabe que arruinou o que pareceu ser um momento de muita ternura entre vocês dois.

Eva ficou cabisbaixa e Alli suspirou, enquanto María Ana fazia uma careta. Até Angelina tinha a feição preocupada. Não que elas achassem que Eva havia mentido, mas porque ela foi muito cruel.

— Bem, talvez se você se desculpar, fique tudo bem. Entre num consenso com ele, comecem devagar, um encontro, sabe...? Como as pessoas normais fazem... — Alli sugeriu, causando um riso entalado em Eva.

Sua mente tinha ido aos extremos naquelas semanas, pensando nesse tal *consenso*. Era pura ilusão pensar que o ritmo do relacionamento deles — fosse ele devagar ou rápido — levaria a um desfecho diferente do que ela imaginava.

— Às vezes é melhor assim. Meu pai tem razão... — Eva disse, como se falasse para si mesma. — Eu tenho que pensar bem com quem escolho me envolver. Preciso lembrar que as coisas nem sempre vão ser fáceis para mim. — Eva fitou Alli, Angelina e María Ana. — Eu fugi de pessoas como a mãe dele a minha vida inteira e pretendo continuar fazendo isso.

— Eva, manda a mãe dele para o inferno — disse Angelina, irritada. Alli tocou seus ombros, fazendo com que Angelina a olhasse.

— Angel, só porque você não vê isso como um problema, não significa que para a Eva não seja um. Você não está na pele dela para saber.

— Flora não está sozinha, ela tem toda uma dinâmica para a apoiar nesta cidade. No ano passado, quando eu caí de bicicleta, a mulher que nos ajudou fez comentários. A gente não precisou nem se tocar em público, bastava estar a menos de um metro de distância. — Eva suspirou. — Ele ficou chateado quando eu disse que a gente podia se ver, mas não ter nada mais sério, mas no fundo ele deve saber que o que eu disse é verdade.

O silêncio predominou. Notando a infelicidade na feição de Eva, Alli se aproximou dela e pegou em suas mãos.

— Eva, não sei o que você está sentindo, mas esse tipo de coisa é só vivendo para saber. Ainda penso que você devia dar um tempo para o Brandon, deixar que ele cure esse orgulho ferido, e então se desculpar. De qualquer maneira, estou muito feliz que você esteja se abrindo e deixando que a gente seja parte disso. — Eva sorriu. — Agora, por favor, podemos falar sobre o pênis dele?

Eva riu enquanto María Ana balançava a cabeça de um lado para o outro e Angelina ia pegar mais bebida, porque *falar de pênis exigia vinho.*

Capítulo 13

20-e-poucos anos

LUCAS ANDAVA PARA LÁ e para cá em seu quarto. Nervoso, chutava o carpete, batia os pés e voltava a andar pelos cantos do quarto. Ele tinha agido tão impulsivamente quando convidou Monica para sair, que agora sentia-se sem saída. Onde estava com a cabeça? Eles trabalhavam juntos... e se o encontro fosse péssimo? Talvez devesse fingir que se esquecera do tal encontro e nunca marcar algo concreto com ela.

Sentou-se em sua cama, abriu um livro e começou a folheá-lo, desviando sua atenção das páginas vez ou outra para espionar qualquer coisa do lado de fora da casa. A mente não parava de pensar cenários hipotéticos para um encontro entre ele e Monica. Imaginou que eles conversariam sobre os mais assombrosos assuntos da vida de Lucas com bom humor, rindo de suas próprias desgraças, já que chorar não era mais um bom remédio. Lucas não entendia muito bem, mas não se importava em Monica saber tudo sobre o seu passado. Na verdade, era um alívio.

Mas havia um outro cenário, e esse era repleto de medo. Não podia sair com a Monica — ela sabia tudo sobre ele. Sabia que ele era apenas um garoto perdedor e sem coragem para arriscar, rejeitado por todas as mulheres de sua vida. Ele precisava era deixar todos aqueles sentimentos malucos para trás, tirar Monica da cabeça e seguir sua vida pacata. Quem procura grandes emoções, tem grandes sofrimentos e Lucas sabia muito bem disso.

Talvez fosse melhor assim. Se não tinha encontros, não tinha namoro, e se não tinha namoro, com certeza não tinha traição e nem angústia. Era bem mais seguro desse jeito.

Olhando o quarto escuro e silencioso, Lucas sorriu, cheio de tristeza.

— Parece que você nasceu para ficar sozinho, otário.

— Talvez sim, *otário*.

Lucas fitou a porta do quarto e viu Amanda, arrumando sua prótese de perna, antes de fitá-lo com um sorriso estampado no rosto.

Bêbada, com certeza. Drogada, talvez. Sem banho, definitivamente — os cabelos estavam sujos, parecia que ela não lavava a cabeça há anos. O sorriso revelava os dentes tortos e amarelados. Tinha um cigarro na mão, e a fumaça invadiu o quarto de Lucas que, com exceção de Zooey, era o único que não fumava na casa (pelo menos Lucas achava que Zooey não fumava).

Lucas nunca tinha visto a irmã sem aquele cabelo emaranhado na cabeça, o cigarro na mão e aquela embriaguez típica. Nas raras ocasiões em que ela estava mais sóbria, Lucas se lembrava de uma garota diferente, que fazia cafuné em seus cabelos e dizia que ele era fofo. Mas essas ocasiões eram tão raras, que nem parecia que aquela mulher gentil era real, ou que ela tinha alguma coisa a ver com a moça maltrapilha na sua frente.

— Dá para você fazer isso longe do meu quarto, por favor?

— Escuta, eu preciso de um favor. Meu namorado está preso e eu tenho que trabalhar esta noite.

— Você tem um namorado?

Amanda tragou mais do cigarro, levantando os ombros para a feição de espanto de Lucas.

— Ele estava dirigindo o meu carro quando foi preso, então eu também estou sem carro. — Lucas assentiu com a cabeça, perguntando-se como a polícia Britânica não tinha aprendido aquele veículo antes. — Preciso de uma carona.

— O que te faz pensar que eu posso te levar?

— Você é o único sem vida social nessa casa.

— Isso é uma grande mentira!

— William tem uma namorada grávida para cuidar, Brandon... bem, Brandon é um idiota... Mamãe está em uma reunião com o designer, resolvendo coisas da próxima exposição, papai vai se encontrar com os amigos do Conselho de Professores de Vienna, e Zooey vai assistir filme com Gabe e a babá. É claro que eu acho que a babá vai ficar de fora da suruba deles.

Quando Amanda acabou de dar as notícias da casa para Lucas, ele estava à beira das lágrimas. Pelo visto, até os sobrinhos tinham uma vida mais interessante do que a dele.

— Que humilhante!

— E outra coisa, você tem duas opções: me levar ou me levar. Se não fizer isso, pode ter certeza de que Brandon vai ficar sabendo que você está achando que vai passar o resto dos seus dias sozinho.

Aquilo foi mais do que um incentivo para animar Lucas.

— Sete e meia está bom para você?

— Ótimo.

— Onde vamos?

— Um clube em Notting Hill.

Lucas olhou para o seu relógio de pulso. Amanda tinha razão em uma coisa — ele tinha duas opções, ou viveria se perguntando como seria sair com Monica, ou viveria para contar a história. E ele resolveu que nada de tão pior do que Tabitha podia acontecer com ele. Lucas sorriu, pensando em tudo que tinha vivido no ano anterior como uma confirmação de sua força e teve uma epifania importante. Entendeu que ele era forte o bastante para sobreviver às decepções da vida. Aquela realização deu uma vitalidade enorme em Lucas e ele ligou para Monica sem hesitar um segundo mais.

— Oi, Monica!

— Lucas. Que surpresa!

— Estou tentando ser uma pessoa mais espontânea.

— É mesmo?

— Sim... e gostaria de saber se você quer ir a Notting Hill comigo hoje à noite. — Lucas pôde ouvir a surpresa de Monica do outro lado da linha.

— Eu acho que a espontaneidade é contagiante. Vou adorar ir a Notting Hill. O que vamos fazer?

Lucas não tinha ideia do que dizer.

— Vamos decidir no caminho?

— Como assim? — Monica disse, como quem diz *Que garoto maluco.*

— Onde está o seu espírito de aventura?

Enquanto isso, no apartamento de Eva e Angelina, a conversa sobre o pênis de Brandon já atingia a quarta e última garrafa de vinho — e inclusive já incluía diversos outros pênis para fins de comparação. A quinta garrafa, Eva, Angelina, Alli e María Ana compraram na loja de licor de Vienna. A sexta, compraram a caminho de Londres.

Quebraram regras de bebidas alcoólicas no trem, e deram vinho para todas as pessoas no vagão naquela noite de sábado. Vestiram Eva com a gravata de Brandon, e pediram às pessoas para beber em empatia a ela, que tinha levado um fora. Eva, mesmo estando feliz e saltitante devido ao álcool, fazia cara de tristeza, e o pessoal bebia em sua homenagem. Alguns ofereceram um selinho para animar seus ânimos, e digo que ela aceitou alguns. A cada beijo que Eva recebia de rapazes e moças aleatórias, Alli fazia um gesto de purificação com as mãos, como se Eva se livrasse da má influência de Brandon. Toda aquela beijação provocou sentimentos amorosos nas moças e, quando chegaram a Londres, Angelina e María Ana já estavam se pegando.

Angelina tinha dado a ideia da boate em Notting Hill, e as demais garotas, embriagadas de vinho e conversas sobre sexo, ficaram animadíssimas. Angelina explicou que o tema da festa era *Movimentos* e trazia elementos da música e atitude musical latino-europeia. Quando Eva avistou a pista de dança entupida de homens vestidos como se estivessem em um baile funk, e as mulheres de shorts curtos rebolando até o chão, pensou que não estava mais na Inglaterra. A música que invadia o lugar era uma composição de Sérgio Mendes e fazia alguns ingleses corajosos (escassos por lá, diga-se de passagem) tentarem sambar.

— Gente... É o Rio de Janeiro.

Alli, Angelina e María Ana tiveram de arrastar Eva para dentro da boate, insistindo pateticamente que ela dançasse. E é claro que o fenótipo logo foi reconhecido, já que tinha até passista de dança, com fantasia de carnaval e tudo por ali.

— Samba, Eva. Samba!

— Quantas vezes eu vou ter que repetir que eu não sei sambar?

Uma passista simpática veio para perto delas, tentando ensiná-las a sambar. Alli arrasou, já que ela morara no Brasil tempo suficiente para aprender a dança. Angelina e María Ana não conseguiam tirar o pé do chão e mexer o quadril ao mesmo tempo. E Eva se recusou a dar uma sequer rebolada. Não contribuiria com o estereótipo de brasileira sambando nem que sua vida dependesse disso.

O bar também servia bebidas típicas latinas, rodadas duplas para as mulheres durante a noite inteira, e as garotas largaram o vinho e enfiaram a cara nas caipirinhas, *piña coladas*, *mojitos*, *cuba libres*, *margaritas* e *tequilas*. Por fim, Angelina e María Ana deram um perdido e Alli ficou lá com uma Eva alcoolizada, que mal conseguia se equilibrar, e ficava alisando a gravata, dizendo que era tudo o que havia restado de Brandon.

— Eva, desencana — disse Alli, enquanto Eva deitava a cabeça no bar, choramingando. — Que paixão é essa, gente?

— Foi tão bom...

— Você tem que parar de pensar nisso. A mulher tem mais chance de se apaixonar durante o orgasmo, sabia? Por isso você está assim, toda derretida. Você gozou e apaixonou.

— Por que eu fiz aquilo?

— É o que a gente está te falando há três horas. Se você mudar de ideia e se desculpar, ele vai abaixar a guarda.

— Não vai dar certo.

— Eu entendo por que você pensa isso, mas a verdade é que não tem como adivinhar o que vai acontecer. Sei que está procurando por garantias, mas não há nenhuma. O único jeito de saber é viver o que se tem para viver, e esperar por um pouquinho de sorte.

Eva fixou o olhar em um ponto do clube. Um homem loiro com furo no queixo e uma mulher loira adentravam o bar. Ela quase caiu do banco, fazendo Alli segurá-la.

— Eva... que isso! Você é um perigo bêbada.

Eva apontou, descompensada, para a direção da entrada do clube e Alli acompanhou o movimento com os olhos.

Era Lucas, querido leitor.

Lucas havia passado na casa de Monica às sete e meia da noite — antecipando que eles chegariam em Londres às oito e meia. Só que um super congestionamento fez com que eles chegassem na boate depois das dez da noite.

Mas se vocês pensam que aquelas duas horas tinham sido chatas, vocês estão enganadíssimos. Eles foram de Vienna a Londres escutando Amanda contar detalhes sórdidos de sua vida sexual nos últimos dez anos, e Lucas só não ficou mais sem graça porque não era ele quem havia feito todas aquelas coisas.

E quando Amanda acendeu um cigarro de maconha dentro do carro dele, Lucas deu um pulo no banco do motorista.

— O que você pensa que está fazendo, Amy? Apaga isso! Imagina se um guarda aparece! — Lucas exclamou, todo grilado.

— Luke, deixa de ser careta! — Amanda se inclinou, encaixando seu corpo magricela entre a fenda dos bancos dianteiros do Corvette Vermelho de Lucas. — Quer? — ofereceu o cigarro para Monica.

— É claro que ela não quer a sua porcaria — rugiu Lucas, vermelho como um tomate. — Desculpe, Monica.

— Na verdade, eu nunca experimentei — disse Monica, rindo. — Quer saber?

Ela pegou o cigarro de maconha e deu uma tragada forte, fazendo Amanda abrir a boca, cheia de felicidade. Monica nem tossiu, e deixou a fumaça sair devagar, curtindo a onda.

— Nossa, nem dá para acreditar que você nunca fez isso! Parece profissional. — Amanda pegou o cigarro de volta e o direcionou para Lucas. — Quer, irmãozinho?

— É claro que não quero essas suas porcarias! Vai saber onde você arrumou isso!

— Na verdade, eu peguei essa no quarto do Brandon — disse ela, antes de tragar. — Ele pode ser um idiota, mas sabe onde achar maconha da melhor qualidade.

— Me dá isso aqui. — Lucas pegou o cigarro e fumou boa parte dele, numa tragada profunda, que deixou seus olhos vermelhos e quase o fez perder o ar.

— Isso mesmo! — Amanda bateu no peito de Lucas. — Agora *sim* vocês estão prontos para uma noitada em Notting Hill.

E foi nesse clima que eles enfrentaram o trânsito e chegaram à boate, sem conseguir distinguir terra por mar.

Nem dois segundos depois, Eva estava em cima de Lucas. E se ele achava que a irmã estava bêbada, mudou de ideia quando viu Eva, cambaleando, desequilibrada, cutucando seu ombro não-mais-tão-ossudo.

— O que vocês estão fazendo aqui? Você dorme comigo e agora aparece aqui com uma mulher? Vocês estão juntos? O que você pensa que está fazendo? — Eva perguntou, embolando as palavras uma na outra.

Alli, Lucas e Monica olhavam para Eva, sem estrutura, mal conseguindo ficar em pé, atropelando as palavras, movendo a gravata pendurada em seu pescoço para todos os lados, e claramente confundindo Lucas com Brandon.

— Eva…? O que você está fazendo? É o Lucas…— Alli disse, tentando controlar a risada.

Eva estava vendo tudo dobrado e precisou piscar várias vezes, fixando-se aos olhos cheios de ódio de Lucas, para constatar que era ele mesmo. Depois disso, virou-se e fitou Monica, que tinha uma feição de surpresa no rosto. Não sabia mais o que fazer e colocou a mão na cabeça, como se tentasse se equilibrar.

— Lucas… Monica…? O que vocês estão fazendo aqui?

— O que parece? — Lucas perguntou, entre os dentes.

— Você está... confra... confra... confraternizando com o inimigo. Ela é a culpada por todas as coisas que aconteceram de ruim na minha vida até hoje.

— Isso não é verdade! Você também conheceu o meu irmão.

— Por que você não vai tomar uma água e se acalmar, hein, Eva? — Monica pediu, segurando seu braço com força. Eva se desvencilhou dela.

— Tira as mãos de mim.

— Você é patética — disse Monica.

Alli tentou tirar a amiga dali, mas Eva estava irredutível.

— Então isso é um encontro? Você está saindo com a Monica? Por quê? Por que você faria isso?

— Bem, Eva... Eu não sou uma planta, como você costuma dizer pelos corredores da faculdade. — Eva levantou as sobrancelhas, notando que Lucas estava puto.

— Era brincadeira. Não precisa começar a sair com a Monica para se afirmar.

— Ótimo. Agora, se me der licença, estou no início de um encontro. E me faz um favor, finge que nunca me conheceu.

Lucas pegou Monica pela mão e os dois sumiram pela multidão, sem perder mais tempo com Eva. A garota cambaleou, segurando a cabeça e Alli a segurou, impedindo que ela caísse em cima de alguém.

— Dá para ficar pior?

— Eu não acredito que você confundiu o Lucas com o Brandon — disse Alli, rindo.

— Cala a boca.

Eva voltou para o bar, e pediu mais dois *shots* de tequila — que no fim viraram quatro.

O Notting Hill Club atraiu metade da comunidade latino-britânica de Londres naquela noite de sábado. As músicas latinas fizeram os jovens rebolarem os bumbuns e dançarem agarradinhos. De certo, não era o tipo de ambiente que Lucas e Monica estavam acostumados a frequentar. Não conheciam as músicas e não sabiam os passos das danças. Mas eles nem ligaram e se divertiram tentando. Fizeram vários amigos de uma noite só, beberam diversos *shots* de *tequila* e conversaram a noite inteira. Falaram sobre música, sobre política internacional, sobre o novo presidente do México, sobre o primeiro-ministro da Inglaterra, sobre a falta de ar-condicionado da boate e sobre qualquer outra coisa que vinha à cabeça. A conversa entre eles ultrapassava a barreira do som. Eles se entendiam mesmo quando não se escutavam. Monica exibia um sorriso rasgado que ia de orelha a orelha, embriagada pela magia da noite, e Lucas não conseguia parar de olhar para ela.

Em sua embriaguez, Eva tentou se comunicar com Alli, divulgando toda a sua indignação com o que acontecia entre Lucas e Monica. Disse, num português embaralhado ao inglês, que não fazia sentido ele se sentir pronto para começar um relacionamento com alguém, mas parar de conversar com ela por causa de Brandon.

— Acho que deveria ficar feliz pelo Luke estar tentando. Talvez vai ser mais fácil para ele aceitar você e Brandon juntos se ele também tiver alguém.

Eva negou com a cabeça. Mesmo bêbada como uma porca, sabia que aquilo não era verdade. E ainda que ela e Brandon se resolvessem, Lucas não aceitaria, ele havia deixado isso bem claro.

— Ele vai fazer picadinho de mim.

— Ele é jovem e vai conseguir lidar com isso, com o tempo. A vida parece tão curta aos vinte anos, tão certa, mas vocês dois vão descobrir que ainda tem muita vida pela frente e o que aconteceu durante a década dos vinte vai ficar só na memória.

Eva debruçou o tronco no bar e Alli bateu as mãos nas costas dela com carinho, rindo daquela sofrência exagerada.

Mas por mais que Alli pensasse que Eva estava fazendo tudo errado, admirava seu instinto feroz para viver aqueles vinte-e-poucosanos. Para que mais serviam os *vinte* senão para testar sua capacidade de mergulhar fundo nas profundezas da vida e resolver os problemas que a imprudência traz?

— Vocês não vão dançar? — María Ana perguntou ao se aproximar de Alli, que ainda acariciava as costas de Eva. Angelina chegou logo atrás dela, agarrando-a pela cintura e beijando seu pescoço, antes de ver Eva estirada no balcão do bar.

— Nossa, ela está morta?

— Ela só bebeu mais do que devia.

— Desse jeito, ela vai parar no hospital hoje.

— Não se preocupe, estou de olho nela.

Alli dispensar uma festa e a chance de pegar alguém para cuidar da bêbada era uma irrefutável confirmação de sua mudança, mas Angelina não disse nada. Somente pegou a mão de María Ana e sumiu pista adentro. Alli voltou a fitar Eva e riu quando percebeu que ela estava começando a roncar.

Amanda Smith estava com um cigarro na boca, limpando copos bem na frente delas, quando Alli se inclinou no balcão.

— *Hey*, você pode dar uma olhada nela para mim, enquanto eu dou um telefonema? — Alli perguntou, já pegando o celular, e um simples aceno de cabeça da *barwoman* foi suficiente para se afastar.

Angelina e María Ana se agarravam entre sorrisos largos. A música continuava alta. Os *hits* dos anos oitenta e noventa eram contagiantes, e agora elas dançavam ao som de *Cheap Trick, I want you to want me* num ritmo de samba. As mãos unidas balançavam e os lábios se dividiam entre cantar o sucesso antigo e grudar uns aos outros. Foi quando Angelina pareceu parar e fixar seu olhar em um canto da boate.

— É a Alli?

Ela apontou para uma mulher em um canto reservado, falando ao telefone.

— Ah, sim, provavelmente falando com Marcos no Brasil. Eles se falam esse horário, porque tem umas três horas de diferença entre eles — explicou María Ana.

— Você o conhece?

— Ele passou um tempo aqui, no verão antes de vocês se mudarem para cá. Este ano, ela foi para lá. — Angelina concordou com a cabeça. — Agora que ela está se formando, não sei bem quais são os planos dela. — Angelina tinha quase certeza que María Ana sabia muito mais do que entregava e a fitou com uma ruga entre as sobrancelhas. — Deixa de ser curiosa, Angel — disse rindo, segurando o rosto de Angelina e a beijando com carinho.

— Eu presto um serviço público, você sabe disso.

Elas riram e Angelina olhou distraidamente para o bar, a fim de checar que Eva estava bem. Um pânico se apoderou logo dela quando não viu o corpo grande da amiga debruçado no balcão.

— A Eva... Onde ela está?

María Ana também se colocou a investigar todos os cantos, não encontrando nem vestígio de Eva. Pegou a mão de Angelina, arrastando-se para perto de Alli, que ainda falava com o marido ao telefone e não tinha se dado conta do sumiço de Eva.

— *Você sabe que eu estou morrendo de saudade também... hehehe* — ela riu, mordendo os lábios. — *Amor, espera...* — Alli disse, notando que Angelina e María Ana gesticulavam para ela como loucas. — *Eu te ligo mais tarde, pode ser? Também te amo...* O que foi? — Alli perguntou ao desligar o telefone.

— A Eva sumiu!

Brandon recebeu uma ligação que não esperava nem se o mundo estivesse acabando com a chegada de um meteoro. Lá estava ele, cochilando durante um filme que Zooey o obrigara a assistir, quando o telefone vibrou sobre a mesa de cabeceira.

— Você estava fazendo de novo, estava dormindo.

Ignorando a ligação, Brandon se voltou para a menina ao seu lado.

— Estou acordado… — disse coçando os olhos.

— Não está nada!

É que esse filme é muito chato, *kid!* Então Londres queimou? O que mais além da data precisamos saber? Para que tanta informação sobre o que queimou e por quanto tempo! Daqui a uma semana você não vai se lembrar de nada disso!

Zooey observou o pai pegar o telefone, ficar alguns segundos olhando o visor, até recusar a ligação e voltar a colocar o aparelho na mesinha ao lado da cama.

— Quem era?

— Ninguém importante.

— Uma namorada?

— Que curiosidade é essa? — Brandon perguntou, cruzando o olhar com os de Zooey, que logo deu de ombros, fingindo indiferença.

— Você nunca fez esse tipo de pergunta.

Brandon passou um tempo concentrado nas bochechas sardentas e gordinhas de Zooey. Ela ainda tinha aquela graça de criança no rosto e no corpo, mas na fala, parecia cada vez mais velha, com uma rudez característica do lado francês da família. O celular tocou de novo, e só por curiosidade, ele olhou. Era Eva outra vez — o que era, no mínimo, estranho. Havia se passado semanas desde a noite que dormiram juntos, e um silêncio de término-definitivo pairava entre eles. Por que ela ligava agora?

— Não vai atender? — Zooey perguntou quando o viu rejeitar a ligação de novo.

— Não, hoje não.

Mas ela estava insistente — o que não fazia o estilo dela. Pegou o telefone, só para constar que era, de fato, Eva ligando pela quarta vez.

— É a Eva? — Zooey indagou ao espiar o visor do telefone, abrindo um sorriso grande. — Vocês estão juntos?

— Não, claro que não.

— Você não vai atender? — Zooey insistiu ao perceber que o telefone continuava tocando na mão de Brandon. — Por que você não quer falar com ela?

— É complicado.

A ligação caiu e menos de um minuto depois, Eva tornou a ligar. Zooey se ajoelhou na cama, ficando da altura do tronco de Brandon.

— Deve ser importante.

— Eu duvido.

— Brandon! — Zooey reclamou, cruzando os braços. Observou o pai com atenção enquanto Eva continuava ligando, sem cessar. — Sabe, eu gosto dela — disse de repente, causando certa curiosidade em Brandon. — Ela não fica de falsidade, não é simpática só por ser. Eu gosto disso. Achei que você gostasse dela também.

— Eu gosto.

— Daquele jeito?

A pergunta arrancou um riso de Brandon, que não esperava toda aquela curiosidade de Zooey — pelo menos não tão cedo. Passou uma mão pelo cabelo crescido, sem perceber.

— Talvez.

— Então por que você não atende e fala com ela?

— Eu já disse... — Sua fala foi interrompida pelo telefone que voltou a tocar.

Não tinha lógica, alguma coisa deveria ter acontecido, ou ela não estaria tentando falar com ele com tanto desespero. Brandon arrastou seu corpo da cama, dizendo que voltaria logo. Foi para o corredor, o mais longe possível do quarto, para que Zooey não ouvisse a conversa.

— Eva?

— *Ah, finalmente! Você tem bolas, Brandon! Eu preciso admitir!*

— O quê? — Ele perguntou, enrugando as sobrancelhas.

— *Eu só estou te ligando para dizer que eu **não** estou pensando em você...
e vou te ignorar começando agora.*

— Eva, fala inglês, por favor!

— *Eu vou falar o que eu quiser, você não pode me dizer o que fazer. Aliás,
eu acho que a gente não vai dar certo junto. É melhor assim.*

Além do discurso dela estar em outra língua, as palavras se
embolavam uma na outra, e mesmo que ele se esforçasse muito, não
conseguiria entender nada.

— Você está bêbada?

— *Eu bebi, sim, e você não tem nada com isso! Olha, Brandon, me esquece,
está bem? Eu não quero mais nada com você, finge que eu não existo.*

— Onde você está, Eva? Tem alguém aí com você?

— *Agora está fingindo que se importa! Me poupe!*

— Eva, presta atenção! Onde você está? — Brandon perguntou,
irritado, aumentando o tom de voz.

— *Não te interessa onde eu estou!* — Ela respondeu mais alto ainda,
e mesmo sem entender nada, Brandon percebeu que não conseguiria
lidar com ela na base do estresse.

— *My darling*, me fala onde você está, por favor.

— *Don't call me that!* Odeio quando você me chama assim! — Ela
começou a falar inglês de repente, misturando palavras em português,
e fazendo aquela bagunça linguística típica de gente muito bêbada.

— Odeia nada, adora! — Ele ouviu uma risada triste do outro lado
da linha. — Agora me diz onde você está.

— Eu não sei.

— Sabe sim, pensa.

— *London... I think.* Eu não sei como eu vim parar aqui.

— Londres? Em alguma boate?

— Não sei. — Eva choramingou.

— Você deve estar aí com as suas amigas! Procura por elas! Pede
ajuda para alguém, mas nenhum homem. Inclusive, não aceita nada de
homem nenhum.

— Não tem ninguém aqui, eu estou na rua.

— Fica calma, eu vou te achar — disse Brandon, voltando rápido
para o quarto. — Procura uma placa e não desliga o telefone. — Brandon
pegou suas chaves. — Achou alguma coisa?

— Sim.

— O que diz?

— Portaballo... Porto-belano. — Eva tentou falar, embolando-se.

— Portobello Road... Você está em uma boate, então?

— Eu não sei.

Mas aquilo foi suficiente para Brandon.

— Eu já estou a caminho, vou te achar, não se preocupe. Não
desliga o telefone, fica conversando comigo.

— Promete que você vem?

— É claro que sim.

Zooey sorriu quando Brandon avisou que teria de sair para ajudar Eva, que estava com problemas.

E ali, leitor, uma odisseia — que teria fim só na noite seguinte — se principiou.

Brandon dirigiu como um louco, passando sinais amarelos e ignorando o controle de velocidade. O telefone, jogado no banco do passageiro, chiava alto enquanto Eva discorria um monólogo em português, mesmo com as súplicas dele para que ela falasse inglês. Imaginava que ela falava de coisas sérias, pois seu tom era de extremo desapontamento, e vez ou outra ela gritava com ele. Decidiu que se, de fato, alguma coisa acontecesse entre ele e Eva, teria de aprender aquela língua.

Quando chegou na boate, rodou o longo quarteirão devagar, com carros buzinando atrás dele, à procura de Eva, sem sucesso. Gritou com ela pelo telefone, pois só assim ela ouvia em meio ao seu falatório sem fim, implorando para que ela tentasse voltar para a boate. Mas a garota mal sabia o próprio nome, de tão bêbada — quem dirá o caminho da boate. O telefone de Eva desligou de repente, e Brandon começou a se desesperar quando, na terceira vez que fazia a rota ao redor da boate, avistou Eva discutindo com o segurança, tentando entrar no clube de novo.

Mal estacionou o carro, e já saiu correndo em sua direção.

— Não posso autorizar sua entrada sem um convite.

— Eu … *I was…* estava aí … *now* — choramingou Eva.

— Mocinha, você está bêbada, vai para casa!

— Minha bolsa… *Ma-ma-purse.*

— Você não pode entrar.

— Minhas amigas… *fri-friends...*

— Eva! — Ela se virou para ele, surpresa, o corpo quase caindo no descompasso, e Brandon a segurou pela cintura. — Você está bem?

— *Você me achou* — disse em português, fazendo Brandon rir.

— Fala inglês comigo, está bem? — Pediu, pegando no rosto dela. — O que aconteceu? Onde estão suas amigas?

— *Você me achou mesmo.*

Era inútil, ela mal parava em pé, não conseguia identificar a língua que falava, e se embolava nas palavras o tempo inteiro.

— Seu telefone e sua chave… cadê?

— *Me beija...* — Brandon não entendeu e nem precisou. Do jeito que ela se apoiou no corpo dele, agarrando seu pescoço, já disse tudo.

— Você está bêbada! — Ele segurou os braços dela, evitando o contato. — Olha, eu vou procurar seu celular e sua chave no bolso das suas calças, está bem?

— *Por que você não quer me beijar?*

As chaves não estavam lá, mas ele achou o telefone sem bateria no bolso traseiro, enquanto Eva continuava tentando se apoiar nele e beijar seus lábios. Num movimento rápido, ela se jogou para cima dele, e dessa vez, seus lábios se encontraram por alguns segundos, enquanto Eva pressionava o rosto e o corpo contra o dele.

Eles se olharam após o beijo, e um segundo depois, o corpo de Eva foi para frente num impulso e ela caiu de quatro no asfalto, vomitando por toda a entrada do clube e pelos sapatos de Brandon. Ele não foi rápido o suficiente para evitar que a cabeça dela batesse no chão.

Os jatos de vômito continuaram, e Brandon segurou os longos cabelos em uma das mãos, tentando não olhar diretamente para o que saía de dentro dela.

— O que eu vou fazer com você?

— Aonde vamos? — Monica perguntou ao ser levada para fora da boate.

— Você vai ver.

— E a sua irmã?

— Ela vai ficar bem.

Lucas e Monica andaram por alguns quarteirões apreciando os *brownstones* coloridos do famoso bairro de Londres até que chegaram à entrada do metrô — que havia acabado de abrir. Eles pararam em Embankment, e Lucas levou Monica na primeira volta do dia do *London Eye*. E de lá de cima, em uma cabine só para eles, viram o sol nascer. Monica ficou maravilhada. Lucas tinha cronometrado cada segundo com um zelo tremendo. Ficou olhando para ele, como se não acreditasse que ele era uma pessoa de verdade.

— Sabia que eu nunca tinha vindo ao *London Eye*? Sabe aquelas coisas que você sempre quis fazer e nunca fez? — Lucas concordou com a ponderação de Monica. — Tem alguma coisa na sua vida que você queria ter feito e não fez?

— Eu queria ter dado uma surra em alguém que merecia.

Monica riu, empurrando Lucas com os ombros.

— Estou falando sério.

— Sabe como é... Sempre tem alguma coisa.

— Como o quê? — Monica insistiu, notando que ele tentava se esquivar do assunto.

— Ahm... acho que isso é muito para um primeiro encontro.

— Não mesmo! No primeiro encontro vale tudo. E se você está pensando em um segundo, é melhor me falar o que está me escondendo.

Lucas passou a mão pelos cabelos, que mesmo curto ainda era um pouco oleoso e sempre deixava sua mão grudenta.

— Bem, se é para ser honesto, eu queria que a minha primeira vez tivesse sido com alguém especial.

— Você está dizendo que se arrependeu de ter estado com a Tabitha?

Lucas respirou forte, como quem carregava uma bigorna no peito.

— Não foi com a Tabitha. — Monica levantou as sobrancelhas, indicando o quanto ela não esperava por aquela revelação. — Foi um dia depois de terminar com ela, com uma prostituta.

Monica escondeu os lábios, como quem tenta não deixar as palavras erradas escaparem. Ela tinha saído de casa pensando nisso, que não deveria beijar Lucas sem antes saber o que ele ainda sentia pela ex-namorada. Parecia que aquele era o momento de fazer a pergunta, que agora piscava como um letreiro luminoso no fundo de sua mente. E sentia que se não a fizesse, ela estaria sempre ali, em torno de seu possível relacionamento com ele.

Lucas tentou mudar de assunto, perguntou sobre os antigos relacionamentos de Monica, e ela falou um pouco sobre suas experiências, tentando achar qualquer brecha para voltar a saber mais sobre ele. Era como se Lucas não gostasse de falar e expor o que sentia, escorregava de todos os assuntos íntimos. Nada sobre a família, amigos, e principalmente ex-namoradas. Queria tirar tudo dela, mas entregava muito pouco.

— Mas agora chega de falar de mim. — Monica pediu. — Fale de você, um pouco. Sei que você tem um livro publicado. Até comprei, mas ainda não li.

— Pois é, não é grandes coisas, não — disse Lucas, um tanto sem jeito. — Só de ver as mudanças que você fez nos meus últimos textos, acho que você mandaria eu reescrever o livro inteiro.

Monica ficou vermelha. O combinado entre ela e a professora Geller era que ajudaria Lucas, mas as demandas do seu último ano e do jornal não tinham permitido isso. O que aconteceu foi que ela havia reescrito os artigos dele, e de fato mudado muita coisa, porque ele não levava jeito mesmo para aquele tipo de escrita.

— São escritas diferentes, você sabe. Aposto que você está sendo modesto, já ouvi falar bem do seu livro. Trabalhando em alguma coisa no momento? — Ela insistiu.

— Eu fiquei um tempo sem escrever no ano passado, mas agora estou voltando aos poucos. Só que ainda não sei bem o que esse novo projeto vai ser.

— Alguma coisa a ver com as suas experiências recentes?

— De certo modo — admitiu, sorrindo.

— Dá para ver que isso te marcou bastante. — Monica escolheu bem as palavras. — Quer dizer, traições são sempre dolorosas. A gente precisa de tempo para superar.

Monica esperou que Lucas articulasse alguma coisa bem madura, que mostrasse que estava curado daquela ferida, ou pelo menos que tentava se curar. Mas o silêncio de Lucas só mostrava o quanto aquele assunto ainda o machucava.

A volta do *London Eye* chegou ao fim e Lucas se virou para Monica.

— O papo está bom, mas agora temos que ir.

— Claro, já está amanhecendo! Minha prima já deve estar preocupada comigo.

— Ah, me desculpe, mas não tenho intenção de te levar para casa agora.

— Como assim? Luke, são seis e meia da manhã. Onde você quer ir a essa hora? Tomar café?

— Sim, um bom café da manhã definitivamente está nos meus planos — disse oferecendo uma de suas mãos, enquanto a porta da cápsula do *London Eye* se abria, sem parar de se mover. Monica não hesitou, e aceitou a mão que ele oferecia sem pestanejar.

Eles foram dali para um café da manhã tipicamente inglês, com direito a feijão e salsichas. Depois, entraram no metrô mais próximo. Monica não tinha ideia do que esperar, aquele era o encontro mais maluco que já tivera na vida.

— Gostaria muito de saber por que não podemos ir de carro — disse ela.

— O metrô é mais interessante.

Interessante para ele, que não estava há quase dez horas com o pé enfiado em uma bota apertada. O metrô os deixou em uma rua que, às oito da manhã estava lotada. Pessoas de todas as partes do mundo pareciam ter o mesmo destino de Monica e Lucas. Enquanto eles seguiam a multidão, Monica avistou uma placa. Pegou na mão de Lucas, cheia de excitação.

— Eu nunca vim ao *Portobello Road Market*!

— Você é a pior Londrina do mundo!

— Eu sei! — Monica riu, imobilizando o braço de Lucas. Ele parou de andar, fitando-a com carinho. — Estou com muita dor no pé para conseguir aproveitar um passeio tão legal! Vou ser uma péssima companhia, por isso vou entender se você quiser parar o encontro por aqui.

Lucas riu, puxando Monica com rapidez para o começo do mercado. Uma das primeiras barracas que viu vendia roupas e sapatos antigos de segunda mão.

— Olá, bom dia, senhora. Poderia me dar um par daqueles chinelos, por favor? Esta adorável senhorita está com dor nos pés — disse Lucas, enquanto Monica o fitava em uma babação descontrolada.

— É claro, senhor. Vamos resolver esse problema já — respondeu a moça, simpática.

Estava mais para pantufas, do que para chinelos. Havia algumas miçangas brilhantes na ponta, lembrando muito uma sapatilha de ballet na parte da frente.

— Você não precisava se incomodar, Luke.

— Não é incômodo nenhum. Agora podemos aproveitar o mercado! Pronta? — Ele perguntou, oferecendo sua mão de novo.

De mãos dadas, eles visitaram o tradicional *Portobello Road Market* naquela manhã de sábado. Monica e Lucas experimentaram perucas, chapéus, tiraram fotos com algumas moças vestidas de gueixa e compraram vinis e livros antigos de capa dura. Monica se encantou por uma luminária de vidro do século XVIII, e Lucas fez um charme e comprou para ela, o que a deixou sem graça, mas muito feliz. Lucas também tirou fotos de um quadro muito antigo de sua mãe, que ela pintou quando ainda não era nem casada com seu pai. E assim, eles gastaram a manhã entre compras, fotos e conversas. Muita conversa. Na volta, passaram na boate e pegaram uma Amanda que, de tão apagada, parecia estar em coma.

— Muito obrigada pelo ótimo passeio, Luke — disse Monica, quando ele saiu do carro para se despedir dela, em frente à sua casa. — Devo dizer que você superou as expectativas de primeiros encontros da minha vida. Agora, graças a você, vou ficar muito mais exigente.

Lucas sorriu, fitando os pés de Monica calçados na pantufa de miçangas. Colocou seus olhos azuis nela mais uma vez.

— Bem, eu esperava que você interpretasse todo o meu trabalho como uma grande vontade de fazer você me querer.

Monica sorriu, dando um pequeno passo em direção ao Lucas.

— Saiba que a sua intenção não poderia ter sido mais bem-sucedida.

Lucas sorriu, antes de abraçar e beijar Monica.

O médico colocou os olhos em Eva e fez pouco caso do galo na cabeça dela. Disse que a confusão dela era só embriaguez, que não *parecia* contusão. Ele só fez uma radiografia porque Brandon insistiu muito e narrou o vômito diversas vezes. O médico fez tudo de muito mal grado e ainda demonstrou desconfiança acerca de como Eva tinha batido a cabeça, insinuando que parecia mais uma batida em cabeceira de cama de motel barato. Menos de uma hora depois, deu alta para ela e disse para que eles não caçassem mais confusões em Londres, ou ele chamaria a polícia.

Sem opções, Brandon enfiou Eva no carro e dirigiu até Vienna, tendo ela a continuar seu solilóquio em português. Às vezes, parecia que caía no sono, e Brandon sacudia seus ombros com um *hey, hey, continua falando comigo*. Foi para o apartamento dela, mas não tinha ninguém em casa ainda. Então partiu para a casa de um de seus conhecidos, perto dali — crente que a odisseia chegaria logo ao fim. Mal sabia ele o que aquela noite ainda guardava.

Quando Phillip abriu a porta de seu apartamento, coçando os olhos, teve que piscar duas vezes. Brandon não deu muita explicação, já que a imagem de Eva, sonolenta, com um galo na testa, e apoiada em seu corpo pelo braço ao redor dos seus ombros, era bem autoexplicativa.

— Eu não posso levá-la para a casa dos meus pais e ela está sem a chave do apartamento.

Phillip deu espaço para Brandon entrar, sem precisar ouvir mais nada.

A falta de equilíbrio de Eva piorou quando Brandon tentou trazê-la para dentro da casa de Phillip. Ela parecia querer adormecer, e — por mais que o médico sem-paciência tivesse dito que não tinha sinal de contusão — ele não quis arriscar e deixá-la dormir antes que demonstrasse melhora.

— Melhor enfiar debaixo do chuveiro — sugeriu Marcelo.

Brandon carregou Eva e a levou para dentro do banheiro, colocando a moça quase inconsciente na banheira. Olhou para Eva, tirando os cabelos de seu rosto, e viu as fundas saboneteiras em seu pescoço. Ela estava tão diferente, tão mais magra... notara isso na noite que passaram juntos, mas parecia que ela continuava a perder peso desde então.

Num estado meio acordado, meio dormindo, Eva ainda balbuciava diversas coisas para Brandon, em português.

— *Eu sinto muito, não quiz dizer aquilo. Eu te amo... Você está me entendendo? Eu te amo de verdade* — choramingava Eva.

— Está bem, fica calma. Você já vai se sentir melhor — disse, enquanto segurava a cabeça dela e deixava a água cair, ensopando a moça da cabeça aos pés.

— *Eu te amo muito, muito mesmo. Desculpa...*

— Eu sei, fica calma.

Phillip e Marcelo se olharam.

— Ahm... você entendeu o que ela disse? — Marcelo indagou, curioso, fazendo Brandon rir.

— Bem, depois da centésima vez que ouvi ela dizer isso esta noite, acho que posso dizer que sim. Mas não sei se vou aceitar uma declaração de alguém tão bêbado — disse, movendo os olhos pelas roupas ensopadas de Eva. — Será que podem me emprestar uma camisa e um short?

— Vou pegar — disse Marcelo, indo para o quarto.

— Precisa de ajuda? — Phillip perguntou, observando Brandon tirar as botas de Eva.

— Não.

— *Okay*.

Brandon tirou a gravata, tentando não rir, e a camisa de Eva com todo o cuidado, passando cada manga pelos braços, sem deixar a cabeça dela desamparada.

— Sabia que eram naturais — comentou Phillip, o que fez Brandon fitá-lo, tentando computar a intenção do comentário. Olhando de Phillip para Eva, notou os olhos do amigo nos seios dela, cujo sutiã agora unia fazendo uma fenda funda.

— Pode me dar licença?

— O quê? É o meu banheiro.

— Minha mulher — retrucou Brandon, fazendo Phillip rir.

— Nos seus sonhos!

Marcelo entrou no banheiro com as roupas e, ao notar que Eva estava seminua, deu um tapa na cabeça do namorado.

— Mais respeito, a garota está quase inconsciente. Por que você não faz algo de útil e liga para as amigas dela, avisa que ela está bem...? — Brandon concordou com Marcelo, causando uma careta em Phillip. — Vamos sair daqui, deixa o namorado cuidar dela.

— Namorado nada! — retrucou Phillip, com indício de indignação e diversão.

— Se não é ainda, depois disso pode virar até marido, meu amor! Quem aguenta na bebedeira, aguenta em qualquer crise. Pode colocar ela no nosso quarto, Brandon. A gente dorme no quarto de hóspedes.

Quando Marcelo empurrou Phillip para fora do banheiro, Brandon desligou a água e acabou de despir Eva. Ela parecia um pouco menos bêbada. Estava mais calada, olhando em volta e tentando ignorar a presença dele.

— Consegue ficar de pé? Vem, se apoia. — Ele rodou os braços dela em seus ombros, encharcando seu casaco. — Quer fazer isso sozinha? — Perguntou mostrando a toalha, mas Eva ainda parecia não entender o que estava acontecendo. — Então eu vou te secar, está bem?

Ele o fez, mas de forma muito superficial. Passou a toalha pelo rosto dela, as costas, e a enrolou no tecido, ajudando-a a sair da banheira. Eva se sentou na privada, sentindo-se tonta.

— Levanta os braços — Eva fez o que ele pedia e Brandon a vestiu com uma camisa grande com o emblema da Universidade de Vienna.

— *Where am I?*

Quando ela perguntou onde estava em inglês, ele sorriu — a embriaguez parecia passar aos poucos.

— No apartamento do Phillip e do Marcelo.

Ele entregou o short de ginástica para ela, mas Eva continuou na mesma posição. Ela já não estava tão bêbada, então imaginava que ela *queria* que ele a vestisse. Ajoelhou-se, passou o short pelas panturrilhas e joelhos, e ela se levantou quando ele atingia as coxas, sem a toalha a cobrir seu corpo. A camisa desceu até a linha dos olhos dele, tampando até o início das coxas dela, e ele puxou o resto do short enquanto se levantava, tocando na lateral do corpo de Eva somente o necessário. De pé, viu que o cabelo encharcava a blusa, e puxou as longas e espessas madeixas molhadas para fora do tecido. A todo momento, sentia os olhos dela sobre ele.

— Já consegue andar ou quer que eu te leve para o quarto? — Perguntou, quase sem conseguir esconder o sorriso.

— Estou um pouco tonta.

— É claro — disse, antes de rodar seus braços pela cintura e rente aos joelhos de Eva. Carregou-a com facilidade até a cama, onde ela se deitou, ainda sem tirar os olhos dele. — Pronto! Você vai se sentir melhor amanhã.

— Angel e Alli…

— Phillip já cuidou disso, não se preocupa. — Eva assentiu com a cabeça. — Dorme bem.

Ele tocou a linha do cabelo dela, mas quando foi se afastar, Eva segurou sua mão.

— Fica comigo.

— Acho que vou dormir no sofá, *okay*?

— *Please…*?

Brandon sabia que se arrependeria daquilo quando sucumbiu e se deitou ao lado dela. Eva se moveu o mínimo possível para dar espaço a ele. Entrelaçaram os dedos e o nariz dela se encaixou ao rosto dele.

— Por que não dorme um pouco?

Brandon passou mais uma vez os dedos pelo rosto e cabelo de Eva, levemente tocando o galo que a queda no asfalto causara em sua testa e ela sorriu — então juntou seu corpo ao dele num ímpeto rápido e o beijou. Pressionou os lábios contra os dele ao sentir os braços a envolverem pela cintura. Puxou-o pelo casaco molhado, e, por alguns segundos, Brandon retribuiu ao beijo intenso e deixou o corpo se encaixar sobre o dela, sentindo toda a tensão do banheiro dominar seu bom-senso. Mas no curto espaço de tempo em que suas mãos foram guiadas para dentro do short, e a umidade dela molhou seus dedos, Brandon se afastou, sentando-se na cama.

— A gente não devia fazer isso — disse ofegante.

— Qual o problema? Você não quer?

— Acho que você bebeu demais e devia dormir.

— Se é consentimento que você quer…

— É sobre *consentimento* que você quer falar...? — Brandon riu, decepcionado e um pouco irritado. — Você está brincando comigo, Eva...

Ela sorriu, ainda com vestígios da embriaguez nos olhos e rosto.

— *Ooops...*

— Você pode achar que não, mas existe um coração fácil de se partir aqui dentro.

— Você quer falar de sentimentos, mas eu só quero foder.

— Se você não deixar essa teimosia de lado, não sei se a gente vai conseguir sair desse impasse. — Assim quando ele acabou de falar, Eva tirou a própria blusa, ficando nua da cintura para cima. Brandon abriu a boca, sem conseguir falar por alguns segundos. — Isso é muito injusto.

— Eu sei que você me quer.

— Sim, verdade, quero mesmo... — respondeu, antes de pegar a camisa e devolvê-la a Eva. — Mas não por uma noite apenas, e você sabe disso. Eu quero você completa e de preferência sóbria. — Ele riu da própria piada, sem tirar os olhos de Eva, que se cobriu, cheia de ódio. — Agora dorme um pouco. E, se você *realmente* quiser, amanhã a gente conversa melhor sobre isso.

Não esperou que ela falasse mais nada e saiu do quarto. Não dava para se iludir que as coisas ficariam diferentes depois daquela noite. Ela podia até ter sido sincera sobre gostar dele, mas por admitir isso apenas bêbada era mais um sinal de que não queria ter um relacionamento com ele.

Em qualquer outra ocasião, talvez Brandon estaria contente com algo menos estruturado, assim como ela já tinha sugerido. Eles se veriam esporadicamente e fariam amor com muita paixão.

Mas a verdade é que ele queria mais, muito mais.

Queria Eva por inteiro; queria todos os membros do corpo dela, cada fio de cabelo, cada centímetro de sua pele. Queria um pouco de seus pensamentos e garantir um lugar especial em seus planos.

E se Eva não estava disposta a dar nem metade do que ele queria, então nada daquilo valeria a pena.

Capítulo 14

Como se diz 'eu te amo'?

EVA ACORDOU NO DOMINGO de manhã como quem acorda de um pesadelo em que se está afogando, sem ar, e sentou-se na cama num ímpeto forte, sentindo a cabeça pulsar. Segurou a testa e piscou para desembaçar a visão, notando logo que não estava em seu quarto. Levou as mãos ao corpo, notando estar vestida, embora com roupas diferentes. Os olhos desesperados fitaram a cômoda ao lado da cama e um porta-retrato chamou sua atenção. Eram Phillip e Marcelo abraçados e felizes.

Então não fora um sonho — tinha mesmo ido parar na casa de Phillip e Marcelo na noite passada, junto de *Brandon*. Não, não era possível. *Aquela* parte devia estar errada.

— *Bom dia, bela adormecida.* — Eva cobriu suas coxas quando os três homens entraram no recinto. Aceitou a xícara que Marcelo a oferecia, mas o café quente em nada amenizou sua tensão. — *Você está melhor?*

Eva não conseguiu pensar em nada, apenas fitou Marcelo, que havia se sentado em frente a ela na cama, Phillip que estava bem atrás dele, e Brandon, escorado na porta do quarto, de braços cruzados.

— *Minhas amigas...* — Ela continuou conversando em português com Marcelo.

— *Phillip ligou para a sua amiga, não se preocupa. Quer uma aspirina?* — Eva aceitou a aspirina, enquanto Marcelo se voltava para Phillip e Brandon. — Ela vai ficar bem.

— Ótimo! — Phillip bateu as mãos. — Porque hoje é dia de festa, e nós vamos ter muita cerveja para você curar essa ressaca, Eva.

— Ah, sim, a festa de vocês... Gente, eu estou muito agradecida por qualquer coisa que vocês fizeram por mim ontem à noite, mas estou exausta e preciso ir para casa — disse Eva.

— Se você vai agradecer alguém, agradeça ao Bran. — Phillip apontou para o amigo ainda escorado na porta, e Eva apenas o espiou, antes de se voltar para o café em suas mãos. — De qualquer maneira, é claro que você não vai fazer uma desfeita dessas com a gente, não é? — Phillip fez uma pressão psicológica. — Afinal, até deixei você dormir na minha cama. — Então Phillip se afastou e tocou os ombros de Brandon. — Você também fica, certo...? É meu convidado.

Phillip recebeu logo o consentimento de Brandon, sem precisar pedir duas vezes. Então fez um sinal para Marcelo e os dois deram qualquer desculpa para sair do quarto e deixar Brandon e Eva sozinhos.

Quando se viu sozinha com Brandon, no que prometia ser um longo dia, o estômago de Eva doeu numa mistura de ânsia de vômito, ressaca e excitação. Tudo era tão recente e ao mesmo tempo parecia que se passaram anos — o tempo acelerava, o corpo pedia pressa, enquanto sua mente implorava por calma. Se falasse, se fosse bem honesta sobre seu real estado de espírito, será que ele entenderia? Será que esperaria por ela? Será que eles tinham aquele tempo para perder?

— Para você... — Ele entregou um envelope pardo para Eva, que pegou, fazendo uma feição de estranheza. — Uma foto dessa sua cabeça-dura.

Com amargura, Eva fitou a radiografia, antes de colocá-la dentro do envelope de novo e fitar Brandon.

— Você não precisava ter feito isso.

— Não, não precisava — concordou, levantando os ombros. — Mas quis me certificar de que nada de ruim fosse acontecer com você, ainda mais se estivesse chateada comigo.

— Não estava chateada com você, o que te faria pensar isso...? — Eva perguntou, com uma risada nervosa.

— Bem, talvez por você ter gritado comigo durante todo o tempo que eu passei de Vienna até Londres, rodando Notting Hill, te procurando, e o fato de você estar usando a minha gravata quando te achei.

Eva parou de rir e continuou fitando Brandon com alguma irritação por não conseguir decifrar o que se passava na mente dele.

— É mesmo? E o que eu disse, posso saber?

— Não sei. Você estava falando português o tempo inteiro.

Sentindo um alívio atingir seu corpo, Eva soltou a respiração presa.

— Eu estava mesmo, não estava?

— Sim, não entendi muita coisa. — Ele sorriu, espremendo os olhos e juntando as mãos. — Mas só por curiosidade, o que *eu te amo* significa?

Foi como a sensação de um ataque do coração. A pressão aumentou e Eva teve a impressão de que fosse desmaiar.

— Eu disse isso?

— Várias vezes.

A feição de Brandon continuava amena e Eva não soube o que pensar. Parecia que ele se divertia com aquilo tudo.

— Não tem nenhum significado importante — disse com a voz firme.

Brandon assentiu, sem tirar os olhos de Eva.

— Foi o que eu pensei.

Enquanto sua roupa secava, Eva ligou para Angelina.

— Foi coisa de cinco minutos. Um minuto você estava lá e no outro não estava.

— Vocês sabem que isso é abandono de incapaz, certo? Agora, vocês complicaram a minha vida mais um pouco. — Eva cutucou, tentando não rir da situação.

— Não seja má! Lembra de alguma coisa?

Eva explicou para Angelina mais ou menos o que havia acontecido — pelo menos o que ela achava que tinha acontecido. Quando não conseguiu encontrar as amigas de novo, saiu do clube e perambulou sozinha pelas esquinas de Notting Hill por algum tempo.

— E continuei ligando para ele, até que ele atendeu e…

— Foi para Londres, te achou e cuidou da sua bebedeira. Essa parte Phillip me contou ontem, quando me ligou, enquanto ele te dava um banho.

— Ah meu Deus, eu sou uma idiota completa! — Eva choramingou.

— Eva, já pensou que essa pode ser uma boa oportunidade para conversar com ele e se desculpar?

— Não sei, acho que ele ainda está bem chateado comigo. Ontem, eu falei umas coisas em português, e ele está fingindo que não entendeu só para me humilhar. E teve uma hora essa madrugada que ele me deu um **super** fora.

— Deixa eu ver se entendi isso… Então você se declarou para ele em português e ele *não* jogou isso na sua cara, e ainda por cima se *recusou* a transar com uma bêbada tarada?

Eva enrugou as sobrancelhas para aquela explicação.

— O que está dizendo, que eu estou errada nessa história?

— Eva, ele está a anos-luz mais maduro do que você nessa história, está bem? É claro que ele não tinha mesmo que ter transado com alguém incapaz de soletrar o próprio nome. E quanto ao que você disse, ele deve estar esperando que você fale o que sente sem a ajuda do álcool.

— Eu não acredito que você está defendendo o Brandon!

— Eu também não acredito! — Angelina riu do outro lado da linha. — Mas ele está certo. Deixa de ser teimosa e conversa com ele.

No fundo Eva sabia que Angelina tinha razão, mas — pasmem — não fez nada daquilo que a amiga sugeriu. Decidiu que ficaria naquela festa o mínimo considerado educado e sairia dali assim que pudesse.

Em qualquer outra ocasião, teria adorado aquela festa. Impressionou-se com a capacidade de Phillip e Marcelo juntarem tantos brasileiros, e de tantas tribos. Os alunos da pós-graduação eram simpáticos, quiseram saber tudo sobre Eva, onde ela morava, o que fazia nas horas vagas, se ela tinha bolsa de estudos. Irritada e com dor de cabeça, Eva sorriu e tentou ser o mais polida possível, já que não queria que os brasileiros a odiassem. Disse a verdade, que o pai tinha se graduado em Vienna, que ela *não* tinha bolsa de estudos, e pode ouvir o julgamento ressoando nas mentes à sua frente, que a identificavam com uma intrusa.

Eva se interessou mais em conversar com quem já conhecia. Ludmila, por exemplo, com quem se divertiu ao ouvir suas aventuras pela Europa durante o verão — como quando dormiu em um banquinho na praça de Bruxelas, ou ficou bêbada e foi presa na França. E até Mariana, a babá de Zooey, que a reconheceu por ela já ter ido a casa dos Smiths.

— *Ah sim, pois é...* — Eva fez um gesto afirmativo com a cabeça. — *Foi o momento de estupidez mais importante da minha vida, o dia que eu resolvi aparecer naquela casa.*

Brandon, que passava por ali, aproximou-se sorrindo quando viu Mariana e Eva conversando.

— *Hey... ahm... ahm...* — Ele estalou os dedos perto do rosto, fazendo a moça levantar as sobrancelhas para a dificuldade dele em lembrar o nome dela.

— Mari.

— Sim, Mari. Bom te ver.

— Você também, Brandon. — Então Mariana olhou de volta para Eva. — Bem que Zooey me disse que vocês estão juntos...

— Ah, não, imagina — disse Eva, com desdém, até fazendo um gesto com a mão, o que deixou Brandon cheio de ódio. — De onde ela tirou essa ideia?

— É, definitivamente, não. A gente só se beijou várias vezes, transou uma vez e eu cuidei dela ontem, enquanto ela estava muito bêbada. — Mariana e Eva olharam para Brandon estarrecidas, enquanto ele falava, super calmo. — Boa festa para vocês.

Ele se afastou e Eva voltou a olhar para Mariana, que agora segurava o riso.

— *Menina, dá para acreditar nesse homem?*

Fora essas engalfinhadas, Eva pensou que podia sobreviver àquela festinha sem grandes traumas. Tudo estava tranquilo, a conversa fluía no terraço do apartamento, enquanto todos se conheciam, trocavam figurinhas, comiam churrasco e bebiam cerveja. Era um dia de sol e temperatura amena de meados de outubro — juntando com a descontração do ambiente, poderia ter sido uma ótima festa. Se ao menos ela tivesse conseguido ignorar a presença de Brandon, teria se divertido.

Acabou que foi impossível fingir que ele não estava lá, porque o homem logo se tornou a alma da festa. Eva não entendeu bem o que aconteceu — Brandon ficou amigo de todo mundo mais rápido do que Eva levaria para conseguir perguntar o nome de uma pessoa apenas. A introspecção dela parecia mais um espelho da extroversão dele; enquanto Eva odiava papo-furado, Brandon era mestre naquela arte e fazia qualquer pessoa se sentir uma amiga íntima — de maneira que o papo-furado nem mais parecia papo-furado. Parecia que todos estavam mesmo em uma roda de amigos, somente pela presença imponente dele. E ele fazia tudo de um jeito tão charmoso — as conversinhas, as piadas, os minuendos sexuais, as baixarias — que era impossível não se sentir ainda mais arrebatada.

— Como vocês se conheceram? — Mariana perguntou para Phillip e Marcelo.

— Foi no terceiro ano de faculdade. A ex-namorada do Phillip nos apresentou — contou Marcelo, arrancando risadas do pessoal que sabia da história.

— *Poor Michelle!*

— Eu nem fui a pior decepção da vida da Michelle! Depois de mim, ela namorou você — disse Phillip, apontando para Brandon, que fez uma cara de *O que você está dizendo? Que absurdo!*

— Ah meu Deus, você é o ex-namorado da Michelle? — Uma das convidadas perguntou, e Eva logo deu uma boa olhada na garota, porque ela parecia muito animadinha ao se dirigir a Brandon. Ela tinha a pele amarelo-roseada e os cabelos encaracolados e castanhos estavam presos num coque estilo abacaxi. Era brasileira, como quase todo mundo ali, e tinha um sotaque inconfundível do Rio de Janeiro. — Ela me falou *muito* de você.

— Não acredite em tudo que ouve. — Brandon brincou, sorrindo para a moça, e Eva se perguntou até onde aquilo podia ser considerado flerte.

— Ela disse que você é bom de cama — disse a moça.

Eva quis sair daquela roda de conversa naquele minuto. Mas não o fez. Enquanto todo mundo ria, inclusive Brandon, de um jeito exagerado, inclinando a cabeça e abrindo a boca, prestou bastante atenção no que ele faria a seguir.

— Bem, *isso* ela *não* mentiu, não — disse ele, sem olhar para a moça que fizera o comentário, bebendo mais de sua cerveja logo em seguida.

Aquilo foi o suficiente para Eva, que se levantou num ímpeto, fazendo todos a olharem, com surpresa.

— Banheiro — disse, forçando um sorriso.

Molhou o rosto no lavatório, sentindo-se quente. *Isso ela não mentiu*, Eva repetiu e fez uma careta, imitando vômito, fitando o espelho à sua frente. *Por que você disse aquilo? Por que você deu trela para o comentário?* Eva espremeu os olhos para a sua imagem no espelho. *Você não se aguenta, não é? Você tem que manter a ficha de garanhão, tem que fazer piadinha, e ser o bonitão da roda.* Então riu, debochada. *Eu admito, você tem talento. Você faz até seus vícios asquerosos serem charmosos.* Escorou-se na bancada da pia, aproximando-se do espelho. *Você está fazendo isso de propósito que eu sei, mas você não vai conseguir uma reação minha desse jeito.* Eva deixou o corpo ereto outra vez, descansando seus ombros. Era tão mais fácil ser honesta com as pessoas quando os sentimentos não te dominam — quando se consegue ver a situação nua e crua. Nunca conseguiria dizer aquilo para ele, não quando tinha tantas outras coisas não-ditas que se misturavam e brigavam dentro dela quando ele chegava só um pouco mais perto.

Ela olhou para a porta ao ouvir alguns passos do lado de fora. Deu descarga para fingir que fora mesmo ao banheiro e não causar perguntas. Ao abrir a porta, porém, deu-se com Brandon ali, escorado na parede, os braços cruzados. Os olhos dele se espremeram.

— Estava falando sozinha?

— Por que a pergunta, estava ouvindo atrás da porta? É por isso que você está aqui?

— Eu só quero mijar.

— É claro que quer... — disse, sarcástica.

Eva saiu da frente da porta com a intenção de se afastar rápido.

— E, para constar, foi só uma brincadeira. Não significou nada.

— Não me interessa nem um pouco o que você diz ou deixa de dizer. Mas, vê se não demora aí dentro... Parece que tem *gente* lá fora que pode *sim* sentir a sua falta.

Eva se arrependeu de dizer aquilo assim que ouviu a frase sair de sua boca, carregada de um ciúme beirando ao doentio e impossível de disfarçar. E, só pelo sorrisinho maroto de Brandon, que deixava suas linhas no rosto fundas, soube que ele percebeu. Saiu logo dali e sentou-se na roda de conversa sem saber como descascar aquele abacaxi. Quase deu uma desculpa para ir embora, mas assim que comentou que estava ficando tarde, Marcelo — como um bom brasileiro — chegou com um violão. Ele tinha uma ótima voz e cantou alguns sucessos de *Djavan* e *Gilberto Gil.*

Brandon voltou do banheiro mais calado e foi fumar — longe da roda, mas perto o suficiente para ouvir o que eles diziam — escorado na meia-parede do terraço. A moça, que flertava descaradamente com ele, era baixa e magra e estava ao seu lado, embora mantivesse uma distância saudável do cigarro.

Eva queria saber o que tanto a garota dizia para ele, que parecia desinteressado, olhando para o horizonte e fumando, mas acabou desencanando. Participou da cantoria de Marcelo e a festa começou a ficar divertida para ela — bebendo cerveja e rindo das investidas de Phillip no português.

— Cinco anos de relacionamento e você ainda não fala português, Phill! Que absurdo!

— Verdade, você precisa aprender — disse Mariana. — Vamos ensinar, Eva.

— Vamos!

— Em São Paulo, quando você está com raiva, pode falar *Porra Meu!*

— *Porrrraaa Miioo!* — Ele tentou, quase gritando, o que chamou a atenção de Brandon, que se virou para assistir à interação.

— E quando quiser deixar o Marcelo bem calmo, você pode dizer, *Relaxa, gato* — disse Eva.

— *Rrrilaxa, gatoou.*

— *What about "I love you"?* — Brandon fez a pergunta. — Como se diz isso em português?

Tanto Marcelo quanto Phillip olharam para ele com alguma desaprovação.

— *Eu te amo* — disse Ludmila.

— *Eu te amo...?* — Brandon repetiu quase sem nenhum sotaque. — Interessante. Pensei que *isso* não significava nada — disse sem tirar os olhos de Eva.

A moça que estava flertando com Brandon pareceu notar a tensão e pediu o violão. Eva quase quis morrer, só faltava ela cantar e dançar o *tchan* para aquela festa se tornar um verdadeiro pesadelo.

— Então, conhece *Garota de Ipanema*, Brandon?

— Ahm, não tenho certeza.

Foi a deixa que a moça precisava, e ela começou a tocar e cantar.

"Olha que coisa mais linda, mais cheia de graça. É essa menina que vem e que passa. Num doce balanço a caminho do mar..."

A garota chamou a atenção de Eva quando começou a cantar — de tão ruim que era. Tão ruim que os amigos dela logo reclamaram.

— *Pelo amor de Deus, Fernanda! Tom Jobim está até se revirando no túmulo.*

Entre risos, Phillip foi quem falou em inglês.

— *Babe*, a Eva canta super bem.

— *É mesmo?* — Marcelo pegou o violão da mão da tal Fernanda para salvar os ouvidos de todos. — *Você conhece essa, Eva? Hino da minha terra...*

Os primeiros acordes de *Sampa*, do *Caetano Veloso* já fizeram Eva sorrir, e ela logo começou a cantar.

"Alguma coisa acontece no meu coração. Que só quando cruzo a Ipiranga e a avenida São João..."

— *A única coisa que acontece quando você cruza a Ipiranga e avenida São João é você ser assaltado* — disse Mariana, fazendo todo mundo rir.

Eva continuou a canção até o fim, e por alguns minutos, ninguém disse nada — nem mesmo cantaram com ela. Brandon notou que ela cantava como tocava piano — infiltrada na melodia, como se seu corpo se tornasse um só, parte das notas musicais. A voz de Eva enchia o recinto, ultrapassava as células de sua pele e fazia seu coração bombar mais sangue que o normal. Era uma alegria e uma fúria que se apossavam dele — alegria porque havia alguém como ela no mundo, e fúria pelo seu desprezo.

À medida que música ia sem repetir versos, era visível que Marcelo também estava arrebatado pela conexão musical deles — como o tom que ele escolheu se encaixava na voz dela. Ele movia os lábios na letra da música, mas sem emitir som algum, e sem perder os olhos de Eva. E nos versos finais, ele não se aguentou e cantou junto dela — e suas vozes juntas causaram arrepios em todos que os assistiam.

— *Pan-Américas de Áfricas utópicas, Túmulo do Samba, mais possível novo quilombo de Zumbi. E os novos baianos passeiam na tua garoa. E novos baianos te podem curtir numa boa...*

Todos aplaudiram, anestesiados. Eva e Marcelo fizeram *high-five*, e ele beijou a mão dela, murmurando um *Mina! Que voz!*

— Vocês nasceram para cantar juntos! — Fernanda disse, batendo palmas. — Que lindo!

Brandon engoliu em seco, mesmo pensando que aquele ciúme era grotesco e irracional. Eles cantaram *Garota de Ipanema* e mais algumas melodias famosas da Bossa Nova. E, enquanto os observava, lado a lado, cantando enquanto trocavam olhares, percebeu que a imagem dos dois juntos tinha tanta harmonia quanto suas vozes. E se ele fosse ser bem sincero consigo mesmo, Marcelo e Eva pareciam ter vivências e visões de política parecidas. Talvez, numa realidade paralela, eles fossem mesmo um casal perfeito — que fazia muito mais sentido do que ele e Eva.

— *Canta um forró, agora... Um Gonzaguinha... Alguma coisa da minha terra* — pediu uma moça do nordeste, com seu sotaque arrastado.

— *Cantar? Ai, não, forró a gente tem que dançar.* — Eva disse.

— *Eva, se você dançar forró também, pronto. Você é a cunhada que eu pedi a Deus eu e vou te apresentar para a minha irmã* — disse Marcelo, causando uma gargalhada em Eva.

— *Danço, sim... E pode apresentar que eu estou solteira.*

— *Solteira, sei...* — Marcelo disse, antes de se levantar, tirando a poeira das calças. — *Vamos dançar!* — Ele estendeu a mão para Eva.

O forró soou na caixa de som, e Eva e Marcelo deram um show à parte, que até deixou Phillip um pouco enciumado. Ele não disse nada, mas desejou que Brandon falasse algo. Porém, mesmo soltando caveirinhas pelos olhos, Brandon se controlou, assistindo a uma das pernas de Marcelo entre as pernas de Eva, seus quadris se encontrando, enquanto ela jogava o cabelo de um lado para o outro.

E assim a festa foi dando sinais de que chegava ao fim — já que os brasileiros estavam muito felizes depois de muita prosa e música boa, que os fizeram matar um pouquinho das saudades da terra natal. Eva foi a primeira pessoa que disse que estava de saída — tendo todos a olhar apara ela com um olhar de "puxa, mas você é chata, hein...".

— Quer uma carona? Já que eu te trouxe, melhor te levar de volta — Brandon se ofereceu logo, antes de se virar para a babá de Zooey. — Você também, Mari.

Todos aqueles assuntos parados no ar, aumentando a distância entre eles, fez Eva querer rebobinar aquela fita e começar de novo, do zero. Aceitou a carona, mas à medida que se aproximava do carro, ficava mais difícil de ver uma saída para aquela situação — tão montanhosa quanto as ondas de seus cabelos. Talvez até mais.

A viagem de carro junto de Brandon e Mariana foi longa para Eva. Apesar de morar a menos de dez minutos de Phillip e Marcelo, parecia que o tempo se arrastava, ou Brandon dirigia mais lento que o normal. Enquanto entreouvia a conversa dele com Mariana — a primeira conversa em uma década, ou assim pensava Eva — sua ressaca da noite anterior piorou. Uma enxaqueca pareceu se instalar na região detrás da sua cabeça, o que intensificou sua dor de estômago e a fez abraçar seus joelhos no banco de trás.

— Está tudo bem, Eva? — Mariana perguntou.

— Sim, estou bem. Só exausta.

— Ela teve uma noite difícil — disse Brandon, segurando o riso. — Brigou, se estressou, vomitou…

— Eu não vomitei — disse, indignada.

— Você lembra do quê? Dez por cento da noite? — Ele virou a cabeça rápido para fitá-la, antes de fazer uma curva. — Vomitou Notting Hill inteira. Fomos até parar no hospital. Só me dá dor de cabeça, essa daí.

— Vai se ferrar, Brandon!

— É a verdade!

— Sabia que ele mandou me prender uma vez, Mari?

— Eva! — Brandon repreendeu, quando Eva se inclinou e colocou a cabeça entre Mariana e Brandon. — Quando você vai parar de me torturar por isso?

— Pois ele me acusou de pedofilia — continuou, como se não tivesse ouvido as lamúrias de Brandon.

— Ah, claro… — Mariana ligou os pontos, ao se lembrar da história. — Eu ouvi Flora comentar qualquer coisa. Só agora estou ligando você à pessoa, Eva.

— Exato! Fala mais uma vez que eu só te dou dor de cabeça! — Eva socou o ombro dele, que direcionou um olhar espremido para ela, voltando logo a atenção para o trânsito. — Você que só atrapalha a minha vida!

Mariana começou a rir de repente, o que chamou a atenção de Brandon e Eva.

— O que foi? — Ele perguntou.

— Nada, é que vocês dois brigam como um casal.

— *Tá amarrado em nome de Jesus!* — Eva disse em português, o que fez Mariana rir e Brandon ficar irritado com sua falta de entendimento.

— *Não me joga praga, Mariana! Pelo amor de Deus!*

Brandon estacionou na frente do complexo de apartamento de Eva e se virou para ela, que agora tirava o cinto.

— Obrigada.

— Pela carona ou por te salvar ontem à noite?

— Eu não precisava ser salva.

— Andava como uma abestalhada por Londres, Mari, você tinha que ver. — Mariana escondeu a risada, divertindo-se em ser usada para que eles continuassem naquele toma-lá-dá-cá. — Mal conseguia falar ou parar em pé.

— Mas que inferno, você não vai parar de falar disso, não? — Eva se irritou. — Se arrependimento matasse...! Devia ter ligado para o meu pai. Duvido que ele me faria ouvir tanto!

— Bem, mas você ligou para mim! Por que será, não é?

— Eu vou entrar, boa noite para vocês.

Ela fechou a porta a ponto de ouvir um "Obrigado pelas aulas de Português". E para aquela última provocação, Eva mostrou o dedo do meio, sem parar de andar. Brandon deixou as costas se apoiarem no banco do carro, cheio de cansaço. Mergulhou-se em um silêncio de alguns segundos.

— Esse não é o celular dela? — Foi o que tirou Brandon de seu transe. Ele fitou Mariana e em seguida o telefone celular largado no banco de trás.

Angelina e María Ana estavam na cozinha quando ouviram a discussão do lado de fora. *Então é isso? É assim que vai ser as coisas entre nós dois?* Elas se olharam, e Angelina não esperou duas vezes para ir espiar o que acontecia no corredor. Mesmo a contragosto, María Ana a seguiu. As duas logo viram Eva e Brandon discutindo ali, entre estudantes que iam e vinham, sem nem ao menos se importar com a cena que causavam.

— O que você quer de mim?

— Eu já te disse, Eva! Fala comigo, vamos chegar num consenso.

— *Consenso* envolve *você* ceder também.

— Então a sua ideia de *consenso* é eu fazer o que *você* quer...

— É claro que não!

— Depois de tudo que aconteceu, olha como você me tratou hoje, Eva... O que está havendo...? Me fala o que você quer, afinal!

Eva abaixou a cabeça, deixando Brandon ainda mais nervoso.

— Não dá... — ela soltou, num fio de voz.

— NÃO DÁ...? — Brandon repetiu, alterado. — Que engraçado, não foi essa impressão que eu tive ontem à noite...

— Brandon...

— Na verdade, foi bem ao contrário disso — continuou, sarcástico.

— Me escuta...

— Eu estou aqui, não estou? Quero te escutar, mas você não fala comigo, não comunica o que está havendo.

— Sei que você está irritado, e entendo... — Brandon bufou, em meio a um riso sarcástico. — Deve estar pensando que eu estou louca, que não está fazendo nenhum sentido, e você está certo, não estou mesmo fazendo sentido algum. — Quando Eva voltou a olhar para o homem na frente dela, não conseguiu mais controlar as lágrimas que desceram quentes pelo seu rosto. — Está vendo? — Ela apontou para o próprio rosto. — Eu não estou bem, *essa* não sou eu... — Ela deu um passo para longe dele. — Sei o que quer de mim, mas não dá. Não agora.

Brandon soltou o ar, tentando controlar a vontade de gritar com ela. Ao invés de deixá-lo entrar e ajudar, *não* — ela apenas o afastava ainda mais.

— Bem, *eu* não sei o que *você* quer de mim. Quer que eu te espere...? Eu queria dizer que sou esse cara que espera, mas não sou, nunca fui. — Eva assentiu, engolindo o soluço. — Já fiz muitas promessas que não cumpri na minha vida, Eva. Não vou fazer mais isso.

— *Okay...*

— Não era esse arremate que eu queria, mas... às vezes, é melhor assim.

Brandon ainda permaneceu alguns segundos olhando para Eva, antes de se inclinar e beijar o rosto dela — ato que fez Eva sentir o peso do fim.

— Preciso ir agora, mas espero de verdade que você fique bem.

Angelina e María Ana pararam de espiar a conversa, e observaram Eva voltar para o apartamento. Ela fechou a porta antes de soltar o primeiro soluço.

— Ai, amiga... — Angelina abraçou Eva. — Vai passar...

Angelina quase sempre tinha razão. Mas quando no fim da semana, Eva foi parar no hospital, ela pensou que talvez aquilo não fosse passar tão cedo.

Capítulo 15

Colapso

MAL EVA TINHA SE RECUPERADO da super ressaca, quando Monica ligou para ela na terça-feira. Ao observar o visor de seu celular, o estômago de Eva já gelou. Pareceu revirar ao ouvir as palavras da editora-chefe.

— Geller quer te ver antes da reunião hoje.

Pronto! Mais uma bizarrice estomacal se principiou ali, e Eva foi direto para o banheiro, vomitar o pouco que tinha comido aquela manhã.

Eva tinha certeza de que Geller queria castigá-la por causa da entrevista de Angelina e suas críticas ao jornal, por isso chegou ao *The VUR* já pronta para uma briga. Tinha todo um discurso preparado para explicar que não podia ter previsto o que aconteceria no programa de entrevistas de Angelina.

— Quero conversar com você sobre sua próxima matéria.

— Como assim? — Eva cruzou os braços. — O que tem a próxima matéria?

— Você vai entrevistar o professor de Física que foi indicado ao prêmio Nobel, e há uma questão que não pode vir à tona durante a entrevista.

Santa inocência. Eva tinha vomitado as tripas só de pensar que seria culpada pelo que acontecera no *Vienna Channel*, mas Geller nem tinha tocado naquele assunto. Estava mais preocupada com o que estava por vir.

— E qual questão é essa? — Eva perguntou mais por curiosidade. Já tinha começado suas pesquisas sobre o entrevistado e imaginava a questão que não podia vir à tona.

— Ele concordou com a entrevista contanto que o caso de assédio não seja mencionado. — Eva assentiu, sem surpresa alguma. — Ele foi inocentado, então não tem mesmo por que tocar no assunto. Se você tem algum problema ético com essa decisão, diz logo, porque eu vou dar a entrevista para outro estagiário.

E num piscar de olhos, seu cargo estaria aberto para distribuição também — ou assim pensava Eva. Não era uma escolha, era quase uma pergunta, *quer ou não continuar no The VUR como assistente editorial?*

— Não vou mencionar a denúncia de assédio — respondeu, irritada, soltando um pigarro baixo. — Agora, sobre o que aconteceu no *Vienna Channel...*

— Só não comente nada com ninguém sobre as acusações de censura do *Vienna Channel.* — A professora interrompeu Eva. — Eles só querem minutos de mídia, não vamos fazer esse jogo.

Eva saiu do gabinete da professora sem saber o que pensar. Ali estava mais uma prova irrefutável que Angelina e Dana estavam certas — ela tinha mudado. Mesmo antes da professora dizer algo, não tinha mesmo cogitado perguntar sobre a denúncia de assédio do tal professor, pois ele tinha sido inocentado. Evidente que Eva não pensava que ele era inocente, mas considerava o assunto terreno pedregoso e Monica certamente não deixaria ser publicado.

Marcou a entrevista com o tal professor indicado ao *Nobel Prize*, e se encontrou com ele ainda aquela semana. O homem grisalho e parrudo de rosto rosado e uma barba molhada de saliva abriu a porta do gabinete e percorreu seus pequenos olhos verdes por todo o corpo de Eva.

— Senhorita Oliveira — disse com um sorriso satisfeito no rosto. — Ouvi maravilhas de você, mas ninguém comentou sobre sua beleza tropical.

Eva engasgou e não conseguiu dizer nada além de *podemos começar a entrevista?* A frase dele ficou ruminando na cabeça dela durante os trinta minutos que passou conversando com ele — isso porque quis sair dali rápido e cortou o entrevistado quando esse começou a divagar demais.

Quanto descaramento daquele *assediador-disfarçado-de-simpático!* Se ele tinha tido o atrevimento de dizer aquilo para ela, o que não tinha feito com a aluna que o denunciou por assédio?

Mesmo sabendo que não poderia escrever sobre aquilo, Eva procurou informação sobre a moça e soube que ela tinha largado a faculdade e ninguém mais tinha tido notícias dela.

Passou uma noite em claro transcrevendo a entrevista que fizera com o professor, e a cada palavra sentia seu estômago revirar ainda mais. Sentiu-se mal quando, em determinado momento da entrevista, o professor-assediador comentou que sempre achara importante *abrir espaços para as mulheres na Física,* e por isso *sempre* incentivava suas alunas a *participarem de seus projetos.* Quantas mulheres, de verdade, haviam sido assediadas por ele, mas tiveram medo de denunciarem por causa de seu *status* de professor?

Eva escreveu o artigo na base do ódio.

No dia seguinte, para a sua má sorte, tinha uma prova da disciplina de Alli. Olhou para a pergunta na sua frente — *O período romântico é caracterizado por uma mudança na compreensão literária da natureza. Cite poemas de tradições literárias diferentes que mostrem essa mudança* — e sentiu as mãos formigarem até parar de senti-las.

Eva tocou o braço de Angelina, que estava ao seu lado.

— Eu não estou bem.

Foi tudo o que conseguiu dizer, antes de sentir que perdia a habilidade de falar.

— Eva? O que você está sentindo?

Com algum pânico, Angelina viu o corpo de Eva enrijecer por inteiro.

Eva não conseguia dizer nada. Apenas começou a respirar fundo, sem conseguir mover um centímetro sequer de seu corpo, numa sensação que, no mínimo, devia se igualar a própria morte.

— Senhorita Johnson e Senhorita Oliveira, a prova é individual. — Alli disse ao notar os cochichos das duas alunas.

Angelina se levantou de seu assento.

— Senhora Cruz, acho que Eva precisa de um médico.

Todos os alunos ao redor de Eva se moveram para ver o que estava acontecendo. Alli se aproximou com as sobrancelhas enrugadas. E foi quando viu o rosto de Eva perder todo o movimento, seus olhos parados amedrontados, e a boca contorcida e aberta, como se ela tentasse falar, mas não conseguisse.

— Alguém chame uma ambulância, por favor.

E foi assim que Eva foi parar na emergência do hospital do campus.

— Será que foi algo que ela comeu? — Dana perguntou.

— Ela mal tem comido. Não acho que foi isso — disse Angelina.

— Gente, isso é estresse. Tenho certeza. — María Ana passou a mão pelos cabelos de Angelina, que estava muito atordoada. — Já vi acontecer com amigos na pós-graduação. Ela deve estar sobrecarregada.

— Também acho, Mary. — Alli concordou.

— Sabe o que eu acho? — Angelina abaixou a voz. — De repente Brandon sabe de alguma coisa. Eles passaram muito tempo juntos no fim de semana. Ele até levou ela ao médico. Acha que eu ligo para ele?

— Quais são as chances de Eva te assassinar se você ligar para esse homem?

Angelina suspirou para a pergunta de Alli.

— Tem razão, melhor não. E quanto o pai dela? Não acha que ele deveria saber o que aconteceu?

— Eu acho que você está querendo ser enforcada pela Eva no meio da noite — disse Alli.

Elas riram, mais relaxadas, e decidiram que não avisariam ninguém da família de Eva, ou possíveis futuros ex-namorados, sobre o que tinha acontecido.

Uma enfermeira informou que Eva estava acordada e bem e deu permissão para as garotas entrarem no quarto.

— Bem, eu vou para casa — disse Dana.

— Acho que ela vai gostar de saber que você está aqui. Por que não entra um pouco? — Alli sugeriu. — Não tem por que vocês continuarem sem se falar.

— Melhor não, até mais.

Sem opções, Alli, Angelina e María Ana entraram no quarto sozinhas.

Eva de fato parecia bem melhor. Estava sentada na maca quando as garotas entraram no quarto. Suas veias estavam ligadas a um medicamento, mas Eva explicou que era apenas soro.

— Eu estou bem, prometo. Acho que tudo isso é porque eu não dormi ontem. Foi uma besteira, juro.

— De qualquer maneira, faça uns exames.

— Sim, eles coletaram quinze litros de sangue, vão fazer a porra toda — disse Eva, sorrindo para a cara de preocupada de Angelina. — Eu estou bem, relaxa.

— Amiga, você ficou toda torta e estranha. Achei que você estava morrendo.

— Mas passou, estou bem agora. De verdade, parem de se preocupar.

Os exames de Eva confirmaram a saúde física dela, que parecia — de fato — estar ótima. Uma médica simpática foi ao seu quarto, assim que Alli, Angelina e María Ana tinham ido embora.

— Eva, você é uma moça muito saudável. Seus exames estão ótimos, não há nenhuma alteração, seu peso está bom, e não tem bebê também. — Elas sorriram uma para a outra. — Me diz uma coisa, tem algo que está te causando inquietação, nervosismo, angústia...?

Eva soltou uma meia risada. Mais fácil era dizer o que *não* estava causando aquilo tudo.

—Talvez. Para ser sincera, tenho tido enxaqueca, dor de estômago e vômito, insônia e falta de apetite constantemente.

— Entendo — disse ela, ao fazer anotações em uma ficha. — E você ou alguém da sua família já foi diagnosticado com depressão?

Eva sorriu para a médica simpática, sem nenhuma surpresa.

— Minha mãe e eu, sim. Quando tinha 14 anos. Fiz terapia e tomei remédio até os dezesseis.

— Certo... Você vai ficar hoje aqui, de observação, está bem?

— Isso é mesmo necessário?

— Sua amiga disse que você perdeu muito peso esses últimos meses.

— Ela tem uma boca de caçapa. — A médica riu.

— Ela é uma boa amiga, está preocupada com você. Mas você está dentro do seu peso para a sua altura, então vou assumir que você estava acima do peso antes. — Eva confirmou com a cabeça. — Ótimo, não vou me preocupar com isso. Mas quero que você seja sincera comigo e diga o que está causando esse nível de estresse.

Eva decidiu que gostava da médica simpática e contou de forma bem abreviada que estava se sentindo muito pressionada no jornal. Explicou que tivera diversos problemas com a professora no passado, e infelizmente continuava sentindo-se ansiosa sobre esses problemas.

— Entendo. Então vou fazer o seguinte, Eva... Vou te dar um atestado de trinta dias, assim você emenda com as férias de inverno. — Eva levantou as sobrancelhas, admirada. — Quero que evite estresses, está bem? Faça caminhadas e exercícios. Prefira alimentos crus, saladas, frutas, evite frituras. Vou te dar um remédio fraco para insônia também.

— Obrigada.

— Quero que você entenda uma coisa. Essas são apenas medidas imediatas. Acredito que você teve uma crise de ansiedade. O atestado vai ajudar agora, mas o que realmente melhora, especialmente no seu caso, que já teve depressão, é terapia.

— Eu sei. Vou me tratar, prometo.

A médica sorriu, sem acreditar muito.

— Espero que sim. Uma moça tão jovem e bonita devia estar aproveitando a vida, namorando bastante, e não tendo crises de ansiedade.

Por que não tivera uma crise antes? Aquele atestado veio a calhar e Eva saiu do consultório da médica até feliz — trinta dias sem Clarice Geller era quase como ganhar na loteria.

Por falar na professora, ela não gostou nada, fez careta e disse que *assistentes editoriais tinham que ter a saúde em ordem.*

— Trinta dias? — disse ao pegar o atestado. — Estamos no fim do semestre! Isso quer dizer que você só vai voltar a trabalhar semestre que vem.

— Desculpe, ordens médicas, Doutora Geller — disse Eva, mentalizando um *vai-se-ferrar*, antes de seguir para suas *férias*, decidida a nem mesmo ler o jornal durante o período de afastamento.

Decisão que, evidente, ela se arrependeria depois, quando já fosse tarde demais.

Capítulo 16

O que eu perdi?

MONICA RETIROU AS MECHAS loiras curtas do rosto úmido de Lucas. Beijou-o cheia de paixão, fazendo-o sorrir, entre tentativas desesperadas para pegar fôlego. Uma brisa gelada entrava pela janela meio-aberta do quarto de Monica e amenizava a quentura do ambiente. Eles não tinham nada na mente, nada além de suas pernas emaranhadas e os lábios grudados.

— Que horas é o noivado do seu irmão?

— É mais tarde — respondeu Lucas, antes de beijar o pescoço de Monica e apertar suas coxas. — Acho que vou fazer amor com você de novo.

— Luke, é sério...— Monica beliscou os braços dele, tentando não se render aos beijos molhados que desciam por seu pescoço e ombros. — Já estamos aqui há muito tempo. Nem fui ao jornal hoje.

— E nem vai! Não quero ficar aqui sentindo todas essas emoções sozinho.

Monica continuou lá, com a boca aberta, abestalhada, o coração cheio de felicidade e o estômago cheio de borboletas.

— Fique tranquilo, não vou deixar!

Lucas a acompanhou na risada e por alguns segundos eles continuaram se olhando. Há pouco tempo os assuntos, na cama, rodeavam os sentimentos de uma maneira autêntica e transparente. Nada parecia ser capaz de parar aquele apreço que crescia devagar e constante.

Três semanas — três semanas que se viam todos os dias na faculdade, no corredor, quando vinham de lados opostos e trocavam um beijo longo ali no meio de todo mundo. Três semanas — e diversas vezes já tinham sido pegos aos amassos pela professora Geller na sala de Monica no jornal. Três semanas de longas conversas ao telefone, de troca de mensagens e de uma conexão na cama que crescia embalada por vários *você gosta disso?* E quando chegava o momento de cada um ir para casa, eles prolongavam, demoravam-se, mesmo sabendo que aquela distância não duraria muito, e logo estariam entranhados um ao outro de novo, seus corpos se tornariam um refúgio depois de um dia chato de aulas e trabalho.

Lucas evitava pensar no que tinha acontecido no passado, era como se os cinco anos anteriores de sua vida tivessem evaporado. E quanto mais tempo ficava perto de Monica, mais irreal tudo aquilo parecia. Real eram apenas os momentos que passava junto dela. Tudo que pensava sentir por outra pessoa não podia ser verdadeiro, pois não era recíproco. Talvez aquilo significasse amar — um sentimento de magia que transcendia todos os entendimentos físicos do mundo somente por ter e sentir alguém tão perto.

— Sabe, acho que vou ficar aqui com você hoje.

— Como assim? — Monica tombou a cabeça.

— Dormir aqui.

— E o noivado do seu irmão?

— Eles não vão sentir a minha falta.

Monica riu, mordendo os lábios e Lucas identificou uma dúvida ali. Aquilo dava uma sensação de namoro, de relacionamento sério, e era isso mesmo que Lucas tinha em mente.

— Acha que estamos... prontos para isso?

— Demorei para te encontrar e agora nada me tira daqui. Eu quero sentir você.

Um sorriso e um beijo foi o que mostrou ao Lucas que ele deixaria aquele quarto apenas na manhã seguinte.

Brandon sentiu falta de Lucas assim que colocou os pés na sala de estar, empurrando a cadeira da avó — a quem ele tinha acabado de buscar na estação da King's Cross. Já era quase hora da festa e não vira nem sombra de Lucas pela mansão. Na verdade, Lucas andava sumido, mas Brandon já sabia onde ele rondava. Recebera uma mensagem da ex-noiva, fofocando que Lucas estava namorando a prima dela.

Flora e William vieram cumprimentar Inés Giraud assim que a viram adentrar a mansão. Alguns convidados adiantados se espalhavam pela sala, e olharam curiosos para conhecer a mãe da baronesa de Kindlington, que chegava de Paris.

— Onde está a noiva? Quero cumprimentá-la! — Ela disse para a filha e o neto, e ambos se entreolharam, nervosos.

Brandon estranhou aquela preocupação estampada na cara da mãe e do irmão mais velho. Ele tinha avisado a avó que Claire estava grávida e por isso que o casamento aconteceria rápido, não tinha nada de romântico.

217

— Às vezes é melhor assim, *mon petit*. O romantismo deixa as pessoas cegas.

Foi tudo que ela disse e Brandon riu, lembrando-se de todas as vezes que sua avó já tinha repetido aquela mesma frase para ele. Considerava-o um romântico incorrigível — apesar de que Brandon se achava bem mais realista que Lucas, por exemplo. Ainda assim, a indireta sempre ia para ele.

Mas amava a avó, que também não disfarçava o favoritismo por ele. Inés dissera diversas vezes que achava Brandon mais amável e mais carinhoso que William. Era também mais presente que Amanda — que de certo não a reconheceria se a visse na rua. E, principalmente, Brandon conseguia se comunicar com ela, diferente de Lucas, que mal falava um *ça va* em francês.

Vieram de Londres a Vienna sem parar de conversar um minuto sequer, ele contou tudo sobre o doutorado e a avó quis saber tudo sobre seu orientador — quem, para a surpresa de Brandon, ela conhecia como um *colega de faculdade de sua mãe*. Também contou sobre a *garota* que não estava *tão* interessada nele. *Ce n'est pas possible!* Foi o que sua avó disse, admirada que tinha *alguém* dando fora em seu neto preferido.

Flora deu qualquer desculpa para o sumiço de Claire e levou a mãe para a cozinha, enquanto William fazia um sinal com a cabeça, pedindo um momento a sós com Brandon. Ele seguiu o irmão até um canto escuro da sala, longe dos familiares e amigos.

— Preciso de um favor. Claire não quer descer antes de falar com você.

Brandon enrugou as sobrancelhas e acompanhou a feição de surpresa de William.

— Comigo? Tem certeza?

— Sim, ela pediu para falar com *você*. Ela está no meu quarto. — William segurou o braço de Brandon com alguma força, fazendo-o olhar para a mão dele, estranhando aquele nervosismo. — Bran, faça com que ela venha…

Brandon subiu as escadas da mansão com uma pulga atrás da orelha. Agora entendia a tensão nos olhos do irmão e da mãe. Será que Claire estava com dúvidas sobre seguir em frente com o noivado?

Abriu a porta e viu a cunhada sozinha no antigo quarto de William, sentada em frente à penteadeira, com a expressão de quem estivera chorando muito — o que tentava disfarçar agora, cobrindo-se de base.

— Claire? — Ela sorriu para Brandon e limpou os olhos vermelhos, enquanto ele se sentava na cama. — Está tudo pronto, estamos esperando você. Está tudo bem?

— Sim, tudo ótimo. — Ela passou as mãos suadas uma na outra. — Sabe, Bran... Você é o meu cunhado preferido. — Ele sorriu, como se já soubesse daquilo. — Não que eu não ame o Luke, mas não consigo conversar com ele como converso com você. Talvez por causa da idade, não sei... — disse para si mesma. — O fato é que você estava lá, sabe...? Quando tudo começou... E você conhece o Billy melhor do que ninguém, melhor do que eu, até.

Brandon concordou com a cabeça.

— Não vou fingir que desconheço os problemas entre você e o Billy...

— Ótimo, assim a gente ganha tempo — disse Claire, num sorriso. — Desde que eu fiquei grávida, as coisas pioraram... e isso fez algo nascer dentro de mim. Não sei o que é, mas está aqui há algum tempo.

Brandon fitava a cunhada sem pestanejar, tentando ver além de suas palavras enigmáticas.

— E isto está te impedindo de descer?

— Eu amo o seu irmão, Bran — disse ela, como que para se defender. — Não consigo imaginar a minha vida sem ele, são 11 anos... Ele é a pessoa mais importante da minha vida, meu contato de emergência no banco e no hospital. — Brandon assentiu, esperando pelo *mas*. — *Mas* essa coisa que está dentro de mim me faz pensar em algo que nunca considerei... Me faz pensar em... em...

Brandon notou aonde Claire queria chegar com aquele discurso e segurou as mãos dela, sorrindo, compreensivo.

— Claire, acho que entendo o que você está sentindo.

— Entende...?

— Às vezes, a gente se apega ao que aconteceu no passado e não importa o quanto as coisas pareçam *certas* e o quanto aquilo faz você se sentir *bem*... deixar um passado errado de lado e começar de novo é... difícil. — Claire tombou a cabeça, fitando o cunhado à sua frente. Nem ela podia ter colocado melhor o que estava sentindo. — Também acho que, dado a chance, Billy não hesitaria em voltar atrás e mudar tudo. Eu sei que *eu* não hesitaria.

Claire sorriu, reconhecendo no fundo da íris azul de Brandon um arrependimento desmesurado — e embora ela não soubesse o que de fato aquilo significava, sabia que era o começo de uma grande mudança na vida dele. Não tinha certeza, porém, se Brandon estava certo em relação a William.

— Você é uma pessoa linda, Bran. Por fora e por dentro. — Brandon sorriu, tentando acreditar naquilo. — Mas uma coisa que o Billy não entendeu, e acho que *você* deve entender agora, é que nunca estamos sozinhos em um relacionamento. Existe uma outra pessoa inteira, com suas próprias crenças e sonhos, e se não enxergamos essa pessoa por completo, então não há amor que resista.

— Sim, vejo isso com clareza agora, mas foi um processo e eu queria ter sido mais esperto e aprender as coisas mais rápido. — Ele olhou para sua mão unida a de Claire. — Mas acho que o importante é aprender, não é? Não é para isso que estamos aqui, nesse mundo, afinal, para aprender um pouco mais sobre nós mesmos a cada dia? — Claire sorriu, concordando. — Sabe o que eu pediria, se pudesse...? Uma segunda chance para mostrar uma melhor versão de mim. E sei que Billy se beneficiaria de uma *dessas* também.

Claire apertou a mão dele.

— Infelizmente, querido, não há muitas *segundas chances* no mundo. — Para a seriedade dela, Brandon temeu por si e por seu irmão. Claire beijou seu rosto e sorriu. — Mas obrigada por me ouvir.

— Não por isso! — Brandon se levantou. — Te vejo lá embaixo?

— Sim, só vou terminar essa maquiagem. — Mas quando Brandon já estava na porta, Claire o chamou uma última vez. — Bran, não conte nada do que conversamos ao Billy.

— Sou um túmulo.

Claire sorriu, sem acreditar nele.

William quase fazia um buraco no chão de tanto andar para lá e para cá ao pé da escada. Quando viu Brandon descer, faltou pular encima dele.

— E então? O que ela disse? Ela está bem? Ela vai descer?

— *Chill mate*, ela já está vindo.

— Ótimo.

— E ela vai terminar com você na primeira briga que vocês tiverem. Então, acho melhor você começar a pensar em um casamento com separação total de bens.

Brandon colocou as mãos nos bolsos e saiu de perto de William — que de tão alarmado com as novidades, mal conseguia respirar.

Flora também não conseguia esconder sua tensão por causa da demora da noiva. Observou o primogênito adentrar a sala de jantar, onde todos os convidados esperavam a noiva para os brindes. Correu até ele, aflita.

— Ela já está descendo?

— Sim. Seja breve no que você vai dizer, mãe. Eu também preciso dizer uma coisa, e, se tudo der certo, Claire vai querer dizer algumas palavras também.

— *Okay*... Então, está tudo bem? Esse noivado está mesmo acontecendo?

— Está tudo muito bem, fique tranquila.

— Ótimo.

Observando o irmão conversando com a mãe, Brandon pensou que ele tinha um plano, pois estava muito seguro para alguém que estava prestes a perder a única namorada que tivera na vida.

O assunto parou quando Claire adentrou a sala de jantar. Estava tudo belamente disposto, e os arranjos florais altos a impediam de ver algumas das faces que a fitavam. Um garçom contratado para a festa a ofereceu uma taça com água e ela o agradeceu com um sorriso gentil. Moveu os dedos em sinal de olá para alguns conhecidos, mas manteve o sorriso robótico. Todo mundo que conhecia na vida estava lá, sua irmã e seu cunhado, os sócios da clínica, os poucos amigos da época da faculdade — todas as pessoas que, é claro, deslumbravam-se com a sorte dela, de achar um bom partido igual a William, herdeiro de terras e títulos nobres, o *grande amor* de sua vida.

Direcionou seu sorriso robótico para William quando ele a segurou pela cintura, antes de sinalizar algo para a mãe, quem Claire imaginava ter um discurso preparado. Flora logo começou agradecendo a presença de todos. Suas palavras eram doces, amáveis, e seu tom o mais sereno possível.

— Um casamento é uma dádiva, algo a se celebrar sempre. Duas pessoas que tomam um importante passo de coragem e decidem dividir suas vidas para sempre. Decisão que eu e meu marido tomamos há 37 anos, e que o nosso primogênito toma agora, junto de alguém que sempre foi tão especial para todos nós, nossa querida Claire. E sem esquecer o futuro membro dessa família, que vai alegrar ainda mais a união deles.

Claire teve de controlar a vontade de rir. Ouvir Flora falar sobre as maravilhas do casamento era quase uma piada pronta — logo ela, que vivia o que mais parecia ser um negócio, uma transação monetária, ao invés de um casamento de verdade. Não que ela não admirasse a certeza impregnada em cada ato da sogra. Ela chegava a ser dura, talvez até insensível, tamanha a sua habilidade em se curar de tudo que a machucava. Mas será que, dada a chance, Flora não voltaria no tempo e mudaria tudo? Será que não escolheria abandonar os padrões e os desejos de seus familiares elitistas e percorrer seus próprios caminhos? Cairia nos braços do homem que sempre amou, ou talvez viajaria o mundo e se preocuparia só com ela mesma, experimentaria o gosto único da liberdade.

Claire tinha certeza de que se pudesse viver a sua vida de novo, tomaria outras decisões. A começar, talvez, por William. Não se envolveria com ele com tanta intensidade, logo de cara. Sairia mais com suas amigas, iria ao cinema, a bares e conheceria pessoas diferentes. Teria alguns amigos em diferentes partes da Europa e os visitaria com frequência para ver coisas mais interessantes. Compraria roupas mais extrovertidas, mais alegres. Dançaria *Madonna* em danceterias. Até cantaria em *karaokês*. E talvez escolhesse outra profissão — atriz, quem sabe... Ou gerente de alguma loja de bichinhos da *Disney*.

Claire sorriu. E pareceu que sorria para o fim do discurso da sogra, que nem mesmo ouviu. Não importava, porque sabia que tudo o que saíra da boca de Flora não significava nada — para ela, para William, ou para a própria Flora.

— Bem... eu gostaria de dar uma coisa a Claire.

Claire parou de pensar e aterrissou na sala de jantar dos Smiths, quando percebeu que o namorado faria um discurso. Seus olhos o fitaram com algum alarme, já que William nunca tinha feito um discurso na vida. Ele odiava falar em público.

— Esse colar foi da minha querida avó, e minha mãe me deu na esperança de que eu o entregasse a você, como símbolo do nosso amor que vai durar por toda a nossa vida, e na memória dos nossos filhos.

Claire quase fez uma careta quando escutou aquelas palavras saindo da boca de William. Ele colocou o cordão em seu pescoço e beijou suas mãos com carinho, sorrindo, os olhinhos cheios de emoção — o que para William significava uma fala meramente acima de seu tom ameno usual e uma leve distensão nos lábios que pouco lembrava um sorriso.

— Claire, eu sei que você é a mulher destinada a ser a minha esposa.

Quem foi que disse que ela está destinada a ser esposa de alguém?

Concentre-se, talvez ele tenha algo de bom para dizer.

— E eu te amo desde o primeiro momento que entrei naquela sala de aula e te vi com aquela feição de menina assustada, que ainda não acredita na sua própria capacidade. Fiquei tão feliz quando você aceitou tomar um café comigo.

Está vendo, se você tivesse me ouvido, teria saído para festejar com os outros calouros, em uma boate badaladíssima, e perdido a sua patética virgindade em algum motel sujo da cidade. Ao invés disso, você preferiu tomar café com o patético William e ter uma vida patética para sempre.

Claire, ouça o que ele tem a dizer. Ele é o pai do seu filho, e não há nada que você possa fazer para mudar isso.

— E tudo que nós vivemos nesses onze anos foi especial para mim. Conhecer você, construir uma vida profissional e pessoal do seu lado foi maravilhoso.

Ah, Meu Deus! A clínica. Ela não vai sobreviver se vocês se separarem!

Ela tem razão! A clínica já era!

— Eu te amo, Claire. E eu juro que vou ser seu pelo resto das nossas vidas. E você? Você vai ser minha?

Ah, você não vai amarelar agora, não é?

Você precisa dizer alguma coisa!

Claire sorriu, sentindo que estava dentro de um desenho animado e duas partes de si mesma, uma má e outra boa, assistiam à cena, sentadas em seus ombros. E elas tinham razão — deveria dizer alguma coisa. Manteve o sorriso, olhando fundo nos olhos de William. A vontade era de tirar aquela gargantilha pesada e feia, jogar o anel no ponche, e deixar a mansão o mais rápido possível, adicionando mais uma festa desastrosa para a coleção da Senhora Smith.

Mas William era o pai do filho dela.

E ele havia sido um bom namorado.

Claire sabia o que fazer para convencer a todos de que seus sentimentos eram tão profundos e bonitos quantos os de William. Então ergueu a taça de água em suas mãos e abriu a boca, pronta para soltar uma frase bem melosa e cafona, que alimentaria a ilusão das pessoas sobre sua felicidade. Mas seus olhos fitaram Brandon do outro lado do cômodo. Ele estava sério e parecia ler a mente dela. Sentiu os lábios tremerem e as palavras sumirem.

— Idem — disse, depois de alguns segundos de tensão, e sorriu, antes de beber a água na taça de uma só vez.

William fitou Claire, como se ela tivesse falado russo.

Brandon abaixou a cabeça, fitando os pés, nem um pouco surpreso.

Uma sensação gélida correu pela sala. Os convidados não sabiam o que fazer. Houve um silêncio cheio de respirações e pensamentos que gritavam.

Num visível desespero, Flora fitou a mãe. A senhora na cadeira de rodas indiciou a taça de champanhe com um toque de dedos, quase imperceptível. Sorrindo, Flora levantou a sua própria taça, fitando os seus convidados.

— Viva os noivos!

Claire esperou até que todos os convidados fossem embora para então fitar o homem ao seu lado. William nem ao menos cruzou os olhos com os dela, apenas indicou o sofá resmungando que se sentaria um pouco, do jeito rabugento que usava para falar com ela quando estava muito irritada. Mas não era William quem estava em seus pensamentos naquele momento, era alguém muito mais difícil de agradar.

Aproximou-se da porta de vidro que separava a sala de jantar dos cômodos da frente da casa. A sogra mexia nas flores e mesmo quando se aproximou, Flora não deu atenção a ela. Fazia isso sempre — tornava tudo pior do que era. Um simples *Idem*, uma palavra sem importância que soou estranho, que tinha passado batido para a maior parte dos convidados — ou assim Claire esperava — para a sogra era o pior que poderia ter acontecido.

Ela tinha um coração endurecido, pouca coisa entrava ali. Um simples *Idem* podia, e provavelmente destruiria, tudo que elas haviam construído, porque Flora não era uma mulher de dar segundas chances.

E toda aquela dureza, apesar de ajudá-la a sobreviver às feridas da vida, tornou-a rigorosa, beirando a perversidade.

— Foi tudo lindo, Flora. Obrigada pela celebração.

— Não tem por que agradecer — disse ainda tocando as flores, impaciente.

Claire sabia que Flora não queria conversar, mas insistiu, aproximando-se um pouco mais dela.

— Flora, você é como uma mãe para mim. Eu te amo e te respeito demais.

— *Idem* — disse sorrindo, fitando Claire. — *Idem.* — Quando ela repetiu, Claire fechou os olhos, sentindo o coração palpitar.

— Isso não tem nada a ver com você, é sobre mim e Billy.

— Eu não quero saber.

— Mas eu quero explicar. Afinal, eu me sinto parte da família. Mas muita coisa aconteceu, e eu e o Billy...

Claire parou de falar quando a sogra se voltou para as flores dispostas com majestade no arranjo de mesa.

— Se isso é tudo, você pode parar por aí. O seu relacionamento com Billy não me interessa nem um pouco.

Claire suspirou, aproximando-se mais de Flora, até ficar de frente para ela.

— Por favor, não torne isso pior do que já é.

— Só estou dizendo que não preciso ouvir nada.

— Não é verdade, você está fingindo que não se importa, como você sempre faz, e isso é uma grande besteira.

— Já acabou a análise?

— Por favor, me ouça.

— Já disse que não quero saber de nada do que aconteceu entre você e Billy, e pouco me interessa o que vocês vão fazer agora — retrucou Flora, aumentando o tom de voz.

— Mas, Flora...

Então Claire assistiu à sogra bater o punho na mesa, causando um estrondo.

— Está certo, você quer conversar? Pois bem! Aquele *Idem* foi uma péssima ideia. Foi uma grande falta de consideração com toda a família e com o seu noivo. Agora, não quero saber o que te levou a fazer tal coisa, mas realmente espero que você e Billy cheguem a um acordo até o casamento. E que você tenha algo bem comovente para dizer a ele no altar, Claire! Agora me deixe em paz.

Flora saiu em disparada da sala de jantar e subiu as escadarias da casa a passos firmes, causando barulhos fortes no piso de madeira encerado.

Brandon observou o irmão e a *noiva* — se é que podia dizer que eles eram isso — durante todo o resto da festa, até que os convidados tinham ido embora, e o problema entre eles ficou claro e exposto para quem quisesse ver. William mal conseguia olhar para Claire, e logo que teve a chance, afastou-se dela e sentou-se no sofá com as mãos cobrindo a boca, enquanto mantinha os olhos pregados em um ponto imóvel da sala de estar. As pernas se moviam em movimentos involuntários que denunciavam sua ansiedade. Brandon sabia bem que a mente do irmão vagava pelas profundezas da dúvida se Claire ainda sentia algo por ele. E Brandon temia que William não estivesse pronto para a resposta.

Ele sentiu pelo irmão naquele estado de abatimento, mas não podia culpar a cunhada. Esperava que Claire fosse franca com William — somente isso. Se havia algo que ele aprendera no ano anterior era que quando se deixa de amar alguém, por mais culpa que isso cause, a honestidade é a única coisa que pode gerar algum alento.

Em passos curtos, aproximou-se e sentou-se ao lado do irmão, que logo notou sua presença e se recompôs, apoiando as costas no encosto do sofá.

— Não se torture com isso, Billy. — William fitou Brandon. — Dê tempo a ela. É a melhor coisa para se fazer agora.

— Tempo? Bran... ela disse *Idem*.

— E daí?

— Como assim, *e daí*? Você estava naquela sala? Ela abriu a boca e disse *Idem*. Eu declarei todo o meu amor por ela em frente à muitas pessoas, e ela disse *Idem*.

— Eu sei!

— Como ela pôde dizer *Idem*? Isso não tem o mínimo cabimento! Foi como se ela pensasse que tudo o que falei era mentira, e disse *Idem*, para não começar a rir, ou dizer coisa pior como, *Fala com a minha mão, Billy.*

Brandon mordeu os lábios e aproximou mais o rosto do irmão.

— Ela estava se sentindo acuada, Billy — sussurrou causando uma careta em William. — Você sabia disso! Devia ter dado espaço a ela, não quase a obrigado a fazer uma declaração de amor a você.

— Está insinuando que a culpa é minha?

— Estou dizendo que uma pessoa não chega a ponto de dizer *Idem* após uma declaração de amor, no dia do próprio noivado, sem que a outra note alguma diferença.

Mesmo tendo cuidado com suas palavras, Brandon viu a expressão de dúvida de William piorar. Não queria acusar o irmão de nada, mas parecia bem óbvio que ele e Claire não podiam ganhar a taça de *casal-mais-bem-resolvido-do-ano*. Se tivesse sido um pouco mais cuidadoso, William teria notado que ela não estava satisfeita — ou melhor, teria notado que ela estava grávida. Agora, Brandon temia que o irmão não tivesse mais muitas chances para desperdiçar com Claire.

— Talvez você tenha razão, talvez eu tenha negligenciado o nosso relacionamento um pouco — admitiu com alguma dificuldade. — Vou levá-la para casa e conversar com ela.

Brandon notou que o irmão se preparava para se levantar e o segurou pelo braço.

— Você quer se casar com a Claire?

— Que pergunta é essa?

— Quer ficar com ela?

— Óbvio — disse William, levantando os ombros.

— Então não converse com ela. Acredito que ela esteja disposta a levar essa história de casamento adiante, por causa do bebê, e você vai ganhar tempo para lidar com o problema de vocês.

— O que você está insinuando?

— Nada! — Brandon disse rápido. — Só acho que não é uma boa hora para vocês conversarem sobre isso. Se ela perguntar, diga que está tudo bem, que você não devia ter feito um discurso, e que você vai parar de pensar só em você. — William tinha as sobrancelhas enrugadas e Brandon tentou ser ainda mais claro, sem machucar o irmão. — Dê um tempo, está bem?

— Do que diabos você está falando, Bran?

Respirando fundo, Brandon indicou Claire, que ainda estava na sala de jantar, comendo um cacho de uvas verdes que restava, entre vários outros frios que compunham a mesa.

— Olha para ela, Billy! Ela não está, nem de longe, arrependida do que disse. Ela teve um motivo, e um motivo muito forte para falar aquilo. E se você quer manter esse relacionamento, então vai precisar engolir o seu orgulho, e não conversar sobre isso.

William moveu os olhos de Claire para Brandon, que ainda mantinha seus olhos em Claire, embora fosse discreto.

— Você não está dormindo com ela, está?

Brandon revirou os olhos, entediado, voltando sua atenção para William.

— Você conhece a Claire muito melhor do que eu. Ela não está dormindo com ninguém, aposto que nem mesmo com você! — William fez uma careta para o comentário de Brandon. — Receio que o que ela tem para te dizer é duro de ouvir, Billy, e se você quer mais tempo com ela para consertar tudo que está errado entre vocês, então esquece o que aconteceu esta noite.

William seguiu o conselho de Brandon e não conversou com Claire após o jantar. Eles trocaram poucas palavras durante o trajeto da casa dos Smiths ao centro de Vienna e foram dormir assim que chegaram em casa.

Claire sabia que a distância do namorado — agora noivo — devia-se ao *Idem*. E apreciou o silêncio de William, compreendendo aquilo como um sinal de que ele estava disposto a levar o casamento adiante, mesmo depois de sua *gafe* social. Antes de ir embora da festa, a irmã de Claire, Catherine, que tinha vindo de Dublin com a família para o noivado, quis saber se *estava tudo bem* entre Claire e William.

— Está tudo como sempre esteve.

— Exceto que agora vocês estão para se casar — disse Catherine, fazendo Claire desviar seus olhos castanhos dela. — Achei que isso era o que você queria.

Claire também achava que era aquilo o que queria. Agora que estava acontecendo, olhava para o homem junto a si naquela cama, e se perguntava o que o sentimento pesando seu peito significava. No momento do discurso de William, tudo tinha ficado tão claro para ela, mas agora uma névoa de sentimentos e culpa a cobria.

Não dormiu nada durante a noite e sabia que William estava acordado também, pois não ouviu sua respiração pesada de sono. Em sua mente, fez uma lista de prós e contras, algo que nunca tinha feito na vida, mas que pensou que poderia ser útil para colocar os sentimentos em perspectiva.

A lista de prós era longa até demais. Concluiu que William era companheiro, ela podia sempre contar com ele. Sabia, por exemplo, que o filho dela teria um nome, um pai — embora duvidasse que viria afeto dali. Eles também eram parecidos, gostavam das mesmas coisas, liam os mesmos livros, tinham as mesmas opiniões políticas — nada era motivo de discussão, e embora isso fosse um pouco chato, era confortável. William também era bem distraído, e ela colocou isso nos prós, pois nunca a tinha incomodado. Embora aquilo tivesse permitido que passasse cinco meses grávida, ganhando quilos, mudando radicalmente de humor, e ele apenas notasse que alguma coisa estava errada quando Brandon comentou que ela estava gorda.

Quando notou que estava colocando até os defeitos do namorado — agora noivo — na lista de prós, Claire riu. O que mais ela faria para tentar salvar aquele relacionamento, por quanto mais tempo ignoraria o que estava errado? A parte de contras da lista continuava vazia, e ela continuava sem saber nomear o que afinal se passava dentro de si. Sentiu uma febre a atingir no coração, pressionando para que visse e aceitasse o que acontecia. E, ao mesmo tempo em que se entristeceu pelo fato de que, junto de William, pensou que teria tudo, havia uma força crescente dentro de si que dizia que aquele não era mais o seu lugar.

As olheiras de William denunciaram o quanto a noite fora uma tortura para ele. E, embora Claire também não tivesse dormido muito, a manhã trouxe uma clareza como poucas vezes já havia sentido na vida. Clareza que apenas aumentou quando observou William se sentar à mesa da cozinha.

— Vou almoçar com a minha irmã hoje, se você não se importa.

— Claro que não — respondeu William, concentrando-se em fazer seu chá, embora quisesse mesmo um café bem forte para se recuperar da noite mal dormida.

O silêncio pesado continuou enquanto eles tomavam café.

— Será que eu poderia te fazer uma pergunta? — William disse, de repente, fazendo Claire desviar sua atenção dos morangos que comia. — É uma pergunta sobre ontem — continuou, relutante. — Mas você precisa me prometer que não vai ficar chateada.

Claire espremeu os olhos, tentando ler os pensamentos de William. O silêncio dele parecia concordar com o dela, de não trazer aqueles sentimentos à tona pelo bem da criança, e decidir depois o que fazer. Parecia o melhor caminho a se tomar.

— Qual é a sua pergunta?

— Na verdade, não é bem uma pergunta, é mais uma constatação. Queria que você soubesse que eu fiquei incomodado... — Ele mordeu os lábios. — Não, incomodado não é a palavra... Fiquei *decepcionado* com o que você disse na hora dos brindes.

Claire sorriu, lembrando-se de todas as vezes que quis conversar sobre as coisas que a incomodavam e ele fingiu não ouvir. Tanto que teve de mentir e fingir que estava usando contraceptivo para conseguir engravidar.

— Decepcionado? Eu sinto muito, não queria te decepcionar. Eu achei que fosse o mais apropriado a se dizer no momento. Não achei que seria adequado terminar com você na frente de todas aquelas pessoas.

Quando a sombra se apoderou do rosto de William, Claire manteve o sorriso sereno. Não era possível que ele estava alarmado.

— Não tenho certeza se compreendi o que você está dizendo. — Claire tombou a cabeça, sem tirar os olhos de William. — Você disse *Idem* para *não* terminar comigo?

Claire levantou as sobrancelhas e os ombros.

— Parece que você entendeu muito bem o que eu disse.

William continuou com a ruga entre as sobrancelhas e a mesma feição de assombro disposta no rosto.

— E o que isso significa? Está terminando comigo agora?

— Na verdade, acho que estou *sim* — disse Claire com uma feição de *não-há-mais-nada-que-eu-possa-fazer*. — Eu acho que é isso, Billy. Acabou. É o fim da linha para gente.

— O que você está dizendo?

— Estou terminando com você.

Parecia haver uma névoa entre ela e William, o que o impedia de entender o que ela queria dizer.

— Desculpe. Deve haver um engano. Eu ouvi você dizer que está terminando comigo, é isso? — Claire levantou as sobrancelhas; uma feição de pesar se instalava em seu rosto, mas parecia ser somente para acalentar William, pois ele conseguia ver o alívio nos olhos dela. — O que está acontecendo? Eu não entendo.

— Não posso seguir em frente com isso.

— Com o casamento? — Claire soltou um suspiro forte. — Eu já li sobre isso, as pessoas ficam nervosas quando estão prestes a dar um passo como esse. É normal.

— Casamento? Que casamento? Não vai ter casamento, Billy, porque não vai mais existir relacionamento. Esse é o fim de nós dois.

William colocou a mão na cabeça, sentindo uma forte enxaqueca chegar.

— Pensei que era isso que você queria... — William se levantou e começou a andar pela cozinha. De repente, tudo que Brandon tinha dito na noite anterior fazia muito sentido para ele. — Fiz tudo que você sempre quis, desde o início... te pedi em casamento, ficamos noivos. O que está errado?

— Você. — Claire explicou com tranquilidade, fazendo William fitá-la com mais estranheza do que antes. — Você está errado. Você não é o homem com quem eu quero me casar.

— O que você quer dizer com isso? Tem outra pessoa?

Claire suspirou quando os olhos de William fitaram seu ventre.

— Não, Billy, não tem e nunca teve outra pessoa.

— Então por que não quer se casar comigo? — perguntou com a voz já alterada.

— Eu queria me casar com o homem por quem me apaixonei no primeiro dia de faculdade. Mas não é você, Billy, não mais — disse na mesma leveza que queimava a pele de William. — Há tempos tenho tentado me convencer que podia viver e aceitar todos os seus traumas familiares, a sua relutância em formar uma família, mas estou vendo tudo com nitidez agora, está tudo cristalino. Você se tornou um completo estranho para mim e não posso mais continuar com isso.

A boca de William permaneceu alguns torturantes segundos aberta. Sentiu que perdia a sensibilidade nas pernas e voltou a se sentar, a enxaqueca estava piorando a cada minuto que se passava naquela conversa.

— Podemos começar de novo? Não vamos conversar sobre o *Idem*. Vou tentar esquecer, prometo. Tudo vai ficar bem.

Mas os olhos de Claire continuavam duros, secos.

— Não quero mais fazer isso, William.

Quando ela usou o nome dele — e não o apelido — William soube que alguma coisa estava muito errada. Ninguém o chamava pelo primeiro nome.

— Claire, você está chateada, eu entendi. Estou muito frustrado também — disse, fitando os olhos secos da noiva. — Mas é só uma fase, vai passar. Enquanto isso, vou te dar mais espaço, *okay*?

— Não, você não entendeu, não estou chateada.

— Irritada, não tem diferença, é tudo hormonal.

Claire respirou fundo, agora tentando não dar nome aquele sentimento que incendiava seu peito.

— Eu realmente quero que você aceite que...

— Não tem nada para aceitar! Você não quer terminar comigo, você me ama. — Com os lábios contraídos, Claire deixou que William tocasse sua mão em um aperto mais pesado que o normal. — Eu te amo demais e a gente vai resolver esse problema, como a gente sempre resolveu o que estava errado.

— Não tem como resolver isso.

— É claro que tem! Quando duas pessoas se gostam e querem ficar juntas, a gente dá um jeito, a gente resolve.

— Exatamente. Quando *duas* pessoas se gostam... — William sentiu o estômago pesar. — Quando *duas* pessoas se gostam e se respeitam as coisas se resolvem. Não é mais o nosso caso.

William afastou as mãos de Claire.

— Eu sinto muito, Billy, mas eu não te amo mais.

Lucas chegou em casa pela manhã e, como previu, ninguém — a não ser Brandon — tinha sentido a falta dele durante o jantar. Estranhou o fato de William estar na sala de estar, junto dos pais, mas se aproveitou do momento para se desculpar pela sua ausência na festa.

— Billy, desculpe por não ter participado da comemoração ontem. Parabéns! O que eu perdi?

William não respondeu. Foi então que Lucas notou os olhos desesperados da mãe e a feição preocupada do pai. Por fim, notou a mala ao pé da escada.

Capítulo 17

Condições Climáticas extremas

JÁ HAVIA PELO MENOS duas semanas que Eva não falava com a família. O contato se restringia por mensagens no *Facebook* e *Instagram*, ou piadas entre ela e sua irmã no *Twitter*. Mas ligações não aconteciam. Por isso Eva não hesitou em atender a ligação de sua mãe naquela manhã de sábado. Assim que a câmera ligou, porém, Eva reconheceu os avós maternos.

— *Oi!* — disse com um sorriso enorme. Lembrou-se logo que o aniversário de seu avô tinha sido no início da semana, e toda a família deveria estar no sítio dos avós, comemorando. — *Feliz aniversário, vô.*

— *Obrigado, querida. Só falta você aqui.*

— *Bebe uma por mim.*

— *Pode deixar.*

A avó de Eva pegou o telefone do marido. Marília, mesmo perto dos setenta, tinha poucas marcas de idade no rosto marrom-avermelhado. Os cabelos brancos estavam ajeitados num coque bonito, e ainda tinham o mesmo brilho de quando eram pretos como carvão. Vaidosa, ela nunca deixava de passar um batom de cor forte nos lábios densos.

— *Oi minha linda, que saudade de você.*

— *Também tô com saudade.*

— *Sua mãe contou do prêmio de melhor artigo que você ganhou. Estamos tão orgulhosos!*

— *Obrigada, vó. Como tá a festa aí?*

A avó passeou com o celular, e a família deu *oi* para Eva. Estava tudo como ela esperava — as irmãs de sua mãe jogando buraco, os primos da idade dela conversando, enquanto os mais novos brincavam na piscina. A churrasqueira queimava uma picanha, e um dos primos foi mostrar a carne sendo cortada, cheia de sangue.

— *E como estão as coisas, querida?*

Marília agora estava junto das filhas, entre elas a mãe de Eva. Miriam era quem mais se parecia com a mãe, na cor escura dos olhos, cabelos e no tom da pele que trazia os traços da ancestralidade Tupi mais forte do que nas outras três mulheres.

— *Está tudo bem.*

— *Você parece tristinha.*

Eva sorriu e negou com a cabeça.

— *Não é tristeza, não, vó. É só muita coisa para fazer mesmo.*

— *Sua mãe me disse que você está sozinha agora, terminou com seu namorado.*

— *Pois é.* — Eva levantou as sobrancelhas, notando que a avó estava ansiosa para ouvir mais. — *Não estava dando certo.*

— *Que pena! Sabe, nós não temos que ter medo de fechar portas. Mas nunca devemos fazer isso por orgulho ou arrogância. Portas devem ser fechadas quando elas não vão nos levar a lugar algum.*

Eva sorriu, deixando a sabedoria de sua avó ressoar na mente. Ela sempre tinha conselhos para as filhas e netas — e seus assuntos giravam em torno de amor e relacionamento. Apesar de seus conselhos serem práticos, e Eva — de fato — se guiar por vários deles, sabia que a avó avaliava o casamento como a maior das realizações de uma mulher, que ter uma *família* e ser *amada* por um *homem* era *tudo* o que uma *mulher* precisava *na vida*.

— *Mesmo sozinha, espero que você esteja feliz, querida. Nada é mais importante na vida do que ser feliz.*

Eva sorriu para avó, antes delas se despedirem. Quando voltou ao silêncio de seu quarto, ficou um tempo olhando para o *laptop*, cuja proteção de tela mostrava diversas fotos antigas. Ela era feliz, estava feliz.

Quer dizer, o que era a felicidade? Não é um contentamento? Ela estava contente — estava apaziguada. Não era esse seu grande objetivo para aquele semestre? Paz. Nada de brigas com os professores, nada de fugir às regras, nada de sentimentos arrebatadores e amores difíceis. Finalmente, parecia que tinha conseguido.

Depois de seu colapso na aula de Alli, que deu a ela licença do jornal, Eva mudou sua rotina completamente. Aproveitou o atestado e mandou *e-mail* para todos os professores, pedindo desculpas pelos trabalhos não feitos, e usou seu pré-diagnóstico para pedir que eles aceitassem seus trabalhos atrasados. Gastou as férias médicas para fazer todos as tarefas pendentes e garantir que suas notas continuassem entre as melhores da turma. Soube que sua tática rendera bons frutos quando Alli mandou um *e-mail* super profissional mostrando contentamento pela melhora do rendimento dela.

A única coisa atrapalhando a paz de Eva era Jim, querido leitor, já que ele continuava em sua insistência. Nas suas rondas *stalkeadoras*, Jim tinha visto quando Brandon deixou Eva em casa após a festa de Phillip e Marcelo e suas aparições ficaram mais frequentes. Eva ainda usava a mesma tática com ele, tentava conversar da maneira mais formal e polida que conseguia — o que equivalia a um coice de um cavalo manso — para dizer que ele precisava deixá-la em paz.

— Você não é a *porra* do meu namorado mais, então me esquece!

— Eva, eu preciso de você. Volta para mim.

— Jim, nem que eu cresça uma terceira perna eu volto com você.

— Eu te amo tanto, eu não consigo viver sem você. Eu vou morrer.

— Se é isso que eu preciso para você me deixar em paz, paciência.

Acabou acostumando-se a vê-lo se infiltrar nos becos escuros de seus caminhos. O remedinho fraco que a médica receitou para a insônia era muito eficaz, mas quando ele acabou, Eva tinha pesadelos todas as noites com Jim. Por mais que pensasse que ele era inofensivo, um certo medo começou a se apoderar dela.

Decidiu ir para Londres todos os fins de semana, o que deixou seu pai cheio de felicidade, e até fez com que ele começasse a fazer planos a longo prazo — uma viagem para Portugal ou Espanha no verão, e *Você tem que conhecer a França, filha. O que acha de viajar com seu pai pela Europa, hein?* Imagina! Eva não conseguia pensar em nada mais irritante do que ter seu pai *mansplanning* cada coisa de museus para ela. *E o Natal? Temos de pensar no Natal!*

Então Eva decidiu arrumar um emprego de inverno e se candidatou para cada vaga que viu. Na biblioteca central de Londres, um estágio no Tate Modern, na lojinha de presentes do British Museum, tudo e qualquer coisa que a mantivesse longe de seu pai e de Jim. O emprego que mais lhe interessou foi como pianista em uma exposição de Arte em uma galeria em Londres e Paris, por duas semanas. A vaga oferecia 1,500 libras, hotel, três refeições e exigia a disponibilidade para trabalhar no Natal — parecia feito para ela.

Para se candidatar, o pianista deveria mandar um vídeo tocando uma sinfonia de *Chopin*. Eva fuçou seus arquivos e achou um vídeo antigo, de quando tinha doze anos. Será que eles se incomodariam? O máximo que podia acontecer era a ideia — errônea, diga-se de passagem — de que ela tocaria ainda melhor aos vinte e dois. Despretensiosa, mandou assim mesmo. Recebeu um e-mail poucos dias depois convidando-a para conhecer o artista e fazer uma amostra da apresentação. Mandaram o endereço da casa e até o *set list*. Eva se desesperou, pois há anos não tocava aquelas músicas.

E foi assim que conheceu Mario Berttinelli — quem Angelina maldosamente chamava de *Super Mario!* Eva se arrependeu, é claro, de perguntar por que Angelina chamava o pobre do garoto daquele jeito.

— Só um *Super Mario* para te fazer desencanar do Brandon.

Antes fosse verdade. Se Mario tinha servido para alguma coisa foi para mostrar para ela que teria de se empenhar mais. Muito mais.

Eva se matriculou num curso de extensão na faculdade de música para ter acesso a um piano e se preparar para a tal apresentação que faria para o artista no fim do mês. Mario também era pianista e eles ficaram horas conversando sobre suas músicas e compositores preferidos. Eva chegou em casa empolgadíssima com o tal do Mário. Adorava o jeito que ele falava, gesticulando as mãos. Conversavam em uma mistura de italiano e português e se entendiam com facilidade. E, além de tudo, ele tinha um piano no apartamento onde residia sozinho.

— Esse Mário é rápido, hein... Já te convidou para ver o piano dele?

— Muito engraçado. — Elas riram juntas. — Mas sim, vou lá amanhã.

Angelina abriu a boca e bateu palmas — aquilo era um passo importante para Eva, que não era de ficar saçaricando por aí.

Então, no segundo dia após se conhecerem, Eva foi tomar um café no apartamento do Mario. Da cozinha eles foram para um dueto no piano, e de lá, para um dueto na cama. E foi aí que todo aquele encontro romântico estilo conto-de-fadas se tornou a mais bruta realidade. Eva olhou fundo nos olhos preto-grafite do rapaz montado em cima dela, sem saber o que estava tão errado.

— Não é que o sexo seja ruim. — Eva explicou para Angelina, enquanto entravam no Mercado Coberto. — É que é muito, *muito* ruim. É tipo, alguém-me-tira-daqui-porque-eu-vou-vomitar *ruim*.

— Que isso, Eva!

— Angel, não tem nenhuma química. — Ela passou as mãos pelos cabelos. — Não sei como você consegue fazer isso! Sexo casual é uma merda!

Elas fizeram a transação do café e sentaram-se em uma mesa.

— É, nem sempre é o melhor sexo do mundo — admitiu Angelina. — Mas não sei... — Ela ponderou ao colocar açúcar na caneca, antes de voltar a falar como num cochicho, inclinando o corpo para mais perto de Eva. — Recentemente, você teve uma experiência que foi muito... — Angelina puxou a saliva, pensando nas palavras que usaria com cuidado. — *Satisfatória*.

— Como você pode saber?

Angelina soltou uma risada, colocando as mãos na cintura.

— Amiga, aquela boate inteira ouviu mais de uma vez você falar quantas vezes gozou, está bem? — Eva pigarreou, escondendo a cabeça nas mãos. — E, pelo que você contou, inclusive com *muitos* detalhes, não teve nada de casual, foi mais intenso, mais íntimo. Então, talvez você esteja... *Comparando*.

— Pode parar por aí!

Mas *é claro* que ela estava comparando. Sua mente perversa não conseguia parar de comparar. Quando se pegava fazendo isso, pensava o quanto injusto era. Mario era uma pessoa super bacana, com quem ela adorava conversar, e se o sexo não era bom, era porque talvez eles precisassem de tempo para se conhecer melhor. Se conheciam há uma semana e tinham transado apenas duas vezes — era isso, era o tempo. Tinha que ser o tempo!

Eva até leu algumas matérias na Internet sobre a libido feminina. — *Falta de desejo sexual é normal; as mulheres não têm botão de liga e desliga; sexo casual é essencialmente fálico e por isso muitas mulheres não gostam; você tem que conhecer o seu próprio corpo; você não está sozinha* — as matérias diziam. Eva se convenceu de que estava tudo bem. Tudo bem que ela não tivesse gozado. Nenhuma vez. A pressão só atrapalhava nessas horas.

 Nenhuma vez. Por que não gozou nenhuma vez? E então a mente maquiavélica de Eva sempre voltava no mesmo ponto, na noite da festa do *Vienna Channel* e nas horas que passou com Brandon. Os pensamentos traidores a levavam de volta àquele momento e ela se via abrindo a janela e deixando o frio de novembro entrar para diminuir a sensação de abafamento. A comparação colocava Mario, e todo mundo que havia tido acesso ao corpo dela antes de Brandon, em grande desvantagem. Não era uma questão física, e Eva também não achava que era emocional — mas era diferente. Muito diferente.

Alguma coisa no encaixe deles era primoroso e impecável. Eva sentia o rosto arder de febre quando se lembrava das mãos, dos lábios e da barba dele roçando ao redor de seu umbigo e caminhando para seu baixo-ventre. Ela nunca tinha sentido aquela sensação de formigamento, como quando a boca dele fez correnteza dentro dela.

Nem depois que Eva gozou, ele se deu por vencido. Pediu para que ela *mostrasse* seu ritmo e moveu o quadril junto do dela, até que *ela* gozou de novo. Sentiu os lábios, as mãos, os pés e o estômago atrofiarem, e por alguns instantes, enquanto ele estava dentro dela, achou que perderia seus movimentos para sempre. Nada que tinha vivido até então se comparava a Brandon, que mais parecia ter vindo com um manual de instruções, daqueles bem detalhados, com direito a *dicas-do-que-dizer-para-essa-garota-transar-com-você, ideias-de-presentes-ir-reverentes* e *letreiros-luminosos-nas-áreas-corporais-sujeitas-a-incêndio*.

Eva queria poder conversar com alguém sobre isso e teve a infelicidade de tentar puxar um assunto de sexo com a irmã. Ana ouviu por dois minutos Eva dizer que *queria tentar coisas diferentes* e logo entendeu que ela estava com problemas na cama. Sua resposta foi um *link* para um site de pornografia e a mensagem *divirta-se*. Eva revirou os olhos e parou de conversar com ela.

Depois Angelina sugeriu, certeira como sempre, que ela estava comparando, então parou de conversar com ela sobre sexo também. Nessas e outras, resolveu guardar aquela insatisfação para si, e raciocinou que era melhor. Não falar sobre seus problemas conjugais significava não falar em *você sabe quem,* e assim não pensar no profundo vazio que ele deixara, como se tivesse partido e levado seus órgãos internos com ele. Não pensar *nele* significava tentar, de uma vez por todas, tirar o toque dele da memória, a voz dele dos seus ouvidos. E precisava fazer isso. Estava muito claro, após aquele longo mês, que a história deles tinha terminado. Precisava seguir adiante.

Assim, leitor, Eva insistiu mais um pouco com Mário.

Eles foram jantar em um restaurante japonês no centro da cidade. Infelizmente, Jim os seguiu em uma de suas peripécias de ex-namorado louco, e Mario ficou super incomodado. Jim se aproximou da mesa deles e perguntou quem era o *cara da vez*, e apenas os deixou em paz quando Mario chamou os seguranças.

— Eva, qual a história desse Jim? — perguntou Mario, quando eles foram para o apartamento dele.

— Ah, ele está passando por um momento difícil. A gente terminou há quase dois meses e ele ainda insiste muito, liga muito, querendo que a gente volte. Mas não vai acontecer.

— Ele vem te seguindo por todo esse tempo? Você devia chamar a polícia.

— Não é para tanto, ele é inofensivo.

— Você ainda gosta dele?

— Não, é claro que não. Por que a pergunta?

— Não sei, você parece um pouco... — Eva levantou as sobrancelhas, esperando que ele terminasse a frase. — Um pouco aérea. Parece estar emocionalmente envolvida com outra pessoa.

Eva se perguntou até que ponto aquela conversa era sobre sexo — já que imaginava que ele também devia ter sentido a falta de sintonia entre eles.

— Sim, tem uma pessoa — admitiu Eva, sentando-se ao lado dele. — Mas já tem um tempo que eu não o vejo e nós nunca chegamos a ter algo de concreto.

— Sei... — disse ele, pensativo. — Talvez esse seja o problema.

— Como assim?

— Quando as coisas não acontecem, a gente fica estagnado no *E se?* Às vezes, é melhor viver tudo, saber como as coisas são. Assim, se não for para ser, é mais fácil seguir em frente.

Eva sorriu, concordando. Embora pensasse que talvez nunca saberia, ficou feliz de poder conversar com Mario de forma aberta e sem chateação. Depois daquela noite, eles continuaram a se ver durante o tempo do curso de extensão, mas não saíram mais, e a interação passou de cumprimentos tímidos, para mensagens de aniversário no *Facebook*, para um completo silêncio. Décadas mais tarde, ela foi a um concerto em que ele era o pianista principal. Eles se cumprimentaram com gestos a uma distância educada, sem trocar uma palavra.

O dia da apresentação chegou e Eva pegou um *Uber* na frente de casa, num dia de muita neblina e temperatura negativa. Estava confiante que ensaiara o suficiente, e embora seu desempenho fosse um terço do que conseguia fazer aos doze anos, tinha certeza de que poderia melhorar a velocidade até a exposição. O *e-mail* que recebeu confirmando a visita daquela tarde também incluiu a frase *você tem o perfil que nós procuramos* — e Eva ficou mais confiante ainda.

Quando o carro saiu da cidade de Vienna e adentrou a rodovia, porém, Eva olhou o endereço no aplicativo. Antes, nem pensou em fazer isso — mas agora aquele caminho parecia muito familiar. A vizinhança de casas luxuosas e afastadas uma das outras por causa de seus grandes terrenos fez o coração de Eva acelerar. Tarde demais percebeu quem era o misterioso artista daquela exposição de inverno — apenas se deu conta da besteira que fizera quando o *Uber* parou no portão da mansão.

Ainda sem acreditar, Eva desceu do carro com as pernas trêmulas.

— Você deve ser a Senhorita Oliveira, muito prazer, sou Antoine Collignon. *Enchanté.* Você fala um pouco de francês, certo?

Eva não tinha ouvido nada que o homem dissera, enquanto apertava sua mão.

— Flora Smith? Flora Smith é a artista?

— Sim, e ela está esperando por nós lá dentro. Vamos entrar? Está muito frio. Parece que vai nevar esta noite.

— Eu não posso entrar — disse Eva, observando o longo caminho do portão até as graúdas colunas brancas que delineavam a entrada da casa. Mais do que nunca, aquela casa parecia gigantesca.

— Qual o problema, Senhorita Oliveira? Você parecia interessada no trabalho.

— Você não me disse que a artista era a Flora Smith.

— Mantemos essas informações em sigilo até escolhermos o pianista.

— Eu não posso fazer isso.

— Por que você não conversa com ela? Ela não é esse monstro que os jornais estão mostrando.

Eva entendeu logo que o agente da Senhora Smith pensava que ela não queria entrar devido às acusações de racismo contra a pintora.

— Já a conheço e posso te garantir que ela não me quer tocando na exposição.

Antoine apertou seus olhos para fitar Eva.

— Não foi o que ela disse. Na verdade, disse que você é perfeita para o trabalho.

Eva segurou para não rir da mentira descarada do agente.

— Sei que está tentando ser gentil, mas você e eu sabemos que essa mulher me odeia — disse Eva, logo notando que o homem segurou o riso. — Então, me diz, qual é a cilada?

— Por que você não entra e conversa você mesma com ela? Não estou mentindo quando te digo que ela gostou muito do seu vídeo e que você faria toda a diferença na exposição.

Eva tentou entender o que estava velado naquele discurso, lembrando-se do abraço apertado e falso de Flora na festa do cinquentenário do *Vienna Channel*. Talvez apenas estivesse ali para amenizar as acusações de racismo contra Flora Smith pelas revistas britânicas.

— Senhor Collignon, obrigada pela oportunidade. Dê as minhas sinceras desculpas a Senhora Smith, mas infelizmente...

— Eva, *cherie*!

Foi o que interrompeu a fala de Eva. Flora vinha caminhando pela longa entrada de pedra da casa. Os braços estendidos para abraçar Eva, como se ela fosse uma parenta distante querida, voltando da guerra.

— Você chegou! *Superb*! Vamos entrar, está muito frio aqui.

— Senhora Smith, infelizmente, eu...

— Está tudo bem, vamos só conversar, e você pode decidir depois se vai assinar o contrato. Vamos para dentro, está muito frio. — Flora foi tagarelando do portão até a porta de casa. — Você pode levar seu namorado para Londres e Paris, sem nenhum problema. Vocês ainda estão juntos, certo? Inclusive, vocês dois estão me devendo aquele jantar!

Calada, Eva sentiu a dureza das pedras que levavam até a entrada da casa como batidas em ferro quente, buscando dobrá-la e moldá-la para caber entre aquelas paredes que, mesmo tão grandes, não pareciam ter lugar para ela. Quanto mais perto da porta principal, mais o coração de Eva apertava, e mais fora de controle suas pernas pareciam, trombando uma na outra como se tivesse acabado de aprender a andar. Reconheceu a BMW preta na garagem e o estômago revirou. Ele estava lá, ela sabia que sim... e depois de tanto tempo, aquilo não parecia real.

Enquanto subia as escadas ornamentadas e frias, Eva investigava os cantos da casa, receosa e, ao mesmo tempo, ansiosa para um encontro repentino.

Foram parar no mesmo cômodo gigantesco revestido de livros onde Brandon a levou quando o fez ouvir a gravação do escândalo das bolsas de estudo, um ano atrás. Havia lá um piano de calda majestoso e lustroso, de frente para janelas de vidro de mais de dois metros, de onde se via toda a extensão da propriedade, com direito a celeiros, lagos e estufas.

O cômodo estava bagunçado dessa vez, revestido de pinturas. Flora mostrou a coleção para Eva, cheia de orgulho, datando algumas pinturas de meados dos anos 60, quando tinha dezesseis anos. Eva sorriu, fez elogios, e constatou num rápido movimento de olhos que — assim como o jornal *The Times* dissera — a coleção era 100% caucasiana.

As pinturas, contudo, eram belíssimas, algumas tão grandes quanto as paredes da sala, e Eva se perdeu nas cores e nas costas nuas da maioria das figuras. Eram muitas mulheres nuas para uma artista só, e a maioria estava de costas, ou tinham os rostos cortados. Essa era a principal diferença entre ela e Brandon, Eva pensou. Ele dava muita ênfase nos rostos.

— Já pensou em ser modelo?

Eva entregou o casaco que tinha acabado de tirar para Flora, notando os olhos dela passeando por suas saboneteiras e ombros.

— Modelo? Ahm... não.

— Você tem uma bela envergadura — disse Flora, as mãos sem tocar Eva, mas passando por toda a extensão de seus braços. — Qual sua altura?

— 1,83 — respondeu, incomodada com o olhar analisador de Flora.

— Impressionante. Você ficaria bem em uma pintura.

Eva forçou um sorriso, interpretando a gentileza de Flora como uma tentativa de amenizar a desavença entre elas. Flora continuou, elogiou os cabelos de Eva e fez uma brincadeira com seu agente, de que seu *filho* dera *uns beijinhos* em Eva. Mas que ela era uma moça *direita* e se dava ao respeito, e que agora estava namorando *sério*. E terminou a "brincadeira" com um *Não é Eva?* que fez a moça tremer de ódio e engolir o *não foram só uns beijinhos coisa nenhuma, ele me comeu* — só não disse nada, pois queria sair com vida dali.

Finalmente, eles pediram que Eva se sentasse ao piano, o que fez enquanto olhava para todos os lados, esperando o momento em que Brandon sairia de alguma porta. A antecipação era pior que tudo — melhor seria se ele aparecesse logo. A porta se abriu e Eva quase pulou da banqueta do piano, olhando para trás e percebendo que agora o Senhor Smith entrava no recinto, carregando um jornal.

— Viram isso, *Vienna tem vivido condições climáticas extremas, então podemos esperar que essa primeira neve vá ser assustadora. Esta noite, a previsão é de pelo menos* **cinquenta** *centímetros de neve* — leu a notícia, enfatizando a palavra *cinquenta*, o que fez Flora balançar as mãos para ele, com desdém.

— Cinquenta centímetros! Nunca nevou tanto assim, e duvido que vá ser hoje. — Ela se virou para Eva. — Querida, sei que você não sabe se vai ou não aceitar esse trabalho, mas saiba que vai ser uma honra para nós. Será que poderia tocar um pouco?

Os ouvidos de Eva pareciam fechados — não conseguia ouvir nada direito. Voltou-se para o piano sem saber onde colocar os dedos. Suas mãos estavam geladas, e ela quase pediu para que aumentassem o aquecedor. Precisava se concentrar. Colocou o banco um pouco para trás, de forma que suas pernas longas não atrapalhassem a performance. Espiou a grande janela em frente ao piano, onde podia ver a densidade das nuvens do lado de fora. A neblina ia devagar cobrindo tudo, e não mais conseguia ver além do início do jardim.

— Por que não começamos com *Chopin*?

— Perfeito — concordou Antoine.

Eva colocou as partituras à sua frente e começou os primeiros acordes da segunda *Nocturne* de *Chopin*. Logo se atrapalhou e parou. Flora e Antoine não pareceram ter notado o erro e continuaram cochichando sobre qualquer coisa a respeito da exposição. Eva fingiu estar se aquecendo e respirou fundo, alongando os dedos. Limpou a mente e começou a tocar, dessa vez absorvendo cada nota, deixando que elas tilintassem em conjunto dentro de seus ouvidos. A conversa paralela na biblioteca — assim como a neve que começou a cair do lado de fora — passaram despercebidas por ela. A melodia a envolveu e não viu mais nada além do branco e do preto das chaves do piano.

— Ela tem alguma coisa de Lola Astanova, não tem? Ela passa a emoção.

— Ela não se veste como Lola Astanova, o que é um alívio... — Flora comentou.

— Mas certamente é tão bonita quanto. — James sorriu e levantou as sobrancelhas, concordando com o cochicho de Antoine.

E a melodia continuou, escapulindo da biblioteca e penetrando os demais cômodos da casa.

O som do piano invadiu as paredes de seu quarto, a precisão da melodia era primorosa. Brandon se levantou do jeito que estava, só de calça de moletom e descalço, parecendo hipnotizado, e seguiu corredor adentro. Chegou à biblioteca e travou, reconhecendo os cabelos e o corpo curvilíneo ao piano de imediato.

No futuro, Brandon — que tinha orgulho de não acreditar em coisas como acasos e muito menos destino — afirmaria haver uma força maior ligando-o àquela pessoa ao piano, e que não sabia explicar muito bem o porquê de as coisas acontecerem do jeito que aconteceram. Sabia somente que essa força desconhecia e ignorava as escolhas pessoais, agindo na vida deles de forma metafísica e extraordinária.

Ficou ali escondido, observando tudo como quem observa uma pintura de *Renoir*, com seus detalhes embaçados e suas figuras enigmáticas. Concentrou-se nas costas de Eva que se moviam no mesmo ritmo da melodia, aproximando-se das teclas do piano vez ou outra. Observou os espessos fios que desciam feito cascatas por todos os lados e invadiam as chaves do piano, à medida que ela movia seus longos dedos pelas teclas.

Quando Eva chegou ao fim da canção, sem saber de onde vinha tal impulso, Brandon bateu palmas espaçadamente. As batidas ecoaram pelo recinto e fizeram todos fitarem a porta. Ele não tirou os olhos de Eva, que devolvia aquele olhar de quem está com alguma bizarrice estomacal.

— Isso foi ótimo, Eva — disse Flora, desejando tirar os olhos de Eva de seu filho mais bonito e, o pior de tudo, sem camisa, revelando seu peitoril abundante e umbigo fundo, já que nem desconfiava que Eva tivera acesso a muito mais. Os olhos de Eva permaneceram acompanhando Brandon enquanto ele se movia pelo cômodo e escolhia se sentar numa cadeira estratégica bem na direção do piano. — Talvez *Fantaisie-Impromptu* agora? — Flora insistiu em chamar a atenção de Eva.

— Só vai ter *Chopin* nessa exposição? — James perguntou.

— É o meu preferido — explicou a baronesa.

— Eu sei, mas são vários dias, não acha que deveríamos tocar outras coisas?

— Não acho que seja necessário.

— *Actually...* — Todos os presentes da sala olharam para Brandon. — Eva toca bem a música daquele filme francês que você gosta, mamãe... *Amélie Poulain.*

Eva direcionou um olhar de *vou-te-acertar-com-uma-voadora* em Brandon.

— Bem, será que poderíamos ouvir, Eva?

Ela se voltou para o piano, e, com as mãos nas chaves, notou que suava. Começou os primeiros acordes de *Comptine d'un Autre* de Yann Tiersen, assim como todos já tinham ouvido no filme *O Fabuloso destino de Amélie Poulain.* A canção pareceu fácil e breve depois de *Chopin,* e quando ela tocou os últimos acordes, todos concordaram que talvez um pouco de *Yann Tiersen* não faria mal a *playlist.*

Flora tinha seus olhos presos nela também, talvez arrependida de ter feito o convite para Eva tocar na exposição.

— Como sabia que ela tocava isso?

— Alguém comentou comigo — respondeu Brandon, ignorando a sobrancelha levantada e o ar de me-engana-que-eu-gosto no rosto de sua mãe.

— Eu ainda queria ouvir a *Fantaisie-Impromptu.*

Eva se concentrou e tocou uma das melodias que achava mais difíceis. E quando acabou, sorriu — nunca tocara aquela melodia tão bem quanto tocou na presença dos Smiths. Mas o sorriso se foi quando ela, ao fim da canção, notou que a neve do lado de fora estava alta. Eva se virou para Flora.

— Acho que é melhor eu chamar um *Uber.*

— Ah, não se preocupe, querida. Luke já deve estar chegando. Ele te leva em casa.

— Eu posso fazer isso — ofereceu Brandon. Flora e Eva olharam para ele como se não o conhecessem.

— Você vai ficar onde está. — Flora se virou para Eva e agora parecia constrangida de verdade. — Perdão, Eva. Ele não vai te incomodar. Não vou deixar. Fique tranquila.

Eva sentiu uma dor de cabeça chegando e se voltou para o piano, o único lugar seguro daquela casa. Tocou outras diversas canções, mas a ansiedade crescia a cada hora que passava, Lucas não chegava, e a neve começava a acumular. Então, Antoine, que também tinha que ir embora em algum momento, tentou chamar um táxi.

— Parece que todos os voos e trens foram cancelados e os táxis não estão rodando — comentou.

— Eu disse que ia nevar muito. Essa cidade não tem infraestrutura para uma nevasca assim — esclareceu James.

Aquela conversa começou a causar certo pânico em Eva. Ela se levantou, aproximando-se de Flora, que continuava insistindo para ela tocar *só mais uma música*.

— Senhora Smith, realmente, está nevando demais. Vou ter que ir embora agora, está bem?

Flora forçou um sorriso de quem odeia ser contrariada.

— *D'accord, d'acoord* — disse num suspiro, vencida. — Vamos esperar a sua confirmação. Realmente vai ser ótimo se você for conosco, Eva. Você tem um talento admirável.

— Obrigada — Eva agradeceu, mais por Flora a ter liberado, do que pelo elogio.

Todos se moveram pela sala, exceto Brandon. Os olhos dele estavam irredutíveis, não se moviam um centímetro sequer. Observavam cada oscilação do corpo de Eva e pareciam atravessar suas roupas, adentrar sua pele, enxergar o movimento dos seus pulmões, e sentir a quentura de seu sangue correndo pelas veias. Não havia mais como se esconder e Eva se perguntou o que ele queria, afinal. Depois de dizer que não esperaria por ela e passar um mês em silêncio — sua presença e a insistência de seu olhar fez Eva se sentir em uma espécie de *reality show* de mau gosto, tipo *nu-na-praia-com-seu-ex*.

Flora notou — óbvio. Seus olhos nervosos não perdiam um minuto da tensão entre Eva e Brandon. Alertara Antoine que Eva não era a melhor opção para o emprego, justamente por causa de Brandon. Mas o agente chegou a ameaçar colocar a exposição em espera, caso eles não melhorassem a imagem de Flora na mídia, e Eva era a maneira mais fácil e mais barata de fazer isso. Então Flora perguntou a Lucas se a *índia* ainda estava namorando o rapaz dos olhos acinzentados.

— Eu não sei, mãe, acho que sim.

Essa notícia apaziguou Flora um pouco — embora soubesse que não podia contar com o bom-senso de seu tempestuoso Brandon para respeitar uma moça comprometida.

— Querido, pode vir comigo? — Flora chamou pelo filho, mas ele nem lhe deu atenção. Ela teve de se meter no campo de visão entre ele e Eva para ser notada. — O que você pensa que está fazendo? — Flora sussurrou quando Brandon a fitou intrigado.

— Nada.

— Onde você aprendeu a ser vulgar assim? Ela tem um namorado.

Brandon enrugou as sobrancelhas, pensando até onde aquilo podia ser verdade, mas decidiu continuar fingindo que a mãe não estava ali e permaneceu na mesma posição, inclinando-se só um pouco mais em sua cadeira para observar seu alvo melhor.

E nada do *Uber* aceitar a chamada de Eva. Ela já estava suando de desespero. Angelina já tinha mandado diversas mensagens. *Cadê você, amiga? Está nevando muito, você está bem?*

Então Lucas ligou para Flora e disse estar preso na faculdade.

— Mas o que você está fazendo na faculdade até essa hora em um sábado?

Lucas ainda não tinha contado a mãe sobre Monica, e pensou que aquele não fosse o momento.

— Ahm... estudando?

— O que você vai fazer?

— Não se preocupa comigo. Estou bem, vou ficar por aqui mesmo, em algum dormitório.

Quando Flora deu a notícia de que Lucas não vinha, Eva olhou para o celular, sentindo o estômago se revirar. Mas não tinha o que fazer — ela teria que ligar para Angelina. Procurou pelo canto mais reservado da sala, entre duas pinturas grandes, tentando — e falhando, naturalmente — perder-se de Brandon.

— Angel, eu estou com um problema. Estou em Kindlington, para aquele emprego de inverno, lembra? Acabou que a artista é a Flora Smith... — Brandon prestou ainda mais atenção na conversa de Eva ao telefone. — É claro que eu não sabia... Estou tentando, mas eles não estão aceitando chamadas... — Brandon notou quando Eva o fitou, tentando ser o mais discreta possível. — Sim, ele está... Angel, se fizer isso comigo, nunca mais converso com você, sua biscate! *Okay*, obrigada.

Eva comunicou a Senhora Smith que conseguiu uma carona.

— Ah, seu namorado vem te buscar? Que bom! Está vendo? Não precisava se desesperar, mocinha — disse, condescendente. — E então? Podemos contar com você no inverno?

Mais relaxada, Eva pensou que nada de pior do que a festa de Phillip e Marcelo podia acontecer em sua vida, e até considerou aceitar aquele emprego. Não tinha notado a falta que o piano lhe fazia desde aquelas últimas semanas, em que tocou sem parar. Mas sabia das reais intenções de Flora Smith e disse que não poderia tocar na exposição.

— Por que não, *cherie*?

— Infelizmente, as datas não são boas para mim — disse a primeira coisa que passou pela cabeça.

— Se as datas não são boas, por que você se candidatou? — Antoine perguntou.

E antes que Eva pudesse responder àquela pergunta inconveniente, foi bombardeada por Antoine e Flora. Eles disseram que ela teria a noite e o dia de Natal livre, que ela não teria nenhuma despesa e que podiam pagar mais.

— Não é sobre dinheiro... eu...

— Não vamos aceitar **não** como resposta. Você é indispensável para nós — impôs Flora.

Eles continuaram e Eva se sentiu sem saída. Tentou se desculpar e negar mais algumas vezes, mas nada parecia adiantar. Enquanto eles insistiam, Eva ainda pôde ver um sorriso no rosto de Brandon, como se visse em seus olhos que ela estava quase sucumbindo.

— Eu já *disse*, não posso tocar na exposição. — Eva gritou.

Flora não ficou nada feliz com o gesto ou com a negação. Eva não tinha certeza do motivo daquela insistência, mas não parecia que — da noite para o dia — Flora tinha começado a gostar dela. De qualquer maneira, não queria descobrir seus planos malignos.

— Bem, então essa foi uma grande perda de tempo! — Flora se frustrou, antes de receber um olhar reprovador de seu agente. — Mesmo assim, Eva, se mudar de ideia, ainda vamos querer você.

— Obrigada, mas não vai acontecer.

O telefone de Eva voltou a tocar e ela atendeu Angelina com alguma preocupação.

— Meu carro atolou. Ele vai ter que ser guinchado por sua causa!

— O quê?

— Eva, não tem o que fazer. Você vai ter que ficar aí.

— Você é uma imprestável mesmo, Angel!

— Gosto de pensar que estou te dando a chance de resolver esse lance com o Brandon de uma vez por todas. Pelo amor de Deus, Eva! Ninguém aguenta mais!

Tanto Eva quanto Antoine tiveram de ficar na casa dos Smith naquela noite. As ruas já acumulavam mais de um metro de neve, e continuava nevando copiosamente.

Olhando para a comida à sua frente, sem fome alguma, Eva pensou que precisava começar a prestar mais atenção na previsão do tempo. Se o povo da meteorologia dissesse que havia condições climáticas extremas, então devia ficar em casa. Simples assim. Agora estava ali, mais um evento climático, e ela sobre o olhar impiedoso de Brandon. Passou o jantar inteiro olhando para o prato de sopa. E quando Flora mostrou o quarto que ficaria, entrou sem mais delongas.

— Você não quer tocar mais uma canção para nós?

— Desculpe Senhora Smith, mas estou muito cansada.

Flora colocou Antoine no quarto de hóspedes e Eva no quarto de Amanda — que *provavelmente* não voltaria aquela noite. Eva não gostou da palavra *provavelmente*, mas qualquer coisa que a tirasse da mira fatal de Brandon, estava de bom tamanho. O quarto tinha cores vivas e um banheiro. Eva se lavou e vestiu as mesmas roupas. Deitou-se na cama e tentou dormir — em vão.

Passaram-se minutos, talvez horas. Virava-se de um lado para o outro, sem conseguir pregar os olhos. Tirou o sutiã, desabotoou a calça, mas nem assim relaxou. Na calada da noite, ouvia alguns barulhos do lado de fora do quarto e as batidas de seu coração aumentavam. Podia jurar que era Brandon — mas era como se ele desistisse no meio do caminho e voltasse para seu quarto.

A imagem de Brandon e suas palavras dizendo que *não* a esperaria voltaram à sua mente. O que ela esperava afinal? Que ele declarasse amor eterno e dissesse que esperaria por ela a vida inteira, como os mocinhos dos livros clichês? Pensando bem, ele nunca havia sido tão sincero. Não fez promessas vazias, nada. E, no fim, foi melhor não criar expectativas falsas.

Eva reviu aqueles meses com alguma amargura. Lembrou-se do beijo no tornado — um beijo tão poderoso que tinha mudado toda a direção daquela história, assim como o vento havia tirado a cidade do eixo. Depois a festa, as horas no seu quarto, a discussão... quanto talento eles tinham para discutir em vão! Quando pensava nisso, Eva se perguntava o que esperar de um relacionamento com Brandon. As brigas continuariam, ou — uma vez de acordo — eles cessariam aquele combate?

Depois do afastamento do jornal, quando a ansiedade parou de causar toda aquela confusão em sua vida, e Eva mostrou uma melhora considerável, Angelina insinuou diversas vezes que ela devia ligar para Brandon. Algumas vezes, de fato, teve um ímpeto de fazer isso, mas não queria apressar as coisas e pirar de novo. Que grande frustração estar ali agora, diante da ineficácia daquele silêncio. Aquela cidade parecia puxá-los e juntá-los, de um jeito ou de outro.

De olhos abertos, deitada na cama, Eva se concentrou nas molduras das paredes do quarto de Amanda Smith e tentou parar de pensar em tudo que podia ter feito e não fez. Como poderia agir para mudar as coisas agora? Estava pronta para ir adiante com aquela história? Era a pergunta que restava.

Brandon não conseguia dormir também e andava para todos os lados de seu quarto. Pelo menos dez vezes tinha andado até o quarto da irmã — onde sabia que Eva estava. Encarava a porta fechada, mas desistia de bater e voltava para o próprio quarto. Aquela energia metafísica entre eles impossível de conter não podia ser mais forte que seu bom-senso — mesmo que a cada segundo que se passasse parecia ser, *sim*, bem mais forte.

Passou um tempo tentando fazer sentido naquela história toda. Deixou o quarto de Eva na noite da festa do *Vienna Channel* incompleto — parte dele ficou na cama, entranhado em sua pele aveludada e submerso em seus cabelos que sempre cheiravam à primavera. Dizer que ela se equivocou ao chamá-lo de mentiroso enganador não ajudaria em nada.

Tudo bem que ela não precisava ter sido tão cruel, tão bruta — de um jeito que parecia ser de propósito, para provocar todos aqueles sentimentos violentos dentro dele. E, quando pensava nisso, uma certeza impiedosa o invadia — o jeito que ela falava, sem escrúpulos, sem drama, sem fingimento, despertava o que tinha de melhor e de pior nele. Era por isso que ele tinha se apaixonado, pela força das reações que ela causava dentro de si. Eram tão violentas que o enchiam e transbordavam por todos os seus espaços mais vazios — justo os que nunca conseguira preencher.

Saiu do apartamento de Eva naquele domingo sem fazer promessas, pensando que na primeira oportunidade que tivesse, o sentimento diminuiria e ele se perverteria por outros cantos. Já passara por isso outras vezes — um dia, se está apaixonado e no outro, conhece-se alguém e tudo muda. Foi o que achou que aconteceria logo na primeira semana — e só agora via o quão patético era tudo aquilo.

Uma semana depois da festa de Phillip e Marcelo, Fernanda, a brasileira simpática, ligou para ele. Brandon estava esperando pela ligação, na verdade, já que Phillip perguntara se podia passar o telefone dele a ela.

— Essa mulher está me importunando com isso desde o fim da festa, quis saber se você tem namorada, se ela podia te ligar e eu disse que ia te perguntar. E já que esse seu lance com a Eva está mais enrolado que o seu cigarro de maconha, acho que você devia sair com ela. Não aguento mais te ver nesse desânimo.

Então Brandon e Fernanda foram a um *pub* em Londres no fim de semana seguinte. Ele a viu entrar, andando num gingado que fazia seus cabelos cacheados, vermelhos e curtos dançarem. Seus olhos bem pretos e seus lábios definidos, de repente, pareceram familiares para ele. Até que ponto estava *realmente* atraído por Fernanda? E, logo nas primeiras cervejas, Brandon se convenceu que estava ali pelo o que seu irmão chamaria de *projeção* ou só *despeito* mesmo.

Não tinha *quase* nada de errado com Fernanda. Ela era linda e simpática, falava manso com um sotaque gostoso de ouvir, sorria com facilidade, tinha um estilo peculiar e um *piercing* no meio do queixo que era bem atraente. Somente uma coisa estava errada, muito errada com Fernanda — ela não era a *sua* Eva. Eles *não* tinham aquela conversa que fluía, a voz dela *não* causava uma reação química em seu estômago, *não* fazia seu coração bombear sangue mais rápido, e — mais importante — ela falava muito de si mesma. No meio da conversa, inclusive, descobriu que eles faziam aniversário com um dia de diferença. Fernanda riu da coincidência, achando um *máximo*, e Brandon se perguntou por que o falatório o irritava tanto... A moça gostava de ser o centro das atenções assim como ele — aquilo nunca daria certo.

Depois de mais ou menos duas horas, talvez notando que Brandon estava muito calado, Fernanda o chamou para andar pela orla do rio Tâmisa. Quis rir — ela tinha até as mesmas táticas de sedução que ele, que já tinha convidado várias garotas para passear pelo rio numa noite fria e aproveitar para ficar mais próximo e iniciar um contato físico. Por alguns segundos, sorrindo para ela, pensou *Por que não?* Pela primeira vez, estava em um encontro *solteiro* — não devia fidelidade a *ninguém*. Podia *muito bem* transar com Fernanda naquela noite. Estava na cara que ela queria. Seria rápido, casual, sem muita vontade, mas — ainda assim — sexo.

— Eu adoraria, mas acho que vai ter que ficar para a próxima vez. Estou super cansado hoje, acho que estou ficando resfriado.

Quando se ouviu falando aquela mentirinha para Fernanda, não acreditou em si mesmo. Estava dispensando sexo fácil por uma pessoa que nem ao menos queria ficar com ele.

— Uau! — A moça riu. — Esse foi o fora mais polido que eu já recebi.

Com a face quente, Brandon pegou na mão de Fernanda.

— Desculpe, não é isso. Realmente estou ficando gripado.

— Tudo bem, Phillip me avisou que talvez isso fosse acontecer — disse ainda sorrindo.

— É mesmo?

— Ele comentou que tinha outra pessoa e que talvez fosse muito cedo para você. — Brandon sorriu, recolhendo sua mão. Bebeu um pouco mais de sua *pint* de cerveja, sem jeito. — É a garota alta, não é? A do cabelo grande, com cara de antipática...?

Ele riu, afirmando com a cabeça logo em seguida.

— Ela é só um pouco introvertida.

— E por que vocês não estão juntos? — Fernanda perguntou, tomando um pouco de sua cerveja. — Porque é obvio que ela gosta de você, estava toda grilada comigo.

Brandon ponderou aquela pergunta por alguns segundos.

— Acho que essas coisas podem acontecer de maneira fácil, sem complicação. A gente conhece alguém, a reação química acontece, e é isso. Você só precisa dar o pulo. — Brandon respirou fundo. — Outras vezes, a reação acontece, mas o momento é errado. Então a gente faz aquele monte de merda, achando que pode deixar o passado para trás e mergulhar de cabeça em algo novo. Infelizmente, esse foi o nosso caso e agora a besteira está feita e não tem como voltar atrás. Mas, como diz o mestre, *o que não tem remédio, não deveria ser pensado sequer. O que está feito, não está por fazer.* — Fernanda enrugou as sobrancelhas, e Brandon soube que ela não era *mesmo* a pessoa ideal para ele. Eva, com certeza, pegaria a referência, e, ainda por cima, faria qualquer comentário sobre *Shakespeare* ser misógino. — *Macbeth.*

— Por que eu estou achando que *você* que fez merda? — Fernanda perguntou, fazendo Brandon rir. — Puxa, já estou do lado dela mesmo sem saber o que aconteceu.

— Pois é, você está certa sobre isso.

— Mas, ainda assim, a gente sempre pode ser honesto com o que sentimos e deixar a outra pessoa decidir o que ela quer fazer. Você nunca vai saber se não tentar.

Brandon concordou com Fernanda e a deixou em casa menos de uma hora depois. Até disse que, se ela quisesse, eles poderiam fazer aquilo de novo, *você sabe, sair e conversar.* Ela sorriu para o convite, mas recusou logo em seguida.

— Você é o tipo de homem pelo qual é muito fácil se apaixonar — respondeu com seu sorriso simpático. — Está no seu jeito de falar. Então, se não for para acontecer mais nada entre nós dois, não vou te ligar. — E levantou as sobrancelhas. — Agora, se decidir que quer algo mais, você tem meu número. — Ela se levantou na ponta dos pés, puxou-o pela jaqueta e o beijou rápido. — Isso é para te ajudar a pensar.

Brandon sorriu e se despediu da moça simpática, que ele chamaria no futuro de "a moça do Rio" — quando não se lembrasse mais de seu nome.

Fernanda, contudo, tinha razão sobre como a honestidade era sempre a melhor política. Tanto a honestidade dele, sobre o que sentia, e a honestidade de Eva de decidir se estava pronta ou não. Tantas vezes naquele mês quis ligar para ela e perguntar se já tinha passado tempo suficiente, se ela já estava pronta. Mas não o fez, talvez com receio de encarar a realidade e ouvir o **não** definitivo que tanto temia.

Tanto tempo tinha se passado, mas a situação parecia a mesma — mais uma vez, precisava fazer com que ela acreditasse nos sentimentos dele e percebesse que eles podiam resolver aquilo juntos. Mas precisava ter certeza de que Eva queria. Se tinha algo que aprendera no ano anterior, com aquele triangulo amoroso entre ele, Tabitha e Lucas, é que **nunca** se deve entregar seu coração para quem **não** está disposto a fazer o mesmo. E todas as vezes que Brandon parava, voltava e repensava tudo, sabia que — naquele caso — era *ele* quem estava em risco.

Podia ter acabado meses antes. Ou então, um pouco mais de tempo longe traria de aliviar aquele sentimento que pesava. Mas agora Eva estava lá, no fim do corredor. Não sabia o que esperar se fosse até ela — mas tinha certeza de que seria melhor do que nunca saber.

Eva abriu os olhos quando a madeira chiou do lado de fora do cômodo. Com o coração aos pulos, sentou-se na cama. Lá estava ele, atrás da porta, depois de todo aquele tempo. Sua avó dizia que os problemas do início se tornam os problemas do fim — e talvez esse fosse ser o problema entre eles, o tempo. Mas é claro que, no fim, o tempo sempre leva e termina tudo — independente do que se faça.

O ranger da madeira parou, Eva se levantou com ímpeto, cruzando o quarto num impulso e abriu a porta com alguma raiva.

— Chega disso! — Ela disse para as costas de Brandon, que já se preparava para dar meia volta e ir para seu quarto de novo, fazendo-o se virar. — Quantas vezes você já fez isto esta noite, umas dez?

— É, tipo isso — respondeu com seu sorriso maroto.

— Vem, entra logo. Se a sua mãe te pega aqui...

Brandon tentou controlar o ímpeto de rir e entrou no quarto, devagar, sem perdê-la de vista. Sentou-se na cama de Amanda, com as mãos jogadas sobre os joelhos. Seus olhos ainda miravam Eva daquela maneira que ela se sentia nua, desprovida das suas camadas protetoras.

— Como você tem passado?

Eva levantou os ombros.

— Está tudo... — *Horrível, solitário, muito ruim sem você*, ela pensou. — ... bem.

— Então, nada de novo aconteceu? — insistiu Brandon, o que fez Eva enrugar as sobrancelhas.

— O que você quer saber?

— Acho que estou perguntando se você está livre para ter essa conversa.

Jim e suas rondas de *stalker* vieram à mente de Eva, assim como Mario, mas não sabia se queria falar sobre nenhuma dessas coisas com Brandon.

— Se você está perguntando se eu estou com alguém, não estou — esclareceu rápido. — Sua mãe está mal-informada.

— Luke? — Eva confirmou com um movimento da cabeça. — Por que Luke pensaria que você está com alguém, Eva?

— Suponho que ele tenha pensado isso porque... Bem, antes de eu entrar de licença, Jim aparecia no jornal com frequência e...

— Para te procurar...? Ele tem te perseguido? — Brandon interrompeu, alarmado.

— Não é nada, já estou resolvendo tudo.

Brandon franziu o cenho, desconfiado.

— E por que você está de licença?

— Nada de importante — desconversou Eva.

Brandon exalou forte, seus olhos espremidos diziam para Eva que ele queria roubar algo valioso dela.

— Isto não vai funcionar se você não se abrir comigo. O que está havendo? — Eva levantou os ombros, como se não soubesse do que ele estava falando. — Você me disse que não estava bem, e não é como se eu não tivesse notado o quanto de peso você perdeu.

— Ah, não começa você também... — Eva passou a mão pelo rosto. — Eu só tenho tido alguns problemas de estômago, só isso. — A face preocupada de Brandon fez Eva suspirar. — Não forço, se é isso que está pensando. Tenho tido enjoos, náuseas e não consigo comer.

— Quantos quilos...?

Eva mordeu os lábios, ponderando se queria confidenciar aquela informação para ele. Não tinha dito para ninguém, mantinha a balança escondida debaixo da cama.

— 26 quilos — sussurrou, envergonhada.

Brandon anuiu, sentindo-se impotente. Sabia ter algo de errado, mas não imaginava que podia ser tão sério. Se Eva estava de licença, então ela deveria ter tido algum tipo de diagnóstico de depressão. Seus olhos passearam pelo corpo, antes encorpado, com curvas sinuosas, e que agora parecia mais esguio por causa do peso perdido.

— Eu me sinto péssimo.

— Por quê? — Eva enrugou as sobrancelhas.

— Bem, quando você me disse que não estava bem, não fazia ideia de que você poderia… — Ele se conteve quando notou que ela ficou cabisbaixa. — Sinto que, de alguma maneira, contribuí com isso.

— Não tem nada a ver com você — interrompeu Eva. — Tem sido um semestre estranho e tenho me sentido menos *eu* a cada dia que passa, como se estivesse perdendo alguma coisa da minha essência.

— Sabe o que eu acho? — Brandon sorriu sem mostrar os dentes. — Acho que você é a mesma Eva teimosa de sempre. — Eva tentou conter o riso. — E se você tivesse sido só um *pouquinho* menos teimosa, a gente já poderia ter tido essa conversa.

Eva espremeu os olhos e colocou as mãos na cintura, fingindo indignação.

— Cretino! Como você coloca essa responsabilidade toda em cima de mim?

— *Okay*, eu também podia ter sido menos orgulhoso.

— Eu não sei como esse chão ainda não desabou com o peso do seu orgulho!

Eles riram juntos, e Brandon soltou um suspiro fundo.

— Eu adoro isso, sabia? Adoro o jeito como a gente conversa… — Eva concordou com a cabeça, sorrindo. — E essa sintonia está em tudo que a gente faz, no nosso beijo, no jeito que a gente faz amor. — Eva riu e passou a mão pelo rosto febril. — Eu penso naquela noite o tempo inteiro… Foi *muito* bom.

— Sim, foi mesmo muito bom. Desculpe pelo o que eu disse aquela noite.

— Você diz o que quer sem se preocupar se vai magoar alguém. — Eva se calou e o silêncio invadiu o quarto. — Ainda assim, quero que saiba que não te culpo por pensar aquilo de mim — disse sorrindo. — Mas suas palavras me atingiram. Não porque você feriu o meu ego, ou coisa assim, mas porque eu sabia que todo aquele momento tinha sido arquitetado por mim, desde a primeira vez que menti para você.

— Odeio quando mentem para mim — afirmou Eva. — Não sei se você reparou, mas eu tenho um problema para confiar nas pessoas. — Brandon levantou as sobrancelhas, numa expressão sarcástica de *Jura? Dessa eu **não** sabia.* — Pois é, tenho. Aí você faz o quê? Vai lá e mente para mim! — Ele fez uma careta de arrependimento. — Mas se eu for ser sincera, não foi só por isso. — Eva pegou uma grande quantidade de ar. — Eu… Eu estava tão brava com você. O jeito que você usou o seu tempo sem se importar com o que eu estava sentindo. E quando eu te pedi um tempo, você disse que não esperaria por mim.

— Nossa… — Brandon soltou uma grande quantidade de ar. — Quando você põe nesses termos.

— Eu conheci uma pessoa, sabia?

Brandon levantou as sobrancelhas.

— Agora você *realmente* está querendo me punir.

— Não, eu estou sendo sincera. Eu pensei, por um momento, que não tinha mais nada entre nós dois, e que eu devia seguir em frente.

— *Wow…* não esperava por essa. Eu quero saber o que aconteceu? — Eva fez uma cara de culpa, e causou um pigarro em Brandon, que escondeu a cabeça nas mãos. — *Oh, oh bloody hell, Eva!* Pelo visto, o tempo que você precisava era só de mim mesmo — disse magoado.

— Não faz isso, não é como se eu tivesse te traído, está bem? — Ela pisou firme no chão, enquanto observava a irritação dele. — Menos, Brandon! Duvido que você tenha ficado no celibato por um mês, depois de ter flertado com aquela garota na minha frente… — Eva disse, revirando os olhos.

— Não flertei com ela! — Ele se controlou para não alterar a voz.

— *Isso ela não mentiu…* — Eva imitou o que ele tinha dito para a garota. — Me poupe!

— Foi uma piada!

— E depois vocês ficaram conversando longe do grupo, enquanto você fumava.

— A gente não estava conversando — explicou Brandon. — Ela estava tagarelando sobre o doutorado dela, e eu estava… pensando em você! — Ele riu da feição de *"Fala sério!"* estampada no rosto de Eva. — Eu estava, porque é só isso que eu faço, Eva. Eu só penso em você. — Ela cruzou os braços mais uma vez, hesitante em acreditar nele. — Se quer uma prova de que eu não estava flertando com ela naquele dia, saiba que ela me ligou uma semana depois e a gente saiu.

— O quê? — Ela quase gritou, mostrando as palmas abertas para Brandon. — Como isso prova alguma coisa?

— Posso acabar de contar? — Eva bateu os pés, sem paciência. — Nós saímos, tomamos umas cervejas, ela me convidou para continuar o encontro, e eu recusei. Disse que estava gripado. — Eva enrugou os olhos, incrédula. — E ela sacou na hora, até sabia que era *você*.

— Quer mesmo que eu acredite que você não dormiu com essa garota?

— Não aconteceu nada.

Eva fitou os próprios pés, antes de se voltar para Brandon.

— Achei que você não era do tipo que esperava.

— Eu não sou... Ainda assim, aqui estou eu. Esperando...

— Agora eu me sinto péssima! Por que você não dormiu com ela, afinal? Assim, nós estaríamos quites e pronto, assunto encerrado. Agora parece que eu te devo alguma coisa. — Eva suspirou, irritada. — Se te serve de consolo, foi horrível.

— Isso ajuda, obrigado.

Brandon sorriu e Eva sentiu o tempo parar ao redor deles, como aquele minuto que passamos olhando para o relógio, esperando que o dígito mude no visor, e só então apreciamos o real vestígio do tempo. Ela deu alguns passos em direção a ele e Brandon moveu as mãos, deixando seu quadril livre. E foi ali que ela, devagar, o envolveu entre suas pernas, juntando a virilha a dele, e rodou o braço ao redor do seu ombro.

— ... O que acontece agora? — sussurrou.

Brandon subiu as mãos pelas coxas de Eva, sem desviar os olhos do dela, que agora estavam a poucos centímetros do seu.

— Será que a gente agora pode chegar num consenso?

— Não pensei muito nisso — admitiu num sussurro. — Só sei que... Eu quero ficar com você, Brandon.

— Tem certeza? Porque eu não quero estar com alguém que tenha dúvidas.

Eva revirou os olhos. Já estava até no colo dele, o que mais ele precisava?

— Eu gosto de você, já te disse isso.

— Quando estava bêbada. Gente bêbada ama qualquer um.

— Bem, não estou bêbada agora, e estou dizendo que gosto de você, está bem? — Brandon riu da indignação dela. — O que mais quer que eu faça? Quer que eu tatue um coração com o seu nome na testa?

— Vai ficar charmoso! — disse, rindo. — Ainda assim, você usou o verbo errado.

— Palavras, palavras, palavras.

— *Hey!* — Brandon riu, fingindo indignação. — *Hamlet* é o meu personagem. Você não pode usá-lo contra mim!

— Mas ele tem razão. Palavras se esfarelam ao vento. Se o fato de eu estar aqui, depois de tudo que aconteceu, não for suficiente para você, então nada vai ser.

Brandon sorriu e, com seu indicador, tocou o coração de Eva, fazendo diversos desenhos pela curva de seus seios que a camiseta expunha.

— Sabe, Eva, um dia você vai ter que deixar alguém entrar e derreter esse seu coração de gelo.

O tom suave e sem julgamento de Brandon não ofendeu Eva, por mais que o comentário fosse um pouco cruel.

— Então você acha que eu sou fria, cínica?

— *My darling,* você tem um talento para manter as pessoas longe de você — disse ele. — No meu caso, você tem muitas razões para não confiar, e eu entendo... Mas também acho que parte do seu medo vem de você acreditar que todo mundo vai te deixar, assim como o seu pai fez. — Brandon, que até então fitava o próprio indicador fazendo desenhos nos seios de Eva, cessou as carícias e olhou mais uma vez no fundo dos olhos dela. — Eu admiro a sua capacidade de seguir seus instintos e fazer suas escolhas, e acho que tem uma parte de você que é muito emotiva e cheia de paixão. Mas sempre quando alguém chega muito perto, você se sente em perigo.

— Bem colocado — admitiu Eva. — Quando penso neste semestre, acho que é isso que me faz falta. Um pouco de paixão. Eu me sinto tão perdida e sem vontade de lutar.

— Você vai encontrar de novo.

— Você acha?

Brandon concordou, tirou uma mexa do cabelo de Eva que caía sobre os olhos e a colocou atrás da orelha.

— Posso te ajudar, se quiser... A gente pode escrever um artigo juntos sobre um tema bem complicado, tabu mesmo, e publicar no *blog* da Angelina. — Eles riram juntos. — Sua paixão vai voltar rapidinho.

— Parece bom.

Brandon trouxe o rosto de Eva para mais perto do seu, encostando a testa na dela.

— Não quero que pense que estou te cobrando alguma coisa. Estou aqui sem esperanças ou expectativas. Só preciso te dizer mais uma vez, e espero que você acredite agora, que o meu coração é todo seu. — Eva tentou conter o sorriso. — Eu quero tanto ficar com você, e estou disposto a esperar o tempo que for necessário — disse sem tirar os dedos do rosto dela. — Não acho que vai ser fácil, e não sei o que vai acontecer. A única certeza que tenho nesse momento é que, independentemente do que aconteça, mesmo depois de décadas, ainda vou olhar para trás e lembrar do quão linda você é, com todas essas contradições que te fazem essa mulher extraordinária.

Mesmo com todo seu antirromantismo, Eva sentiu o corpo inteiro se aquecer com as palavras de Brandon. Na penumbra e no silêncio do quarto, ouvia seu coração bater em compasso com o dele. Tudo o que nem sabia que podia sentir, agora dominava seus órgãos e ansiava pelo contato de Brandon, pela fervura do corpo dele, parecia concentrado no curto espaço entre seus lábios. E por mais que pensasse que aquela cama era uma via sem saída para eles, infiltrou seus dedos pela barba densa. A tensão dos últimos meses se encontrou no beijo e dominou a mente e o corpo de Eva. Quanto alívio sentiu ao achar de novo o caminho para aqueles lábios, para aquele abraço apertado.

O corpo quente de Brandon a envolveu e a cobriu como um cobertor térmico, quando todos os tecidos foram removidos e ficou só a pele-na-pele, nem mais um centímetro de distância entre os dois. Tudo acontecia com a mesma calma e firmeza da primeira noite, com o toque lento e pesado de Brandon causando a mesma fúria de sensações dentro dela, paralisando seu estômago e fazendo seus dedos dos pés se contorcerem. Sabia que não conseguiria segurar por muito tempo — não com a mão e a boca dele entre suas pernas.

Os líquidos de Eva explodiram na boca de Brandon e ele sugou e sorveu com mais força. Então puxou o corpo dela de encontro ao seu e se afundou ali. Eva prendeu seu quadril entre as pernas, e ele a segurou pela cintura, impedindo a cabeça de Eva de bater contra a cabeceira da cama durante as intensas investidas.

Mas nenhum deles queria que terminasse rápido demais. Quando os movimentos de Brandon ficaram mais lentos, Eva forçou o corpo dela para cima do dele e mudou o ritmo de novo até que ambos estivessem em total afinação, como uma melodia que dá certo e agrada todos os sentidos. E assim sentiu a familiar sensação de formigamento tomar conta de seu estômago, mãos e lábios, enquanto o corpo dele se enrijecia embaixo dela.

Caiu exausta ao lado dele, antes de se olharem e trocarem risos espaçados misturados com as respirações ofegantes.

— Já pensou no seu consenso? — Brandon perguntou, mal conseguindo encontrar fôlego.

— Acho que preciso *analisar* essa situação com mais *força*.

Brandon levantou as sobrancelhas antes de gargalhar mais alto do que o adequado para a situação. Eva o calou com um beijo e eles logo estavam de novo embolados um ao outro.

Assim passaram horas. Eva não sabia dizer se tinha de fato dormido. Quando não estava entranhada a ele, conversavam o tempo inteiro. Mostrou todas as fotos de sua família pelo aplicativo do *Facebook*, e Brandon contou sobre seus primos e tios esnobes. Eva contou todas as penas da águia na tatuagem do braço dele e explicou o significado da sua.

— Me diz algo sobre você que ninguém sabe — pediu Brandon.

— Eu tenho medo de assombração. — Eles riram juntos. — E você?

— Eu tenho dez camisas azuis, porque nunca consigo escolher uma cor diferente quando faço compras.

Mais risadas. Mais beijos. O sono vinha, as pálpebras pesavam, e Eva apagava por alguns minutos, somente para encontrar o sorriso na sua frente quando acordava, dizendo que ela *roncava como um homem bêbado*. Então Brandon dormia por alguns minutos, e Eva se perdia no silêncio e imobilidade daquele sono que mais parecia que ele estava em coma. Acordavam, faziam amor e voltavam a conversar sobre tudo e nada.

O universo do lado de fora do quarto cessou de ter importância para Eva, assim como também deixou para trás qualquer coisa que tinha acontecido antes daquele momento. Não tinha mais noção de tempo e espaço e apenas aquela energia entre eles fazia sentido. Permitiu sua capacidade de se curar das lombadas da vida levar todas as incertezas que *ainda* tinha sobre aquela pessoa ao seu lado na cama. E a camada de gelo em volta do seu coração — que havia colocado ali de propósito para garantir que nunca mais amaria alguém de forma tão profunda outra vez — aquela camada de gelo começou a derreter.

No futuro, Eva se lembraria daquela decisão como um rito de passagem, a coragem necessária para conseguir viver as experiências de maneira completa, mesmo sem saber o que o futuro reservaria.

Soube que era dia quando os primeiros raios de sol ultrapassaram a persiana e tocaram seu rosto, e ela acordou sem conseguir se mexer, tendo o corpo de Brandon estirado sobre o seu.

— Brandon... — Moveu o braço graúdo caído sobre seu peito.

Ele abriu os olhos devagar, incomodado com a claridade. Sorriu, sentindo suas pernas entrelaçadas as de Eva.

— Bom dia, *my darling*.

— Amanheceu. Escute a cotovia cantando. — Brandon riu.

— Não, não é a cotovia. É o rouxinol. Acredite em mim amor, é o rouxinol.

— É a cotovia, o mensageiro da manhã... e você tem que acordar, Romeu.

Brandon agarrou a cintura de Eva.

— Nossa, nós somos tão intelectuais. Já acordamos citando *Shakespeare*. — Ela riu e beijou o rosto, o pescoço e os braços dele. Então passou a mão pela linha dos cabelos de Brandon, fazendo-o sorrir para o carinho. — Sabe, você bem que podia aceitar tocar piano na exposição da minha mãe. Acho que seria uma ótima maneira de vocês se conhecerem melhor.

Eva parou de sorrir quase que no mesmo instante. A mera menção àquela mulher já fazia seu corpo inteiro arrepiar, como um daqueles presságios sinistros de que alguma coisa está errada.

— Você acha?

— Sim — confirmou, apertando-a mais contra o seu corpo. — Sem contar que a gente poderia ter alguns bons momentos em Londres e Paris.

Brandon falava, Eva consentia, mas a cabeça estava longe, como se junto do sol, a manhã tivesse trazido também a lucidez para os pensamentos.

— Posso tocar na exposição, mas com uma condição. — Brandon enrugou as sobrancelhas. — Na verdade, acho que esse é o *consenso* que a gente está procurando.

— É mesmo? — perguntou, ressabiado.

— Eu preciso de um tempo.

Brandon piscou, sem esconder a surpresa.

— Espere, a gente já viveu essa cena... — Ele riu. — Eva, estamos em um *looping* infinito. — Ela beliscou o braço dele. — Por um acaso isso tem a ver com o Jim? Porque eu tenho certeza de que resolvo isso para você em dois minutos.

— Você vai ficar longe dele! — Eva retrucou, batendo o indicador no peito de Brandon. — Eu vou resolver isso, enquanto *você* resolve a sua pendência.

— Do que você está falando? Eu não tenho pendências — disse Brandon, rindo.

— Ah, não tem? — Ele enrugou as sobrancelhas, negando com a cabeça. — Então a sua mãe, da noite para o dia, acha que eu sou um bom partido?

— Esquece a minha mãe!

— Não, não dá para esquecer a sua mãe, não dá nem para gostar dela. — Brandon respirou fundo, concordando com a cabeça. — Mas dá para ela não ser pega de surpresa, e dá para nós duas termos um relacionamento civilizado. Mas você *precisa* conversar com ela.

Brandon assentiu, num suspiro fadigado.

— Quanto tempo isso vai levar?

— Eu não vou te fazer esperar por meses, como você fez comigo.

— *Touché!*

Eva deixou a casa dos Smiths após fazer Brandon prometer que conversaria com a diaba da mãe dele. Da mesma forma, estava decidida a resolver as coisas com Jim de uma vez por todas. Assim como a comunicação havia resolvido as coisas pendentes entre ela e Brandon, Eva esperava que o mesmo acontecesse com Jim, com quem pretendia conversar de forma adulta e racional e acabar com aquela perseguição.

Mas tudo o que estava para acontecer — para o bem ou para o mal — lembraria a Eva que, de fato, nem tudo pode ser resolvido com uma conversa franca.

Capítulo 18

Um fim incerto.

ANGELINA E MARÍA ANA PASSARAM a se ver com frequência depois da festa em Londres. A cada semana que entrava, mais conversas rolavam de que aquele romance não duraria — como era regra básica dos romances de Angelina. Ainda assim, elas eram sempre vistas juntas, na lavanderia, no refeitório, no supermercado comprando papel higiênico e leite. Pareciam colegas de apartamento.

É claro, leitor, que todo aquele grude não seria tão inesperado para um casal que — deveras — morasse junto. Mas mesmo morando em apartamentos separados, Angelina ligava para María Ana e pedia companhia para fazer tudo. María Ana aceitava, afinal queria passar tempo com Angelina, e sabia que ela sentia falta de fazer todas aquelas coisas com Eva.

Nessas idas e vindas de supermercados e afins, foi María Ana quem notou a presença constante de Jim do lado de fora do bloco de apartamento. Elas não sabiam se havia sido antes ou depois da nevasca, mas o fato é que a presença dele era notada com muito mais frequência agora. E se antes ele não abordava Eva com tanta assiduidade, isso também mudou naqueles dias.

Angelina e María Ana observaram tudo com preocupação. Eva saía ou chegava em casa, e lá estava Jim — o que culminava em uma briga terrível no corredor, na sala, ou até mesmo no quarto dela, quando Jim conseguia se infiltrar no apartamento. O que acontecia praticamente todos os dias, desde a nevasca, seguia um mesmo padrão — Eva tentava lembrar Jim que eles não tinham mais um relacionamento e Jim começava com suas cenas grotescas, batendo a cabeça na parede enquanto chorava copiosamente. A reação de Eva era um choro raivoso e muito vômito depois que conseguia fazer Jim ir embora.

Angelina e María Ana usaram todo o seu lado humanitário para tentar conversar com Eva, mas ela estava irredutível, e muitas vezes se trancava no quarto sem querer ver ninguém. Na manhã seguinte, quando perguntavam se ela estava bem, Eva era evasiva e dizia que estava *ótima*, num tom de impaciência.

Uma noite, após Jim sair do quarto dela — com um sorrisinho vitorioso no rosto — Angelina conseguiu entrar lá antes que Eva se trancasse, deparando-se com ela chutando a beirada da cama.

— Você não está bem. Se isso continuar, eu vou contar para a sua mãe ou para o seu pai. Você precisa chamar a polícia e acabar com essa situação!

Mas a ameaça não pareceu funcionar, já que Eva ficou na mesma escuridão e silêncio. Pensando nisso, Angelina convocou um almoço urgente para falar sobre a perseguição de Jim na vida de Eva, já que conversar com a amiga equivalia a conversar com um pedaço de tijolo — inútil e você ainda saía como a louca. Alli, Angelina e María Ana se sentaram em uma mesa do refeitório da faculdade, cada uma carregando seu prato de comida. Naqueles dias, com o fim do semestre acadêmico, o refeitório era o lugar mais reservado daquelas redondezas.

— Ele está perseguindo a Eva... — Angelina disse, antes de se virar para a namorada, que apenas confirmou com a cabeça. — Até Mary viu, ele está sempre lá.

— Vocês têm certeza disso?

— Sim! Durante uma das brigas, inclusive, ele disse que a seguiu no dia da nevasca, quando ela foi para a casa dos Smiths. Sabe até que ela dormiu lá, e fica acusando Eva de estar com Brandon, como se eles ainda fossem namorados — explicou Angelina.

— Ele sempre teve muito ciúmes do Brandon — Alli pensou alto.

— Inclusive, não dá para dizer que era um ciúme irracional. — Alli colocou os braços sobre a mesa, inclinando-se sobre ela. — Por falar nisso, algum indício de que Eva e Brandon estejam juntos?

— Não sei, ela não me disse nada. — Angelina esclareceu, cansada.

— Mas é isso que Jim pensa, e talvez por isso ele está tentando, de todos os jeitos, marcar o território. — María Ana complementou.

— Sim, Jim está visivelmente...

Alli cutucou Angelina, que parou de falar, e elas logo avistaram Dana, carregando uma bandeja e olhando para o lugar vazio na mesa delas. Após rápidos e tímidos comprimentos, ficou claro que Dana queria se sentar com elas, pela forma como olhava para a cadeira vazia e o rosto das garotas. Mas quando o convite demorou mais do que o usual para ser feito, Dana sorriu amarelo e se despediu. Angelina fitou Alli e María Ana, que enfatizaram com o olhar que aquilo estava errado.

— Dana... — Angelina chamou, fazendo a amiga se virar logo em seguida. — Por que não almoça com a gente?

Dana não pensou duas vezes e sentou-se à mesa, contente. Nem se lembrava da última vez que havia almoçado com as amigas — se é que ainda podia se referir a Alli e Angelina daquele jeito. Desde que ela e Eva brigaram, Dana não mais conversava com ninguém do antigo grupo. Talvez, de certo modo, estivesse tão isolada quanto a própria Eva.

Assim que se sentou, porém, notou que o assunto parou. Alli, Angelina e María Ana agora comiam caladas, trocando olhares estranhos vez ou outra. Olhou para as colegas, enquanto cortava sua batata cozida.

— O que foi? Podem continuar o assunto.

— Não estávamos conversando sobre nada importante.

Dana olhou de Alli para Angelina e ambas sorriram amarelo para ela. Então fitou María Ana, que começou a comer para não precisar olhar para Dana.

— O que está acontecendo? Vocês não estavam falando de mim, estavam?

— Claro que não.

Algo pareceu estalar dentro de Dana e tudo ficou muito claro. Evidente que Angelina, Alli e María Ana estavam falando de Eva. Não podia se dizer surpresa e até imaginava que o assunto fosse Jim. Em casa, o irmão de consideração também vinha tirando o sono de sua madrasta. Leena indagava Jim de todos seus passos como nunca tinha feito antes, e exigia saber onde ele ficava tanto tempo depois da faculdade. *Biblioteca, tomando café com amigos, num bar* — eram as respostas óbvias que ouvia, mas não acreditava.

— Dana, você tem conversado com a Eva? — Leena perguntou um dia, após indagar onde Jim estivera durante a nevasca, sem obter uma resposta plausível.

— Ahm… — Sem querer dar detalhes de sua briga com Eva para a madrasta, Dana inventou qualquer coisa. — Ela anda ocupada, não temos conversado muito.

— Mas ela está bem? Não tem reclamado de nada? — Dana não entendeu aquelas perguntas e fez um gesto negativo com a cabeça. — Sabe, estou preocupada com a Eva — continuou Leena. — Acho que Jim ainda não aceitou bem o término deles. Sei que ele ainda liga para ela diariamente e penso que tem tentado falar com ela mais do que é adequado… — Dana enrugou as sobrancelhas, fazendo a madrasta suspirar. — Entenda, querida, ele não faz por mal. Mas receio que algo ruim possa acontecer.

Agora, na mesa junto de Alli, María Ana e Angelina, Dana tinha certeza de que elas falavam da suposta *persistência* de Jim em tentar voltar com Eva. Suas entranhas reviraram só de imaginar o que elas poderiam estar inventando sobre ele, sem atinar para o fato de que Eva era a culpada daquilo tudo, por trair Jim na primeira oportunidade que teve e brincar com os sentimentos dele sem compaixão alguma.

— Entendi. Vocês acham que não podem falar da Eva perto de mim, porque eu e ela não conversamos mais. Vou me sentar em outra mesa.

— Não, Dana… — Alli disse, pegando o braço de Dana, que já se levantava. — Nós só estávamos comentando que Jim está um pouco… diferente, só isso.

— Ele está ressentido com a maneira como as coisas aconteceram.

— Sem mencionar que ele está perseguindo a Eva.

Dana fitou Angelina com alguma raiva, irritada pelo termo usado.

— Se ele quer alguma coisa, é apenas conversar, dar um ponto final na relação deles. E nem isso ela é capaz de fazer.

— O quê? — Angelina perguntou, tentando disfarçar um riso. — Não acredito que você está defendendo o Jim!

— Só estou dizendo que já que ela o traiu, fez a merda toda com ele, então ela que aguente!

— Dana, desculpe, mas você está sendo injusta. — Alli disse, num tom doce, mas professoral. — Entendo que queira proteger seu irmão, mas acho que o fato de ele agir dessa maneira não tem nada a ver com o que a Eva fez ou deixou de fazer.

— O que está insinuando?

— Nada, mas seria bom saber se o Jim tem algum histórico de violência. Alguma ex-namorada que reclamou de alguma coisa, talvez...?

Quando Alli fez a pergunta, Dana fitou as três mulheres à sua frente, sentindo-se sitiada. Se contasse os rumores sobre Jim e Monica, elas com certeza usariam aquilo para difamar Jim ainda mais. Se não contasse, seria como omitir uma informação importante que poderia até prevenir uma tragédia.

A demora e o olhar apavorado de Dana atraíram as atenções de Alli, María Ana e Angelina, que se aproximaram, inclinando seus corpos sobre a mesa.

— Dana, você sabe de alguma coisa? — Alli insistiu.

— Ahm... não sei bem o que aconteceu... Mas parece que o namoro do Jim e da Monica não acabou em bons termos.

— E o que aconteceu entre eles? — María Ana quis saber.

— Eu não sei bem.

— O que você sabe? — Alli perguntou.

— Bem... Jim pode ter... *acidentalmente, é claro* — enfatizou Dana, ao ver os rostos admirados à sua frente. — ... quebrado o braço dela.

— O QUÊ? — Angelina perguntou, levantando-se de sua cadeira. María Ana tampou a boca com uma das mãos e Alli arregalou os olhos.

— E você não contou isso para a Eva por quê?

Dana ficou um pouco irritada, sentindo-se acusada.

— Olha, Angelina, a Eva já é bem grandinha, *okay*?

— Não! Para com isso! — Angelina jogou o guardanapo na mesa, uma pilha de nervos. — Sei que está chateada com a Eva, mas se você sabe que uma garota está se envolvendo com uma pessoa que tem um passado de violência contra mulheres, você tem que falar alguma coisa.

María Ana se levantou e sussurrou no ouvido de Angelina para ela ficar calma. Mas a californiana continuou de pé, irritada e gritando.

— Você não tem ideia do que está acontecendo, Dana! Eva está tentando conversar com ele há meses, nas últimas três semanas quase diariamente. Isso para que ele entenda que eles não estão mais juntos. Mas o Jim está fora de si, ele grita, bate nas paredes, e está, *sim*, perseguindo a Eva por todos os lados! Até a seguiu quando ela foi até à casa dos Smiths...

Dana, que tinha a cabeça baixa de vergonha, fitou Angelina com os olhos azuis arregalados e a boca aberta. Angelina parou de falar e escondeu os lábios quando Alli pigarreou, mas já era tarde demais.

— Eu já devia ter imaginado — satirizou Dana.

— Isso é um problema da Eva, e não tem nada a ver com o que Jim está fazendo — explicou Alli. — O caso é que, pelo que parece, Jim tem um problema e Eva pode estar em perigo. Você devia ter dito alguma coisa.

O tom calmo, porém firme, de Alli fez Dana se sentir ainda pior. Angelina voltou a se sentar, cheia de ódio e sussurrando diversos palavrões, enquanto María Ana tentava acalmá-la.

— Está tudo bem, Angel. Nós vamos falar para ela, vamos resolver esse caso e vai ficar tudo bem — disse María Ana, abraçando Angelina, que agora apoiava sua testa nas mãos.

— Vou almoçar em outro lugar.

Dana já se levantava quando ouviu a voz afoita de Angelina ecoar pelo refeitório mais uma vez.

— Por que você não faz algo de *útil* com a sua vida e pelo menos conversa com o Jim? Vocês precisam convencê-lo a aceitar que o relacionamento dele com a Eva acabou.

Dana pegou sua bandeja de comida e foi se sentar longe das três. Onde já se viu tamanha ousadia de Angelina! Fazer algo de *útil* com a vida... A vida dela era muito *útil*, obrigada. Arrependeu-se de ter contado sobre Monica para elas. Nem ao menos sabia se aquele boato era verdadeiro — não achava mesmo que seu querido irmão de consideração faria algo desse tipo de forma consciente. A única coisa que Dana sabia era que Jim não era o mesmo desde que começara aquele relacionamento com Eva. Lembrava-se de como Jim ficou quando Eva terminou com ele em Londres. Não parecia seu irmão de consideração — parecia que algo maligno havia tomado conta dele.

Dana sentiu um misto de ódio e tristeza. Parecia haver um muro entre ela e as amigas, e não sabia o que fazer para destruir aquela barreira que crescia a cada briga, a cada palavra de ódio e rancor.

Dana mal se concentrou nas aulas daquele dia. Estava tão distraída que até Lucas notou sua falta de foco e se ofereceu para levá-la em casa. Negou, mas quando quase bateu o carro, arrependeu-se de não ter aceitado. Sua cabeça parecia ter dado um nó. Primeiro, o fato de Angelina ter insinuado que a vida dela era inútil. Aquilo incomodou Dana mais do que gostaria de admitir. Enquanto dirigia para casa, repetia para si mesma que *não* era verdade, e bastava que ela soubesse disso. Não deveria ouvir ou se deixar abalar por qualquer coisa que Angelina lhe dissesse e ponto final. Ela era uma *puta* destrambelhada que não sabia de nada.

Ainda assim, aquela conversa trouxe de volta a fala de Eva na sua mente, quando ela havia ido a Londres. Eva dissera que Dana não se arriscava, e quem não se arrisca vive uma vida pela metade. Outra *puta* destrambelhada! Por que dava ouvidos àquelas duas?

A segunda coisa que incomodou, porque não tinha vindo de Angelina, foi Alli, sua professora e amiga, insinuar que Eva poderia estar em *perigo*. Dana não conseguiu mais ter paz depois disso. Por mais que não quisesse acreditar naquilo nem por um minuto, era impossível negar que Jim havia mudado.

— Eu conheço o Jim. Ele nunca faria nada contra a Eva — disse para si mesma, enquanto estacionava o carro na garagem.

Mas ele não tinha, afinal, feito aquilo com Monica?

Por alguns segundos, Dana tentou reviver fatos do fim daquele namoro. Havia sido pouco antes dela começar a faculdade. Seu pai e Leena tinham acabado de se casar, depois de um namoro curto de um ano. Ela não conhecia Jim tão bem ainda. Já estava apaixonada por ele — óbvio — pois se apaixonou em questão de segundos depois de admirar aquele par de olhos acinzentados. Só que não sabia muito sobre ele ou sobre Monica. Tinha apenas a versão de Leena — que também não parecia muito convencida do caso.

Dana subiu as escadas da casa decidida a ir direto para o quarto de Jim e tentar conversar com ele, mesmo sem ter tido sucesso das outras vezes. Conversar com Jim sobre Eva naqueles dias era uma lamúria. Ele ficava na defensiva, mantinha os detalhes sobre o que acontecia em sigilo e falava somente o necessário, geralmente tentando convencer a todos de que Eva ainda gostava dele e voltaria logo a ser sua namorada.

— Jim, preciso falar com você — disse ao fechar a porta do quarto.

— Estou ocupado — respondeu, mantendo-se concentrado no livro que lia.

Mas Dana não se deu por vencida e pegou o livro da mão dele, fechou-o e jogou o objeto na cama, sem paciência.

— Não quero saber, isso é importante.

— O que você pensa que está fazendo?

— Eu que pergunto, o que você pensa que está fazendo, perseguindo a Eva? — Jim revirou os olhos. — Você não é mais o mesmo desde que a conheceu.

— Chama *se apaixonar*, quando passar por isso você vai entender.

Abraçando o próprio corpo, Dana sentiu-se infeliz. Ele não fazia ideia do que era amar uma pessoa em silêncio, sozinha, na escuridão.

Mas será que sabia mesmo o que era se apaixonar? Aquela obsessão em saber o que Eva fazia, com quem estava, aquilo era *amor*?

— Você está louco!

— Isso é bem típico de vocês...

— O que quer dizer?

— Se um homem não liga, fica tempos sem dar sinal de vida, então ele é um cafajeste. Agora, se ele se importa, se ele procura, se ele liga e quer saber como vocês estão, então ele é louco. — Jim riu, balançando a cabeça de um lado para o outro. — Difícil agradar vocês.

— Ela não quer mais ficar com você, então é melhor parar de procurar por ela.

— Quem disse que ela não quer?

— Ela disse, de acordo com Angelina, diversas vezes, e você continua insistindo.

— Eu não vou nem começar a discutir esse assunto com você! Essa Angelina é quem mais gosta de controlar tudo que a Eva faz! Ela se acha dona da Eva só porque elas moram juntas.

— Elas são amigas, Jim.

— É, e aposto que Angelina queria ser mais que isso!

— Quanta asneira! — Dana se irritou, batendo o pé no chão. — Por favor, só me promete que não vai voltar lá.

— Não vou te prometer nada, vocês não conseguem ver o quanto a Eva precisa de mim. Ela não está bem e eu sou o *único* que pode ajudar. Ela vai perceber logo que me ama e quando isso acontecer tudo vai melhorar.

Dana continuou com seus olhos fixos em Jim, sem entender o que tudo aquilo significava. Que Eva não estava bem, isso era claro, mas as atitudes dele pareciam piorar toda a situação ao invés de melhorar.

— Jim, olha, se você não deixar a Eva em paz, isso pode ficar muito ruim para você. — Jim se levantou da cama. — Estou falando sério, elas podem até chamar a polícia!

Então Dana foi empurrada para fora do quarto.

— É só isso? Tenho que estudar agora.

— Para com isso! E diz que vai parar de procurar por ela — disse ao se desvencilhar dele. — Por favor, isso já foi longe demais.

— Boa noite, Dana.

Jim colocou Dana para fora do quarto e esta assistiu à porta se fechar, com amargura. Sentiu um peso no fundo do estômago que mais parecia um presságio de que aquela história não acabaria bem.

Quando Eva chegou em seu apartamento naquela noite, Jim esperava por ela do lado de fora, o que a fez parar no corredor, a vontade de vomitar ali mesmo quase impossível de controlar. Nos últimos dois meses, quando ele a abordava no prédio de comunicação ou do lado de fora do bloco de apartamento, ela não imaginava que a situação poderia ficar pior. Mas desde a nevasca, Jim já havia testado todos os limites de sua sanidade mental e Eva não sabia mais o que fazer. Já dissera que não tinha mais namoro, que o relacionamento deles tinha acabado, e ele insistia em ignorar aquele fato e continuava a atormentá-la.

— O que você está fazendo aqui?

— Só quero conversar com você.

O corredor estava cheio e Eva temeu que ele fosse fazer uma de suas cenas ali mesmo. Então, respirou fundo e abriu a porta, mesmo sabendo que se arrependeria daquilo. Angelina estudava na sala de estar e deu um pulo quando a porta se abriu, mas conteve a aproximação quando notou que Jim estava junto de Eva.

— NÃO AGUENTO MAIS ISSO! JÁ DISSE QUE ACABOU, VOCÊ PRECISA ME DEIXAR EM PAZ! — Eva já entrou no apartamento falando, alterada, ignorando a presença de Angelina.

— Eva, eu e você temos algo que é de verdade!

— CHEGA!

Angelina continuou de pé, sem se mover, observando os dois gritarem um com o outro, como se não tivessem notado a presença dela ali.

— A gente se ama! A gente vai resolver isso juntos.

— CAI NA REAL! NÃO TEM MAIS NADA ENTRE NÓS! QUANDO VOCÊ VAI ACEITAR ISSO?

— Você não vê que nunca vai ter com *ele* o que tem comigo?

— ACHA MESMO? — Eva continuou gritando, fora de si. — PORQUE NO DIA DA NEVASCA, EU TRANSEI COM ELE A NOITE INTEIRA. E ELE ME FEZ GOZAR DE UM JEITO QUE VOCÊ NUNCA CONSEGUIRIA.

As palavras vieram que nem vômito e Eva se arrependeu na hora que as ouviu saindo de sua boca. Queria apenas que ele desencanasse, que parasse de insistir, e já não se importava se precisasse agir com crueldade para conseguir aquilo. Ainda assim, não foi suficiente. Por sinal, nem Eva ou Angelina entenderam bem o que aconteceu. Foi tudo uma fração de segundos. De repente, aquela mão estava no ar, em direção ao rosto de Eva, que quando viu se afastou dele, no mesmo momento que Jim retraiu.

— O QUE VOCÊ PENSA QUE ESTÁ FAZENDO?

Jim fechou os punhos, como quem tenta se controlar.

— Está vendo o que você me faz fazer? Você me deixa louco!

Angelina abriu a boca, estarrecida, sem conseguir se mover. O mesmo parecia ter acontecido com Eva.

— O que há de errado com você, Jim?

Ele pareceu gaguejar, sem emitir som. Levou a mão a boca, antes de tentar tocar o rosto de Eva.

— *Baby, I'm sorry...*

Eva se afastou com um gesto de mão e arrancou uma faca do faqueiro sobre a bancada da cozinha, fazendo Jim levantar as mãos e Angelina gritar um *EVA!*

— SAI DA MINHA CASA.

— Eva, calma! — Angelina disse, desesperada. — Jim, sai daqui!

— VAI EMBORA! — Eva gritou, levantando a faca ainda mais. — SAI AGORA.

— Vamos conversar — pediu Jim.

— NÃO TEM MAIS CONVERSA, SAI DAQUI.

— Jim, pelo amor de Deus, vai embora. — Angelina implorou, mas Jim apenas deu alguns passos lentos até a porta.

— Eu não tive a intenção! Me desculpe!

— JURO QUE VOU ABRIR A SUA CABEÇA COM ISSO, ENTÃO SOME DA MINHA FRENTE!

E como não parecia que ela estava brincando, Jim foi embora mais rápido que um raio.

Eva sentou-se no sofá, suada, como quem acabara de correr uma maratona. Angelina estava horrorizada e tirou a faca da mão dela. Eva tremia, tinha os olhos arregalados e a boca aberta.

— Você devia ter chamado a polícia há muito tempo!

Eva concordou, lembrando-se que Angelina tinha mesmo cantado aquela pedra diversas vezes, mas ela se recusou a ver. Agora aquela mão no ar estava lhe dando arrepios. Nem mesmo seu pai havia alguma vez levantado a mão para bater nela.

— Aliás, não seria a primeira vez que ele foi violento com uma mulher. Ele quebrou o braço da Monica. Fiquei sabendo hoje e ia te contar.

— O quê? Como ficou sabendo disso?

— Dana...

— Mas Monica teria me dito alguma coisa. — Eva riu, repensando aquilo. — Se bem que ela é bem capaz de não dizer nada, mesmo. Não seria a primeira vez que ela me apunhalou pelas costas.

— Eva, você precisa fazer alguma coisa. Está na cara que ele não vai te deixar em paz.

Eva respirou fundo, tentando ver um sentido naquela situação.

— Não acredito que ele é essa pessoa! Em nenhum momento ele fez qualquer coisa assim comigo em Londres, pelo contrário, era atencioso e carinhoso. Claro, um pouco ciumento, é verdade, mas não quero chamar a polícia para ele. Quero conseguir conversar e fazê-lo aceitar que a gente terminou e ficar em bons termos. — Eva tapou o rosto com as mãos. — Toda essa confusão que eu fiz, Angel... —

Angelina respirou fundo, sem querer dizer *eu te avisei.* — Você tem razão, eu fiz mesmo uma bagunça. Menti sobre o que aconteceu no dia do tornado e o traí na primeira oportunidade que tive.

— Vocês tinham terminado quando você dormiu com Brandon, não tinham?

— Por dois minutos.

— *Okay*, não foi legal o que você fez, mas ainda assim, quando vocês voltaram, você foi honesta e contou para o Jim. Olha, não acho que ele está fazendo isso pelo que aconteceu há dois meses. — Angelina espremeu os olhos. — É claro que ele está fazendo isso por causa do que aconteceu no dia da nevasca. Evento que, pelo que *você* disse, foi interessante...

Eva segurou o riso e a resposta de Angelina veio em forma de leves tapas no braço dela.

— Ai, Angel, para! — Eva reclamou, rindo. — Eu ia te contar, estava esperando resolver essa merda toda com o Jim primeiro.

— Sua traíra! Não acredito que você dormiu com ele de novo e não me contou nada!

— Você não queria que a gente se resolvesse? Então, a gente se resolveu.

— Como assim? — Angelina começou a bater em Eva de novo. — Você está namorando o Brandon e não me disse nada?

— Nós não estamos namorando, nem nos vimos mais desde o dia da nevasca. A gente só se fala ao telefone.

— Com qual frequência?

— Todos os dias.

— Todos os dias? — Angelina levantou as sobrancelhas. — E já fizeram sexo pelo telefone?

Eva gargalhou, movendo a cabeça para trás.

— Que tipo de pergunta é essa?

— Só estou querendo entender o tamanho da bagunça que você fez.

— Não sei o que você quer dizer com sexo pelo telefone.

— Vocês fizeram vídeo chamada e ele viu seus seios, ficou falando um monte putaria para você, ou talvez tenha dito para você se tocar enquanto ele assistia. Isso é sexo pelo telefone. — Eva segurou a risada e levou outro empurrão de Angelina. — Ah, meu Deus! Você está namorando o Brandon, Eva.

— É, acho que eu estou mesmo.

— Mas eu tenho uma pergunta. Brandon... o cara que ficou todo mordido por que você disse que não queria ter um relacionamento com ele... *Esse cara* está tranquilo com essas três semanas em que vocês não se viram, mesmo sabendo que você está sendo perseguida pelo seu ex-namorado?

A pergunta trouxe o bode para dentro da sala de estar do pequeno apartamento.

— Ele não sabe... Quer dizer, ele sabe, mas não sabe. — Eva segurou a cabeça, pensando nesse outro problema. — Ele me pergunta todos os dias, e eu fico dando desculpas...

— Você precisa falar para ele.

— Eu pedi um tempo para conseguir lidar com Jim e para que ele conversasse com a mãe dele. — Eva respirou fundo. — Mas de alguma maneira Jim soube que eu passei a noite lá e a perseguição piorou e... bem, acho que você sabe o que aconteceu.

Angelina confirmou com a cabeça.

— Entendo que você se sinta culpada pelo que fez com Jim. Apesar de que você podia ter agido melhor, terminado assim que vocês voltaram para Vienna, você não o enganou. — Angelina segurou as mãos de Eva. — Acho que você está tentando explicar isso de maneira racional para não admitir que vai precisar mudar sua atitude com ele. Sei que quer terminar essa história de maneira positiva, mas você não vai conseguir. Ele não vai deixar.

— Então o que eu faço?

— Eu já disse. Chame a polícia, os bombeiros, qualquer coisa. Receio que na próxima vez ele não vai se conter.

Eva concordou com Angelina na hora, mas não conseguiu chamar a polícia e fazer uma queixa contra seu ex-namorado *stalker*. Continuou sem atender às muitas ligações de Jim, alternou seus horários para que ele não a visse e deu certo. Ele apareceu no apartamento várias vezes, mas ao vê-lo lá, Eva deu meia volta e usou a janela de seu quarto para entrar em casa. Proibiu Angelina de abrir a porta para Jim, o que ela fez sem o menor problema.

Naquela noite, Eva esperou pela ligação que sempre acontecia naquele horário, logo depois das cinco, quando ele deixava o *Sheldonian Theatre*. As ligações às vezes duravam horas, outras vezes alguns minutos, e *sempre* mudavam seu humor. Naqueles dias, a esperança da ligação de Brandon era o único feixe de felicidade que tinha. Mesmo quando o dia tinha sido péssimo; nos dias que ela brigou, tentando tirar Jim do seu pé, nos dias que chorou por não saber mais o que fazer para acabar com aquela situação, os dias em que a neve quase a atrasou para as aulas — nada parecia tão ruim, quando recebia uma mensagem de Brandon ou falava com ele por alguns minutos.

— Três semanas! Estou com tanta saudade de você.

— Também sinto a sua falta, mas já te disse que vou te compensar por toda essa espera.

— Você me diria se estivesse em perigo, não é?

— Eu vou resolver tudo, está bem? Só mais um pouco de paciência. — Eva respondeu, sem a intenção de contar a Brandon como a situação com Jim estava de verdade, temendo que ele fizesse alguma besteira.

E quando chegou o dia de sua viagem para Londres, ela foi sem ver ou conversar com Jim — mas também sem a tranquilidade de que estava tudo resolvido entre eles.

Capítulo 19

Chamem a polícia

A CIDADE FICOU VAZIA. Um dia, todos estavam fazendo os exames finais, no outro, as ruas de pedra ficaram brancas e silenciosas, o cheiro de mofo dos prédios ficou ainda mais denso.

Nevava sem parar e dirigir se tornou um pesadelo. Com o mau tempo que permeava Vienna desde novembro, os enfeites de Natal demoraram para serem colocados nas praças, nas casas, nos edifícios comerciais. Sem os enfeites, sem as luzes, parecia que não era Natal, e os espíritos de alegria não abençoaram a cidade. Todo mundo continuava na mesma irritação e inimizade de sempre. Ninguém se vestia de vermelho, ninguém se visitava, e poucos se falavam.

Angelina estava decidida a mudar aquela situação e resolveu dar uma festa de Natal. María Ana a convidara para viajar para a República Dominicana e conhecer sua família — numa desesperada tentativa de fazer com que elas assumissem aquele namoro, que já ia para o terceiro mês, e Angelina ainda se recusava a postar fotos nas redes sociais, ou dizer com todas as letras que elas estavam juntas. Após recusar o convite, Angelina ficou em Vienna mesmo, convencida que teria com quem passar o feriado.

Ligou primeiro para Alli com a notícia da tal festa de Natal, mas a moça disse que já tinha planos com Eric — com quem passava a maior parte de suas horas vagas. Então, Angelina ligou para Lucas; disse para ele levar Monica e garantiu que seria divertido. Mas Lucas informou que ele e Monica iriam para Londres, passar o Natal com a família dele — que estava quase toda lá. Angelina viu seus planos de dar uma festa indo por água abaixo, mas não se deixou sucumbir e ligou para Dana. Nem disse que era uma festa, mas uma chance para passarem um tempo juntas. Dana respondeu ao convite com um exacerbado *Você viu o Jim? Ele está aí com a Eva?*

— Não vi o Jim e nem quero ver. E Eva já foi para Londres.

Sem opções, Angelina se preparava para seu primeiro Natal solitário. Tirou do guarda-roupa da sala a árvore e os enfeites. Colocou suas pantufas de *Rudolf*, seu moletom de sinos natalinos, e começou a montar a árvore ao som de *What Christmas means to me* do *Stevie Wonder*.

Foi quando ouviu as fortes batidas na porta.

Sem pensar duas vezes, ou pelo menos ver quem estava lá pelo olho mágico, Angelina abriu a porta do apartamento sorrindo e dizendo *Feliz Natal!* O que recebeu de volta foi um empurrão que a jogou para cima da árvore que havia acabado de montar.

Jim entrou no apartamento como um touro e foi direto para o quarto de Eva.

— Ela não está aqui. Vá embora ou vou chamar a polícia.

Jim não ouviu; passou a mão pelas coisas dispostas na mesa de trabalho de Eva, jogando tudo no chão. Quebrou duas canecas de porcelana quando as arremessou na parede. Pegou os livros na cabeceira e estantes e os desfolhou, com um sorriso alucinado. Angelina ainda permaneceu deitada sobre a árvore de Natal, sem conseguir se mexer de tanta surpresa e temor, até que viu duas garotas passando pelo corredor.

— CHAMEM A POLÍCIA! CHAMEM A POLÍCIA — gritou em meio às lágrimas.

Tremendo, ela foi até o celular, jogado num canto da sala, enquanto tentava controlar os dedos para ligar o telefone e contactar a polícia, Angelina podia ver Jim no quarto de Eva.

Ele tinha um canivete suíço na mão e agora rasgava as roupas de cama, o travesseiro, a cortina. Pegava os quadros que enfeitavam a parede acima da cama, quebrava as molduras, e rasgava todas as réplicas baratas de *Frida Kahlo* e *Tarsila do Amaral* que Eva tanto gostava. Foi para o guarda-roupa e parecia procurar por algo. Quando achou, esvaziou a gaveta de *lingerie* e rasgou uma por uma. Uma feição maníaca estava no rosto dele, exalava prazer enquanto destruía todos os pertences de Eva.

Um policial atendeu a ligação de Angelina, enquanto Jim continuava a rasgar as coisas de Eva.

— O ex-namorado da minha colega de apartamento está rasgando todas as roupas dela, quebrando o quarto... ele está armado, com um canivete suíço.

A polícia disse para Angelina ir para um lugar seguro, e ela saiu do apartamento, depois de dar uma última olhada em Jim, que agora pegava as notas de faculdade e rasgava todos os trabalhos que Eva já havia feito. E viu uma última vez a satisfação no rosto dele, antes de sair correndo dali.

Dana acordou com uma leve sacudida em seus ombros e uma voz doce falando em seus ouvidos.

— Meu bem, estamos indo à delegacia. Quer vir com a gente?

— O quê? Delegacia? — Ela perguntou, sentando-se na cama.

— Parece que houve um incidente e Jim está detido.

— Jim? Detido? — Dana coçou os olhos, tentando entender o que o pai dizia.

— Tenho certeza de que é só um mal-entendido. — O Senhor Anderson sorriu, acariciando os cabelos vermelhos da filha. — Parece que a denúncia foi feita pela sua amiga, Angelina Johnson. Achei estranho. Por que ela faria uma denúncia contra o Jim?

Dana sentiu o estômago atrofiar. Sabia que não podia ser algo com Eva, já que ela estava em Londres. Ainda assim, sentiu o pânico se instaurar dentro de seu corpo.

— Mas o que houve?

— Nós não sabemos direito, vamos à delegacia agora. Você quer vir?

— Ahm... não. Você me liga para me dar notícia?

— Claro. Boa noite. — Ele beijou a testa da filha.

Dana ainda ficou imóvel na cama por alguns instantes, antes de pegar o telefone na mesa de cabeceira e ligar para Angelina. Assim que a amiga atendeu, Dana pôde ouvir diversas pessoas conversando ao redor de Angelina.

— Aconteceu alguma coisa? Eu soube que você chamou a polícia para o Jim.

Angelina riu do outro lado da linha, falando com as outras pessoas que *Os Anderson já sabiam.*

"Olha, Dana, se quiser ver o que o Jim fez com seus próprios olhos, estamos todos aqui em casa. Inclusive a delegada."

Dana pulou da cama e, em menos de vinte minutos, estacionou em frente ao complexo de apartamento de Angelina e Eva, no campus. O lugar estava lotado — diversas pessoas da universidade estavam lá, inclusive pessoas de cargos altíssimos, como o coordenador da segurança, a coordenadora da segurança das mulheres, e até o Band, o coordenador de assuntos internacionais.

A delegada saía pela porta do apartamento, dizendo em seu radinho que a imprensa não podia entrar, confiscando diversos *smartphones*, e gritando um *Sem fotos, não tem nada para ver aqui* — e Dana deu espaço para ela passar.

Alguns alunos que moravam no prédio se aglomeravam no corredor, e Dana se aproveitou de sua baixa estatura para passar despercebida. Aproximou-se de Angelina e Alli, encostadas no sofá.

— O que aconteceu aqui?

— *Jim* aconteceu aqui — disse Angelina, cheia de ódio. — *Ai!* — reclamou quando Alli encostou a trouxa de gelo em seu braço.

— O que ele fez?

Angelina estava pronta para começar a gritar e vomitar em Dana tudo o que o irmão de consideração dela tinha feito, quando a delegada voltou para dentro do apartamento e se aproximou.

— Senhorita Johnson, obrigada pela sua colaboração. Nós já temos tudo que precisamos. Por favor, você sabe que não pode falar sobre isso nas redes sociais. — Angelina fez uma careta. — A ordem vem do reitor. Se decidir contornar isso, pode haver *sim* consequências terríveis para você. Podem até te expulsar.

Enquanto a delegada falava, Dana fitou a porta entreaberta do quarto de Eva. E pelo pouco que podia ver, parecia uma cena de crime — um assassinato sem corpo.

— Estou feliz pela Senhorita Oliveira não estar aqui. — Dana ouviu a delegada dizer. — Vamos todos ficar calmos agora e saiba que vou tomar providências para aumentar a segurança do prédio.

Dana se aproximou mais da porta do quarto de Eva e forçou até que ela se abrisse por completo. A primeira coisa que viu foram as fotos rasgadas, os pedaços de porcelana e madeira quebrada. Os livros desfolhados sobre uma cama de lençóis e colchão esfolados. As molduras de fotos estavam espatifadas no chão, as roupas e lingerie rasgadas por todos os lados do quarto.

— Ele chegou aqui por volta das oito e meia da noite — explicou Angelina, aproximando-se de Dana, depois que todos os professores e a delegada se foram. — Chegou me empurrando, bati o braço no chão, e ele foi direto para o quarto dela e começou a destruir tudo. Quando a polícia chegou aqui, Jim estava em cima da cama, rindo. Foi o que a delegada disse.

— *Meu Deus...* — disse Alli. — Pelo menos Eva está em Londres. Ela teria outra crise de ansiedade se tivesse que continuar a lidar com ele.

Dana balançava a cabeça, em negação, enquanto ouvia a conversa paralela de Angelina e Alli.

— Isso foi arquitetado por ela. — Alli e Angelina olharam para a Dana, estarrecidas. — Ela agiu da pior forma com ele, o traiu na primeira oportunidade que teve.

— Acha mesmo que a nossa amiga feminista quer ser controlada e abusada pelo ex-namorado? Ela está com medo dele — disse Angelina.

— O que está querendo dizer com isso? Ele fez algo contra ela?

— Ainda não, mas vai. E não vai ser a primeira vez.

— Se você está falando da Monica, talvez tenha sido um acidente. A gente não sabe — insistiu Dana.

— Ele quebrou o braço dela!

Dana parou de conversar com Angelina por falta de argumento. Estava cada vez mais difícil de acreditar que o braço quebrado de Monica havia sido um mero acidente, assim como Jim insistia.

— Dana, vocês precisam conversar com ele, façam uma daquelas intervenções. Ele está obcecado pela Eva. Ele vai matar ela!

— Ele não vai matar a Eva...

— Pode me chamar de louca, mas acontece. Imagina quando ele vir a Eva e o Bran...— Angelina parou de falar quando recebeu um cutucão de Alli. Aquilo fez Dana fitar as amigas, com um olhar astuto.

— Eu quero dizer... Quando ele vir a Eva e outro cara qualquer...

— Eva e Brandon... Eu sabia. — Dana riu. — Eles estão juntos, não estão?

— Nós não sabemos — disse Alli.

— Ah, fala sério! — Dana cruzou os braços, irritada com a falta de informações.

— Dana, tanto faz se eles estão juntos ou não — revidou Angelina. — A questão aqui é que o Jim é perigoso e vocês precisam fazer alguma coisa. Ele está obcecado, está doente. Ele precisa de ajuda. Quanto mais você precisa ver para acreditar? O corpo de Eva rasgado como as calcinhas dela?

Dana fez uma careta para Angelina.

— Que horror, Angel! Jim não é nenhum maníaco!

— Não é mesmo? Tem certeza? — E apontou para o quarto destruído, o que deixou Dana sem fala. — Faz alguma coisa, ou a responsabilidade vai ser sua e da sua família.

Dana voltou para a casa com a imagem do quarto de Eva em sua mente. Nem conseguiu dormir; ficou imaginando o que Jim teria feito se tivesse encontrado Eva lá. Será que ele seria capaz de machucá-la? O pensamento passou pela mente de Dana como um *flash*, e ela logo o repudiou. Que ridículo, é claro que não! Ela convivia com Jim; ela o conhecia. Ele nunca faria aquilo... faria?

De manhã, sentou-se para tomar café com a família. Leena estava preocupada, não parava de conversar com o advogado pelo telefone.

— Mas ele disse que não foi nada... Então ele quebrou algumas coisas no quarto dela, e daí? Ela está dormindo com outro homem e ele descobriu e ficou nervoso... *Okay*, obrigada. — Ela desligou o telefone e se sentou à mesa. — O Wally disse que o argumento da traição é algo que podemos usar na defesa do Jim.

— Cuidado com esse tipo de argumento, depende muito do juiz — disse o pai de Dana. — Por que não usamos o toxicológico e alegamos que ele estava fora de si?

— Wally disse que a quantidade é insuficiente. — Leena passou a mão pelo rosto cheio de olheiras, revelando que ela mal tinha dormido aquela noite. — Alguma chance da sua amiga tirar a denúncia, Dana?

— Não... *e eu não sei se ela deveria* — sussurrou Dana, porém, alto o suficiente para ambos Leena e Ross a olharem como se não a conhecessem.

— Por que está dizendo isso?

— Leena, me desculpe. Você sabe que eu amo o Jim, mas eu vi o apartamento. — Dana respirou fundo. — Não consigo parar de pensar o que aconteceria se Eva estivesse lá. Ele rasgou até as calcinhas dela, Leena. Destruiu a cama, rasgou as notas da faculdade, os quadros e as fotos. Ele destruiu tudo que ela tinha.

— O que você está pensando?

— Eu não sei... Mas você me disse que desconfiava que Jim tinha quebrado o braço da Monica... Será que ele não faria algo pior com a Eva?

Leena suspirou, trocando olhares com o marido.

— Eu sei que você está preocupada com a Eva, mas o Jim não é um maníaco. Nós vamos conversar com ele e ele vai se explicar.

Por um segundo, Dana pensou que Leena e seu pai tinham alguma informação ultrassecreta que não comunicaram. Mas refutou aquele pensamento também, pois confiava nos dois, e sabia que sua família não tinha segredos. Contudo, mesmo tentando acreditar que eles sabiam o que fazer, não esperava que Jim estaria disposto a conversar com a família sobre Eva. Temia que aquela história ainda não tivesse terminado.

Para a má sorte de Jim, a única juíza negra de Vienna pegou o caso dele. Ela não aceitou o argumento do advogado, de que Jim tinha *acidentalmente* destruído a propriedade de Eva, numa espécie de surto passional, após descobrir uma traição dela.

— Aqui diz que a denúncia foi feita pela colega de apartamento. — A juíza apontou para Angelina, que respondeu com um aceno de cabeça. — Mas onde está a Eva? Ela foi a mais prejudicada aqui.

Angelina se levantou, pedindo a palavra.

— Eva está em Londres. Ela tem um trabalho de inverno este semestre e ainda não falei com ela, mesmo porque ela vai ficar muito abalada e isso pode atrapalhar seu desempenho. Mas eu trouxe aqui uma foto dela.

Dana assistiu à Angelina levar o *iPhone* para a juíza e entendeu logo que ela tentava fazer. E digo que deu certo; a juíza colocou os olhos na foto de Eva, e soltou até fumacinha pelas narinas quando voltou a fitar Jim.

— Esta é a sua ex-namorada?

— Sim, vossa excelência.

— E você ficou com raiva porque ela te traiu e decidiu quebrar o quarto da garota e rasgar as calcinhas dela?

— Estou muito arrependido de ter feito isto.

— Você causou um prejuízo estimado de £1000 a essa moça. Está feliz por isso?

— Não, vossa excelência.

— Não devia estar mesmo.

A juíza se voltou mais uma vez para as fotos do quarto destruído, a foto de Eva no celular de Angelina, onde a moça sorria um sorriso simpático; os cachos volumosos e a pele marrom-escura em contraste com o roseado de Angelina.

— Até quando vocês vão achar que podem fazer qualquer coisa com uma mulher negra? — A juíza pegou o martelo. — Pena máxima. 93 dias de detenção e restituição de patrimônio no valor de £1000.

— Vossa excelência, o meu cliente não tem passagem na polícia.

A juíza direcionou um olhar de preguiça para o advogado de Jim.

— Eu posso fazer pior. Posso não dar fiança alguma.

O advogado virou-se para Jim, que já estava desesperado, e disse que entraria com recursos.

— Mas vou estipular uma fiança de £30,000 e proibição de aproximação de 500 metros das vítimas. — Então apontou o martelo para Jim. — E se eu souber que você foi para Londres, *eu mesma* vou lá te buscar. Próximo caso — disse antes de bater o martelo.

— Foi uma pena extremamente pesada. Nós podemos recorrer com certeza. — O advogado de Jim comunicou ao Senhor Anderson.

O dia já estava se esvaindo, e Leena foi ao banco buscar o dinheiro da fiança de Jim. Os Anderson teriam que tirar dinheiro de aplicações financeiras antes de fazer a transação — o que significava um grande rombo nas finanças da família.

Dana aproximou-se do pai e do advogado de Jim, que agora tirava a peruca branca e coçava a cabeça, irritado.

— Doutor Wally, posso fazer uma pergunta sobre o caso?

— Sim, claro, Dana. Já tem o espírito de advogada do pai. — Eles riram, e Dana forçou um sorriso. — Quais são os critérios para avaliar o prejuízo da Eva? A juíza disse que o prejuízo foi de £1000, mas foi *bem* mais que isso.

— Eles provavelmente estipularam esse valor porque ela perdeu coisas sem importância, como roupas e folhas de caderno.

— Mas as folhas eram anotações da faculdade, isso não deveria entrar como algo que a impede de estudar?

— Isso é uma questão de interpretação, Dana.

— E com certeza ela perdeu mais do que £1000 entre roupas e outros objetos.

Ross tocou os ombros da filha.

— Fique tranquila, querida. Tenho certeza de que Eva pode recuperar o que ela perdeu. Ela pode acionar o seguro de inquilino e alegar que a falta de segurança dos alojamentos facilitou o ataque.

Dana cruzou os braços, infeliz e aborrecida. Ross logo notou sua irritação e explicou para o advogado de Jim que Dana e Eva eram amigas. O advogado se mostrou entediado e disse que animaria Jim um pouco, que estava detido, esperando o pagamento da fiança. Quando se viu sozinho com Dana, Ross se virou para a filha, massageando seus fios vermelhos intensos.

— O que foi?

— Isso não é justo, pai.

— Na verdade, alguns diriam que a juíza fez um excelente trabalho hoje. Ela julgou o Jim com a pena máxima para que ele sirva de exemplo. Algumas pessoas achariam isso ótimo.

— Mas por que ela não indenizou Eva direito?

— Querida, estou certo de que Eva vai fazer alguma coisa quando voltar. — Dana cruzou os braços, sentindo-se impotente. — Enquanto isso... — Ele tirou a carteira do bolso e deu um cartão de crédito para Dana. — Talvez você possa ajudar Eva a recuperar algumas das coisas que ela perdeu.

Dana pegou o cartão de crédito que o pai oferecia.

— Tem certeza?

Ross levantou os ombros e soltou um suspiro cansado.

— Se ela entrar com um processo, o que *eu* faria no lugar dela, vai sair do nosso bolso de qualquer jeito. E pelas fotos, o prejuízo foi mesmo maior que £1000. Talvez a empresa de seguros esteja diminuindo o prejuízo para não precisar devolver tanto dinheiro para Eva. — Ele beijou a testa da filha. — E não se preocupe mais com ela, Eva vai ficar bem. Nós vamos conversar com o Jim. Vamos pagar a fiança apenas se ele concordar em não procurar mais por Eva.

Jim chegou em casa dois dias depois. Concordou em conversar sobre tudo o que tinha acontecido, mas ainda mantinha a mesma postura, dizendo que ele e Eva estavam em um momento ruim, mas que ficariam juntos. Reconheceu o pai junto de todos os outros familiares assim que chegou, e ficou irritado por não poder nem mesmo tomar um banho antes de ter aquela conversa.

— O que aconteceu, filho? — Mark Laghari perguntou.

— Eu bebi e usei algumas coisas e fiquei meio maluco, não sei o que deu em mim. Enquanto fazia aquelas coisas, parecia que não era eu. Parecia que eu estava fora de mim.

Leena ouvia tudo calada, com os braços cruzados. Mark e Ross conversavam mais com Jim do que ela. Dana achou todo aquele silêncio da madrasta bem esquisito, já que ela fora a pessoa que mais tinha se preocupado em tirar Jim da cadeia o mais rápido possível. Agora que ele estava sentado no sofá, Leena o olhava como quem quer arrancar as tripas de alguém.

— Mas vocês terminaram, filho. Quando um não quer, não tem o que fazer.

— Eu sou louco por ela.

— Mas você disse que ela está com outra pessoa — argumentou Ross.

— ELE NÃO MERECE ELA! — Jim gritou, fora de si. Então respirou fundo, tentando se controlar. — Eva vai voltar para mim, vocês vão ver.

Leena se sentia cada vez mais irritada pelo falatório de Jim, e Dana não perdia nenhum movimento dela, entre longas exalações, olhos que reviraram e joelhos que se debatiam.

— Jim, de verdade, não vale a pena investir em um relacionamento com uma pessoa que já está com outro, que não te dá satisfação, não atende as suas ligações... — Mark disse, alterando-se um pouco.

— Você não a conhece, pai.

— JÁ CHEGA! — Leena bradou, de repente, fazendo todos a fitarem. — Se você ainda não entendeu, tem uma ordem de restrição que te proíbe de chegar perto da Eva, e é isso que você vai fazer, vai ficar longe dela.

— Ela é minha namorada! — Jim se exaltou, levantando-se do sofá para falar com a mãe.

— Ela não é mais sua namorada há muito tempo. Duvido que ela te atenderia se você a ligasse agora!

— Ah, duvida...? — Jim tirou o telefone do bolso, ligando o aparelho pela primeira vez depois de dois dias. — Você vai ver, vai ver agora...

Dana fitou a madrasta e depois o irmão — o ódio de Jim era crescente. Fitava a mãe com a mesma intensidade que ela o encarava. Desde que Jim havia voltado do estágio de verão e começado aquele relacionamento maluco com Eva, ele e Leena estavam em pé de guerra. Jim se irritava pela mãe estar desenterrando a história de Monica e a culpava por Eva não querer mais nada com ele.

O telefone começou a chamar, assim como todos ouviram quando Jim colocou no viva-voz. Depois da terceira chamada, Jim respirou fundo.

— Ela deve estar ocupada, tocando é claro. Mas se ela atendesse, vocês veriam como nós dois estamos em bons termos e...

—*Yes.*

A voz do outro lado da linha soou afoita depois da quinta chamada e deixou todos os presentes boquiabertos. Dana fitou o pai, em seguida a madrasta, e até Jim — ninguém parecia esperar que Eva fosse atender aquele telefonema.

— Minha linda, oi... — respondeu Jim, segurando o fôlego. A surpresa estava carimbada em seus olhos abertos e na boca trêmula.

— Estou ocupada, o que você quer? — Eva perguntou, agitada.

— Desculpe. Só estou morrendo de saudades e queria muito conversar com você. Você sabe que eu te amo e faria de tudo para te ter de volta, não sabe?

— Podemos conversar depois, quando eu voltar?

— Sim, é claro. Te amo.

Ela desligou sem responder e, assim como Dana, todos os outros presentes na sala da casa dos Anderson notaram que Eva estava extremamente ríspida com Jim — talvez evitando discutir o episódio do quarto destruído por telefone. Dana, porém, ponderou se Eva sabia do acontecido. Ela não era de fazer cerimônia. Se tivesse a remota ideia do que Jim havia feito, estaria gritando com ele ao telefone. Aquilo ainda não explicava para Dana por que, afinal, Eva havia atendido a ligação — mas boa coisa não devia ser.

— Estão vendo? Eu e Eva estamos *bem* — disse, enfatizando o *bem*. — Nós vamos superar isso, vamos voltar a namorar, e tudo vai voltar a ser como era antes. Posso tomar um banho agora?

Ross e Mark olharam para Leena, que estava comandando a intervenção. Ela afirmou com um pequeno aceno de cabeça e Jim saiu da sala e subiu as escadas o mais rápido que pôde.

— Que garota ridícula, fria — disse Mark, e aquilo foi o suficiente para Leena se descontrolar. Apontou o indicador para a cara dele.

— Cala a sua boca! Você não sabe o que aconteceu.

O tom da madrasta, sua atitude corporal, ameaçando o ex-marido com o indicador firme na cara dele, deixou Dana um pouco ressabiada. Leena era doce, falava baixo e sorria sem parar. Nunca tinha a visto tão aborrecida.

— O que eu sei é que vocês não deveriam ter incentivado esse relacionamento. Essa garota não sente nada pelo Jim.

— Você está falando de uma moça linda, inteligente, estudiosa, cheia de vida e com um futuro brilhante, que o seu filho tem ameaçado e perseguido nos últimos meses.

Leena deixou lágrimas caírem, num misto de ódio e desgosto. Ross tentou abraçar a esposa pelos ombros, dizendo *calma, meu amor*, mas Leena se afastou ao ser tocada.

— Eu não me admiraria se ele já tiver ameaçado bater nela ou coisa pior.

— Você está exagerando, Leena. Está louca, como sempre.

Leena quase partiu para cima do ex-marido. Apenas não conseguiu dar um soco na cara dele porque o pai de Dana não deixou, segurando-a pela cintura e implorando para que ela ficasse calma.

— Ah, mas é claro que *você* pensa que *eu* estou exagerando. Aliás, o que estou pensando? Com quem mais o Jim poderia ter aprendido isso?

Mark ficou vermelho de ódio, pegou o casaco e pediu licença.

— Eu não fico mais um minuto nesta casa para ser insultado!

— É, vai embora, mesmo. Já não basta *um* agressor debaixo do meu teto.

Dana tentou se esconder atrás das portas francesas da sala de estar. Ouviu o estrondo da porta da frente, indicando que o pai de Jim tinha deixado a casa. O estrondo se misturou com as lágrimas e os soluços de Leena. Ross tentou um segundo abraço, e dessa vez ela se agarrou a ele e chorou sem parar. Ross indicou a caixa de lenços, e Dana entregou o objeto para ele. Entre os soluços de Leena, pouca coisa podia ser entendida.

— É minha culpa...

— Isso não é sua culpa.

— Ele via, ele escutava... Nunca conversei com ele sobre isso, nunca o levei na terapia.

— Isso não é sua culpa.

Dana assistiu à cena como se um véu se partisse, e revelasse sua verdadeira família. Leena, que estava sempre de bom humor e sorridente, tinha feridas de um passado doloroso, como todo mundo. O fato de ela nunca ter imaginado, sequer se perguntado por que o casamento dos pais de Jim tinha acabado, significava que era egoísta? Ou somente demonstrava o pouquíssimo que sabia sobre relacionamentos e sentimentos? Sentiu um aperto no peito ao ouvir os soluços da madrasta. E, por um segundo, pensou se sabia tudo mesmo que tinha que saber sobre as pessoas mais importantes de sua vida.

Quando as coisas se normalizaram em casa, Dana voltou ao apartamento de Angelina e Eva. Faltavam dois dias para o Natal, mas a árvore não estava montada ainda. O máximo que Angelina tinha feito foi tirar a pobre da árvore do chão. Angelina, que era quase uma encarnação de mamãe Noel, também não estava se vestindo a caráter, ou ouvindo músicas natalinas. O espírito festivo parecia ter se dissipado do apartamento.

O Natal de Angelina agora se resumia em limpar o quarto de Eva e tinha feito muito progresso naqueles dois dias. Já tinha se livrado do colchão esfolado e juntado as roupas rasgadas em sacos de lixo. Não sobrara nada — nem um mero cabide.

— Jim voltou para a casa hoje.

— Eu fiquei sabendo — disse Angelina amarrando o último saco de roupas retalhadas.

— Então... você não contou para a Eva, contou?

— Como que eu vou contar isso para a Eva, Dana? *Oi Eva, tudo bem? Novidade, Jim veio ao apartamento e surpresa, você não tem mais nada.* — Angelina fingiu conversar em um celular imaginário. — Essa não é uma conversa que eu estou animada para ter. Imagina, ela vai surtar!

Dana riu um riso triste, segurando os braços. Passou as mãos pelas marcas de canivete que Jim tinha deixado na mesa de trabalho de Eva. Ele havia escrito *puta* na madeira da mesa.

— Sabe... durante a intervenção, Leena fez Jim ligar para a Eva. Ela não só o atendeu, como parecia normal, um pouco afoita, querendo desligar rápido, mas disposta a conversar quando voltar.

Angelina riu, balançando a cabeça de um lado para o outro.

— Afoita, você diz?

— Qual o problema?

— É só que… — Angelina fez um gesto de desdém com a mão. — Quer saber... ? Esquece!

Dana revirou os olhos, entediada.

— Qual é, Angel! Bem agora você vai dar uma de *não faço mais fofoca* para cima de mim? Diz logo o que é...

— É que… *ele* tem feito isso. — Dana enrugou as sobrancelhas. — Tem atendido o telefone dela, de brincadeira... — A boca de Dana abriu. É claro que Brandon estava metido naquela história. — Aconteceu comigo, liguei para ela há dois dias e ele atendeu. Mas você sabe como a Eva é, ela não quis me dar os detalhes. Na verdade, acho que é por isso que ele está atendendo as ligações dela, para dar uma pressionada e assumir logo, sabe…? — Dana colocou as mãos no bolso e fitou os pés.

— Eu não fiquei surpresa, e você não deve estar também. Já deve saber que eles estão juntos há algumas semanas. Depois do dia da nevasca, eles começaram a se falar diariamente. Todo mundo estava esperando que eles fossem assumir depois dessa viagem.

— Então, enquanto ela falava com o Jim hoje, Brandon estava lá, do lado dela. — Angelina não desmentiu a racionalização de Dana. — Meu Deus, que bagunça!

— Isso não muda o fato de que Jim está obcecado pela Eva e que ele precisa de ajuda. Você sabe disso.

Dana concordou com a cabeça — não conseguia mais dizer para si mesma que aquilo não era verdade, que seu irmão não era um maníaco. Precisava aceitar que ele não estava bem para então poder ajudá-lo.

— Vim aqui por outro motivo. O que tem em mente para o quarto da Eva?

— Vou terminar de limpar, o que mais posso fazer?

— Bom, eu fiquei chateada por ela não ser ressarcida como devia. Então meu pai me deu um cartão de crédito. Se você concordar, podemos comprar algumas coisas para ela...? Talvez algumas roupas... e os quadros, ela adorava os quadros. E talvez possamos fazer cópias das nossas notas da faculdade. Ela era tão caprichosa com as notas dela. — Dana fitou a prateleira onde as notas ficavam, tudo vazio agora.

Quando olhou de volta para Angelina, deparou-se com um sorriso amigável — diferente de como Angelina a vinha tratando nas últimas semanas.

— Isso é muito legal da sua parte e da parte do seu pai.

Dana levantou os ombros.

— Ele está na nossa família, é nossa responsabilidade.

Angelina bateu as mãos e deu uns pulinhos.

— Isso significa que eu vou fazer compras para a Eva? *Totally awesome*! Vai ser como finalmente dizer o que ela deve vestir.

Capítulo 20

Culpa de Londres

EM LONDRES, Eva desligou o telefone e tirou a mão da boca de Brandon. Enquanto ele ria daquele jeito exagerado, abrindo a boca e deixando um ruído sapeca sair, Eva o fitava sem acreditar que ele tinha *mesmo* atendido aquele telefonema. Ficou ali, em cima dele por alguns segundos, balançando a cabeça de um lado para o outro, pasma com a cara de pau daquele homem.

— Qual o seu problema? — perguntou entre dentes, apertando o rosto dele, antes de beijar seus lábios. — Já disse para parar de atender meu telefone!

— Só ia dizer para ele parar de ligar para a minha namorada.

— Você percebeu a merda que fez? — Ela deixou o corpo ereto, ainda sentada sobre Brandon, gesticulando, nervosa. — Agora ele vai ficar achando que está tudo bem, que vou conversar com ele quando voltar para Vienna. — Brandon alisou as pernas de Eva, enquanto ela passava as mãos pelo rosto e pelo cabelo. — Eu odeio isso.

— Eu sei, *my darling*. Você *não* precisava ter atendido.

— Eu entrei em pânico! — Ela sacudiu o corpo, fingindo chorar. — Queria ter conseguido resolver essa situação!

— Tem coisas que, às vezes, não conseguimos resolver sozinhos. — Eva espremeu os olhos para Brandon, sentindo aquela pontinha de julgamento. — Você devia ter ido à polícia há muito tempo, quando isso começou.

— Não começa... — Eva saiu de cima dele, deitando-se na cama. — Você também não fez o que ia fazer, não conversou com a sua mãe.

— Estou procurando uma boa oportunidade, é diferente. — Eles se olharam, deitados um do lado do outro. — Agora, esse sujeito… só fala para ele que você achou um cara muito melhor na cama, mais bem-dotado, e que te faz muito mais feliz.

Eva começou a rir, balançando a cabeça de um lado para o outro. Que merda de fórmula de bolo estragada era aquela, que apenas produzia esses machos abarrotados de orgulho por seus próprios pênis?

— Você é muito chato! — Brandon gargalhou, como se esperasse por uma lição de moral feminista. — Você sabe que todo homem acha que o pênis dele é o maior do mundo, certo?

— *Darling*, você vai precisar se desculpar com *ele* mais tarde. *Ele é* sensível. — Brandon puxou Eva pela cintura e beijou seus lábios algumas vezes, enquanto ela tentava controlar o riso.

— Você é ridículo! — Eva disse, entre beijos.

— Você é linda.

— *Okay*, falando sério agora, realmente não sabia da história da Monica?

— É como eu te falei, eu não sabia exatamente o que tinha acontecido. Layla comentava que achava que ele era abusivo, só que eu e Layla estávamos separados na época do braço quebrado. Ouvi rumores, mas não tinha certeza.

— E por que não me disse nada?

— Ah sim... — satirizou. — Você, com certeza, teria acreditado no *mentiroso enganador*.

— BRANDON! — Eva repreendeu, em alto tom. — Eu não vou me desculpar por isso para sempre! — Brandon levou a cabeça para trás, gargalhando. — Você mandou me prender. NADA ganha disso!

— Qual é, já estamos quites há um tempo!

— Nunca vamos estar quites... Você vai ter que se esforçar muito ainda.

— É mesmo? — Brandon colocou seu corpo em cima de Eva, separando as pernas dela. — Então é melhor eu começar agora, já que esse novo capítulo vai me dar tanto trabalho...

Eva riu, enquanto os beijos de Brandon deixavam seus lábios e se moviam pelo seu pescoço. A sensação veio logo, um sentimento estranho que parecia apagar tudo que tinha vivido antes daquela semana em Londres, que fazia sua vida anterior parecer algo que contaram para ela, uma invenção, e apenas o que vivia com ele era real.

Uma semana — apenas uma semana desde que Brandon havia chegado a Londres, sem avisar ninguém, e Eva sentia-se como uma página em branco que ele agora rabiscava sem parar. Nada de mais havia acontecido. Eles não se levantaram cedo para ver o sol nascer ou ficaram na rua tempo suficiente para apreciar o pôr do sol; tampouco olharam o céu ou alguma arquitetura de tirar o fôlego; não ouviram música, não brincaram na neve, não prestaram atenção em nada além do que acontecia entre os dois. Reinventaram o mundo enquanto se concentravam e mergulhavam um no outro. Durante aquela semana, Eva se lembrava apenas de quando, por diversas vezes, eles se olharam e sorriram através da mesa do restaurante do hotel, através do piano durante suas apresentações, através da cama.

Sua avó dizia que uma pessoa podia se apaixonar várias vezes, mas somente uma vez, se tiver sorte, se acha alguém capaz de mudar sua vida. Alguém que absorve o seu ser e o torna parte de si, como uma extensão da pele e do corpo; alguém que não te põe qualquer reserva, com quem você pode ser inteiro; alguém que compra suas birras e brigas, suas maluquices e inquietações, seus sonhos e aspirações; alguém que colore seu mundo, dá melodia à sua música e compasso para o seu caminho, só por existir.

Eva não sabia bem se a avó estava certa, e toda aquela história sempre pareceu romântica demais. Mas, de repente, durante aquela semana, a vida mudou — tornou-se mais excitante, mais valiosa. E, ao mesmo tempo que se sentia mais vulnerável, sentia-se também mais completa. Cada vez mais, tudo aquilo não parecia caber dentro dela, transbordava, como uma cachoeira — caía numa fúria impossível de controlar, de profundeza imensurável, e ela não se afogava porque *ele*, em sua presença absoluta, não deixava.

Brandon chegou em Londres apenas um dia depois de Eva. Haviam se falado todos os dias desde a nevasca até a viagem. As ligações seguiam o mesmo padrão sempre, Eva dizia que precisava desligar e Brandon ignorava, fazendo perguntas malucas, como *O que você está vestindo? Qual a cor da sua calcinha?* e ria, imaginando sua cara de indignação.

— Qual é o seu problema?

— Eu estou usando a mesma camisa azul do dia que a gente se conheceu.

— Como você sabe que é a mesma? Você não tem umas quinze? — Ele riu do outro lado da linha. — Nunca vi ninguém que só compra a mesma cor de camisa! — brincava, desejando ouvir a gargalhada espalhafatosa dele, até perceber que Flora estava de olho nela, interessada em saber com quem ela estava falando. — Eu tenho que ir.

— Estou com tanta saudade de você.

— Eu também, mas preciso mesmo desligar agora.

Na segunda à noite, quando Eva e Flora foram jantar com os patrocinadores da exposição, Brandon mandou uma mensagem dizendo que estava a caminho. Eva não escondeu a surpresa, e até mesmo o apático senhor patrocinador notou a ansiedade dela. No meio do jantar, Brandon chegou ao hotel, fazendo sua mãe se assustar, e logo se virar para Eva com cara de quem está prestes a cometer um homicídio.

— Brandon, o que você está fazendo aqui?

— Estava prestes a passar o Natal sozinho, então decidi vir para ficar com você e Zooey. Onde ela está? — Brandon perguntou pela filha, mas com seus olhos indiscretos sem perder Eva.

— Zooey está com a babá. Mas tem certeza de que veio para passar tempo com ela? — Flora perguntou, rangendo os dentes e espremendo os olhos para o filho.

— É claro que sim — disse, sem muita atenção, seus olhos concentrados em Eva, ainda sentada na mesa do hotel, sem saber onde enfiava a cara.

Brandon sentou-se de frente para Eva na mesa do jantar, e não parou de fitá-la um minuto sequer, o que deixou Flora irritadíssima, pois ele não estava nem mesmo se dando ao trabalho de disfarçar.

Quando Zooey e a babá chegaram para jantar, Zooey foi para o colo de Brandon como se quisesse deixar claro para Eva que ele pertencia a ela em primeiro lugar.

Mas Eva não parou para pensar nisso. Durante o jantar, enquanto mexia na sua salada de abacate, perguntou-se o que Brandon estava, de fato, fazendo ali. Não havia nada claro entre eles — na verdade, tinha deixado tudo propositalmente no ar, para ter tempo de lidar com Jim. Entre eles havia muita conversa, muita mensagem sem noção, com piadas, comentários sobre qualquer coisa que ele via na TV e se lembrava dela... Havia também troca de fotos aleatórias — ele com Mike, no trabalho com a gaúcha Ludmila e os demais *cleaners* brasileiros, de quem agora Brandon era amicíssimo.

Ela também mandava mensagens e fotos sempre. Assim que chegou em Londres, Eva, Zooey e Mariana saíram para fazer turismo na cidade, e Eva não se aguentou e mandou várias fotos para Brandon. Tudo em Londres remetia a ele — isso, ou ela pensava nele o tempo inteiro. Mandou fotos do metrô, das cabines telefônicas, das luminárias de rua. Mandou até vídeo de Zooey falando português — já que havia sido criada por sua babá de São Paulo desde os seis meses de idade e se arriscava um pouco na língua.

— Você vai namorar o Brandon, Eva?

Eva mordeu os lábios para a pergunta de Zooey e Mariana ficou atenta à conversa. Quase onze anos trabalhando para os Smith e nenhum deles tinha sequer olhado para ela de maneira mais insinuante. Reparou bem em Eva e não entendeu o que Brandon tinha visto nela. Não que Mariana não a achasse bonita, mas ela era introvertida demais, engajada demais, feminista demais — nada parecida com as ex-namoradas de Brandon.

— Você acha que eu deveria?

— Eu não sei.

— Pensa, a gente podia fazer mais coisas juntas se isso acontecesse.

Zooey não pareceu muito convencida e levantou os ombros, fingindo certo desinteresse.

E agora Brandon estava ali, com seus quase dois metros de altura, sentado bem em frente a ela. Seu olhar pesado causou uma quentura no rosto de Eva e fez uma energia percorrer seu corpo. Brandon sorriu de um lado do rosto, e Eva tentou, sem sucesso, não corresponder.

Ali, naquela mesa, trocando aqueles olhares e sorrisos com Brandon, teve a impressão de que olhava para si mesma. Via suas fraquezas, suas imperfeições, seus vícios, como se os olhos dele rasgassem sua pele e expusessem tudo que ela queria esconder. O jantar continuou e, se alguém perguntasse, Eva não saberia dizer o que tinha acontecido. De repente, parecia que havia apenas os dois naquela mesa, naquele restaurante, no mundo inteiro. Se ao menos aquilo fosse verdade, eles poderiam se tocar, dançar ao som da música ambiente, e sussurrar um no ouvido do outro uma palavra de amor. Ao invés disso, Eva teve de se contentar com aquele olhar que a desnudava — mesmo sabendo que, justamente por a despir assim, de forma tão intensa, sem dúvidas, quebraria todas as suas partes, até as mais fortes. Mas não havia outro jeito — amar era isso, era expor a ferida, revelar seu coração sem privações, e aceitar a possibilidade de um prejuízo irreversível.

Por mais que o mundo parecesse em câmera lenta para Eva, o jantar terminou. Flora chamou sua atenção, apertando seu braço mais do que o necessário, e insinuou que ela deveria *ir para cama*, para estar *descansada para a próxima apresentação*.

— E você... — ela se voltou para Brandon, que continuava ignorando-a. — Você pode colocar Zooey na cama.

E, assim, Flora garantiu que eles não fossem para o quarto juntos.

Eva se escondeu embaixo das cobertas e ficou lá por alguns minutos, esperando que o coração parasse de bater tão alto. Parecia que o órgão pulsava dentro de seus ouvidos, de tanto que as batidas soavam como um tambor em seus tímpanos. Até confundiu as batidas na porta com aquelas que incomodavam no peito. Sentou-se na cama, saindo debaixo do edredom.

— Quem é?

— Sobremesa.

A voz grave de Brandon ressoou nos ouvidos de Eva. Ela caminhou devagar e colocou as mãos na maçaneta — mas se conteve. Escorou o corpo na porta e fitou Brandon pelo olho mágico.

— O que você está fazendo aqui? — Brandon se aproximou da porta. — Por que você veio para Londres?

— Não é óbvio? — Ele aproximou a boca do olho mágico. — Minha mãe está patrulhando os corredores. Será que eu posso entrar?

Eva não esperou mais e abriu a porta, evitando um verdadeiro desastre, que poderia ter colocado fim a tudo antes mesmo de começar. Brandon entrou rápido, com medo que ela mudasse de ideia, carregando uma caixa de isopor.

— O que é isso?

— Sua sobremesa — disse, abrindo a caixa.

O cheiro veio primeiro — um *petit gâteau* com um sorvete de creme que agora mais parecia uma calda de creme. A desintegração do sorvete fazia o bolo flutuar em uma piscina gelada. Eva o fitou com os olhos espremidos quando ele fechou o pacote, de repente.

— Por quê? Achou que *eu* era a sua sobremesa? — Eva tentou disfarçar um riso. — Posso ser, se quiser.

Mas antes que Brandon pudesse dizer ou fazer algo, Eva soltou um rápido e duvidoso *Não quero fazer sexo hoje*.

Brandon colocou o pacote de doce na mesinha ao lado de Eva, aproximando-se dela. Quando percebeu que ela estava a ponto de se afastar dele, levantou as mãos, como quem não quer nada. Aproximou o rosto de Eva, e ela não se opôs ao beijo. Um beijo doce e rápido, tão diferente de toda a pressa e a voracidade que ela tinha imaginado para aquele reencontro.

— Por que você está aqui?

— Eu já disse, senti sua falta.

— Mas eu realmente não quero transar hoje.

— Tudo bem por mim — disse Brandon, levantando os ombros.

— Não foi para isso que você veio?

— Não necessariamente.

Ambos notaram que o celular — que estava no bolso da calça de Eva — começou a tocar. Num movimento ágil, ela pegou o aparelho e recusou a ligação. Ainda assim, não foi rápida o suficiente e Brandon notou que era Jim. Continuou ali, bem perto do rosto dela, esperando que ela voltasse a prestar atenção nele.

— Pelo visto você não resolveu sua pendência... — Eva cruzou os braços, em silêncio. — E quando você ia me contar que esse sujeito está te perseguindo? Isso é caso de polícia.

— Para com isso, vai... — Brandon exalou com raiva pelo silêncio dela. — Acha que pode me dar mais tempo? — Eva perguntou com cuidado, tocando o abdômen dele com a ponta do indicador, e fazendo cara de cachorrinho.

Brandon riu da facilidade com a qual ela o seduzia.

— Não vai mudar de opinião sobre nós dois, vai?

— É claro que não.

— Tem certeza? Tem certeza de que ainda quer ficar comigo?

— Já disse que não quero transar hoje.

— Não estou falando desta noite especificamente, Eva — disse antes de rir, balançando a cabeça. — Estou falando depois que você se resolver com esse sujeito. — E revirou os olhos, entediado.

— Tenho certeza.

— Certo. — Brandon tirou os cabelos do rosto de Eva. As espessas ondas sempre insistiam em invadir o rosto dela. Então sentou-se na mesinha do quarto dela e abriu a caixa do *Petit Gâteau*. — Nossa, isto está muito bom. Por que você não come um pouco?

Eva enrugou as sobrancelhas, sem entender aquela atitude.

— Brandon, se você não entendeu, nós não vamos transar hoje, então pode se sentir livre para voltar para o seu quarto.

— Estou bem aqui, se não se importar que eu fique.

Ele lambeu o resto do sorvete na colher e deu uma piscadela para Eva. Então bateu duas vezes na cadeira ao seu lado, pedindo para que ela se sentasse. Eva o fez, cheia de desconfiança.

— Você sabe que eu não ligo para essas coisas. Na verdade, acho até melhor quando estamos na mesma página. Então você não precisa mesmo ficar aqui. Entendo que deve ser frustrante para você ter dirigido até aqui para não acontecer nada.

— Não… — Brandon negou com a cabeça. — Não tem nada de frustrante.

Ele pegou um pouco mais do doce e levou até a boca de Eva. A calda derretida fez uma bagunça no queixo dela, e Brandon a limpou com um beijo, entre risos. E assim comeram o resto do doce, entre risadas, poucas palavras e muitos olhares cúmplices, de quem tenta decifrar o que o outro está pensando.

— Vamos deitar, então? Estou meio cansado da viagem, peguei um trânsito terrível! Eu odeio esta cidade, sabia? — Brandon tirou a camisa e as calças, ficando só de cueca samba-canção. — É todo mundo tão apressado! Uma correria… — disse sem desviar os olhos de Eva, que agora afastava o edredom, pronta para dormir, de calça jeans e tudo. — Você vai dormir assim, princesa?

— O quê? — Eva se olhou, antes de se deitar. — Estou confortável.

— Quer enganar quem? — Brandon riu da cara de irritação de Eva. — Não está incomodada comigo, está? Tira a calça jeans e o sutiã pelo menos...

— Já disse que não vou fazer sexo com você.

— Eu entendi o recado das últimas quinze vezes que você disse isso. Só quero que fique confortável — disse enquanto eles se deitavam, Eva de roupa e tudo.

— Só não estou a fim hoje. Não é por causa do Jim, se é isso o que você está pensando. — Eva disse, olhando para o teto.

— Não estou pensando nada.

— Às vezes, as mulheres não têm vontade de transar.

— Para alguém que não está com vontade de transar, você fala muito disso — comentou, antes de se virar para ela. — Se me recordo bem, nós já transamos antes, e acho que você estava nua. — Eva tentou não rir, alinhando seus olhos aos dele. — Tudo bem que já faz um tempo, mas tenho certeza de que você estava sem roupa.

Eva sabia que se arrependeria, ao se levantar da cama, resmungando um *Está feliz?* enquanto tirava a calça jeans e o sutiã. Tentou ignorar o sorrisinho vencedor no rosto dele, que nem podia ver na penumbra, mesmo assim sabia que estava lá. Afastou a coberta, indo para a cama de camiseta e calcinha, e logo viu que Brandon tinha uma ereção.

— Está vendo? Eu disse que não queria fazer isso.

— É instinto, princesa. Não consigo controlar. Só ignora.

— Como vou ignorar isso?

— Fecha o olho e dorme.

— Para você me acordar, me molestando por trás? Não obrigada. — Brandon começou a gargalhar e Eva se irritou, dando leves empurradas no braço dele. — O que é? Por que você está rindo? Qual o seu problema?

— É o que você é tão linda, minha princesa. — Ele segurou o queixo dela e a beijou, cheio de carinho.

— Vai me chamar assim agora?

— Te incomoda?

— É coisa de romance barato. — Brandon riu. — Aposto que você tinha um desses para cada uma das outras. — Ela espremeu os olhos na penumbra, tentando ver além do riso entalado dele. — Tabitha?

— Quer realmente saber?

— Se estou te perguntando, é porque quero saber.

— *Ma petite...*

— Layla?

— Abelhinha.

Eva riu, balançando a cabeça de forma negativa.

— Está vendo? Você é um clichê ambulante.

— E se for só o meu jeito de ser?

— Então você é um cretino.

Brandon riu ainda mais.

— Talvez eu seja mesmo... Mas aposto que no fundo você gosta.

Ele continuou rindo, o que fez Eva suspirar de irritação.

— Talvez — admitiu, relutante. — Mas tenho que te dizer que você está ficando sem imaginação... Os apelidos das outras eram mais criativos que o meu.

— Não... você quer as coisas do seu jeito, por isso é *princesa*. — Eva riu, sem acreditar que estava caindo naquela lorota. — E você? Vai me chamar de quê?

— Vou te chamar pelo seu nome, se não se importa. Eu gosto do seu nome, é bonito.

— Por mim, tudo bem. Contanto que a gente fique junto.

Eva segurou o sorriso e se focou na proximidade deles na cama, que mesmo sem toque, irradiava energia por todos os cantos do quarto. Pensou mais uma vez nas lições de sua avó sobre o amor. Não eram lições irreais — nada de amor à primeira vista, almas gêmeas, nada disso. Mas sobre como amamos as coisas que se encaixam, que combinam e crescem; amamos o ato de poder construir algo maior e melhor. Amamos as coisas pelo que elas são, pelo impacto que elas têm na nossa vida, pelo participar na criação de algo que transcende sensações físicas, e por todos os riscos que o amor traz consigo.

— É, nós dois já ultrapassamos todas as linhas, não tem mais volta.

Brandon sorriu mostrando todos os dentes e suas profundas linhas do rosto, satisfeito em ouvir aquilo.

— Feche seus olhos — pediu, antes de rir da cara de desconfiança de Eva. — Não vou te tocar. Só feche seus olhos.

Eva fez o que Brandon pedia e ficou lá, deitada, de olhos fechados, as mãos unidas sobre seu ventre, tentando ficar relaxada — sem muito sucesso. Percebeu que Brandon se moveu na cama. Não se encostou nela, mas Eva sentiu a respiração dele em seu ouvido.

"Dizem que o sol é masculino e a lua feminina.
Completam-se eles em um yin-yang secular.
O fulgor do rei a lua atrai com seu jeito messalina.
E o astro invade Juno com seu apetite canicular."

Brandon fez uma pausa.

"E assim o sol aquece e queima a lua com ternura.
Que em três fases emite esse calor com timidez.
A não ser quando cheia e robusta exibe sua figura.
E esconde até mesmo o robusto sol em sua calidez."

A voz de Brandon saía aveludada e ritmada, cantando cada verso com calma e enfatizando as rimas. As palavras não soavam como nada que Eva já tinha ouvido ou lido até então e seu coração começou a bater forte. Uma quentura subiu pelos seus pés — antes gelados — atingiu seu ventre, fazendo todo seu corpo estremecer. Ela tentou controlar a respiração, engolindo os suspiros. Mas a cada repressão, sentia o ventre tremer mais.

"Isso tudo ouvi e pensei, bobagem, não pode ser.
Conheço uma lua sempre cheia e vulcânica.
Sua energia desabrocha em raios do amanhecer,
E o mistério nela é dança de natureza orgânica."

Mais uma pausa.

"E mais, sua luz irradia tenebrosa pelos lábios sábios.
Que a cada palavra me arrebata para um abismo fundo.
Afoga-me nas profundezas de severos calmos riachos.
E só não morro pois tua mão me segura num segundo.

Eva teve uma ideia louca e sentiu uma familiar umidade entre suas pernas. Quis abrir os olhos e perguntar de onde ele tinha tirado aquilo, quem era o autor daquele poema. Mas logo Brandon recomeçou.

"Não, decido, nada disto está certo, se tu és lua, sou mar.
Deixo-me levar pela imensidão de sua força e atração.
Que hora vem em seu talento acalentar e me faz ninar.
Outrora me move e me enlouquece para além da razão."

Outra pausa.

"Não, ainda não está certo, se sou sol, tu és uma estrela.
Longe de mim, luz de distância, parte de minha luxúria.

Colide, destrói e arrasa, então se afasta e me esfarela.
E faz-me desejar a colisão dura com toda tua fúria."

Eva não aguentou mais, abriu os olhos e virou o rosto para fitar Brandon. Seus narizes se encontraram — ela podia ver o brilho dos olhos dele mesmo na escuridão do quarto. Notando a dificuldade que ela tinha de pegar fôlego, Brandon sorriu.

"Decido, então, finalmente tu deves ser o astro-rei, sol.
Arrastando e puxando tudo de mim de forma até clichê.
Que com um simples toque causa uma onda de cortisol.
E faz-me tolo a me perder de mim dentro de você."

Eva ainda permaneceu olhando Brandon por alguns segundos, como quem tenta penetrar as pupilas do outro. E era isso que queria naquele momento, adentrar e mergulhar no corpo dele sem receios sobre o que poderia acontecer no dia seguinte.

Anos mais tarde, quando revivesse esse momento na memória, então já ciente de que Brandon tinha — de fato — escrito aquele poema para ela, racionalmente diria que o corpo era cheio de mistérios e que os momentos de prazer às vezes eram assim mesmo, inesperados. Mas, naquele momento, não compreendeu bem o que tinha acontecido — como poderia ter sentido aquilo tudo sem nem ao menos ser tocada? E com a memória da voz grave, das palavras ritmadas e sensuais ainda golpeando seu corpo sem clemência, Eva grudou seus lábios e seu quadril aos dele. E quando acordou tendo o corpo nu de Brandon mais uma vez entrelaçado ao seu e ouvindo as badaladas do Big Ben — localizado há cerca de um quilômetro do hotel — ela culpou Londres.

Assim, Eva e Brandon viveram aquela semana, aceitando e abraçando aquele futuro indeterminado que agora os rodeava. Qualquer oportunidade para um toque mais íntimo era aproveitada. Eram os braços e pernas que se tocavam quando eles se sentavam lado a lado de propósito no café ou no jantar. Quando Brandon fingia falar alguma coisa para Eva ao piano, durante as apresentações, e passava os dedos de leve pelos ombros e braços. E, no quarto, o anseio causado pelos sorrisos, olhares e carícias veladas encontravam um gozo espaventoso.

Mariana, a babá de Zooey, não só notou, como comentou, como quem não quer nada, que a pele de Eva estava bonita e que *Dizem por aí que orgasmos frequentes faziam isso mesmo com a pele das pessoas.* Eva riu da provocação, sem dizer nada, mas imaginava que se Mariana notara, então outras pessoas também deviam ter notado. Não sabia o que fazer sobre isso — não conseguia disfarçar. Sentia-se embriagada por todas as sensações que Brandon lhe causava. Ele amava do mesmo jeito que se irritava, gargalhava e pintava, de forma espalhafatosa, intensa, sem nenhuma objetividade. Amava com coragem — e Eva sentiu inveja da disposição dele de adentrar aquela floresta densa, não-mapeada e cheia de segredos e perigos.

O mais engraçado, Eva sempre ponderava, é que se considerava uma pessoa com coragem para correr atrás do que queria. Porém, naquela parte de sua vida, era um tormento diário lidar com a vulnerabilidade e, vira e mexe, ela se perguntava se estava entregando demais. Por mais que Eva dissesse para si mesma que aquele sentimento advinha de uma educação religiosa e reprimida, não conseguia parar de ouvir a voz da mãe em seus ouvidos. Miriam não falou sobre sexo com Eva até quando ela tinha 17 anos, já nem era mais virgem, e a irmã tinha acabado de engravidar do segundo filho. De certo, considerou Ana um caso perdido, e começou a falar sobre sexo com Eva o tempo inteiro. Ela chamava o hímen de "caixinha de segredos" e não parava de tagarelar sobre como a tal "caixinha de segredos" tinha que ser *guardada*, *protegida*, mantida em *segurança*.

Eva não conseguiu dizer para a mãe que não havia mais "caixinha de segredos"; não conseguiu dizer que seu segredo estava perdido para sempre, nas mãos de um qualquer que às vezes ela tinha que se esforçar para lembrar o nome. E, vez ou outra, ficava feliz que aquele segredo tinha se perdido tão cedo, assim nenhum homem poderia ter aquele poder sobre ela.

Porém, ali, com Brandon, no meio de toda aquela exposição, Eva às vezes ponderava que deveria deixar algo guardado, para que pudesse entregar a ele quando tudo estivesse acertado, resolvido entre os dois. Mas a magnífica ostentação de Brandon, que tinha menos a ver com exibicionismo, e mais a ver com atrevimento — e estava grudada no jeito que ele falava, ria e fazia amor — penetrou sua história sem deixar lugar para segredos ou mistérios, e ela se viu oferecendo tudo.

Naquela semana, Brandon descobriu todas as suas partes privadas. E não somente as partes sexuais de seu corpo, mas seu lado sombrio — seu egoísmo, seu sangue-frio, sua teimosia, sua dificuldade de admitir que estava errada, tudo que tentava manter escondido. Eva também viu a crueldade e a vulgaridade de Brandon; sua indecisão descomedida e seu ego inflado. Porque ele entregava tudo tão intensamente, também exigia tudo. Despiu-se por completo sem medo de ser julgado e ela, em contrapartida, viu-se nua na companhia dele. E aquela entrega genuína ficou visível para quem quisesse ver a intimidade que transbordava todas as vezes que eles chegavam mais perto — inclusive de quem queriam esconder.

Foi na véspera de Natal, a penúltima noite que eles passariam em Londres, antes de seguir com a exposição para Paris. Tinha tudo para ser um dia normal, em que Eva faria suas costumeiras três apresentações, cada uma de uma hora e meia. Ela estava no meio da segunda apresentação, tocando uma sinfonia de *Chopin* (o preferido da Senhora Smith) quando o viu. Os dedos se embolaram no meio daquela melodia difícil quase que de imediato, e levou um pouco de tempo para se achar nas notas outra vez.

— Eu notei que você errou... — disse, chegando mais perto, com um sorriso faceiro no rosto. — Sempre na mesma passagem. Algumas coisas nunca mudam.

Eva ouviu, mas tentou não se abalar. Ainda passou alguns minutos naquela mesma canção e ele ficou ali por perto, observando, movendo seus dedos no mesmo ritmo da música, como se avaliasse a performance. Apenas voltou a se aproximar quando ela deu a pausa entre a segunda apresentação e a terceira.

— *O que você está fazendo aqui?*

— *Oi pra ti também, filha.*

Eva aceitou o beijo que o pai deu em seu rosto, apesar de ainda apresentar uma feição de extremo desconforto. A Senhora Smith se aproximou com alguma indignação, como se só o fato de Eva conhecer alguém em Londres a confrontasse.

— Senhora Smith, esse é o meu pai, João Paulo — disse Eva.

João cumprimentou Flora, que olhava para ele com um ar de superioridade e impaciência. Ela não deixou que ele tocasse sua mão por muito tempo.

— Parabéns pela exposição.

— Obrigada, fique à vontade.

Assim que Flora saiu de perto deles, João Paulo fitou Eva.

— *Encantadora.*

— *Não é tão ruim assim.*

— *Me diz, como isso podia ser pior? Tu não devia estar aqui...*

— *Pai...* — reclamou Eva, enquanto João Paulo abria o jornal que trazia debaixo do braço. Estava aberto em uma matéria sobre a exposição de Flora, que Eva já tinha lido pela manhã. A reportagem era verdadeira e severa; dizia que a pianista tinha sido escolhida para amenizar as acusações de racismo. — *Eu já disse, não é tão ruim assim.*

— *Tu não devia se expor dessa maneira.*

— *É só um trabalho, estou aqui pelo dinheiro.*

João Paulo colocou o jornal debaixo do braço de novo, enrugando as sobrancelhas para Eva, desconfiado.

— *Por que eu acho que tu está mentindo para mim?*

— *Por que mentiria para você quando dizer a verdade é tão mais interessante?*

— *E qual é a verdade, posso saber?*

— *A verdade é que nada que faço é da sua conta* — disse, entre dentes.

— *E quanto ao rapaz alto, no exato extremo oposto a nós, que não tirou os olhos de ti desde que eu cheguei?* — Eva notou que o pai indicou um lugar estratégico na galeria, em que Brandon se encontrava concentrado em cada segundo da interação deles. — *Ele é teu namorado, por um acaso?*

Sentindo a cabeça doer, Eva viu o momento que tanto tinha mentalizado para não acontecer em suas meditações fajutas se desenrolar diante de seus olhos. Fez um movimento com a cabeça para Brandon, indicando que ele deveria ir até eles — já que sabia que aquele encontro não mais poderia ser evitado.

Brandon foi sem se preocupar com olhares alheios — nem o de sua mãe, que não perdia nenhum de seus movimentos.

— Este é o Brandon, filho da Flora Smith. — Eles se cumprimentaram com um aperto de mão firme. — Este é o meu pai, João Paulo.

Após a rápida interação, João revelou os verdadeiros motivos de sua ida à galeria. Ele e a esposa dariam um jantar íntimo de Natal no dia seguinte, e João estava ali para convidar Eva.

— Você vai ser bem-vindo também, Brandon — completou, observando o rapaz com mais atenção, seus olhos pretos observadores navegando por todo o rosto de Brandon.

Não era todo dia que Brandon encontrava alguém tão alto quanto ele, por isso se manteve fixado nos olhos do pai de Eva, apesar do incômodo ao ser observado.

— Vai ser um prazer — respondeu antes de Eva, que, é claro, olhou para ele cheia de ódio no coração.

— Desculpe, mas você tem um compromisso com sua mãe e com Zooey — repreendeu, os olhos e os lábios contraídos.

— Tenho certeza de que elas vão entender — retrucou Brandon, voltando os olhos para João. — Acho que vai ser ótimo. Obrigado pelo convite.

— Combinado, então. Espero vocês às seis da tarde.

Quando o pai se afastou e Brandon a olhou sorrindo, Eva quis quebrar a cara dele com um golpe de direita.

Lucas e Monica também apareceram na exposição naquela véspera de Natal. Flora Smith ainda não conhecia Monica, e não ficou nem um pouco impressionada — em especial quando ouviu que ela era de Surrey. Depois, parou de dar atenção a eles e continuou concentrada na interação de Eva, Brandon e João, batendo os pés, irritadíssima.

— Está tudo bem, mãe?

— Não, não está nada bem. Por que o seu irmão está fazendo isso comigo?

Lucas não entendeu a ira da mãe de imediato, mas tudo ficou claro quando Monica falou algo em seu ouvido, apontando para a direção de Brandon e Eva.

— Acho que aquele é o pai da Eva — comentou, chamando atenção para a figura alta e bem vestida de João Paulo.

Lucas sentiu aquele peso no peito, aquela angústia que desde o ano anterior parecia fazer parte dele. Às vezes, nem sabia o que tanto o angustiava — se era de fato a traição de Brandon, a presença dele, o fato do irmão existir, ou se era ele próprio que causava toda aquela dor a si mesmo. Irritou-se por ver Brandon e Eva juntos; irritou-se também por ver que a mãe não se importava com mais ninguém além de Brandon. Era sempre ele — não importava se Flora estava feliz ou triste, o motivo era sempre Brandon. Enfim, Lucas sentia-se bem o suficiente para namorar uma garota; enfim, sentia-se capaz de pensar em alguém que não fosse Tabitha; e tudo com o que a mãe se importava era com quem Brandon estava transando daquela vez. E, mais do que tudo, irritou-se por não conseguir tirar de si aquele peso, aquela ferida que mais parecia querer engoli-lo vivo.

— Você conhece o Brandon, mãe. Não vai durar.

— Você está certo, é claro. É só... — Flora parou o que dizia, observando Brandon e Eva conversando bem perto um do outro, depois que o pai dela foi embora. — É só...

Lucas fitou a mãe e reconheceu ali um temor, como se Flora pudesse ver além da conversa e prever um futuro trágico. Que ela não gostava de Eva, não era nenhuma novidade para Lucas. Depois da primeira vez que Eva estivera na mansão, Flora proibiu a entrada dela na casa. Quando a pegou aos beijos com Brandon no jardim, passou a semana inteira cuspindo fogo, cheia de ódio, e não perdeu uma oportunidade sequer de lembrar Brandon que não queria que aquilo se repetisse — isso fez Lucas pensar que todo aquele desespero de Brandon atrás de Eva era por causa da proibição de Flora. Depois de tanta briga, ficou surpreso quando Flora contratou Eva para trabalhar naquele evento — tinha certeza de que o agente dela insistira muito. Apenas uma coisa estava certa para Lucas, a mãe não deixaria aquilo barato.

Por sinal, Lucas não deu uma de legalzão. Tanto quanto sua mãe, mas talvez por motivos diferentes, estava puto com Eva. Olhava para ela como se quisesse fazê-la sufocar na própria respiração. O quão patético era aquilo? E mais que patético, era estranho mesmo. Eva era uma garota politizada, daquelas feministas chatas, que não se cansa de dar lição de moral em todo mundo — não tinha nada a ver com Brandon. Era como misturar água no vinagre, não dava liga, ou assim pensava Lucas.

Eva tentou fingir que não se importava, mas é claro que notou os olhos cheios de ódio de Lucas. Tinha que se concentrar na última parte de sua apresentação, por isso desviou seus pensamentos do amigo — embora soubesse que teria que lidar com ele uma hora ou outra. Sentou-se ao piano sentindo a ponta dos dedos geladas. Desde a primeira música, soube que aquela seria sua pior apresentação. Seus dedos doíam, sua mente estava em Marte, e, se alguém perguntasse, mal saberia dizer seu nome. Foi sua última e pior apresentação em Londres — cometeu erros gravíssimos ao ponto de parar várias canções no meio.

Brandon, numa sessão de toques, agora nem tão velados assim, sussurrou em seu ouvido algo como *Você está bem? Quer um copo de água?* — o que agravou sua insegurança. Se *ele* achava que estava ruim, então era porque estava péssimo. Fechou o piano na metade da apresentação e saiu dali em disparada para o banheiro mais próximo, trancou-se num cubículo e chorou sentada na privada. O corpo tremia, ela sabia bem que não era o fiasco da apresentação, mas uma soma de tudo aquilo que agora começava a bater na porta, e a certeza de que nada melhoraria quando eles assumissem o relacionamento.

Monica acompanhava tudo de perto e seguiu Eva até o banheiro. Bateu na porta do cubículo duas vezes.

— Eva, é a Monica.

— Não basta no jornal? Até *aqui* você vem me encher o saco? — Eva perguntou entre soluços.

— Nossa, você vai me tratar assim? Somos cunhadas agora.

— Cala a boca!

— Não acredito que você está dormindo com ele. Tem mulher que gosta de sofrer, mesmo. Pelo amor de Deus!

— Já disse para me deixar em paz!

— Achei que você era mais esperta que isso. Até te disse o que ele fez com a minha prima... Você vai quebrar a cara.

Monica estava escorada na bancada do banheiro quando Eva abriu a porta com um olhar feroz. Aproximou-se com tanta agressividade que Monica desfez o sorriso sarcástico e se endireitou.

— Ah, aquela conversa foi para o meu benefício? — Eva fingiu achar graça. — Se você queria me proteger de um macho escroto, por que não me contou que o seu ex-namorado quebrou seu braço?

A feição de Monica se fechou em escuridão e ela prendeu a respiração para segurar as lágrimas.

— Eva... eu...

— Ele está me perseguindo há dois meses, Monica.

— Eu... eu tentei... Eu tive vergonha. Eu pensei que você me acharia uma idiota. — Eva cruzou os braços. — Eu sei que está pensando que sou uma hipócrita por falar de você e do Brandon, desculpe. — Monica pegou fôlego. — Mas o conheço há muito tempo e acho que você merece coisa melhor.

— Não perguntei o que você acha, e pouco me importa — retrucou Eva, levantando os ombros. — Eu não estou aqui dizendo que você e o Lucas juntos é uma *péssima* ideia, já que ele ainda é apaixonado por outra pessoa.

Monica segurou o palavrão e o soco que quis dar na cara de Eva.

— Não, ele não está. — Eva riu, deixando Monica ainda mais irritada. — Por que você acharia isso?

— Você não é idiota, sabe muito bem que se ele já tivesse esquecido a Tabitha, não estaria com tanto ódio de mim, ou se importaria tanto com o que o Brandon faz ou deixa de fazer...

— Isso não significa nada!

— Significa que ela não está aqui. Ele não a vê desde o fim da primavera. Mas ela não vai ficar na Polônia para sempre.

— E quando ela voltar, eu e você vamos saber a verdade sobre o que o Lucas e o Brandon sentem — atestou Monica, tentando causar algum tipo de sentimento em Eva, mas a feição dela continuou amena.

— Entendo que, às vezes, é mais fácil ignorar — disse Eva, enunciando cada palavra com clareza. — Aceitar ou não é uma decisão sua, é claro. Mas, pense, se você aceitar isso, e conversar com ele, então vocês podem construir algo juntos. Ignorar só vai te iludir, e vai ser mais doloroso quando você não puder mais se agarrar à mentira. Cedo ou tarde você vai ter que admitir a verdade para você mesma.

Monica moveu a cabeça em movimentos afirmativos.

— Só porque eu não sou uma cínica como você, não significa nada.

— Não sou cínica — respondeu Eva, entre risos. — Só porque não sou romântica, não significa que também não me apaixone. Mas eu vou de olhos abertos, sem fantasiar as coisas, sem ignorar o bode, como você está fazendo.

Eva esperou que Monica fosse dizer alguma coisa, mas o silêncio dela foi a confirmação de sua insegurança. Saiu do banheiro e deu de cara com Brandon, o que a fez se assustar e dar um passinho para trás.

— Está tudo bem? — perguntou enquanto seus olhos investigavam o recinto.

— Tudo *excelente*, só quero ficar sozinha. — E foi para o quarto do hotel.

Brandon contou exatos sessenta minutos no corredor, antes de passar o cartão na porta — passagem livre para o quarto de Eva que tinha conseguido depois da primeira noite — e entrou sem cerimônias. Encontrou-a sentada na cama, os braços segurando os joelhos, e os olhos fundos de quem tinha chorado muito.

— Eu disse que queria ficar sozinha.

— Você já está sozinha há uma hora.

Eva tentou não rir enquanto Brandon se aconchegava atrás dela, um de seus braços segurando sua cintura e o outro seus ombros.

— Você vai ficar assim, grudado em mim agora?

— A não ser que queira que eu vá, tenho a intenção de ficar, sim. — Brandon riu da cara de tédio de Eva, mas logo sentiu o corpo dela se aconchegar ao seu. — Agora me fala o que está acontecendo. Sei que não está chateada só por causa de alguns erros na sua apresentação.

— *Alguns?*

— Tudo bem, *muitos* erros. — Eles riram juntos. — Foi péssimo. — Mais risadas. — Foi engraçado te ver errar tanto. Você é sempre tão perfeccionista... Mas sei que esse não é o motivo dessa choradeira. Foi alguma coisa que eu fiz?

— Primeiro, você dormiu com a Tabitha e agora o Lucas me odeia.

— *Okay*, mais alguma coisa?

— Você disse ao meu pai que nós vamos no jantar de Natal.

— Qual o problema disso?

— *Você* respondeu por *mim*.

Brandon respirou fundo, mas não podia dizer que estava surpreso. Sabia que teria que reprimir mais o instinto controlador com Eva do que com qualquer outra mulher com quem já tinha se relacionado.

— Eu sei. Sinto muito por isso. Mas você recusaria o convite?

— Não, eu não recusaria, mas você não devia ir.

— Por que não?

— Porque vou ouvir muito por estar trabalhando para a sua mãe. Não preciso ouvir ainda mais por estar dormindo com você.

Brandon não entendeu nada.

— Está dizendo que seu pai não gosta de mim? Ele nem me conhece.

Eva se virou na cama, ficando de frente para Brandon.

— Deixa eu te falar uma coisa sobre o meu pai. — Brandon levantou as sobrancelhas, fingindo interesse. Às vezes, quando Eva explicava alguma coisa, tinha a sensação de que ela pensava que ele era uma criança de quatro anos. — Meu pai acreditava em duas coisas, educação e religião. Ele queria que eu e minha irmã tivéssemos a melhor educação possível, o que me permitiu estar em Vienna agora. E tudo que queria era que eu e a Ana fôssemos envolvidas na religião dele, cantando e tocando na igreja, como ele fazia, para que no fim achássemos alguém *da igreja* para casar. — Brandon não disse nada, mas surpreendeu-se como a educação de Eva tinha sido tão tradicional quanto a sua. — Entende o que estou dizendo? Para o meu pai, a maneira de você ser bem-sucedido na vida e vencer a discriminação é estudar, ir à igreja e fingir ser branco.

Brandon fez uma feição nova para Eva. Naquela semana, tinha notado que ele era uma pessoa de muitas expressões faciais, e isso às vezes indicava o que estava sentindo. Aquela nova feição fazia as sobrancelhas dele levantarem um pouco e seus lábios se contraírem, o que parecia indicar que aquela era uma nova informação, mas ele não estava tão surpreso assim.

— Agora você diz que *eu* sou perfeccionista? — Eva riu. — Já se perguntou por que eu sei tocar piano, afinal de contas?

— Por que você é a mulher mais linda, *sexy* e talentosa que existe?

— Se ao menos isso fosse verdade… — retrucou, rindo. — Aprendi porque desde os quatro anos ele me fazia tocar por pelo menos duas horas por dia. — Brandon levantou as sobrancelhas de novo. — As horas aumentaram com o tempo. Antes de ele ir embora, eu tocava pelo menos seis horas por dia.

— *Okay…* isso soou um pouco abusivo.

— Um pouco? — Eva soltou uma risada fúnebre, movendo seus braços de forma rígida enquanto contava a história. — Ele me fazia repetir a mesma música diversas vezes, se eu errasse. Quando o vi hoje, errei a mesma parte de *Fantaisie Impromptu* que sempre errava perto dele. E ele notou, disse que *algumas coisas nunca mudam.*

Brandon ficou calado, trouxe Eva para mais perto de si, encaixando-a ao seu quadril, e abraçou-a forte como se para protegê-la daquelas memórias tristes. Apesar de toda a mágoa impregnada em suas palavras, sentia que a opinião do pai tinha uma carga muito forte para ela.

— Estou ouvindo tudo o que está dizendo e prometo que vou ser muito charmoso. Fica tranquila, ele vai gostar de mim. Todo mundo gosta de mim.

Eva respirou fundo. Brandon tinha um ego inflado e ela se controlou para não jogar isso na cara dele. Parecia que teria que ser mais direta.

— Se está achando isso, então não ouviu nada do que eu disse. Posso te garantir que ele nunca vai gostar de você.

— Por que não?

— Pelo mesmo motivo que a sua mãe nunca vai gostar de mim.

Todo o discurso de Eva ficou muito claro para Brandon naquele momento, e ele se jogou na cama, falando diversos palavrões em francês. Eva riu, deitando-se sobre ele. Brandon ainda não queria acreditar que o detalhe insignificante da cor da pele, de fato, seria um problema para eles em pleno século 21, e toda aquela relutância começou a causar certa ansiedade em Eva. Estava na cara que ele não sabia o que esperar. Tentou descontrair e ignorar sua inquietação, beijando as bochechas ruborizadas de raiva de Brandon.

— Pronto para um Natal cheio de alegrias?

— *Merde.*

Lucas e Monica tinham diversos planos para aquela noite, mas tudo foi por água abaixo quando os rumores sobre Brandon e Eva se confirmaram. Lucas recusou o planejamento por completo, e decidiu gastar seu tempo dentro do quarto de hotel que a equipe de sua mãe tinha reservado para eles, andando para todos os lados com um ódio encarnado, chutando tudo que via pela frente, e murmurando sinônimos de *puta* para classificar Eva. Monica, que, sem opções de passeios legais por Londres, decidiu trabalhar em algumas revisões para o jornal, respirava fundo, tentando manter a paciência.

— Mundana. Vaca. Puta. *Slut*.

— Luke! — chamou a atenção do namorado, com cara de quem tomou leite estragado. — Dá para você fazer isso só na sua cabeça? Você está me atrapalhando.

Ele parou de frente para ela, chutando o vento.

— Você viu o jeito como eles estão? Não estão nem disfarçando!

— Por que eles precisam disfarçar?

— Esquece! — Lucas voltou a andar pelos cantos do quarto.

Por alguns instantes, Monica observou o namorado em sua irritação tão distinta. A discussão com Eva ruminava em sua cabeça. Por mais que odiasse admitir, ela tinha alguma razão no que dissera.

— Você me convenceu a passar o Natal aqui porque disse que a gente ia se divertir mais do que no nosso primeiro encontro. — Lucas não respondeu ou ao menos olhou para Monica. — E agora você está aí nesse estresse por causa do seu irmão.

— Aquele traste não é meu irmão.

Monica revirou os olhos.

— Mais um motivo para você não se incomodar com o que ele faz ou deixa de fazer.

— Não estou incomodado, estou... estou... — Ele parou a fala no meio sem saber o que dizer. — Ah, me deixa, Monica.

— Qual é o problema, Luke? Então eles estão juntos, e daí? — Lucas fitou Monica. — Por que tanto ódio?

— Brandon... — Ele começou, exaurido, gesticulando sem parar.

— Sim... Brandon... — repetiu, cansada daquela história. Levantou-se da mesa, aproximando-se do namorado. — Ele dormiu com Tabitha. — Monica ignorou a evidente estremecida do rosto de Lucas quando ela mencionou o nome que ele não ouvia há meses. — Mas ele, *certamente*, não está mais dormindo com ela. Inclusive, diria que ele desencanou dela para valer. Só você que ainda está focado nisso.

Lucas olhou para os lados, incomodado, as palavras atravessadas em sua garganta. Às vezes, sentia-se abraçando um cacto, e por mais que quisesse soltar-se daqueles espinhos que o machucavam — assim como Brandon e Tabitha tinham feito — não conseguia. E quanto mais se agarrava àquela história, a cada dia que passava e não conseguia esquecer tudo que tinha acontecido, mais se flagelava.

— Sabe, você devia esquecer essa história só um pouco e conversar com a Eva sobre o que está acontecendo no jornal, para que ela não seja pega de surpresa quando voltar.

Lucas permaneceu alguns segundos olhando para seus pés, mas junto com seu silêncio e sua indiferença, aquela introspecção pensativa fez Monica sentir que ficou horas esperando por uma atitude. Quando ele saiu do quarto, resmungando que precisava de ar, Monica não teve mais opções além de ficar lá, procurando respostas nas marcas que Lucas deixara no tapete enquanto andava angustiado de um lado para o outro.

Depois do fiasco da apresentação de Londres, o humor de Eva azedou. Irritou-se com a quentura do corpo de Brandon, dizendo que sentia-se sufocada, e dormiu o mais longe possível dele. Depois cismou com os ovos mexidos do café da manhã e vomitou tudo antes do almoço. Então, veio a ligação.

— *Sua traíra, calhorda!*

— *O que foi, Ana? Eu não tô boa hoje!*

— *Quando você ia me contar?*

— *Contar o quê?*

— *Você me disse que terminou com o arebaba, mas não disse que estava namorando o Backstreet Boy!*

— *Backstreet o quê?* — Eva perguntou, rindo.

— *Breendeen* — Ana exagerou no sotaque para falar o nome.

— *Onde você ouviu isso?*

— *O pai ligou. Contou tudo pra mamãe...* — Eva levou a mão à boca. — *Que você está namorando o filho de uma baronesa racista, um cara que já mandou te prender.*

— *Tá falando sério? O que a mãe disse?*

— *A mesma ladainha de sempre, que ia conversar com você, mas confia no seu bom senso, e sabe que você não faria nenhuma besteira... Santa inocência!* — Ana suspirou do outro lado da linha. — *Agora, Eva, quantas vezes eu te disse para dar logo para esse cara? Se você não tivesse negado fogo, agora não estaria apaixonada por ele e fazendo merda.* — Eva fitou os pés, pensativa. — *Mamãe me perguntou o que eu sabia sobre ele.*

— *Ana, eu faço tudo que você quiser quando estiver aí, está bem? Eu olho as crianças todos os dias. Só não diz nada pra mamãe, okay?*

— *Eu disse para ela que não sabia nada desse homem, a não ser que ele é um **gaaatooo**.* — Ana aumentou a voz. — *E considere isso uma ajuda, só porque eu estou me saindo bem na fita com toda essa história.*

— *O que isso tem a ver com você?*

— *Agora eu virei a filha preferida! Nem importa mais que eu engravidei na adolescência! Você sempre vai ser a filha que levou o cara branco para o jantar de Natal.*

Eva desligou o telefone sentindo o estômago doer. A conversa confirmava seus medos de que o pai sabia *quem* afinal era Brandon. Também confirmava que *aquele assunto* surgiria, e nem queria ficar pensando muito nisso. Na verdade, esperava pela conversa desde que João tinha pisado na galeria; quando tinha colocado os olhos em Brandon. E *aquele traste* ainda tinha concordado em ir ao jantar de Natal!

Sem ter o que fazer, Eva começou a se preparar psicologicamente para o jantar. A única coisa que pediu para Brandon fazer — chamar um táxi na hora certa — ele não fez direito, e aquilo deixou Eva mordida de ódio. E não importava quantas vezes Brandon se desculpasse e explicasse que perdeu a noção do tempo. A cada minuto que se passava e eles demoravam para chegar, mais Eva se estressava, prevendo a irritação do pai pelo atraso. Para completar, estava garoando, e a sapatilha preta de baixa qualidade que Eva calçava aquela noite ficou encharcada.

Perante todo o aborrecimento de Eva, que não parava de pigarrear alto e reclamar de tudo, Brandon sentiu uma estranha dormência em seus nervos. Enquanto o táxi se locomovia a passos de tartaruga, como Eva constatou, ele pegou uma de suas mãos, beijou, acariciou e murmurou um *Calma, vai dar tudo certo. Daqui a pouco gente chega. Vai ficar tudo bem.* E se surpreendeu quando a tática funcionou como uma luva, e ela passou de demoníaca para Buda em dois minutos. Continuou com sua cara de ânus, é verdade, mas parou de reclamar.

Belina, a madrasta de Eva — que Brandon ficou surpreso ao constatar que devia ser apenas alguns anos mais velha que ele próprio — abriu a porta da casa feliz por recebê-los. Inclusive, ela logo notou a cara de poucos-amigos de Eva e perguntou se estava tudo bem.

— Tivemos alguns contratempos, ela está com o sapato molhado — esclareceu Brandon.

— Tire os sapatos, querida... Eles podem secar sobre o aquecedor.

— Eva fez o que Belina sugeriu com um bico enorme.

João estava sentado com o casal de crianças no sofá. Os meios-irmãos de Eva ficaram tímidos ao ver Brandon, e cumprimentaram Eva com alguma simpatia, antes de se entreterem com os presentes de Natal que eles haviam levado. Belina abriu um vinho e serviu junto de diversos tipos de queijo.

— Espero que sua família não esteja chateada por nós o termos roubado esta noite, Brandon — comentou Belina, tentando puxar assunto.

— Ah, não tem problema, passei a noite com eles ontem.

— Que bom.

— O que você faz?

Brandon sorriu para o pai de Eva, quando João iniciou o interrogatório — algo que já esperava. Era o que geralmente acontecia quando se conhecia sogros e sogras. Com a exceção da mãe de Tabitha, os antigos sogros e sogras sempre gostaram dele. Ele fazia um charme, cumprimentava a casa, falava sobre arte e pronto — tornava-se um bom partido. Porém, alguma coisa na postura indiferente de João — sentado com as pernas cruzadas no sofá — o deixou desconfortável, um peixe fora d'água. Reconheceu no olhar de João Paulo o mesmo desprezo que sua mãe vinha demonstrando desde que notara a existência de um relacionamento entre Eva e ele.

— Eu faço doutorado em artes plásticas e trabalho no teatro da cidade.

— Ah, que interessante — disse Belina, tentando ser simpática.

— Infelizmente ele foi destruído durante o tornado, e não acho que vai reabrir tão cedo. Então não sei até quando vou continuar trabalhando lá.

— Em outras palavras, você está desempregado — retrucou João Paulo, fazendo Brandon se constranger e sorrir para o carpete da sala.

— Ele é estudante de doutorado, pai. Qual parte disso você não entendeu? — Eva retrucou, fazendo João levantar os ombros, com desdém.

— Nós ficamos sabendo do tornado. Foi assustador. — Belina tentou mudar de assunto, mas João Paulo não deixou que o assunto do tornado rendesse.

— E você nasceu aqui em Londres ou em Vienna? — João insistiu em chamar a atenção de Brandon.

— Na verdade, eu nasci na França — disse, dessa vez fazendo até Eva se espantar com aquela informação nova.

— O quê? Você nasceu na França?

— Nunca te disse isso?

— Não.

— Parece que meus pais estavam com problemas conjugais quando eu nasci, e minha mãe estava morando com os pais dela na França — explicou Brandon, notando que ele e Eva ignoravam os demais presentes na sala, então se voltou para Belina e João Paulo. — Mas eles voltaram depois de alguns anos e nós fomos para Vienna, onde meu pai e meus irmãos estavam. Mas eu já tinha uns quatro, cinco anos.

Eva achou aquela história bem estranha. Por que ele estava com a mãe na França, sem os irmãos? Guardou a informação na mente para conversar com Brandon sobre aquilo em outra ocasião.

— Sua mãe é uma artista de muito talento — comentou João Paulo, fazendo Brandon sorrir. — É uma pena que a exposição dela esteja indo tão mal.

— Querido, por que você não vai pegar outro vinho? — Belina pediu.

— Tem vinho aqui — retrucou ele, mostrando a garrafa meio cheia.

— Deixa eu cuidar disso — disse Eva, colocando todo o conteúdo da garrafa na própria taça. — Pronto, pai, você já pode ir pegar o vinho.

— Estou sendo impertinente? É isso? Desculpe, Brandon — disse ele, sarcástico, fazendo Brandon forçar um sorriso. — Realmente sinto muito que as pessoas não consigam separar a arte do artista. Quer dizer, Aristóteles pensava que a escravidão era algo natural do ser humano, e nem por isso deixamos de ler Aristóteles.

— Querido, está muito cedo para filosofia — disse Belina, bebendo um pouco de seu vinho.

— Sabe o que eu acho? Tudo é culpa da *internet*. Isso vai ficar cada vez pior, vocês vão ver... — ponderou, bebendo o vinho. — Muitos artistas vão sofrer com isso, marquem o que estou falando. Em especial quando esses artistas não entendem que o mundo mudou, que as pessoas não aceitam mais qualquer coisa, que um título de nobreza não significa mais nada.

— É sério, pai... vai buscar o vinho — suplicou Eva.

— Se você insiste, filha.

Ele se levantou e fez uma hora básica para cruzar a sala até o bar e pegar o vinho no refrigerador.

— Não ligue para o João, ele gosta de causar polêmica — explicou Belina, simpática. — Inclusive, ouvi dizer que você tem um pouco disso, Eva.

— É, mas vou mudar a partir de hoje, porque, *realmente*, é muito irritante — disse, fazendo Belina e Brandon rirem.

— Então, estou curiosa... Seu pai disse que você traria um *amigo*, mas não parece que vocês são *só amigos*...

Brandon sorriu e fitou Eva, que o olhou demonstrando descontentamento, e ele entendeu rápido que, por mais que Belina estivesse sendo agradável, não queria falar sobre aquilo com ela.

— Nós somos amigos — confirmou, um pouco decepcionado.

— Certo. — Belina sorriu, antes de beber mais de seu vinho. — E como se conheceram?

Eva e Brandon se olharam, numa compreensão mútua de que a verdade não era a melhor opção naquele caso.

— Ahm... numa festa — respondeu Eva.

— Que festa? — João perguntou, colocando a garrafa de vinho aberta sobre a mesa de centro. — Fale mais sobre essa tal *festa*.

— Foi uma festa qualquer, pai. Irrelevante. — Eva levantou os ombros.

— Não devia ser irrelevante se vocês se tornaram *tão* amigos — retrucou, impertinente.

Notando que Eva estava ficando irritada com aquilo, Brandon se intrometeu.

— Mas depois dessa festa, ela fez um artigo sobre *Ruskin*, onde eu estudo, e foi aí que nós nos tornamos mais... — Brandon gesticulou. — ... *amigos*.

— Isso mesmo — confirmou Eva.

— Certo. — João suspirou, irritado por não poder acusá-los de mentirosos.

— Por que você não toca um pouco para nós, meu amor? — Belina pediu, passando a mão pelos ombros do marido. — Vou checar a comida.

— Eu posso ajudar. — Brandon se prontificou.

— Imagina, você é nosso convidado.

— De verdade, eu insisto.

Belina entendeu que Brandon não queria ficar na sala com João e Eva, e sorriu, agradecendo a ajuda.

Foi a deixa que João esperava para se aproximar de Eva.

— *Quando eu conversei com a tua mãe hoje e disse que tu estava vindo jantar aqui com teu namorado, ela me disse que tu **não** tinha um.*

— *Não tenho mesmo.*

— *Para de mentir para mim.* — João foi enfático, fazendo a voz de Eva morrer em sua garganta. — *Tu acha o que...? Que não sei quem ele é? Que não sei que ele mandou te prender...? Reconheci o nome do processo que a delegada Marshall me mandou assim que ele se apresentou.*

— *Isso não tem nada a ver com você.*

— *Sou teu pai, isso tem tudo a ver comigo.* — João passou as mãos pelo rosto e cabelo. — *Onde tu está com a cabeça? Como tu dorme com alguém que fez isso contigo?*

— *Me recuso a responder essa pergunta* — retrucou Eva, num tom ameno.

— *Tu é a minha filha de vinte e dois anos, vai responder todas as minhas perguntas. Ou então vou repensar se vou continuar pagando as tuas despesas.*

— *Me ameace uma vez mais sequer, e juro que nunca mais vai me ver.*

Eva viu o temor passar pelos olhos de seu pai.

— *O que tu acha que está fazendo?* — João insistiu.

— *Eu não vou conversar sobre isso com você.* — Eva foi enfática.

— *Esse tipo de relacionamento, Eva... não existe, não dá certo. Tu sabe disso.*

Eva bateu os pés descalços no carpete. Queria gritar para o pai calar a boca.

— *Pai... por favor, vamos ter um jantar de Natal normal, para variar. Essa conversa não vai levar a gente a lugar algum.*

João notou que Eva estava prestes a sucumbir, por isso, persistiu no assunto.

— *Tu sabe do que eu estou falando, filha. As pessoas vão notar, vão julgar, vão fazer comentários. Só quero que tu seja feliz e segura.*

— Eva, Brandon cozinha muito bem — comentou Belina, voltando para a sala de estar. — Ele me ajudou e agora o jantar vai sair em poucos minutos.

Brandon colocou a travessa de queijo na mesa de centro da sala e notou que Eva tinha os olhos cheios de lágrimas. O sorriso dele se desfez, e ele fitou João. O pai de Eva tinha voltado a se sentar esparramado no sofá, fitando-o com o mesmo olhar que denunciava o quanto Brandon era um intruso ali. Sentou-se ao lado de Eva e, sem pensar muito em manter a posição de *amigos*, tocou a perna dela.

— Está tudo bem?

Eva fez um sinal de positivo com a cabeça.

— *E o guri ainda tem o descaramento de tocar a minha filha, na minha frente* — reclamou João em português, dirigindo-se a esposa, que lhe devolveu um olhar de desaprovação. — *Sabe como Freud chama isso? Fetiche... É só tesão, não vai durar.*

Brandon arregalou os olhos quando Eva se levantou do sofá, gritando.

— *QUEM É VOCÊ PARA FALAR QUALQUER COISA SOBRE RELACIONAMENTO, PAI? O QUE VOCÊ SABE SOBRE ISSO? NÃO ESTOU INTERESSADA EM SABER O QUE VOCÊ OU QUALQUER PESSOA PENSA, NÃO SE ISSO FERE A MINHA LIBERDADE...* — João fez um gesto de desdém com as mãos. — *NÃO VOU FICAR AQUI OUVINDO VOCÊ DIZER O QUE EU DEVO FAZER. NÃO TENHO MAIS CATORZE ANOS... INCLUSIVE, VOCÊ DEVIA ESTAR LÁ QUANDO O PRIMEIRO APARECEU QUERENDO TIRAR A MINHA CALCINHA!*

— *EVA, MAIS RESPEITO! AINDA SOU TEU PAI.* — João gritou mais alto que ela, levantando um dedo para a face de Eva.

— *VOCÊ TAMBÉM NÃO ESTAVA LÁ NO SEGUNDO, NO TERCEIRO, OU QUANDO EU PAREI DE CONTAR...* — João encheu o pulmão de ar, pronto para gritar ainda mais alto que ela. — *QUE DIREITO VOCÊ TEM DE DIZER QUALQUER COISA AGORA?*

— *TU VAI QUEBRAR A CARA. E SABE DISSO.*

— Vamos jantar! — Belina disse, no meio da discussão de Eva e João, mas foi ignorada.

— *SABE, PAI, POR CAUSA DE VOCÊ, POSSO AGUENTAR QUALQUER OUTRA DESILUSÃO, POR PIOR QUE ELA SEJA. NADA VAI SER PIOR DO QUE VOCÊ FEZ COMIGO!* — Eva assistiu ao pai liberar todo o ar de seu pulmão num suspiro doído e se virou para Brandon. — Vamos embora?

Ele se levantou do sofá sem dizer uma palavra ou contestar.

— Eva, não vá embora, querida. Vamos jantar. Não liga para o seu pai. — Belina tentou dissuadir Eva.

— Desculpe, Belina, mas não vou ficar nem mais um minuto aqui.

Ainda chovia um pouco quando Eva e Brandon saíram andando pelas ruas frias de Wandsworth. Por alguns instantes, caminharam sem rumo, em silêncio e a certa distância um do outro. Na verdade, Eva andava tão rápido que — mesmo sendo mais alto — Brandon teve de dar alguns passos apressados para acompanhá-la. Eva só diminuiu o ritmo quando começou a mancar.

— *My darling*, o que foi? É o sapato?

Irritadíssima, fazendo cara de choro, Eva se apoiou em Brandon e tirou os sapatos, jogando-os na lixeira mais próxima. Brandon fez uma careta de dor ao notar as enormes bolhas que o sapato causou no calcanhar dela.

— Merda de vida! — Eva reclamou, entre dentes. — Eu dancei nua na frente da cruz mesmo!

— Vem, senta um pouco, vamos chamar um táxi.

Brandon puxou Eva para um banquinho de madeira, e a colocou em seu colo, para ela não reclamar que o banco estava molhado. Tentou, em vão, ligar para alguma empresa de táxi, mas ninguém atendia. Entre uma tentativa e outra, seu estômago roncou alto, e Eva — que até então tinha a cabeça escorada em seu ombro — fitou-o alarmada.

— Estou com tanta fome.

Eva riu e o beijou pela primeira vez naquele dia.

— Desculpe! Eu sabia que ia ser assim. — Brandon beijou o rosto de Eva. — A gente não devia ter vindo.

— Será que quando você for lá em casa vai ter tanto drama assim?

Eva riu um riso de tristeza, cansaço e pessimismo que previa que todos os lugares públicos que eles fossem dali para frente seriam cheios de drama. Ficaram ali ainda alguns minutos, mas nenhum táxi ou *Uber* respondia às chamadas. A chuva fina apertou e eles decidiram andar um pouco mais para tentar conseguir pelo menos uma carona.

— Olha a nossa cara de maníacos! Ninguém vai dar carona para nós.

Brandon acenou para um carro que passou pela rua deserta e, é claro, o carro não parou. Voltou-se para Eva, descendo e subindo os olhos pelo corpo dela.

— Alguma chance de você levantar a sua saia?

— Nenhuma.

Continuaram caminhando pelas ruas vazias e Eva começou até a sentir calor — mesmo com os pés descalços e a garoa. Tiraram os casacos e Brandon carregou os dois embaixo do braço.

— Então, você vai me dizer o motivo da briga entre você e seu pai?

— Quer mesmo saber?

— Claro que quero.

— Ele me disse que esse tipo de relacionamento não dá certo.

Brandon abaixou os olhos para fitar Eva.

— Como assim?

— Relacionamentos inter-raciais.

— Não, ele não te disse isso. — Eva riu, levantando os ombros. — Isso é ridículo. Quer dizer...— Brandon parou de falar, já que nunca havia tido uma experiência como aquela. — Você já...?

— Se eu já namorei uma pessoa branca? Sim.

— E como foi?

— Foi interessante, curto, como todos os meus relacionamentos — admitiu Eva, antes de morder os lábios. — Mas enfim, ela era legal.

— Ela? — Brandon abriu a boca. — Você é tão perfeita!

— Cretino — riu Eva, empurrando-o para longe. — Mas as relações raciais variam de lugar para lugar, não dá para comparar.

— Posso te confidenciar uma coisa? Não vai ficar chateada comigo? — Eva sustentou o olhar de Brandon. — Nunca me senti tão desconfortável em toda a minha vida como hoje na casa do seu pai.

Eva assentiu, rindo sem mostrar os dentes.

— É como eu me sinto todos os dias da minha vida em Vienna.

Brandon fez um gesto de concordância, sem demonstrar surpresa.

— Mas entre você e eu é diferente... — Eva sorriu, concordando. — Quer dizer, eu adoro tudo em você, adoro a cor da sua pele, e esse bumbum de coração — Ele estapeou o bumbum dela e Eva deu um soquinho no braço dele. — Hoje, por exemplo, você estava rabugenta e insuportável, e eu ainda gosto de você. — Mais um soquinho. — Mas mais do que tudo, eu amo o seu jeito de ver o mundo, e tudo que você fala me inspira e me transforma.

Eva sorriu, abraçando-o pela cintura, e recebeu um beijo no topo da cabeça.

— Brandon, isso não é só sobre você e eu... É um sistema. — Eva soltou um suspiro. — Meu pai agiu assim porque ele tem medo, e não é um medo irracional. As estatísticas estão contra mim, os piores índices de escolaridade, de salário, de saúde física e mental. Você está entrando nessa porque quer, e logo vai notar que, embora entre nós dois isso não faça tanta diferença, quando a gente estiver no mundo real, com as outras pessoas, vai fazer.

— Então é por isso que você quer dizer para todo mundo que nós somos amigos?

— Desculpe por hoje — disse Eva, ao notar que Brandon estava um pouco decepcionado com aquela situação. — Só não queria falar nada para eles.

— Ele é seu pai, *darling.*

— Que me abandonou quando eu tinha catorze anos e agora se acha no direito de controlar a minha vida.

— Entendo que hoje ele te tirou do sério, e por isso você está falando assim, mas não sinto que você guarda ódio do seu pai. Na verdade, te admiro ainda mais por isso. — Eva mordeu os lábios. —

Acho que se você tivesse sido sincera desde o início, ele não teria ficado tão irritado.

— Acredite em mim, era impossível que esse jantar fosse diferente do que foi — respondeu Eva, fazendo Brandon se voltar para ela. — Ele sabe quem você é, sabe da denúncia, dos trabalhos voluntários... — Brandon exalou forte, passando a mão pelo rosto. — Está vendo...? Isso que dá fazer merda!

— Você sabe que eu não sou mais aquele cara, não sabe?

— Bem, *eu* sei, mas meu pai não sabe.

— Até hoje não acredito que fiz aquilo com você...

Um silêncio pesado e cheio de pensamentos internos e arrependimentos reinou enquanto eles andavam por mais alguns metros na chuva fina, mas persistente, que encharcava a capital inglesa naquela noite. Brandon então avistou outro carro vindo na direção deles pela rua deserta e sinalizou. E não foi que o carro parou? Era um táxi oficial, e um senhor parrudo, de olhos pequenos, cabelos grisalhos e rosto rosado estava na direção.

— Boa noite, senhor. Será que pode nos deixar em Westminster?

— Eu estava indo para o Heathrow, mas posso deixar vocês lá.

Vale a pena destacar que o taxista não tinha visto Eva direito ao aceitar fazer a corrida. Quando colocou os olhos nela, não ficou impressionado. Eva estava molhada, descalça e com os pés imundos. Havia tirado o casaco e a blusa branca estava transparente, grudando em seu corpo e revelando o sutiã de mesmo tom. A saia de pano fino colava em suas pernas e o taxista podia ver dos joelhos até os pés de Eva, que agora Brandon tentava secar um pouco com o casaco. Enquanto aplanava o tecido pelos joelhos e panturrilhas de Eva, Brandon falava qualquer coisa nos ouvidos dela sobre estar morrendo de fome, e eles riam de forma exagerada. Vez ou outra, trocavam carícias discretas e beijos, sem perceber que estavam sendo observados pelo taxista durante todo o trajeto.

— Aqui está bom? Eu preciso ir para o Heathrow.

O taxista parou o carro perto da Millenium Bridge, interrompendo a conversa e os risos entre Eva e Brandon.

— Senhor, desculpe, nós estamos há pelo menos vinte minutos de caminhada do hotel — explicou Brandon.

— Infelizmente, eu não posso mais levar vocês.

Eva já saía do carro quando Brandon segurou sua mão, voltando-se para o taxista.

— Espere, por que não?

— Eu disse que traria vocês até Westminster, estamos em Westminster.

— Mas isso é uma atrocidade!

— Por favor saia do meu táxi.

Sem opções, Brandon pagou o motorista e ainda ouviu um *Dê um jeito na sua vida, rapaz* que o deixou cheio de ódio. Eva — já fora do taxi — começou a rir, agora compreendendo o porquê do taxista se recusar a levá-los até o destino.

— Ele deve ter pensado que eu era uma prostituta — disse, entre risos, enquanto Brandon se indignava.

— Que despautério, que disparate! Vou escrever uma carta para o departamento de trânsito... — Eva riu, enquanto pegava Brandon pelo colarinho e o beijava nos lábios. — Você vai ver, vou fazer uma daquelas cartas abertas...

— Isso, faz isso. Faz uma carta bem grande, com um monte de vocabulário difícil... — Ela beijou os lábios dele de novo. — Você fica *sexy* quando está irritado.

Atravessaram a Millenium Bridge e seguiram caminho por Embankment, na orla do rio Tâmisa, e Eva pensou que estaria tudo maravilhoso se não estivesse garoando e ela não estivesse descalça. Ainda assim, não conseguiu disfarçar o sorrisinho feliz, entrelaçada ao braço direito de Brandon, ouvindo o estômago dele roncar alto.

— Princesa, vamos combinar uma história para contar quando as pessoas nos perguntarem como a gente se conheceu? Eu tenho muita vergonha do que eu fiz.

Eva riu da insistência dele naquele assunto, que agora só causava risadas nela.

— De jeito nenhum. Vou contar para todo mundo. — Brandon fez uma careta. — E pior, vou falar que *você*, que na verdade é *francês*, teve o descaramento de me chamar de estrangeira.

— Que perversa! — Eles riram juntos. — Isso não é muito justo, nem me considero francês.

— Mas é isso que eu vou falar para as pessoas.

— E depois, a França é logo ali. — Ele indicou o lado oposto do rio, fazendo Eva rir. — Três horas dentro do *Eurostar* e você está na *Gare du Nord*. Não tem muita diferença... francês, inglês...

— O quê? — Eva riu ainda mais. — Tenho vários exemplos de guerra entre Inglaterra e França para desmentir essa sua lógica fajuta de proximidade.

Àquela altura, Brandon já sabia ser inútil discutir com Eva.

— *Okay*. — Foi tudo o que ele disse, revirando os olhos, enquanto Eva segurava mais forte no seu braço.

— Brandon, eu não ligo mais para o que aconteceu, de verdade. Nem lembro das coisas que a gente disse um para o outro, sei que não foi nada bonito, mas ficou para trás. — Ele sorriu e beijou o rosto dela. — Também não ligo para o que os outros vão falar ou pensar. Isto é entre nós dois.

Brandon se inclinou e beijou Eva, atrapalhando algumas pessoas que vinham apressadas por Embankment, tentando se esquivar da chuva. À medida que o beijo ganhou forma e intensidade, ele a abraçou e levantou o corpo dela, o que a fez rodear as pernas ao redor da cintura dele. Entre os beijos, Brandon notou um casal entrando e outro saindo de um estabelecimento bem em frente a eles.

— Olha... Parece que está aberto — disse, virando-se para que Eva visse o *pub*. — Vamos ter nosso primeiro jantar de Natal juntos?

Eram quase dez da noite quando Brandon e Eva entraram no *pub*, e o lugar parecia mais bar de time de futebol em dia de final de *Champions League*. Todo mundo que não tinha nada para fazer naquela noite de Natal parecia estar lá. O lugar era aconchegante, o gerente ofereceu uma toalha para Eva e Brandon se secarem assim que eles entraram e mostrou solidariedade para o fato de ela estar descalça.

— Fiquem à vontade! Hoje é noite de Karaokê, espero que gostem!

— Não vou cantar, nem adianta você pedir — disse Eva, enquanto eles sentavam-se no balcão do bar.

— Mulher, eu nem falei nada! — Brandon riu, abismado. — Por que você é tão brava?

— Sou brava mesmo.

— Mandona e desesperada também!

— Certo, eu aceito o mandona, mas *desesperada* eu não sou. — Brandon riu. — Só porque você demora horas para fazer as coisas mais simples, dirige a dez quilômetros por hora, e até fala devagar, não significa que *eu* sou *desesperada*.

Rindo, Brandon se aproximou do ouvido de Eva, tocando o início das coxas dela.

— Você nunca tinha reclamado do meu *ritmo* antes...

Eva riu, balançando a cabeça de um lado para o outro, antes de se voltar para ele.

— Cretino. — Eles riram juntos e se beijaram.

Uma garçonete simpática deixou o cardápio na frente deles.

— Então, peixe ou frango? — Eva perguntou.

Brandon a olhou com uma ruga entre as sobrancelhas. Ela mal tinha olhado o cardápio, por isso imaginou que a pergunta não devia ser só sobre o que eles comeriam.

— Carne, é claro. — Brandon sorriu. — E você, ainda vegetariana?

— Sim.

— Nós vamos mudar isso assim que você provar o meu *Boeuf Bourguignon*. — A *barwoman* simpática não pôde deixar de rir, e Eva explicou que Brandon tinha uma opinião muito alta de si mesmo. — Está bem, minha vez... — Eva se voltou para Brandon, desconfiada. — Como você se sente sobre anal?

Eva levou a cabeça para trás em uma gargalhada.

— Não é assim que o jogo funciona, você tem que me dar duas opções.

— *My darling,* você sabe muito bem que não tem nenhuma outra opção para isso.

— Olha, Brandon, vou ter que estar muito feliz.

— Muito feliz?

— Muito, muito, muito feliz — repetiu.

— Três-vezes-feliz? — Eva não conseguia parar de rir, assim como a *barwoman,* que estava de costas para eles, tentando se manter o mais discreta possível.

— Pelo menos três-vezes-feliz.

Entre risadas e brincadeiras, Eva notou que aquele era o primeiro encontro de verdade que tinham. A primeira vez que saíram juntos, andaram por Londres, e entraram em um restaurante qualquer para comer. E, como sempre, a conversa fluía sem atropelos, sem pressão. Comiam, riam, falavam baixarias e flertavam com aquela naturalidade que era comum em tudo que faziam juntos.

— Sabe o que eu acho de verdade? — Brandon sussurrou ao pé do ouvido da Eva. — Acho que depois desta noite, nada mais vai ser um obstáculo para nós dois.

— É mesmo? — Eva riu, irônica. — Exceto pelo fato de que você não conversou com a sua mãe. — Brandon respirou fundo. — Não sei por que você acha que a reação dela vai ser melhor do que a reação do meu pai.

Brandon pegou na mão de Eva e a beijou.

— Você precisa ter mais fé.

O *pub* se encheu de aplausos para a pessoa que tinha acabado de cantar, e ambos fitaram o palco, onde agora um rapaz perguntava quem seria o próximo. Eva viu quando o moço apontou para a direção dela, e demorou um pouco para entender o que acontecia. Apenas compreendeu quando viu Brandon levantando-se de seu assento.

— Que merda é essa? — Eva perguntou abismada. — Você vai cantar?

Brandon levantou os ombros e deu as costas para ela, caminhando até o palco, acompanhado por olhares curiosos e palmas espaçadas. Eva tapou a boca enquanto Brandon dizia ao moço do som a canção que tinha escolhido. Quando a introdução da música começou, Eva colocou as mãos no rosto.

— Essa música vai para uma moça muito brava que precisa se soltar e acreditar um pouco mais.

Então Brandon começou a cantar *Escape* de *Rupert Holmes.* O pessoal do *pub* pareceu gostar muito da escolha de Brandon, pois se levantaram e bateram palmas, animadíssimos. Ele não era nada afinado, mas o pessoal não pareceu se importar. E ficou claro que Brandon estava arrasando corações quando, no refrão, começou a dançar também.

— *If you like Pina Coladas, and getting caught in the rain; If you're not into Yoga, if you have half a brain; If you like making love at midnight...* — E

Brandon fez um gesto de sexo com os quadris, que fez a mulherada gritar e olhar para os lados, imaginando quem era a garota brava para quem ele estava cantando a música. Ele nem gostou disso, imaginem!

Eva olhava para Brandon como se nunca tivesse visto alguém assim. Cada dia descobria algo diferente sobre ele, e cada uma dessas novas descobertas pareciam confirmar sua certeza de que não tinha outra pessoa daquele jeito no mundo. Não sabia bem o que ele tinha que mexia tanto com ela — se era a extroversão, a cara-de-pau, ou a completa aceitação do jeito que ela falava e agia — talvez um pouco de tudo isso. Mas era certo que não tinha nenhuma possibilidade de continuar vivendo a vida sem ele.

E Brandon continuou cantando e apontando para Eva — todo mundo presente no bar já sabia que ela era a garota brava que precisava se soltar e acreditar.

— *You're the love that I've looked for, come with me, and escape.*

Brandon finalizou a música e, como o bar inteiro esperava, entre palmas, aproximou-se de Eva e deu um beijo de cinema estalado nos lábios dela, antes de ambos caírem na risada, em meio a palmas e assovios.

— Você é muito estranho.

— Quer ir para o hotel agora?

A chuva estava mais forte e eles correram os últimos cem metros até o hotel, encharcando de vez os cabelos e as roupas. No elevador, entraram juntos com um casal de idosos, e ficaram segurando o riso até que as portas se abriram no segundo andar e o casal saiu a passos vagarosos. Mal o elevador fechou e Brandon prensou o corpo de Eva na parede e beijou seus lábios com vontade. As mãos dela desceram pelo abdômen dele, e os dedos de Brandon subiram pelas coxas de Eva. O beijo se intensificou, enquanto alcançavam o último andar, onde estavam hospedados. As bocas se desgrudaram apenas quando a porta do elevador se abriu e eles ouviram um *Feliz Natal* cheio de sotaque.

Ainda grudados um ao outro, as mãos em lugares difíceis de esconder, Eva e Brandon fitaram Flora logo em frente ao elevador, como se estivesse esperando por eles a noite inteira.

Londres, sua filha-da-puta! Foi tudo o que Eva pensou.

Capítulo 21

Admirável Mundo Novo

FLORA FOI FALANDO NA cabeça de Brandon do elevador até o quarto dele, enquanto andava na sua frente, gesticulando de forma exagerada. Falava rápido, misturando o francês e o inglês, e Brandon não entendia uma palavra sequer. Por fim, notou que ela pegou as roupas espalhadas pelo quarto dele e colocou tudo embolado dentro de uma mala pequena.

— O que está fazendo?

— O que parece? Estou fazendo a sua mala. — Flora foi até o banheiro, pegou a lâmina de barbear e afins jogados ali. — Acha que sou idiota? Sei muito bem o que está acontecendo há algum tempo. Precisava dela para a exposição, e acho que você já se divertiu o suficiente, não é mesmo? Você vai terminar isso já.

Voltando do banheiro, Flora notou que Brandon continuava em silêncio, parado no mesmo lugar, com as mãos no bolso.

— Não vai dizer nada? Vai ficar aí parado como um palhaço?

— Estou apaixonado por ela, mãe.

Flora ficou no mesmo lugar, ainda olhando para Brandon, os olhos alucinados e a boca aberta.

— Você está fora de si. Devem ser aquelas porcarias que fica fumando!

— Mãe...

— Eu te disse... Te disse para se livrar dela...

— Por favor, me escuta!

— Não tem nada para escutar, eu exijo que você termine isso.

— *Mama...* — Brandon colocou as mãos nos ombros da mãe. —Eu senti falta de algo a minha vida inteira. É como um rombo dentro de mim e incomoda. Dói. Nada parece encher esse buraco.

— Bem-vindo à vida adulta! Sempre vai faltar alguma coisa.

— Sim, talvez você tenha razão. — Brandon escolheu as palavras com cuidado. — Mas, quando estou com ela, eu não penso no que falta. O rombo ainda está lá, mas ela me enche de outras formas e me faz querer ser alguém melhor.

— Ai, você é igual ao seu pai, sentimental e emotivo — disse Flora, entediada.

Brandon enrugou as sobrancelhas para o discurso da mãe.

— Como assim, o pai não é *nada* sentimental e emotivo!

Flora pareceu vacilar por um momento. Afastou-se de Brandon, voltando-se para a mala.

— Esquece! — Ela colocou mais roupas na mala. — Só quero que você pare com isso! Não vê como isso te deixa *fraco*?

— Agora gostar de alguém é ser fraco?

— Eu não quero mais ouvir nada sobre isso! Quero só que pare com essa palhaçada.

Brandon deu um passo firme para mais perto de sua mãe, fazendo Flora erguer o pescoço para continuar a encará-lo.

— Eu errei feio com essa garota, ela está me dando uma segunda chance, e eu não vou desperdiçar. Vou tentar de todas as formas ser merecedor desta chance. Não tem nada que você possa fazer, já tomei minha decisão há muito tempo. E é isso, quero ficar com ela.

— Flora... aí está você. — O Senhor Smith chegou ao quarto de Brandon, cuja porta estava aberta, fazendo Flora e Brandon o fitarem. — Billy acabou de ligar. Claire está em trabalho de parto. Parece que ela não está bem.

Eva abriu a porta ainda enrolada na toalha, certíssima de que seria Brandon. Faltou fingir a própria morte quando viu Lucas e Monica ali. Os cabelos molhados que desciam até a cintura fizeram uma poça de água no carpete enquanto ela ficou parada, pensando em uma desculpa maravilhosa para explicar a toalha. Foi quando se tocou que Brandon tinha o cartão do quarto dela; ele só entraria — não bateria na porta.

Monica estava sozinha no quarto quando Brandon foi até lá. Estranhou muito vê-lo ali — já que a última vez que eles tinham ficado à sós, Brandon quase perdera seus testículos para sempre.

— Preciso que você convença Lucas a levar Eva para o hospital com vocês. Vou mandar uma mensagem para ela também.

Brandon... vamos agora. Monica ouviu Flora dizer ao fim do corredor.

— Por que eu faria isso?

— Você me deve uma, Monica.

— Não te devo nada.

— Eu poderia ter acabado com a sua carreira se tivesse dito para alguém o que você fez comigo, então, você me deve uma, *sim*.

Convencer Lucas não tinha sido nada fácil, e era óbvio que ele estava ali, no quarto de Eva, obrigado. Enquanto Monica entrou, explicando de forma bem prolixa que a exposição de Flora em Paris tinha sido cancelada, e que todos estavam voltando para Vienna naquela noite, Lucas permanecia parado na porta, com cara de quem chupou limão-capeta.

— *Okay*, vou pegar um trem para casa de manhã, então.

— Na verdade, Brandon me pediu para levar você para o hospital com a gente.

— O quê?

— Ele precisou ir com a mãe dele de volta para Vienna. — Monica se aproximou de Eva. — Parece que a senhora Smith soltou fogos de artifício ao saber sobre vocês dois.

Eva pigarreou, querendo mandar Monica à merda só por causa daquela ironia de graça. Seus olhos foram de Monica para Lucas, encostado à porta, pronto para cometer um homicídio. E ela lá, com uma toalha que mal tampava suas coxas.

— Está tudo bem, Monica. Eu vou para casa.

— Olha, Brandon insistiu muito comigo para te levar, e não foi fácil convencer o Lucas a fazer isso. Vamos para o hospital e lá você decide o que fazer — disse Monica com autoridade.

Eva acabou cedendo e foi para o hospital, sem saber por que — afinal — Brandon queria tanto que ela estivesse lá ou por que estava fazendo o que ele queria. Não tinha nada a ver ela ir ao hospital; mal conhecia Claire e, na verdade, desde o par de sapatos verdes com o qual presenteou o bebê, Eva não tinha mais falado com ela, ou pensado naquela criança. E a Senhora Smith estaria lá. Repito, não tinha nada a ver ela ir ao hospital. E, ainda assim, lá estava ela, dentro do carro, junto de um Lucas irritado ao volante e uma Monica que não parava de fazer intriga.

— Então, William e Claire não estão mais juntos, você está sabendo, não é? — Eva respondeu que *sim* com um aceno de cabeça; Brandon já tinha feito a fofoca, é claro. — Mas sabia que ele nem ao menos mantém contato com ela? Puxa, ela é a mãe do filho dele.

Eva fitou Lucas ao volante. Ele dirigia com a mesma cara de irritação de outrora, e não parecia ligar para o fato de Monica estar falando mal de seu irmão.

— Você soube que ela disse *Idem* para ele, na festa de noivado, depois de uma declaração de amor? — Monica riu, batendo palmas. — Eu achei bem-feito, o William é um chato. — Por fim, Lucas fitou Monica, parecia que ela tinha cruzado uma barreira. — Desculpe, mas ele é chato, sim. Você mesmo me disse que se tinha alguém que merecia um *Idem* no dia do noivado, esse alguém era William.

Eva assistiu ao Lucas rir pelo espelho do carro.

— Ele é um chato, mas ainda é meu irmão.

— Você nem gosta dele. Na verdade, não gosta de ninguém da sua família.

— Ninguém? — Eva perguntou. E depois de quase dois meses sem falar com ela, Lucas a fitou pelo retrovisor.

— E o que tem para gostar, Eva? A minha família vive das aparências. — Lucas explicou, amargurado. — Meu pai não conversa comigo ou com qualquer outra pessoa, mais apático só a própria morte. Minha mãe é a pior pessoa do mundo, e você sabe bem disso. O seu *namorado* é um demônio, e você sabe disso também. E o Billy é um covarde, sempre foi. Acoberta o Brandon em tudo, não interessa no que for, vive para defender aquele traste. — Monica fez um gesto com as mãos, que indicava a verdade nas palavras de Lucas. — Sabe quem é a única pessoa que presta na minha casa? — Lucas continuou. — A minha irmã, Amanda. Isso porque ela se recusou a fazer parte da mesquinharia da minha família. Ela é gentil e bondosa, e a família a despreza.

— Gente, cada família infeliz é infeliz à sua maneira. — Eva comentou. — E vamos combinar que família feliz só existe em porta-retrato.

— É verdade. Mas os Smiths conseguem ser os piores. — Monica retrucou. — É bom você ir se preparando, Eva.

— É… — completou Lucas.

Eva sorriu, dando um soquinho no ombro dele.

— Ei... quer dizer que você está me considerando parte da família, agora?

— Eu não disse isso. — Lucas olhou para Monica e então continuou falando, como quem segue ordens. — Mas sei que vou ter que me acostumar com você e Brandon juntos. Agora, não vou conversar com ele, vocês não podem me pedir isso.

— Ninguém está te pedindo para fazer isso — disse Eva e Monica concordou. — Mas nós ainda podemos ser amigos, não podemos?

— Quando ele não estiver por perto, sim, podemos.

Eva ficou satisfeita com aquilo. Naquele momento, não se perguntou o que aquele "quando ele não estiver por perto" significava.

— Tem mais uma coisa que você precisa saber, Eva. — Eva olhou para Monica e notou quando Lucas deu uma apertada na coxa dela. Eles trocaram olhares ansiosos. — ... Ele é infértil. Brandon... ele é infértil.

Eva duvidou se aquilo era mesmo o que Monica e Lucas queriam falar para ela.

— Ele me disse... — Eva enrugou as sobrancelhas. — Mas tem certeza de que era isso que você queria me falar?

Eva recebeu apenas olhares vagos e levantadas de ombro como resposta. Sentiu um frio na espinha e percebeu que não confiava nem um pouco naqueles dois. Não mais.

Por mais que William tentasse disfarçar o nervosismo, o suor que invadia sua camisa cor de pêssego era visível há quilômetros. Quando recebeu a notícia de que Claire estava em trabalho de parto, William se preparou para dizer que estava ocupado e ligaria no outro dia para saber como estavam as coisas. Mas então ouviu do outro lado da linha os gritos da ex-namorada.

— Eu... eu já estou indo.

Foi o primeiro a chegar no hospital, chegou antes mesmo do que a grávida. E quando a viu, o corpo fraco estirado na maca, coberto de sangue, quase desmaiou.

— O que está acontecendo?

— Ninguém pode entrar. Desculpe. — O enfermeiro impediu a entrada de Catherine, a irmã de Claire, e de William na emergência.

— Eu sou o pai.

— Nossa prioridade é a mãe e nós vamos fazer de tudo para salvá-la.

Por algum motivo, William não sabia como devia sentir-se sobre aquilo. Ele queria ficar tranquilo, mas algo angustiante pairava em seu peito. Encontrou um inesperado consolo em Catherine, e eles se abraçaram, unidos pela imagem ensanguentada de Claire.

— Ela vai ficar bem.

— Ela não pode perder esse bebê.

James e Flora Smith chegaram junto de Brandon, Zooey e Mariana. Mas Catherine e William ainda não tinham notícias de Claire. Já haviam se passado quase duas horas desde que ela havia entrado na emergência. Logo atrás dos Smiths, vieram Lucas, Monica e Eva. Um único olhar de Flora em Eva foi suficiente para que a baronesa se levantasse, furiosa.

— Mas o que você está fazendo aqui? É muita audácia!

Brandon colocou as mãos nos ombros da mãe, evitando que ela se aproximasse de Eva, que já tinha parado de andar em direção ao grupo deles.

— Eu pedi para ela vir.

— Eu... vou pegar um café. — Eva se virou e saiu caminhando na direção contrária dos Smith.

— Você não vai atrás dela. — Flora quase gritou, mas já era tarde. Brandon já tinha se afastado da mãe. — Brandon, volta aqui!

— Deixa o Brandon em paz, mãe — pediu William, irritado. — Será que pelo menos hoje você poderia se concentrar em alguém diferente dele?

Lucas segurou o riso, trocando olhares cúmplices com Monica. Era bom saber que William também sentia-se rejeitado pela mãe — cuja preferência por Brandon chegava a ser ofensiva. Flora pareceu entender a crítica e voltou para perto de William, abraçando-o.

— Vai ficar tudo bem, querido — disse sem tirar os olhos da direção em que Brandon e Eva tinham desaparecido.

Uma médica se aproximou da família naquele momento, carregando uma prancheta. Sua feição preocupada causou mais um suadouro em William.

— William James Smith...? — William e Catherine se aproximaram da médica. — Infelizmente os sangramentos uterinos são muito sérios. Há insuficiência de respiração para o bebê. Ele está correndo muito perigo. Há muito desgaste nas paredes uterinas. Nós precisamos de uma decisão. Meu parecer é que é perigoso que Claire engravide de novo. Quero também evitar sangramentos futuros. Aconselho a retirada do útero logo após a cesárea.

— E o que Claire disse? — Catherine perguntou.

— Eu lamento, mas ela está desacordada e já começamos a cirurgia. Nós precisamos de uma decisão agora.

— É claro que vocês não vão tirar o útero dela. — Catherine foi enfática.

— A decisão tem que ser de William Smith.

— O quê? — Catherine gritou.

— Infelizmente, essa é a informação que temos aqui.

— Não! Eles terminaram! Ele não pode tomar essa decisão.

A médica ignorou a mulher que se desesperava em sua frente e fitou William.

— Precisamos de uma decisão rápido.

Catherine já sabia qual era a decisão de William antes mesmo dele falar.

— Cat... me ouça.

— Não!

— Nós temos que fazer de tudo para garantir que a Claire vai ficar bem.

— Você nunca quis essa criança, está aliviado que isso está acontecendo.

— Isso não é verdade.

— Por favor, Senhor Smith. — A médica pediu.

— Podem tirar o útero.

A médica voltou para o bloco cirúrgico a passos largos. Catherine ainda passou alguns longos segundos fitando o ex-cunhado, sem acreditar que ele tinha mesmo decidido por Claire. Ele sabia que o bebê corria riscos de morte, sabia o quanto Claire queria ser mãe, e mesmo assim tinha concordado com a remoção do útero.

— Estou tão feliz que você não é mais parte da vida da minha irmã. Você é desprezível — disse, antes de se afastar dele.

Brandon andou rápido, mas só alcançou Eva quando ela parou em frente à máquina de café, de tão ligeira que fugiu de sua mãe.

— *My darling,* desculpe por isso. Eu conversei com ela, mas...

Eva se virou para Brandon, cheia de ódio.

— Por que eu estou aqui?

— Porque você é...

— Sou o quê? — Eva interrompeu e Brandon tentou controlar o riso. — Eu vou te dizer o que eu sou. Não sou nada. Não tem nenhum motivo para eu estar aqui.

— Eva...? — Eva e Brandon olharam para onde a voz soava. Nenhum dos dois pareceu reconhecer a pessoa que agora sorria para ela. — *Hey...* Sou eu, Lionel Jackson... — Eva enrugou as sobrancelhas. Fitou o nome na *tag* da roupa dele, e voltou a olhar em seus olhos. — Sou amigo do Jim... ex-namorado da Angelina.

— Ah... oi... — Eva sorriu sem graça. — Como vai?

— Estou bem, trabalho na recepção.

— Que bom — falou rápido, sem querer render assunto.

— Eu soube do Jim — disse Lionel, sem graça, fazendo Eva enrugar as sobrancelhas para aquela conversa impertinente. — É uma pena o que aconteceu, ele está bem?

Eva levantou os ombros, sem saber do que Lionel estava falando.

— Realmente, não me importo.

Lionel olhou de Eva para Brandon e sua feição mudou de "oi-prazer-em-te-rever" para "já-saquei-tudo".

— *Okay,* vou voltar ao trabalho. Foi bom te ver.

Eva ainda observou o rapaz se afastar, digitando uma mensagem no telefone, antes de se virar para Brandon — que agora tinha os braços cruzados e uma feição de dúvida no rosto.

— O que foi?

— Nada — disse, fazendo Eva revirar os olhos. — Só me pergunto até quando vai ser assim, você *não* me apresentando para os seus amigos.

— Ele não é meu amigo, nem conheço ele direito. — Brandon levantou as sobrancelhas, numa feição de ironia. — Então você quer conhecer um amigo meu? Ótimo. — Eva tirou o telefone do bolso e Brandon só entendeu o que estava acontecendo quando viu o *flash* na sua cara. — Vou mandar agora uma foto sua para minha amiga que mora nos Estados Unidos. *Olha o cara que eu tô pegando* — disse em português, redigindo uma mensagem, o que fez Brandon rir e puxar Eva para um beijo.

— Vem, vamos voltar para lá.

— Não, eu vou embora. — Brandon segurou o rosto de Eva, acariciando suas bochechas. — Não quero ficar aqui.

— Só até o bebê nascer e eu te levo.

— Isso pode levar horas! E depois, não gostei do jeito que aquele garoto falou comigo sobre o Jim. — Eva e Brandon olharam para a recepção do hospital, de onde Lionel os espiava. — Não foi estranho? Como se eu tivesse algum tipo de informação...?

— É, foi estranho mesmo.

O telefone que estava na mão de Eva brilhou e ela viu uma mensagem de Jim. Não apenas ela, na verdade, Brandon também viu. Sabendo que não conseguiria esconder aquela mensagem dele, Eva a abriu e eles leram juntos.

Jim: *Eu já sei onde você está! Se você acha que pode me tratar assim feito lixo, está muito enganada!*

Tinha mais coisa, era uma mensagem longa, mas Eva guardou o telefone assim que leu aquela frase e escutou a primeira bufada de Brandon ao seu lado.

Depois disso, foi uma peleja fazer esse homem sair da recepção do hospital. Brandon repetia que ficaria ali, *esperando*, e só queria ver se Jim era *homem* suficiente para fazer algo. Coisa de gente criada em sociedade patriarcal.

— Que palhaçada, para com isso! — Eva foi enfática. — Vai fazer o quê? Esfolar a cara dele como fez com seu irmão? Não vai, mesmo! A não ser que você queira terminar *agora mesmo* o que ainda nem começou comigo. — Ele espremeu os olhos, pensando até onde ela falava sério. — Vou conversar com ele, colocar um fim nisso de vez, e você vai ficar na sua.

— Eva, esse cara é perigoso! Ele está te ameaçando nessa mensagem!

— Eu sei me defender, e você não convence nada nesse seu papel de macho alfa! — Brandon fez uma careta. — É claro que ele não vai fazer nada, não em um lugar público como esse. Mas Jim é um problema meu, e você não vai se meter nisso.

— Até quando você vai ser teimosa assim e acreditar que pode resolver isso sozinha?

— Se isso continuar, vou chamar a polícia. De qualquer maneira, não é *você* quem vai resolver a situação.

É claro que deu merda, leitor.

Eram três da manhã no relógio de pulso de Brandon quando ele, até então banido num canto longe da entrada do hospital, avistou Jim entrar no recinto. Acompanhando a cena, a postos para fazer alguma coisa se a situação ficasse feia, observou Eva se levantar para falar com o ex-namorado. Mas o alerta de Brandon foi em vão; tudo aconteceu tão rápido, que somente notou o que tinha ocorrido quando ouviu o estrondo, viu Eva caindo, e o café se esparramando pelo chão.

Eva também não conseguiu entender direito o que tinha acontecido. Num momento, levantava-se para cumprimentar Jim. No outro, a pele do rosto dilatava, os lábios sangravam, e ela e seu café estavam no chão.

Brandon se apressou para ajudar Eva, mas logo viu que quem agora estava no chão era o próprio Jim.

— *Bitch!*

Foi tudo o que Jim conseguiu dizer, antes da voadora que levou entre as pernas. O chute o fez se contorcer, a tempo de Eva se levantar e derrubar Jim com uma joelhada na cara dele. E quando Brandon chegou mais perto, Jim estava no chão, levando diversos pontapés de Eva.

O segurança também chegou e, junto de Brandon, conseguiram tirar uma Eva feroz de cima de Jim. Ela se debatia, tentando soltar-se para continuar agredindo Jim, enquanto gritava xingamentos seme-lhantes a *cachorro, pilantra, safado*, em meio a lágrimas descontroladas.

— Como você ousa encostar em mim?

Brandon segurava Eva com os olhos arregalados. Tinha ouvido os estrondos dos chutes dela nas costelas de Jim — de certo ela havia quebrado algumas.

— Calma. Calma — pediu Brandon, segurando o rosto de Eva. Então ele viu, e fez ânsia de vômito, para o corte que sangrava no canto do lábio inferior de Eva. Um roxo em cima da pinta da bochecha. Jim tinha socado o rosto dela.

Jim ainda tentou se levantar quando viu Brandon e Eva juntos, mas não conseguiu, colocando a mão nas costelas. Alguns enfermeiros vieram ajudá-lo.

— Houve uma briga — explicou o segurança. — A moça tem um pé-direito forte.

— Nasceu! Mamãe e bebê estão bem. Vamos entrar? — A família inteira se levantou, quando a médica apareceu, quase junto com o raiar do sol. — Mas calma, Claire passou por uma cesariana de alto-risco e uma cirurgia de remoção de útero. Ela precisa descansar.

Claire parecia ótima quando todos entraram no quarto. Recebeu um beijo da irmã e do cunhado, assim como um afago da Senhora Smith, que — naquele dia — decidiu esquecer o *Idem*, pelo menos por algumas horas. Claire sorria grande, apesar de já saber da perda do útero.

William esperava que Claire fosse expulsá-lo do quarto assim que o visse. Porém, ela pediu que ele se aproximasse primeiro.

— Billy... Ele tem os seus olhos.

Catherine, que observava o bebê no colo da irmã, concordou.

— Tem mesmo. — E apontou para o queixo. — E o queixo do papai.

Elas riram, antes de Claire voltar a fitar William, que estava escondido atrás da mãe, como quem quer evitar qualquer aproximação.

— Por que não carrega ele um pouco?

Flora pegou as mãos de William e levou-o para mais perto de Claire. Parecia que todo mundo esperava por aquele momento — o momento em que William deixaria toda aquela crosta de gelo derreter e fosse transbordar de lágrimas ao carregar Jason pela primeira vez.

Flora pegou o bebê do colo de Claire, e o colocou nos braços de William. Monica até levantou a cabeça para fitar a cara do cunhado melhor.

E William olhou para o Jason; olhou com atenção. Reconheceu na criança seus olhos e o tom escuro de seus cabelos. Observou as mãozinhas e os pezinhos que se moviam dentro das luvas e sapatinhos de lã. Era agora... ele tinha de olhar para aquela criança como *Miranda* ao admirar o novo mundo. Tinha de sentir-se cheio de paixão e de emoção *Shakespeariana*. Mas ao invés disso ele sentia-se como *John the Savage*, contemplando seu admirável mundo novo, infeliz e deslocado, estilo *Aldous Huxley*.

Ele saiu do quarto o mais rápido que a etiqueta permitia, sentindo-se nauseado. Não tanto por aquele ser vivo que agora dependia dele, mas pela completa recusa em ver o que acontecia no seu relacionamento com Claire a tempo. Ele era um psiquiatra — lidava com os problemas conjugais alheios o tempo inteiro. Porém, fora incapaz de perceber que seu próprio relacionamento estava com problemas.

Nas últimas semanas na clínica, tudo o que William fazia era dar satisfação para as pessoas, que lamentavam o fim do relacionamento dele com Claire.

— Foi uma decisão mútua — repetia sempre.

— Mas bem agora...? — Oito entre dez pessoas perguntavam.

No limite de sua educação, William sorria, levantava os ombros, como quem lamenta, mas não pode fazer nada. E muitas vezes sentia-se assim, sem saber o que sentir e o que dizer. Quando chegava na casa dos pais, onde estava morando de novo, deitava-se na cama e não conseguia dormir. Repensava os últimos onze anos de sua vida como quem vê um filme procurando por detalhes nunca antes notados. Viu o momento exato em que a paixão acabou e o relacionamento de verdade começou, com seus altos e baixos do dia a dia, os consensos que ambos faziam — ela mais do que ele, talvez — procurando pelo momento em que Claire havia deixado de amá-lo. Quando foi que ela decidiu que não valia mais a pena? Ainda não tinha aquela resposta.

O fim do relacionamento deles, a volta para a casa dos pais, tudo aquilo às vezes parecia um pesadelo do qual William tentava acordar, sem sucesso. Voltou a ter a insônia que tinha nos tempos da faculdade, mal conseguia se manter acordado enquanto seus pacientes falavam sem sessar sobre os problemas deles. Começou a dar respostas vazias para as pessoas, e às vezes era até um pouco rude e sarcástico, soltando um *pelo menos você ainda tem alguém que te suporta*, de vez em quando.

A vida familiar servia apenas para lembrar o motivo dele nunca ter desejado dar aquele passo com Claire. Era repugnante ver como, mesmo depois de tanto tempo, o pai ainda tratava Brandon. Fazia-o lembrar daquele garotinho indefeso que chegou, de repente, na sua vida, dos castigos que recebia por não falar a inglês, por chorar pedindo pelo *pai*. William sabia que era sua responsabilidade cuidar para que Jason não fosse mais um Smith cheio de traumas, mas parecia impossível fazer isso quando ele mesmo não conseguia lidar com os seus.

William limpou uma lágrima traiçoeira quando ouviu os pais conversando atrás de si.

— Fala alguma coisa para ele, James.

— Falar o quê?

— Qualquer coisa.

 William suspirou quando o pai se aproximou, tocando seu ombro. Se havia sido tocado pelo pai mais de dez vezes em seus trinta e um anos de vida, fora muito. Mas sabia que não podia reclamar, um toque no ombro era mais contato físico que Brandon tivera com o Senhor Smith na vida inteira.

— Vai ficar tudo bem, Billy.

Mesmo se esforçando para não ficar como o pai, William sabia de seus problemas para expressar qualquer tipo de sentimento. Sempre dizia para seus pacientes o quão importante um toque pode ser — e o peso da mão do pai agora confirmava isso.

— Quando vou saber? Quando vou saber que eu amo a criança? — William fitou o pai, e James tentou ignorar aquele olhar cheio de lágrimas do filho mais velho.

— Você vai saber quando souber.

— Quando você descobriu? — William perguntou, mesmo sabendo que essa não era a pergunta que queria fazer para o pai. Na verdade, queria perguntar se ele, de fato, o amava. — Sou o seu filho mais velho, quando que você soube?

James Smith sabia que não ajudaria William mentindo para ele.

— Não é tão simples, Billy. Não é um *click*. Leva tempo para se estabelecer uma relação com um ser desconhecido. — William desviou os olhos do pai. Não era isso que queria ouvir. — Mas isso vai acontecer para você, eu tenho certeza. Na verdade, acho que vai se sair bem nisso, melhor do que eu.

William não tinha tanta certeza assim, mas aceitou as palavras do pai como um *flash* de esperança para um futuro que se mostrava tão escuro quanto uma noite sem lua.

Eva virou a atração da enfermaria naquela noite, conhecida como *a moça que quebrou as costelas do indiano*. Inclusive, quase ficou com mais raiva das enfermeiras por se referir a Jim daquela maneira hostil do que do próprio Jim por ter socado a sua cara. Mas os analgésicos fizeram efeito e — misturado com a falta de descanso — fez Eva fazer piada da situação com Jim. Seus comentários cômicos sobre como tinha sobrevivido àqueles meses de perseguição tiraram risos da enfermeira que cuidava de seu hematoma, e Brandon quase deixou escapar um *como você pode fazer piada com isso, mulher?*

Às vezes, tinha um pouco de dificuldade de entender as atitudes de Eva. Depois do soco, ela fez questão de falar com Jim, o que quase fez Brandon ter um ataque epilético.

— É claro que você não vai falar com esse sujeito!

Eva riu na cara dele, o que o fez ficar com mais ódio ainda.

— Menos Brandon, bem menos...

Falou mesmo e digo que foi mais fácil do que Eva pensou que seria. Achou que entraria no quarto e Jim começaria a gritar ou tentaria agredi-la mais uma vez. Mas não foi o que aconteceu. Ao vê-la, Jim analisou o rosto dela com uma feição de amargura.

— Não sei o que deu em mim. Eu sinto muito.

— Também sinto muito, sinto muito por não ter percebido que você era essa pessoa e por não ter terminado com você antes. Sinto muito por não ter percebido que o aconteceu entre nós tinha que ter ficado no verão, em Londres, quando ainda era bom.

Jim direcionou um olhar de decepção misturado com ódio para Eva.

— Então é isso, você sente muito por ter tido um relacionamento comigo? — Ele cerrou os punhos. — Eu te amava. Você sentiu alguma coisa por mim?

— Eu gosto tanto da sua família, da Dana... Você acha que eu colocaria a minha amizade com ela em risco se não gostasse de você? — Eva tentou manter a calma. — Eu tentei de todas as maneiras, mas você tornou o nosso relacionamento impossível para mim com as suas cobranças e o seu ciúme insano. E agora tornou impossível que a gente seja sequer amigo no futuro.

Jim tirou os olhos marejados de Eva.

— Você me descartou. E o pior, jogou isso na minha cara. Sabe, ser honesto não significa machucar os outros com a verdade.

— Você não queria ouvir, Jim! Você não queria ouvir que a gente não dava mais certo. Não tinha como conversar com você. — Eva parou quando notou que ele começou a chorar. — Já parou para pensar que se tivesse aceitado a minha decisão na primeira vez, nada disso teria acontecido?

— Penso nisso todos os dias.

Daquela vez, Jim aceitou o fim sem uma palavra sequer.

A enfermeira ouviu tudo e ficou feliz pela conclusão daquela história maluca.

— Pelo menos agora você arrumou um rapaz muito mais amável que parece muito apaixonado e vai cuidar de você — disse a enfermeira, apontando para Brandon. Ele ensaiou um sorriso, mas foi interrompido por uma gargalhada sinistra de Eva.

— Ai, doce ilusão! Se ao menos isso fosse verdade!

A enfermeira riu junto de Eva e Brandon ficou com cara de tacho. Não conseguia mais ouvir nada além daquela risada fúnebre e do descarado "doce ilusão". O que ela estava pensando, comparando-o com um sujeito que a perseguira por dois meses e tinha acabado de socar a cara dela? Essa mulher era uma peste na vida dele mesmo! Por que ela falaria aquilo?

Tudo bem que ele tinha mandado prendê-la injustamente por pedofilia, e tinha sido um tanto temperamental algumas vezes... Brandon escondeu os lábios, pensativo. Sempre tinha se orgulhado de ser esse "cara" que não agride mulher. Nunca faria o que Jim tinha feito — nunca! Ainda assim, não podia dizer que nunca havia sido injusto com ela. O quanto aquilo o fazia semelhante a Jim?

— Você está muito calado. O que foi? — Brandon acordou de sua introspecção e olhou em volta, vendo-se agora sozinho com Eva no quarto. Ela mantinha a bolsa de gelo de encontro ao rosto inchado. — Deixa eu adivinhar, foi o que eu disse para a enfermeira? Foi brincadeira.

— Toda brincadeira tem um fundo de verdade.

Eva riu, sentindo uma dormência no rosto.

— Certo, quando ela voltar, vou falar para ela que você é um *príncipe*, está bem? — Brandon segurou o riso. — Um *gentleman*, desses que parecem ter saído de dentro de um livro de romance bem clichê! Satisfeito?

— Só me chateia você pensar que eu seria capaz de fazer algo assim contra uma mulher.

— Você quer um prêmio por isso?

— Eva! — Ele reclamou da brincadeira fora de hora.

— Estou falando sério! Do jeito que você fala, até parece que não fez mais que a sua obrigação.

— Sei que não sou perfeito, sei que não posso dizer que nunca fui injusto com você.

— Nenhum homem pode dizer isso! — Ela retrucou. — Não quando ele vive num sistema que o favorece de todas as formas. Se sabe que a colega ganhava menos executando o mesmo trabalho e não fala nada. Se bateu numa mesa para impor silêncio, ou pegou num braço um pouco mais forte do que deveria. — Brandon se incomodou, e desejou que ela parasse ali. — Se quer saber, a maior violência do Jim contra mim não foi esse soco na cara. Foram todas as vezes que ele tentou fazer com que eu me calasse, que eu usasse um certo tom para falar com ele, ou só de pensar que eu precisava dele de alguma forma. Todas as vezes que ele não me dava espaço, não respeitava os meus amigos, a minha vida, as minhas decisões. Foi por isso que eu terminei com ele.

Brandon tomou aquilo como um sinal amarelo, um "cuidado" — *isso-é-tudo-que-você-não-deve-fazer-comigo*. E enquanto tinha certeza de que ela diria algo se não estivesse satisfeita, também queria que ela fosse feliz ao lado dele. Sentou-se de frente para Eva e alisou seus joelhos e panturrilhas.

— Entendo.

Eva colocou a trouxa de água quente ao lado da cama e sentou-se.

— Sabe, eu também não posso dizer que nunca fui injusta com você — continuou, fazendo Brandon enrugar as sobrancelhas. — Eu me arrependo todos os dias de ter te mostrado aquela gravação. De certa forma, o que fiz também foi uma violência. Sinto que roubei uma coisa importante de você, e não era o que eu queria.

Brandon sorriu, ainda acariciando as pernas de Eva.

— Está tudo bem. Uma hora a gente precisa encarar a verdade. Que você pode saber as técnicas e como fazer, mas o olho, o enxergar as coisas de um jeito único, ou você tem isso com você ou não. E eu não tenho, já sabia disso antes da gravação, mas era mais cômodo para mim não enxergar.

— Não acho que isso seja verdade — respondeu Eva. — Não acho que exista algo como uma pré-disposição natural, algo que nasce com a gente. Acho que existe paixão, e você tem isso. Ninguém pode tirar de você, nem mesmo eu.

— Você não roubou nada de mim, a não ser é claro, o meu coração.

Eva gargalhou para aquela frase clichê, movendo a cabeça para trás.

— Você não se cansa de falar merda, não?

— Não mesmo! — Ele se inclinou e beijou seus lábios. — E acho que vai se surpreender, sabe? Acho que vou ser o melhor namorado que você já teve!

— É mesmo?

— E espero que o último!

— Sem mencionar o mais convencido! — Eles riram juntos e se beijaram uma outra vez. — Então é isso...? É namoro? — Eva perguntou com uma feição de preocupação e nojo.

— Ah, pelo amor de Deus! Para de me torturar! — Eva gargalhou.

— Não é você! Imagina! Você é todo gostoso e bonitão… — Brandon riu, enquanto Eva apertava seus braços. — Mas a sua mãe… puta-que-o-pariu...

— Esquece a minha mãe! Ela não tem nada a ver com isso! Isso é sobre nós dois. E eu sou louco por você!

Eva riu e jogou o cabelo.

— Eu sei!

— Não sei o que você fez comigo!

— Ah, foi só um feitiço do terceiro mundo.

Eles gargalharam juntos.

— Foi dos bons.

Ele a beijou de novo e eles entrelaçaram os dedos, sem desviar seus olhos.

— Sabe por que estou aqui, com você? — Brandon sorriu, interessado. — Não estou aqui por pensar que você seja perfeito para mim, ou melhor ou pior do que outra pessoa. Porque você não é, ninguém é. Na verdade, somos todos muito parecidos, sempre lutando por e contra nossos instintos mais básicos de sobrevivência. — Eva sorriu e passou a mão pela linha do cabelo de Brandon. — Ainda assim, estou aqui porque você me faz *sentir*. Nem sempre felicidade, nem sempre amor, nem sempre algo positivo. Mas na maior parte das vezes, um sentimento de completude que me traz paz e pertencimento. E isso, não importa o nome que você queira dar, me faz parar de tentar entender o que acontece do lado de fora, porque o que está aqui dentro, entre nós dois, basta para viver uma vida plena.

Brandon pensou que ele não poderia ter colocado melhor em palavras o que ela fazia dentro dele — mas era isso. Um sentimento de que nada mais no mundo podia fazê-lo sentir-se tão bem. E mais do que tudo, fazia com que ele visse o mundo de outra forma, pelos olhos dela — e desejasse ser uma pessoa melhor. Se isso não fosse o que os livros e poemas chamavam de *amor*, então eles dariam um nome novo para aquela emoção. E que fosse então, esse novo sentimento, só mais uma das coisas que eles construiriam juntos.

Capítulo 22

Lar doce Lar

CATHERINE ABRIU A PORTA e Claire entrou em seu apartamento. A irmã tinha arrumado toda a bagunça deixada lá na noite de Natal, antes de Claire entrar em trabalho de parto. Mesmo assim, entrar no apartamento depois de uma semana causou um sentimento estranho em Claire. Na verdade, aquele sentimento estranho vinha se repetindo todos os dias desde que William se mudara. Eles haviam comprado juntos o imóvel há cerca de seis anos, e, de alguma forma, a ausência de William fazia o apartamento perder a cara de lar.

Tudo bem, Claire tinha plena consciência de que não o amava mais. Porém, a maneira como ele saíra da sua vida, de forma tão repentina e decidida, sem nem ao menos se comunicar para saber notícia da criança que ela esperava, começou a causar certo ressentimento — talvez até um pouco de ódio. E, aos poucos, ela foi se distanciando do apartamento em si, também. Dos móveis, que tinha mais o estilo dele do que dela. Dos objetos nas estantes, dos livros espalhados pela casa. Não era mais um lar.

O apartamento de Claire e de William tinha três quartos, mas Claire havia montado o berço de Jason ao lado de sua cama, certa de que desejaria ficar o mais perto possível da criança. Agora, enquanto o garoto berrava no colo de sua irmã, Claire já não tinha mais tanta certeza se queria ficar tão perto dele assim.

— Acho que ele quer mamar.

Claire sentou-se no sofá, respirando fundo, já pensando na dor que sentiria quando o bebê sugasse o leite de seus seios. Jason foi com sua boca aberta para os mamilos inchados da mãe e ela não conseguiu controlar a lágrima de dor. Catherine, que já tinha uma filha de seis anos, disse para Claire tentar o outro peito e garantir que Jason pegasse toda a auréola do seio. Mas Claire apenas conseguia chorar. E quanto mais chorava, mais pensava na feição de desespero e infelicidade de William ao segurar Jason pela primeira vez — momento que Claire soube que não podia contar com ele.

Tinha alguma coisa errada. Não era para ser assim. Quando decidiu que ficaria grávida (sem dividir a decisão com o namorado — lógico), imaginara algo diferente. Nada de casamento, uma casa maior, um parto sem problemas ou uma criança que não chorava tanto, nada disso. Sabia que haveria desafios. Mas se fosse ser bem sincera consigo mesma, em nenhuma das suas piores predições, imaginou que William não estaria com ela naquela primeira amamentação longe do hospital.

— Claire, preciso ir a Dublin essa semana. Já falei com a Flora e ela disse que vem para ficar com você.

— Não se preocupe, vou ficar bem.

— Tem certeza?

— Absoluta. Layla disse que viria me ajudar também. Está tudo sob controle.

Em sua mente, repetia *Eu vou ficar bem. Eu quis isso. Eu vou dar conta.* Mas olhava para o menino em seus braços e a vontade era de sair correndo e se esconder em algum lugar. Havia lido todos os livros recentes de maternidade naqueles últimos anos, enquanto tentava engravidar. Releu muitos deles quando descobriu estar grávida de Jason. Mesmo assim, não conseguia pensar no que devia fazer com aquela criatura pequena e frágil em seus braços.

— Quando você vai voltar?

— Em três ou quatro dias.

Claire sorriu em concordância. Mas naquela noite, enquanto Jason chorava sem parar, Claire chorou junto.

Enquanto isso, do outro lado da cidade, Eva chegava em casa arrastando sua mala-de-uma-roda-só. Havia sido uma semana apenas — mas parecia que não pisava no apartamento há séculos. E considerando a excitação de Angelina, que quando a viu começou a pular na frente dela como uma cabrita bêbada, parecia mesmo que tinha ficado décadas longe.

— Eva! Você voltou! Que bom! Estou tão feliz. — Eva levantou as sobrancelhas para a reação exagerada da colega de apartamento e, rindo, foi em direção ao seu quarto. — Espere, onde pensa que está indo?

— Matar Pedro Álvares Cabral e retomar a minha terra. — Angelina colocou as mãos na cintura. — Estou indo para o meu quarto, onde mais, Angel?

— De jeito nenhum, você vai se sentar aqui e agora e me contar tudo o que aconteceu essa semana! Quero saber todos os detalhes! Não me poupe de nada, pode passar a noite inteira falando. — Eva tentou desviar de Angelina, mas ela continuou na sua frente, até parar na porta fechada do quarto de Eva. — Eu quero saber do Brandon. Me conta do Brandon. Vocês se acertaram? Vocês estão namorando?

Eva largou a mala e cruzou os braços.

— Angel, deixa eu entrar no meu quarto, por favor? Eu não dormi nada na noite passada.

— Amiga... escuta, preciso conversar com você primeiro...

Eva ficou sem paciência e desviou Angelina da porta com um movimento simples do braço. Ficou por alguns segundos parada no mesmo lugar, fitando tudo ao seu redor, sem reconhecer nada. Angelina deixou que Eva absorvesse o que via, enquanto olhava para os quadros não-identificados das paredes, o tapete de cor estranha no chão, a roupa de cama que não reconhecia, as fotos trocadas em seu mural, a mesa de trabalho que agora estava coberta por um papel de plotagem com figuras geométricas cinzas e brancas. Depois que tinha observado tudo, Eva fitou Angelina.

— O que...? Por que está tudo diferente?

Angelina não sabia nem por onde começar. Arrependeu-se de não ter dito nada antes. Enquanto Eva observava seus livros — que de certo nao eram seus — na estante, Angelina tentava formular frases completas.

— Então... é um pouco difícil de explicar... eu devia ter contado antes...

Eva passou as mãos na nova cópia de *Sula* disposta na estante. Sua antiga cópia estava surrada, Eva sabia que não era o mesmo livro. A antiga cópia também tinha a assinatura da autora, e quando Eva abriu o livro e viu a primeira página em branco, quis chorar.

— O meu livro assinado pela *Toni Morrison*... Onde ele está?

— Eva, calma! Estou tentando te contar. Foi há quase uma semana...

— Essas não são as minhas notas... — Eva disse, abrindo um dos seus ficheiros brancos. Ela havia feito desenhos em cada um de seus ficheiros antigos, indicando que tipo de nota tinha em cada um deles. Nada estava mais lá. Também não reconheceu a "sua caligrafia".

Angelina ainda pedia para ela se sentar e se acalmar, mas Eva foi para o guarda-roupa. Pela quantidade de cor que viu ali, já sabia que aquelas não eram suas roupas. Mas não se preocupou naquele momento; levantou os pés e buscou por algo na prateleira mais alta. Era uma caixa de sapato. Quando abriu e viu ali um caderno velho e a moldura de papel marchê que Brandon tinha feito para ela, ficou aliviada. Mas parecia que a caixa era a única coisa que sobrara; todo o resto estava diferente. Guardou a caixa no mesmo lugar e se virou para Angelina, agora disposta a ouvir a explicação.

— O que aconteceu aqui?

— Foi o Jim. — Angelina estava quase chorando. — Eu não pude evitar, ele veio e destruiu tudo.

Então Angelina contou, nos mínimos detalhes, o que tinha acontecido na última semana. Contou como Jim parecia drogado, alucinado, e chegou derrubando Angelina no chão e destruindo tudo o que Eva tinha. Contou que chamou a polícia e que Jim fora preso, mas não sem antes destruir os livros, as notas da faculdade, a cama, o colchão e as roupas.

Eva manteve a expressão de o-que-diabos-você-está-dizendo durante todo o discurso. Foi acreditar mesmo quando Angelina mostrou as fotos do inquérito policial e viu com seus próprios olhos o que Jim tinha feito.

— Eu só conseguia pensar no que podia ter acontecido se você estivesse aqui — disse Angelina, antes de abraçar Eva. — Foi ele que fez isso no seu rosto? — Eva fez um gesto positivo com a cabeça. — Amiga, vai na delegacia agora fazer uma queixa! Ele vai ficar preso depois disso, com certeza.

— Eu já fui — esclareceu Eva, antes de passar os olhos pelo quarto.

— Você fez isso? — perguntou, engasgada. — Você que arrumou tudo? Comprou novos livros, quadros, novas roupas?

— Bem, tive ajuda.

— Dana? — Eva perguntou, tirando um vestido vermelho de bolinhas pretas de seu novo guarda-roupa. O vestido era a cara de Dana.

— Eu disse para ela que você não ia gostar, mas ela insistiu que o vestido vai ficar lindo com o seu tom de pele. Nisso ela tem razão. — Eva olhou para o vestido com uma careta. — O pai dela pagou por tudo, então tive que deixá-la escolher um vestido para você, pelo menos.

Eva colocou o vestido de volta. Passou a mão por dois casacos — um preto e um vermelho. Então um outro vestido de estampa florida amarela, com botões até o fim da saia, chamou sua atenção. Mostrou o tal vestido para Angelina, com uma cara de preguiça.

— Você devia me agradecer, vai ficar linda nesse vestido.

— E eu vou usar esses vestidos com o quê?

— Nós compramos um tênis branco que vai ficar muito legal.

— O quê? Ele destruiu os meus sapatos?

— Ele jogou pela janela, e alguns caíram no lago.

— Pai do céu! — Eva observou os novos pares de sapato. Tirando a coturno preta, queria jogar tudo no lixo.

Eva se afastou do guarda-roupa colorido e o observou por alguns instantes. Era como se alguém tivesse entrado na *H&M*, escolhido tudo o que ela nunca consideraria usar. Segurando a vontade de rir, voltou-se para Angelina, abraçando a colega de apartamento pelos ombros e deitando o rosto na cabeça dela.

— Odiei as roupas.

— Eu sei.

Brandon não achou as roupas tão ruins assim. O vestido amarelo também chamou a atenção dele, e disse que não via a hora de removê-lo do corpo de Eva.

— Obrigada! — Angelina quase gritou. — Está vendo? Você não pode trocar. Seu namorado gostou, e agora você vai ter que usar.

Eva e Angelina ainda não haviam tido tempo de conversar sobre tudo que acontecera quando Brandon chegou ao apartamento, trazendo comida mexicana (dando continuidade ao seu plano de fazer Eva ganhar uns quilinhos). Ao abrir a porta e ver um sorridente Brandon ali, Angelina se virou em direção ao quarto de Eva.

— Acho que é para você.

Eva apareceu sorrindo de orelha a orelha na porta do quarto, Brandon se apressou pela sala e os dois se encontraram num abraço apertado de quem não se vê há quinze anos. Brandon tirou o corpo de Eva do chão e ela entrelaçou as pernas ao redor da cintura dele, numa demonstração pública de afeto desproporcional às horas que haviam ficado separados aquele dia. Mas foi só quando beijaram um beijo que fez até barulho, que Angelina sentiu a inveja doer no fundo do estômago.

Angelina tombou a cabeça, sentindo uma sensação de cócegas em seu baixo-ventre. Observar Brandon na cozinha, arrumando a comida na bancada, enquanto ria das esbravejadas de Eva sobre não ter gostado das roupas e não ter nada para usar, e tocando-a vez ou outra de forma carinhosa nos braços e na cintura, quase fez Angelina desejar ter sido *ela* a conhecer Brandon primeiro.

— Vem comer, Angel — disse ele, cheio de intimidade.

Ela foi babando e rindo feito palhaça. Eva percebeu, é claro, e empurrou Angelina de forma velada, enquanto Brandon estava distraído.

— Disfarça, pelo menos, Angel.

— Essa sou eu disfarçando.

No caminho para o cinema, Eva pediu para que Brandon fizesse uma parada em especial. Ele ficou no carro, enquanto ela se aproximava da casa. Usava o vestido vermelho de bolinhas pretas com meia-calça, bota e o casaco vermelho — o que parecia que ela tinha atacado o guarda-roupa de Dana.

Alguns segundos depois que Eva bateu a campainha, a própria Dana atendeu.

— Eva... — Dana logo notou que Eva não estava sozinha, e que tinha alguém a esperando na entrada da casa, na BMW preta. — Você ficou ótima de vermelho.

Eva olhou para a própria roupa e depois para Dana. Foi quando viu — tocou o rosto de Eva onde um leve inchaço perto da boca ainda se fazia proeminente, mesmo com a maquiagem.

— Ele fez isso com você?

— Está tudo bem. Como você sabe, ele está bem pior do que eu.

— Três costelas quebradas e seis meses de detenção por violação de ordem de restrição e agressão. — Eva ficou sem graça, mas quando Dana começou a rir, sentiu-se mais aliviada. — Eu sinto muito, Eva. Ainda não acredito que ele fez isso com você, com o seu quarto.

— Vamos esquecer isso, está bem?

— Ele concordou em se tratar quando voltar para casa.

— Que bom. — Eva sorriu, um pouco sem graça. — Tenho que ir, só vim agradecer o zelo de vocês em tentar deixar tudo como era antes.

Dana sorriu e Eva sentiu um ímpeto forte de abraçá-la. Mas já tinha tanto tempo que elas não conversavam sem que trocassem palavras duras de ódio e ressentimento, que não dava mais para saber se tudo poderia voltar a ser como era antes. E, por alguns segundos, Eva temeu que não voltasse, que fosse tarde demais para a amizade delas. Fez um sinal de adeus tímido com as mãos e se virou, andando em direção ao carro.

— Eva...? — Voltou-se para Dana, mantendo a distância de poucos metros. — É o Brandon? — perguntou apontando para o carro. — Vocês estão juntos?

Eva sorriu e assentiu, pensando que aquela situação ainda parecia um pouco surreal.

— É... não é clichê? — Ela perguntou, rindo.

— Estou feliz por vocês, sabia? O jeito como se olhavam na festa do *Vienna Channel*... Todo mundo sabia que o Jim não teria nenhuma chance.

Eva suspirou, concordando com Dana.

— Não foi justo com o Jim, eu sei disso. Devia ter te escutado mais cedo, mas... Eu estava tão perdida e infeliz.

Dana levantou as sobrancelhas, um pouco incomodada com o silêncio repentino que se instalou entre elas.

— Bom... Aproveita. Isso quase nunca acontece. Você conhece uma pessoa e apesar de todos os atropelos, desencontros e erros, ainda tem outra chance, e as coisas se resolvem para melhor.

— É verdade, quase nunca acontece. Mas acho que todo mundo merece uma segunda chance para mostrar uma melhor versão, não é? — Dana levantou os ombros, sem saber se concordava com aquilo ou não. — Esse daí já está na terceira, então acho que é agora ou nunca. — Dana riu. — Você uma vez me disse que as pessoas raramente mudam, e você estava certa. Não porque não conseguimos, mas porque só mudamos quando de fato queremos, em geral porque estamos prestes a perder algo muito valioso.

Dana mordeu os lábios.

— Bem, espero que ele tenha mesmo mudado.

— Não estou falando dele. — Dana ficou sem graça de repente e fitou o gramado do jardim. — Sabe, Dana...? A gente nunca pode dizer que conhece alguém até ver seu lado mais sombrio. Isso vale para relacionamentos e para amizades também. Agora, conseguir manter uma conexão genuína apesar de saber das fraquezas do outro, isso é amor de verdade.

Dana deixou as palavras de Eva entrarem no cerne do seu corpo e ficarem ali, como se para ajudar a curar aquela ferida dentro dela, que continuava dizendo que ela deveria se afastar, não ser mais amiga de uma pessoa como Eva.

Elas ainda ficaram alguns segundos paradas, trocando olhares curiosos, uma tentando decifrar o que a outra pensava, quando Brandon saiu do carro. Evitando os olhares desconfortáveis, Eva e Dana o fitaram andando daquele jeito típico dele, meio devagar, mexendo no cabelo sem perceber. Cumprimentou Dana com um aceno de cabeça e ela devolveu um sorriso para ele.

— *Darling*, a gente vai se atrasar.

Eva concordou e se despediu de Dana com um gesto rápido. Ela os observou se afastando de mãos dadas e um pensamento estranho passou por sua cabeça — algo como *isso com certeza não vai durar*. Por coincidência ou não, era sempre esse pensamento que vinha quando pensava em Eva e Jim.

Foi nesse momento que Dana percebeu que, mesmo com o término, o sentimento de ciúme e inveja ainda estavam lá, dentro dela, aumentando seu ressentimento por Eva a cada dia que passava. Não sabia o motivo, afinal, de sentir tanto ódio dela — mas estava mais do que claro que não era sobre Jim. Nunca tinha sido sobre Jim.

Capítulo 23

A Outra Garota

O SEGUNDO SEMESTRE DO ano acadêmico começou em meio ao frio, dias nublados, neves esporádicas e escorregões devido ao gelo congelado nas calçadas. Quando menos se esperava, lá vinha alguém se equilibrando feito malabarista e tentando ficar em pé. Eva tinha caído duas vezes, e temia que a terceira vez seria o fim do seu osso do cóccix — mesmo com todas as camadas extras de gordura que surgiam na região de seu bumbum graças ao Brandon e seu vício em comida. Ficou normal abrir a porta do apartamento e ver o namorado lá, segurando qualquer coisa que ele tinha comprado ou cozinhado.

Naquele primeiro dia de aula, não foi diferente. Já na entrada da *Christ Church College,* Eva levou um escorregão, e só não caiu de cara no chão, pois um ser muito bondoso a segurou pelos braços e a ajudou a se levantar.

— Nossa, obrigada, eu... — Eva tirou o cabelo da cara e a voz parou. Seus olhos cruzaram com aquele brilho forte verde-esmeralda e ela sentiu o coração parar. — Tabitha! — Eva exclamou como quem diz *esqueci que você existe.*

Já havia mais de oito meses que elas não se viam, e Eva não se lembrava de Tabitha ser tão bonita. A moça tinha platinado o cabelo, e agora as ondas magistrais faziam um contraste primoroso com a blusa escura. Costumava ter uma franja que caía nos olhos, mas o cabelo tinha crescido, e agora a franja se misturava com o resto dos fios de seda. A maquiagem escura valorizava o verde-esmeralda de seus olhos e a boca tinha uma textura brilhante por causa do *gloss.*

Ignorando a inevitável atração que sentia todas as vezes que via Tabitha, Eva tentou disfarçar a surpresa e ficar de papo-furado. Elas nunca tiveram muito o que conversar, nem antes de se descobrirem apaixonadas pelo mesmo homem. Aquele detalhe ainda não fazia Eva se sentir, de alguma forma, conectada a Tabitha. Parecia que a garota era um ser de outro mundo.

— Está indo para a classe da professora Cruz? — Tabitha perguntou.

— Sim, estou.

— Eu também — disse, sorrindo, o que só servia para deixá-la ainda mais deslumbrante. — Vamos juntas?

Eva abriu a boca, sem saber o que dizer, e levantou os ombros, caminhando junto de Tabitha para dentro da faculdade. Tentando evitar um daqueles silêncios que odiava mais que a morte, perguntou como havia sido o intercâmbio da garota na Polônia, e Tabitha viu ali uma deixa para começar a falar. Disse em poucas palavras, de um jeito dócil e gentil, que havia aproveitado para fazer matérias extras na faculdade, visitar parentes que não via há tempos e fazer alguns trabalhos como modelo. Quando o assunto estava minando, elas chegaram na sala de aula e foram recebidas por Dana, com os olhos arregalados. Talvez não somente pela volta de Tabitha, mas pelo fato das duas entrarem juntas na classe.

— Oi, bom ver você de novo. — Tabitha disse, esbanjando sorrisos e simpatia.

Dana foi cordial e perguntou sobre o intercâmbio, o que fez Tabitha repetir tudo o que já tinha dito para Eva. Pelo menos até aquela voz estridente interrompê-la.

— Eva, sua filha-da-puta! — Angelina chegou, irritada. — Como você e aquele idiota do seu namorado não me dão uma carona, hein? Puxa, primeiro você e Brandon ficam três horas no banheiro, eu me atraso, e vocês ainda vão embora sem me esperar? — Eva passou a mão no pescoço, sinalizando para Angelina parar de falar, mas a mensagem não fez sentido algum para a moça. — O quê? O que isso significa? — Angelina imitou Eva. — Você e seus gestos brasileiros!

Então Tabitha virou seu corpo de mulher-maravilha para fitar Angelina, de um jeito que até parecia estar fazendo pose para alguma foto.

— Oi, Angelina.

— Tabitha, oi... Você está de volta...

Tabitha sorriu e, sem esperar muito, voltou-se para Eva.

— Então, você e Brandon...

— Vamos sentar? — Angelina pegou o braço de Dana, deixando Eva e Tabitha sozinhas ao redor da porta da sala.

— É... pois é — respondeu, sem saber onde enfiava a cara. — Na verdade, Tabitha, tem algo que preciso te falar sobre isso. Queria que soubesse que eu não sabia sobre vocês dois aquela noite na boate. — Tabitha sorriu de maneira gentil para Eva. — Eu *realmente* não sabia de nada.

— Acredito em você, não se preocupe.

Eva tentou corresponder ao sorriso gentil de Tabitha, pensando que ela estava agradável demais. Desconfiada, indicou os amigos com o dedo e já se afastava, quando Tabitha pegou em seu braço e a puxou para o canto mais discreto da sala. É claro que aquela gentileza toda estava muito de graça. Quando Eva colocou seus olhos na moça de novo, ela não sorria mais.

— Posso te fazer uma pergunta um pouco indiscreta? — *Estou dormindo com o seu ex-namorado. Por que não me jura de morte de uma vez?* Eva pensou, enquanto deixava um *Claro* escapulir num fio de voz. — É pura curiosidade, não precisa responder se não quiser... — Tabitha soltou um suspiro, como quem toma coragem. — Brandon pediu para vocês esconderem o relacionamento, em algum momento?

— Não, imagina! Ele estava desesperado para assumir logo. Por mim, ainda estaríamos sem assumir. — Eva disse em meio a um riso de desdém, e quando notou a feição séria de Tabitha, sentiu-se a pior feminista do mundo, sem empatia alguma com a pobre garota. — Eu não quis dizer que... eu quis dizer...

— Está tudo bem, Eva. — Tabitha voltou a sorrir e Eva logo reconheceu um certo ar de superioridade no sorriso dela. — Quanto tempo vocês estão juntos? Duas, três semanas? — Eva não respondeu. — Eu e Brandon... Nós temos uma história... São *seis* anos, a contar da data que a gente se conheceu. Durante toda a minha adolescência... — Eva olhou para os lados, procurando por algum milagre que a salvasse daquela conversa. Tentou fitar Dana e Angelina e passar algum tipo de mensagem pelo olhar, mas as duas conversavam entre si e não deram atenção a ela. — Muita coisa aconteceu, mas eu sei que esse não é o fim da nossa história — continuou a moça, como se falasse para si mesma.

— Tabitha, olha...

— Não estou te ameaçando, Eva. Não tenho a menor intenção de travar uma batalha com você para ver quem vai ficar com o Brandon... — Eva fez um sinal de concordância, sem acreditar muito. — Mas sei que esse não é o fim.

A professora Cruz chegou na sala e Tabitha e Eva foram para direções opostas. A aula de Literatura Comparada II começou, mas Eva não conseguiu pensar em mais nada. Diversas respostas vinham à cabeça agora, coisas que ela poderia ter dito para Tabitha. Um *Aceite que você perdeu, amiga. Vai ser mais fácil.* Mas nada que dissesse diminuiria o sentimento de que estava entre Brandon e Tabitha. *Ela* era a outra. A garota que surgia no meio do nada nos romances e atrapalhava o casal de namorados, e logo então sumia e deixava os pombinhos se resolverem.

Para o espanto de Eva, Dana concordou e assinou embaixo. Disse que ela era *mesmo* a outra garota — e disse num tom de irritação que fez Eva pensar que Dana ainda estava com raiva dela. Angelina, contudo, riu e tentou fazer Eva e Dana verem a situação por outro ângulo, enquanto elas almoçavam.

— Vocês estão viajando! Não mesmo! Eva, você é no máximo a *Elinor Dashwood* entre *Edward Ferrars* e *Lucy Steele*. Ela pode ser a noiva dele, mas ele gosta mesmo de você. Ele a conheceu quando era jovem e não sabia o que estava fazendo. — Eva riu. Angelina sempre achava uma maneira de exemplificar tudo com *Jane Austen*. — Esse homem, Eva, tem feito das tripas coração para que você cedesse e ficasse com ele. Brandon engoliu você chamar ele de *mentiroso enganador*, se humilhou por você naquela palestra, foi atrás de você em Londres, te aguentou bêbada, foi até a um jantar com o seu pai... — Angelina enumerou nos dedos. — Tabitha é apaixonada pelo Brandon. Se ele gostasse dela, os dois estariam juntos. Mas não, ele gosta de você. Ele está com você.

— Vamos ver até quando... — Dana disse, fazendo Angelina fitá-la com a testa enrugada. — Sabem como são os homens...

— Não, não sei, como são os homens, Dana? — Angelina cutucou, deixando Dana furiosa. — Por um acaso acha que Brandon não gosta da Eva? Porque ele passa *muito* tempo lá em casa para alguém que *não* gosta. Tempo *até* demais, inclusive.

— Eu não disse que não gostava — retrucou, irritada. — Ele está com ela, deve gostar.

Observando a face de desdém e aborrecimento de Dana, Eva tentou mudar de assunto, antes que Angelina começasse a brigar com ela.

— Falando sério, eu não duvido que ele gosta de mim, não é isso. Mas gostar não é suficiente... E se as coisas ficarem muito pesadas e ele não conseguir continuar? Como que vou saber se, na verdade, não sou a *Marianne Dashwood* e ele é o *John Willoughby*, que no final vai preferir um relacionamento ao lado de quem não ama, só por que é mais fácil?

— Imagina! Ele não é o *Willoughby*, Eva. Ele é o seu *Edward Ferrars*, o seu *Fitzwilliam Darcy*.

— Angel, pensa comigo... Bonitão, charmoso, pegador... Ele tem tudo para ser o *Willoughby*.

Dana, Angelina e Eva deram risadas para aquela possibilidade — que parecia ser bem realista. Dana concordou, mas Angelina não se deu por vencida. Não era possível que depois de tantos altos e baixos, Brandon se tornaria um *Willoughby* na vida de Eva, não queria nem pensar nessa possibilidade.

— Bom, como já dizia o poeta *Bon Jovi*, você tem que ter fé.

Flora Smith foi a primeira pessoa que notou quando Brandon apareceu em casa naquela manhã de segunda-feira, após ter passado o fim de semana bem longe dali — de novo. Na verdade, Flora podia contar nos dedos as vezes que havia visto o filho naquelas últimas semanas. Um dia, apareceu para pegar Zooey para um passeio; uma semana depois, apareceu para pegar umas mudas de roupa; alguns dias mais tarde, apareceu de novo para pegar Zooey. Fora isso, ninguém mais o viu nas refeições ou à noite. A cama dele ficou intacta. Flora sondou com Zooey onde ela tinha ido com Brandon e teve respostas evasivas — cinema, parque, restaurante.

— Só vocês dois?

— Não, vó, Eva também estava lá.

Flora perguntou mais por perguntar, pois já sabia. Não porque Brandon tinha dito alguma coisa — na verdade, ele estava muito quieto desde a briga deles no hotel. Quem comentou foi o resto do bairro. Vira e mexe alguém de seu círculo social soltava ter visto Brandon e a *nova namorada* perambulando pela cidade — no cinema, nos pubs, com Zooey no parque, ao redor da universidade. *Ela é bonita, não é, Flora? Exótica.* Flora não respondia e, na maior parte das vezes, tentava mudar de assunto. Por que razão Brandon a estava punindo, ela não sabia. Mas vinha excomungando todos os ancestrais de Eva.

Sempre dizia para si mesma que *não duraria*. Era faniquito, igual criança com brinquedo novo. De certo, logo os dois teriam qualquer discussão que desvelaria o quanto eram de mundos diferentes, e todo aquele tesão-à-flor-da-pele cessaria — ou assim pensava Flora. Foi apenas quando passou pelo quarto do filho mais velho, num dia qualquer, sem pretensão alguma, e ouviu a voz de Brandon — aí *sim*, começou a se preocupar de verdade.

— Tenho que ir, Billy, não tenho tempo para conversar agora e não quero encontrar a mamãe.

— Você está sumido, Bran. Onde tem passado a noite? No quarto dela? — Flora ouviu risadas. — Não é muito apertado?

— Não é como se eu tivesse a liberdade de trazê-la aqui.

— Certo. E como estão as coisas entre vocês...?

— Estão indo *muito* bem. — Mais risadas. — Essa parte sempre foi muito boa.

— É, você parece feliz. Planos de trazê-la aqui?

— Bem, sim, temos vários planos. Tanto dela vir aqui quanto eu ir para lá.

— Para lá, como assim? Para o Brasil?

— Como eu vou conhecer a família dela se não for para lá? Você não foi para a Irlanda diversas vezes com Claire, qual a diferença?

— Tem razão, não tem diferença.

Flora quase interrompeu a conversa dos filhos. O que William estava fazendo? É claro que tinha diferença — tinha um abismo inteiro com um lago cheio de crocodilos no meio, de tão diferente que era.

— A gente conversou algumas vezes sobre isso, ela está mais que decidida a ir para o Brasil este verão, sente muita falta da mãe, sabe como é... — *Aquela garota tem mãe? Inacreditável!* Flora pensou. — E eu mandei um e-mail para o meu orientador, perguntando o que ele acha de eu fazer um curso de arte brasileira... essas coisas. E ele me deu uma ótima dica de um curso de extensão e disse que esse tipo de experiência é muito enriquecedora.

— Interessante.

Interessante?!

Flora saiu dali antes que perdesse a cabeça e entrasse naquele quarto, distribuindo tabefes tanto em Brandon — por pensar em fazer um absurdo daquele — e William por incentivar. Onde já se viu? Estudar arte brasileira... Ele estava fora de si!

Disposta a fazer qualquer coisa que impedisse aquela viagem de acontecer, Flora fez algo que não pensou que faria de novo em sua vida. Foi a *Ruskin*, após vinte anos desde sua última visita.

— O que você pensa que está fazendo, Sam?

Samuel Taylor almoçava com alguns possíveis patrocinadores para um novo laboratório de artes digitais em *Ruskin*, quando reconheceu aquela voz e aquele forte sotaque francês atrás de si. Ele se levantou da mesa do melhor restaurante da faculdade derrubando uma taça e tropeçando no próprio pé, antes de fitá-la. Lá estava ela, não se viam há vinte anos — ocasião em que tinham feito amor dentro do gabinete dele. Agora, os cabelos estavam grisalhos, mas ela continuava com aquele olhar cheio de altivez.

— Flora!

— Já não basta você ser o orientador dele...? Você precisava ajudá-lo a achar um curso naquele país, também?

Samuel levantou as sobrancelhas e balançou a cabeça, como quem compreende o que está acontecendo. Deu as costas para Flora e perguntou para os possíveis patrocinadores se conheciam *a renomada artista plástica e Baronesa de Kindlington, Flora Giraud Smith*. Flora ficou uma arara, mas não teve outra opção a não ser cumprimentar os acompanhantes de Samuel e jogar um pouco de conversa fora, assim como mandava a etiqueta. Logo depois, ele encerrou o almoço mais cedo e levou Flora para o seu gabinete.

— Qual o problema?

— Você sabe muito bem qual é o problema.

— Ele é meu aluno. Mandou um e-mail como qualquer estudante faria, dizendo que *talvez* faria uma viagem e eu *apenas* indiquei um curso de um amigo que trabalha em uma universidade lá. Acho que vai ser bom para ele, sair e ver o mundo.

— E você não se perguntou por que ele está interessado em fazer essa viagem? — Mas o sorriso que Samuel tentou esconder fez Flora espremer os olhos. — Você já sabe, não sabe?

— Suponho que tenha alguma coisa a ver com a Senhorita Oliveira.

— *Senhorita Oliveira?* — sarcástica, Flora cruzou os braços. — Então a conhece?

— Ah, sim, eu a conheço... — Samuel riu, o que deixou Flora ainda mais irritada. — O garoto tem bom gosto igual ao *pai* dele.

Flora respirou fundo, juntando as mãos como em uma prece.

— Sam, você precisa me ajudar. Ele te escuta. Mostra para ele que não é o que ele está pensando, que ela não é o tipo de mulher para ele.

Encostado na mesa de trabalho de seu gabinete, Samuel passou alguns segundos fitando a mulher à sua frente.

— Você não pode controlar a vida do Brandon, Flora.

— Eu sou a mãe e sei o que é melhor para ele. A única coisa que te peço é para conversar, de homem para homem. Explique como os relacionamentos são complicados e que uma mulher como Eva não vai permitir que ele cresça...

Samuel fitou os próprios pés, antes de se voltar para Flora.

—... Esse não é o tipo de relacionamento que tenho com Brandon e você sabe disso. Ele vai achar que sou impertinente, com toda razão.

— Por favor, Sam... Você sempre quis ser parte da vida dele. Agora estou te pedindo para fazer isso.

Flora sustentou o olhar azulado de Samuel, tentando não mostrar nenhum tipo de fraqueza. A verdade é que não importava quanto tempo passasse — vinte ou quarenta anos. Sempre se sentiria fraca perto dele.

— Eu vou ver o que eu posso fazer — disse Samuel, por fim. — Mas não vou dizer para ele fazer algo que *eu* me arrependi de fazer. Sabe que não poderia fazer isso.

Flora respirou fundo.

— Não me casar com você foi uma decisão minha, Sam. Não há nada que você poderia ter feito.

— Será que não tinha mesmo? Será que não aceitei sua decisão rápido demais?

Flora manteve sua altivez, sem deixar transparecer o quão mais fácil tinha sido dizer **não** uma única vez para ele. Talvez se Samuel tivesse mesmo insistido só mais um pouco, teria voltado atrás. Mas já era tarde demais para repensar tudo o que tinha acontecido há quarenta anos. E se não fosse algo tão urgente, nunca mais teria voltado àquele gabinete.

Depois disso, Flora pensou que precisava mexer suas peças no tabuleiro também. Soube pelo neto Gabriel que Tabitha tinha voltado de viagem e agradeceu a Deus, pois suas preces tinham sido atendidas. Mais uma vez, fez o que nunca imaginou que faria — tamanho seu desespero. Visitou sua arqui-inimiga, ex-amante de seu marido, Samantha Andrews. E amaldiçoou Eva ainda mais por aquela semana cheia de encontros inconvenientes.

Chegou à casa de Samantha disposta a dar uma boa olhada em Tabitha, ver se a moça estava em condições mentais de travar aquela batalha contra Eva, já que imaginava que Brandon não largaria aquele osso — carnudo e cheio de curvas — com facilidade. Para sua felicidade, Tabitha estava mais linda do que nunca. Aqueles oito meses longe tinham acentuado sua formosura natural e trazido um tom mais maduro para seu rosto jovem, aquele tipo de maturidade que vem com as decepções.

Disse logo que estava pensando em dar uma festa para comemorar os catorze anos de Gabriel — que se levantou na mesma hora para encarar a avó e urrou um *eu não quero festa nenhuma*. Sem dar ouvidos ao garoto, Flora discorreu sobre todos os detalhes, que seria uma oportunidade para chamar os amigos da escola, e que ele ganharia diversos presentes.

— Já disse que não quero festa.

— Zooey está toda animada — mentiu Flora, vendo a feição do neto ganhar outro tom. Era falar em Zooey e o menino virava um santo. Flora notara aquilo há algum tempo, e vinha usando daquela paixão de primo para conseguir o que queria com Gabriel.

Tabitha acompanhou Flora até a porta, ouvindo-a insistir que tinha que ligar para Brandon e conversar com ele. Talvez até marcar um encontro. Mas Tabitha já tinha cometido aquele erro no passado e garantiu que não faria nada daquilo. Também não contou da mensagem que mandou para Brandon, antes de saber sobre ele e Eva — isso porque se admitisse ter mandado aquela mensagem, Flora não a deixaria em paz até que falasse da resposta dele. E era duro demais não ter tido nenhuma, uma palavra sequer, nem um mero "Me esquece, garota". Nada.

— Não fique triste, querida. Vocês dois vão se resolver, tenho certeza. — Flora insistiu. — A história de vocês é forte demais para acabar assim. Ele está empolgado com a outra, mas não vai durar. Você é a única mulher que pode fazê-lo feliz, e ele logo vai perceber isso.

Depois dessa visita, Flora jogou ainda mais praga sobre Eva, desejou que ela caísse e quebrasse o pescoço por estar no meio de Brandon e Tabitha, desviando as atenções dele para o resto do mundo.

Mas as maldições de Flora passaram longe de Brandon e Eva e das noites enroscadas e molhadas que viviam no quarto dela, em uma cama que mal cabia os dois. Pouco se importavam com o que Flora poderia planejar para eles. Por isso, Brandon não ligou muito quando sua mãe conseguiu cruzar seu caminho, naquela primeira segunda-feira do início do segundo semestre acadêmico.

— Você está muito sumido, filho — disse antes de beijar o rosto dele. Brandon não parou de arrumar as coisas para a faculdade enquanto recebia o carinho. — Está tudo bem com você?

— Tudo bem.

— Como está sua agenda esse semestre na faculdade?

— Tenho duas disciplinas e tempo de estúdio.

— Ótimo. — Flora suspirou. — E Eva? Tudo bem entre você e Eva?

— Eu e Eva estamos muito bem.

— Fico *extremamente* feliz em saber — disse em fio de voz, e Brandon quis rir ao perceber a ironia nas palavras da mãe. — Queria te informar que vamos ter uma celebração para o Gabriel no próximo mês aqui em casa.

Brandon deveria ter estranhado isso, pois sua mãe nunca havia feito uma festa de aniversário para o sobrinho. Havia um tempo que Brandon não via Amanda, e duvidava que a ideia tinha sido dela. Mas, de repente, tudo pareceu bem claro para ele — é claro que se tratava de um estratagema para juntar ele e Tabitha.

— Quero que essa seja uma ocasião entre os familiares, entende? Você sabe como o Gabriel é difícil. Então pensei que não é o melhor momento para Eva vir aqui a primeira vez como sua namorada. — Brandon continuou arrumando a bolsa que levaria para a faculdade. Colocou lá dentro seus materiais de pintura, o laptop, e alguns livros. — Está me ouvindo?

— *Okay*, a gente não faz questão de vir.

— É claro que *você* precisa vir, ele é seu sobrinho.

— E você espera que eu venha sem ela? — Brandon perguntou, entre risos. — Porque não vai acontecer.

— Querido, estou fazendo um esforço para aceitar isso com naturalidade, se não percebeu. — Flora disse, fazendo Brandon enrugar as sobrancelhas. — Não dava para ser mais discreto? Já não basta você e Eva andando pela cidade? Agora quer trazê-la aqui? — Flora suspirou, irritada. — O que você vai ganhar com isso?

— Não é um jogo, mãe. Ela é minha namorada.

— Tabitha vai estar aqui... — disse, por fim, esperando que aquilo causasse algum tipo de sentimento em Brandon. — Ela voltou da Polônia.

— Eu sei — respondeu calmo.

— Como você sabe? — Flora arregalou os olhos. — Ela te ligou?

— Olha, mãe, estou atrasado. Então se esse é o fim dessa conversa, você pode esperar eu e a minha namorada na sua festinha, ou nenhum de nós dois.

Como tinha ficado normal, Eva abriu a porta de seu apartamento para Brandon na segunda-feira à noite, após um longo dia de aula e de trabalho. Trazia consigo *blueberry muffins* frescos do *Tesco* para Eva — os principais responsáveis pelos quilos extras da garota.

— Brandon...— Eva reclamou. — Já te disse, chega de *muffins*.

— Deixa eu te mimar. — Ele a beijou. — Oi, Angel...

Angelina, que estava lendo um livro no sofá, levantou a mão para cumprimentar Brandon.

— Como foi o seu dia? — Eva perguntou, dando uma mordida no *muffin*.

— Foi bom. Tive duas aulas, uma delas com Phillip, e ele te mandou um abraço. Disse que temos que combinar um encontro duplo.

— Ótima ideia. Dê um abraço nele por mim e diz que nós vamos combinar *sim*.

— E você? O que fez hoje?

Eva decidiu que ainda não era o momento para comentar sobre o encontro com Tabitha, então contou de suas aventuras no *shopping* com Angelina e Dana, trocando algumas das peças que elas haviam comprado depois da reforma forçada de seu quarto.

— Você não devolveu o vestido amarelo, devolveu?

— Não — respondeu Eva, cheia de preguiça.

— Você vai ficar tão linda nele. Aliás, tenho uma ocasião em que você pode usá-lo. Minha mãe vai dar uma festa daqui há algumas semanas. Você pode ir com ele.

Angelina, que até então estava tentando se concentrar em seu livro, observou a conversa de Eva e Brandon na cozinha. Eles estavam juntos há quase um mês — já estava na hora do primeiro desentendimento. Angelina, inclusive, esperava pela primeira briga no camarote, ansiosa para que acontecesse logo e terminasse de vez com aquela lua-de-mel irritante que acontecia ao lado de seu quarto. Acordar e se deparar com a cara sorridente e satisfeita de Eva todos os dias se tornara um martírio para Angelina.

Para a notícia da festinha, Eva enrugou as sobrancelhas e colocou o *muffin* na bancada da cozinha.

— Ela me convidou? — Eva quis saber. — Porque há quilômetros de distância entre sua mãe dar uma festa e eu ser convidada.

— Se quiser ir, nós vamos. Se não quiser ir, não vamos.

Eva espremeu os olhos, lendo o discurso implícito na fala do namorado.

— Então a sua mãe *não* me convidou e você disse para ela que se eu não for você não vai. — Brandon riu. — Foi isso, não foi?

— Você é boa.

— Sou ótima, e fico ainda melhor quando *não* vou onde não sou bem-vinda.

— *Okay*, então nós não vamos.

— Isso, é claro, não te impede de ir.

— Não vou sem você, está decidido.

Eva cruzou os braços, desconfiada.

— Qual o problema de você ir sem mim?

— Só não quero ir sem você, minha princesa.

— A gente não nasceu grudado. Você se virou *muito bem* na sua vida até agora sem mim. Pode com certeza ir sozinho.

— Já disse que não quero ir sozinho — insistiu Brandon, mas sabia que não seria suficiente. — E a festa é para o meu sobrinho, o Gabriel, filho da minha irmã mais velha, a Amanda, e Timothy Andrews.

Eva continuou com a mesma expressão no rosto.

— Eu devia saber quem são essas pessoas?

— Timothy Andrews é irmão da Tabitha.

Quem disse foi Angelina, do sofá. O rosto escondido atrás do livro grosso, como se estivesse lendo alguma palavra de *Malory*, *Le Morte D'Arthur*.

— Obrigado — disse Brandon, antes de voltar a olhar para Eva. — Entende agora por que eu não quero ir sozinho?

— Então você já sabe que ela voltou...

Brandon molhou os lábios, como quem quer ganhar tempo e Eva esperou, receosa do que viria a seguir. Só por ele ponderar o que falaria já a deixava cheia de ansiedade, um medo tenebroso que ele fosse mentir. Aquele primeiro mês junto de Brandon tinha sido algo quase surreal, daquele tipo de coisa que nem parece verdade, de tão bom que é. Mas aquela relutância para falar parecia a mesma atitude de quando ele mentira sobre o caso que tivera com Tabitha.

— Promete que não vai ficar brava? — Brandon pegou a cintura de Eva, enquanto ela firmava seus olhos nele. — No fim do verão, quando você voltou de Londres, eu estava com muita raiva por causa de você e do Jim e eu... eu fui até a casa dela. — Brandon trouxe Eva para mais perto dele quando notou que ela prendeu a respiração. — *Darling*, não significa nada, eu estava cheio de ressentimento porque não podia ter você. — Ele a beijou. — Enfim, Tabitha não estava lá e a mãe dela me disse que ela voltaria em seis meses. Então foi uma questão de matemática. Imaginei que ela estaria de volta nesse período. Sei que sou um idiota, me perdoa.

Eva ainda tinha os olhos espremidos.

— Isso é tudo?

Brandon suspirou e Eva viu de novo a relutância dele em falar a verdade.

— Ela me mandou uma mensagem. Eu não respondi. Você quer ver?

Eva sabia, *sabia* que havia uma mensagem. Se Tabitha tivera o descaramento de dizer o que disse para *ela*, é claro que havia dito muito mais para Brandon. Negou com a cabeça e falou que não queria ver a mensagem. Brandon dissera a verdade e aquilo já bastava, não queria nem imaginar o que a tal mensagem dizia.

— Foi uma mensagem inofensiva, de qualquer maneira — continuou Brandon, como quem abre a torneirinha da verdade e não consegue mais fechar. — Alguma coisa como, *Oi Brandon, só estou te mandando essa mensagem para te avisar que eu estou de volta à cidade. Espero que você esteja bem.*

— Te amo, te venero, vou te querer por todo o sempre...? — Eva completou, fazendo Brandon rir e levantar os ombros.

— Alguma coisa assim. Entende agora por que não tem nada a ver eu ir sozinho nessa festa?

— Entendo, mas ainda não quero ir. E a não ser que você tenha intenção de dormir com Tabitha de novo, não tenho problemas em vocês estarem no mesmo recinto. Aliás, vocês vão se trombar antes dessa festa, com certeza. A cidade não é grande o suficiente para manter vocês tão distantes assim.

— Por que você pelo menos não pensa no assunto?

Eva respirou fundo, um pouco irritada. Brandon, de um jeito ou de outro, sempre conseguia o que queria com ela.

— Está bem, vou pensar.

Angelina bufou alto quando notou que eles estavam se beijando de novo, e isso fez Eva e Brandon a olharem.

— Juro que pensei que vocês teriam a primeira briga hoje. Vocês dois juntos, vou ser bem sincera, esperava um pouco mais de quebra-pau. Vocês são meio chatos.

— Você não acha que eu e a Eva já brigamos o suficiente, não?

— Não, esperava que fosse mais emocionante. — Eva e Brandon riram. Então Eva sussurrou algo como *comprei lingeries novas também* no pé do ouvido dele e, entre cochichos e beijos, eles foram para o quarto.

— Nossa, vocês vão fazer isso de novo? Vocês não se cansam?

A porta do quarto fechou, Angelina desistiu de ler *Malory* e ligou para a namorada, porque não suportava ser a pessoa que transava menos em seu próprio apartamento.

Capítulo 24

A família Taylor

EVA FITOU O GUARDA-ROUPA, sem saber o que vestir. Isso agora acontecia desde a última visita de Jim ao seu quarto. Observava os cabides e aquele festival de cores — que mais parecia que ela militava liberdades sexuais. Olhava para sua cama, onde Brandon sempre estava, numa de suas sessões de voyeurismo, assistindo-a se vestir. Eva já o comparara ao tataravô-pedófilo dele, um pintor primitivista que, durante o século dezenove, tinha abandonado a França e ido para o Haiti, e fez fama com as pinturas de sua mulher de treze anos, uma nativa, sempre nua — pinturas que, além de tudo, mandava para a esposa em Paris.

— O que eu visto?

— Nada, fica desse jeito. Está bem melhor assim.

Inútil. Nunca adiantava pedir ajuda para ele, que era a pior pessoa para fazer qualquer tipo de escolha. Nessas e outras, vinha experimentando bastante e cada dia fazia uma combinação nova. E — tirando às vezes que Angelina disse para ela voltar para o quarto porque *roxo e verde não combinavam* — até que se saía bem em suas aventuras adornais.

Naquele dia, olhou-se no espelho e sorriu para o ar faceiro que as roupas novas tinham trazido. Eva até confidenciou para Brandon — sob jura de morte se ele se atrevesse a dizer alguma coisa para Angelina — que gostou daquela transformação forçada. Parecia que as roupas mais coloridas combinavam com o sentimento de aprazibilidade que se instaurava em seu peito. E para acompanhar aquele sentimento de leveza, Eva até tinha pensado em cortar o cabelo. Mas o desesperado *Não* que Brandon soltou quando verbalizou aquilo, a fez repensar a ideia.

— Por favor, não corta o seu cabelo agora. Eu amo tanto o seu cabelo.

— Tudo bem, calma. Não vou cortar. Foi só uma ideia.

Então o caso de amor de Brandon com o cabelo de Eva continuou.

Mesmo com suas ondas espessas, pesadas e longas, Eva continuou sentindo-se leve. No fundo, sabia que não tinha nada a ver com roupas ou cortes de cabelo. Era uma paz revigorante que parecia sair do corpo de Brandon em forma de pulsos elétricos e colocava um freio em seus excessos. Desde que voltaram de Londres, acordavam um embolado no outro naquela cama pequena, e se levantar era difícil, desgrudar-se dele era uma peleja. Parecia que o corpo de Brandon era um ímã, e ela queria ficar ali, fixada a ele o tempo inteiro.

Tomavam banho juntos — mais porque Eva queria garantir que ele tomasse banho todos os dias — e Brandon passava alguns segundos observando-a se vestir, peça por peça, com um sorriso no rosto. Às vezes, não resistia e se aproximava subindo os dedos pelo braço de Eva, arrastava os lábios pelos ouvidos e queixo até achar a boca que ele beijaria o dia inteiro se pudesse. Qualquer peça que ela já tivesse vestido, ele logo tirava, enquanto Eva sussurrava um *A gente vai se atrasar... de novo.* Com o tempo, eles foram aprendendo juntos os estímulos necessários para que o prazer viesse rápido, e, naquele estágio, já dominavam a arte do gozo *nissin-miojo* — pronto em menos de quinze minutos.

Depois daquele ritual matutino, Eva sentia-se mais que pronta para a primeira terça-feira do semestre letivo e a primeira reunião no jornal após seu longo período de afastamento pelos problemas de saúde. Agora que já estava melhor, e tinha até recuperado alguns bons dez quilos dos quase trinta que perdeu no primeiro semestre, Eva acreditava estar sã o suficiente para finalizar aquele ano acadêmico da melhor maneira possível. Sua paz de espírito — dessa vez sem a ajuda de meditação — lhe dizia que tudo ficaria bem. Uma deliciosa ilusão que durou dois minutos depois que ela chegou à sede do jornal.

— Oi, ex-chefe — disse Vivian Taylor, assim que a viu. Eva nem se deu ao trabalho de responder, já que Vivian parecia precisar de autoafirmação o tempo inteiro.

À medida que foram todos chegando, porém, Eva sentiu-se observada — mais do que o normal. Juliet entrou seguida de Rolland Piccard, ambos fitando Eva com algum estranhamento. Outros membros do jornal e professores evitaram contato visual com ela. Por fim, Lucas chegou junto de Monica. Ao vê-la, os dois abaixaram a cabeça e sentaram-se o mais longe possível. Eva tentou refutar aquele incômodo, mantendo o pensamento positivo de que estava *tudo bem.*

Então a professora Geller chegou, cumprimentou todos à mesa e parou os olhos em Eva, assim que a viu.

— Senhorita Oliveira... — Eva sorriu, forçando uma simpatia exagerada. — Você me parece bem melhor, eu diria até um pouco mais ditosa.

— Para você ver a transformação de uma mulher que começa a ter um pouco mais de pênis — disse Alexander Marshall, alto o suficiente para a professora Geller ouvir, mas, sem surpresas, ela ignorou e não o repreendeu. Alexander e seu amigo Charles Petty fizeram um cumprimento tosco e riram da piada.

Eva também decidiu ignorar o comentário pelo bem de sua sanidade.

— Estou melhor sim, Doutora Geller. Obrigada. Foi ruim ter que ficar longe do jornal tanto tempo, mas estava precisando.

— Claro! — Geller sorriu, o que fez Eva contorcer os lábios. — Saúde mental é algo de extrema importância. — Eva se mexeu na cadeira, incomodada pela exposição desnecessária e beirando a antiética. — Inclusive, nós queremos ter certeza de que você está bem mesmo para retomar seu cargo de assistente editorial esse semestre. O *The VUR* tem uma responsabilidade com a cidade de Vienna, como você bem sabe, Oliveira. Nós precisamos garantir que o time esteja bem. Então, antes do semestre começar, tomamos uma decisão. Você vai continuar seu trabalho como redatora, mas as responsabilidades do cargo de assistente editorial permanecerão com outro estagiário, que inclusive tem se saído bem na sua ausência.

Eva sentiu a vista embaçar. Em um impulso, fitou Vivian Taylor. A moça sorria de forma irônica, com as sobrancelhas levantadas. Vivian nunca tinha disfarçado o quanto queria aquele cargo. De certo, vira na ausência de Eva a oportunidade perfeita para consegui-lo.

— Então estamos de acordo, Senhorita Oliveira? — Eva tirou seus olhos de aversão de cima de Vivian e se voltou para Geller. — O Senhor Smith vai continuar com o cargo de assistente editorial.

Foi como se uma bigorna atingisse sua cabeça.

— O quê...? O Senhor Smith...? — Eva não entendeu nada. — Como assim o Senhor Smith?

Eva pestanejou diversas vezes enquanto ouvia Clarice Geller — com a cara mais lavada do mundo — dizer que Lucas vinha ocupando o seu cargo no jornal.

— Ele tem se saído bem, e você devia agradecê-lo por aceitar te substituir.

Agradecê-lo com um gancho de direita, só se for — pensou Eva.

— Estou em perfeita condição de fazer meu trabalho.

— Isso é o que nós vamos ver em umas três ou quatro edições.

Eva sentiu as palavras voarem de sua boca e seu cérebro, e a professora Geller viu ali uma ótima oportunidade para continuar com a reunião, como se nada tivesse acontecido.

Eva não entendeu nada. Esperava que alguém fosse substituí-la durante sua ausência, é claro, mas alguém com alguma experiência no jornal, como Vivian Taylor. Como assim Lucas a tinha substituído? E quanto ao fato de que ele era péssimo e tinha a ajuda de Monica desde que entrou no jornal? E por que eles não tinham dito nada durante a viagem em Londres? E por que eles ficaram quietos quando a professora anunciou que Lucas continuaria a substituí-la? Nada daquilo fez sentido para Eva.

Enquanto a professora Geller continuava falando sobre as expectativas para aquele semestre, Eva fitou Lucas. Ele permanecia de cabeça baixa ao lado de Monica, que também não ousava encará-la. E, por mais estranho que fosse, Eva encontrou algum alento nos olhos de Vivian. Embora esse alento viesse acompanhado de um riso sarcástico e cheio de superioridade.

A reunião continuou. Monica falou sobre suas expectativas para o último semestre como editora-chefe, já que se formaria no final da primavera. Ressaltou ainda que, no fim daquele semestre, a eleição para o novo editor-chefe aconteceria, e que todos estavam *convidados* a se eleger.

Ao seu lado, Eva ouviu o colega-assediador, Alexander Marshall, comentar que se candidataria, mas com certeza o preferido agora era o *Smith*. Eva fitou Vivian mais uma vez — e ela não tinha se cansado, ainda mantinha aquele sorriso irônico no rosto e não desviava seus olhos um minuto sequer.

Então era isso, enquanto ela se recuperava, a professora Geller dera um jeito de tirá-la de cena. Em estado quase-catatônico, Eva não sabia se começava a gritar ali mesmo, ou se guardava o descontentamento e decidia depois o que fazer — se é que podia fazer alguma coisa.

E saiba, leitor, que Eva optou pela segunda opção. Em silêncio, aceitou uma matéria para aquela semana — terceira página, sobre um evento qualquer no campus.

— Bem-vinda de volta à terceira página, querida. Adivinha quem nunca vai ser a editora-chefe do *The VUR*...?

Foi o que Vivian disse quando a reunião acabou, ao passar por Eva, rindo com satisfação.

Eva esperou todos saírem da sala para ir até um dos gabinetes, onde sabia que os exemplares do jornal eram arquivados. Pegou lá as duas últimas edições, das quais ela não tinha participado, e se colocou a ler a primeira página — algo que nem cogitou fazer durante sua licença. Uma dessas matérias era sobre a nevasca e estava muito bem escrita, articulada. Boa até demais para um estagiário novato, que tinha sido taxado como *péssimo* pela editora-chefe no início do ano.

— Eu vou matar essa desgraçada...!

Sem pensar muito, Eva entrou no gabinete da editora-chefe e deixou os dois exemplares da última edição do jornal caírem sobre a mesa de Monica. A moça pediu um minuto para quem estava do outro lado da linha do telefone e se levantou, com raiva.

— Que invasão é essa, Eva?

— VOCÊ ESTÁ ESCREVENDO PARA ELE, SUA PILANTRA!

Monica fez um sinal de *cala-a-boca-ou-eu-te-mato* para Eva. Disse para quem quer que fosse ao telefone que tinha um problema para resolver e ligaria depois. Em seguida fechou a porta.

— Você está louca? Como você chega gritando assim? E se alguém te ouve? Você quer o jornal fechado, sofrendo uma investigação...?

— Sabe que essa é a coisa mais sensata que já saiu da sua boca...? — Eva disse, sarcástica. — Só não sei quem eles investigariam primeiro, Geller por ser uma agiota, ou você, uma *minion* da pior categoria!

— Eu não queria fazer parte disso, foi *ela*...

— Não, não é possível... — Eva riu. — Não é possível que você ainda não se responsabiliza por nada que faz, Monica. Você me apunhalou pelas costas *de novo*.

Monica abaixou a cabeça.

—... Sei que não tem explicação para isso, mas preciso tentar fazer você entender o nosso lado. Lucas precisa de ajuda para escrever artigos jornalísticos, ele é péssimo, e te disse que estava ajudando ele antes de você entrar de licença. — Eva cruzou os braços. — A professora Geller me pediu para fazer isso logo na primeira semana do Lucas no jornal.

— Ajudar é uma coisa, escrever para ele é outra bem diferente.

— *Okay*, confesso que não devia escrever para ele, mas a professora Geller me obrigou.

— Porque você é o capacho dela!

— Sou uma estudante como qualquer outra pessoa aqui, Eva! — Monica se alterou. — Você sabe o que uma carta da Geller significa para mim nesse estágio do curso? Eu me formo em seis meses! Ela é a diferença entre eu conseguir aquele emprego na *Rolling Stones Australiana* ou não. Você sabe disso, tanto que vem tentando reconstruir a sua relação com ela, e você está certíssima em agir assim. — Eva ficou quieta, sem querer concordar com Monica e relutante em aceitar o lado dela. — Na festa do *Vienna Channel*, a mãe dele conversou com a professora Geller, fez uma doação para o jornal em troca... — Monica exalou forte. — ... Em troca do Lucas ter mais prestígio aqui. Geller quer que ele seja o próximo editor-chefe.

— Então vocês resolveram me tirar da jogada — concluiu Eva.

— A gente não fez nada, Geller moveu todos os peões do tabuleiro do jeito que ela sempre faz. Assim que você entrou de licença, ela me chamou aqui e disse que ia colocar Lucas como assistente editorial e eu deveria continuar ajudando com as matérias dele.

— Como você aceitou algo assim?

— Na hora eu pensei que era só até você voltar, mas ainda assim questionei e disse que Vivian era mais indicada para ocupar o seu lugar. — Monica passou a mão pelo rosto suado. — Mas Geller já tinha tudo planejado, disse que Lucas seria o próximo editor e então você poderia ser a assistente dele e tentar o cargo no seu último ano. Geller ainda disse que *eu* teria de te convencer a aceitar esse novo esquema.

— Você acha mesmo que vou entrar nesse joguinho? — Eva perguntou, abismada.

— Foi o que eu disse para ela, que você nunca aceitaria... — Monica saiu de trás de sua mesa, aproximando-se de Eva. — Mas pensa bem. Se aceitar isso, significa que o cargo vai ser seu no quarto ano, Eva. É uma boa saída, e todo mundo fica feliz.

— NÃO TEM O QUE PENSAR, MONICA! — Eva se alterou. — Não vou mesmo participar do joguinho *Monopoly* de vocês. Você precisa me ajudar a mudar isso.

Monica riu, um pouco debochada.

— Sinto muito, Eva. Não tem o que fazer. Ainda acho que você deveria considerar essa proposta que a professora Geller te fez, porque não tem mais nada que possa ser feito para você ter seu cargo de volta. Todos os professores concordaram. Como eles não iam concordar, com tanto dinheiro com o brasão *Smith* entrando?

— Como você consegue viver dentro dessa pele?

Monica riu para a provocação.

— Engraçado, Eva... você é realista para algumas coisas... Já para outras, é uma grande imbecil. Você achou o quê? Só porque não teve de reescrever nada este ano que as coisas mudaram por aqui? Bem, sinto informar, mas nada mudou. — Monica foi até a porta do seu gabinete. — Eu no seu lugar, continuaria a fazer o que você está fazendo, muito bem, diga-se de passagem, manter a Geller feliz. Aceite esse acordo, seja a editora-chefe no seu último ano de faculdade, e se gradue com uma bela carta de recomendação. — Ela abriu a porta do gabinete. — É o conselho do seu orientador para você também. Vai ser melhor se aceitar esse acordo sem reclamar. Até mais ver.

Eva saiu do gabinete de Monica e procurou Lucas pelo jornal, pelo mercado coberto, onde ele às vezes tomava café depois da reunião, e ainda perambulou pelos corredores da faculdade. Apenas quando Brandon ligou, porque já tinha passado horas desde quando tinha dito que chegaria em casa, é que desistiu e voltou para o apartamento. Mas foi com a vontade de dar uns tabefes em Lucas quase dominando seu corpo. Esperava uma rasteira daquela proporção de Geller, Band, e até de Monica — mas não *dele*.

Chegou em seu quarto e jogou a bolsa em cima da mesa de trabalho com fúria, fazendo Brandon tirar os olhos do projeto à sua frente, que ocupava boa parte da cama de Eva.

— Está tudo bem, *darling?*

— Não, não está nada bem!

— O que aconteceu?

— Seu irmão aconteceu! Ele é um filho-da-puta, um *mentiroso enganador!* — Brandon enrugou as sobrancelhas, reconhecendo aquele vocabulário no mesmo instante. — Quero fazer picadinho dele! Você deu *um* olho-roxo para aquele moleque, mas eu vou dar *dois!*

— Você está falando do Lucas? — Eva levantou os ombros, como se fosse óbvio. — O Lucas é um *filho-da-puta, mentiroso e enganador?* — Brandon riu, fazendo Eva se irritar ainda mais. — O mundo está mesmo todo do avesso.

Eva pigarreou alto, fazendo um gesto de garra com os dedos, como que se apertasse o pescoço de Lucas entre eles. Então olhou para a cama, ocupada pelo projeto de restauração do *Sheldonian Theatre.*

— É sério isso? Na minha cama? — Ela apontou para o projeto aberto ali. — Não tem nenhum lugar melhor onde você possa trabalhar?

Ainda rindo, Brandon pegou na mão de Eva e a fez sentar-se em seu colo.

— *Darling,* fala para o seu namorado o que aconteceu.

Eva se aconchegou no corpo graúdo de Brandon e discorreu o que vinha acontecendo no jornal. Contou como Monica, de fato, dissera que estava "ajudando" Lucas com as matérias desde o início do ano acadêmico, como o Senhor Smith tinha conversado com a professora Geller na festa do *Vienna Channel*, e doado dinheiro para que Lucas se tornasse editor-chefe. Brandon ficou tão alarmado quanto ela, sem acreditar que Lucas tinha participado daquilo, e ainda mais surpreso com o motivo do afastamento de Eva.

— Mas a professora Geller pode fazer isso? Pode te tirar de um cargo por causa de uma questão de saúde?

— Eu não sei, não tinha pensado nisso.

— Você devia ligar para o seu pai. — Eva fez uma feição de *você-só-pode-ter-fumado-maconha-estragada* e Brandon riu. — Com certeza ele deve saber se ela pode ou não fazer isso com você. Ele é advogado, ora essas.

Eva sabia que Brandon tinha razão, mas não quis continuar falando daquilo e pediu para que ele explicasse todo o projeto de restauração do teatro para ela, já que o tal projeto estava em cima da cama dela impedindo-a de se deitar. Aproveitou para dar diversos pitacos de quem não entende nada de *design* e restauração, mas tem opinião para tudo.

Uma noite de sono — e sexo — era tudo que Eva precisava para resolver o que fazer. Na quarta-feira, saiu decidida a procurar por Vivian Taylor. Ainda não sabia bem o que faria, mas botou na cabeça que precisava conversar com a colega de trabalho. Vivian já tinha dado várias indiretas sobre Geller favoritar Lucas no jornal, insinuara sobre o envolvimento do Senhor Smith naquela tocaia, e por alguma razão o sorrisinho maroto de Vivian trazia alguma coisa escondida — alguma cosia que Vivian desejava revelar.

Abordou a moça na saída de uma aula que tinham juntas e a convidou para um café no mercado coberto. Vivian foi com uma ruga grande na testa e sua típica atitude rude de quem não confia em ninguém, acentuada pelo seu cabelo azul e sua maquiagem forte. Quando se sentaram, Eva iniciou o falatório sobre como a professora Geller tinha — mais uma vez — movido as peças do tabuleiro sem o consentimento dos demais jogadores, e tentado terminar o jogo da maneira dela. Vivian ouviu com uma feição de desdém e desinteresse de quem já está careca de saber daquilo tudo.

— Então quer a minha ajuda para voltar a ser a assistente editorial e assim ter mais chances de ganhar a eleição para editora-chefe no fim do semestre? — Eva não respondeu; era exatamente isso que queria. — E por que eu te ajudaria, Oliveira? Você roubou o cargo que era para ser meu e a minha chance de ser a editora.

— Não roubei nada de você, Vivian — disse Eva, num tom ameno.

— Você foi quem tomou uma péssima decisão quando aceitou mudar o meu artigo ano passado. Um artigo que teve uma péssima recepção, o que te impediu de conseguir um bom estágio de verão, e por isso você não virou assistente editorial.

Vivian não respondeu com palavras, apenas levantou as sobrancelhas e espremeu os lábios, como se pensasse naquela situação de um ângulo novo, e não estava tão surpresa. Eva não controlou o riso.

— Você está estranhamente parecida com o meu namorado, nesse momento.

Vivian fez outra feição, que fez Eva se lembrar de Brandon outra vez. Ela tinha enrugado as sobrancelhas, e fitava Eva com atenção. Por algum motivo, aquilo deixou Eva um pouco ressabiada. Enquanto olhava nos olhos de Vivian, teve a impressão de que olhava nos olhos de Brandon. Eles tinham os mesmos olhos azuis-claros, cor de mar do Caribe.

— Deixa eu só dar um telefonema. — Vivian pegou o telefone na bolsa. — Se formos fazer isso, precisamos de alguém que tenha acesso ao jornal antes da impressão.

Eva cruzou os braços enquanto a colega falava ao telefone.

"Oi, amigo. Estou aqui no café do mercado, tem como você dar uma passada aqui? *Okay*, ótimo! Até daqui a pouco, então."

Eva só tinha visto Vivian agir daquela maneira simpática com uma pessoa no jornal, e não ficou surpresa quando viu Rolland Piccard chegar e sentar-se junto delas na mesa. Ele fitou Eva com uma feição de antipatia.

— Olá meninas — disse, desconfiado. — Vocês duas juntas, não deve ser boa coisa.

— Rolly, Eva quer nossa ajuda para tirar o Smith do editorial e impedir que ele seja o novo editor. — Rolland mascou seu chiclete de boca aberta, sem desviar os olhos de Eva. — Eu tenho um plano, mas preciso de você. E é claro que esse plano apenas será colocado em ação se o que Eva tiver para nos oferecer for bom o suficiente. Ela já sabe o que eu quero, mas não sei se ela conseguirá convencer você.

— Então, Eva... — Rolland disse sorrindo. — O que ganhamos para te ajudar?

Eva apoiou os braços sobre a mesa do café, juntando as mãos.

— É simples. Se tudo der certo e eu voltar a ser a assistente editorial, vou me candidatar ao cargo de editora-chefe com a saída da Monica. Se for eleita, Vivian vai ser minha assistente editorial. — Vivian sorriu, satisfeita. — E vou demitir o Marshall.

A resposta de Rolland veio em forma de risada.

— E a professora Geller vai permitir isso?

— Ele não vai ficar, nem que eu precise dar queixa dele. — Eva fixou os olhos em Rolland que parecia quase convencido. — Pensa... Seu último ano no jornal sem comentários homofóbicos daquele escroto.

Rolland bateu a mão na mesa.

— Estou dentro! — Eva sorriu. — Agora diz seu plano, Vivian.

— Vai ter duas etapas importantes. — Vivian articulou. — A primeira é com você, Eva. Precisamos do artigo original do Lucas, sem a *revisão* da Monica.

— Como vou fazer isso? Óbvio que ele deve mandar esse texto direto para a Monica. A sala dela fica trancada, não vai dar — disse Eva.

— Você tem acesso à casa dos Smith e vai pegar esse texto da fonte, do computador do Lucas. — Vivian explicou.

— Como...? — Eva deixou os ombros caírem. — Olha, se você está pensando em usar meu namorado, não dá. Ele não vai topar e acho que não daria conta de fazer isso. Ele não entende muito de tecnologia.

— Você está louca que eu confiaria algo assim naquele seu namorado? Aquele ali não consegue discernir uma batata de uma maçã, mesmo quando está na cara dele. — Eva abriu a boca, achando aquilo um absurdo. Só ela podia falar assim de Brandon, quem Vivian pensava que era? — Não, *você* que tem que fazer isso. — Mesmo relutante, Eva concordou. — Assim que Eva conseguir o original, você troca os artigos, Rolly — concluiu Vivian.

— Amiga, isso é meio difícil — retrucou Rolland. — Monica dá o parecer antes de todas as impressões.

— Monica está sobrecarregada — contrapôs Vivian. — Está fazendo o trabalho dela e o trabalho da Eva há meses. Ela não está olhando isso com tanto afinco, tenho certeza. Mas para garantir, peço mais atenção ao meu artigo na semana que formos trocar as matérias.

— Pode dar certo.

— Vai dar certo. Enquanto isso, a gente desenrola a segunda parte do plano. — Vivian disse, num sorriso sinistro. — E essa parte é importante para mim. A gente vai derrubar a professora Geller.

Eva enrugou as sobrancelhas. A primeira parte do plano já parecia mais que suficiente para ela ter seu cargo de volta — contando que ela conseguisse aquele original. E ainda não tinha ideia de como faria isso.

— Então, o que você está pensando nessa sua cabecinha maquiavélica, amiga? — Rolland perguntou, fazendo Vivian fitar o relógio de pulso.

— O que vai fazer esta noite, Eva? Quer jantar na minha casa?

— Pode ser.

— Perfeito! — Vivian disse em meio ao seu sorriso diabólico. — Só não menciona que você namora o Brandon Smith perto da minha mãe. Melhor nem falar o nome *Smith* perto dela — disse antes de gargalhar da cara de estranhamento de Eva. — Você vai entender tudo e mais um pouco quando vir meu irmão.

Quando Eva mandou um texto dizendo que ela jantaria na casa do doutor Taylor, Brandon — que tinha recém-descoberto a existência de *emojis* em seu celular — mandou uma carinha triste para ela. Trocaram mais algumas mensagens e Brandon se demonstrou desconfiado sobre Eva ir jantar na casa de seu professor. Ainda perguntou se tinha alguma coisa a ver com Lucas. Eva não quis dar detalhes daquilo por telefone e disse que eles conversariam mais quando chegasse em casa — certa de que ele estaria no apartamento, já que Brandon não saía mais de lá.

Os Taylors jantavam todos juntos algumas vezes por mês, sempre que o irmão mais velho vinha de Londres com a família, ou assim Vivian explicou para Eva quando elas saíram do carro, na garagem de uma casa modesta no sul de Vienna. Ela não tinha dado muitos detalhes sobre o seu plano genial, e Eva estava um pouco ressabiada por toda aquela história de "acabar com a professora Geller". Por que ela desejaria fazer isso, afinal? Queria o respeito da professora, apenas isso — não queria fazer nada de antiético para *acabar* com ela.

Antes de entrarem na casa, Vivian lembrou Eva da regra de *não falar dos Smith*. Aquilo já estava surreal e Eva se arrependeu de ter aceitado o convite. Seu estômago congelou como num presságio de que algo muito ruim fosse acontecer durante o jantar. Mas Eva somente viu o quão ruim era quando colocou seus olhos no homem alto que abriu a porta para elas.

Devia ter pelo menos 1,95 de altura; os cabelos loiros eram bem curtos. Os olhos reluziam aquela mesma cor do mar do Caribe dos olhos de Vivian. Ele tinha um grande pomo de Adão na garganta e diversas pintas pelo rosto. O queixo fazia um formato de coração peculiar. Aparentava uns trinta e cinco anos, e segurava uma menina de dois anos nos braços. Era simpático e sorriu para Eva — que o fitava como se visse uma assombração.

— Esse é o meu irmão, Victor, Eva.

Vivian passou por Eva segurando o riso. O irmão dela também não compreendeu qual era a graça, afinal de contas. Elas entraram na casa, Eva ainda sem conseguir tirar os olhos de Victor.

— Essa é a minha, mãe, Margareth, e é claro que você já conhece o meu pai, Sam.

O professor Samuel Taylor e sua esposa cumprimentaram Eva com simpatia, sem deixar de notar que ela estava vidrada na figura do primogênito deles. A mulher de Victor, que segurava o segundo filho deles, ficou irritada com os olhares insistentes de Eva e perguntou a ela se *estava tudo bem*, enquanto abraçava o marido.

— Ah... sim, está tudo bem...

Eva tentou disfarçar e parar de olhar para o irmão de Vivian. Olhou para o pai dela, ao invés disso, com uma expressão séria no rosto, esperando uma explicação. Mas Samuel continuou agindo como se nada demais acontecesse.

Eva foi arrastada para o escritório junto de Samuel e Vivian, antes do jantar. Enquanto Vivian explicava o ocorrido no jornal para o pai, Eva aproveitava para fitar Samuel mais de perto. Ele fumava e fazia um comentário, vez ou outra, indicando tudo que pensava ser antiético na conduta da professora Geller. Enquanto isso, Eva navegava seus olhos pelos cabelos grisalhos, os olhos azuis mar-do-caribe, a barba por fazer, a boca ligeiramente grossa e delineada, o furo no queixo, o pomo de Adão na garganta. Mesmo com as visíveis marcas da idade no rosto de Samuel, as semelhanças eram indiscutíveis e ela se perguntou como nunca as notara antes.

O frio no estômago apertou e Eva teve aquela sensação de vômito de novo, depois de meses sem problemas. Estava amargurada e arrependida de estar ali — e até parecia que Vivian tinha feito de propósito. Aquela história de não poder mencionar o nome dos *Smith* para a Senhora Taylor — tudo meio que fazia sentido, de uma maneira bem bizarra.

Vivian agora dizia ao pai o que deveriam fazer. Ela o lembrava de um caso de um professor que tinha sido demitido de *Ruskin* por causa de seu grau de rejeição pelos alunos. Segundo Vivian, a professora Geller não era querida pelos alunos e tinha certeza que — se fizessem uma pesquisa — poderiam provar isso.

Eva tentou prestar atenção, mas seus olhos foram atraídos por um porta-retrato. Na foto, Eva reconheceu Vivian bem mais jovem (ainda com os cabelos loiro-claro) e seu irmão, já mais velho. Fora do porta-retrato, havia uma foto antiga de uma criança de uns cinco anos, sorrindo, no colo de Samuel, anos mais jovem. O coração de Eva bateu forte quando reconheceu a criança quase que de imediato.

— Eva...? Eva...? — Eva acordou de um transe e voltou a fitar Vivian. — O que você acha?

— Ah... desculpe, eu estava distraída. — Eva olhou de Vivian para Samuel, com alguma timidez. — O que foi que você disse mesmo?

— O plano é o seguinte, fazer um questionário para medir o índice de aprovação da doutora Geller, e entregar esse documento para a administração da universidade. Isso é algo que já deu certo no passado. Um professor de *Ruskin* foi até demitido.

— Acho que... — Eva respirou fundo, a cabeça começando a pulsar. — Acho que não vou poder ficar para o jantar.

Eva se levantou de forma rápida e derrubou o porta-retrato que observava até segundos antes. Com as mãos trêmulas, pegou a foto que caiu no chão, aquela criança no colo de Samuel ainda mais nítida agora. Vivian tirou a foto das mãos geladas de Eva.

— Eva, relaxa, está tudo bem.

— Estou relaxada, só preciso ir embora — rugiu, Eva, cheia de irritação.

Vivian olhou para o pai, e ele soltou um suspiro.

— Vivian, deixe-me sozinho com Eva um minuto. — Vivian fez o que o pai mandava e saiu do escritório, fechando a porta. — Sente-se, Eva.

— Estou ótima assim, obrigada.

— Sente-se agora! — O tom enfático, tão diferente da maneira gentil como Samuel geralmente agia, fez Eva obedecer. — Ótimo, obrigado. Agora vamos conversar como dois adultos.

Samuel pegou a foto e a colocou na frente de Eva. O coração dela batia forte e teve um impulso de sair em disparada dali. Não era possível, não queria acreditar que ele estava prestes a dizer alguma coisa para ela.

— É o Brandon.

— Eu *realmente* tenho que ir, doutor Taylor... — Eva voltou a se levantar.

— SENTE-SE! — Samuel mandou em alto tom, e apenas voltou a falar quando Eva se sentou de novo. — Sou o pai dele.

Eva deixou os ombros caírem. Por quê? Por que ele tinha dito isso para ela? Óbvio que tinha percebido isso quando colocou os olhos no filho mais velho de Samuel, por que ele e Brandon poderiam ser gêmeos facilmente. E Samuel mais jovem, naquela foto, segurando aquele bebê, poderia ser Brandon também. Mas uma coisa era ter a desconfiança — outra bem diferente era ouvir dos lábios dele.

— Como você deve desconfiar, ele não sabe disso e a mãe dele não quer que ele saiba — continuou Samuel, sem desviar os olhos de Eva, como se tentasse decifrar o que se passava pela cabeça dela. — Você entende o que eu estou dizendo?

— Eu... eu entendi. — Eva tentou se manter calma. — O senhor não devia ter me dito nada.

— Estou contando com a sua sensatez. — Ele se levantou, como se nada tivesse acontecido e Eva acompanhou o movimento com os olhos. — Agora, nós vamos jantar, você vai parar de olhar para o Victor como se ele fosse uma aberração, e não vai mencionar que conhece Brandon, ou Flora, perto da minha esposa. Você entendeu?

Eva não se lembrava de já ter se sentido tão intimidada por alguém.

— Sim, doutor Taylor. — Mas antes que ele pudesse abrir a porta do escritório, levantou-se e voltou a falar. — Brandon *Taylor* Smith... Ele tem o seu nome... Isso não faz sentido. Se não queria que ele soubesse, por que deu seu nome para ele?

O doutor Taylor fitou Eva, sorrindo.

— O bom do nome *Taylor* é que pode ser um nome de garoto, um nome de garota e um sobrenome...— Ele levantou as sobrancelhas. — Seja sensata, Senhorita Oliveira. Seja sensata. — Ele abriu a porta. — Agora venha se juntar à família Taylor para um jantar casual.

Eva tentou ficar o mais calada e natural possível durante aquele jantar, o que para ela significava manter os olhos no prato de comida à sua frente e responder de forma vazia e grossa sobre qualquer coisa que lhe perguntavam. Quando Vivian a levou para casa, Eva segurou o grito e a acusação de que Vivian tinha feito aquilo de propósito. Mas — de alguma maneira — o xingamento acabava aí. Por que Vivian faria aquilo, afinal de contas?

— Bem, te vejo amanhã, então, *cunhada.* — Eva olhou para Vivian, achando aquilo a coisa mais estranha do mundo. — E tente agir o mais natural possível com Lucas e Monica, eles não podem desconfiar de nada. Vamos destruir todos eles.

Eva levantou as sobrancelhas para o sorriso macabro de Vivian, pensando que talvez a crueldade de Brandon fosse uma característica do lado dos *Taylors* e não dos *Smiths*.

— Certo, eu tenho que ir — disse, abrindo a porta do carro. Olhou uma última vez para Vivian. — Você não precisava ter me levado até a sua casa hoje.

— Não, não precisava — concordou num sorriso. — Mas queria saber sua opinião. Meu pai sempre admitiu Brandon... mas não Lucas. Diz que nem sabia da existência do Lucas... O que você acha?

A feição horrorizada de Eva demonstrou que ela também não tinha considerado Lucas, mas agora parecia bem óbvio. Lucas e Brandon tinham os mesmos olhos e o mesmo furo no queixo que o *suposto* pai.

— Eu... eu acho que é possível, sim.

Vivian fez um gesto de afirmação com a cabeça.

— Eu também.

Eva saiu do carro e caminhou até seu apartamento ainda anestesiada. Entrou já ouvindo as gargalhadas de Brandon e Angelina, que assistiam ao filme do *Monty Python, A Vida de Brian*.

— Minha princesa! — Brandon exclamou indo até a porta para beijar Eva, com sua saudade exagerada. — Esse filme é muito bom, já assistiu?

— Só umas quinhentas vezes, ela adora — disse Angelina.

Eva sorriu, sentando-se entre as pernas de Brandon. Aceitou vinho e enfiou a cara na pizza — assim a boca ficava cheia e ela não soltava nenhuma verdade alarmante na cara deles.

Passou o resto da noite assim, calada. Quando Brandon perguntou o que ela fora fazer na casa do seu orientador, Eva explicou em poucas palavras que Vivian tinha um plano para garantir que ela voltasse a ser a assistente editorial, e eles fariam um questionário para acessar a popularidade da professora Geller — omitindo a parte inicial do plano de sabotar Lucas.

Brandon aceitou a resposta da mesma forma que aceitaria qualquer coisa que ela dissesse. Confiava nela de um jeito que chegava a ser inocente, e Eva ficou grande parte daquela noite pensando nisso. Em menos de um dia, já omitira duas coisas. Agora, aquela pergunta cruel tilintava em seus ouvidos como as baladas do *Big Ben*. Como contaria aquilo para ele?

Capítulo 25

Não abra os olhos

POR SEMANAS, LUCAS NÃO dormia bem. Virava na cama, olhava o celular; três da manhã. *Se dormir agora vou dormir cinco horas.* Virava-se e fechava os olhos; acordava e olhava o relógio outra vez. Três e dez. E assim foi por mais uma hora, até às quatro da manhã. *Agora só vou poder dormir mais quatro horas. Preciso tentar.* E fazia tudo de novo; virava para o lado, fechava os olhos, acordava e checava as horas. Quatro e dez. E assim passou a maior parte das noites naquelas semanas.

Sempre achava que não ficaria acordado em suas aulas, mas alguma coisa sempre atraía sua atenção, e em geral tinha a ver com Tabitha. Foi assim desde a primeira vez que a viu naquele semestre, na sua aula de escrita criativa. Chegou cedo e sentou-se no fundo da classe. Apenas quando o professor fez os alunos lerem poemas curtos na frente da turma e Tabitha foi a primeira candidata, ele a viu. Reconheceu seus cabelos — mesmo naquele tom mais claro — assim que ela se levantou. Tabitha leu seu poema, doze estrofes melancólicas sobre dias iguais, e Lucas acordou de vez, sentindo cada palavra no fundo do estômago. A voz de Tabitha, seu doce sotaque polonês, ecoava por todo o auditório. Ele não conseguia parar de olhar para ela, admirar os longos e sedosos fios platinados caindo por todos os lados de seu rosto alvo. Teve a impressão de que os olhos dela se encontravam com os seus a todo momento, enquanto tentava respirar fundo para controlar as batidas desenfreadas de seu coração.

E digo, leitor, que o pobre coração de Lucas não teve sossego nas outras aulas da semana. Tabitha estava em todas as suas classes, inclusive na aula de publicação acadêmica da professora Geller — cujo pré-requisito era a disciplina de escrita avançada que Tabitha não tinha cursado no primeiro ano. De certo, o tempo de Tabitha na Polônia tinha sido proveitoso em termos acadêmicos, pois ela estava bem mais segura de si. Por fora, parecia a mesma, aquela moça gentil, de temperamento ameno e voz cálida; nas atitudes, porém, mais implacável, mais inviolável, mais forte.

Mesmo frequentando as mesmas aulas, Tabitha mal se dirigia a Lucas. Dizia no máximo um *Olá* generalizado para ele e quem mais estivesse perto, então sentava-se com suas novas amigas, duas garotas que conhecia da sinagoga. Lucas não se lembrava de Tabitha ser religiosa, mas o fato de ela estar andando com duas moças judias já era indício de que deveria estar mais ligada à sua religião.

O sofrimento dele era palpável; seu coração batia forte e seus olhos ficavam pequenos todas às vezes que a via — o que acontecia todos os dias. Não tão inesperado, a volta de Tabitha tinha jogado um balde de água fria em seu relacionamento com Monica. Tudo que a namorada falava parecia uma indireta para Lucas, e ele estava sem paciência com ela. Monica parecia não estar disposta a admitir o ciúme, e se recusava a conversar de forma aberta sobre o que acontecia entre eles. Então Lucas continuou no seu canto, nervoso, infeliz, sem saber o que sentia e sem vontade de tentar entender também.

Quando soube da festa que sua mãe daria para Gabriel, faltou enfartar. Por que a mãe o odiava tanto? Sabia que Flora cismara em dar aquela festa para juntar Brandon e Tabitha, mas será que ela não tinha nenhuma consideração por ele? Já tinha que ver Tabitha — maravilhosa do jeito que era — na faculdade todos os dias... agora teria que vê-la em eventos sociais também?

Não tinha como fugir, apenas preparar seu emocional quebrado para aquela festa.

Outra coisa tirando o sossego de Lucas era Eva. Não entendeu por que ela aceitou que ele continuasse sendo o assistente editorial, assim, sem dar um chilique. Esperava que, no mínimo, viesse tirar satisfações com ele, dizer que ele era um traidor, um péssimo amigo. Mas não, passou um, dois, três dias depois da reunião em que seu crime foi revelado e ela não disse nada. NADA. Cumprimentou-a, perguntou se *estava tudo bem.* Eva fez uma cara de ânus para ele, mas disse que estava *ótima.*

— Tem certeza? Porque você parece um pouco monossilábica comigo.

— Luke, o que você quer? Que eu te beije e te agradeça por esse favor que está me fazendo? — Ela pareceu se arrepender na hora da resposta irônica e balançou a cabeça. — Esquece, não quero falar disso.

Lucas raciocinou, sem muita confiança, de que Eva talvez tentava manter um relacionamento cordial com ele, agora que o namoro com Brandon parecia ter engatado. Embora aquilo não fosse do feitio dela, talvez quisesse apenas evitar conflitos.

— Então, vai à festa do Gabriel? — Lucas insistiu em conversar com ela.

— Eu... — Eva exalou, sem paciência. — Eu vou estar lá.

— Oras... — Lucas sorriu, um tanto cheio de raiva. — Parece que está ficando sério, então...

Depois disso, passou algum tempo pensando naquela conversa estranha, em uma de suas noites em claro. No fundo, esperava que o romance de Brandon e Eva não sobrevivesse tempo o suficiente para ela começar a frequentar sua casa. A mãe agora vivia ruminando insultos a Eva, insistindo com Brandon que não queria a garota na festa. E, de certa forma, a presença dela lá era um tipo de confirmação do relacionamento entre os dois, um carimbo — *estamos juntos, vocês vão ter que nos engolir*. Lucas sentia algo estranho e cruel crescer dentro dele todas as vezes que via ou pensava em Brandon e Eva. Era muito injusto que Brandon tivesse a garota que queria em seus braços, enquanto ele não tinha nem a sombra disso.

Levantou-se no dia da festa sentindo-se cansado — o que parecia ser sua rotina desde o começo do semestre. Não fazia ideia do que esperar daquela festa, mas tinha uma sensação bizarra de que algo muito ruim fosse acontecer. Talvez fosse a culpa por roubar o emprego de Eva, talvez sua ansiedade por saber que veria Tabitha — alguma coisa o incomodava.

Eram dez da manhã quando Lucas, vestindo apenas uma calça de moletom, desceu para tomar café. Mal pisou na cozinha e os olhos de esmeralda se encontraram com os dele.

Era ela, Tabitha. Estava ali, junto da mãe Samantha e do irmão Timothy, enchendo alguns balões e montando lembrancinhas. Gabriel e Zooey jogavam *Banco Imobiliário*, e o cachorro, Mike, mastigava algumas das casinhas e hotéis do jogo. Típica cena de festa em família — tudo charlatanice para Lucas, que sabia que aquelas pessoas ali fingiam um relacionamento que não existia, como se encenassem uma peça de teatro.

— Luke, vai colocar uma blusa e tampar esses desenhos horríveis no seu braço, por favor. Temos visita — disse Flora ao passar por ali.

Os olhos de Lucas e Tabitha ainda estavam presos um no outro, quando ela percorreu suas gemas verdes por toda a região do braço e abdômen do garoto. Tudo bem que Lucas não tinha ficado gostoso do dia para noite, mas os quilinhos que ganhara amenizaram aquela sua aparência de moleque, e ficou óbvio que Tabitha notou. Ele a viu correr seus olhos pelas suas novas tatuagens, que agora cobriam ambos os braços, antes de voltar a fitá-lo com as bochechas rosadas.

Lucas caminhou devagar até a mesa da cozinha e se inclinou para pegar uma das maçãs dispostas na cesta de frutas, que estava bem em frente a Tabitha. Tudo pareceu ficar em câmera lenta para Lucas. Tabitha colocava balas nas lembrancinhas de forma pausada, sem tirar os olhos dele, enquanto ele mordia a maçã. Então deu as costas para todos e saiu dali, sem dizer uma palavra sequer. Apenas percebeu que sorria para si mesmo quando bateu a porta de seu quarto.

Espera, tinha mesmo flertado com Tabitha? De onde aquela troca de olhares tinha surgido? E por que ela a sustentou? Estaria Tabitha flertando de volta? A cabeça de Lucas começou a doer.

— O que está acontecendo?

Sabia bem que ainda tinha sentimentos mal resolvidos por ela, mas até então tinha certeza de que não era correspondido. Agora, aquela flertada na cozinha parecia trazer algum significado... ou estaria ele pensando demais sobre aquilo? Tentando ver algo onde nada existia, iludindo-se mais uma vez de que ainda havia algo para ser resgatado.

Sentindo-se numa montanha-russa, Lucas esperou com ansiedade até o momento em que a festa começaria e ele pudesse voltar a ter uma interação com Tabitha. Naquele instante, no meio de sua euforia, não pensou em Monica, e nem no fato de que ela *também* estaria na festa.

Dia após dia, Vivian segurava Eva pelo braço ao fim da reunião do jornal e perguntava como o plano de pegar o artigo original de Lucas transcorria. Eva já não sabia mais o que inventar para mostrar para Vivian que refletia sobre o assunto, e tentava bolar uma estratégia para conseguir acesso ao computador de Lucas — mas era um fato que Vivian já tinha notado o quão ruim Eva era nessa função de agente-duplo. Não conseguia disfarçar sua ira com Lucas, era ríspida com ele e com Monica, e era um milagre que nenhum dos dois parecia desconfiar de suas artimanhas para ter seu cargo de assistente editorial de volta.

Todas as terças e sextas depois da reunião do jornal, Vivian, Eva e Rolland passavam trinta minutos pegando respostas para o longo questionário que fizeram — com a ajuda do pai de Vivian — para averiguar o nível de satisfação da professora Geller. Tudo era feito na surdina, escondido da professora Geller e dos alunos aliados a ela. Pediam sigilo dos alunos envolvidos, e todo mundo parecia colaborar para que aquele questionário transcorresse sem atropelos.

Todas essas terças e sextas, porém, eram um martírio para Eva, que se culpava por participar daquela pesquisa que mais parecia um questionário de inquisição. Havia lido a pesquisa inteira com Brandon e Angelina, ressaltando as perguntas mais problemáticas.

— De 1 a 5, qual o nível de conhecimento da professora Clarice Geller? — Eva leu a pergunta. — Os resultados que colhemos mostram um nível de 1,5 a 2 — disse, alarmada. — 1,5 a 2! Uma professora com vinte anos de experiência, dois mestrados, um doutorado, dois pós-doutorados, livros e artigos publicados nos melhores periódicos do mundo! Isso não está certo!

— Bem, talvez a pergunta deveria ser algo como "o quanto você aprende nas aulas" e não "o quanto de conhecimento ela tem" — raciocinou Angelina.

— Exatamente — concordou Eva. — Ainda é problemático, porque as pessoas colocam peso demais no que aprendem em cima do professor, sem fazer nada por si mesmas. — Angelina balançou a cabeça em concordância. — Eu pedi para que eles mudassem, mas o doutor Taylor disse que esse é um formulário padrão. Que ódio desse homem!

— *My darling*, ele é um professor conceituadíssimo na minha área, com tanta bagagem quanto a professora Geller, e talvez até mais tempo de carreira que ela — defendeu Brandon. — Ele sabe o que está fazendo.

Eva não respondeu, com medo de falar demais e deixar algumas verdades cabeludas escapulirem antes da hora.

A parte do plano de inquisição à professora Geller corria conforme o esperado — para o bem ou para o mal. Já a parte do plano que dependia dela era uma incógnita. Essa parte, inclusive, Eva não tinha contado para Brandon. Vira e mexe, o namorado pensava alto sobre como poderia consertar as coisas com Lucas, pedia a opinião dela sobre o que poderia fazer para melhorar a convivência com o irmão. Eva supunha que se Brandon imaginasse que ela pretendia fazer algo para prejudicar Lucas, ficaria louco. Era melhor que ele não soubesse de nada, já carregava remorso o suficiente por Lucas para ter de lidar com mais aquela bomba.

De qualquer maneira, aquela parte do plano parecia coisa que só dava certo em filme e com explicações sem lógica alguma. Além de ter que estar na mansão dos Smith — onde sabia que não era bem-vinda — ainda teria que se infiltrar no quarto de Lucas, entrar no computador dele, que devia ter algum tipo de senha, e conseguir aquele arquivo sem deixar rastros. Era quase missão impossível, e ela não tinha nada de 007. Sua cara transparecia a ansiedade, não conseguia disfarçar nada, e tinha certeza de que seria pega.

Apenas porque precisava tentar, de alguma maneira, conseguir aquele original, Eva decidiu ir à festa de Gabriel. Era *uma* tentativa — e precisava dar certo — pois não tinha a mínima intenção de voltar àquela casa. Queria distância da família de Brandon, nem da amizade de Lucas Eva fazia questão agora. Sentia calafrios quando pensava que teria de estar perto *daquela mulher* por algum tempo durante a festa, que cada vez mais parecia a estreia de um *show* de horrores em sua vida.

Brandon notou a ansiedade que a festa causava em Eva, é claro. Todas as vezes que comentava algo, o corpo dela se enrijecia e uma veia grande e verde surgia no meio de sua testa. Não dizia nada, oferecia massagens — que nem sempre Eva aceitava, já que essas massagens acabavam em sexo — e fazia chá. Mas quando na noite anterior à festa a pegou meditando, beijou sua testa e sussurrou um *vai ficar tudo bem*.

— Sua mãe sabe que eu vou, não é? Ela sabe que a gente está junto... Não vai ser pega de surpresa igual àquela noite no elevador, certo?

— Eu te disse que conversei com ela. — Brandon se agachou, acariciando as coxas de Eva. — Vai dar tudo certo, *my darling*.

Eva assentiu, recebendo um beijo nos lábios. Talvez fosse bom que ela desse a cara a tapa e fosse à festa, consolidando assim o relacionamento entre eles. Depois disso, estaria selado, marcado e aquela mulher perversa não poderia fazer mais nada. Ou assim pensava Eva.

A manhã da festa de Gabriel Andrews correu sem surpresas. Eva e Brandon tomaram banho juntos como de costume. Ele iniciou sua sessão de voyeurismo, Eva o comparou com o tataravô tarado — o que causou gargalhadas em Brandon — enquanto ela colocava o vestido amarelo de botões.

— Nossa, você está muito *sexy* — disse ao agarrar sua cintura, beijar o pescoço, e começar a levantar o vestido com um movimento rápido dos dedos.

— Nem pensar, Brandon. A gente já está atrasado.

— Quinze minutos.

— Não — Eva afastou as mãos do namorado. — Vamos logo — disse, cheia de ansiedade. Queria chegar logo à festa, fazer o que tinha que fazer e ir embora o mais rápido possível.

Chegaram na mansão dos Smith sobre olhares observadores que pesaram sobre eles. A festa acontecia do lado de dentro da mansão por causa do tempo frio. As crianças assistiam à *Detona Ralph* e Mariana, a babá de Zooey, ficava de olho nelas. Samantha estava na porta com o neto, cumprimentando cada um que chegava. Eva sentiu Brandon apertar sua mão, assim que eles alcançaram a porta da casa.

— Você deve ser o Gabriel. Feliz aniversário — disse Eva. — Eu sou a...

— Eu não ligo — retrucou o menino, revirando os olhos.

A avó repreendeu a rudez do neto, mas Eva disse para ela não se preocupar. Entregou o presente para o garoto —um embrulho pequeno, do tamanho e largura de uma barra de chocolate. Gabriel abriu com despeito, mas logo desfez a cara de cão-raivoso, e fitou Eva, como se agora ela fosse da família. Era um *gift card* de $100 para jogos online.

— Obrigado. — Gabriel forçou um sorriso para Eva. — Obrigado, tio.

Brandon passou a mão pelo cabelo castanho escuro do sobrinho.

— E como você está, Brandon?

— Estou ótimo.

— Muito bem acompanhado, como posso ver.

Eva viu quando o namorado pegou fôlego para responder a ex-sogra.

— Essa é Eva, minha namorada.

Eva cumprimentou Samantha, com quem Tabitha se parecia muito. Elas tinham o mesmo olho verde-esmeralda e o mesmo tom nos cabelos — antes da platinada de Tabitha.

Zooey veio correndo e abraçou Eva pela cintura, assim que a viu. Logo atrás dela, Mariana vinha cumprimentar Eva, cheia de intimidade.

A. C. Costa

— *Veio, né?*

— *Uai, fazer o quê?* — Elas cochicharam, entre risos.

Foi quando Flora apareceu — talvez até de propósito. Intrometeu-se nas risadas discretas de Eva e Mariana e lembrou a babá de Zooey de qualquer coisa que ela precisava fazer durante a festa. Depois disso, fitou Eva dos pés à cabeça, como se desejasse tratá-la da mesma forma que Mariana — arrumando alguma coisa para ela fazer. Os olhos de Flora gritavam que, das duas brasileiras ali, Mariana estava em uma posição aceitável — prestando um serviço e vigiando as crianças — enquanto Eva não estava no seu lugar.

— Brandon... — Flora desviou os olhos de Eva, disposta a não cumprimentá-la. — Achei que não vinha.

— Bem, aqui estou. — Ele abraçou a cintura de Eva. — Você se lembra da Eva, mãe?

Flora fitou Eva com as sobrancelhas erguidas.

— Ainda guardo na mente a imagem de vocês dois se agarrando no elevador. Divirtam-se — falou com desdém, antes de se afastar.

Brandon levantou as sobrancelhas, antes de se voltar para Eva.

— Até que não foi tão ruim assim.

— Não mesmo — concordou Eva. — Ela podia ter me acertado com um tiro de espingarda, por exemplo.

— Dramática — disse Brandon, aproximando-se para beijar Eva, mas foi impedido pela mão dela.

Não entendeu a censura até seguir o indicador que apontava para algo atrás de si. Quando se virou, deu de cara com Tabitha.

— Eva...— Tabitha moveu os seus olhos verdes de Eva para o ex-namorado que não via desde a noite que terminara com ele, há quase um ano. — Bran.

— *Hey, Tibby.*

Eva fitou ambos Brandon e Tabitha com alguma angústia quando eles se chamaram pelos apelidos. Ela nunca o tinha chamado de *Bran*... nem parecia que aquele tal de *Bran* tinha alguma coisa a ver com ela. Aquilo parecia confirmar que eles tinham mesmo uma história antiga, que havia certa intimidade entre os dois.

Brandon e Tabitha começaram um tipo de conversa; na verdade, Brandon fazia perguntas para Tabitha, daquele jeito que usava para conversar com qualquer pessoa — como se todo mundo fosse um amigo íntimo.

— Como foi na Polônia? Você ficou com a sua avó?

— Sim. Ela mandou abraços.

— A avó da Tabitha tem uma história incrível, *darling*. — Brandon disse, ainda segurando Eva pela cintura. — Ela ficou do lado da União Soviética depois da partição da Polônia durante a guerra. Depois da guerra, resolveu ficar na Polônia, mesmo tendo quase todos os parentes que sobreviveram ao Holocausto migrando para outros países. Ela acreditava que a Polônia podia se recuperar daquele trauma.

367

Brandon falava daquele jeito calmo típico dele. Tinha uma das mãos no bolso, e a outra ao redor da cintura de Eva, e falava a maior parte do tempo. Se Eva tinha alguma dúvida de que Brandon e Tabitha era algo que ficara no passado, aquela dúvida deveria ter se clarificado ali.

Mas toda aquela precisão, toda aquela calma, de repente pareceu ensaiada. Uma das táticas de Brandon, que era bom em disfarces. Não era assim, afinal, como as coisas aconteciam? Sempre ficava algo, algum resquício quando relacionamentos terminavam. Aquele resquício era visível em Tabitha — assim como Eva esperava. A garota mal disfarçava a tristeza e o incômodo de estar ali. Embora sorrisse, vez ou outra seus olhos pairavam em Eva e desciam para a mão de Brandon ao redor da cintura dela.

— Foi bom te ver de novo, Bran — replicou, assim que ele terminou de falar. — Espero que aproveitem a festa.

Eva tinha certeza de que a voz de Tabitha estava fraquejando quando ela cortou a interação e se afastou. Aquele sentimento amargo do dia que conversou com ela voltou à garganta e Eva odiou estar naquela posição, odiou ser aquela pessoa. E a calma de Brandon, seu ar de *Não estou fazendo nada de errado*, foi algo duro de engolir.

Não tão inesperadamente, todos os familiares dos Smith resolveram — um por um — parar para cumprimentar Brandon e Eva.

— Eu vi vocês dois juntos e nem pude acreditar. Vocês são um casal diferenciado — disse uma tia, sorrindo.

— Bran, você arrumou uma afrodisíaca. Bom para você. Ela é linda — disse um primo qualquer, movendo seus olhos pelo corpo de Eva. Brandon ficou tão cheio de ódio que Eva achou que ele explodiria, e ficou aliviada quando alguém levou o tal do primo para longe deles.

— De onde da Índia você é? — Outro parente perguntou.

— Ela é brasileira— respondeu Brandon, ríspido, cuspindo por todos os lados.

— Sim, de fato. — Eva sorriu, colocando as mãos nos ombros de Brandon. — Olha só, a Claire e o bebê estão ali. Vamos lá falar com ela. Com licença.

Eva tirou Brandon de perto das pessoas, enquanto este esbravejava.

— Isso é absurdo! As pessoas não têm noção do que elas falam?

— Brandon, se acalma!

— *My darling*, você ouviu o que eles disseram?

— Relaxa — pediu Eva, enquanto eles alcançavam o sofá. — Oi, Claire.

Claire estava sentada no sofá, amamentando Jason, quando Eva sentou-se ao lado dela. Brandon permaneceu de pé, bufando feito touro.

— Oi, Eva. Fiquei feliz quando Flora me contou sobre você e Brandon. Ele é um cara legal, merece uma pessoa legal.

Eva sorriu e pensou que Claire devia ser a única mulher no mundo que achava Brandon um *cara legal*. Ficou feliz em ouvir isso, afinal significava que eles *não* tinham dormido juntos.

— Como você está?

— A recuperação está indo bem.

— Que bom. — Eva manteve o sorriso, tentando não encarar as olheiras fundas no rosto de Claire.

— Por que vocês não vão lá qualquer dia desses?

O pedido veio quase como uma súplica e Eva assentiu. Claire parecia triste, muito triste — e Eva se lembrava de sua irmã também ter tido um período assim depois de dar à luz aos sobrinhos. Mas era algo que passava rápido — não imaginara que Claire ainda estava tão deprimida, mesmo depois de dois meses do nascimento de Jason.

— Claro, a gente vai sim.

Flora chegou com mais parentes para conhecer Jason. Mas como o bebê estava mamando, quase dormindo, eles se interessaram mais em saber tudo sobre Eva, que era quase uma atração de zoológico para a família.

— Você deve ser a nova namorada do nosso Bran. — Eva forçou um sorriso, contendo a vontade de mandar toda aquela gente escrota *tomar-no-cu*. — Sobrinho, ela é tão exótica. Parabéns.

Brandon fitou a tia com cara de quem quer arrancar os olhos do outro. Da próxima vez que alguém se referisse a Eva como uma peça de museu que ele tinha arrancado de algum país de terceiro mundo, não pouparia os xingamentos.

— Brandon sempre gostou do fruto mais doce — comentou Flora, como quem fala consigo mesma, apoiando todo o peso de seu corpo em um dos calcanhares, e os braços cruzados. Todos ali a fitaram. — Cada ano, uma paixão diferente... Nicole, a mãe da Zooey, sempre deslumbrante. Layla tinha uma graciosidade em seus gestos, coisa de médico, sabe? Houve outra também... — Flora suspirou. — Uma beleza graciosa, angelical. Era daquele tipo de garota que não parece de verdade, que parece que saiu de capa de revista... *Mon Dieu*... só de imaginar os filhos que vocês teriam...

— Mãe... — Flora pareceu ouvir Brandon por fim, apesar de ele a ter chamado outras vezes. — Menos, por favor...

— Enfim... — Flora levantou os ombros. — Eva tem mesmo uma beleza sul-americana bruta e marcante.

Sem surpresas para Brandon, Eva se levantou do sofá.

— Com licença — pediu, sem disfarçar a ira, indo em direção à cozinha.

— Infelizmente, ela tem uma educação sul-americana também — complementou Flora.

E do jeito que Eva parou por alguns segundos e depois continuou o seu caminho em direção à cozinha, Brandon teve certeza de que ela ouviu.

Depois de repreender a mãe, dizer que não tinha graça nenhuma o que ela fez — e tudo mais que Flora ignorou — Brandon seguiu Eva. Parou na porta de vidro que separava a sala de jantar da cozinha quando notou que Eva estava de papo com a empregada, Jane. Cruzou os braços, interessado na conversa delas, mesmo sem entender nada.

— *Você sempre trabalhou para os Smith? Não tem família em Portugal?*

— *Já passou tanto tempo que não sei se tenho mais família, querida. E tu? Tens família lá?*

— *Ah, em algum momento teve um colonizador português que laçou alguma mulher em uma aldeia na minha cidade natal, obrigou ela a se deitar com ele, ter filhos com ele, cozinhar para ele e... você sabe... Eles foram infelizes para sempre.* — Jane enrugou as sobrancelhas, sem achar graça alguma. — Hey... — Eva notou Brandon escorado na porta.

— Então, se lembra da Eva, Jane? — Brandon sentou-se na banqueta da ilha da cozinha, junto da namorada.

— Como posso esquecer...? Vocês dois já me colocaram em apuros! — Eles riram. — Vou repor a comida, se comportem.

Brandon afastou o cabelo de Eva e deu um cheiro em seu pescoço, o que a fez contrair os ombros, sentindo cócegas.

— Se você quiser ir embora, a gente vai agora.

Eva riu ao perceber que ele queria ir embora dali tanto quanto ela. Mas ainda precisava colocar seu plano em prática, mesmo sem ideia de como fazê-lo.

— Obrigada pela oferta, mas estou bem por enquanto. E você?

— Tirando o fato de que as pessoas estão se referindo a minha namorada como se ela fosse um objeto exótico, estou ótimo. — Eva riu da expressão de ódio de Brandon. — E essa festa já deu para mim. — Ele passou a mão pelo cabelo. — Você está muito tranquila com isso. As pessoas te tratam assim?

— Às vezes.

— Que absurdo! Quem fez isso com você? — perguntou, cheio de ódio.

— Ahm... — Eva riu. — Você fez.

Brandon segurou o riso, sentindo o corpo inteiro avermelhar e aquela culpa e remorso atingi-lo como um foguete.

— Foi diferente, minha princesa.

— Sim, foi diferente. Você foi *muito* pior, achou que eu estava molestando a Zooey, me chamou de estrangeira... — Brandon imitou alguém que chora, escondendo o rosto no cabelo de Eva. — Até hoje não sei o que se passou pela sua cabeça.

— Como você se apaixonou por mim?

— Bom, óbvio que não foi por causa daquele dia. — Eles se olharam e riram juntos, como faziam sempre. — Posso te perguntar uma coisa, sem chateação?

— É claro.

— Hoje foi o primeiro dia que você viu a Tabitha desde a boate?

A pergunta de Eva pegou Brandon de surpresa e ele deixou um pequeno, discreto, quase imperceptível, pânico transpassar seu rosto. Mordeu os lábios e fez um gesto afirmativo com a cabeça.

— Foi. — Brandon espremeu os olhos. — Por que a pergunta?

— Nada. — Eva levantou os ombros, com desdém. — Acho que nem sua mãe superou o fim do relacionamento de vocês ainda. Incrível como você fez isso tão rápido.

Brandon segurou o riso e então fez cócegas em Eva.

— Você não está se aguentando de ciúmes.

— Sem cócegas! Para! Eu odeio cócegas, você sabe disso — disse se esquivando dele. — Não estou com ciúmes, foi só um comentário.

— Que veio do nada — falou Brandon, cruzando os braços. — Qual o problema?

— Foi só uma coisa que a Tabitha me disse. — Brandon levantou as sobrancelhas, admirado com a nova informação. — Aconteceu há mais ou menos um mês, quando a gente voltou para a faculdade. Ela disse que a história de vocês não acabou.

— Sei... — Brandon coçou a barba. — E você está chateada assim porque acreditou nela?

— Não estou chateada, é só que... — Eva respirou fundo. — Sempre fica alguma coisa, sabe? A gente se relaciona com as pessoas e sempre fica um restinho, o mínimo que seja.

— Ficou alguma coisa entre você e Jim?

Eva riu, deixando o ar sair pela boca, como quem diz comeu-merda-por-um-acaso?

— Só se for a vontade de quebrar a quarta costela dele.

Brandon riu, pegando uma mão de Eva e brincando com seus dedos.

— Então, nem sempre fica alguma coisa.

— Pode ser.

— Está tudo certo entre mim e Tabitha, acredite.

— Está mesmo, Brandon? — Ele afirmou com a cabeça. — Então por que você foi a casa dela no verão? — Brandon abriu a boca, mas resolveu se calar. — Eu acho que vocês dois não tiveram *aquela conversa*, sabe? Aquela conversa de término, que eu tive com Jim no hospital. — Brandon respirou fundo, sem desviar os olhos de Eva. — Por isso que ela acha que vocês vão ficar juntos no final. Vocês têm assuntos pendentes...

Brandon quis dizer para Eva que não fazia ideia do que ela estava falando, mas não conseguiu. Havia um contrato velado entre eles de que não mentiriam um para o outro, e ele sempre se lembrava disso quando pensava em se safar de conversas difíceis. E, como já estava ficando normal, ela tinha razão. Nunca tivera *a conversa* com Tabitha. Tivera com Layla, o que garantiu que eles conseguissem acabar o relacionamento em bons termos. Mas com Tabitha havia apenas o carro se afastando na estrada.

— Por que você está tão chateada com isso?

Eva ponderou antes de responder.

— Não sei. Acho que não queria estar na situação dela. Não queria te ver com outra pessoa, enquanto estou no vácuo, sem respostas, pensando que a nossa história ainda não acabou.

— *My darling...*

Brandon passou os dedos pelas ondas do cabelo de Eva, afastando os fios de seu pescoço. Beijou a pele abaixo da orelha e Eva se esquivou de novo, sentindo cócegas. Era estranho ver aquele lado vulnerável dela, que sempre tentava ser toda durona.

— Sabe, a gente não precisa se preocupar. Começamos isso com uma conversa franca. Tenho certeza de que se, um dia, a gente tiver em um momento de crise, nós vamos conversar também. — Eva sorriu em concordância. — Agora me dá um beijo.

Eva beijou Brandon, sem desfazer o sorriso. Já tinha tanto estresse ao redor deles, ficou feliz em perceber que conseguiam resolver os mal-entendidos com tranquilidade. Mas o beijo que selava o fim do embate foi interrompido por Flora, que entrou na cozinha.

— Por favor, não venham repetir aquela cena grotesca do elevador! Isso é uma casa de família.

A voz de Flora fez Brandon e Eva se afastarem com alguma irritação. Quando a mãe saiu da cozinha, Brandon já soltava caveirinhas pelos olhos.

— *Hey...* — Ele fitou Eva. — Sabe o que vai te fazer se sentir melhor?

Eva não esperou Brandon responder — desceu do banquinho e o puxou para dentro da dispensa. O lugar era apertado, mal cabia os dois. Encostavam-se um no outro enquanto suas costas roçavam contra as prateleiras e armários que revestiam o lugar.

Demorou para Brandon notar o que tudo aquilo significava — percebeu mesmo o que acontecia quando Eva já tinha tirado a calcinha e colocado a peça sobre os recipientes de plástico cheios de macarrão de propósito. Brandon riu, pensando em todos os comentários horríveis que tinham escutado aquele dia, mas principalmente em sua mãe e no olhar de desprezo que Flora insistia em colocar sobre Eva.

Subiu o vestido amarelo de botões até a cintura de Eva, mordendo os lábios para a nudez da namorada.

— Queria fazer isso desde o primeiro segundo que te vi nesse vestido.

Rindo, Eva ajudou Brandon a se livrar das calças enquanto ele desabotoava o vestido até o umbigo e beijava seus seios. Então se emaranhou nele como quem escala uma árvore. À medida que o corpo dele pressionava o dela contra as prateleiras da dispensa, as latas e recipientes começaram a ganhar vida própria, movendo-se no mesmo ritmo constante do quadril de Brandon.

Quando Flora e os parentes começaram a ouvir objetos caindo na dispensa, eles se olharam. A baronesa voltou ligeira à cozinha e não viu Brandon e Eva ali; notou apenas que o ruído vindo da despensa ficou elucidativo. Conseguia distinguir o barulho das latas se movendo e caindo do barulho dos corpos se encontrando e das respirações violentas. Ela voltou para a sala e fechou a porta de vidro que separava a cozinha do ambiente da festa.

— Acho que Jane está arrumando algumas coisas na dispensa.

Mas todo mundo soube que não era verdade assim que Brandon e Eva voltaram para o ambiente da sala — Brandon vermelho como um pimentão, a camisa fazendo um anel de suor debaixo dos braços e nas costas, e Eva com o vestido abotoado errado, exibindo seu sutiã.

Depois que Tabitha viu Brandon e Eva, parecia que suas pernas tinham perdido as funções. Brandon ainda tentara render assunto com ela — com que propósito, afinal de contas? Para mostrar a Eva que tudo entre eles tinha terminado e até mesmo conseguiam conversar de forma amigável? Sentiu que, se não saísse de perto deles depressa, desabaria num choro copioso ali mesmo. E a última coisa que Tabitha queria, naquele momento, era mostrar para Brandon o quanto ele ainda mexia com ela.

Oito meses. Quando pensava nisso, Tabitha mal podia acreditar. Oito meses longe de Vienna e aquele sentimento continuava potente e estável dentro dela. Sua mãe dissera tantas vezes que ficar longe era tudo que precisava para esquecer. Quando chegou, Samantha insistiu que um pouco mais de tempo trataria de amenizar aquela dor, mas Tabitha temia o pior. Se oito meses não tinham surtido efeito algum, quanto mais tempo precisaria? Não tinha a vida inteira.

A indiferença de Brandon — fingindo que não enxergava que para ela ainda não tinha terminado — apenas não doía mais do que vê-lo com Eva. E quando pensava nisso, arrependia-se da mensagem que mandara para ele quando chegou, antes de saber sobre aquele relacionamento. O que esperava, afinal? Que Brandon tivesse passado aqueles meses todos remoendo o modo como a tratou? Percebendo que na verdade a amava? Será que ele tinha qualquer remorso?

Agora restava aceitar o fato de que era *sim* apaixonada por ele, aquilo não mudara em oito meses longe, e não mudaria agora que estava de volta à Vienna. Não tinha como se livrar disso, se afogaria junto daquele navio sem ser salva. Teria de erguer a cabeça, segurar a vontade de dizer tudo que sentia, deixar que todos pensassem que tinha superado e seguir sua vida sabendo que não haveria ninguém mais para ocupar aquele vazio. Estava claro — agora mais do que nunca — que se Brandon quisesse ficar com ela, ele teria feito isso logo quando o relacionamento deles veio à tona, sem se importar com o que Lucas sentia ou deixava de sentir.

As pernas trêmulas de Tabitha a levaram para o terceiro andar da mansão e ela logo se viu dentro do quarto de Lucas. Somente percebeu que era o quarto do ex-namorado quando sentou-se na cadeira da escrivaninha e observou as anotações bagunçadas em folhas de ofício. Nomes de personagem, rabiscos de ambientes e rostos, palavras avulsas indicando personalidade e enredo. *Introvertido, independente, paixão, traição, desejo, rejeição.* Parecia que ele tinha arquitetado uma história mais longa do que costumava escrever.

Olhou em volta — ajudara a escolher tantas coisas ali, inclusive a escrivaninha e a cadeira. Estivera com Lucas em tantas ocasiões dentro daquele quarto que parecia um pouco seu também. Talvez por isso foi parar ali — como se estivesse no piloto automático e ainda presa àquele relacionamento com Lucas. *Presa... era assim que eu me sentia... Presa.* Sufocada, afogada no amor arrebatador de Lucas. Talvez tanto quanto sentia-se afogada na falta de amor de Brandon.

Fitando o quarto com a atenção, Tabitha notou que a mobília continuava a mesma e a única coisa que mudara foi que seu rosto tinha desaparecido dali. Fitou a escrivaninha e abriu uma das gavetas — seu rosto não podia ter sumido por completo. Não mesmo. Sem sucesso nas gavetas da escrivaninha, investigou debaixo do travesseiro, na gaveta do móvel ao lado da cama. Mas achou sua fotografia embaixo do estofamento de uma poltrona de leitura ao lado da janela. Lucas tinha odiado a tal poltrona quando sua mãe insistiu em colocá-la no quarto dele, por falta de lugar na casa. Mas mudou de ideia quando eles quase transaram sobre ela.

Tinha sido no início do namoro; Lucas reclamou que a poltrona era grande o suficiente para os dois. Eles testaram e de fato, couberam ali com tranquilidade — e ainda sobrou espaço para uma terceira pessoa pequena.

— Não é tão ruim.

— Com você aqui não é tão ruim mesmo.

Tabitha sentiu-se transportada para aquele momento, quase cinco anos atrás, quando sentou-se na poltrona antiga e abraçou os joelhos. Lembrou-se dos olhos de Lucas e de como eles ficaram tanto tempo ali se tocando e se beijando. Se Tabitha se esforçasse um pouco, talvez conseguisse até sentir as mãos trêmulas em seus seios e o brilho nos olhos dele quando ficaram seminus.

— Eu não quero te pressionar, Tibby. Nós não precisamos fazer isso.

Tabitha não conseguiu dizer para Lucas naquela ocasião que ela não era mais virgem e que ele não precisava se preocupar com ela. Mas parecia que Lucas a colocara em um tipo de pedestal. Achava que sabia tudo sobre ela e se recusava a abrir os olhos e enxergar que ela não era perfeita. Talvez aquela história fosse diferente se tivesse sido honesta com Lucas naquele momento e se eles tivessem ido adiante. Eles nunca mais chegaram tão perto de fazer sexo de novo — já que, pouco tempo depois daquele dia, Tabitha e Brandon começaram o romance secreto que tinha durado até o fim do namoro entre ela e Lucas.

— Tabitha?

Foi o que acordou Tabitha. Quando percebeu que tinha dormido na poltrona, sentou-se depressa, passando as mãos pelo rosto, antes de fitar a porta e a figura parada ali só de toalha, com os cabelos molhados que ensopavam os ombros.

Lucas pensou se devia ficar ali ou ir embora. O que Tabitha estava pensando, entrando no quarto dele daquele jeito? O coração pareceu que ia sair pela boca quando percebeu que ela segurava a foto que ele guardava atrás da almofada da cadeira. Num impulso raivoso, Lucas se aproximou e pegou a foto da mão dela, guardando-a dentro da gaveta de sua escrivaninha. Ao voltar a fitar uma Tabitha alarmada, ainda sentada na poltrona, arrependeu-se de ter sido tão grosso.

— Desculpe a invasão, Luke. Só queria ficar um pouco sozinha. Nenhum lugar nessa casa parece tão aconchegante como o seu quarto. — Lucas se manteve de pé, com uma feição irritada no rosto, enquanto observava a ex-namorada alisar a poltrona. — Tive uma memória boa de nós dois aqui.

A cabeça de Lucas começou a rodar. Primeiro o flerte na cozinha e agora Tabitha estava ali, na sua poltrona, alisando o veludo cinza velho, trazendo de volta coisas do passado.

— Foi a primeira vez que você mentiu para mim.

Tabitha confirmou com um aceno da cabeça.

— Sim, é verdade.

— Você já estava com *ele* naquele dia?

— Luke... é claro que não.

— Mas não foi muito tempo depois, foi?

Tabitha suspirou e fitou a porta, achando ter visto um vulto. A porta estava aberta e a ansiedade dela cresceu ao pensar que alguém podia vê-los ali.

— Não, não foi — admitiu, num fio de voz.

— Eu achava que você era perfeita e frágil... E talvez esse tenha sido o problema.

— Sim, talvez.

Desde que terminaram, Lucas havia canalizado toda sua raiva em Brandon. Não soube de onde vinha, mas naquele momento, sentiu muito ódio de Tabitha também. Mas era um ódio diferente. Vinha carregado de um desejo quase insano de agarrar os cabelos dela, beijá-la com paixão, tirar suas roupas e possuir aquele corpo que devia ter sido apenas seu. Já estava até nu por debaixo da toalha, e, talvez, tudo o que o impedia fosse a porta aberta.

— Então talvez eu devesse ter te tratado como *ele* te tratou. Fecharia essa porta e te teria nessa poltrona, agora, sem me importar de que a minha namorada já deve estar lá embaixo.

— Você não faria isso.

— Não, porque eu sou um idiota.

— Você não faria isso porque você é essa pessoa extraordinária e íntegra. O melhor primeiro namorado que uma garota pode ter. Eu só não era a garota que merecia tanto afeto, carinho e cuidado.

Lucas engoliu em seco e se perguntou por que tinha esperado tanta perfeição de Tabitha. Enquanto eles estavam juntos, ele nem se importava de não dormir com ela, pois achava que isso intensificava sua pureza. E para quê? Agora que a via apenas como ela era — sem pedestais ou máscaras — Tabitha estava muito mais encantadora, real e acessível.

Tabitha decidiu ignorar a porta aberta e se levantou da poltrona, aproximando-se de Lucas. Costumava ser mais alta, mas parecia que ele tinha crescido naquele ano, por que agora estavam do mesmo tamanho. Observou o corpo dele se estremecer, embora ainda permanecesse estático, com a aproximação dela. Aproximou os lábios dos dele com cuidado, ainda mantendo certa distância de seu corpo. Depositou na bochecha de Lucas um beijo demorado e quando voltou a olhá-lo, viu que ele tinha fechado os olhos.

Quando Lucas fitou Tabitha outra vez, tentou controlar o corpo de mostrar o quanto aquela proximidade era desejada. No fundo, sabia o aquele beijo no rosto significava. Era um beijo que trazia a impôssibilidade de voltar no tempo e consertar tudo. Um beijo que deixava claro que aquela poltrona permaneceria vazia, a não ser pela foto e pela memória.

Tabitha ainda ficou ali, de frente para Lucas, mesmo após o beijo no rosto — e ele sabia que se a beijasse de verdade, ela não o rejeitaria. Era uma distância de uma mão apenas, só precisava dar o pulo, trazer o rosto de Tabitha para junto do seu e pronto. Mas por mais que Lucas sentisse um desmedido desejo de beijar Tabitha, não o fez. Não queria ser como o irmão. Nunca se perdoaria se, depois de tudo, agisse como Brandon.

Tabitha pareceu perceber isso e se afastou, sem desviar os olhos dele. A atitude confirmou para ela o quanto Lucas era diferente de Brandon — algo que não sabia se gostava ou não. Talvez Lucas estivesse certo; talvez, se ele fosse um pouco mais imprudente, ela teria se apaixonado por *ele*.

Quando ouviram algumas tímidas batidas na porta, ambos olharam para aquela direção. Era Monica, que tinha acabado de chegar na festa.

— *Hey babe* — Lucas cumprimentou a namorada com um sorriso.

— Tabitha veio pedir que eu tirasse umas fotos do Gabriel.

— Sim. — Tabitha sorriu para Monica. — Ele tem uma ótima câmera. — Monica sorriu com falsidade para Tabitha. — Bem, eu já vou descer. Devemos cantar *parabéns* logo.

Tabitha ainda trocou olhares com Lucas antes de sair do quarto. Ele continuou no mesmo lugar em que estava, enquanto observava a ex-namorada sair e Monica entrar.

— Não é o que você está pensando — afirmou Lucas.

— O que acha que estou pensando?

— Não aconteceu nada.

Monica manteve os braços cruzados, fitando Lucas.

— Você ainda a ama?

Lucas agiu como se aquela pergunta tivesse surgido do nada. Fez sons inteligíveis, levantou os braços e forçou uma risada.

— Por que está me perguntando isso?

Monica sabia que não era a hora. Na verdade, queria ter perguntado no primeiro encontro. Mas agora com Tabitha de volta na vida deles, não podia mais guardar aquela pergunta dentro de si.

— É uma pergunta simples, Lucas. Você ainda ama a Tabitha?

— Não, não amo. Na verdade, sinto muito ódio dela.

— E qual é a diferença?

— O quê? — Lucas fingiu uma risada. — Monica, será que a gente poderia *não* falar disso agora? Você está chateada porque viu eu e Tabitha sozinhos e está imaginando o que pode ter acontecido. Mas te garanto, nada aconteceu. Posso me trocar agora? Te vejo lá embaixo daqui a pouco, está bem?

Monica concordou, pois parecia inútil discutir com Lucas, quando ele ainda estava tão envolvido na traição de Brandon. A resposta que ele dera a sua pergunta continuou ressoando em seus ouvidos; *Não, não amo. Na verdade, sinto muito ódio dela.* Quem foi que disse que ódio e amor eram opostos, afinal? Não, o oposto do amor era a indiferença — o ódio era a outra face.

Sexo, banheiro. Até parecia que Eva tinha planejado — mas foi a desculpa perfeita para se livrar do namorado, ir para o terceiro andar da casa (já que insistira em usar o banheiro de Brandon) e então colocar seu "plano" em ação. Primeiro pensou que teria dificuldade em achar o quarto de Lucas — nem o de Brandon sabia bem onde era. Identificava apenas o quarto de Amanda, pois a porta era vermelha. Mas não teve nenhuma dificuldade, logo notou que Lucas e Tabitha estavam lá dentro.

Ficou ali ouvindo a conversa deles, até Monica chegar. Quando identificou o topo da cabeça de Monica na escada, Eva se escondeu atrás da primeira porta que viu. E nada de pior podia ter acontecido, já que logo ouviu a voz masculina atrás de si.

— O que você está fazendo aqui?

Eva se virou e viu William se levantando de uma poltrona. No andar de baixo, todos perguntavam por ele, e lá estava o bonitão, escondido. William manteve o mesmo olhar de desprezo disfarçado por uma polidez forçada para Eva — assim como ela tinha notado quando eles se conheceram. Já sabia que Brandon idolatrava o irmão, e naquele curto tempo juntos, ouvira o namorado discorrer inúmeras vezes sobre como William o "ajudara" na infância, em especial por causa do mau relacionamento com o pai — que agora era bem óbvio para Eva.

— Oi, desculpe. — Eva não sabia onde enfiava a cara. — Estava procurando pelo quarto do Brandon.

— Duas portas à esquerda.

— Certo.

Eva mordeu os lábios, pensando se aquele era um bom momento para conversar com William. Por semanas, vinha ponderando como contar a Brandon sobre o professor Samuel Taylor ser o pai dele, e se perguntou se William sabia de algo.

— Mais alguma coisa? — William perguntou, ríspido, fazendo Eva soltar o ar.

— *Wow*, você não gosta de mim mesmo, hein...?

— Eu mal te conheço.

— E pelo visto nem vai fazer um esforço.

— Vamos ver... — William levantou as sobrancelhas. — Vamos ver se eu *não* estou errado sobre você.

Eva nem quis saber o que aquela pessoa presunçosa pensava dela. Preparou-se para sair dali enquanto William se voltava para seu livro, sem intenção de interagir com quem quer que fosse durante a festa.

— Por sinal... — Eva voltou a fitar o cunhado, que agora não mais olhava para ela. — Posso ver seu sutiã.

Eva se olhou e se amaldiçoou por não ter percebido antes. Saiu do quarto suspirando palavrões e arrumando o vestido. Era muita desgraça na vida de uma única pessoa — ela tinha dançado nua na frente da cruz, era a única explicação.

Ainda tentou se focar no plano, mas parecia inútil. Lucas estava fazendo hora dentro do quarto e se demorasse mais alguns minutos ali, Brandon desconfiaria de alguma coisa.

Sem opções, Eva voltou para o andar da festa com alguma amargura. Estava prestes a achar Brandon e dizer que já estava pronta para ir embora, quando Monica se aproximou.

— Se divertindo? — Eva olhou para sua chefe com uma careta, sem conseguir disfarçar a ira que sentia dela e de Lucas. — Cheguei há dois minutos e já ouvi rumores sobre um casal se pegando na dispensa.

— Me deixa, Monica.

Monica não entendeu por que Eva se arriscaria transando na despensa na primeira vez que tinha ido à casa dos Smiths como namorada de Brandon. Era como confirmar tudo o que Flora pensava dela.

— Está tudo bem, Eva?

— Sim. — Ela levantou os ombros. — É só que... eu não devia ter vindo.

— As pessoas te trataram mal?

— Não... — Eva sussurrou, pensando se Monica era a melhor pessoa para ela dizer aquilo. — Na verdade, não param de falar sobre a minha beleza exótica.

Monica assentiu com a cabeça.

— E o seu jeito de se vingar dessas microagressões foi transar com Brandon na dispensa? — Monica perguntou, enquanto Eva respirava fundo.

— Achei que deveria dar algo de concreto para eles usarem contra mim.

Monica começou a rir, enquanto Eva cruzava os braços, cheia de ódio.

— Você nunca se importa com o que as pessoas pensam. Então qual o problema?

Eva não respondeu. Não eram *as pessoas*, era *uma* apenas. Uma pessoa que podia destruir tudo, de uma hora para outra.

A festa se alongava mais do que o necessário e as pessoas começaram a ficar entediadas, olhando no relógio, sem lugar. A criançada começou a brigar e Flora se preocupou com a demora de Amanda. Gabriel já falava para todos os convidados que a mãe não viria porque ela era uma *bêbada louca*. E por mais que ele falasse isso rindo e dando uma de garoto-de-catorze-anos-todo-machão, Samantha percebeu que o neto estava grudado à porta como se esperasse alguém. E quanto mais esperassem por Amanda, mais torturante seria para o garoto.

Flora tentou argumentar. Garantiu que Amanda logo estaria lá — enquanto tentava falar com a filha pelo telefone.

— Você pelo menos sabe onde ela está?

Flora não gostou nada do tom de Samantha e asseverou que *sabia* onde sua filha estava.

— Que tipo de mãe você pensa que eu sou, afinal? — bradou Flora, fazendo Samantha levantar as mãos.

A verdade, porém, é que não via Amanda há uma semana. Avisara à filha da festa de Gabriel todos os dias daquele mês — pelo menos todos os dias em que a viu. Explicou que Gabriel estava empolgado com a festinha, que não parava de falar sobre todos os presentes que ganharia, e de certo esperava vê-la lá. Amanda mal tinha respondido à mãe. Uma semana antes da festa, Flora viu Amanda saindo à noite de casa. Correu para alcançá-la.

— Não se esqueça da festa do Gabriel no sábado.

No escuro da entrada da casa, Amanda se virou para a mãe. Flora conseguiu identificar o cigarro na mão dela, e o cabelo mais alto do que de costume, preso de um jeito desarranjado. O vestido curto revelando a prótese da perna. O perfil de Amanda era magro e pequeno. Aos trinta, Flora não entendia por que Amanda insistia em agir daquela maneira, como uma adolescente irresponsável.

— Estarei aqui.

Foi a última vez que Flora tinha visto ou falado com a filha. Então, sem muitas esperanças de que ela fosse aparecer, acabou cedendo à pressão e juntou os familiares para cantar *parabéns*.

Todos se aglomeraram ao redor da mesa impecavelmente decorada no tema de *vídeo games*. Claire continuava lá com o bebê, embora mais triste do que nunca, fitando Gabriel como se visse na imagem do garoto deprimido o futuro do seu inocente Jason — já que sabia que William estava na casa e não descera um minuto sequer porque não queria vê-los. Lucas e Monica estavam um do lado do outro, mas pareciam se ignorar, assim como Flora e o marido. Tabitha estava cabisbaixa junto do irmão, que parecia furioso. Observando aquela cena, Eva soltou um suspiro profundo.

— Isso está pior que velório, Brandon.

— A gente vai embora assim que acabar — garantiu o namorado, em seu ouvido.

As luzes se apagaram. O aniversariante, ao centro da mesa, em frente ao bolo, fitou a porta mais uma vez; no rosto, uma ira que crescia a cada minuto em que ele entrava mais na puberdade. A tradicional canção de aniversário começou. Mas não durou muito, pois alguém acendeu as luzes. Eva e Brandon desviaram as atenções da mesa e fitaram a entrada da sala.

Eva já tinha visto a irmã de Lucas e Brandon antes, mas a imagem da garota de jardineira que Eva tinha na mente não coincidia com a imagem que viu naquele momento. O cabelo castanho-escuro estava emaranhado em um semicoque. Ela sorria revelando o que restava de seus dentes amarelos. A pele parecia áspera, suja, ainda com o mesmo vestido curto de uma semana atrás, exalando um cheiro de sexo, bebida e drogas que provavelmente nunca mais sairia da casa dos Smiths.

— Que isso! Essa é a sua irmã?

Mas Brandon parecia tão assustado quanto Eva. Nunca tinha visto Amanda em um estado tão desprezível.

— *Hey baby, mummy's here.*

O aniversariante respirava forte, enquanto mantinha os dois olhos arregalados para a mãe. Timothy parecia em estado de choque e foi para o lado do filho, querendo que ele desviasse os olhos de Amanda. Mas o garoto moveu os braços num movimento rápido, não deixando que o pai o segurasse, e num segundo, empurrou o bolo na mesa, projetando toda a sua raiva nele. Depois jogou as peças de porcelana com flores e doces no chão, deixando a copa dos Smiths revirada.

Eva tampou a boca com a mão e assistiu, junto a todos os presentes na festa, Gabriel sair correndo em direção às escadas. Timothy foi atrás dele, assim como Samantha, Tabitha e Zooey.

Amanda ainda sorria, revelando toda sua intoxicação.

— Nada como uma festa entre família e amigos, não é mesmo?

Angelina tinha comentado com Eva que as festas nos Smiths eram famosas por cenas grotescas, mas nunca imaginou que viveria para contar um causo daqueles. Depois do desastre do aniversário, a recusa de Gabriel em sair do quarto, os convidados foram embora um a um. Tabitha, Timothy e Samantha tiveram de ouvir um grande e longo sermão de Flora na cozinha, entre tentativas ineficazes de James Smith em fazer a mulher calar a boca sobre o fiasco da festa. Eva via e ouvia tudo sem acreditar naquele drama. Sentia-se desgastada.

— *Darling*, preciso conversar com a minha mãe antes da gente ir. Ela está muito estressada.

Mas nem que ele implorasse ela ficaria ali mais um minuto sequer.

— Então vou pegar um táxi.

— E vai me deixar aqui?

— É a sua casa, a sua família, o que *eu* posso fazer? — Eles riram juntos. — Vou me despedir de Zooey e vou embora, *okay*?

Eva beijou o namorado e foi para o terceiro andar. Embora quisesse mesmo se despedir de Zooey, pensou em dar uma sondada no quarto de Lucas e ver se — quem sabe —conseguiria entrar lá e colocar o plano em prática. O quarto de Lucas estava vazio, mas uma conversa vinda do quarto de Zooey chamou a atenção de Eva.

— Você viu como ela estava?

— Pelo menos ela veio, Gabe. Você sabe há quanto tempo não vejo a minha mãe? Tem pelo menos três anos — disse Zooey.

Eva inclinou o corpo e, pela fresta da porta, viu Gabriel e Zooey sentados um de frente para o outro na cama, sozinhos.

— Mas você sabe onde ela está, Zooey. Sabe que ela está trabalhando e salvando vidas no Afeganistão. Tenho certeza de que quando ela aparecer, não vai estar chapada.

— Não tenho tanta certeza assim. — Eles riram.

— Eu odeio todos eles — disse Gabriel.

— Até eu?

— Você não é um deles. Pode ter o nome deles, mas não é um deles.

— Então... — Zooey sorriu. — Trouxe um presente de aniversário para você, mas vai ter que fechar os olhos. — Gabriel sorriu, como se soubesse o que esperar, e fez o que Zooey pedia. — Não abra os olhos — disse aproximando-se do rosto dele.

Quando Eva percebeu o que estava presenciando, olhou para os lados, preocupada. Voltou-se para fresta da porta e prendeu a respiração ao observar Zooey e Gabriel se beijando. Levantou as sobrancelhas quando o beijo se intensificou e Gabriel enfiou a língua na boca dela. Não parecia que era a primeira vez que eles faziam aquilo.

Eva, por alguns segundos, esqueceu o que ela tinha ido fazer ali, e saiu andando sem rumo. Quando notou, tinha saído da mansão e já chegava ao portão principal. Resolveu que já tinha ficado naquela casa o suficiente e mandou uma mensagem para Brandon dizendo que já tinha chamado o *Uber* e estava indo embora. Quanto drama! Será que seu coração aguentaria outra festinha nos Smiths?

Quando Brandon recebeu a mensagem, interrompeu qualquer coisa que a mãe estava dizendo, e saiu em disparada para o portão. Flora — irritada por ter sido deixada falando sozinha — chegou à janela, reconhecendo em Eva o motivo que fizera Brandon dispensá-la.

Filhos — sinônimo "ingratidão", pensou Flora. Depois de tudo que tinha feito por aquele garoto! Testemunhou os risos, abraços, e beijos entre Brandon e Eva no portão com amargura. Notou as mãos unidas que brincavam, enquanto eles conversavam sobre qualquer coisa. Flora calculava que aquela seria a primeira noite que passariam separados, desde que começaram o relacionamento há dois meses. Pareciam intoxicados um pelo outro.

— Lembra como é... — O marido disse atrás dela. — Lembra como é se apaixonar...?

Flora fitou o marido, antes de voltar a olhar pela janela. Num suspiro, sentiu-se, de repente, transportada para o passado — um passado que deixara um vazio imenso no peito somente pela lembrança do que significava ter uma paixão dessas, aquele tipo de paixão que muda tudo.

— Lembro, sim. E graças a Deus aconteceu só *uma* vez comigo. Não há nada pior.

Flora ouviu o marido soltar uma risada fúnebre atrás de si.

— Ah, tem sim... quando não é correspondida.

Fitou-o sem culpa alguma, e assistiu-o se afastar, pensativo, com as mãos nos bolsos. Não concordou com ele, no fim das contas. Paixões não correspondidas, de fato, doíam... Mas as que mais doíam eram as incompletas, as não vividas por inteiro, as que deixavam apenas na memória o gosto, o cheiro, o beijo.

Flora fechou as cortinas da grande janela, desejando desver Brandon e Eva no jardim de entrada. Há tempos não sentia tanta repugnância por uma pessoa apenas — e o que estava por vir confirmaria suas desconfianças sobre os estragos que aquele furacão chamado *Eva* ainda causaria em sua família.

Capítulo 26

Um Tornado

CATHERINE, IRMÃ DE CLAIRE, abriu a porta do apartamento para Eva e Brandon com um sorriso no rosto e agradeceu — mais do que o normal — a visita deles. Deixou que eles entrassem, enquanto catava roupas, fraldas sujas e o que mais precisasse pelo chão, expressando de forma exagerada o quanto estava satisfeita por vê-los e constrangida pela bagunça.

— Desculpe por essa zona! Quando ela me disse que vocês vinham, tentei arrumar o mais rápido possível — disse Catherine, enchendo o braço de coisas espalhadas pelo sofá. — Sentem-se, ela já está saindo do quarto.

Brandon tirou um brinquedo de bebê do sofá antes que Eva se sentasse em cima dele. Trocaram olhares nervosos, tentando disfarçar o incômodo. Parecia que o apartamento ficara fechado por anos, de tanta poeira e cheiro de mofo que exalava do carpete. Havia fraldas descartáveis sujas por todos os lados, e por mais que Catherine tentasse pegar todas e jogar no lixo, era evidente que havia semanas desde que o apartamento passara por uma limpeza. A sala de estar estava ocupada por caixas e roupas. Não havia lugar para mais nada.

— Então é assim que a Irlanda ficou depois da invasão inglesa... — Eva satirizou, fazendo o namorado franzir a testa em desaprovação da piada fora de hora e inapropriada. — Brandon, isso aqui é uma zona de guerra.

— Nunca vi este apartamento desse jeito. — Ele olhou para os lados. — Billy faltava passar desinfetante em qualquer um que pisava aqui dentro. Se ele visse esse lugar...

— Então ele não vem mesmo, nunca? — Eva sussurrou a pergunta.

— No dia da festa, ele estava lá e não desceu um minuto sequer, nem para ver o bebê.

— Eu não sei o que ele está pensando.

— *Hey...*

Eva e Brandon se levantaram e tentaram agir com naturalidade quando viram Claire em seu pijama — com diversos rastros de comida nas mangas — adentrar a sala, puxando o carrinho do bebê.

— Confesso que perdi a noção do tempo e não consegui tomar um banho antes de vocês chegarem. Acabei me esquecendo que hoje é sábado. Desculpe. — Ela sorriu, movendo um prato sujo com restos de um lanche para se sentar na poltrona. Jason dormia no carrinho.

— Imagina, está tudo bem — disse Eva, sorrindo — Acredite, sei como é. Minha irmã tem dois dessas belezinhas. — Eva mexeu no pé da criança, sem acordá-la. — Os primeiros meses são os mais difíceis.

— Por sorte ele está dormindo hoje. É um dos que chora bastante, esse pequeno.

Catherine voltou com suco e torradas. Conversaram evasivamente sobre como os primeiros meses de Jason tinham sido, as cólicas, as dificuldades para amamentar e dormir. Catherine comentou que agora vinha todos os fins de semana ajudar Claire, mas ela logo teria de arrumar uma babá. Era muita coisa para fazer sozinha.

— Você está insinuando que não consigo fazer isso? — Claire perguntou para a irmã, irritada, já com lágrimas nos olhos.

— Sabe muito bem que não é isso que estou dizendo. Quando Saoirse nasceu, Patrick fazia muita coisa, e mesmo assim tivemos de contratar ajuda. Você está sozinha aqui, não é saudável.

Jason pareceu sentir a irritação no ar e contribuiu para o clima ficar ainda mais pesado com seu berreiro alto. O garotinho tinha ótimos pulmões — seus gritos podiam ser ouvidos por todo o quarteirão.

— Ele não está com fome ou sujo? — Catherine perguntou, mas Claire negou.

— Não, ele está com sono, ele precisa dormir.

— Talvez ele durma se você der o peito...

— Ele já mamou, ele precisa dormir — insistiu Claire.

Aquele estresse deixou Brandon sem lugar, juntando com choro estridente do sobrinho, e ele se levantou, indo em direção ao carrinho.

— Bom, vou aproveitar que esse pequeno acordou e pegar um pouco o meu sobrinho, posso? — Claire sorriu, observando Brandon tirar o menino do carrinho. Jason pareceu gostar de ser carregado, moveu seus olhinhos para todos os lados e parou de chorar. — Olha só... gostou de mim... — Brandon logo sentiu um odor vindo da criança e afastou a calça. — Alguém fez arte.

— Deixa que eu troco ele — ofereceu Catherine.

— Imagina, eu posso fazer isso.

— Você sabe trocar frauda? — Eva perguntou, incrédula.

— É claro que sei. Tenho minhas habilidades...

Eva cruzou as pernas, apoiou o braço na coxa, a mão no pulso, e ficou observando Brandon, todo cuidadoso, deitar o bebê de pouco mais de dois meses no sofá, e começar a limpar a criança. Então outra coisa chamou atenção de Eva quando Brandon tirou a fralda do bebê, a vermelhidão do menino.

— Claire, você não passou a pomada para assadura? — A irmã perguntou incrédula, também olhando para o bumbum do bebê.

— É claro que passei, que tipo de mãe você acha que eu sou? — E começou a chorar, o que fez Catherine trocar olhares desesperados com Brandon e Eva.

— Eu vou pegar a pomada, só um minuto.

Claire continuou num choro copioso, tampando o rosto com as mãos. Brandon fitou Eva e ela entendeu a preocupação dele. Catherine chegou com a pomada e Brandon terminou de trocar Jason.

— Pronto — disse ainda segurando a criança, que parecia gostar do colo dele. — Jason está bem, Claire. Só um pouco assado. É normal. — Brandon fitou Eva, pedindo apoio.

— Sim, claro. Super normal.

Claire tentou conter os soluços, respirando fundo.

— Sabe, Eva, Bran sempre foi muito atencioso. — Eva sorriu, sem saber por que Claire estava falando aquilo. — Quantos anos tinha quando Zooey nasceu? Você era um menino! Mas ainda me lembro do seu cuidado com ela... Se Billy fosse um pouco mais amoroso, talvez tivesse dado certo entre nós dois.

Catherine balançou a cabeça ao ouvir a irmã, como se aquele discurso não fosse novo.

— Bem, mas Billy não está aqui — disse Catherine, cheia de raiva. — Inclusive, além do nome na certidão, não sei mais onde ele está. — Então Catherine fitou Brandon, um pouco envergonhada. — Desculpe, sei que ele é seu irmão, mas...

— Não se preocupe.

Brandon e Eva não ficaram muito mais tempo no apartamento. Ela notou que Brandon estava atordoado, e não era para menos depois daquela cena desconfortante. Ele ficou calado, pensativo, e eles entraram no carro em silêncio. Quando saíram de lá, Eva notou que Brandon não se dirigia ao apartamento dela e sim para a casa dos pais. Apenas disse alguma coisa quando ele entrou na rodovia.

— Você não vai me deixar em casa?

— Preciso fazer uma coisa antes.

— Me deixa no ponto de ônibus, então.

— Vai ser rápido, *darling*.

— Brandon... — Eva parou de falar, quando recebeu um olhar de impaciência.

Desde a festa de Gabriel, não tinha mais pisado na casa dos Smiths, mesmo com as reclamações de Vivian Taylor — que considerava que Eva tinha colocado muito pouco esforço no plano de conseguir o original de Lucas. Eva mandou Vivian se ferrar e disse que teriam de pensar em outra maneira para conseguir aquele original, pois não tinha como fazer isso na casa dos Smiths — sem entrar em detalhes sobre os muitos motivos que a faziam fugir de lá.

Um desses motivos, inclusive, foi as esbravejadas de Flora sobre o relacionamento deles — já que Brandon não fez segredo e contou tudo o que a mãe tinha dito.

— Imagine, *darling*... A minha irmã aparece drogada, acaba com a festa do Gabriel, que quase põe fogo na casa, e a minha mãe ignora tudo isso e me senta com o meu pai à mesa, meu pai, que mal fala comigo, e fica duas horas falando na minha cabeça sobre você e sobre o nosso relacionamento... por nada!

Não que Eva estivesse surpresa, mas saber que, de fato, a conversa tinha acontecido, confirmava que aquela casa era o último lugar que queria estar naquele momento — ou em qualquer momento. Mesmo assim, lá estava ele dirigindo em direção à mansão, e Eva sabia — no fundo ela sabia — que Brandon fazia aquilo de propósito, para forçar um relacionamento entre ela e Flora. Respirou fundo para não brigar com ele e conteve o palavrão dentro da boca.

Brandon notou a irritação de Eva quando estacionou dentro da mansão. Entrelaçou os dedos nos dela, beijou sua mão e a puxou para dentro da casa. Para a sorte — ou não — de Eva, Flora estava trancada em seu ateliê com uma cliente, e Brandon estava mesmo procurando pelo irmão. Puxou Eva para o terceiro andar, mas quando foi entrar no quarto de William, Eva o impediu.

— Eu não vou entrar aí.

Revirando os olhos, sem paciência, Brandon abriu a porta.

— Bran... — William se aproximou e viu logo que Eva estava no corredor. — O que você quer?

Brandon estranhou o tom impertinente do irmão, mas falou porque estava ali. Contou como o apartamento estava zoneado, insinuou que o bebê não estava bem cuidado, que tinha assaduras terríveis, e que Claire chorava sem parar.

— Ela precisa de ajuda, Billy.

— Bem, foi ela que quis ser mãe, então...

— O que há de errado com você?

William olhou de Brandon para Eva, que estava com a cabeça baixa e fingindo não participar da interação.

— Foi você, não foi? — Eva fitou William na mesma hora. O olhar dele denunciava seu desafeto. — Você não tem o mínimo direito de fazer isso!

— Por que você acha que *eu* tenho alguma coisa a ver com isso, posso saber? — Eva se manifestou, mais alto do que gostaria. — Agora a sua ex-namorada estar com depressão pós-parto é minha culpa? Você ser um idiota, é culpa minha também?

Brandon olhou de William para Eva sem entender de onde estavam vindo aquelas fagulhas entre eles. Pelo que sabia, eles nunca nem tinham se falado, e agora Eva já o tinha chamado de idiota. Inclusive, aquilo deixou William possesso de raiva, de um jeito que Brandon nunca tinha visto, e ele ameaçou levantar o dedo para Eva, que já enchia o pulmão para começar uma briga. Brandon fez o irmão se afastar, empurrando-o para dentro do quarto.

— Billy, para com isso! O que eu vim para te falar é muito sério.

— Eu não quero ouvir nada, isso não é assunto para tratar perto dela — disse William, o que fez Brandon ficar com mais raiva ainda.

— Olha, eu já vi isso antes. Aconteceu a mesma coisa com a Nicole depois que a Zooey nasceu. Ela não está bem e você precisa fazer alguma coisa.

— Me deixa em paz.

William colocou Brandon para fora e se trancou no quarto.

— Se não for me levar para casa agora, já me fala, porque eu vou para o ponto de ônibus antes que sua mãe me veja aqui.

Brandon riu para a cara lavada de Eva, nem para fingir remorso por tratar o irmão dele daquele jeito, e rodou o braço no pescoço dela.

— Vamos então, sua estouvada.

A mãe de Eva ligou para ela assim que eles chegaram ao apartamento. Como todas as vezes, Ana apareceu e quis falar com Brandon.

— Cadê meu cunhado favorito?

— Sou seu único cunhado.

— Você está mais bonito ou é impressão minha?

— Eu acordo cada dia melhor! É impressionante.

Era sábado, dia de churrasco nos Oliveira e Brandon adorava ver a família de Eva interagindo. Gostava de ver como eles estavam sempre todos juntos, rindo, tomando cerveja e jogando cartas. Além disso, falavam alto, interrompiam-se, e até discutiam na frente da câmera do telefone. Brandon achava isso o máximo — dava para ver a intimidade que tinham um com o outro.

— *Tá se cuidando, filha?* — Miriam sempre perguntava, num tom preocupado, em especial quando ligava e Brandon estava lá, o que acontecia quase sempre.

— *Sim, tô me cuidando, mãe.*

— *Ótimo! Assim espero.*

Eva desligou o telefone após alguns segundos, rindo das desconfianças da mãe — que tinha os pés, as mãos e cada centímetro do corpo atrás com Brandon.

— Eu adoro como a sua família se diverte junto.

Não era a primeira vez que Brandon dizia aquilo. Na verdade, mais de uma vez, sobrou para Eva ouvir os lamentos dele sobre a família, já que os Smiths não falavam sobre seus problemas. Nesses momentos, deitava a cabeça nas pernas dela e falava até babar, enquanto Eva oferecia palavras de consolo e cafunés. E ali, na segurança do quarto e do colo dela, Brandon reclamava como a família era fria, como eles nunca discutiam nada que era importante, como todos viviam pelas aparências do título de nobreza.

— Você fala bem da minha família porque nunca viu os chiliques que acontecem de vez em quando. Nossa! É quase cena de novela. Tenho certeza de que sua família se importa com você mais do que você pensa.

— Não é só comigo. Você viu o estado da minha irmã. Você viu o estado da Claire. Minha mãe conseguiu ignorar tudo isso e focar em nós dois na dispensa.

— Eu sei... — disse Eva, passando os dedos pelos cabelos crescidos do namorado. — O que posso fazer para te animar? — Brandon levantou as sobrancelhas com rapidez. — Ai, para, seu tarado! Estava falando de, sei lá, um chá com torradas...

Brandon sorriu, sentindo-se super mimado. Mas faltou cuspir o chá longe, assim que provou do conteúdo da xícara que Eva levou para ele.

— O que você colocou aqui?

— Açúcar, por quê?

— Nada. — Brandon disse, sorrindo. — Só me lembra de te ensinar a fazer chá depois. — Eva revirou os olhos. — Quero te pedir uma coisa. Claire tem ficado sozinha naquele apartamento todos os dias. Eu não posso ir lá por causa do trabalho, mas será que você poderia dar uma passada lá de vez em quando, almoçar com ela? A gente pode se encontrar lá à noite e depois sair para jantar, sei lá.

— Claro, gosto da Claire. — Eva sorriu. — Seu irmão é um idiota, não merece alguém como ela.

Brandon ignorou o comentário, para evitar a fadiga.

Então Eva foi almoçar com Claire algumas vezes naquela semana. Elas conversavam muito. Claire queria saber tudo sobre Eva, sua família no Brasil, a irmã, os sobrinhos, os ex-namorados. Eva tentava usar todos os seus talentos com crianças — que não eram espetaculares — para fazer o menino parar de chorar — em vão. Jason apenas se calava quando Brandon chegava e o pegava no colo. Quando estavam prontos para irem embora, Claire perguntava se eles voltariam logo. Seus olhos fundos imploravam por mais uma visita.

— Depressão pós-parto é algo muito sério — disse Alli, quando Eva explicou para ela, Dana e Angelina porque estava almoçando tanto com Claire. — Fala para o Brandon conversar com o irmão dele direito, sem julgar, porque o que parece é que a Claire precisa de atenção, de cuidado. Eles podem não estar mais juntos, mas ela não tem mais ninguém, não é?

— A irmã dela vai lá todo fim de semana, mas elas mais brigam que tudo.

— E a Flora? — Dana perguntou. — Por que não fala com ela?

Eva já tinha pensado nisso. Era bem obvio que a única pessoa que fazia as cosias acontecerem naquela casa — para o bem ou para o mal — era Flora. Cada vez mais, convencia-se de que a sogra era a única pessoa que faria William parar de palhaçada e criar o filho dele junto de Claire.

— Você vai lá hoje? — Angelina perguntou.

— Sim, vou passar lá antes da reunião do jornal.

— Então repara bem, se a situação ficar mais complicada, de repente vale a pena falar para a sua sogra.

Naquela sexta-feira, quando Eva chegou para o almoço, Claire não estava sozinha. Uma moça — que Eva logo reconheceu como a doutora que lhe deu o atestado no hospital público há alguns meses — estava lá.

A moça não reconheceu Eva, mas a cumprimentou com a mesma simpatia com a qual a havia atendido. Apresentou-se como Layla, mas na hora Eva não juntou os pontos. A tal da Layla também não soube quem Eva era, afinal de contas. A pobre Claire, aérea e introvertida na própria dor, não as apresentou de forma apropriada.

Foi só quando Eva se serviu de chá (com leite e sem açúcar), que riu e comentou que o *namorado* gostava de chá daquele jeito e a tinha acusado de não saber fazer chá e insistido que ela aprendesse *da maneira certa*. Foi quando Claire se tocou e as apresentou de verdade.

— Eva é a nova namorada do Brandon, Layla.

Para o comentário, Layla soltou uma risada forçada.

— Ah... — Layla fitou Eva com atenção. — Boa sorte! — Eva se irritou com o comentário, mas continuou fitando a garota ao seu lado.

— E você tem razão, é *exatamente* como *ele* gosta. Receio que ele tenha me ensinado a fazer chá *da maneira correta* também e acabei me acostumando. Ele não era tão exigente, mas o chá sempre teve que ser do jeito dele. Hoje em dia, prefiro assim. Acho que a gente sempre se apropria de algo das pessoas que passam pela nossa vida, não é mesmo? Elas, de alguma maneira, deixam sua marca.

— Chá parece algo bom para se apegar... Às vezes nos apropriamos demais das pessoas que passam pela nossa vida, a ponto de nos perdermos de nós mesmos — disse Claire, fitando o filho adormecido no carrinho, como se conversasse consigo mesma.

Fitando a interação de Layla e Claire, Eva percebeu — por fim — quem era aquela mulher. Tinha ouvido tantas histórias sobre a tal Layla, a noiva traída. A mulher com quem Brandon tinha um relacionamento quando o caso com Tabitha veio à tona, a mulher que tinha sido enganada com a tal Michelle. Mas na imaginação de Eva, Layla era muito mais jovem — não a mulher de quase quarenta anos na frente dela.

— Então... você é a Layla, a ex do Brandon?

— Cinco anos de namoro, morando juntos desde o primeiro mês... — Ela fez uma conta nos dedos. — Um ano de noivado, se contarmos com os três meses que ficamos separados depois da Michelle. Você acredita que eu vi a Michelle? — Layla desviou o assunto, segurando os braços de uma avoada Claire. — Ela emagreceu tanto! Eu quase não a reconheci.

— Até hoje não entendo o que Brandon estava pensando.

— Ele não se controlava, saía por aí se apaixonando por todas as mulheres que via.

Eva ouvia a conversa calada, processando todas as informações. Queria rir para o fato de estar sentada, tomando chá, junto da ex-noiva de Brandon, ouvindo histórias sobre como ele a traía.

Layla então fitou Eva, pensando que ela estava desconfortável com o assunto.

— Mas não vamos falar sobre Brandon. Para a sua informação, eu sou a Layla, a estúpida Layla da qual você ouviu várias histórias, com certeza.

Eva levou a xícara de chá à boca, preferindo ficar calada.

— Você não é estúpida, amiga, não tinha como saber.

— Ah, tinha sim... Mas eu não queria ver... Estava tão enlouquecida, entorpecida de paixão por ele. Você sabe, eu não era nenhuma menina. Mas esse homem me dobrou de quatro... Em todos os sentidos. — Layla fitou a cara de cão-chupando-manga de Eva. — Desculpe.

— Tudo bem — disse num fio de voz.

— Na verdade, acho que você sabe do que eu estou falando.

— Ele é bom — admitiu Eva, tentando segurar o riso.

— Mas sabe, Eva, quando conheci Brandon, ele tinha vinte e um e eu trinta e dois anos. Eu estava preparada para um relacionamento que *ele* não estava. Não significa que ele vai fazer com você o que fez comigo — disse Layla, super queridinha. Eva até sorriu. — Mas fique de olhos bem abertos.

Elas riram juntas.

— Acho que sei por que ele gosta de vocês duas. — Claire comentou, enquanto balançava o carrinho de Jason. — Vocês têm um jeito parecido de conversar, são engraçadas e astutas.

— E com péssimo gosto para homens — complementou Layla, causando risadas. — Sabe como a gente se conheceu? Zooey enfiou uma caneta no gesso do braço e ele veio gritar comigo, dizendo que eu tinha feito um péssimo trabalho. Falou para eu voltar para faculdade, acredita?

— Ah, eu ganho de você nessa. Ele mandou me prender.

Layla abriu a boca e quis saber todos os detalhes, que Eva — lógico — contou.

— Não mudou nada! Ainda faz e fala o que dá na telha quando está nervoso. E se quer saber, nada tira tanto esse homem do eixo quanto a Zooey, e vice-versa. — Eva e Layla riram e Claire apenas balançou a cabeça, em discordância. Então Layla cutucou Eva, indicando Claire. — Ali, já está brava com a gente. Não pode falar mal do Brandon perto dessa daí não, chega a ser pior que a Flora!

— Até parece! Ninguém é pior que a Flora. — Claire suspirou. — É que vocês falam do namorado, do ex-noivo, mas para mim, ele ainda é aquele garoto gordinho assustado que cresceu rápido demais. Sempre achei que ele é uma pessoa maravilhosa, que não tem medo e busca o que quer. Ele sempre vai ser o meu cunhado favorito. Quer dizer, ele *era* o meu cunhado favorito.

E com aquele *era* que saiu doído, do fundo do estômago de Claire, Eva colocou uma mão sobre um braço dela e Layla sobre outro, enquanto ela começava a chorar.

— Amiga, se você está tão infeliz, por que você não conversa com o Billy sobre estar arrependida de ter dado um fim ao relacionamento de vocês? Eu tenho certeza de que ele ainda te ama.

Eva achou o conselho de Layla péssimo. Claire não precisava de William, precisava de antidepressivos.

— Não é por causa do Billy, sabe? — Claire limpou as lágrimas, fitando o filho no carrinho. — Eu fui egoísta. Não fiz isso pelos motivos certos, fiz porque achava que faltava algo em mim. No fundo, sabia que isso ia acontecer. E agora o meu bebê não tem um pai. E Deus sabe que eu não sou uma boa mãe. Tenho certeza de que ele ficaria melhor sem mim.

Layla e Eva se olharam, como se pensassem a mesma coisa. Layla, que tinha mais intimidade, perguntou se Claire tinha conversado com alguém, mas não obteve respostas. Jason acordou e Claire começou a chorar, num visível esgotamento que deixou Eva sem saber o que fazer. Layla cuidou de Jason e fez ele dormir de novo e só assim Claire conseguiu se acalmar. Depois disso, disse que estava cansada, e precisava tentar dormir um pouco.

— Quer uma carona? — Layla perguntou para Eva, quando elas saíram juntas do apartamento de Claire. — Eu moro perto da casa dos Smiths, posso te deixar lá se quiser.

Eva pensou no que as amigas tinham dito sobre falar com Flora e pedir que ela fizesse algo para ajudar Claire. Lógico que não tinha a intenção de falar ela mesma com a sogra, queria induzir Brandon a fazer isso. Mas parecia que quanto mais esperasse, mais perigoso ficava para Claire e aquela criança, ali, sozinhas. Por isso aceitou a carona, mesmo pensando estar louca.

— Acho que você tem razão, deveria *sim* falar com Flora.

— Só que ela não gosta nem um pouco de mim.

— Querida, aquela mulher não gosta de ninguém! Não se sinta especial. — Elas riram juntas. — Nunca conheci alguém tão perverso, cheio de preconceitos, manias e com muito pouco afeto, até para com os filhos. Mesmo Brandon... Ela protege ele desse jeito, mas tenho certeza que no dia que ele se revoltar contra ela, Flora vai se voltar contra ele também. Ela é daquele tipo de gente que, se você não está com ela, está contra ela. Tenho pavor daquela mulher!

A cada minuto que se passava, Eva gostava mais de Layla.

— Ela tinha algum problema com você?

— Não, mas quando ela me viu a primeira vez, perguntou quantos anos eu tinha e eu respondi vinte e cinco. — Eva e Layla riram. — Ela nunca desconfiou e me amava. O que significa que Flora *não* fazia da minha vida um inferno.

Eva tinha mandado uma mensagem para Brandon, dizendo que estava indo para a casa dele. Então, quando Layla estacionou na frente da mansão dos Smiths, ele já estava lá. Reconheceu Layla ao volante e ficou todo feliz, puxou assunto, perguntou como ia a vida dela, quis saber todas as novidades, e fez cara feia quando ela disse que tinha conhecido alguém. Eva revirou os olhos, cheia de preguiça para aquela simpatia toda.

Quando Layla e Brandon acabaram de trocar figurinhas, a moça deu partida no carro e foi embora. Brandon voltou a prestar atenção em Eva, ao seu lado. Ela tinha os braços cruzados e cara de tédio.

— O que foi?

— Nada.

— Você não está com ciúmes da Layla, está?

— Eu tenho algum motivo para ter ciúme da sua ex-noiva?

Brandon forçou uma risada de um jeito malandro, e puxou Eva pela cintura, beijando o rosto e o pescoço dela de um jeito desajeitado, que arrancou risadas da moça.

— Então, princesa, não pense que não quero que você venha aqui. Não é isso. Na verdade, quero que venha mais. Mas confesso que estou curioso pelo motivo da sua visita.

— Preciso falar com a sua mãe.

— É sério? — Eva confirmou com uma expressão preocupada no rosto e Brandon concordou. — Vamos lá, ela está trabalhando.

Brandon avisou, mas isso não preparou Eva para o que veria quando ele abriu a porta do ateliê. Flora não estava sozinha, uma mulher — nua, diga-se de passagem — estava lá também. Eva fitou Brandon, mas a tranquilidade dele demonstrou que aquilo devia ser cotidiano em sua vida.

Mal Brandon chamou pela mãe, Flora se virou para a direção da porta.

— Mas será possível...? — disse num tom de impaciência, assim que viu Eva.

— *Mama*... — Brandon repreendeu a mãe, que começou a reclamar, em francês, sobre a presença de Eva ali, como aquilo era um tapa na cara dela, e que ele tinha de terminar aquele relacionamento o mais rápido possível, por que aquilo já tinha ido longe demais. — *Elle parle français, elle parle français*... — Brandon gesticulou e gritou para mãe que Eva entendia francês para que Flora se calasse.

Flora levantou apenas uma sobrancelha para Eva, sem um pingo de vergonha ou arrependimento pelo que tinha dito — talvez pensando que Eva não falava francês *coisa nenhuma*.

— Em que posso ajudar vocês? Como podem ver, estou muito ocupada — disse Flora, fingindo um refinamento, e apontando o pincel para sua modelo, que tinha se coberto.

— É sobre Claire, Senhora Smith.

— Antes de você começar, saiba que não é muito apropriado você vir até a minha casa, mais uma vez sem ser convidada, e se intrometer em assuntos que não te interessam.

Eva soltou o ar numa meia risada forçada.

— Pode ter certeza de que não vou vir mais aqui, ou me intrometer nos seus assuntos de família — respondeu Eva, recebendo uma feição de indignação de Brandon na mesma hora.

— Assim espero.

— Mas isso é importante. Tenho almoçado várias vezes com Claire, e não é de hoje que estamos preocupados com ela. Está muito claro para mim que ela está em depressão pós-parto, e hoje até deixou escapar alguns pensamentos suicidas. — Brandon se assustou e perguntou se Eva *tinha certeza* daquilo. — Certeza absoluta. Por que mais eu viria aqui? Estou preocupada que ela possa fazer alguma besteira contra ela e até contra o bebê.

Brandon se voltou para a mãe, que ainda estava irritada com aquela conversa. Deu as costas para os dois e trocou algumas palavras com a modelo. A moça fez gestos positivos com a cabeça e foi para o banheiro, para se trocar. Flora então se aproximou de Brandon e Eva.

— Mãe, lembra do que aconteceu com a Nicky... — disse Brandon, e Eva concordou, pois já conhecia a história da mãe de Zooey, e como ela tivera uma depressão seríssima, que culminou em Zooey ser criada pelos avós paternos. — Isso é sério, já falei com o Billy, e não adianta, ele não me ouve. Mas ele vai te ouvir.

Flora cruzou os braços.

— A irmã dela...

— Está em Dublin essa semana — explicou Eva, causando mais um suspiro irritado em Flora, que não desviava os olhos de Brandon, ignorando a presença de Eva.

— Liga para o seu irmão. Vamos lá agora.

Brandon puxou Eva para fora do ateliê, o que fez Flora dar outro chilique, dizendo que Eva não tinha nada para fazer lá.

— Para com isso, ela que veio te avisar. — Brandon contestou.

— Isso é um assunto de família!

— Não quero saber, mãe, ela vai e ponto final — insistiu Brandon.

Eva não disse nada, nem mesmo com o olhar de fúria de Flora, pois estava curiosa para saber como a sogra descascaria aquele abacaxi. Imaginava que ela obrigaria William a se mudar de volta para o apartamento. A habilidade e destreza de Flora, a certeza com a qual falava e a autoridade com a qual colocou William no lugar dele na hora que negou ir até a ex-namorada, dizendo firme *Você vai porque eu estou mandando* — tudo isso fez Eva ficar um pouco abestalhada e de certa forma admirada.

Aquele dia, porém, mostraria algo importante para Eva. Apesar de seu arrebatamento, perceberia ali que Flora resolvia as coisas com rapidez, mas usando de toda sua tirania e atrocidade, sem medir qualquer consequência. Se soubesse, talvez não a teria procurado para resolver aquilo, ligaria para a polícia ou até para os bombeiros antes dela. Depois, culpou-se por demorar para perceber o que acontecia diante de seus olhos. Somente notou quais eram as verdadeiras intenções da Senhora Smith quando William abriu a porta do apartamento e Flora entrou tirando o bebê (que chorava — é claro, com fome e sem ser trocado há horas), do colo da mãe dele.

— O que você pensa que está fazendo? — Claire gritou, tentando tirar o filho do colo de Flora.

— Nós vamos ficar com o Jason até você se recuperar.

— O quê? — Os olhos de Claire foram para a direção de Eva.

Foi por um triz que Eva não ganhou o segundo soco na cara em menos de três meses, porque Claire foi com tudo para cima dela. Só não conseguiu socar Eva porque Brandon a segurou, abraçando-a pelos ombros.

— Eva! O que eu te fiz? Por quê? Por quê?

Com fúria, Eva se virou para Flora.

— Você está louca? Não pode fazer isso!

— Dobre a língua para falar comigo, garota! — Quando Flora gritou para falar com ela, Eva se calou, sentindo-se pequena, mesmo sendo quase trinta centímetros mais alta do que a mulher na sua frente. — E outra coisa, não vou repetir para você parar de opinar nessa família! Você é um *tornado* nas nossas vidas. Desde que você chegou, tudo desabou sobre nossas cabeças. Não posso fazer você desaparecer, mas não quero mais te ouvir falar qualquer coisa que seja sobre o que acontece nas nossas vidas.

Eva fitou Brandon e, embora ele parecesse tão alarmado quanto ela, estava mais que óbvio que não falaria nada para contrariar a mãe ou impedir que ela fizesse aquela crueldade. Brandon continuou ali, segurando Claire pelos ombros, dizendo a ela que *era melhor assim*.

Jason ainda esgoelava quando Flora o colocou nos braços de William.

— Eu criei o Gabriel e a Zooey porque Amanda e Brandon eram duas crianças, e Deus sabe como eu me arrependo disso. Não vou cometer o mesmo erro três vezes. Esse menino é sua responsabilidade.

— Flora... Flora... — Claire pediu, fazendo Flora parar na porta do apartamento dela. — Por favor, não faça isso.

— Ainda vai me agradecer um dia... — Flora olhou em volta do apartamento. — Amanhã volto para buscar as coisas dele.

Flora se foi, deixando uma Claire desesperada lá dentro, mas sem forças para lutar pelo bebê de dois meses que tiravam dela.

Depois de muito choro, Claire pegou uma bolsa e começou a juntar vários itens dentro dela, fraudas, mamadeira, chupeta, mudas de roupa e entregou para Brandon, pedindo que ele levasse para a mansão. Ela queria que eles fossem embora o quanto antes, mas Eva e Brandon se recusaram a sair de lá até a chegada da irmã de Claire — que saíra de Dublin quase que no mesmo segundo em que soube o que tinha acontecido. Ficaram lá por horas esperando que ela chegasse. Eva perdeu a reunião no jornal, e deu uma desculpa qualquer — ninguém sentia falta dela mesmo. Quando Catherine chegou, Brandon e Eva esperaram pelo escândalo, imaginaram que ela, no mínimo, fosse pegar Jason na casa dos Smith.

— Eu não consigo pensar em nenhuma outra solução. O que sei é que você não pode mais ficar sozinha com o Jason, e você também sabe disso. Eu já falei com a sua sócia, e ela vai vir aqui toda semana. Você vai se tratar. — Foi tudo o que a irmã de Claire disse.

Brandon levou Eva para casa em um silêncio pesado, e ela pensou em vários motivos para ele estar irritado. Tinha mesmo se envolvido demais naquela história com Claire, e ver Flora tirar Jason dela foi difícil de engolir. Tentou puxar conversa com ele, mas Brandon estava irredutível, e não conversava sobre nada. Respondia à namorada um *aham* para não render assunto. Eva achou que ele nem entraria no apartamento, e até estranhou quando ele estacionou e tirou o cinto de segurança.

O silêncio os acompanhou até o quarto dela — onde Brandon tirou os sapatos e se jogou na cama. Por fim, Eva não aguentou e sucumbiu.

— Vai continuar me ignorando até quando?

— Não estou te ignorando.

— Então o que você está fazendo?

— Estou sendo um cavalheiro e te dando espaço para comunicar o que você está pensando desde que nós saímos da casa da Claire.

— Brandon, você é várias coisas, mas um cavalheiro você não é. — Ele deveria estar irritado mesmo, porque nem achou graça. Eva sentou-se em frente a ele, na cama. — O que foi?

— Você disse para a minha mãe que não vai mais lá em casa.

— Não tenho mesmo a intenção de fazer isso.

Brandon soltou o ar, passando a mão pelos cabelos, nervoso. Quando Eva verbalizou aquilo, quase tinha dito algo na hora. Durante todo aquele tempo, vinha preparando um discurso para quando pudesse conversar com ela sobre o assunto. Mas agora o discurso tinha se esvaído no meio da raiva.

— Como nós vamos fazer isso se você se recusar a ir à minha casa e tentar ter um relacionamento com a minha mãe?

— Ela me odeia, Brandon. Disse que eu sou um tornado.

— Ela não te odeia.

— Ela não quer que a gente fique junto.

— Mas ela vai ter que se acostumar, e você precisa me ajudar.

— Está mesmo me pedindo para ter um relacionamento com uma pessoa que me despreza e me discrimina? — Eva perguntou, alterando a voz e se levantando da cama.

— Ela é a minha mãe, Eva. — Brandon se levantou também. — Não posso mudar isso. O seu pai não gosta de mim e, ainda assim, vou tentar ter um relacionamento com ele.

— Não é a mesma coisa.

— Como não?

— Você não entende, porque você não tem que passar por isso.

— É, estava demorando para você jogar isso na minha cara!

A discussão estava ao ponto de virar uma briga e Eva tinha certeza de que Angelina ouvia tudo, pois eles não falavam baixo. Tentou controlar a vontade de gritar com ele.

— Você mesmo disse para eu esquecer a sua mãe, que éramos só eu e você que importávamos.

— E é. — Brandon quase gritou. — Mas não dá para você ignorar a minha família. Primeiro você destrata o Billy, chama ele de *idiota*! E agora a minha mãe... Será que o problema é *eles* mesmo? Ou é *você* que não faz questão alguma de lidar com ninguém...?

Eva se indignou com aquele comentário e gritou um *O QUÊ?* que fez Brandon se arrepender na hora do que disse.

— Não é isso que você entendeu...

— VAI SE FERRAR, BRANDON! — Eva gritou. — Eu não faço mesmo questão de ser amiga de ninguém, principalmente de quem me trata do jeito que a sua família me trata. Pode ter certeza de que eu *não* vou me rastejar e pedir para a sua mãe e para o seu irmão gostarem de mim. Isso *nunca* vai acontecer!

— Não é isso que eu estou pedindo!

— Me obrigar a ter um relacionamento com eles é uma receita para o desastre.

— Se você não está disposta a tentar, aí *sim* isso *não* vai dar certo.

Eva contemplou o azul dos olhos de Brandon como um possível e provável sinal da brevidade do relacionamento deles. Um silêncio ainda mais pesado do que aquele que os tinha acompanhado até ali pairou no quarto.

— Quer saber, estamos estressados, esse dia foi horrível, então acho melhor eu ir para casa. Te ligo amanhã.

Brandon colocou os sapatos e saiu do quarto devagar, como se esperasse que ela chamasse seu nome e pedisse desculpas por ser tão teimosa e ogra. A porta do apartamento fechou, e Eva continuou parada na mesma posição, fitando o lugar onde ele antes estivera.

— Ai, ai... a primeira briga deixa tudo mais interessante. — Era Angelina, escorada na porta, de braços cruzados, e um sorriso de satisfação no rosto. — Agora, tudo bem que a mãe dele é mesmo uma escrota, mas você sabe que ele tem razão, sabe que precisa tentar ter um relacionamento civilizado com essa mulher. Então deixa de ser orgulhosa, e vai dizer isso para ele logo. Finge que não estou aqui... Não vi nada... — Angelina disse, voltando para o seu quarto.

Segurando o riso, Eva não perdeu mais tempo, saiu em disparada do apartamento e alcançou o namorado quando ele já tinha saído do prédio.

— É claro que eu vou tentar, seu idiota.

Brandon sorriu, antes de se virar e abraçar Eva, tirando o corpo dela do chão, enquanto ela rodava as pernas ao redor do quadril dele. Eva beijou-o nos lábios, pressionando seus ombros graúdos num abraço apertado.

— Cabeça-dura.

— Vai se ferrar.

Capítulo 27

Palavra Proibida

NÃO FOI PREMEDITADO. Nem tinha pensado nisso quando concordou em *tentar* ter um relacionamento civilizado com Flora Smith. Mas frequentar a mansão com mais assiduidade colocava o plano de conseguir o original de Lucas de volta à ativa. Vivian Taylor faltou pular de alegria quando Eva informou que teria outra oportunidade de seguir com o combinado.

Eva não se orgulhava nada daquilo, mas também não ficava se martirizando — já que Lucas e Monica continuavam suas maquiavelices no jornal sem se importar nem um pouco com ela. Quatro edições tinham se passado desde que perdera seu cargo para Lucas, e nenhum professor pareceu atinar para isso. Ela continuava nas terceiras, quartas páginas, e Lucas pegava as melhores reportagens, tendo Monica a revisar — ou melhor, reescrever — tudo para ele. Assim ficava fácil ter um estágio bem sucedido no currículo.

— Ótimo, você precisa conseguir esse artigo logo. Não temos mais muito tempo até o fim do semestre.

— Eu vou fazer o que posso.

— Já temos mais de duas mil respostas na nossa pesquisa. Assim que derrubarmos o Lucas, já podemos começar a esvaziar a sala da professora Geller. Ela não vai sobreviver muito tempo depois disso.

Eva não disse nada, mas sentiu o usual incômodo só de pensar naquela bendita pesquisa.

Dana, Angelina e María Ana se preparavam para assistir a um filme quando viram Eva sair toda bonita do quarto, com uma calça branca colada e uma blusa de seda mostarda que fazia um belo contraste com o tom escuro de sua pele.

— Eva, você devia me contratar para fazer compras para você sempre. Eu tenho muito bom gosto! — Angelina disse, arrancando uma careta de Eva.

— Nossa, você está até usando salto — reparou Dana, cruzando os braços. — Achei que você não usava saltos.

— Essa é a vantagem de ter um namorado daquela altura — explicou Angelina, mas sem conseguir a atenção de Dana. A garota continuava olhando quase que hipnotizada para Eva e parecia até corada. — Está tudo bem, Dana?

Dana pareceu acordar de seu transe e fitou Angelina, ainda mais rubra.

— Claro, por que não estaria?

— Vocês acham que está bom, mesmo? Não está exagerado, não?

— Não tem nada de exagerado, Eva. — María Ana tranquilizou a garota, que tentava se ver no reflexo da TV. — Por que está tão nervosa?

— Ela vai jantar na casa da sogra maligna — lembrou Angelina, fazendo a namorada levantar as sobrancelhas.

— Que só sabe me criticar — disse Eva, aborrecida. — Quando não estou arrumada o suficiente, ela reclama. Quando estou arrumada demais, ela reclama também.

Uma batida tímida na porta e ela se abriu. Brandon entrou sem cerimônias, como quem entra na própria casa.

— Oi... — cumprimentou as garotas, que sorriram para ele. — Oi para *você*! O que é isso, meu Deus? Isso não é uma mulher, é uma miragem! — Brandon beijou os lábios de Eva, segurando sua cintura.

— Não me bajula, que eu não estou boa hoje.

— Me conta uma novidade... — Ele pediu, fazendo Angelina gargalhar.

Brandon e Angelina ainda trocaram risadas e comentários de como Eva estava *sempre* de mau-humor, e aquilo a deixou mais possessa de raiva.

— Vem, vamos logo. — Eva puxou Brandon em direção à porta. — Quanto mais rápido esse jantar começar, mais rápido ele acaba.

Já era o terceiro jantar aquela semana, o humor de Eva piorava a cada um deles e, por mais que Brandon fizesse piada e tentasse amenizar um pouco da tensão, dava razão a ela, e aceitava sua irritação. A cada jantar, Brandon esperava que a mãe fosse melhorar o tratamento dado a Eva, mas não... Flora continuava em sua hostilidade, e Brandon já podia sentir no horizonte o momento em que Eva diria que não dava mais, que elas nunca teriam um relacionamento e que ele deveria aceitar isso e decidir se valia a pena levar o namoro adiante.

Mas Eva não era a única mulher desgostosa com a insistência de Brandon. Flora Smith vinha tendo terríveis enxaquecas por causa daqueles jantares. Cada noite, era algo diferente. Um comentário impertinente sobre a família real — *quem aquela garota achava que era para dizer um A que fosse sobre a rainha?* — ou um petulante "o mundo é um lugar extremamente desigual, muita gente não faz nem uma refeição por dia" para qualquer comentário sobre comida. Ela parecia mais um jargão ambulante, lembrando-os de quão privilegiados eles eram a todo instante, num tom de arrogância e desprezo. Era o que mais a irritava em Eva — a grandeza dela, ocupando os espaços da casa com superioridade, cumprimentando a empregada e a babá em português, como se quisesse provar que ela era melhor que eles só porque tinha consciência de classe. Brandon podia insistir o quanto ele quisesse, três, cinco, quinze, mil jantares — não tinha a mínima possibilidade de ela aceitar Eva.

Ir até Samuel e pedir ajuda para acabar com aquele romance tinha sido uma grande perda de tempo, pois ele não havia dissuadido Brandon de fazer a tal viagem para o Brasil. Ainda por cima, uma pessoa qualquer comentou com o marido que vira Flora em *Ruskin*, e James estava há semanas sem falar com ela. Inclusive, como que para irritar Flora, assim que Eva e Brandon chegaram para o jantar aquela noite, James puxou assunto com Eva e perguntou sobre seus planos para o verão aquele ano.

— Me candidatei a alguns jornais, mas estou mais que certa de que vou visitar o Brasil este ano — disse Eva. — Inclusive, eu e Brandon conversamos sobre ele ir também, conhecer minha família.

Alarmada, mas sem deixar que eles desconfiassem que ela já sabia da tal viagem, Flora disse que aquilo era um absurdo. Que não devia acontecer de jeito nenhum. E *O que ela estava pensando, colocando esse tipo de ideia na cabeça de Brandon?*

— Mãe, ela não colocou ideia nenhuma na minha cabeça! Quantos anos você acha que eu tenho? — Ele riu, trocando olhares com Eva, que levantou as sobrancelhas, tentando não cair na gargalhada. — *Eu* que disse que seria legal fazer isso, conversei com meu orientador e ele me deu várias dicas sobre o que eu poderia fazer enquanto estivesse lá. Tem até uma disciplina muito interessante sobre arte pós-colonial na universidade onde a Eva estudou.

Flora quase mandou Eva ir jantar no canil depois daquilo.

— É mesmo? Arte Pós-colonial, nunca ouvi falar disso... — William, que tentava fazer Jason dormir, sacudindo levemente o menino em seus braços, comentou.

— Porque não faz a mínima diferença para a arte de verdade — retrucou Flora.

Foi a deixa que Brandon precisava para falar até babar sobre o que era arte pós-colonial e sobre o dito curso na Universidade Federal de Minas Gerais — a tal *UFMG* — que abordava o assunto. Então Brandon tagarelou sobre como o curso abordava Arte, Colonialismo e Pós-colonialismo, e que teria um módulo dedicado a Giraud. Ainda comentou que Zooey poderia fazer um curso de português avançado e que o estado onde Eva morava tinha diversas cidades históricas e William ficou impressionado. Nem mesmo Eva poderia ter vendido aquele peixe tão bem.

— Mãe... mãe...— Brandon tentou chamar a atenção de Flora, que o olhou, irritada. — Você acha que a vovó me emprestaria as cartas?

— Que cartas?

— As cartas de Giraud.

Eva revirou os olhos quando Brandon fez a pergunta. Ele tinha comentado qualquer coisa sobre levar as cartas do tataravô para o tal curso — que ele nem sabia se ia fazer. *Não seria incrível mostrar essas cartas, darling? Você acha que as pessoas iam se interessar?* E para as indagações, Eva riu e percebeu que ele arrumaria um jeito de ser o centro das atenções aonde quer que fosse. Mal sabia ele que não precisaria nem abrir a boca — seu fenótipo chamaria a atenção assim que pisasse em Belo Horizonte.

— Eu não acho que você deveria mostrar as cartas do seu tataravô para essas pessoas, elas podem ser mal interpretadas. — Eva segurou o riso, mas o barulho que fez com a boca chamou a atenção de Flora, William e Brandon. — Qual é a graça?

Flora tinha os olhos grudados nela, como se a desafiasse a dizer alguma coisa, e Eva trocou olhares com Brandon, compreendendo rápido que estava caminhando em terreno pedregoso.

— Não quis ser impertinente, senhora Smith. Mas não tem por que se envergonhar de mostrar essas cartas. Elas são um produto do seu tempo e...— Eva se calou quando Brandon começou a gesticular como um louco para ela parar de falar.

Com os olhos espremidos e desconfiando da ruptura no discurso de Eva, Flora fitou o filho, atrás de si. Brandon levantou os ombros e ensaiou uma risada, como se ele também pensasse que Eva estivesse falando besteira. Quando Flora se voltou para ela, Eva sabia que levaria um sermão.

— Envergonhada? Por que acha que estaria envergonhada? — Eva ficou séria. — O que acha que está escrito nessas cartas?

— Mãe, essas cartas são domínio público e a Eva já leu — explicou Brandon. — Que horas esse jantar vai sair, hein?

— Acha que não sei o que *vocês* caribenhos pensam do meu bisavô? — indagou Flora, ignorando o filho.

— Você sabe muito bem que Eva não é caribenha, mãe. — Brandon falou num tom de irritação. Mas Flora continuou fingindo que Brandon não estava ali.

— Eu sei que vocês acham que ele era casado com aquela menina. Mas ele não era casado com ela. Ela era uma espécie de *vahine*.

— Que no Taiti significa *mulher*.

— Cala boca, Brandon. Você não sabe do que está falando. — Flora se irritou de vez. — Ela era a empregada dele, uma espécie de acompanhante.

— Eles tiveram um filho. — Brandon continuou discutindo com Flora.

— Não tiveram, não.

Eva não aguentou e começou a rir — o que fez Flora ficar ainda mais escarlate.

— Desculpe, Senhora Smith, mas você está contestando um fato histórico?

Brandon também começou a rir, e Flora sabia que tudo aquilo era influência de Eva. Desde quando Brandon se interessava pelo o que o tataravô tinha feito ou deixado de fazer numa ilha qualquer de terceiro mundo?

— Além do mais... — continuou Eva. — Bastardo ou não, essa criança é da sua família, Flora. Ela não seria a primeira nem a última, não é mesmo?

Um gelo percorreu a sala. Flora fitava Eva com os dois olhos azuis arregalados e a boca um pouco aberta. Apenas Brandon parecia ter entendido a piada, porque ele ria e concordava.

— O que você quer dizer com isso? — William perguntou, estarrecido. — Como assim, *a primeira nem a última*?

Eva percebeu tarde demais o incômodo que seu comentário tinha trazido.

— Eu só quis dizer que era comum europeus fazerem isso... Terem filhos nos países que colonizavam.

— Tem certeza, Eva? Tem certeza de que é *só* isso? — Flora perguntou, e Eva engoliu em seco, antes de afirmar com a cabeça, sentindo-se como alguém que comete um crime. — Ótimo. E para constar, para *você*, é Senhora Smith.

— Mãe... — reprendeu Brandon. — O que há de errado com você? Por que insiste em tratar a Eva assim?

Eva pressionou a cabeça com a mão, sentindo a enxaqueca chegando junto da ânsia de vômito. Brandon brigar com a mãe por causa dela tinha virado um prato secundário nos jantares — aquele que ninguém toca porque não tem uma cara boa, mas está sempre lá. Revirou os olhos enquanto ouvia o namorado enumerar as vezes que eles tinham ido jantar e que Flora havia agido daquele jeito e como aquilo tinha que parar. Por mais que Eva soubesse que Brandon tinha a melhor das intenções, a situação estava cada vez mais insustentável.

Então Flora soltou um *Talvez vocês devessem parar de vir para jantar* e isso foi o suficiente para Brandon ameaçar se levantar do sofá para continuar a gritar com a mãe.

— Está tudo bem — sussurrou Eva, tocando a perna dele, antes de se levantar. — Desculpe, preciso ir ao banheiro. Com licença.

Todo jantar era assim — quando Flora fazia algo que a irritava, ao invés de jogar um palavrão para cima da sogra, o que devia ir contra as expectativas de Brandon para um relacionamento civilizado entre as duas, Eva tentava colocar seu plano em ação usando a desculpa do banheiro. Fazia isso duas, três vezes por noite, o que, de certo, causava alguma desconfiança de que ela tinha um problema sério de saúde.

Brandon devia imaginar que Eva apenas queria alguns minutos sozinha, porque nunca comentava ou especulava sobre suas idas ao banheiro.

Ainda assim, não havia tido resultados. Fora impedida uma vez por William, que por coincidência tinha ido colocar Jason no berço. E outra vez pelo próprio Lucas, que estava em seu quarto. Cada vez mais parecia impossível que aquele plano daria certo, mas Eva precisava continuar tentando. Já estava naquela casa, passando todo o tipo de aborrecimento mesmo — era melhor que tirasse algum proveito disso.

Eva subiu as escadas principais da casa, enfadada, mas com a cabeça no plano. E por mais que estivesse irritada com Flora e Brandon, o foco a fez — para o bem ou para o mal — engolir tudo que podia dizer para aquela mulherzinha pretensiosa.

Olhou bem os corredores, esperou um segundo, temendo que Brandon fosse procurar por ela, mas ele não veio. Aproximou-se da porta do quarto de Lucas, pressionou seu ouvido contra a madeira para ter certeza de que não havia ninguém lá dentro, e colocou a mão na fechadura.

— Não me diga que agora *você* está tendo um caso com Luke... Nossa, isso dá enredo de novela.

Eva quase deu um pulo quando falaram com ela. Virou-se para trás e reconheceu a moça baixa e magra em frente à única porta vermelha daquele corredor. Era Amanda Smith. Será que alguém sabia que ela estava na casa?

— Não é nada disso que você está pensando.

A moça tragou o cigarro e depois o ofereceu para Eva. Fitando aquele cigarro de maconha, Eva ponderou por dois segundos, antes de aceitar e tragar. Amanda sorriu e disse que parecia *mesmo* que ela estava precisando relaxar. Eva riu, sem deixar de concordar, e elas fizeram isso mais duas vezes, antes de Amanda continuar puxando papo com ela.

— Você é a nova namorada do Brandon, não é?

— É tão óbvio?

— Mamãe fez uma boa descrição de você. *Uma índia alta de seios grandes,* ela disse. — Eva olhou para os próprios seios, assim como Amanda. — Agora te vendo, não acho que são tão grandes, também. — Elas riram juntas. — Você não é tão estranha para mim. Já nos vimos?

— Você já me embebedou algumas vezes.

Eva tragou o cigarro outra vez e devolveu para Amanda de novo, que o finalizou.

— Então, vai me dizer o que estava indo fazer no quarto do Luke...?

— Luke...? — Eva deu uma de João-sem-braço, fitando a porta do quarto e depois Amanda. — Ah, nossa... achei que era o quarto do Brandon.

— Certo.

— Fico um pouco perdida nessa casa.

Amanda levantou as sobrancelhas, ainda sorrindo.

— Vem comigo.

Eva revirou os olhos e, sem opções, seguiu a moça. Elas adentraram um quarto do lado oposto do corredor, algumas portas depois do quarto de Amanda. Eva nem precisou perguntar se aquele era o quarto de Brandon, porque havia pinturas por todos os lados. A cama dele estava arrumada e o quarto era simples, sem muitos detalhes, a não ser pelas pinturas. Eva procurou por uma foto sua, um vestígio de sua existência na vida dele sobre a cômoda, a mesa de cabeceira, mas não achou nada. Enquanto seu quarto mais parecia um altar de ode ao casal, o quarto dele não parecia ter um pedacinho sequer dela, como se ela não pertencesse ali.

Amanda entrou no *closet* e fuçou entre as cuecas de Brandon, jogando algumas no chão. Eva ainda olhou para a porta, receosa de que o namorado chegasse ali.

— Ah há! — Amanda ergueu um saquinho cheio de maconha. — Vem, vamos — disse enquanto abria uma janela.

— O que você está fazendo?

— Saindo daqui.

— Mas…

— Você quer ficar aqui discutindo arte com a minha mãe?

A janela de Brandon dava para uma árvore fácil de descer e Eva tinha certeza de que o namorado deveria ter fugido dali muitas vezes daquela maneira. Amanda fez isso com muita facilidade e Eva observou aquela moça magra descer a árvore pensando que era a coisa mais bizarra que já tinha visto. Fitou sua roupa nova limpa e cara, mas logo desencanou e seguiu Amanda, curiosa para saber o que a cunhada tinha em mente — certa de que aquela erva já devia estar fazendo efeito.

Muito tarde Eva notou que Amanda também tinha pegado a chave reserva do carro de Brandon. Prendeu a respiração quando viu a moça entrar no veículo e ligar o motor. Sabia que Brandon surtaria se visse aquilo.

— Você não vem?

— Posso saber para onde?

— Vamos só dar umas voltas.

Eva olhou para a mansão e entrou no carro sem hesitar mais. Quando Amanda saiu fritando o pneu da BMW, Eva pôs o cinto e rezou credos católicos, pensando que se ela morresse junto de Amanda naquele carro, Brandon a mataria uma segunda vez.

E por falar em Brandon, ele parou de discutir com a mãe e continuou tagarelando sobre a viagem para o Brasil com o irmão, ouvindo Flora bufar atrás de si, satisfeito que estava deixando-a louca de raiva. Apenas quando o jantar foi servido, e ele olhou para os lados e não viu Eva, foi que pensou que tinha alguma coisa estranha. Foi até o andar de cima da casa procurar por ela, mas não a achou. Então ligou para a namorada.

— Você o quê?

— Já disse, saí com a sua irmã.

— Por que você faria isso?

— Eu não suporto a sua mãe.

Brandon respirou fundo, cansado daquilo tudo.

— Onde vocês estão?

— Acabamos de chegar no apartamento da Claire.

Brandon se despediu e desligou o telefone, descendo as escadas, com rapidez. Avisou a todos que não ficaria para o jantar, pegando a bolsa de Eva.

— Onde você pensa que vai? O que vai fazer? E a Eva?

— Ela já foi embora, mãe, graças a você. — Brandon gritou, frustrado. — Você precisa parar de fazer isso! Eu juro, não vou te perdoar se ela terminar comigo por sua causa!

— Ah, é isso que você diz para mim? — Flora se levantou da mesa. — Faz ideia de tudo que eu passei para você estar aí, todo bonitão e saudável...? Você é um ingrato, Brandon!

— Flora, já chega — disse James, dirigindo-se a esposa pela primeira vez em semanas, segurando-a pelos ombros, antes de fitar Brandon. — O que você está esperando, sai logo daqui! Essa garota não é tão importante, mais importante que a sua família...? Então vai embora.

Quando Eva e Amanda chegaram na casa de Claire, ela estava sozinha — como sempre. Eva não tinha voltado lá desde o dia que Flora havia levado Jason, e ainda pensava que Claire estava com raiva dela. Mas Claire sorriu ao vê-la, e disse que ela estava sumida. Por um segundo, Eva pensou que Claire estava diferente, que parecia melhor, mas notou que a moça andava com um pacote de lenço de papel na mão.

— Ai meu Deus, você engordou! — Amanda comentou.

— Obrigada, Amy.

Amanda se desviou de Claire e entrou no apartamento sem cerimônia. Sentou-se no sofá e acendeu um cigarro de maconha. Ao fechar a porta, Claire desceu os olhos por Eva, que também se olhou. A calça branca estava toda manchada de terra e a blusa de seda tinha partes desfiadas.

— O que aconteceu com você? Entrou numa briga?

— Bem que eu queria — respondeu Eva. — Aquela megera da sua ex-sogra estaria enterrada no quintal uma hora dessas...

Amanda gargalhou de forma exagerada, dizendo que adoraria ver isso, antes de oferecer o cigarro de maconha para Claire.

— Nossa, sabe há quanto tempo não faço isso...? — Claire indagou ao aceitar o cigarro. — Pelo menos uns oito anos. — Ela fumou e sorriu, sentindo-se feliz como não se sentia há muito tempo.

Eva aceitou continuar fumando com elas, mas explicou que a substância a deixava muito louca e não se responsabilizava por nada que fizesse.

— Quando fumei a primeira vez, quase beijei o seu irmão quando ele ainda namorava em segredo com a Tabitha.

Claire e Amanda riram.

— Você deveria agradecer a Amanda por isso, Eva. Ela me contou sobre Brandon e Tabitha, então eu contei para a Layla, e isso fez com que você e Brandon fossem uma possibilidade.

Eva exalou alto, esticando as pernas longas sobre a mesinha de centro de Claire.

— Vamos ver até quando...

— Por quê? Ele já está te traindo?

Eva riu da pergunta de Amanda.

— Não, mas sua mãe prefere vê-lo monge em algum monastério do que comigo.

Amanda tragou de forma lenta, sem tirar os olhos de Eva.

— Sabe, você não deveria levar o que a minha mãe diz para o lado pessoal, Eva. Ela não é uma pessoa ruim. Tenho certeza de que ela aceitaria você se fosse o Billy ou o Luke. Ela está te tratando assim porque é o Bran. E a família inteira poderia desaparecer que ela ficaria bem, contanto que ela tivesse o Brandon. Mas tenho certeza de que você vai conseguir ter um relacionamento com ela no futuro.

Eva levantou as sobrancelhas, sem tirar os olhos de Amanda, aquela mulher baixa e magra sentada no sofá, de jardineira manchada de tinta.

— Acha mesmo?

— Ninguém pode dizer se algo vai dar certo ou não, mas estou torcendo que vocês possam ser felizes juntos.

— Uau. — Eva não acreditou que aquela mulher gentil fosse a irmã drogada de Brandon e de Lucas. — Ninguém da sua família foi legal assim comigo da primeira vez que me conheceu. Nem mesmo o Brandon. Principalmente o Brandon.

— Amy é uma pessoa especial, Eva.

Amanda fez uma careta para Claire.

— Ela está me comparando com a minha mãe e com Bran, e não é difícil ser mais gentil do que eles. Aliás, não sei o que você vê no meu irmão. Ele é um idiota. — Amanda disse, antes de observar Claire fazer um movimento envolta dos ombros e do peito, como se fizesse referência ao peitoril de Brandon. — Sim, talvez os bíceps. — Eva riu, tampando o rosto com as mãos. — Mas você pode ter certeza de que o motivo do desespero da minha mãe é porque ela sabe que ele está apaixonado por você e ela tem muito medo de perdê-lo.

— Entendi. — Eva assentiu, sem acreditar muito.

— Agora, se quer um conselho, evite qualquer comentário social e racial perto dela, e vocês vão conseguir ter um relacionamento civilizado.

— Cunhada-querida — disse Eva, irônica, fazendo Amanda rir. — Sua mãe olha para mim e vê metade *Marx* metade *Martin Luther King* e cabelo *Ângela Davis.* — Amanda e Claire riram alto. — Eu não preciso nem abrir a boca.

— Eva, pelo que ouvi dizer, você não tem nada de *Martin Luther King.* — Claire comentou.

— O amor é superestimado.

Elas riram mais ainda.

— Certo, então pelo menos evite a *palavra proibida* perto dela... — Amanda disse. — Você sabe, *bastardo...* — Eva levantou as sobrancelhas, admirada que Amanda estivesse dizendo aquilo. — A não ser que você tenha feito de propósito, Eva... Aí *sim*, vou te dar moral.

Eva olhou de Amanda para Claire, sem acreditar no que ouvia.

— O que você está insinuando com isso? Você sabe de alguma coisa?

— Por quê? Você sabe? — Amanda retrucou, antes de rir para a feição de surpresa de Eva.

— Amy... — Claire chamou a atenção, mas foi ignorada.

Amanda fumou mais do cigarro e se virou para Eva, interessada.

— Tudo que eu sei é que fui abandonada pela minha mãe quando eu tinha dois anos... Sabia disso? — Eva enrugou as sobrancelhas. — Então, quando eu tinha sete, ela voltou. Assim, do nada, como se nunca tivesse ido embora. E não estava sozinha... Ela tinha um menino de cinco anos junto dela.

— Amy, já chega! — Claire pediu, vendo os olhos arregalados de Eva. — Você e suas especulações... — Houve uma batida na porta. — Está aberta.

Amanda, Claire e Eva viram Brandon se materializar na porta do apartamento.

— *Speaking of the devil* — disse Amanda.

— Estão falando de mim, é? — Brandon perguntou, antes de parar de frente para Eva, pegar seu rosto e beijar seus lábios. — O que deu em você?

— Eu estou muito chapada agora.

Brandon riu, fitou ao redor da sala e logo viu o pacote de maconha ao lado de Amanda.

— Isso é meu! — Exclamou, sentando-se do lado de Eva e colocando um braço ao redor dos ombros dela. — Você não muda, hein, Amy...? Ainda pegando minhas coisas...

— *Você* quem não muda, Bran. Ainda é o *bebê* da mamãe.

— *Fuck you!*

— Para com isso vocês dois, sempre nessa disputa — reclamou Claire, fumando, relaxada. — Às vezes, quando penso em vocês, acho que é bom que Jason nunca tenha um irmão mais novo.

Logo após dizer isso, Claire caiu em um choro copioso que durou alguns minutos.

— Por que está fazendo isso, Claire? — Amanda perguntou. — Por que está deixando minha mãe controlar sua vida?

Claire levantou os ombros, trocando olhares com Brandon e Eva, cúmplices e culpados por ela estar sem Jason.

— Eu perdi a minha mãe muito cedo, como você sabe, Amy. E sua mãe se tornou uma rocha para mim. Sei que ela não quer me punir. Sei que ela quer me ajudar — disse Claire, pegando mais lenços de papel e voltando a chorar. — Ele não estava seguro comigo — continuou entre soluços.

— Você vai ficar bem logo, Claire, tenho certeza — disse Eva, fazendo Claire sorrir, sem muita esperança.

Amanda esticou o braço para passar o cigarro de maconha para Eva, mas quem pegou foi Brandon. Então segurou o braço da irmã com força, empurrando o corpo de Eva sem querer. Amanda tentou se desvencilhar de Brandon, mas ele puxou o braço dela para mais perto do seu. Entre os dois, Eva inclinou o corpo, sem entender o que acontecia. Brandon puxou Amanda e a mulher magra quase caiu para cima de Eva.

— O que você está fazendo, seu escroto! Me larga!

Brandon não deu ouvidos e com a outra mão, afastou a manga da blusa de Amanda, revelando a parte de dentro do braço dela. As pequenas e redondas feridas por toda a região interna do cotovelo fizeram Claire e Eva se assustarem. Amanda se aproveitou que Brandon afrouxou o aperto em seu braço para se afastar dele e arrumar a manga da blusa.

Eva fitou o namorado, que parecia em choque com o que tinha visto. Quando ele falou, sua voz soou grave e rígida.

— É heroína, não é? — Claire e Eva olharam para Amanda, que abraçava a si própria. — Como você paga por ela?

— Não te interessa.

Brandon não conseguiu nem pressionar a irmã. Não queria imaginar o que ela poderia fazer para sustentar o vício.

— Amy, diz que isso não é verdade — pediu Claire.

Mas o silêncio de Amanda respondeu todas as perguntas.

— Você precisa se tratar. — Brandon insistiu.

— Por que você se importa?

— Você é a minha irmã.

Amy enrugou os olhos, como se não reconhecesse Brandon mais. Observou os braços do irmão, agora abraçando a namorada dele de novo, tentando entender o que tinha acontecido.

— Se você quer saber, ele está preocupado com você há tempos, Amanda. — Eva explicou. — Desde a festa do Gabriel e sua entrada triunfal.

Amanda riu, seus olhos se moveram de Eva para Brandon e de volta para Eva.

— Quer dizer que isso é tudo influencia sua? Esse cara aí pode ter a cara do Bran, mas ele não é o Bran… não mesmo. O meu irmão é a pessoa mais egoísta que existe. Ele não se importa com ninguém além dele mesmo. — Eva sorriu para Brandon enquanto ele fazia uma careta. — Puxa, você é boa, Eva…

— Para vocês verem o que faz um bom adestramento. — Eva cutucou, antes de beijar os lábios contraídos de Brandon. — Não foi fácil, mas ele começou me chamando de *estrangeira puta* e agora é só *my darling* pra cá, *minha princesa* pra lá.

Amanda e Claire riram alto, em especial da cara de poucos amigos de Brandon.

— Estou adorando isso. Eu vou até dividir o resto com você, *baby brother*. — Amanda passou o baseado para Brandon, que aceitou, é claro.

— Amy, agora é sério. Você precisa se tratar. — Amanda revirou os olhos para a insistência de Brandon e as balançadas de cabeça de Claire e Eva, concordando com ele.

— Estou bem, vou ficar bem.

Amanda olhava para os próprios pés, constrangida. Sentiu alguém se ajoelhar em frente a ela e segurar seus joelhos. Não se surpreendeu quando viu Brandon ali e olhou fundo nos olhos do irmão.

— Amy, essa não é você. Você é gentil e amável, e eu daria tudo para ter a sua ternura. Você tem razão, eu sou egoísta, mas estou tentando ser diferente e não é só por causa da Eva…— Brandon respirou fundo. — Quero reconstruir a nossa relação… quero fazer parte da sua vida e da vida do Luke, e quero que vocês estejam na minha. Mas isso depende de você voltar para nós e voltar a ser a Amy que a gente ama.

Amanda levantou a cabeça e olhou para Claire e Eva.

— Gente, quem é esse homem? Que mutação é essa? — Claire, Eva e Brandon riram, enquanto Amanda socava o ombro do irmão mais novo. — Você está muito estranho... Que bicho do terceiro mundo que te mordeu?

Eva riu, enquanto o namorado dava uma piscadela para ela.

— Mas até que eu estou gostando dessa sua nova versão. — Brandon sorriu para a irmã. — Vou me cuidar, prometo.

Brandon quis acreditar que a irmã ficaria bem. Quis acreditar que ela se internaria em uma clínica e sairia de lá limpa, pronta para recomeçar a vida. Quis acreditar que logo veria Amanda restabelecer as relações que tinha perdido naqueles últimos anos. Mas a esperança e o positivismo se esvaíram quando entrou no carro e observou a feição de horror de Eva.

— Eu não entendo, Brandon... como você não consegue respirar sem a sua mãe saber, mas Amanda consegue chegar nesse estágio de vício e sua família não fazer nada. Tudo bem, todos os pais têm seus preferidos, mas isso é *muita* indiferença.

Aquela verdade cruel, cheia do realismo pessimista que era típico dela, atingiu Brandon como um trator e ele tirou os olhos de Eva. Naquele momento, não teve mais tanta certeza da recuperação de Amanda e sentiu um calafrio na espinha como um presságio estranho de que aquela história não acabaria bem.

Capítulo 28

Luzes Amarelas

A CIDADE ESTAVA PRONTA e florida para o Festival da Fundação de Vienna. E com as flores, o sol esquentando sem causar suadeira, os dias se tornando cada vez mais longos com a firmação da primavera, e a cidade se enfeitando ainda mais para o festival da fogueira, o humor da população de Vienna melhorava de forma espantosa. Nem Eva conseguiu escapar da ventura que invadia a cidade aquele ano.

Do-contra do jeito que é, Eva bem que tentou negar, leitor, mas o cheiro de grama recém-cortada, a vista dos narcisos amarelos colorindo os canteiros, Brandon dormindo ao seu lado… Uma felicidade daquelas que deixa a gente todo abobado pairava nos arredores do quarto de Eva todas as vezes que ela acordava, respirava orvalho da manhã, ouvia os pássaros cantando, e sentia o namorado beijando seu rosto, pescoço e ombro, murmurando um *bom dia*.

Depois de um ano difícil para a cidade, que sofreu com tornados e nevascas, o festival trouxe consigo uma esperança de renovação que Eva sentiu se irradiar por todo o seu ser. De repente, parecia que era a sua alma se curando de tempos difíceis e feridas profundas. E assim como os jardins de Vienna, Eva sentiu seu íntimo florescer e se encher de boas vibrações também.

Tudo bem que continuava nas terceiras páginas, seu cargo nas mãos do pior jornalista da face da terra, e tendo de fingir que estava de acordo com as maquiavelices da professora Geller. Mas não se deixou abalar. Sorriu forçado para Monica quando esta disse que ela teria de escrever sobre o festival outra vez aquele ano — *sem manifestações dessa vez, por favor*, como a editora-chefe não deixou de pontuar. Eva não fez promessas, mas duvidava que aquilo fosse acontecer. Não depois do que descobrira ao receber uma ligação de Marcelo Faria, convidando-a para ajudar na barraca brasileira durante o festival.

— *Então vai ter uma barraca brasileira?*

— *Ah, não ficou sabendo? Eles juntaram o Festival da Fogueira com o Global Fest. Uma tacada de gênio, eu diria. Agora nenhum estrangeiro pode reclamar de falta de representatividade no festival.*

De certo, os organizadores tinham feito aquilo em resposta às manifestações contrarias ao festival do ano anterior. Eva se encheu de orgulho e, é claro, não deixou de pontuar que tinha contribuído para aquela mudança de ares no festival.

— Até parece, Eva! — Dana retrucou. — Você nem estava naquela manifestação.

— Aí que você se engana, eu estava sim! Estava na minha janela, tirando fotos, não foi? — Eva pediu confirmação, e Brandon fez um gesto de positivo com a cabeça, enquanto mastigava a pizza, o que causou uma careta em Dana. — Estava com Brandon no telefone, e falei para ele da manifestação. Depois escrevi o artigo, aquele que foi editado pela Vivian, e aí fizemos outra manifestação. — Dana deu de ombros, como quem acha toda aquela história irrelevante. — E é por isso que eles mudaram esse festival. Eu vou escrever sobre isso!

— Amiga, o festival mudou, mas acho que o *The VUR* não mudou tanto assim. — Angelina comentou. — Capaz de te censurarem.

— Imagina, a Monica anda tão ocupada, reescrevendo tudo do Luke e fazendo o meu trabalho, que nem lê mais nada que passa por aquele jornal. — Eva disse, abanando as mãos. — Há meses ela não muda uma vírgula sequer nos meus artigos. Tenho certeza de que ela nem vai notar.

— Se você diz... — Angelina levantou os ombros.

— Eva, você vai ficar mesmo na barraca brasileira? — María Ana perguntou. — Eu vou estar na da República Dominicana. A gente precisa se visitar.

— Puxa, eu queria ter sido chamada para ajudar na barraca Americana — lamentou Angelina. — Seria legal mostrar para as pessoas as coisas típicas do meu país.

— Que coisas típicas? — Eva perguntou, cheia de desdém.

— Nós temos várias coisas típicas! O Dia de Ação de Graças, por exemplo.

— Que nada mais é do que vocês dando graças ao genocídio indígena.

— Ah, vai se ferrar, Eva! — Angelina disse, recebendo um abraço e um beijo no rosto de Eva, enquanto todos riam.

— É brincadeira, sua biscate! Então, Marcelo me pediu para ir aquele bairro brasileiro em Londres, Willesden Green, e comprar algumas coisas típicas. Animam? — Então Eva fitou Dana, que parecia um pouco distante da interação. — O que acha, Dana?

A moça mexeu nos cabelos vermelhos e levantou os ombros, sem muita animação. Eva, Angelina e María Ana se entreolharam, como se pensassem a mesma coisa.

Desde que voltaram a conversar depois do afastamento, Dana e Eva tentavam reconstruir aquele laço despedaçado devagar. Para Eva, tudo já estava mais que resolvido, mal se lembrava das coisas que tinham acontecido, e vira e mexe comentava com as amigas que Dana era muito rancorosa.

Numa das raras ocasiões em que Alli tinha se juntado a elas para conversar — agora que vivia ocupada com o namorado e a tese de doutorado — Eva tinha chorado as pitangas, dizendo que às vezes parecia que Dana ainda estava com raiva por causa de tudo que aconteceu.

— Cada pessoa tem seu tempo e seu jeito de lidar com as lombadas da vida — explicou Alli. — Olhe o Luke, por exemplo, até hoje não conversa com Brandon por algo que aconteceu há mais de um ano.

— Inclusive, eles são do mesmo signo, Luke e Dana... — Angelina disse, fazendo Eva revirar os olhos. — Escorpião não esquece nada fácil. Ao contrário de você que é uma ariana, Eva, explode na hora e depois esquece.

— Ai, me poupe dessa pseudociência, Angel.

Então Eva estava tentando ir com calma e recuperar aquela amizade, mas Dana estava bem irredutível. Elas conversavam, mas Dana sempre parecia irritada, desdenhando de tudo que Eva falava, talvez para chamar a atenção de alguma forma. Naquele dia, quando convidou Dana para aquele passeio, Eva nem estranhou a reação da garota, agindo como se tivesse coisa melhor para fazer. Só não entendia o porquê da moça insistir em fazer aquilo.

— Vai ver ela está a fim de você. — Angelina satirizou, depois que Dana foi embora. — Ou do Brandon...

Brandon riu e brincou que era *mesmo irresistível*, e que as mulheres não conseguem o ignorar. *Mandei te prender e mesmo assim você não conseguiu ficar longe de mim*, disse ainda, fazendo Eva revirar os olhos e o chamar de *cretino*.

— Agora, Angel, admiro a sua mente. Mas o mundo inteiro não pode ser como você, está bem? Um dia, talvez, viveremos na Angelinolândia, um lugar onde o asfalto é rosa e tem cheiro de maçãs, e as pessoas se apaixonam e se amam sem barreiras e sem apego emocional. Mas por enquanto, isso é a vida real.

— Bom, vida real ou não, amanhã eu ligo para Dana e convenço ela a ir a Londres com a gente. Essa estranheza de vocês tem que acabar!

Dana chegou em casa e seu pai e sua madrasta a esperavam para jantar. Eles vinham fazendo muito isso, agora, desde que Jim tinha sido preso, talvez para manter as coisas da maneira mais normal possível. A mesa estava posta e Leena sorria para ela, dizendo que tinha cozinhado gnocchi de espinafre e ricota, assim como Dana gostava.

— Estava na Eva e na Angelina. A gente comeu pizza.

— Ah, certo... — Leena disse, antes de sorrir. — E Eva está bem?

— Sim, está ótima.

— Namorando o rapaz alto, suponho... — Leena quis saber.

— É... — Dana respondeu, sentindo aquela velha amargura subir pela garganta.

— Que bom, que bom que ela está bem. — Leena sorriu.

— Vou me deitar, boa noite.

Foi para o quarto, sem querer continuar aquela conversa. Por mais que a família tentasse disfarçar, tudo parecia estranho, fora do lugar sem Jim. Embora o visitasse toda semana, sentia falta de ter o irmão sempre por perto. Antes de conhecer Eva, Jim era uma ótima companhia e, às vezes, Dana se via amaldiçoando o dia que convidou Eva para aquele passeio em Londres, há um ano e meio. Se não tivesse convidado, nada daquilo teria acontecido.

Não, espera... eles já se conheciam. A ida a Londres podia ter acelerado o romance deles, mas não fora quando tudo começou. Talvez fosse acontecer de qualquer maneira, não tinha saída. Bastaria que Jim olhasse para ela, para o jeito com o que o cabelo dela caía sobre o rosto, seu sorriso de dentes corrigidos — *ela deve ter usado aparelho quando adolescente*. E aquelas pernas torneadas que mais pareciam desenhadas — *coisa de gente alta*. Ela era muito alta, mesmo. Dana mal batia em seu ombro. Mas tudo nela tinha uma proporção harmoniosa, tudo que vestia caía bem.

Por que eu estou pensando nisso de novo? Dana se perguntou.

De um jeito ou de outro, Dana sempre voltava àqueles pensamentos estranhos. Tinha até sonhado — um sonho esquisito, do qual se lembrava pouco, mas tinha certeza de que houve toque. Queria tirar aquelas imagens da mente, mas vira e mexe seu pensamento pairava em algum aspecto de Eva que não tinha notado antes. A boca desenhada, a pinta na bochecha, os olhos escuros que pareciam não ter pupilas. Então, quando a via, sentia-se mais excêntrica ainda — e quando percebia, já estava arredia, irritada com Eva. Previa que a amiga se estressaria com aquilo, e queria dizer que não sentia raiva dela. Queria apenas parar de pensar nela e pronto.

Quando recebeu o telefonema de Angelina de manhã, Dana disse que viajaria com elas para Londres, e fez um contrato consigo mesma. Não continuaria agindo daquela forma com Eva. Aquilo tinha que parar. Afinal, decidira que voltaria a ser amiga dela, e para fazer isso, precisava parar de sentir aquela coisa estranha, que nem sabia o que era, mas estava lá, crescendo e incomodando.

As quatro pegaram o primeiro trem e Dana preferiu ficar calada. Quando se sentou ao lado de María Ana, de frente para Eva, notou que a blusa preta dela fazia um V gigante, mostrando todo o seu colo e deixando um decote pequeno a mostra — o suficiente para destacar o formato daquela parte do corpo. Os seios de Eva enchiam roupas e faziam uma fenda profunda entre eles. Bem diferentes dos seus, que eram separados um do outro, e mal enchiam suas mãos pequenas.

— Então, como estão as coisas? — Eva tentou puxar assunto, o que fez Dana a fitar um pouco ansiosa, por estar olhando para ela daquela maneira. — Como está Leena? Muito chateada por causa do Jim?

— Bem, não está sendo fácil — respondeu Dana. Não queria conversar com Eva e olhou para María Ana e Angelina, mas elas estavam de cochichos, trocando beijos e carícias, e nem ouviam a conversa entre ela e Eva.

— Imagino que não. É verdade que ele foi expulso?

Dana se perguntou por que Eva se importava.

— Sim, ele foi expulso, não vai poder terminar o mestrado. — *Espero que você esteja feliz por isso*, pensou Dana.

— Puxa, isso é um pouco injusto — refletiu Eva, como se falasse para si mesma. Dana levantou as sobrancelhas, admirada com o que ela dizia. — Quer dizer, ele já está cumprindo pena pelo que fez.

— Sim, é o que eu penso também. — Dana respirou fundo. — Mas a universidade alegou que é algo relacionado com ética, enfim...

— Que chato.

— Mas fora isso, está tudo bem. Papai está bem presente, ajudando Leena. E nós sempre vamos visitá-lo e ele parece bem também. — Eva sorriu. — E você, alguma novidade?

— Não, nenhuma novidade. Tudo como sempre esteve.

— Tem certeza, Eva? — Angelina perguntou, fazendo Dana e Eva a fitarem. — Tem certeza de que não tem nenhuma novidade? — María Ana começou a rir e Eva já fechou a cara, como se esperasse por algo. — Eva e Brandon estão morando juntos.

— O quê? — perguntou, cruzando os braços, sem disfarçar a súbita irritação que aquela informação causou. Então Dana viu Eva respirar fundo e revirar os olhos para Angelina.

— É claro que não estamos morando juntos, Dana. Dá para você parar de falar isso? — Eva pediu, virando-se para Angelina com cara de poucos amigos.

— Dana, reflita comigo — disse Angelina, inclinando-se para mais perto dela. — Se uma pessoa dorme com você todas as noites há três meses...

— Não são todas as noites — reivindicou Eva.

— *Todas as noites* — enfatizou Angelina. — Se tem coisas desta pessoa ao redor de todo seu quarto. E quando eu digo coisas, me refiro a roupas de baixo, camisas, pares de sapato, instrumentos de pintura...

Dana tentou disfarçar, mas sentiu o rosto esquentar ao ouvir aquela história, e imaginou que ficava mais vermelha do que já era.

— Não é para tanto. — Eva tentou amenizar, talvez por ter notado o quanto o assunto irritou Dana.

— Se essa pessoa se sente confortável o suficiente para cozinhar...

— Mas você comeu, Angel...

— Sim, e estava ótimo. Não é o meu ponto. O meu ponto é que vocês estão morando juntos.

Tanto Dana quanto Eva sabiam que Angelina vinha se sentindo desconfortável pelo fato de Brandon estar sempre no apartamento delas. Querendo ou não, ele tirava um pouco da liberdade de Angelina.

— Eu já disse que vou conversar com ele sobre esse assunto.

Dana respirou fundo, e voltou a fitar Eva. Lá estava de novo aquela irritação, aquela raiva, como um bicho estranho que crescia e Dana não sabia mais como lidar com ele. Quando falou, seu tom foi de crítica.

— Bem, talvez vocês devessem morar juntos, Eva... — Dana disse, sentindo todas as garotas a fitarem, intrigadas. — Parece que vocês não se desgrudam...

Dana se ouviu e não acreditou em todo aquele veneno que saía de sua própria boca. Não se reconhecia mais. Era óbvio que María Ana, Angelina e Eva notaram, pois trocavam olhares cúmplices.

— Nós estamos juntos há três meses, te garanto que ninguém está pensando nisso ainda.

Foi a resposta que Eva deu e arrancou uma levantada de ombro, cheia desdém de Dana. Mas a moça fez isso em plena consciência, pensando, *O que está acontecendo comigo?*

— *Brigadeiro!*

Eva gritou, antes de se aproximar do caixa e se encher de doces. Dana, Angelina e María Ana observaram Eva jogar conversa fora com o brasileiro simpático que a atendeu. Nem parecia a Eva, de tão feliz que ela estava por conversar com o sujeito.

De início, Dana e Angelina demonstraram um pouco de medo do lugar, com suas vendinhas e restaurantes pequenos, muitos brasileiros nas ruas, casarões pouco cuidados e sujeira nas calçadas.

— O que é? — Eva demonstrou indignação. — Parem de agir como se nunca tivessem visto gente diferente de vocês! Agora provem esse doce, é a melhor coisa que vão comer na vida.

Elas comeram e ficaram loucas querendo mais.

— Ah, esse é aquele doce que você tentou fazer uma vez e quase colocou fogo na casa? — Angelina perguntou.

— Esse mesmo.

— Gente, isso é maravilhoso! — María Ana comentou.

— Posso pegar mais um? — Dana perguntou.

— Claro, só deixa alguns pro Brandon, senão ele vai surtar. Eu falei tanto nesse doce, que se ele não comer, vai ter um ataque.

— Arrr — Dana se irritou, fazendo um barulho com a boca. — Brandon, Brandon, Brandon... você só fala disso agora, Eva! Que chatice!

Dana se afastou delas e foi para o outro lado do mercado, deixando Eva com as sobrancelhas erguidas, sem saber o que tinha acontecido. Olhou de volta para Angelina e María Ana, que seguravam o riso.

— Está tanto assim? — Eva sussurrou, enquanto Dana fingia observar a bancada de pedras típicas brasileiras. — Porque é muito irritante quando as pessoas fazem isso.

— Olha, já vi casos piores — afirmou María Ana, rindo. — Acho que você está dentro do esperado para três meses intensos, Eva.

— Ótimo. Eu não entendo por que ela ainda está tão irritada comigo. Tipo, eu sei que o Jim foi expulso da faculdade e tal, mas a culpa não é minha. — Eva cruzou os braços. — Sério, estou perdendo a minha paciência com ela.

— Vocês vão se resolver, Eva. Tenho certeza — disse María Ana.

Angelina mexia em seu *piercing* do umbigo, pensativa.

— Não sei, mas acho que isso não é sobre o Jim.

— É sobre o que, então, Angel? — Eva perguntou.

— Acho que ela está com ciúmes de você. Com Brandon.

— Isso não faz o menor sentido — disse Eva.

— É claro que faz sentido! Inclusive, *Freud* explica bem isso... O instinto humano de amar algo sempre traz a necessidade de posse, de obter o objeto do nosso amor. — Enquanto Angelina falava, Eva revirava os olhos para María Ana, que ria. — Se uma pessoa sente que não consegue controlar esse objeto, ou mesmo se sente ameaçado por ele, então o instinto é agir contra ele, como quando a gente tem aquele *crush* na escola, e para chamar a atenção a gente briga na hora do recreio...? Acho que é isso que está rolando. — Angelina explicou.

— Puxa, você está melhorando, hein... De *Austen* para *Freud*... Grande evolução — satirizou Eva.

— Mas sabe que eu acho que a Angel tem razão? — María Ana comentou. — E pode ser que ela esteja confusa sobre o que está sentindo, sem saber se está gostando de você, de uma maneira física, ou se é inveja, se ela só quer ser você, gozar do que você tem.

Eva ficou pensativa. Sabia que a inveja era o sentimento de falta, relacionado com nossas necessidades mais básicas, fossem elas físicas, sociais ou pessoais. Dana era uma moça que tinha tudo, por que teria inveja dela?

Tudo que Eva comprou enfeitou a barraca brasileira e Marcelo a encheu de elogios — o que deixou Brandon todo enciumado, embora não tenha comentado nada. Enquanto Eva mostrava cada item da compra e esboçava sua saudade de comer pão-de-queijo, requeijão, brigadeiro e feijão, a Doutora Geller apareceu atrás dela. Eva parou seu solilóquio sobre como a gastronomia brasileira era a melhor do mundo para fitar a professora com dois olhos esbugalhados.

— Pensei que fosse mesmo encontrá-la aqui, Oliveira — disse a professora, tocando um saco de feijão preto, e jogando-o sobre a bancada da barraca logo em seguida. — Vim te apresentar ao Senhor Carvalho.

— *Prazer* — disse o homem em português, estendendo a mão para Eva. — *De onde você é? Sua professora não parece saber.*

Eva riu, enquanto espiava a cara de poucos amigos da professora.

— *Sou de Belo Horizonte.*

— O Senhor Carvalho trabalha com recrutamento de alunos para estágios de verão nos jornais brasileiros — explicou a professora. — Eu disse a ele que você estaria mais que satisfeita em passear com ele e a família durante a semana que vão passar aqui em Vienna.

Eva abriu a boca, sem saber o que dizer. Trocou olhares com Brandon, que parecia indignado com a cara de pau daquela professora.

— Claro — disse Eva, num fio de voz. — Será um prazer.

— Ótimo. — A professora Geller bateu as mãos uma na outra. — Então vou deixar vocês aqui com a nossa aluna.

Geller já estava se afastando quando Eva se apressou para ir atrás dela.

— Ah, você quis dizer *agora*? — Geller respondeu à pergunta com uma levantada de ombros. — Doutora Geller, eu tenho que ficar na barraca e depois vou sair com meu namorado.

Ela inclinou a cabeça e fitou o homem alto, de braços cruzados, observando a interação delas, antes de se voltar para Eva, entediada.

— Isto é importante, Oliveira. Mais importante do que a sua vida social. — Eva exalou forte. — Já pensou que ele pode oferecer um estágio a você depois dessa semana? Considere que estou te ajudando.

— Eva fitou o homem, que agora conversava com Marcelo na barraca brasileira. — E outra, são apenas alguns eventos sociais, a universidade está arcando com tudo. Mas a esposa e as filhas dele não falam inglês bem, então o departamento pediu para que você os acompanhasse.

Eva não tinha recebido nenhum pedido formal, e aquilo parecia mais um arranjo feito às pressas, no qual ela tinha sido a mais prejudicada.

— Está bem, eu vou acompanhá-los.

Foi quando Eva distinguiu algo que parecia um sorriso nos lábios da professora Geller — por mais estranho que parecesse.

— Ótimo, era o que esperava ouvir. Devo confessar, não coloquei fé na sua mudança, mas agora estou quase convencida de que você pode *sim* ser uma boa editora-chefe no futuro, depois que nós deixarmos os nossos patrocinadores felizes. — Eva engoliu em seco quando Geller fez referência à Lucas e ao suposto contrato velado entre eles. — Agora deixe o homem muito feliz e garanta um lugar na lista dele.

Angelina e Dana já tinham comentado como ela havia mudado naqueles últimos semestres. Agora que a mudança tinha sido notada por Clarice Geller, Eva se perguntou se ainda se lembrava da pessoa que costumava ser.

— Então você acha que eu mudei, Doutora Geller?

— Sim e para melhor. Esse trabalho, Oliveira, não é fácil para nós, mulheres. Nós precisamos ser duras e, às vezes, precisamos mudar. Acho que você finalmente entendeu isso.

Quando Eva voltou para perto da barraca, Brandon fazia uma careta. Ele tinha repetido diversas vezes que tinha algo para mostrar para ela, uma surpresa... que agora precisaria esperar.

— Então, essa sua professora, hein...? — Brandon reclamou. — Ela é bem pernóstica.

— Pernóstica... — Eva repetiu, rindo da escolha de palavras de Brandon e sua mania de falar difícil. — Pernóstica é a palavra.

O festival seguiu suas celebrações exageradas como sempre. Na segunda-feira, houve um show de *Robbie Williams*, e todo mundo se encontrou na praça para assistir, mesmo com o friozinho que insistia em atrasar a chegada da primavera. Mas não foi problema para os casais de namorados, Phillip e Marcelo, Angelina e María Ana, Alli e o Doutor Band e Eva e Brandon — só para os solteiros mesmo. Inclusive, Dana detestou o *show* e passou o resto da semana trancada no quarto, odiando o festival com todas as suas forças.

Na terça-feira houve uma exposição dos alunos da escola primária, e Eva levou os Carvalhos para aproveitar o dia lá, pois queria prestigiar Zooey e sua maquete sobre o incêndio de Londres. Na quarta-feira, houve diversas palestras com os prefeitos dos condados ao redor de Vienna, falando sobre como as obras para revitalização depois do tornado e da nevasca tinham foco em sustentabilidade. Na quinta-feira, houve a tradicional apresentação do coral, dessa vez com a inserção de outras expressões artísticas. Houve até *show* de *hip-hop*, e Eva ficou de boca aberta assistindo tudo.

Na sexta-feira teve orquestra — evento para o qual Eva também teve de levar a família Carvalho. No sábado, teve uma sequência de *shows* de bandas locais, como era de costume. E mesmo sabendo que o domingo ainda teria a tradicional fogueira e os fogos, Eva não conseguia parar de pensar que estava tudo diferente naquele festival. A inclusão do *Global Fest* na comemoração tinha mudado o aspecto da festa. Cada nacionalidade tinha seu momento de glória, e — embora o foco ainda fosse a cidade de Vienna — tudo era feito de uma maneira inclusiva. Eva não acreditou no que acontecia. Parecia outro mundo.

Tudo bem que ela teve de ficar de babá da família Carvalho quase todo o tempo. Quando eles a liberaram no domingo, pois estavam cansados e queriam dormir antes do voo da segunda-feira, Eva agradeceu aos céus. Já estava enfadada das conversas sobre compras da mulher do Senhor Carvalho, e sua cabeça explodiria se precisasse ficar mais dois minutos junto das crianças deles — duas pré-adolescentes de idades próximas que brigavam o tempo inteiro e fez Eva ter um *déjà vu* da própria infância. Ainda assim, como bem tinha avisado a Doutora Geller, o convite para um estágio formal veio logo no início do fim da semana.

— Você pode escolher o jornal e lugar para onde quer ir, Eva — disse Carlos Carvalho. — Qualquer jornal vai ter muita sorte em ter você.

Eva sorriu, escolheu um bem pertinho de sua mãe e logo já ligou para Miriam para contar as novidades. A mãe de Eva chorou ao telefone de tanta felicidade.

Sorte de uns, azar de outros. Devo esclarecer, leitor, que nem todo mundo teve uma semana tão proveitosa e bem-aventurada como a de Eva. Inclusive, talvez a felicidade da moça fosse o catalisador da infelicidade de outrem, sem que ela fizesse nada ou se atinasse para esse fato. É claro que estou falando de Tabitha.

Desde que tinha voltado para Vienna, depois da tentativa frustrada de ficar longe e esquecer seus sentimentos por Brandon, viver naquela cidade era um martírio para a Tabitha. Eva e Brandon ocupavam todos os espaços que antes ela ocupara. Mesmo quando não os via, podia sentir a presença deles, sabia que eles estavam juntos e felizes — o que era o mais angustiante. No festival, não foi diferente. Tabitha saiu no primeiro dia de festival à noite, viu Eva e Brandon juntos, testemunhou aquela energia entre eles, e decidiu passar o resto do evento do mesmo jeito que havia passado o festival do ano anterior — com sua mãe, sentindo-se mais sozinha do que nunca.

Enquanto Tabitha contemplou como sua vida estava no mesmo lugar, Claire contemplou a reviravolta que a sua dera naquele ano. Fora naquela noite que tinha engravidado — na noite do festival da fogueira do ano anterior. Lembrava-se com detalhes do que tinha acontecido. Saíra de casa junto de William, Lucas e Zooey, mas a menina tinha se perdido deles. Depois que souberam que Zooey estava com Brandon, Claire e William tinham se embebedado. Lucas os deixara em casa, e mal Claire tinha fechado a porta do apartamento, quando William a agarrou pela cintura e fez amor com ela ali mesmo, no chão da sala.

E isso não seria tão estranho se William não fosse esse cara. Ele não era do tipo de pessoa cheio de tesão, que te pega em qualquer lugar. Mas alguma coisa acontecia quando ele extrapolava na bebida. E talvez por isso Claire tinha pedido mais e mais rodadas de chope no *pub*. Sabia que estava ovulando e tinha que acontecer naquela noite.

Se há um ano, deitada no chão do apartamento, alguém perguntasse o que ela mais almejava na vida, de certo diria que desejava um filho. Agora, tudo que queria era voltar no tempo, levantar-se do chão, voltar ao *pub*, cancelar as bebidas, colocar o DIU e mudar todo o rumo daquela história. Mesmo que isso significasse não ter Jason. Na verdade, faria isso por ele, porque não era justo. Não era justo que alguém tão indefeso estivesse no meio daquela bagunça.

Poucas pessoas podem de fato dizer que se apaixonaram na vida. Quem se apaixona, já pode se considerar sortudo. Mas se era para ser daquele jeito, não queria ter conhecido William. Não queria ter sequer olhado para ele. E o que mais doía, naquele momento, observando o vazio que se instalava em seu apartamento e em sua alma, era saber que não havia segundas chances. Na vida, não há *replay*, não há a possibilidade de voltar no tempo e mudar tudo. Com as escolhas feitas, tudo o que restavam eram as consequências delas.

William também pensava nisso, às vezes. Mas ele nunca pensava em voltar tanto quanto Claire. Queria voltar o suficiente para evitar que a situação deles chegasse àquele ponto. Se pudesse fazer isso, talvez fosse menos inflexível e dissesse que *sim*, eles poderiam ter filhos. Por que não, afinal? Agora que Jason estava lá, não dava mais para imaginar a vida sem ele.

Levava a criança para ver a mãe com frequência. Às vezes, conseguia conversar com Claire e pensava que ela demonstrava melhoras. Outros dias, ela mal saía da cama. Na maior parte das vezes, porém, Claire parecia em estado de choque, sem tato, sem voz. Mal conseguia olhar para Jason ou para William quando eles estavam lá. Poucas vezes, mas de certo, as horas que mais causavam desespero em William, Claire chorava, gritava que ele tinha roubado o bebê dela, que ele sabia o quanto ela queria ser mãe — antes de se culpar por não conseguir cuidar do próprio filho.

William tinha pacientes que já passaram por depressão pós-parto e sabia dos custos emocionais ligados a essa doença. Algumas de suas pacientes não conseguiam interagir com os recém-nascidos, sentiam-se irritadas, choravam com frequência e não tinham motivação ou energia.

William se orgulhava de já ter ajudado muitas delas, inclusive em seus problemas conjugais depois da depressão. Naqueles momentos, como dizia aos seus pacientes, o apoio do parceiro era essencial. Mas parecia que tudo o que aprendera era irrelevante quando via Claire naquela desesperança devastadora. Parecia que estava lidando com um ser de outro mundo.

Por essas e outras, William ficou em casa durante aquela semana e não quis nem ver o que acontecia na cidade. Mas não ficou sozinho. Na verdade, nunca mais tinha ficado sozinho — desde que sua mãe colocara Jason em seus braços e dissera que a criança era responsabilidade dele. Onde quer que a gente olhasse, lá estava William com a criança no braço.

— Vai ver os fogos hoje, Billy? — Lucas perguntou.

— Ah, não — respondeu distraído, arrumando o cabelo de Jason, que insistia em ficar em pé na parte de trás, igual ao cabelo dele. — Vou colocar Jason para dormir daqui a pouco. Isso não é nada bom para criança, sabia?

Lucas e Monica se entreolharam, como quem percebe alguma coisa velada. Observaram William levar o menino para o andar de cima com admiração.

— Meu Deus, por essa não esperava.

— Não te disse? Agora vive com Jason para baixo e para cima, e nem deixa a gente pegar nele. A não ser quando Jason fica com a babá enquanto ele trabalha, o resto do tempo é só com ele e pronto.

William não teve escolha, na verdade. Quando Jason passou a morar na casa dos Smiths, Flora declarou que não participaria da criação do neto, como fizera com Gabriel e Zooey. E ela cumpriu o contrato. Mandou montarem um berço no quarto do filho mais velho e se controlou para não ir ajudar nos primeiros três dias, em que Jason chorou a noite inteira.

William quis morrer durante aquela primeira semana. Era um alívio ir para o trabalho e deixar Jason com a babá de Zooey, que agora era mais babá de Jason mesmo. Mas sempre voltava para casa direto do trabalho, temendo que tivesse acontecido algo com a criança. Imagina, Claire nunca o perdoaria!

E então Jason entrou no terceiro mês, aprendeu a tomar o leite na mamadeira, começou a ganhar peso, e dormir mais durante a noite. Uma dessas noites, inclusive, dormiu tanto, que William ficou com medo do menino ter tido um mal súbito. Vira e mexe, checava se o bebê estava respirando e ria de si mesmo. Não era irônico? Quando Jason chorava à noite, não dormia nada. Mas quando Jason dormia, também não conseguia dormir bem.

E foi por volta dessas semanas que William começou a ficar desesperado para voltar para casa. Chegava na porta e via Jason no colo da babá, que logo dizia um *Papai chegou*. E parecia que Jason sabia quem ele era, pelo modo como os olhinhos brilhavam, ou como agarrava o seu indicador. Passava tempo com o menino no colo, fazia-o dormir em cima de seu peito, e tinha diversas conversas com ele. Não cansava de se desculpar com o bebê por tê-lo afastado da mãe.

— Você vai ter tempo com ela ainda, sabe? Você vai ser louco por ela — dizia sempre, passando as mãos pelo cabelo liso e preto de Jason.

— Sei que eu e você não começamos bem. Estava com tanta raiva da sua mãe, mas não era nada pessoal. Podemos começar de novo?

E para o sorriso do bebê de três meses, William sentia-se mais do que confiante de que haveria uma segunda chance para ele.

Lucas foi o primeiro a notar a mudança e comentar com a mãe — que por sinal não ouviu e apenas reclamou que Brandon não tinha dormido em casa (de novo). Então, comentou com Monica, que achou difícil de acreditar naquela mudança de William, até ver com os próprios olhos como a atitude dele com o bebê tinha mudado.

— Você acha que eles voltam?

— Espero que sim. Acho que Billy era uma pessoa melhor quando eles estavam juntos. — Monica sorriu, acreditava que o amor fazia isso com as pessoas.

— Vamos deixar a vida se encarregar de consertar isso — disse Monica, abraçando Lucas pelo pescoço. — Você não quer mesmo ir ao festival?

— É todo ano a mesma coisa, Mon... — Monica sorriu, tentando não trazer à tona o assunto que sempre virava discussão entre ela e Lucas nos últimos meses. — E depois, Eva e Brandon vão estar lá com certeza.

— Sei... — Monica respirou fundo. — Vocês ainda estão se estranhando, é?

— Sei lá, ela está meio fria comigo, mesmo depois que eu disse que a gente pode ser amigo. Você acha que ela está bem mesmo com esse acordo? Não parece muito o feitio da Eva.

— Ela é impetuosa, mas não é idiota. Vai por mim, ela entendeu que esse arranjo é bom para todo mundo. — Lucas respirou fundo, não convencido. — Além disso, o que ela poderia fazer?

— E aquele formulário sobre a professora Geller que está rolando na faculdade? Será que ela não tem nada a ver com isso?

— Que formulário? — Monica perguntou, incrédula.

— Não sei bem, mas uns amigos comentaram comigo que algumas pessoas os pararam e pediram para que eles preenchessem essa pesquisa sobre a professora Geller. Não ficou sabendo?

— Não — respondeu, alarmada. — Mas Eva não seria trouxa de fazer algo contra a professora Geller! Não depois de tanto progresso que teve com ela este ano. De jeito nenhum. Ela não colocaria tudo a perder.

— Se você diz... — Lucas respondeu, levantando os ombros.

Monica ainda repetiu que Eva não tinha *mesmo* nada a ver com aquilo. Repetiu umas três vezes, para falar a verdade, como se cada repetição a ajudasse a acreditar em sua própria convicção.

Brandon cumprimentou a família, que vinha tirando todo o tempo de sua namorada naquela semana, com seu costumeiro charme, até arranhando um português. A família Carvalho fez questão de se desculpar com ele por ter alugado Eva, e Brandon fingiu que estava tudo bem, fez brincadeiras, tocou as cabeças das duas garotinhas — deixando as paulistanas ruborizadas, rindo, cheias de tesão adolescente, e Zooey uma arara. Elas tinham a mesma idade e Zooey queria apenas a oportunidade de dizer que Brandon podia ser o pai delas e que nem todos os pais eram como o Senhor Carvalho — calvo e com rugas no rosto.

— E então...? — Brandon perguntou, quando os Carvalhos se despediram e voltaram para o hotel, sem ânimo para aquele último dia de festival. — Te ofereceram um estágio?

— Sim! — Ele comemorou com Eva, beijando seus lábios. — Já até liguei para a minha mãe. Ela está super feliz.

— Zooey, o que você acha de passar uma temporada no Brasil, hein...? — Brandon perguntou, fazendo a garota olhar para ele com alguma irritação. — Olha a animação dela!

— Ouvi dizer que é muito quente.

— Zooey, o que eu te falei? — Eva perguntou, com as mãos na cintura. — Nada que começa com a frase *ouvi dizer* é para ser levado em conta. — A garotinha revirou os olhos. — De junho a agosto é inverno no Brasil, então o tempo é bem agradável.

— Sei lá... vou pensar... — disse ela, causando uma careta em Eva.

— Então, sorvete para comemorar?

Eva e Zooey aceitaram na hora e Brandon foi para o quiosque mais perto comprar os sorvetes. Eva aproveitou a oportunidade e deu aquela boa checada em Zooey. Ela não tinha crescido muito desde o último festival, mas completaria doze anos em setembro.

— Foi legal a festa do Gabriel, não foi? — Eva tentou puxar assunto.

— Você achou aquela festa *legal*? — Zooey perguntou, incrédula. — A festa do Gabriel resume bem o motivo pelo qual eu nunca fiz uma festa de aniversário na casa da minha avó.

— Bem, suponho que teve um pouco de drama — concordou Eva, entre risos. — Mas achei que você tinha gostado do final da festa... Você sabe... Quando você e Gabriel estavam no seu quarto.

Zooey arregalou os olhos. Fitou Brandon, mas ele ainda estava na fila para o sorvete. Então, respirando fundo, voltou-se para Eva, que agora tinha um olhar analisador para ela.

— Não conta para ele, por favor.

— Oh, não tenho a intenção de fazer isso — disse Eva, logo notando que Zooey ficou mais tranquila. — Foi a primeira vez que vocês...?

— Ahm... na verdade, não...

Eva assentiu, pensativa. Sabia como as coisas entre primos podiam evoluir rápido. Sua irmã tinha tido a primeira experiência sexual com um de seus primos, na casa da avó, sem que ninguém desconfiasse. Notando que Brandon já pagava pelos sorvetes, Eva voltou a falar, dessa vez com o máximo de delicadeza que conseguia.

— Zooey, se quiser conversar com alguém sobre qualquer coisa... Pode conversar comigo.

— Obrigada — disse Zooey, desconfortável. — Você sabe que eu tenho mãe, né?

Eva riu, causando uma feição de irritação em Zooey.

— Não me diga? Seu pai então *não* te achou na lata de lixo? — Zooey fingiu achar graça. — Não tenho a mínima intenção de ser sua mãe, se é isso que você está insinuando. Inclusive, sou muito jovem para isso. Mas, se quiser uma *amiga* para conversar, estou aqui.

— *Okay* — disse Zooey, de malgrado.

Passaram pela barraca brasileira e Eva fez Zooey experimentar um feijão tropeiro — que a garotinha faltou vomitar, ao contrário de Brandon que comeu e repetiu. Já estava quase na hora da fogueira e Brandon comentou com a filha que *se não fizessem aquilo logo*, iriam se atrasar. Eva enrugou as sobrancelhas, sem entender nada.

— Zooey!

Foi quando Gabriel veio na direção deles. O garoto estava junto de Timothy e sua namorada. Eva olhou de esguelha para Zooey, como quem diz *eu sei o que você fez no verão passado, mas não vou contar.*

— Oi, Gabe.

— Meu pai vai me levar para a tirolesa. Você quer vir?

— Claro. — Zooey se virou para Brandon. — Posso ir?

— A gente não tinha combinado de fazer *aquilo* juntos? — Eva fitou os dois com uma pulga atrás da orelha. Estavam cheios de segredinhos.

— Ah, precisa ser hoje?

— Sim, Zooey...

A garota fitou Eva e depois se voltou para Brandon.

— Acho que você devia fazer isso sozinho, então — retrucou Zooey, causando uma careta em Brandon. — Por favor, eu quero ir na tirolesa.

— Eu levo ela para sua casa depois, sem problemas — disse Timothy.

Brandon viu logo que não venceria essa batalha e levantou os ombros, dando permissão para a menina ir com primo. Zooey foi sem olhar para trás e sem arrependimentos. Quando Brandon se voltou para Eva, ela tinha os braços cruzados.

— Vai me contar agora que segredinho é esse entre você e a Zooey?

Brandon sorriu e pegou na mão dela.

— Melhor, vou te mostrar...

Eles atravessaram o parque, fizeram uma curva para a direita e pararam em frente a uma construção antiga. Brandon a puxou para dentro da porta azul e eles subiram dois lances de escada. Eva foi com uma dúvida estampada na cara, sem nem ao menos desconfiar o que acontecia. Brandon tinha a chave da porta e aquilo começou a causar um certo incômodo nela. Quando ele a abriu — com alguma dificuldade, dizendo que aquele teria que ser o primeiro reparo — Eva prendeu a respiração.

Entrou no apartamento bem iluminado. Naquele fim de tarde, os raios de sol deixavam o ambiente quente e aconchegante. O piso era de carpete claro e estava novo. Parou no meio do grande cômodo vazio e fitou a cozinha à esquerda, e o que parecia ser a entrada para dois quartos e um banheiro. Tinha também uma bela sacada, separada por portas francesas, com vista para o parque.

— São três quartos e dois banheiros. — Eva ouviu a voz de Brandon atrás de si, sentindo o coração disparar. — O quarto principal tem dois *closets* grandes. Um dos quartos seria para Zooey, é claro. O outro poderia ser um escritório e ateliê, você não se importa de trabalhar comigo, se importa? — Eva se virou para Brandon, anestesiada. — E a sala é bem grande, não é?

— Brandon... — Eva teve até medo de perguntar. — O que isso significa?

— É meu.

— Como assim, seu?

— Eu comprei — disse, levantando os ombros. E para a cara de espanto de Eva, Brandon sentiu que teria que dar mais detalhes. — Recebi um dinheiro da minha avó quando fiz vinte e cinco anos e decidi investir em um imóvel — explicou, divertindo-se com a cara catatônica de Eva. — Não é muito, mas tem espaço suficiente para mim, Zooey e você, se quiser vir.

— Morar junto? — Eva estava vendo tudo embaçado. — Brandon...

— Sei o que você vai dizer...

— Bem, alguém tem que dizer... São três meses. É muito cedo.

Brandon concordou e pegou o rosto de Eva, beijando seus lábios.

— Quem disse? Quem disse que é cedo demais? Quem quer que seja que colocou uma convenção maluca sobre quando duas pessoas que se gostam devem morar juntas não conhece nós dois, não sabe nada sobre você e eu. — Eva exalou forte, sem conseguir pensar. — E, além do mais, não sinto como se fossem três meses. Para mim, parece mais um ano, desde o último festival da fogueira. Foi quando me apaixonei por você.

— Foi nada. — Eva riu.

— Foi sim.

— Quando você me atropelou ou quando estava no hospital, vomitando?

Brandon gargalhou antes de beijar Eva mais uma vez.

— Você caiu de bicicleta. — Outro beijo. — Mas eu soube quando cheguei em casa, depois de passar o dia inteiro com você, e ainda queria mais. E eu te liguei, lembra? — Eva concordou com a cabeça, sem conseguir conter o sorriso. — Naquele momento, soube que estava em um grande problema.

Eva riu de repente, afundando a cabeça no peito de Brandon.

— Três meses... Você está louco.

— *Darling*, eu nunca estive tão certo de algo na minha vida. — Brandon procurou os olhos de Eva outra vez. — Eu quero isso, quero muito. Além do mais, quanto tempo ainda posso ficar dormindo na sua casa antes que a Angelina comece a reclamar?

— Tempo nenhum, ela já começou. Disse que nós estamos morando juntos.

— Porque nós estamos. Eu durmo lá todas as noites. — Eva respirou fundo. — O que vai mudar, de verdade? A gente pode ter mais espaço aqui, uma cama maior... — Ele fez um movimento rápido com as sobrancelhas que fez Eva rir. — Então, o que me diz?

— Eu... — Eva não queria nem dizer o que estava em sua mente. — Você vai achar que eu sou uma idiota.

— Você sabe muito bem que essa é a última coisa que vou pensar.

— Está falando sério sobre toda essa história de ir para o Brasil comigo no verão?

— É claro que estou falando sério, imagina se vou ficar largado aqui três meses! O que isso tem a ver com a gente morar junto?

— Brandon... Sei que você me achou numa esquina qualquer, e que o fato de eu estar em Vienna sozinha pode te levar a pensar que sou solta nesse mundo, mas não é bem assim. Tenho uma família, enorme, diga-se de passagem, e uma mãe supercontroladora para quem a ideia de um casal de namorado morar junto é tão ruim quanto assalto à mão armada. Uma mãe que desde quando te viu pela *internet* não para de dizer para eu *me cuidar*.

— Em que sentido?

— Para que eu não engravide.

— E é claro que você explicou que a gente usa camisinha sempre, e que você engravidar é algo quase impossível?

— Você está louco...? Como se eu fosse falar sobre sexo com a minha mãe! Por um acaso você acha que a gente vive no século 21, que as mulheres já queimaram sutiã na praça? O que te leva a pensar que a revolução sexual já aconteceu? — Brandon riu. — Olha, a minha mãe é... difícil.

— Tipo a minha?

Eva foi com a cabeça para trás, rindo alto.

— Nem que ela fosse o próprio capeta.

— Certo... — Brandon segurou a cintura de Eva, rindo. — Então é isso? Você quer que eu convença a sua mãe que sou um cara legal...?

— É muito importante para mim que ela te conheça, que ela veja que o nosso relacionamento é algo sério. — Brandon sorriu, concordando. — Nós damos mais alguns meses e mudamos para cá no início do semestre que vem.

Parecia um bom meio-termo entre a afobação de Brandon e os receios de Eva — assim como perceberam durante aquela troca de olhares. Alguns beijos depois, o tapete ficou muito convidativo e foi ali mesmo que eles se deitaram, um encaixado no outro. A noite foi caindo junto da temperatura do lado de fora, mas o apartamento continuou quente com a proximidade entre eles. Quando o barulho do primeiro fogo de artifício ecoou por Vienna, Eva olhou para as portas francesas do apartamento, e viu o rajar dourado se abrir no céu. A sacada dava para o leste do parque, e dali eles podiam ver tanto a fogueira quanto os fogos.

— Você acha que eu mudei?

Brandon desviou os olhos da sacada e fitou Eva, que tinha o queixo encostado em seu peito. Subiu e desceu as mãos pelas costas dela, sem perceber.

— Como assim?

— É só uma coisa que tenho ouvido. Que eu mudei, que não sou mais a mesma. — Eva segurou o rosto com uma mão. — Até a professora Geller acha, e faz sentido. Nós não tivemos mais tantos atritos. — Eva levantou as sobrancelhas. — A não ser ela me descartar e dar o meu emprego para o seu irmão, é claro. — Ele riu. — Sei lá... só estou pensando alto.

Brandon apoiou a cabeça em um dos braços, sem tirar os olhos de Eva. Admirou-a na penumbra do apartamento, a maneira como seus cabelos caíam por todos os lados dos ombros. Deitada de barriga para baixo, as panturrilhas, os calcanhares e os pés de Eva flutuavam no ar, vez ou outra se encontravam em movimentos aleatórios. Podia ver as luzes amarelas dos fogos reluzindo através dos olhos escuros dela e aquilo, de repente, encheu Brandon de felicidade.

— É claro que você mudou — disse ele, fazendo Eva enrugar as sobrancelhas, com uma feição triste. — Mas não é isso que acontece quando você sai da porta da sua casa para viver sua vida? Ainda mais você, que veio para outro lugar, se imergiu em outra cultura. Você mudou e não tem nada de ruim nisso... — Eva sorriu. — Na verdade, acho que você nunca esteve tão linda quanto neste instante.

— Você só está falando isso porque estou aqui nua, na sua frente.

— Pode ser... — Eles riram juntos. — Mas também porque eu te vejo completa agora. Inteira. E o que te faz mais linda é a maestria com a qual as suas complexidades e contradições, junto da sua pele e dos seus ossos, te tornam *você*.

As luzes amarelas choveram o céu num barulho estrondoso, mas Eva não ouviu. Quando beijou Brandon, as batidas de seu coração eram mais altas.

Capítulo 29

Edição Desastrosa

EVA FOI AO JANTAR sem saber como Brandon a tinha convencido a pisar naquela casa mais uma vez. Enquanto ele dirigia curtindo uma bossa nova — que agora tocava sem parar no carro dele — Eva repensou como viera parar ali. Brandon chegou com uma fala mansa, disse que teria outro jantar, e que *ela não precisava ir se não quisesse*, mas que *significaria muito para ele que ela estava tentando*. Pediu que ela *pensasse no assunto com carinho*, e — nessas e outras — conseguiu o que queria. A lábia do homem era fora da curva.

Mas é claro que Eva se arrependeu da decisão antes mesmo do jantar ser servido. Foi questão de minutos, bastou Zooey comentar que tinha comprado um short e tênis para a viagem ao Brasil no verão e pronto — Flora e James começaram a dar um milhão de motivos para que aquela viagem não acontecesse. Flora até previu uma doença de terceiro mundo, como febre amarela ou varíola, a afligir a saúde de Zooey.

— Isso é ridículo, mãe!

— Mas podemos vacinar Zooey contra febre-amarela assim que chegarmos lá — disse Eva.

— Está vendo, tem mesmo uma epidemia de febre-amarela naquele país! Você sabe o que a febre-amarela faz com você, Zooey? — Flora perguntou para a garotinha, que negou, e então precisou ouvir a descrição exagerada de como a doença atacava o fígado e deixava as pessoas com os olhos e as peles amareladas, levando até a morte. — É para esse lugar que você está indo.

— Vó, minha mãe é médica e disse que não tem problema.

— Sua mãe não está aqui. Eu sou responsável por você.

— Ela vai estar comigo, que sou o pai dela. — Brandon se intrometeu.

— Se você tivesse algum discernimento, Brandon, não estaríamos nem tendo essa conversa.

Eva respirou fundo e se virou para o namorado.

— Preciso ir ao banheiro, está bem?

Brandon fez uma careta, porque achava que Eva tinha que se esforçar mais — e ela sempre usava a desculpa do banheiro. Mas Eva nem sofreu e subiu as escadas da casa ouvindo Flora comentar um *Ela está bem? Ela vai muito no banheiro... Será que não é melhor ela fazer isso na casa dela?* Era muito preconceito para uma mulher de tão pouca estatura.

Andando pelo corredor do andar dos quartos, Eva percebeu que precisava dizer a Brandon que os jantares tinham que acabar, gostasse ele ou não. Já tinha aguentado mais do que qualquer pessoa em sã consciência aguentaria. Estava bem óbvio que ela e Flora nunca teriam um relacionamento. E se eles ficassem juntos, que fosse bem longe dela.

Eva inspecionou o corredor. Ainda poderia tentar conseguir o original de Lucas naquela noite — embora depois das diversas tentativas frustradas, tivesse poucas esperanças. O corredor estava vazio e Eva foi até a porta do quarto de Lucas. Nenhum som vinha de lá de dentro. Sem hesitar, Eva entrou no quarto do cunhado e fechou a porta.

Quando se viu no quarto de Lucas, mal pôde acreditar. Nunca tinha chegado tão perto de conseguir aquele original. Sentou-se na cadeira de trabalho dele, incomodada com suas pernas que roçavam na mesa. Mas Eva não ousou mexer em nada que pudesse denunciar sua presença ali. O computador estava em modo de espera e assim que ela mexeu no *mouse*, o aparelho pediu a senha.

— *Okay*, você sabia que isso podia acontecer... Respira fundo. Entre na cabeça dele — disse Eva para si mesma, antes de inalar e exalar forte.

— Eu sou um cara branco com sérias tendências masoquistas. Eu gosto de sofrer... eu sinto prazer em sofrer. Qual a minha senha?

Eva digitou *Tabitha*, e o computador não abriu. Mas era óbvio que tinha alguma coisa a ver com ela.

— Data de aniversário... Quando aquela garota faz aniversário? — Eva pegou seu celular e olhou a informação no *Facebook* de Tabitha. Em seguida digitou *11/03/1993.* Nada aconteceu. Outras tentativas como *Tibby1103* também não deram certo. — Mas é claro, data de aniversário não é tão dolorido. Teria que ser outra data... *Término.* — Eva abriu os olhos admirada. — É claro! Término é masoquista o suficiente.

Eva entrou no *blog* de Angelina, uma de suas primeiras postagens tinha sido sobre o término de Tabitha e Lucas. Lá, achou a data. A próxima tentativa *Tibby030911* abriu o computador de Lucas para Eva.

— Garoto, você precisa de terapia.

O resto foi fácil. Coisa de minutos ela tinha aberto o e-mail de Lucas e salvado em um *pendrive* as três últimas originais que o garoto tinha mandado para Monica. Empolgada, Eva mandou uma mensagem para Vivian, dizendo que conseguira o original.

— Eva, me manda a última original. Rolly está no jornal finalizando a edição de segunda-feira. Vamos resolver isso hoje.

Era perigoso, mas Eva tentou do mesmo jeito. Abriu um novo *browser* no computador de Lucas — na esperança de que ele nunca usasse *browsers* diferentes — e de lá mandou o arquivo para o e-mail de Vivian. Depois, entrou nos enviados e apagou tudo assim que Vivian mandou a mensagem *Recebido!*. Por fim, limpou o histórico, espe-rando que Lucas fosse um desastre tecnológico, assim como o irmão dele, e nunca descobrisse aquela falcatrua a tempo de evitá-la.

Sim, leitor. Estava feito.

Eva ouviu passos do lado de fora e fechou tudo o mais rápido possível. Quase esqueceu o *pen-drive*, mas voltou logo para buscá-lo. Ao abrir a porta, o corredor estava vazio. Fechou a porta de Lucas com cuidado para não fazer barulho e se precipitou para a escada.

— *Darling...?*

O corpo inteiro de Eva se enrijeceu e ela se virou para Brandon, logo atrás dela. Observou o namorado fechar a porta do próprio quarto e se aproximar com os olhos espremidos. Ele fitou a porta do quarto de Lucas e se voltou para Eva.

— Vamos embora?

Eva abriu a boca, mas não falou nada.

E foi assim que o caminho de volta para o apartamento de Eva foi feito — em um silêncio pesado. Brandon estacionou o carro do lado de fora do complexo do apartamento e não tirou o cinto.

— Não vai ficar aqui hoje?

Brandon bateu os dedos no volante, pensativo.

— Hoje não, está bem? — Ele sorriu, antes de aproximar o rosto para um beijo. Eva tirou o cinto e já abria a porta quando Brandon pegou em sua mão. — O que você estava fazendo no quarto do Lucas hoje? Tem alguma coisa a ver com o jornal?

Eva fechou a porta do carro e se virou para o namorado.

— Sim, tem tudo a ver com o que está acontecendo no jornal.

Brandon ouviu tudo que Eva tinha a dizer sem interrompê-la uma vez sequer.

— ... Então ele vai receber a notícia segunda-feira? Talvez antes disso...

— Se tudo der certo, segunda-feira.

— Você acha que isso vai prejudicar Lucas de alguma maneira...? Acha que ele vai sofrer...?

— Sim, acho que ele vai sofrer — confirmou Eva. — Talvez tanto quanto você sofreu quando te mostrei a gravação. Porque é sobre a mesma coisa, Brandon... privilégios.

Eva ainda ficou alguns segundos parada, sem se mover dentro do carro, tentando decifrar o rosto de Brandon. Ele parecia pacífico, pensativo, e parte dela desejava que ele brigasse e dissesse que nada daquilo estava certo. Primeiro, ela não tinha contado nada para ele. Depois, usou os jantares para sabotar Lucas. Mas Brandon continuou na sua pacificidade e faltou fazer um *Namastê* quando disse que tinha que ir embora.

— Dorme bem... Amanhã eu te ligo, *okay*?

Foi tudo o que ele disse.

Clarice Geller estranhou quando recebeu o telefonema de Eric Band. Ele não ligava para ela há meses, desde que tinha começado um relacionamento com uma estudante — o que ele gostava de fazer entra ano e sai ano, como que para dar uma mudada e viver um romance perigoso. Era segunda de manhã bem cedo e ele parecia nervoso.

— O que aconteceu com a edição dessa semana?

— Do que está falando, Eric?

— O artigo principal está ridículo, sem nenhuma revisão e longe dos parâmetros do jornal. E uma crítica terrível ao festival da fogueira!

— O quê? Você tem certeza?

— É claro!

— Então pare a distribuição.

— Já foi, não tem mais como parar.

Depois disso, o caos se instalou. Clarice recebeu um punhado de telefonemas ainda naquela hora da manhã — desde a diretora do departamento até o reitor — com o mesmo receio, de que aquela edição desastrosa faria o *The VUR* perder o título de melhor jornal estudantil do Reino Unido mais uma vez. Após cada telefonema, Clarice ligava para Monica e perguntava as mesmas coisas.

— Como você foi deixar isso acontecer?

— Doutora Geller, não sei o que te dizer!

— Essa manchete é um desastre!

— De alguma maneira, a minha revisão não foi publicada. Esse é o original que ele me mandou!

— Esse garoto é o pior jornalista que eu já vi na vida! Ele escreve como se escrevesse ficção. E a matéria da Oliveira... Completamente fora do padrão! Como você deixou isso passar?

— Eu tenho feito o meu trabalho e o trabalho do assistente desde que você colocou Lucas no lugar da Eva. Estou cansada!

— É assim que você me diz que não leu o artigo dela?

— ESTOU SOBRECARREGADA! — gritou Monica ao telefone.

E assim a conversa se repetia todas as vezes que Geller jogava sua frustração em Monica. Em contrapartida, Monica ligava para Lucas, chorando.

— Alguém nos sabotou!

— FOI A EVA! — Lucas gritou.

— Eu vou matar aquela desgraçada! Não acredito que ela fez isso! Por que ela arriscaria perder o cargo de editora-chefe no futuro? E como ela fez isso? Ela mal vai na sua casa!

— Vai ver o Brandon está metido nisso, ele não perde uma oportunidade para me ferrar! Com certeza fizeram isso juntos.

Assim que saiu do telefone com Monica, Lucas entrou como um furacão no quarto do irmão, pronto para quebrar a cara dele até que ele admitisse ter participado daquela sujeira.

— Você e aquela vaca da sua namorada se merecem mesmo! — Brandon se levantou da cama. — Admite que vocês fizeram essa merda! Como foi? Entrou no meu quarto e *hackeou* meu computador, foi isso?

— Exatamente — disse Brandon. — Mas a Eva não tem nada a ver com isso. Na verdade, ela não queria fazer nada. Fui eu e um amigo. Foi fácil para ele, é profissional.

— Por que você faria isso? — Lucas perguntou, incrédulo.

— Por que você aceitou um arranjo idiota desses e pegou o cargo dela, para começar? — Lucas cruzou os braços, irritado. — Que merda, Luke, ela é sua amiga! E que ótimo amigo *você* se tornou.

— Ela estava de licença.

— Ela estava doente.

— Não vou discutir isso com você! — Lucas respirou fundo. — Já não basta tudo o que você fez contra mim? Tinha que fazer isso também...? Eu sou seu irmão, isso significa alguma coisa para você? — Brandon não respondeu e manteve a feição de aversão que Lucas lhe direcionava. — Bem, espero que você esteja muito feliz com sua sabotagem bem sucedida. Porque agora, além de humilhado duas vezes por você, ainda vou perder meu estágio.

Lucas saiu dali sem entender como Brandon podia ser tão cruel.

E Brandon sentou-se na cama pensando que *depois daquilo*, não havia mesmo nenhuma possibilidade de Lucas o perdoar um dia.

Já era a terceira manhã que Eva acordava sozinha e Angelina começou a ficar desconfiada de que tinha acontecido alguma coisa entre ela e Brandon. Mesmo com suas esbravejadas sobre eles estarem morando juntos, não esperava que fossem diminuir a frequência com a qual se viam. Ainda mais num fim de semana.

— Cadê aquele chato do seu namorado para dar uma carona para nós duas, hein? — perguntou enquanto elas tomavam café da manhã.

— Ainda está frio para ir de bicicleta e eu não quero estacionar no campus.

— Ele anda ocupado — respondeu Eva.

— Vocês não brigaram, certo?

— Não, não teve briga.

— Você está estranha. — Eva mordeu uma torrada, tentando ignorar as investidas curiosas de Angelina. — Tem certeza de que está tudo bem entre você e Brandon? Vocês não se desgrudavam, agora estão há três dias sem se ver.

— A gente se fala todos os dias — afirmou Eva, respirando fundo.

— *Okay*, se eu for ser honesta, talvez ele esteja me evitando. Mas ele me manda mensagem e não parece estranho nas mensagens, olha...

Eva tirou o telefone do bolso e mostrou as mensagens para Angelina.

— Parece normal... — Ela deslisou o dedo pelo telefone de Eva. — Vulgar e poético ao mesmo tempo. Como ele consegue?

Eva riu e pegou o telefone das mãos de Angelina.

— Pois é, ele parece bem, mas na hora que eu pergunto se ele vai vir me ver, ele desconversa, diz que está ocupado. Esquisito, não é?

— Um pouco... Vai ver você deixou o garoto esgotado.

Elas riram juntas.

— Talvez.

Houve uma batida na porta e Eva já saiu para atender, dizendo estar ansiosa para ver a edição daquela manhã. O que recebeu foi um jornal jogado em sua cara e a feição raivosa de Monica, seguida de Lucas.

— VOCÊ E SEU NAMORADO ESTÃO FELIZES? CADÊ AQUELE FILHO-DA-MÃE! SEI QUE VOCÊ ESTÁ AÍ, BRANDON! EU VOU TE DAR OUTRA COÇA, SEU DESGRAÇADO! — Monica disse, gritando para a porta entreaberta do quarto de Eva.

— O que vocês pensam que estão fazendo?

— Você é um capacho mesmo dele, não é? — Lucas perguntou. — Faz tudo o que ele quer, com certeza.

Eva estava a ponto de sair dando pontapés em Lucas e Monica. Angelina olhava tudo sem entender nada.

— Eu vou perguntar só uma vez o que vocês estão fazendo aqui!

— Ah, você quer uma explicação... Vamos começar por *você*, Eva. — Monica pegou um exemplar do *The VUR* no chão, abriu na quarta página, limpou a garganta e começou a ler. — *O festival da fogueira, diferente dos anos anteriores, abraçou a pluralidade e a ideia de uma Europa de múltiplas e híbridas culturas que enriquece a beleza desse continente milenar.*

— Monica achou que seria o suficiente, mas não foi. Eva continuava perdida. Então ela leu outra sentença do artigo. — *Okay*, então que tal essa parte... *Depois de ser fortemente criticado no ano passado pelos estudantes internacionais, o festival da fogueira cumpriu com a promessa de tempos de mais tolerância.*

Nada ainda, Eva continuava sem entender. Quando Monica tentou ler a terceira frase, Eva tirou o jornal dela.

— Qual é a porra do problema?

— A *porra do problema*, Eva? — Monica perguntou, incrédula. — Você insinuou que o festival da fogueira aprendeu com os erros e agora é um festival de valor? Você está louca?

Eva cruzou os braços.

— E suponho que você só leu o meu artigo agora, por isso não me censurou antes. — Eva olhou de Lucas para Monica. — Vocês formam uma boa dupla, um acobertando o outro. Mas acho que você está em desvantagem aqui, Monica. Fazendo o dobro do trabalho por uma pessoa que ainda tem o nome da ex-namorada e data do término como senha do computador.

A face de Lucas virou um pimentão.

— Como...? — Ele balbuciou e Eva imitou o gesto dele. — Como...?

— Como sei disso? Quem você acha que entrou no seu quarto e pegou seu original, cunhadinho? Fui eu!

— Brandon disse que fez tudo sozinho e que você não queria.

Eva assentiu, pensando se aquilo tinha alguma coisa a ver com o sumiço do namorado.

— Bom, não sei por que ele disse isso, mas a verdade é que eu tenho tentado entrar no seu quarto e pegar esse original desde que vocês dois me sabotaram, roubaram meu cargo e nem tiveram a preocupação de se desculpar por isso. Agora está feito. — Eva fitou as faces vermelhas e coléricas de Monica e Lucas. — Deve ser muito bom ter um pai para garantir que você vai ser editor-chefe, não é Lucas? Uma namorada para fazer o trabalho pesado... — Eva riu, deixando Lucas ainda mais escarlate. — Você devia me agradecer, sabia? Parece que eu sou a única pessoa que vive no mundo real, disposta a te tirar da sua bolha.

— E você acha que depois disso Geller vai permitir que você concorra ao cargo, Eva? — Monica perguntou, rindo, sarcástica. — Vai sonhando! Não me admiraria se ela conseguisse te demitir de uma vez por todas. Inclusive, vou dizer a ela o que você fez. E pode ter certeza de que vou contar desse tal formulário que vocês estão planejando usar contra ela. Seus dias no jornal estão contados!

Monica pegou a mão de Lucas e os dois saíram do apartamento de Eva e Angelina, deixando para trás só um rastro do que já tinha sido a amizade deles.

Eva esperou dar cinco e quinze da tarde naquela segunda-feira — horário que sabia que Brandon já tinha saído do trabalho — para ligar para ele.

— Oi, *my darling*. Está tudo bem?

— Tudo bem... — Eva soltou um suspiro. — Só estou com muitas saudades de você.

— É mesmo? Você deve estar é cheia de tesão... — Eva gargalhou.

— Sei que *eu* estou. Abre a porta para mim.

— Abrir a porta...?

Assim que Eva fez a pergunta, a campainha soou. Ela se precipitou pela sala e riu quando viu Brandon no corredor.

Um minuto depois, já estava emaranhada a ele. Fecharam-se no quarto de Eva e Brandon a pressionou à parede, beijando seus lábios, bochechas e pescoço. Três dias longe e parecia que eles não se tinham há décadas, o apetite de um pelo outro quase a ponto de subnutrição. Brandon tinha coisas para explicar para ela, mas não conseguiu nem formular frases completas. Tratou de arrancar qualquer adorno do corpo de Eva, afastou as pernas, então degustou e se inundou dos fluidos dela que eram tão entorpecentes quanto qualquer destilado.

Seus lábios se encontraram de novo em um beijo e Brandon segurou Eva pela cintura quando ela abraçou seus quadris com as pernas. O pouco espaço do quarto fez com que eles se esbarrassem em cabideiros, cadeiras, prateleiras, estantes, escrivaninha. E foi nessa última em que Brandon inclinou o corpo de Eva, segurou-a pelos cabelos, e encaixou-se a ela e os dois deixaram seus corpos gozarem de todo o êxtase e exaustão do orgasmo.

Nada era mais embriagante do que segurar o pescoço de Eva, sussurrar um *Três-vezes-feliz, darling?* — então ouvir sua gargalhada, enquanto ele se embrenhava por todos os orifícios do corpo dela de uma vez só. Ele adorava fazer isso, adorava estar por todos os cantos de Eva — e fazia como podia, com o sexo, os dedos e a língua. Só quando estavam satisfeitos e exaustos, eles caíram ofegantes na cama.

Então Brandon explicou seu sumiço.

— Eu não tinha certeza de quando ele ficaria sabendo, então quis estar lá.

— Por que você disse para ele que fez tudo sozinho?

— *Darling*, ele já me odeia. Não queria que ele odiasse você — disse Brandon. — Apesar de estar chateada com Luke, sei que a amizade dele significa muito para você.

Eva beijou Brandon, aconchegando o corpo ao dele.

— Bem, agradeço por tentar me poupar do ódio do seu irmão, mas contei a verdade para ele hoje.

Brandon riu, passando a mão pelo rosto e cabelo.

— Ótimo, agora ele vai dizer que eu menti duas vezes.

Enquanto eles riam, Eva se apoiou no peito de Brandon, aliando seus olhos aos dele.

— Desculpe não ter te contado antes.

— A gente nunca falou disso, acho que era meio que um contrato velado entre nós dois. Mas acho que é bom que a gente prometa agora que nunca vai mentir um para o outro.

Eva sentiu um frio correr sua espinha, enquanto concordava. Os pelos se eriçaram no mesmo instante, mas coincidiu com os dedos de Brandon que subiram pela sua coluna. Sentia-se péssima por estar escondendo dele a verdade sobre Samuel Taylor.

— Então, tudo resolvido?

— Ah, não... Amanhã é que será o pior dia de todos. Amanhã vou encarar a professora Geller. — Brandon fez uma careta de preocupação. — Algum conselho?

— Acredito que você vai saber o que fazer. Só lembra que ainda tem dois anos de graduação. Não quer essa mulher infernizando a sua vida, quer?

Eva concordou com Brandon, sentindo que ele tirara as palavras de sua mente. Precisava agir com muita cautela se quisesse vencer aquela batalha sem deixar a professora Geller se sentir ameaçada. Parecia quase um paradoxo, mas precisava deixar aquela mulher feliz, ou nada daquilo teria valido a pena.

Agora que a edição desastrosa tinha sido um sucesso — para Vivian, Rolland e Eva — mas uma garantia de que o *The VUR* não ganharia o prêmio de melhor jornal estudantil do país, Vivian queria mostrar o resultado da pesquisa para o reitor da faculdade e pedir a exoneração do cargo da Doutora Geller. Insistiu que Eva a encontrasse no gabinete do Doutor Taylor antes da reunião do jornal naquela terça-feira — o que fez Eva quase dar um chilique. Estava tão irritada de precisar ir ao gabinete do pai de Vivian, que Brandon achou estranho.

— Achei que você gostava do Doutor Taylor — comentou, como quem não quer nada.

— É só que esse questionário é uma péssima ideia — desconversou Eva.

Brandon aceitou aquela resposta, porque Eva vinha reclamando daquele tal questionário há meses.

O professor Samuel Taylor comunicou a Vivian e Eva que eles já tinham uma amostra de mais de 60% do corpo estudantil do departamento de Humanidades, o que dava um respaldo muito bom para a pesquisa. Com um riso que causava linhas profundas no rosto dele — e fazia Eva pensar que ele era uma réplica mais velha de Brandon — comunicou que a rejeição da Doutora Geller era histórica, com mais de 97% do corpo estudantil que respondeu à pesquisa afirmando querer a professora fora da universidade.

— Isso é incrível, pai!

— Nunca vi um resultado tão alarmante. Professores já foram demitidos por muito menos — comentou Samuel. — E aquela sessão de relatos, Eva, que foi ideia sua... — Eva suspirou, arrependida de tudo a respeito daquele questionário. — Aquela seção contém informações valiosas que podem até gerar processos administrativos. Temos de coação em sala de aula a relacionamentos sexuais com alunos.

Eva levantou as sobrancelhas, enquanto Samuel visualizava o seu *iPad,* aberto num programa de pesquisas da faculdade onde todas as informações estavam contidas.

— E agora, pai? — Vivian perguntou.

— Agora, vocês marcam uma hora com o reitor e apresentam o caso.

— Ótimo! Vamos fazer isso o mais rápido possível, não é, Eva?

Mas Eva não respondeu de imediato. Passou um tempo fitando os pés.

— Você disse que nunca teve um resultado tão alarmante assim?

— Não — confirmou o professor, satisfeito. — 97%? Isso é histórico.

Vivian estava animada também, assim como seu pai. Mas Eva negou com a cabeça, tinha alguma coisa errada.

— Por que foi tão alto?

— Porque ela é uma megera — retrucou Vivian. — Qual o seu problema, Eva? Não era isso que a gente queria? Ela vai perder toda a credibilidade.

— Você não está vendo, Vivian...? — Eva respirou fundo. — Esse resultado... é porque ela é mulher. — Nem Vivian nem Samuel conseguiram dizer alguma coisa. — Você disse que esse é um resultado sem precedentes. E nós sabemos como as mulheres são sempre mais castigadas nessas pesquisas. A Doutora Geller não leva desaforo para casa. Você diz que a maior parte dos depoimentos expressam má-conduta em sala de aula. Mas quando a gente lê, eles estão a punindo porque ela é muito exigente. Olha esse exemplo... — Eva olhou para as respostas do questionário no seu *iPad.* — *A Doutora Geller não aceitava meus textos e eu fiquei com um F na classe dela; ela dizia que não podia me ensinar a escrever e que eu deveria tentar outro curso.*

— Eva, isso é antiético — disse Vivian.

— Professores homens falam isso para as alunas mulheres o tempo inteiro. E as acusações de que ela dorme com os alunos? Vocês conseguem pensar em alguma coisa mais machista do que isso?

— O que você está querendo dizer, Eva? — Samuel perguntou.

— Só acho que um professor homem carrasco não teria tido um nível tão alto de rejeição, é isso.

— Não interessa, está feito — disse Vivian, enfática. — E você não me venha dar para trás, Eva. Você sabe muito bem que essa é a minha chance de ser a assistente editorial antes da formatura. Então não quero saber! Vou à reitoria com ou sem você. Agora tenho que ir, tenho uma aula.

Vivian se despediu do pai e saiu do gabinete dele em disparada, deixando Eva para trás.

— Eu admiro a sua preocupação, Senhorita Oliveira. Mas está defendendo uma pessoa que não merece, que nunca faria o mesmo por você — disse Samuel.

— Eu sei bem disso. Mas eu tenho um código moral e essa pesquisa vai contra todos eles.

A secretária do professor Taylor ligou e ele atendeu no viva-voz.

— Sim, Vanessa.

— O seu aluno, Brandon Smith, já está aqui.

Samuel sorriu para Eva, que ficou sem graça na mesma hora.

— Ótimo. Pode deixá-lo entrar agora.

O professor manteve um sorriso ao perceber o incômodo pular dos olhos escuros de Eva. Brandon entrou no gabinete e deu de cara com ela. Fitou o professor Taylor, Eva de novo, antes de se voltar para o professor.

— … Eu posso voltar mais tarde.

— Imagina! Te chamei porque preciso falar com você e já estou acabando aqui com a Senhorita Oliveira. Pode entrar.

Brandon entrou, dando uma piscadela discreta para Eva, que não conseguiu disfarçar o sorriso. Quando voltou a fitar Samuel, percebeu que ele os observava com uma leve distensão nos lábios.

— De onde você é mesmo do Brasil, Senhorita Oliveira? — Samuel perguntou.

— Belo Horizonte.

Samuel fingiu uma surpresa e fitou Brandon.

— Quanta coincidência… Essa não é a cidade para onde você está indo? — Brandon tentou disfarçar o sorriso. — Acredita que ele está indo para a sua cidade…? Vai passar o verão lá, fazendo um curso sobre Arte e Pós-colonialismo, o novo interesse dele. Se não conhecesse bem esse meu aluno aqui, diria que ele está sendo influenciado…

— Influenciado por quem…? — Brandon entrou na brincadeira do professor e colocou um braço sobre o ombro de Eva, enquanto ela o abraçava pela cintura.

— É, eu posso ser bem persuasiva… — Brandon beijou o topo da cabeça de Eva, antes de se voltar para seu orientador, que agora tinha uma feição de entendimento no rosto.

— Isso deixa as coisas mais claras.

Eva aproveitou a descontração e disse que tinha que ir embora. Cumprimentou Samuel, agradecendo-o pela ajuda, e recebeu um beijo do namorado. Saiu do gabinete com uma sensação estranha de que era cúmplice de um crime. Odiou participar daquele joguinho, parecia que colaborava com as mentiras de Flora e Samuel.

Era esse o relacionamento que queria ter com Brandon?

Quando Eva fechou a porta atrás de si, Samuel indicou o sofá, onde Brandon se sentou.

— Me diz, há quanto tempo você e a Senhorita Oliveira estão juntos? Eu notei que tinha umas faíscas entre vocês durante o artigo de *Ruskin* ano passado, mas não sabia que estava acontecendo alguma coisa...

Brandon achou aquele assunto esquisitíssimo. Por que, afinal, seu professor queria saber daquilo? Juntou as mãos sobre seus joelhos, um pouco ressabido com o tópico da conversa.

— Ahm... três meses.

— Três meses, que maravilha. E já estão viajando juntos... — Brandon se perguntou se o tom do professor era mesmo de crítica, ou ele estava ficando maluco. — Essa é uma fase boa em qualquer relacionamento e ela é encantadora... — Brandon sorriu. — Não parece ser muito dócil...

— Ah, não mesmo — respondeu Brandon, achando graça.

Samuel sorriu, levantando as sobrancelhas.

— Sabe, Brandon, talvez você ache que isso não é do meu interesse, e desculpe se eu parecer impertinente. — Brandon enrugou as sobrancelhas, interessado em onde aquela conversa estranha pararia. — Mas você é meu... aluno... e eu me importo com você, por isso vou falar mesmo assim. Relacionamentos são coisas complicadas, entende...? Envolvem muitos sacrifícios. Precisamos escolher bem quem nós queremos nas nossas vidas, por que alguém vai ter que fazer essas escolhas difíceis.

Brandon tapou a boca e espremeu os olhos, ainda fitando o orientador com algum interesse, perguntando-se aonde ele queria chegar.

— No mundo ideal, os casais crescem juntos, acham um meio-termo e dividem os sacrifícios. Mas na maior parte das vezes não é bem isso que acontece. Alguém tem sempre que dar mais. — Samuel fitou Brandon com atenção, impressionando-se em como ele camuflava bem os sentimentos. Sua expressão no rosto não dizia nada. — Agora, a Senhorita Oliveira é... linda, sagaz, talentosa e *ambiciosa*. — Então Samuel notou um incômodo na feição de Brandon, quando se referiu diretamente a Eva. — Ela parece ser alguém capaz de causar um impacto no mundo. Talvez até tenha ambições políticas, de certo tem habilidades para isso. Uma mulher assim é difícil de achar... E mais difícil ainda de manter.

Brandon ainda estava calado, por isso Samuel continuou.

— Então, você devia pensar bem se é isso mesmo que você quer... Receio que uma mulher como ela não vai fazer sacrifícios e isso pode ser um empecilho para o seu crescimento pessoal.

Brandon ainda ficou alguns segundos olhando fundo nos olhos de seu professor, antes de soltar uma risada mórbida.

— A minha mãe colocou você nisso?

Samuel tentou disfarçar o máximo que pôde o quanto aquela pergunta certeira de Brandon tinha o incomodado. Levantou as mãos, rindo, como se achasse tudo aquilo um absurdo.

— Sua mãe? Nem conheço bem a sua mãe.

— Não conhece? Vocês não fizeram faculdade juntos? — Brandon espremeu os olhos quando viu o pânico que trespassou o rosto de seu orientador. — E minha avó se lembra de você pelo nome, então, quem sabe, namorados de faculdade...? Talvez até mais do que isso...?

— O que exatamente está me perguntando, Brandon?

Samuel observou bem o homem à sua frente, que nada mais tinha do garotinho que o chamava de *pai*. Ele tinha um sorriso sinistro do rosto, aquele tipo de sorriso que esconde todos os sentimentos. Se sabia de alguma coisa, Brandon disfarçava bem.

— É melhor eu ir embora — disse Brandon, levantando-se num ímpeto. — E sabe, professor, você disse algumas coisas verdadeiras. Primeiro, a minha garota é mesmo linda, sagaz, talentosa, ambiciosa, e eu amo isso nela. Amo que ela tenha tantos ideais. E você também tem muita razão em outra coisa que disse. Isso *realmente* não tem nada a ver com você. Passe bem.

Samuel observou Brandon sair do seu gabinete, arrependido de ter dito aquelas palavras para ele — mesmo que, no fundo, soubesse que tinha falado a verdade.

Eva foi para a reunião do jornal mais cedo, disposta a conversar com a professora Geller. O questionário — bendita hora que ela tinha concordado com Vivian — não saía de sua cabeça. Ficava remoendo e reavaliando as perguntas — *Como você avalia a postura da professora Geller em sala de aula?*, ou *Você já sentiu que foi mal avaliado pela professora Geller?*, ou *A professora Geller já te fez se sentir coagido?*, ou *A professora Geller tem domínio sobre sua área de conhecimento?* e coisas do tipo. Era evidente para Eva que aquele resultado alarmante de rejeição era porque Geller era uma mulher.

A professora parecia esperar por ela, a porta da sala estava até aberta.

— Ora, ora, se não é a pessoa responsável pela nossa edição desastrosa...

Eva sentou-se em frente à professora, sorrindo.

— Não sei do que você está falando. — Eva levantou os ombros. — Desastroso para mim é colocar um jornalista mal treinado num cargo de responsabilidade. Desastroso é aceitar um comboio só porque um Smith não pode passar por aqui sem deixar rastros. Desastroso é...

— Já entendi — disse Geller, irritada. — Sei que você não estava feliz com o arranjo, mas você fez uma grande besteira. O *The VUR* era o preferido este ano para ganhar o prêmio de melhor jornal. Isso é bom para todo mundo, Oliveira, inclusive para você.

— Doutora Geller, será que você não vê? — Eva se inclinou na mesa. — O *The VUR* era favorito porque *eu* ganhei o prêmio de melhor artigo ano passado. — Geller revirou os olhos. — E você foi e tirou o meu cargo de mim sem pensar duas vezes.

— Bem, *você* devia ter pensado duas vezes antes de se ausentar por um mês.

— Eu não estava bem, vomitava de duas em duas horas, eu perdi trinta quilos, Doutora Geller. — A professora revirou os olhos de novo. — Eu precisava desse tempo.

— Acho que isso só mostra que você não consegue lidar com a pressão, Oliveira.

— É, *você* não tem nada a ver com isso — retrucou Eva, em tom de ironia. — Você *não* fez ser quase impossível para mim no primeiro ano. Mas sabe...? Acho que eu deveria te agradecer, no fim das contas... — Geller enrugou as sobrancelhas, sem tirar os olhos de Eva. — Eu achava que se fizesse tudo que vocês queriam, eu seria aceita. Então eu me adequei a você, fiz tudo o que você quis este ano, a custa de uma carga emocional muito forte... E para quê? — Eva riu, mantendo o contato visual com a professora. — Para você me tirar de cena na primeira oportunidade. Então, de verdade, obrigada... Obrigada por me fazer lembrar que não importa o que eu faça, eu nunca serei aceita, nunca farei parte do grupo. E obrigada também por me lembrar que eu *não quero* fazer parte do grupo. Pelo menos não enquanto ele seguir esses mesmos parâmetros retrógrados.

A professora Geller se levantou, irritada, e deu alguns passos ao redor do gabinete.

— Isso não vai nos levar a lugar nenhum. — Ela parou de frente para a mesa de escritório, apoiando as mãos ali para fitar Eva. — Suponho que você veio aqui para exibir sua vitória. Provável que vá se gabar de como um certo questionário que está rondando os corredores da faculdade destruirá a minha carreira para sempre.

— Não, isso é o que *você* faria.

Geller riu uma risada irônica e perversa.

— Deixe-me adivinhar... Você acha que a pesquisa é machista e julga ser antiético destruir a minha carreira por isso. — Eva se irritou quando a professora Geller começou a rir, mas não podia dizer que estava surpresa. — Oliveira... você é FRACA... como o seu pai.

— O quê? O que meu pai tem a ver com isso, Doutora Geller?

Observando o sorrisinho sinistro da professora, Eva se perguntou se alguma coisa tinha acontecido entre a professora Geller e seu pai no passado. Era muita falta de sorte, até mesmo para ela, que tinha sua cota de bizarrices nessa vida.

— Vocês dois... dois fracos, querendo sempre agir com *ética* — disse, revirando os olhos, antes de se aproximar de Eva. — Você entende o que está fazendo? Poderia pegar essa pesquisa, levar na reitoria, mostrar como os coordenadores do *The VUR* têm deturpado a verdadeira missão do jornal, e pronto, estaria livre de todos nós.

— Isso vai contra o que eu acredito. Os professores não são o problema do *The VUR*. Se tudo funcionasse bem, vocês estariam nos ensinando. O jornal não seria um lugar que colabora com esse patriarcado imperialista, capitalista de supremacia branca... — A professora Geller revirou os olhos de novo. — Vocês veem o jornal como um campo de guerra, um desfile de celebridade, e vocês instigam a nossa rivalidade.

— Está vendo? Fraqueza.

— O que você chama de fraqueza, eu chamo de integridade.

A professora Geller suspirou e voltou a se sentar.

— Achei, por um momento, que você podia ter aprendido alguma coisa aqui, mas me enganei. — Geller cruzou os braços. — Suponho que você tenha algumas exigências para não ir a público com essa pesquisa.

— Quero que você restitua o meu cargo e me apoie na eleição para que eu seja a editora-chefe ano que vem. Isso tem que ser feito o mais rápido possível. Hoje na reunião, de preferência.

— Naturalmente.

— Se eu for eleita... — Geller riu com desdém, como se aquilo fosse óbvio. — Se eu for eleita, quero a sua aprovação para uma nova seção no jornal. Uma seção de crônicas, contando de uma forma criativa como é um dia na vida dos universitários de Vienna. Por exemplo, um dia na vida de um estudante de Jornalismo, de um estudante de engenharia, um dia na vida de um aluno fazendo as provas finais.

— Interessante — disse Geller, honestamente. — Quem vai escrever?

— Lucas Smith. Ele não é um jornalista, é um escritor. E um dos bons. Vocês nem pensaram nisso, poderiam ter feito uma sessão para ele. Mas não, preferiram me tirar do jogo, porque é mais fácil me excluir, já estão muito acostumados a fazer isso.

— Ai, quanto drama, Oliveira — reclamou Geller. — Quem vai ser o seu assistente editorial?

— Vivian Taylor.

Geller forçou uma risada mórbida.

— Por que eu acho que ela e seu charmoso pai estão por trás desta pesquisa? — Eva não respondeu e nem precisou. — Mais alguma coisa?

— Mais algumas coisas, *sim*. Você não vai punir a Monica pela edição desastrosa, vai escrever as cartas que prometeu a ela. Também não vai mais perseguir ninguém, censurar ninguém. — A feição da professora estava indecifrável, mas Eva continuou. — E, por último, quero o Marshall fora do jornal.

— Certo — concordou Geller, sem pestanejar. — E você quer que eu continue sendo a coordenadora? — Eva levantou os ombros, como se não se importasse. — Porque esse acordo pode parecer um pouco humilhante para mim, se você me entende. Todos vão saber que eu voltei atrás e concordei com todas as suas demandas.

— Realmente não me importo com isso.

— Entendo. — Geller sorriu um sorriso tenebroso, que Eva temeu um pouco. — Vou atender a todos os seus pedidos, Oliveira. Mas saiba que isso não vai ser esquecido, e ainda vai chegar o dia que você vai lembrar dessa pesquisa e desejar ter mostrado para a reitoria e se livrado de mim, para sempre.

A professora cumpriu a promessa e, durante aquela reunião, disse que todos deviam deixar a tal "edição desastrosa" para trás e se concentrar em fazer um trabalho melhor até o fim do semestre.

— E para isso, estou restituindo a Senhorita Oliveira como nossa assistente editorial e espero que ela ainda se candidate ao cargo de editora-chefe no fim do semestre. Ela tem *todo* o meu apoio.

Eva sentiu a amargura nas palavras da professora, mas foi a única. Vivian Taylor sorriu para ela, vitoriosa. O resto, parecia meio abobado, sem entender o que estava acontecendo.

Mesmo com a ameaça que pareceu bem honesta, Eva fez o que deveria ter feito logo quando aquela pesquisa começou. Foi ao site da universidade — que eles usaram para fazer a pesquisa — e apagou todas as milhares de respostas que haviam conseguido. Talvez, sim, fosse se arrepender de ter feito aquilo. Mas se arrependeria de consciência limpa por não ter acabado com a carreira de ninguém. Muito menos de uma mulher.

Capítulo 30

Ausência

NA MANHÃ ENSOLARADA DO dia trinta de março, Eva acordou com vinte e três anos, recebendo uma massagem no pé. A luz do sol iluminava o quarto, e da beirada da cama ela tinha uma vista privilegiada de Brandon, sentado na outra ponta, coberto da cintura para baixo, tocando seus pés, panturrilhas e joelhos.

Como quase todos os dias daquele mês, tinham acordado juntos, naquele quarto. A presença de Brandon na vida dela era algo incomparável para Eva, quando pensava em seus relacionamentos anteriores. Ele tinha abraçado todos os seus amigos, a sua rotina, tudo o que fazia parte da vida dela e, de uma maneira maluca, encaixou-se tão bem naquele meio que parecia que sempre estivera ali.

Aos poucos, foram quebrando todas as barreiras físicas entre eles. Tiveram de lidar com roncos noturnos, o mau-hálito da manhã, idas ao banheiro — enquanto o outro estava no quarto —, câimbras, infecções urinárias, menstruação e até os infames gases. E a cada barreira física que quebravam, a familiaridade e a proximidade aumentavam, tornando cada pedaço deles parte incondicional da vida do outro.

— Não consegui comprar um presente para você. — Eva levantou as sobrancelhas, sem controlar o riso.

— Que tipo de namorado você é?

— Queria que fosse uma surpresa, mas você não desgruda de mim.

— Cretino. — Ela tentou empurrá-lo com o pé, mas Brandon foi mais rápido, pegando-o e beijando-o logo em seguida.

Eva se afundou no edredom. Brandon sorriu ao ver o corpo dela se enclausurar ali, como borboleta prestes a deixar o casulo. Encaixou-se nele, as pernas entre o quadril, submergindo os dois na coberta-casulo.

Quando Brandon tirou o edredom de cima deles, Eva tremeu de frio e ele riu. Tirou também os espessos cabelos dos ombros e tocou seus seios.

— Me dá um de seus *post-it* ali e uma caneta. — Eva inclinou o corpo para trás e pegou o bloco de papel adesivo e a caneta sobre a escrivaninha. Brandon escreveu alguma coisa ali, apoiando o objeto contra o peito de Eva. — Toma, seu presente de aniversário.

Eva custou a ler a letra maltrapilha naquele *post-it* — *Vale aulas de direção até você aprender a dirigir, ou a gente brigar.* Ela riu, certa de que a briga viria antes de ela aprender a conduzir um veículo.

— Ótimo presente! Bem útil — disse, antes de beijá-lo.

— O que quer fazer hoje, aniversariante?

— Pensei que a gente poderia…— Eva parou de falar assim que ouviu um barulho vindo do lado de fora do quarto. Reconheceu a voz de Alli e de Angelina, sussurrando que *tinham que ficar quietas.* Quando se voltou para Brandon, ele tinha um olhar revelador no rosto. — É sério?

— A ideia foi da Angelina — mentiu.

— Ela sabe que eu odeio festa surpresa. Por que ela faria isso?

— Bem, não é mais surpresa. — Brandon beijou o pescoço de Eva. — Finge que você não sabe, está bem? Ela fez tudo com muito carinho.

— *Okay…*— Eva respirou fundo. — A sua função é me manter aqui até que tudo lá fora esteja pronto?

Brandon sorriu, antes de consultar o relógio de pulso.

— Ainda temos uns trinta minutos. Acho que eles esperam que a gente faça um sexo matinal.

— Bem, não vamos desapontá-los — disse Eva, antes de rodar os braços no pescoço de Brandon e beijar os lábios dele.

Alli ficou alguns instantes grudada do lado de fora da porta do quarto de Eva, enquanto Angelina sussurrava, perguntando se podia ouvir alguma coisa, e se Eva já estava saindo de lá.

— Está tudo bem, eles estão transando. — Alli voltou para perto de Angelina. — Ela é barulhenta, como você aguenta isso?

— Tenho um sono pesado.

Elas seguiram arrumando o café-da-manhã de aniversário que Brandon — com a ajuda de Angelina e Alli — tinha planejado para Eva naquele sábado. Algumas pessoas já começavam a chegar e ficaram todos conversando aos sussurros ao redor da sala do apartamento.

— Então, ele passa todas as noites aqui?

— Todas as noites. Já falei com ela várias vezes sobre isso. Não sei como as coisas vão ser semestre que vem.

— Vocês três vão continuar morando juntos?

Angelina fingiu achar graça de Alli.

— Não quero, de jeito nenhum, essa situação no próximo semestre. Prefiro não morar com ela.

— Vocês precisam resolver isso logo! Sabe como esta cidade é. Se não renovarem o contrato até o fim de abril, perdem o apartamento. E pior, podem não achar outro lugar para alugar se demorarem muito para se decidirem.

— Eu sei, tenho que conversar com ela. Entendo a situação deles. A mãe dele não gosta dela, então ela não se sente confortável em ficar lá. E não é como se eles me atrapalhassem, ele é uma ótima pessoa. — Angelina riu para a cara de desconfiada de Alli. — O pior de tudo é que ele é mesmo, acredite se quiser…

Inclusive, devo dizer que tinha sido uma agradável surpresa para Angelina. Diferente de tudo o que pensava que sabia sobre Brandon, ele era uma pessoa muito calma, positiva, que tinha um bom-humor, simpático mesmo. Tudo bem que Brandon se achava a última bolacha do pacote, era muito vulgar, e sempre queria ser o centro das atenções. Mas, muitas vezes, à noite, quando ela, Brandon e Eva sentavam-se para ver um filme ou comer alguma coisa e tomar um vinho, eles riam e se divertiam juntos.

— Então o que eles fazem que te incomoda tanto? Sexo selvagem? Brigas?

— Sim, eles fazem sexo o tempo inteiro, mas não brigam. Tipo, nunca.

— Nunca? Isso é sério? — Alli perguntou, incrédula.

— É muito sério! Quer dizer, eles estão sempre discutindo, mas de um jeito diferente, fazendo piada um do outro.

Alli moveu a cabeça para cima e para baixo, segurando o riso, como quem pega no ar algo constrangedor que o outro quer disfarçar.

— Bem, deve ter algo que está te incomodando — pressionou Alli.

— Sei lá, ele fuma muito. Cigarro, maconha, essas coisas.

— Nenhuma surpresa aí.

— Mas também não é isso, porque ele nunca fuma dentro do apartamento. E ele não cheira a cigarro ou maconha, como você já deve ter percebido. — Alli concordou, mordendo os lábios, demonstrando satisfação pelo cheiro de Brandon. — Realmente não sei por que estou tão incomodada.

Alli espremeu os olhos para Angelina, dispondo os copos na bancada da cozinha.

— Tem certeza de que não sabe?

— O que você quer dizer?

— Será que seu incômodo é algo que eles fazem ou algo que eles passam, tipo uma sensação de que eles se dão bem, que o relacionamento deles pode ter futuro e que eles apreciam a companhia um do outro…?

Alli não precisou continuar falando porque a cara de você-me-pegou-cometendo-o-grande-crime de Angelina deixou tudo bem claro.

— Angel, tudo bem se você está com uma invejinha da Eva.

— Eu estou feliz por ela. — Alli levantou as sobrancelhas. — Tipo, 80% feliz e 20% com inveja.

— Jura? Eu estou mais 70-30 — disse Alli, fazendo Angelina rir.

— Tudo bem, confesso, estou mesmo 60-40 — admitiu Angelina, tampando o rosto com a mão. — Sou uma péssima amiga!

— Você não é não, é a melhor amiga que a Eva podia ter. — Angelina fez um beicinho, relutante para acreditar naquilo. — Só quer para você o que ela está sentindo e não tem nada de errado nisso. Todo mundo quer se apaixonar e viver essa sensação de flutuar sem sair do lugar. — María Ana passou por ali e disse que o pão de queijo estava cheirando, e Alli pediu para que ela olhasse. Então se inclinou para mais perto de Angelina. — Pensei que você e a Mary estavam bem.

— Nós estamos bem! Está vendo…? Por isso que não dá para ficar perto desses dois. Eles desafiam o que eu acho que sinto pela minha namorada! Isso é péssimo!

Alli fez um gesto de afirmação com a cabeça.

— Sabe, Angel, a paixão vai embora com o tempo... Você vai ver, daqui a alguns anos, Brandon e Eva vão estar como qualquer outro casal de namorados, isto é, se odiando. — Angelina riu. — Talvez eles demonstrem mais paixão agora porque as coisas demoraram para acontecer entre eles. Mas é quando a paixão se esvai que descobrimos se existe um relacionamento ou não.

— Por que você está tentando explicar isso de maneira racional? Esperava isso de qualquer um, menos de você. Não é esse o amor que está transbordando nos romances e que nós queremos tão desesperadamente? — Alli riu, lembrando-se da sua aula inaugural. — Mas é sério, Alli... Quais são as chances do *Senhor Bingley* se mudar justamente para perto da *Jane Bennet*? Não tem algo que transcende o nosso entendimento do mundo nesses casos?

Alli levantou os ombros, sem saber bem o que dizer.

— Angel, se você for acreditar na literatura como uma caixa de Pandora para entender o amor, e acreditar que as pessoas se encontrarem não é um acaso, e que elas são atraídas por algo cósmico que as unem de uma maneira que transcende o nosso entendimento, então vai ter que aceitar que encontrar essa coisa que transcende é muito difícil e que a maior parte das pessoas vão passar a vida sem isso. — Angelina respirou fundo, sem querer acreditar que aquilo era verdade. — Pense, se existe um poder cósmico de unir almas gêmeas, então as chances de você encontrar a sua são escassas... Muito escassas. E imagina se não for a hora certa, o quanto isso seria doloroso? Prefiro acreditar que nós fazemos nossas escolhas, e se há algo que transcende, então isso pode ser sentido em relação a qualquer pessoa, porque é uma construção, entende...?

Angelina cruzou os braços, achando irônico Alli pensar daquele jeito.

— E quando você conheceu o Marcos...? Foi isso que você sentiu? Uma construção? — Alli respirou fundo, sem saber como aquele assunto tinha chegado no seu marido, tranquilo lá no Brasil. — Uma construção de um sentimento que em menos de um ano fez você ir embora com ele para outro país? É isso?

Alli escondeu os lábios.

— Você tem razão, não foi uma construção, de verdade. Eu só me apaixonei e larguei mão de tudo para viver aquele amor... Mas eu tinha vinte e um anos, Angel... Agora, aos trinta e três, te digo que é diferente. Não acredito mais que o Marcos é a minha cara-metade, minha alma gêmea. Agora eu acredito que se quiser construir algo com outra pessoa, eu posso fazer isso, mesmo sem aquele arrebatamento que senti ao conhecer o Marcos.

Angelina entendeu tudo e mais um pouco naquela explicação. Parecia que Alli estava mesmo disposta a se separar do marido e construir algo novo com outra pessoa, com o Doutor Band, mais provávelmente. Embora ainda faltassem pedaços para aquela história fazer sentido para Angelina, absorveu o conselho como um aprendizado para a vida. Apesar de que, naquele momento, teve muito medo de que *ela* fosse ser essa pessoa que nunca se apaixonaria.

Alli olhou para a porta do quarto de Eva quando notou movimentos vindo de lá, seguidos do som do chuveiro. Dana, mesmo de mau-humor, aceitou quando Angelina pediu ajuda para acabar de arrumar tudo. María Ana trouxe os pães de queijo e também ajudou a arrumar a mesa do café da manhã brasileiro.

Eva e Brandon saíram do quarto de banho tomado e vestidos, com Eva a fingir uma surpresa, de forma bem fajuta, o que deixou claro para todo mundo que ela já sabia da festinha. Aproximou-se da mesa, atraída pelo cheiro.

— Ah, meu Deus, o que é isso? — Eva apontou para o pão de queijo na mesa. E depois viu o *Toddy*, o suco *Tang*, o café *Três Corações*, o bolo de cenoura com cobertura de chocolate, a baguete francesa, a coisa mais perto de um pão de sal que se achava naquelas regiões. — Isso é um café da manhã brasileiro — disse, emocionada. — Angel, você é demais... Tem até brigadeiro!

Angelina e Alli se olharam e enrugaram as sobrancelhas.

— Eu só abri a porta. Alli foi a Londres comprar essas coisas brasileiras e fez os pães de queijo e o bolo. Agora, a ideia e os custos foi tudo coisa do seu namorado.

Brandon levantou as mãos quando Eva olhou para ele.

— Não briga comigo — disse, rindo. — É que desde o festival você não para de falar da comida brasileira. Não calava a boca sobre o que comia em cada refeição lá. Achei até que você estava tentando me passar algum tipo de mensagem.

— Ai, Brandon, o que você quer? O troféu de *melhor-namorado-da-Eva*, é isso? Pronto, conseguiu. — Eva abraçou Brandon pela cintura e recebeu um beijo no topo da cabeça.

— Enfim, você reconheceu isso.

Eva estava feliz demais e cumprimentou todo mundo, um a um. Todos que a conheciam — os que gostavam dela, é claro — estavam ali, exceto... Eva fitou os rostos conhecidos presentes na sala, e não achou nem Monica, nem Lucas. Ela soltou um suspiro forte; Brandon notou e a abraçou pelo ombro, beijando seu rosto.

— *Sorry, darling.*

Eva sorriu, tristonha, acariciando o braço dele. Sabia bem que aquela situação era inevitável, mas não teve como não sentir aquele vazio. A ausência de Lucas ocupou todo o recinto.

Mas esclareço que a comemoração do aniversário de Eva continuou mesmo sem Lucas. Ela conversou com Phillip e Marcelo, que também tinham destino confirmado para o Brasil no verão, e já combinaram diversos intercâmbios Belo-Horizonte-São-Paulo. Ludmila se animou e disse que também tentaria visitar os pais em Santa Maria, só para participar do rolê. Outra brasileira que apareceu por lá foi Mariana, mas só para levar Zooey; disse logo que tinha que cuidar de Jason aquele sábado.

— *Você só pode estar brincando* — reclamou Eva, antes de se certificar que Brandon não estava perto para ouvi-la falar mal de Flora. Eva tinha certeza de que sua sogra maquiavélica fizera aquilo para que Brandon precisasse levar Zooey para casa. — *Ela sabe que é meu aniversário, não sabe?*

— *Acho que Zooey deixou escapar.*

— *Ai, aquela mulher, Mari... Ela ainda vai mandar me matar.*

— *Não tem um dia que ela não reclama que Brandon não está lá.* — Eva e Mariana riram juntas. — *Nunca a vi tão irritada com alguém. Boa sorte.*

— *Obrigada, vou precisar.*

A comida de café-da-manhã fez sucesso, assim como o forró que Marcelo pôs para tocar no rádio *bluetooth*. Brandon teve de ver Eva e Marcelo dançando de novo, mesmo que aquilo fizesse sua cabeça doer. As poucas pessoas sentadas ao redor do apartamento falavam sobre assuntos diversos, com bom humor, e o clima não podia estar melhor. Eva olhou nos olhos de cada um de seus amigos, riu de Ludmila tentando explicar para Zooey, num misto de português e inglês, porque chamava Brandon de *galego*, e de Marcelo e Angelina conversando sobre como odiavam o *The VUR* e fazendo planos para ele voltar no programa de entrevistas de Angelina no *Vienna Channel*. Soube ali que, sem aquelas pessoas, a vida não seria a mesma.

— Eu acho que a Eva se daria muito melhor no *Vienna Channel*. — Angelina comentou, fazendo Eva revirar os olhos. — Inclusive, o professor Lockhart gostou muito de você desde que te viu na festa do *Vienna Channel*. E eles vão abrir processo seletivo para a vaga do Jim, Eva. Você devia tentar.

— Imagina se eu vou pegar a vaga do Jim depois de tudo que aconteceu! — Eva riu. — Capaz desta cidade maluca falar que eu fiz tudo de propósito. Não, obrigada.

— Eva vai ser a próxima editora-chefe do *The VUR,* e tenho certeza de que vai fazer história. — Brandon comentou, fazendo as pessoas entoarem um "aaawww" uníssono, quando os dois se beijaram, exceto Dana que virou o rosto numa feição de amargura.

— Olha, pessoas só fazem história se elas são muito boas, ou muito ruins — cutucou Marcelo, fazendo todo mundo rir. — Sei lá, Eva. Acho que se você for entrar para a história desse jornal, vai ser pela segunda opção.

— Então... vocês vão viajar juntos este verão, mas o que o próximo semestre aguarda? — Phillip perguntou. — Quero saber se vai ter casamento...

— Ai, até parece! — Eva retrucou.

— A gente só vai morar junto mesmo — Brandon disse, quase que no mesmo instante, e eles se olharam.

— O quê? — Angelina perguntou. — Vocês vão morar juntos?

Eva fechou os olhos, sem acreditar que Brandon tinha aberto sua boca de caçapa, antes dela conversar com Angelina. Fitou a amiga com uma feição de foi-mal-não-ter-te-contado-mas-é-verdade.

— É... — Eva respirou fundo, fitando os olhos arregalados em direção a ela e Brandon. — Nós vamos... — Então Eva fitou Angelina. — Eu ia te contar.

Angelina levantou as sobrancelhas e forçou um sorriso.

— É mesmo? Quando você ia fazer isso, posso saber? Porque parece uma coisa bem importante para se falar para a sua colega de apartamento.

— Também acho. — Alli comentou, dando suporte à Angelina.

O clima ficou tenso e Eva sorriu, tentando não fazer alarde.

— Ai, gente, nossa, não é como se eu estivesse escondendo nada de ninguém, não! — Eva disse, entre uma risada ou outra. — Quanto drama!

— Drama? — Angelina forçou uma risada de novo. — Uau!

— A gente pode conversar sobre isso depois? — Eva pediu.

— Angel e Eva... — Alli chamou a atenção das duas. — Vocês precisam de um tempo para conversar sobre isso? Porque a gente pode sair e deixar vocês a vontade...

— Acho que é melhor você ficar na sua, Alli — retrucou Eva, num tom de irritação.

— *Hey*, só estou tentando ajudar. Você é quem está *escondendo* informações da sua colega de apartamento, não eu.

— Eu não estou *escondendo* nada da Angelina. — Eva aumentou o tom de voz e ignorou quando Brandon disse qualquer coisa no ouvido dela, pedindo para que ficasse calma. — Engraçado você falar qualquer coisa sobre "esconder" informações de alguém, Alli. Quanta hipocrisia!

— O quê? Do que você me chamou?

— É isso mesmo que você ouviu, hipócrita!

— Nossa, Eva, você é um caso perdido mesmo. — Alli se levantou, irritada. — Nem no seu aniversário você consegue agir como uma pessoa um pouco normal, e só relaxar, sem precisar ter a razão sempre.

— Gente, vamos acalmar, vai... — Brandon pediu, e todos os convidados concordaram.

Ignorando os pedidos para que elas parassem de brigar, Eva se levantou.

— Ah, porque você é a madura aqui, não é, Alli? Incrível a sua cara de pau, me criticando, dizendo que eu estou escondendo coisas da Angelina, quando você tem um namorado que não sabe que você é casada. — Alli fechou a cara, uma fera. — E talvez um marido que não sabe que você tem um namorado. Bom para você. Parabéns pela sua maturidade! — Eva bateu palmas, sarcástica.

— VOCÊ NÃO FAZ A MÍNIMA IDEIA DO QUE VOCÊ ESTÁ FALANDO! — Alli gritou, levantando o dedo para a cara de Eva, e recebeu um tapa em sua mão.

— TIRA ESSE DEDO DA MINHA CARA.

— Sabe, por que você não experimenta estar na minha pele para você ver como é bom? — perguntou Alli, fazendo María Ana se levantar e tentar puxar a amiga para fora daquela discussão.

— Alli, vamos embora, vai... Depois você e a Eva conversam.

— Não, ela se acha muito esperta, muito honesta, a dona da verdade, mas vai ver o que é ter um relacionamento real logo. — Então Alli se desvencilhou de María Ana e fitou Eva. — Só assim você vai ter o direito de falar qualquer coisa comigo. Quando não for mais só sexo a qualquer hora do dia, quando vierem as demandas de verdade, quando vocês tiverem de lidar com o pior lado um do outro... — Então Alli soltou um suspiro, sem desviar os olhos de Eva. — E, *realmente*, eu *não* desejo que você e Brandon passem pelo que eu e o Marcos passamos, não desejo que ninguém aqui saiba o que é perder um filho.

Eva estava prestes a responder quando ouviu aquilo e se calou. Brandon tinha se levantado também, segurou-a pelos ombros e disse qualquer coisa em seu ouvido, de que aquilo tinha ido longe demais.

— Eu vou embora, boa festa para vocês — disse Alli, antes de pegar sua bolsa e sair de lá a passos firmes, seguida de María Ana.

Eva se virou para Brandon e colocou a mão no bolso dele, tirando de lá o maço de cigarro.

— Preciso de um pouco de ar, gente, licença.

Eva já estava no terceiro cigarro quando Dana chegou e sentou-se ao seu lado, num banquinho do lado de fora do bloco do apartamento. Estavam debaixo de uma árvore cujas folhas começavam a brotar depois do longo inverno.

— Por favor, me diz que todo mundo foi embora.

— Não, não foram — respondeu Dana. — Mas Brandon está mantendo todo mundo focado nele, não se preocupe. Inclusive, ele é ótimo nisso.

Eva exalou forte, sentindo aquele criticismo que fazia parte das falas de Dana nos últimos tempos.

— Então... você pegou pesado, hein... Não entendi por que você agiu daquele jeito, tão na defensiva... Não achei que ela estava te julgando. — Eva riu, amassando o cigarro no cinzeiro ao lado do banquinho. — Qual é a graça?

— Nada.

— Qual é, Eva... — Dana empurrou Eva com os ombros, fazendo-a rir mais. — Fala logo, vai...

— Dana, *você* está super na defensiva comigo há meses. — Dana levantou as sobrancelhas, quando Eva voltou a fitá-la. — Bem irônico você vir aqui falar que eu agi na defensiva com a Alli.

Sem saber o que dizer, Dana cruzou os braços e fitou os próprios pés. Viu que Eva se virou no banquinho e sentiu um frio correr a espinha quando essa tocou uma de suas pernas. O rosto ficou quente e teve vergonha de voltar a olhar para Eva. Devia estar igual a um pimentão de tão corada.

— Está tudo bem entre a gente? — Eva observou Dana morder os lábios. — Isso ainda é sobre o Jim? Eu sinto muito que as coisas aconteceram do jeito que aconteceram, mudaria tudo se pudesse... — Eva viu Dana negar com a cabeça, em movimentos rápidos. — Puxa, então o que é, Dana? Você está muito estranha comigo e eu quero muito que a gente volte a ser amigas e...

Eva parou de falar quando sentiu a boca na sua, a mão segurando seu pescoço e a língua quente entre seus dentes. Os lábios de Dana eram suaves e a pele macia — diferente da barba de Brandon que a pinicava e fazia seu rosto arder. Quando viu, já retribuía às investidas de Dana e levou um segundo para se tocar e se afastar um pouco. Quando o beijo acabou, elas se olharam em silêncio. Então Dana se afastou, as mãos estáticas largaram o pescoço de Eva e os olhos azuis se arregalaram.

— Ah, meu Deus, eu te beijei. — Eva assentiu, escondendo os lábios. Dana fitou todos os lados, constatando que elas estavam sozinhas. Mesmo não tendo ninguém ali, virou-se para Eva com o mesmo desespero. — Eu te beijei... eu te beijei *mesmo*... Ai, meu Deus! O que eu fiz? — Ela perguntou com a mão na boca.

— Está tudo bem — disse Eva, quando Dana se levantou do banquinho, segurando os cabelos vermelhos com desespero.

— Eu estou louca, o que está havendo comigo?

— Dana, calma...

— Eva, desculpa... — Dana fitou Eva com os olhos marejados. — Não sei o que deu em mim, eu tenho tido esses pensamentos... esses sonhos...

— Sonhos?

— Ah, nada, esquece! — Dana colocou a mão no cabelo de novo, tentando conter a vontade de gritar. — Esquece que eu fiz isso!

Eva concordou com a cabeça.

— É um pouco difícil, mas acho que *tenho* que esquecer. Tenho um namorado, como você sabe...

— Do que você está falando? Você acha que eu quero alguma coisa com você? Acha que eu sou gay? — Então Dana colocou a mão na testa. — Ah, meu Deus, isso significa que eu sou gay?

— Dana, você está surtando! — Eva se levantou, aproximando-se da amiga que segurava o rosto quente. — Sim, você me beijou, mas fica tranquila, está tudo bem. — Eva observou a amiga se abanar e respirar fundo. — Isso, pronto, passou. Foi um bom beijo.

— Isso não ajuda, Eva. — Passaram um segundo se olhando e então riram juntas. — Desculpe estar ríspida com você, não sei bem como lidar com o que estou sentindo. Passei por ódio, raiva, inveja... — Dana respirou fundo. — Na verdade, muita inveja...

Eva levantou as sobrancelhas, admirada com a sinceridade de Dana.

— Está tudo bem.

— Não, não está. Sei que tenho te tratado mal, mas fico pensando em você, querendo ser como você, sabe...? — Dana disse rápido, como quem vomita palavras. — Acho que tudo isso, as coisas com Jim, e agora você e Brandon... Tudo isso me deixou confusa.

— *Okay*, mas não vai ficar ainda *mais* estranha comigo por causa desse beijo, vai?

— Não, claro que não.

— Tem certeza?

Dana demorou para responder.

— Eu não vou mentir para você e dizer que agora que eu falei, a inveja sumiu. Na verdade, não mudou nada, ainda está aqui, ainda quero ser como você, quero ser desejada como você é...

— *Desejada?* — Eva riu e balançou a cabeça de forma negativa. — Supersexualizada você quer dizer... — Dana ficou alguns segundos ainda olhando para Eva, como quem não consegue seguir o pensamento. — Dana, você não é uma idiota. Você sabe muito bem que eu sou super assediada nesta cidade, e não tem nada de bonito nisso. Entendo que você não quer ser infantilizada, mas acredite, você não quer ter os homens te olhando como um pedaço de carne.

— É claro que não, desculpe, não sei o que estava pensando.

— O que você quer é afetividade, quer ser amada, todo mundo quer...

— Isso... Exatamente isso.

— Mas não se engane, isso não tem nada a ver com o tamanho do meu sutiã, ou com a forma dos meus quadris. E certamente não tem nada a ver com a sua aparência também.

— Eu sei disso. — Dana respirou fundo, cruzando os braços. — Quer dizer, na teoria tudo faz sentido, mas...

— Mas na vida real é diferente, eu entendo isso. Nas nossas interações é tudo muito mais complexo mesmo. Só que enquanto você não conseguir se livrar desse tipo de pensamento, você não vai encontrar a afetividade que está procurando. Porque ela não vem de fora, não vem dos que os outros vão te dar. — Eva apontou para o peito de Dana. — Vem daí de dentro, de você... No momento que você souber quem você é e gostar de quem você é.

Dana sorriu.

— Isso é o que é mais incrível em você, sabia? Você sabe quem você é, você ouve seus instintos, e mais do que tudo, você não liga para o que ninguém diz. E eu quero isso, quero ser assim.

Eva assentiu e segurou os ombros de Dana.

— Bem você seguiu seus instintos e me beijou, acho que está no caminho certo. — Dana riu, o rosto mais vermelho que um tomate. — Agora, a gente se abraça, ou você vai me agarrar de novo?

— Ai, deixa de ser ridícula! — Rindo, elas se abraçaram. — Está vendo, nem te agarrei! Você não é tão irresistível assim...

— Você diz isso, mas aquele beijo foi bem intenso...

— Você nunca mais vai me deixar esquecer disso, né?

— É claro que não!

Eva se desviou de Dana, quando esta ensaiou dar um tapinha em seu braço. Sem querer, a mão de Dana tocou seu seio, e ela quase se engasgou de rir com a cara de pânico da garota.

— Ah, meu Deus, você totalmente fez isso de propósito!

— Para com isso! É claro que não!

Dana e Eva já choravam de rir, quando ouviram os passos e a voz grave ecoar um *"Darling...?"* Olharam-se, tentando se recompor, e Eva viu ali de novo os resquícios da inveja e do ciúme nos olhos de Dana.

Antes que Brandon se aproximasse, ela disse que já estava de saída e se despediu, saindo dali rápido.

Brandon enrugou as sobrancelhas enquanto observava Dana se afastar; aproximou-se de Eva, abraçando-a por trás.

— Então, atrapalhei alguma coisa? — Eva negou com a cabeça, segurando uma risada. — Vocês pareciam estar se divertindo, isso quer dizer que se entenderam?

— Na verdade, acredito que sim... Acho que vai ficar tudo bem agora. Ela só precisa de tempo para lidar com os sentimentos dela. Mas admitiu, o que já é alguma coisa.

— E por que ela estava com raiva de você? É por minha causa?

— Brandon, imagino que seja difícil de acreditar, mas nem tudo é sobre você. — Ele fingiu se sentir ofendido, levando a mão ao peito e abrindo a boca. — Nesse caso, era sobre mim, mesmo. — Eva virou o rosto e levantou os pés para falar no ouvido do namorado. — Ela me beijou.

— O quê? — Eva gargalhou, ainda sem acreditar no que tinha acontecido. — É sério? — Brandon coçou a barba. — Puxa, quando eu penso nessas coisas, nunca considero a Dana... — Eva inclinou a cabeça, sem entender onde Brandon queria chegar. — Alli, sim... Angelina, é claro. Mas não a Dana.

— Você está falando de sexo a três? — Eva riu quando Brandon fez uma feição de *Óbvio!* Tocou o peito dele com o indicador e falou com pausa. — CRE-TI-NO!

— Então... — Brandon segurou a cintura de Eva. — O que foi aquilo na sala? — Eva inclinou o corpo para esconder o rosto na camisa dele, mas ele segurou a face dela, rindo. — Princesa, você brigou com a sua amiga por nada!

Era o que parecia, mas não tinha como explicar para ele o que de fato a briga significava. Que Alli tinha atingido uma veia inflamada, um incômodo que ela tinha desde o jantar na casa dos Taylors — em que descobriu a verdadeira procedência de Brandon.

— Vou conversar com ela depois, vai ficar tudo bem — desconversou Eva. — Você também não precisava ter aberto sua boca de caçapa e dizer que a gente vai morar junto daquele jeito. Você fala demais, Brandon.

— Minha princesa, *você* fala de menos!

— Estava só tentando achar o melhor momento para contar para a Angel... — Eva respirou fundo. — Ela está chateada?

— Mais surpresa do que eu esperava, na verdade. Talvez um pouco chateada. Desculpe, não devia ter falado sobre isso.

— Tudo bem, eu já tinha que ter conversado com ela mesmo.

— Então, tenho que levar Zooey para casa, e vou fazer isso agora, assim dou o sinal de que a festa acabou, e você não vai precisar ficar de conversa fiada com ninguém...

Eva deixou a respiração sair num suspiro alto, aliviada.

— Ah, Brandon... por essas e outras é que eu te dei a taça-de-melhor-namorado! Você me entende!

Todo mundo entendeu o sinal de Brandon e, depois que ele se despediu da namorada e foi embora com Zooey, os convidados começaram uma onda de despedida coletiva e foram também. Angelina tinha ignorado Eva durante o resto da festa e continuou fingindo que ela não estava lá enquanto elas arrumavam o apartamento. Lavaram e enxugaram os pratos, copos e talheres em silêncio. Apenas quando guardaram o último prato no armário foi que Eva se dirigiu a ela.

— Será que a gente pode conversar?

Angelina sentou-se no sofá com as pernas entrelaçadas, sem dizer muita coisa. Eva ficou de frente para ela, na mesinha de centro, esfregando as mãos.

— Primeiro, desculpe não ter falado antes do meu namorado abrir a boca grande dele. — Angelina levantou as sobrancelhas. — Mas é claro que eu ia te contar uma hora outra. Tem só uma semana que a gente decidiu, não quero que pense que eu estava escondendo isso de você.

— Certo... — disse, monossilábica, e aquilo deixou Eva super desconfortável. Não era nada o estilo de Angelina.

— Você mesma disse que não está confortável com ele sempre aqui e eu entendo. Também estaria me sentindo assim se a situação fosse contrária. Acho que essa solução é boa para todo mundo.

— *Okay* — disse, balançando a cabeça.

— Angel, por favor... — Eva respirou fundo. — Prefiro que a gente brigue do que você fique monossilábica comigo. Sei que está chateada.

Angelina levou um tempo para formular e colocar palavras em seus sentimentos. Cruzou os braços e fez um movimento de vai e vem com o corpo, tentando ganhar tempo.

— ... Sabe, Eva... não é como se eu não esperasse que vocês fossem morar juntos... É só que...— Angelina respirou fundo. — Sei lá, sempre imaginei que a gente ia morar junto até o fim da faculdade, depois na pós-graduação...

— Pós-graduação? — Eva perguntou, com a testa franzida.

— Sim, a pós-graduação que nós vamos fazer em Harvard.

Eva riu, sem acreditar em Angelina, pensando no futuro delas, como se elas fossem um casal. Mas se fosse ser bem sincera consigo mesma, às vezes, quando se pegava pensando no futuro — por mais que quisesse que Brandon estivesse nele — era muito mais fácil se imaginar na pós-graduação com Angelina.

— Eu sei o que está pensando, sei que está indo rápido demais.

— Nesse ritmo, Eva, ele vai pedir a sua mão antes da formatura. — Eva respirou fundo, sem conseguir dizer que ela não tinha razão. — Você diz que essa não é a vida que você quer, diz que quer ter um impacto no mundo... Mas sinto que mudaria seus planos para ficar com ele.

Eva não conseguiu desmentir aquela verdade cruel.

— Não entendo por que ele está com tanta pressa, ele tem vinte e sete.

— Ele não é um cara comum de vinte e sete anos, ele tem uma filha de onze anos de idade que precisa de um lar e de estrutura familiar. — Eva respirou fundo. — Isso é muito maluco.

— Eu sei. — Eva passou as mãos nos cabelos volumosos, prendendo-os num coque bagunçado. — Não é como se eu fosse a mãezinha dela, não é nada disso. E, ao mesmo tempo que eu sei que está rápido demais, eu... Eu quero morar com ele. E isso não significa que não queira as mesmas coisas de antes. Na verdade, não vejo o meu relacionamento com Brandon como um obstáculo para mim.

Angelina respirou fundo, e Eva nem precisou perguntar o que ela estava pensando.

— Eva, sei que vai parecer que estou rogando praga, mas não é nada disso. Eu gosto do Brandon, ele é um cara muito legal e, de verdade, dá até uma inveja de você, porque ele te trata como se você fosse a última mulher fértil do mundo. Estou feliz por vocês dois...— Eva sorriu, apreensiva. — Mas ele é um homem, e não tenho nenhuma dúvida de quando a hora chegar, quem vai ter que sacrificar alguma coisa é você.

— Você não sabe disso.

— Vocês falam sobre o futuro?

— É claro que sim.

— E esse futuro inclui ele sacrificando algo para ficar com você?

Eva não respondeu. Vira e mexe, Brandon dizia coisas do tipo *Quando você estiver na pós-graduação em Vienna*, ou *Quando você arrumar um emprego na BBC*. Até aquele momento, Eva não tinha pensado nada com aquelas frases de Brandon. Mas, ali, ela notou que ele nunca tinha perguntado o que ela queria fazer de fato. Toda a ideia de futuro dele estava ligada a suposição de que ela ficaria no Reino Unido, independente do que acontecesse.

Angelina não precisou ouvir mais nada. Levantou-se do sofá, fazendo Eva acompanhar o movimento dela com os olhos.

— Você quer ficar com esse homem, não quer?

— É claro que eu quero.

— Então você precisa ser honesta com ele. Não se mude para o apartamento dele. — Eva abraçou os próprios braços, como que se para se proteger de Angelina. — Você pode continuar morando aqui e passar o tempo que quiser lá.

— Eu quero morar com ele, Angel.

— Você não está pronta para isso, Eva.

— Pode até ser... Ainda assim, eu quero ir.

— Você só está com medo de dizer para ele o que está sentindo. E eu sei muito bem por que você está com medo... — Eva abaixou os olhos. — Está com medo de que em um ou dois anos, ou no minuto que a paixão de vocês acabar, você ainda vai ter que lidar com a mãe dele.

Eva engoliu em seco e quando fitou Angelina de novo, tinha os olhos cheios de lágrimas. Aquilo partiu o coração de Angelina, mas sentia que precisava falar.

— Olha, eu acho que vocês têm tudo para dar certo. Mas precisam ir com calma, vocês estão tão perdidos nessa paixão, tão imersos um no outro, que não estão pensando com o mínimo de objetividade. E eu estou com pavor dessa intensidade por vocês. Não acho que isso vai acabar bem, Eva.

Eva sorriu, engolindo o choro, e pegou as mãos de Angelina.

— Eu estou te ouvindo, e eu sei que você tem razão. Mas alguma coisa muito forte dentro de mim ainda quer ficar o mais perto possível dele. Então eu vou aceitar todas as consequências futuras disso, porque é o que preciso fazer agora.

Angelina concordou, sem alarde. Não esperava que Eva tivesse um súbito de objetividade, não enquanto estava tão imersa, tão entregue aquele sentimento.

— Mas eu queria que você soubesse que... — Eva engoliu um soluço. — Eu super moraria com você na pós-graduação em Harvard. — Angelina acompanhou o choro de Eva e elas se abraçaram. — Vou sentir sua falta, sua puta.

Eva e Angelina conversaram a noite inteira e chegaram à conclusão de que não era o fim da amizade delas. Apenas não morariam mais juntas, mas ainda estariam uma na vida da outra, para sempre. Ainda assim, Eva foi dormir com aquela sensação de ausência, de que faltava alguma coisa. Aquele sentimento inevitável causado pelo mistério do crescimento — que vem sempre acompanhado de um rombo, uma carência, uma parte que vai sempre faltar.

Capítulo 31

Momento Oportuno

— EU NÃO ACREDITO!

— Para de gritar! Vai acordar alguém…

— Você a viu, por isso quis sair do cinema.

— Você está louca!

— *Eu* estou louca!?

A porta do carro bateu causando um estrondo, e foi isso que acordou Brandon, logo na noite depois do aniversário de Eva. Ele foi até a janela aberta e tentou ver o que acontecia na garagem de sua casa, mesmo com a dificuldade causada pelos galhos da árvore que agora começavam a se encher de folhas. Logo notou que se tratava de uma briga entre Lucas e Monica, e concluiu rápido que a discussão era sobre Lucas ter exigido sair do cinema porque Tabitha estava lá. Os ânimos estavam enraivecidos, e Brandon ficaria surpreso se eles não acordassem mais alguém da casa.

— Até quando isso vai ser assim? — perguntou Monica.

— Eu não sei do que você está falando! — retrucou Lucas.

— Estou dizendo que vou me mudar, e você e ela vão ficar aqui!

— Você está insuportável, Monica! Só fala disso! Eu já disse que não tem nada acontecendo! A garota dormiu com o meu irmão, ela gosta *dele*…

— E nada disso te impediu de continuar apaixonado por ela.

— Eu nunca te traí!

— Não mesmo? Porque se você está mentindo para mim sobre não ter sentimentos pela Tabitha, sobre não pensar nela o tempo inteiro, então você está me traindo sim! E o quão diferente isso te faz do Brandon, afinal de contas?

Brandon respirou fundo e pensou em sair da janela. Quando estava prestes a descer o vidro, ouviu a voz de Lucas ecoar pela noite afora mais uma vez.

— Que inferno, Monica! Por que você precisa ficar pressionando essa tecla toda hora?

— Porque eu preciso saber, Lucas! Eu preciso saber se tem algum sentido isso que a gente está fazendo... — Brandon esperou, junto de Monica, durante o silêncio angustiante de Lucas. — Quer saber, você devia ficar sozinho para pensar nisso. Não dá mais para mim.

Brandon viu Monica dar meia volta, precipitar-se para o portão da casa e decidiu que já tinha espiado o bastante, afastando-se da janela. Não estava nem um pouco surpreso que aquele namoro tivesse se partido com a volta de Tabitha, já que era bem óbvio que Lucas ainda nutria sentimentos pela ex-namorada. Foi para o corredor, a fim de esperar Lucas aparecer por ali, sem pensar bem por que estava fazendo aquilo — e viu quando o irmão se precipitou cabisbaixo pelas escadas.

— Eva notou que você não estava lá hoje. Essa briga de vocês já não durou tempo suficiente, não?

Lucas ergueu os olhos, encontrando Brandon no corredor, sem acreditar que ele tinha tido a cara de pau de se dirigir a ele depois de tudo. Riu, desaforado e cheio de ódio.

— Quero ficar longe de você e da sua namorada. — Então cruzou os braços. — Mas, pensando bem, você deve odiar isso, não é? Deve odiar que ela notou que eu não estava lá.

— Não, o que eu odeio é ver a minha namorada triste no dia do aniversário dela, pensando que perdeu um amigo. — Lucas revirou os olhos, cheio de preguiça daquela versão 2.0 de Brandon. — Eu sei que você está fazendo isso para me punir... Pode continuar me odiando, não me importo. Mas a Eva não tem nada a ver com que aconteceu entre nós. E olha o que você fez com ela este ano... E ainda assim ela não tem ódio de você.

— Você pode ter conseguido enganar a Eva com essa ladainha, mas *eu* sei quem você é. Sei que ainda é aquele cara mesquinho e egoísta, então não vou perder meu tempo com você.

Brandon andou alguns passos para perto de Lucas, mas parou quando o corpo do irmão se ergueu para um confronto físico.

— Não estou pedindo para que você me perdoe, ou acredite em mim, nada disso. Agora, o que você devia fazer é aprender com o que eu fiz de pior e não repetir a mesma merda. Você estava lá... Você viu o que eu fiz com a Layla! Acabou de perder sua namorada e para quê?

O rosto de Lucas se avermelhou e ele quase foi para cima de Brandon.

— Você tem muita cara de pau de me dar conselhos!

— Só resolve isso com a Eva, por favor. — Brandon respirou fundo. — Ao menos se desculpou com ela?

— NÃO TE INTERESSA! — Lucas gritou alto o suficiente para acordar toda a casa.

— ENTÃO VOCÊ É UM IDIOTA! — Brandon devolveu no mesmo tom. — Luke... esse ódio ainda vai te matar.

— Não enche mais o meu saco.

Lucas entrou em seu quarto, batendo a porta e chutando a cama. Jason tinha acordado com a confusão e William apareceu no corredor, cheio de ódio, mandando Brandon sumir dali e este foi sem saber se tinha agido certo ou não ao conversar com Lucas. Parecia que aquele muro entre eles estava cada vez mais alto e impenetrável — e aquela guerra longe de acabar.

Na semana seguinte ao aniversário de Eva, Vivian Taylor descobriu que toda a pesquisa tinha se esvaído do site. A garota ficou uma arara, faltou pegar um taco de críquete e arrebentar Eva. Não podia provar, mas tinha certeza de que havia sido ela. O silêncio de Eva e sua feição de *não-posso-fazer-nada-por-você* fez Vivian ficar ainda mais pilhada. Culpou a si mesma e ao pai por confiarem em Eva e não fazerem *back-ups* diários daquela pesquisa.

O arranjo entre Eva e a Doutora Geller parecia bem sucedido, mas a moça precisou ouvir os amigos dizerem que ela não devia confiar na professora.

— Ela cumpriu com o combinado até agora. Estou de volta no cargo e ela me apoiou publicamente. Está tudo dentro do conforme.

— Mas é a Geller — lembrou Dana.

— Fato, ainda estamos falando da professora Geller — repetiu Angelina. — Não custa ficar de olhos bem abertos.

Eva sabia disso, e nunca mais confiaria em Geller — não depois de tudo que tinha acontecido no seu primeiro ano no jornal. Ainda assim, naquele caso, não havia muito o que a professora poderia fazer contra ela. A eleição para o novo editor-chefe se aproximava mais a cada dia e, mesmo quebrando a cabeça, Eva não conseguiu imaginar o que a professora poderia fazer para mudar aquilo.

Fora isso, o semestre caminhava para um fim abrupto, que chegava cada vez mais ligeiro, à medida que os dias ficavam mais quentes, mais longos e mais ensolarados. Os estudantes trocaram a biblioteca pelo parque de Vienna para estudarem para as provas finais, a maioria de roupa de banho, aproveitando o sol que se firmava com afinco desde a entrada de abril.

O prêmio de melhor jornal estudantil saiu para a Universidade de Oxford, e o *The VUR* ficou em terceiro lugar.

— Que pena! — Eva soltou, em meio a um riso entalado, que fez Angelina e Brandon gargalharem.

— Sabe o que acabei de perceber? — Angelina perguntou, levando o indicador a boca. — Você causou essa queda de pontos do *The VUR* e ano que vem é provável que vai ser a editora... Parece até premeditado.

Se o *The VUR* ficar em primeiro lugar ano que vem, você vai ser a primeira mulher editora da história do *The VUR* a conseguir esse prêmio.

— Geller tem esse mérito, na verdade.

— *Okay*, então a primeira mulher negra a conseguir o prêmio.

— Posso viver com isso. — Eva tentou controlar o riso.

— *Touché, darling!* — Brandon e Eva fizeram um *high-five.* — Essa é a minha garota de Vanguarda.

Eva terminou todos os seus trabalhos finais e deixou na porta dos gabinetes de seus professores, exceto pelo trabalho final de Alli. Foi até o gabinete dela durante suas horas de escritório, com a desculpa de entregar o trabalho em suas mãos. Desde a festa de aniversário e a discussão, Alli evitava todo mundo e Eva não queria viajar sem conversar com ela.

—Obrigada, Senhorita Oliveira — disse ela, ao pegar o trabalho de Eva. — Espero que tenha um ótimo verão.

— Você também. Será que podemos conversar?

Alli indicou a cadeira na frente de sua mesa.

— No que posso te ajudar? É alguma coisa sobre o trabalho?

— Alli... você sabe que não.

Alli não fez mais charme. Apenas se levantou e foi até a porta do seu gabinete, fechando-a para que elas tivessem privacidade.

— Pode começar.

— Só queria pedir desculpas pelo jeito que eu agi. — Alli concordou com a cabeça. — Sei lá, o que você disse me atingiu de um jeito que eu não esperava...

— Sei...

Eva respirou fundo, antes de se voltar para Alli outra vez.

— Estou mentindo para o Brandon. — O movimento de sobrancelhas de Alli indicou o quanto aquela informação a deixou surpresa. — Não posso dar detalhes, mas é uma coisa muito séria, que eu não sei como contar para ele. — Eva passou a mão pelo rosto. — Na verdade, eu nem sou a pessoa mais indicada para contar isso para ele, mas as pessoas que deviam contar, não contaram, e nem vão fazer isso. — Eva respirou fundo. — Eu já cometi esse erro uma vez, falei coisas que não devia ter falado, na hora errada.

— Como você sabe disso? Como sabe que foi a hora errada?

Eva levantou os ombros, um pouco perdida.

— Bem, na ocasião, ele ficou puto e nós brigamos feio. Acho que nesse caso, ele não ficaria irritado, mas decepcionado. Na verdade, não tenho ideia do que vai acontecer, de como ele vai reagir.

— Eva, será que existe um momento oportuno para se dizer a verdade? Eu acho que não... A verdade apenas precisa ser dita. O quanto mais se espera, mais difícil fica. — Alli sorriu. — Sabe, quando nos importamos muito com alguém, costumamos ignorar nossos instintos, por não querer causar sofrimento a essa pessoa. Mas se isso está te incomodando, então você precisa dizer. Precisa contar para ele.

Eva devolveu o sorriso de Alli.

— Então a gente está bem?

Alli riu, concordando com a cabeça.

— Sim, está tudo bem.

Eva sorriu, esperando que Alli fosse explicar as coisas que tinha dito no dia do seu aniversário, mas quando nada aconteceu, disse que precisava ir embora e respeitou o tempo dela. Apesar de seus bons conselhos, Alli também tinha certas reservas sobre falar a verdade. E aquilo apenas confirmava para Eva que talvez ainda não fosse o momento oportuno.

Aquelas últimas semanas do semestre foram uma tortura para Lucas. Mal dormia, ficava ruminando as malditas palavras de Brandon — *por que ouvia aquele desgraçado?* Pensava também no término com Monica, que desde então o ignorava no jornal, assim como Eva. Depois que seu artigo original saiu na primeira página, ele foi alocado para as últimas páginas, escrevendo poucas linhas sobre obras e eventos, e sendo zoado todos os dias pelos colegas que sabiam que Monica escrevia para ele.

Além disso, tinha Tabitha sendo *Tabitha*. Tudo tinha mudado naquelas semanas, depois do fim do relacionamento com Monica. Enquanto antes Tabitha mal o cumprimentava, do nada passou a acenar a cabeça. Um dia, sorriu para ele e fez um tchauzinho com a mão. Lucas mal conseguiu conter o coração, que pulou feito cabrito dentro do peito, e quase o fez infartar. Perguntou-se até onde aquela repentina "amizade" de Tabitha tinha a ver com a notícia de sua solteirice. Ele não deu trela e continuou a ignorá-la, mas parecia que cada vez mais seus olhares se encontravam. O que aquilo significava, Lucas não sabia.

A gota d'água aconteceu em um dia, quando saía do mercado coberto, e trombou em Tabitha, arrancando um sorriso de orelha-a-orelha dos lábios desenhados da moça.

— Luke, desculpe! — Ela passou a mão pelo peito dele, onde tinha derramado um pouco de café, embora sua blusa preta não deixasse aparecer. — Não queria te sujar.

— Tudo bem.

Ele já se afastava, quando ouviu a voz dela de novo.

— Aliás, gostei do novo visual e das roupas... Você está diferente.

— Lucas quase desmaiou ao ouvir aquilo. — Sabe, eu vou estar aqui no verão. Talvez a gente podia, sei lá... pegar um cinema... um teatro...

Lucas não aguentou e soltou um riso, incrédulo.

— O quê? Tipo, um encontro...?

Os olhos verdes brilhantes franziram, e Lucas sentiu o chão sumir.

— Só pensa no assunto, você tem meu número. — Ela tomou um pouco do café, virou o corpo, e seus cabelos fizeram um movimento de efeito de comercial de xampu.

Depois disso, Lucas ficou catatônico o resto do dia.

Por fim, Eva piscava na mente de Lucas. Evitava pensar nela, mas quando fazia, sentia-se envergonhado como se alguém tivesse tirado suas calças no meio de um teatro lotado e feito piada sobre o tamanho de seu pênis. Por que tinha feito aquilo com ela? Por que aceitara prejudicá-la, apenas para não ouvir seu pai encher o saco sobre como ele não fazia esforço para conseguir um espaço no jornal? Não fazia mesmo — não queria nem um pouco escrever aquelas matérias chatas, sem personalidade. Não tinha nada a ver com o que queria fazer pelo resto de sua vida.

— Sou um escritor, por que estou fazendo esse estágio? — Lucas sempre se perguntava ao fim de suas autoflagelações. — *Ele* tem razão, fiz isso para punir *ele*.

Sim, estava tudo claro agora, era puro despeito porque eles tinham se apaixonado, porque eles estavam juntos e — pior de tudo — *felizes*. Lucas não queria sentir aquela repugnância, mas estava lá, um ciúme doentio, uma coisa *ruim* que vira e mexe o fazia desejar que os dois não dessem certo, que eles terminassem. Não se orgulhava disso, mas não conseguia parar de sentir aquele despeito.

Lucas odiava ver sentido nas palavras de Brandon, odiava aquele sentimento de "concordar" com ele, ver que ele fora sensato.

Mesmo sem querer, tentou tirar um pouco daquele veneno de sua vida e resolveu conversar com Monica para que pelo menos terminassem em bons termos.

— Desculpe se eu me tornei tão amargo nos últimos meses do nosso namoro, não quero que pense que não eu gostava de você, que não significou nada. — Monica sorriu. — Mas eu preciso mesmo de um tempo sozinho.

— Está tudo bem, Luke. — Monica beijou o rosto dele. — Estou me mudando para a Austrália, não é exatamente do outro lado da rua. É melhor para nós dois que termine agora.

Então Lucas abriu a mochila e tirou duas folhas grampeadas de lá de dentro.

— Sei que vai parecer horrível da minha parte te pedir isso, mas quero entregar um bom artigo para essa última edição. Será que poderia me ajudar pela última vez?

Monica soltou uma risada um tanto irônica e Lucas temeu o que ela diria a seguir.

— Desculpe, Luke, mas você deveria discutir o texto com a assistente editorial.

— Você quer dizer a Eva?

— Exato. — Monica colocou sua bolsa nos ombros e sorriu uma última vez. — Tenho que ir agora, mas queria te dizer uma coisa... — Lucas fitou-a, um pouco irritado. — Às vezes, a única maneira de ir para frente é voltar e reconhecer o que se sente. Então não demore muito para dizer a verdade para Tabitha.

Lucas saiu daquela conversa certo de que aquelas mulheres acabariam por matá-lo de ódio — ou de amor. Evitou pensar em Tabitha e pensou no seu artigo, em Eva, e mandou Monica *se foder* diversas vezes em sua mente. Custava ela ter revisado seu artigo, como tinha feito nos últimos dez meses? Monica sabia bem que ele e Eva estavam brigados, e agora o obrigava a se humilhar e pedir *ajuda* para ela.

Quando chegou em casa naquela noite, Lucas abriu uma gaveta de sua escrivaninha e tirou de lá um embrulho, já amassado de tanto tempo que ficara guardado. Era um presente, algo que tinha comprado para Eva muito antes de toda aquela confusão acontecer. Há quase um ano, no verão passado, fora a uma livraria muito legal em Londres e comprara um conjunto de marcadores com escritores famosos, que achou a cara de Eva. Havia cogitado entregar a ela no Natal, mas bem antes disso eles começaram a brigar. Se fosse encarar aquela mulher de novo, tinha que dar um mimo, um agrado para ela. Não dava para ir de mãos abanando, com o rabinho entre as pernas.

Chegou mais cedo no jornal no dia seguinte, com o presente em uma das mãos, o artigo na outra, e se aproximou de Eva, que trabalhava em sua mesa. Sentou-se em uma cadeira vaga, logo ao seu lado.

— Então, chefe, soube que a festinha que seu namorado organizou foi um sucesso. — Eva se virou alarmada quando Lucas falou com ela. — Para você. Feliz aniversário super atrasado.

Ele entregou a caixinha pequena para ela, e Eva aceitou com uma feição de dúvida e desconfiança. Abriu e não conseguiu controlar o sorriso, o que deixou Lucas mais tranquilo. Os diversos marcadores de livro com as caras de escritores famosos como *Shakespeare, Jane Austen,* e *Edgar Allan Poe* quebravam qualquer gelo.

— Luke! Ridículo, acha que pode me comprar com isso? Ainda não te perdoo! — Ela disse, sem controlar o riso. Luke girou na cadeira giratória, um pouco sem graça. — Obrigada pelo presente, mesmo estando semanas atrasado.

— Desculpe não ter ido. — Ele deu mais um giro. — E desculpe por aceitar te substituir, quando é evidente que eu não sirvo para esse trabalho. — Mais um giro. — E desculpe por tentar roubar seu emprego, quando, na verdade, nem queria seu emprego...

Eva riu e Lucas girou mais uma vez. Então parou a cadeira, olhando fundo nos olhos dele.

— Está desculpado. — Ela apontou para o texto. — Isso é para mim?

Lucas entregou duas folhas grampeadas para Eva, que pegou uma caneta e colocou os óculos de leitura. Ele assistiu enquanto ela saiu cortando diversas palavras no primeiro parágrafo.

— Luke, você não está escrevendo uma crônica. Não pode ser tão... tão...

— Tão o quê?

— Tão *Luke*. — Lucas riu. — Você está com muito estilo, precisa ser mais neutro.

— Quer dizer que todo o trabalho que eu coloquei no texto fez ele ainda mais inadequado? — Eva riu. — Eu odeio escrever esses artigos jornalísticos. Eles não têm personalidade.

— É uma notícia, não precisa de personalidade.

— É entediante.

— O que eu vou fazer com você? — Ainda rindo, Eva devolveu as folhas para ele. — Tira esse monte de adjetivos desse texto e eu dou outra olhada mais tarde.

Lucas pegou o texto da mão de Eva.

— Se quer saber, você me explicou o problema do artigo, o que foi mais do que Monica fez. — Eva levantou as sobrancelhas. — Quer dizer, não a culpo, sei que ela estava muito sobrecarregada. Mas acho que você vai ser uma boa editora-chefe.

— Sério?

— Sim, e, se seu gosto em homem não fosse tão péssimo, uma ótima cunhada para o Billy. — Eva enrugou as sobrancelhas. — Você nunca pensou em mim...

— Quem disse? — Lucas abriu a boca, sem acreditar.

— Para de me zoar!

— Não estou te zoando! — Lucas riu, como se aquilo fosse piada. — Você quem nunca pensou em mim assim — continuou Eva.

— Eva, eu não sou cego, você é muito bonita, e eu pensei *sim*, tipo, por dois minutos, mas...

— Mas o quê?

— Você é alta *demais*... — Eva e Lucas riram juntos. — Pensando nesse sentido, você e Brandon devem se encaixar melhor.

— Posso te dar um cenário hipotético? — Lucas anuiu num sorriso de quem sabe o que está vindo. — Digamos que eu fique mesmo com o seu irmão e, contra todas as possibilidades, a gente acabe se casando... Você iria ao meu casamento? — Lucas riu, passando a mão na cabeça. — Imagina que se isso acontecesse seria daqui uns... sei lá, dez anos.

— Dez anos...? — Lucas levantou as sobrancelhas, ponderando. — Eu queria dizer para você que dez anos parece tempo suficiente para que eu consiga lidar com o ódio que eu sinto, mas...

Eva nem precisou que Lucas terminasse de falar. O sorriso sem graça dele, que não demonstrava força de vontade alguma para pelo menos tentar lidar com as coisas que sentia, já dizia tudo.

— *Okay*, agora eu tenho um cenário hipotético para você... — Lucas disse, rodando na cadeira de novo. — Vocês vão para o Brasil e o

A. C. Costa

Brandon dorme com a sua irmã. — Eva gargalhou. — Como você vai lidar com isso?

— Primeiro, foi acidental?

— Como que isso vai ser um acidente, Eva?

— Nós somos gêmeas idênticas e acho que ela está deixando o cabelo do mesmo jeito do meu para tentar confundir ele. Bem o tipo de coisa que ela faria.

— Sim, entendo a sua dúvida. A minha pergunta não se refere ao Brandon. Você pode perdoá-lo por causa da confusão. Mas e a sua irmã...? — Eva riu. — O que você faria?

— É claro que eu ficaria muito puta, Luke. — Lucas fez um gesto de obrigado-por-validar-meu-ódio com as mãos. — Na verdade, eu *fiquei* muito puta quando ela dormiu com um ex-namorado meu.

— Para! Você tirou o dia para me zoar! — Lucas reclamou.

— Não, estou falando a verdade. Inclusive, ela dormiu com *vários* ex-namorados meus.

— Mas essa sua irmã, hein... Que biscate! — Eva deu um tapa na cabeça dele, indicando que ele não podia falar mal da irmã dela. — Como que você lida com algo assim?

— Nós brigamos e, eventualmente, tudo se resolveu.

— Mas...

— No fim das contas, Luke...— Eva o interrompeu. — Eles foram homens que passaram pelas nossas vidas e acabou. Mas eu a Ana continuamos. Nós somos irmãs e nada nunca muda isso. — Lucas não ficou muito feliz, entendendo o que Eva falava como uma crítica a ele, e não ao que Brandon tinha feito. — Sabe o que eu acho...? Em alguns anos você vai se lembrar da Tabitha como uma mulher que passou pela vida de vocês, e o Brandon...— Eva levantou os ombros. — Bem, ele ainda vai ser seu irmão. Você ainda vai ter que lidar com ele, nem que seja para sentar e discutir a herança.

A resposta de Lucas foi mais uma girada na cadeira.

— Luke...— Eva parou a cadeira mais uma vez. — Cuida para isso não ser permanente na sua vida. Esse ódio só faz mal a você.

A última reunião do *The VUR* começou sem nenhuma surpresa. Antes da eleição para o novo editor-chefe, Monica se emocionou quando se dirigiu a todos pela última vez.

— É impossível expressar o quanto estou grata por ter sido a editora nesses últimos dois anos. Aprendi demais com todos vocês, e vou levar esses ensinamentos para sempre comigo. — Ela sorriu, fitando Vivian Taylor. — Vou levar sua resiliência, Vivian. Sua simpatia, Juliet. O bom humor de vocês, Rolly e Charles... e Marshall... — O rapaz espremeu os olhos para ela. — Bem, se você me ensinou algo foi o que *não* fazer, então, obrigada. — Todos seguraram o riso.

— Disponha, querida.

— Lucas... — continuou Monica, antes de soltar um suspiro doído. — Obrigada pelas muitas conversas este ano, e por me ensinar um pouco mais sobre mim mesma.

Lucas sorriu.

— Você vai fazer falta, Mon...

Monica retribuiu o sorriso antes de se virar para Eva.

— E Eva... — Elas se olharam, ainda magoadas e sem muita simpatia uma com a outra. — Deixei você por último porque, apesar das nossas desavenças, aprendi muito com você. E se tem algo de bom que espero levar desse nosso tempo junto é a sua coragem. — Eva não aguentou manter a feição de *cão-chupando-manga* e sorriu. — Tenho a impressão de que ainda vou ouvir falar muito de você. Espero que por causa de algo bom. — Monica então direcionou os olhos para todos os integrantes da mesa. — Agora, o trabalho de verdade começa. Semestre que vem, eu integro o corpo da redação da *Rolling Stones Australiana*. Mas estou indo com um aperto no peito... Vou sentir muita falta de vocês e do *The VUR*.

A fala de Monica deu, outra vez, uma sensação de ciclos que se fecham para Eva, embora naquele momento não tenha, de fato, pensado no que a ausência dela poderia significar.

Os dois candidatos a editores-chefes — Eva e Alexander Marshall — fizeram pequenas apresentações e a votação foi iniciada. Os votos foram abertos; o da professora Geller doeu bem no fundo do estômago. Quando aquele *Oliveira* saiu, mesmo que sem surpresas, ficou claro que ela não estava feliz em indicar Eva como editora-chefe do *The VUR*.

Eva foi eleita com apenas dois votos contra. Alexander saiu da sala durante a votação — assim que começou a ficar humilhante para ele — e Eva teve a sensação de que nem precisaria demiti-lo no semestre que vem. O rapaz já parecia saber o que aconteceria antes de acontecer.

Um a um, todos foram cumprimentar Eva. Lucas a abraçou, assim como Juliet e Rolly — que já estava feliz demais apenas com a humilhação de Alexander e sua saída do recinto antes da votação acabar. Monica chegou um pouco tímida, sorrindo amarelo.

— Parabéns.

— Obrigada, Monica.

— Não fiz nada — disse, levantando os ombros.

— Fez sim, leu meu artigo há dois anos e me trouxe para aquela reunião. Isso mudou tudo. — Monica sorriu. — Sei que não vai ser fácil ocupar seu lugar.

— Você vai se sair bem. Só mantenha a calma.

Rindo, elas se abraçaram, um pouco tímidas. Por fim, olharam-se em um entendimento que Eva sentira poucas vezes vir de Monica, mas que agora estava presente e vivo entre elas.

Os professores, exceto a Doutora Geller e o Doutor Band, cumprimentaram Eva, todos muito satisfeitos, elogiando a trajetória dela — embora Eva pensasse que eles tinham, naquele momento, ignorado tudo que ela já havia feito em detrimento do jornal. Na maioria, disseram que esperavam muito do *The VUR* no próximo ano, o que deu aquela pitadinha de ansiedade em Eva.

— Excelente, excelente... — A professora Geller disse, de repente. — Muito bem, Senhorita Oliveira, parabéns pela conquista. Tenho certeza de que será um excelente ano para o jornal. Tenho mais um anúncio a fazer.

Todos foram de volta para a mesa, achando aquilo um pouco impertinente. Qualquer tipo de anúncio tinha que ter sido feito antes da votação. A única apática a isso — que inclusive tinha permanecido sentada na mesa, como se esperasse alguma coisa — foi Vivian Taylor. Eva temeu aquele olhar azulado lhe talhando. Aquele anúncio não parecia mesmo ser boa coisa.

— Já são cinco anos na coordenação do *The VUR*, muitas horas dedicadas a este jornal. Isso é o quanto eu acredito no potencial de um bom artigo. Acredito com toda a minha força que, quando escrevemos, podemos mudar tudo. — Eva se incomodou quando a professora Geller sorriu para ela. — Depois de um começo peculiar aqui no *The VUR*, Oliveira, você agora se torna editora-chefe e espero que tenha entendido algumas coisas importantes sobre a responsabilidade que precisamos ter ao escrever cada um de nossos artigos. Espero de verdade que tenha aprendido isso, e vou cobrar isso de você, mas não mais como sua coordenadora. — A professora Geller então se virou para todos os presentes. — Estarei sempre por perto, agora como diretora do Departamento de Inglês.

Eva sentiu a gravidade sumir debaixo de seus pés.

— A coordenação do *The VUR* passa para o Professor Band. — Ouve alguns aplausos escassos, enquanto o Doutor Band se levantava, aceitando a surpresa de todos com um sorriso no rosto. — Tenho certeza de que o próximo ano será muito interessante.

Quando a reunião oficialmente acabou, Vivian Taylor se aproximou de Eva com um sorriso vitorioso.

— Parabéns, Oliveira — disse, sarcástica. — A julgar pela sua cara catatônica, a notícia de que a professora Geller agora tem o cargo mais alto nessa faculdade deve ter te pegado de surpresa.

Eva mal conseguia pensar, mal conseguia identificar qualquer coisa. Continuou fitando Vivian como se ela não fizesse nenhum sentido.

— Você se acha muito esperta, muito justa, não é, Oliveira? — continuou Vivian. — Eu espero mesmo que você tenha feito um *back-up* da pesquisa. Se eu conheço a índole dessa mulher, você vai precisar disso um dia.

Capítulo 32

Desapego

EVA APENAS NOTOU O quanto estava apegada àquela mala-de-uma-roda-só, quando Brandon soltou um espantado *Você vai viajar com* **essa** *mala?* Considerou o comentário do namorado porque, de verdade, ele tinha razão. Aquela mala precisava ser trocada. Estava manchada, um dos zíperes estava quebrado, tinha somente uma roda, o que causara uma ruptura na costura daquela parte da mala, sem contar na dificuldade para manuseá-la.

Ainda assim, Eva não queria se desfazer dela. Olhava seus sinais de uso e pensava que cada uma daquelas cicatrizes eram suas também. Marcava a chegada em Vienna e aquela solidão, como se ela também tivesse perdido uma de suas peças vitais. Lembrava de seus dias errantes em Londres, quando a desesperança e a confusão invadiram, causando rupturas nas suas próprias camadas. E agora trazia uma ansiedade boa, que causa frio na barriga, por causa da viagem para o Brasil, o que coincidia com os desenhos felizes que, por fim, pediu que Brandon fizesse na parte de cima com uma caneta de giz líquido.

Não, não podia se desfazer da mala — ela era parte daquela história.

Os últimos dias de abril trouxeram manhãs de sol, noites de chuva e um ar de melancolia a Vienna, intensificado pelo chororô de Alli e María Ana, que após cinco anos vivendo juntas, estavam prestes a se separar. Eva não tinha tido muito tempo para pensar nisso, mas agora o sentimento real da partida de Alli estava cada vez mais palpável.

Primeiro, foi a defesa, que Dana, Eva, Angelina e Lucas foram assistir. Depois, foi a ida a um *pub* de Vienna para umas cervejas. Então os parentes de Alli começaram a chegar para a formatura. Tudo contribuía para o clima de despedida que pairava no ar.

Eva explicou para Brandon mais ou menos porque Angelina estava tão curiosa para a chegada do marido de Alli.

— Eles têm um relacionamento aberto, mas Alli está namorando o doutor Band há mais de seis meses. — Brandon levantou as sobrancelhas. — Então, se o marido vir para a formatura, o que a gente acha que vai acontecer, causa um estranhamento.

— Sei... — Brandon coçou a barba. — E o que Alli diz disso tudo?

— Desconversa e finge de louca. — Brandon riu. — E faz isso com maestria.

Então, numa dessas noites chuvosas, Marcos chegou a Vienna para a formatura da mulher dele. Era um sujeito simpático, mais ou menos da idade de Alli, com quem ela ria fácil. Todo mundo queria saber onde o Doutor Band entrava nisso tudo, mas isso não parecia atingir a felicidade de Alli.

Depois da formatura, em que Alli recebeu o diploma das mãos do próprio Doutor Band, a família inteira foi almoçar no restaurante italiano do Mercado Coberto. Juntaram uma mesa grande, e parecia que tudo ocorreria sem nenhum drama. Até o professor Band aparecer no restaurante com flores, uma caixinha pequena, ajoelhar-se em frente a Alli — que por sinal estava do lado do marido — e mostrar o anel.

Angelina prendeu a respiração e segurou o braço de Eva, sem crer no que acontecia. Alli tinha os olhos arregalados, sem entender de onde aquela proposta tinha vindo.

— O que você está fazendo, Eric?

— O que parece? Estou te pedindo em casamento.

Então o homem ao lado de Alli se levantou.

— Isso é muito corajoso da sua parte, mas como você espera se casar com uma mulher que já é casada?

Eva tampou a boca, sem saber se todos deveriam sair da mesa, ou se já era tarde demais para isso.

Alli se levantou, disse algo no ouvido do marido, pegou o Doutor Band pelo braço, fazendo-o se levantar dali, e o levou para fora do restaurante.

Depois disso, o clima ficou péssimo. Ninguém disse mais nada até Alli voltar para a mesa com os olhos vermelhos, calada.

— *Então esse é o seu namorado?* — Marcos perguntou em português.

— *Aqui não* — respondeu Alli.

— Eva, o que está acontecendo? — Angelina cochichou no seu ouvido. — O que ele disse?

Eva não respondeu, pois o marido de Alli tinha se levantado e continuava falando com ela em português.

— *Eu tentei, Alli... Tentei de tudo para te ver feliz de novo* — disse calmo. — *Mas chega uma hora que não dá mais. Você sabe o quanto eu te amo, sabe que eu quero o nosso casamento como era antes. Mas se não é o que você quer, se não é o que vai te fazer feliz, então eu vou te deixar ir.*

— Eva, o que ele está dizendo? — Angelina insistiu, desesperada.

Mas Eva continuou sem responder. Na verdade, não entendeu nada. Observou, com uma ruga na testa, Alli se agarrar a Marcos e chorar. A atitude de Marcos não fez o mínimo sentido para Eva. Isso não era o contrário do que se deveria fazer, quando você não quer perder alguém? Não era isso o que as músicas *pop* diziam...? Que não podia desistir, que tinha que lutar até o fim...?

Eva sentiu no fundo do estômago um desconforto gigante ao imaginar o que o marido de Alli estaria sentindo, abdicando dela para sempre. Não tinha conseguido se desapegar de sua mala — como Marcos sentia-se por se desapegar da própria esposa?

Aquilo ficou na cabeça de Eva, querido leitor. Ela pensou naquelas pessoas que faziam parte de sua rotina, de sua vida, e do quanto era apegada a cada uma. À sua mãe e à sua irmã, o que era compreensível, mas a seu pai também — o que culminava em um ciúme um pouco infantil dos meios-irmãos e da madrasta. Pensou em Angelina, e do quão apegada era à vida das duas naquele apartamento pequeno. Pensou em Brandon, e no quanto tinha tomado propriedade do corpo dele, e ele do dela, num apego que às vezes parecia exagerado e até perigoso. Se alguma coisa acontecesse, se ele estivesse infeliz, teria coragem de fazer o que o marido de Alli fizera, deixá-lo ir? Ele faria isso por ela?

O quão difícil era se desapegar de alguém? Às vezes, nos apegamos até aos sentimentos que nos fazem mal — como Lucas. Mas Eva sabia que não podia julgar o amigo. Ela não estava, afinal, apegando-se a coisas também? Não somente a sua mala, mas à omissão sobre a verdadeira paternidade de Brandon, ou sobre a ansiedade com relação à Flora, à aversão que sentia dela, e o horror de pensar que aquilo — cedo ou tarde — teria um peso no relacionamento deles?

Apego era sinônimo de medo — medo da falta, da solidão. O desapego era sinônimo de amor, de quem tinha se livrado do ego e pensado no bem estar de quem está ao seu lado. Era isso o que Marcos tinha feito. Por qualquer motivo, que Eva não entendia bem, o marido de Alli considerava que o casamento para ela não valia mais a pena, e tê-la para si era menos importante do que vê-la feliz de verdade. Aquela fora a demonstração de amor mais verdadeira que já tinha visto e nem ao menos atinou para isso — apenas porque ia na contramão do que as ideias românticas de amor pregavam através das músicas e dos livros clichês.

Que grande contradição — que *anfibologia*, como Alli diria. O amor, afinal, era desapego, era liberdade, era deixar livre o que nunca te pertencera.

No dia seguinte, estava marcado que todo mundo ajudaria na mudança de Eva. Tinha ficado combinado que María Ana se mudaria para o quarto vago no apartamento — embora Angelina não se cansasse de explicar que elas *não estavam morando juntas, eram APENAS colegas de apartamento E namoradas*. As coisas de Eva ficariam no apartamento novo durante o verão em que estaria no Brasil, junto de Brandon e Zooey.

Eva achou que, depois do que tinha acontecido no almoço de formatura, Alli não apareceria. Mas ela não só apareceu, como trouxe o marido para ajudar.

Brandon ficou agradecido porque tinha um homem para ajudá-lo, já que aquelas mulheres se diziam *feministas*, mas ninguém chegava perto das caixas de livros.

— Brandon, esse comentário só mostra que você não sabe nada sobre feminismo. — Ele fez uma careta para Eva, enquanto levantava uma caixa pesada. — Mas te perdoo, pode levar a caixa.

Quando se viu sozinha com as garotas, Eva perguntou a Alli se estava tudo bem entre ela e o marido. Não com o intuito de fazer fofoca, não era do feitio dela, mas porque tinha pensado tanto na situação deles.

— Ah, sim, está tudo bem. — Alli sorriu. — Imagino que vocês tenham perguntas.

Alli riu, quando Eva e Dana fizeram um sinal negativo com a cabeça, ao mesmo tempo em que Angelina fazia um sinal positivo.

— O quê? Como assim, não tem perguntas? Qual o problema de vocês? — Angelina ficou incrédula. — Eu não entendi nada do que aconteceu ontem.

— Angel, é muito simples — disse Alli, forçando um sorriso. — Eu e Marcos tivemos uma perda há sete anos, uma menina que a gente chamava de Camila, e que nasceu com muitos problemas de saúde. Então, quando ela se foi, o casamento parou de fazer sentido para mim. Ele insistiu que eu viesse fazer doutorado e é claro que eu o traí na primeira chance que tive. Então ele disse que estava tudo bem, que a gente poderia ter um relacionamento aberto... e aqui estamos.

Alli trocou olhares com María Ana, que era a única sem mostrar nenhum alarde. Eva não se surpreendeu ao notar que ela sabia de toda a história.

— Então é isso... — continuou Alli, tranquila. — Ontem ele disse que já fez de tudo e, de fato, fez mesmo. Ele me deu o tempo que eu precisava para entender que a gente não muda o passado, não deixa de sentir a dor. Mas tudo que não controlamos é uma lição de casa, nos ensinando que, uma hora ou outra, precisamos deixar o passado para trás.

Brandon voltou ao apartamento, viu as cinco mulheres conversando e já começou a reclamar.

— Sério, vocês não vão pegar nenhuma caixa? Isso vai levar horas se vocês não ajudarem! *Darling, please!*

— Mas que inferno, Brandon! Nós já vamos... — Eva se irritou. — Olha, já estou pegando uma caixa...

Eva fez um teatro e pegou uma caixa pequena e leve, enquanto ele pegava outra caixa gigante de livros, soltando caveirinhas pelos olhos. Levou a caixa para o caminhão de mudanças murmurando palavrões enquanto as garotas seguravam o riso.

— Está animada? — Alli perguntou para Eva.

— Estava mais animada de manhã, para ser honesta. Agora, só quero explodir a cabeça dele. — Elas riram. — Nossa, ele está um chato hoje.

— Acho que vai ser bom para vocês, tipo um *test-drive* — comentou María Ana.

— É... — Eva sorriu, um pouco sem graça. — Vamos ver...

— Não se preocupa, Eva, a incerteza faz parte. A gente nunca sabe se achou a pessoa certa até ver o quanto ela está disposta a sacrificar para ficar com você — afirmou Alli, arrancando um sorriso e uma confirmação de Eva. — Agora vamos ajudar antes que Brandon volte, você se irrite mais, e essa mudança nem aconteça.

Alli, Angelina, María Ana e Dana saíram pela porta, cada uma carregando uma caixa, e Brandon, que vinha pelo corredor, comentou um *Ah, até que enfim...*

Eva olhou para aquele ambiente vazio de suas coisas e sentiu um aperto no peito. Era mais um desapego, mais uma coisa que ficava para trás — aquele apartamento aconchegante e aquela vida junto de Angelina.

Brandon a abraçou por trás e ela se aconchegou ao peito dele.

— Quanta doçura... — disse ao dar um cheiro no pescoço de Eva.

— Você deve ser a única pessoa no mundo que me acha doce.

— É que ninguém está olhando com atenção. — Eva riu ao receber mais um cheiro. — Vai sentir falta desse cantinho, não vai?

— Vou sim.

— Está arrependida de ir morar comigo?

— Só quando você enche o meu saco. — Brandon riu e beijou o rosto dela, enquanto Eva apertava mais os braços que a rodeavam. — Mas passa rapidinho.

— Que bom, que seja sempre assim, então. — Eles se beijaram uma última vez, antes de Brandon puxar Eva pela mão. — Agora chega de fugir, vamos terminar essa mudança.

Eva foi — reclamando que *odiava mudança*, mas foi.

Imaginar tudo que a esperava no próximo outono era amedrontador, mas também instigante. O desapego trazia uma sensação de liberdade que incendiava o corpo numa completa entrega para um futuro incerto. Um tiro no escuro.

Mas assim não era, afinal, a vida? Para a incerteza do amanhã não existe preparação. Você aprende vivendo.

Epílogo

Pare de Chorar

CLAIRE ACORDOU E SENTIU que tinha algo faltando no seu apartamento, na sua vida, nos seus braços. Tomou um banho sentindo a água molhar cada centímetro de seu corpo, esperando que a ducha forte do chuveiro fosse capaz de tirar dali toda a dor e a ausência que sentia. Deixou as lágrimas caírem junto da água e assim ficou durante horas, chorando toda a mágoa que pairava em seu coração. E, no fim daquele longo banho, decidiu que era hora de parar de chorar.

Arrumou o apartamento inteiro. Tirou pó dos móveis, lavou, secou e guardou todas as louças. Fechou todas as janelas e desligou o registro de água e o circuito de luz. Tirou duas malas do sótão e colocou tudo que precisava ali dentro. Não pensou muito no que deixaria para trás, ou na segurança do aeroporto, nada disso. Apenas foi enchendo as malas com aquilo precisava — ou achava que precisava. E quanto mais as malas se enchiam, mais falta de algo importante ela sentia. Foi ali, olhando para aquelas malas abertas, que soube que o que precisava de fato não estava no apartamento.

Então Claire colocou as malas no carro e ligou para Eva. Não fez cerimônia ou respondeu às perguntas dela por telefone. Quando elas se encontraram na porta da faculdade, foi direto ao ponto.

— Preciso da sua ajuda.

Eva viu as malas no carro de Claire e entendeu tudo o que estava passando na cabeça dela.

— Claire... *não*.

— Você o tirou de mim e vai me ajudar a pegar ele de volta. Ele está sozinho na casa dos Smiths com a babá.

— Você tem noção do que está fazendo? Você vai tirar o Jason da casa sem falar com a Flora? Ela vai te matar... e depois vai me matar... e com certeza vai demitir a Mariana. Aposto que você nem pensou nela.

— Não pensei mesmo e nem vou pensar agora.

— Eu não vou fazer parte disso!

— Você me deve uma, Eva. Não é por minha causa que você agora é a editora-chefe do *The VUR*? E não foi você que contou para a Flora que eu estava com depressão? Pois bem, você é ótima para se meter em confusão, então vai me ajudar.

Eva não queria, mas fez o que Claire pedia mesmo assim — pela culpa que sentia por ter sido responsável pela separação dela e do filho.

Mariana, que cuidava de Jason naquela tarde, faltou chorar para que Claire não levasse o menino. Mas Claire não deu ouvidos, pegou o filho dos braços dela e o colocou deitado na cadeirinha do carro.

— Claire, para onde você vai? Sabe que não pode entrar na Irlanda com o Jason sem a autorização do William — disse Eva.

— Já liguei para o meu advogado e ele vai me encontrar no aeroporto com uma carta do Billy. — Claire atestou.

— Ele não vai consentir — afirmou Eva.

— Ah, ele vai... Ele me deve isso.

— Claire...— Eva respirou fundo, sem saber o que dizer. Podia continuar tentando dissuadi-la, mas pela primeira vez, Claire, de fato, parecia certa do que fazia. — Espero que saiba o que está fazendo e que você fique bem.

Ela não respondeu. Eva e Mariana assistiram ao carro desaparecer na rodovia.

Clarie dirigia e vez ou outra espiava o filho dormindo na cadeirinha do carro. E a cada quilômetro que se distanciava de Vienna, mais largo seu sorriso se tornava. Por fim, deixou uma única lágrima cair, uma lágrima de felicidade. Finalmente, sentiu que tudo ia ficar bem.

FIM.

Agradecimentos

ESTE MEU PROJETO AMBICIOSO chamado *Eva* não seria possível sem a existência de algumas pessoas importantes na minha vida. Minha família maravilhosa que está sempre comentando e dando suporte em tudo que eu faço. Sou agradecida a Deus e ao universo pelo privilégio de ter todos vocês na minha vida. Em especial, agradeço aos meus pais e aos meus irmãos por todo o apoio. Ao meu irmão, Felipe, pela leitura beta sensacional e pela doação de suas habilidades gráficas, atualizando o site. Às minhas queridas Tayrine Batista e Michele Barros pelas horas lendo essa história, fazendo a preparação do texto e a revisão, e comentando comigo. Obrigada por tudo, suas lindas! Ao maridão, Moises Costa, que lê e torce pelos personagens, sempre apoiando a publicação nos momentos de insegurança. Finalmente, agradeço à equipe da Editora Livr(a), essas mulheres maravilhosas que me acolheram e hoje celebram comigo a publicação de mais um livro. Obrigada a todas e todos que fizeram e fazem parteda minha história.

Sobre a Autora

ANE CAROLINE COSTA é autora de romances e contos. É graduada e possui mestrado em Literatura pela UFMG. Possuiu doutorado em literatura negra de imigrantes pela Universidade de Purdue, nos Estados Unidos. Atualmente, atua na área da educação, e é professora de literatura no departamento de inglês da Universidade de Utica em Nova York. Na sua obra, retrata temas como imigração, xenofobia e racismo, entre outros que transpassam sua trajetória pessoal como mulher negra imigrante.

A Saga Eva

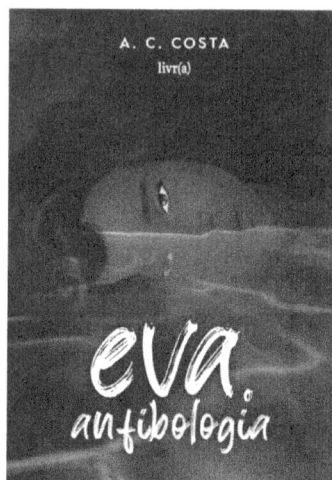

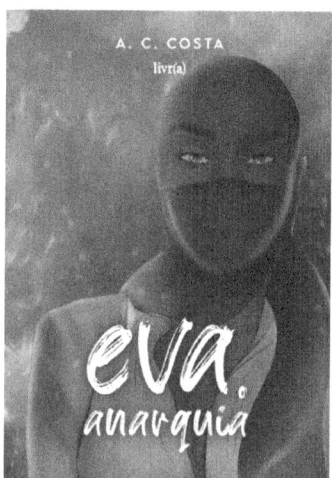

A saga Eva está completa e disponível para compra na Amazon!

Livros Únicos

Amy's Awesome Playlist e *O diário de Carola* fazem parte do Universo Eva, mas podem ser lidos separadamente

Outros trabalhos

"Tempos Perigosos", Antologia À Beira Mar

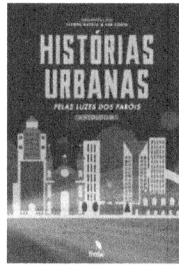

"Ilusão Sua", Antologia Histórias Urbanas

"Torta de Natal", Antologia Natal dos Esquecidos

Made in United States
North Haven, CT
26 June 2025